有爱的青春陪伴者

图书在版编目（CIP）数据

强对流 / 五月不系舟著. -- 南京 : 江苏凤凰文艺出版社, 2025.7. -- ISBN 978-7-5594-9575-4

I. I247.5

中国国家版本馆CIP数据核字第2025RT1158号

强对流

五月不系舟 著

责任编辑	王昕宁
特约编辑	听听 雪人
责任校对	言一
责任印制	杨丹
出版发行	江苏凤凰文艺出版社
	南京市中央路165号，邮编：210009
网址	http://www.jswenyi.com
印刷	长沙鸿发印务实业有限公司
开本	880mm×1230mm 1/32
印张	11
字数	469千字
版次	2025年7月第1版
印次	2025年7月第1次印刷
书号	ISBN 978-7-5594-9575-4
定价	42.80元

江苏凤凰文艺版图书凡印刷、装订错误，可向出版社调换，联系电话025-83280257

目录
CONTENTS

▶ 第一章　混沌蝴蝶　（001）
　　　　　回忆常如清雾。

▶ 第二章　环状星云　（025）
　　　　　尘封往事揭开。

▶ 第三章　天涯咫尺　（049）
　　　　　过期重新开始。

▶ 第四章　风暴过境　（069）
　　　　　追风还需自保。

▶ 第五章　知慕少艾　（090）
　　　　　春风捉摸不定。

▶ 第六章　不可言说　（108）
　　　　　酸橘要分三瓣。

▶ 第七章　循此苦旅　（128）
　　　　　我们终达繁星。

▶ 第八章　夏夜无尽　（148）
　　　　　一场缥缈梦境。

目录
CONTENTS

▶ 第九章 月色如霜 (169)
　　　　星光俱已沉默。

▶ 第十章 晚风疏狂 (190)
　　　　枝影重叠摇曳。

▶ 第十一章 蝴蝶迁徙 (207)
　　　　见面依旧心软。

▶ 第十二章 一叶知秋 (228)
　　　　偏心燃尽成蝶。

▶ 第十三章 光影迷离 (250)
　　　　谁先缴械投降。

▶ 第十四章 破茧成蝶 (271)
　　　　星海永恒绚烂。

▶ 第十五章 狂风怒号 (296)
　　　　何论是喜是悲。

▶ 第十六章 广袤未来 (317)
　　　　此后暮暮朝朝。

▶ 番外 蝴蝶效应 (341)

第一章 混沌蝴蝶

·+ 回忆常如清雾 ·+

1

立秋，斗指西南，阴阳要开始轮变。

节气里虽带个"秋"字，盛夏的暑热却未消，还是八月初，学生们的暑假才过了一半。

而在平均海拔四千米以上的西部雪山上，星河长明。

寒风湿冷、黏腻，空气中的水汽仿佛都凝成了细小的冰刃。

漆黑的雪山草地里，独自站着一个身裹大衣的女人。

身后狼嚎回荡，她却不曾回头，仍在认真地调整摄影镜头。

温度太低，镜头仿佛也被冻僵，几次调整失败后，她扔掉厚实的手套，拍了拍被冷风刮得冰冷的脸。

接着，她将手伸向摄影设备。

裸露的手指一沾上金属仪器，寒气就直渗进骨缝，指节很快便没了知觉。

她收回手，呵出一口气，在面前的白雾中搓着双手。

"好冷啊！"秦七襄颤着牙齿说道。

身后有黑色的影子无声地踩过草地，向她靠近。

她舒展着冻僵的手指，指节难以弯曲收紧，试了几次都没能拧上连接器，不免有些急了。

这趟雪山之行的时间不多，她想拍的东西只有这个季节才能见到。

秦七襄咬紧手指，用口中的热量软化冻僵的部位，弯下身子去校准连接口。忽然听见一阵细碎声响，像是有什么陷进草叶下湿冷的水中发出的。

她猛然回头，对上了两双绿色荧光的眼睛。是两头狼，正张着嘴滴下口涎。

不过只对视了一眼，湿冷的汗就已经浸湿了后背的衣服。她颤着僵冷的双手，摸向身旁的三脚架。

狼这种生物，能嗅到人类恐惧的气味，在野外遇见时不能逃。

她回忆起出发前收集的资料，强迫自己冷静凶狠地盯着狼眼，一步不退。

手指攥着裤兜里的打火机，准备随时点燃火焰，赶走这两头危险的生物。

在这场长久的对峙中，雪山上的风肆虐，穿过山谷时，细长尖锐的风声比狼嚎还瘆人。

终于，一头狼像参拜女王一般，向她低下了头，张嘴叼走了她扔在一旁的手套，带着同伴小跑着离开了。

秦七襄死死盯着狼的背影，并未卸下气力。

她登山前，有位经验丰富的大神好友特意提醒："狼的智商很高，它们准备袭击时，还会佯作后退，麻痹敌人。不能掉以轻心。"

秦七襄未曾放松，拖着三脚架一步一步地退回车上。看了一眼车窗外璀璨的星空，她叹了一口气。

为防止那两头狼再回来，她只能驱车离开这处挑了几天才满意的拍摄点位。

今夜的拍摄计划暂告失败了，只能明晚再换个地点尝试。

车窗外，漆黑的草原广袤无垠，她开了一个小时，也没见到一处人烟。

要省着油料，她不能再往前开，今夜只能先宿在一个残破的荒废羊圈里。

羊圈的顶棚破了一个小口，星光从头顶落下，明亮璀璨。

秦七襄拆下裂开的门板铺在地上，堆起行李挡住门外寒风，勉强睡上一觉，至少比露宿野外安全。

第二天，又融了雪水煮泡面吃，换了个新的点位。

她连着在山上食宿了几日，才终于拍到了满意的照片：八月最美天象——银河落九天。

她是一名天文摄影师，本职则是一名初中语文教师，趁着暑假专程来到雪山，守了一周就为了拍到一幅银河从雪山峰顶垂落的动人画面。

幸好这一周的辛苦没有白费，秦七襄对于本次成果相当满意，或许能拿个期待多年的天文摄影奖。

但在投稿之前，她还要完成烦琐的修图工作。

收拾完装备，她再回到工作的城市，连日的骄阳烘得人脑袋发晕。

走出廊桥，机场内人潮涌动，秦七襄停在行李转盘区等了半天，传送带才缓缓运转。

她正弯腰去拖行李，有一道颀长的身影从她身旁路过。

好眼熟啊。

行李砸落在地，她回头看去，对方已经消失在了人海里。

秦七襄摇了摇头，只当是自己的错觉，恍惚地重新拖起行李。

就在刚才那一瞬，她差点以为那人是自己那个在国外留学五年的邻居哥哥，也是她整个少女时期唯一暗恋的那个哥哥——周倬。

这又怎么可能呢？他们多年未见，她不可能只看一眼就认出他。

毕竟，她明明早就不喜欢他了……

手机响动，那个给她提供"野外遇狼解决方案"的大神好友Lucas听闻了她在雪山上的情况。

确认秦七襄一切安好后，对方也仿佛松了口气："没事就好，下次你还是找人同行吧。"

在她表示了真挚的感谢后，Lucas简单回复："没关系，如果你出事，我会觉得我也有一定的责任。"

秦七襄："身为大神的责任心都这么强吗？"

Lucas："还好，你接下来的日子可不轻松。"

秦七襄："为什么？"

Lucas："你的图还没修。"

她抿了抿唇，有种想要揍对方一顿的冲动。

拍图容易修图难，天文摄影师和记者一样，是一个讲究时效性的职业，她现在要用最快的速度把图修出来。

Lucas也真是，非要提醒她一句，让她还没开始修图，就隐隐觉得头疼了。

提着行李回到家，刚放下行李，秦七襄就接到了老妈的电话。左右不过是催她放假别在外瞎疯，赶快回家。

她疲惫地瘫在床上，敷衍着："好呢好呢，过几天我就回啊。"话音落下，她就听见了让她心头一沉的消息。

她恍惚着向老妈确认："周倬哥回来了？"

他真的回来了……

她猛地把头埋进被子里，闷闷地冲着手机叫道："我才不回去啊！"

然后在老妈的狂暴絮叨中掐断了电话。

接着，她什么事都不再去想，只不眠不休地修了一周的图。

最终，抵不过老妈的连环电话轰炸，她实在拖无可拖，再拖就要挨揍，只好心不甘情不愿地拖着行李箱搭上回老家的高铁。

一上车，手机里就传来老妈震耳欲聋的怒吼："秦七襄！谁给你的胆子一个人去爬雪山？"

这一声引得周围人注目，她立马把手机音量调到最小，冷静地瞎扯道："我都工作了，又不是小孩，爬雪山报了团，你别担心！"

说完，她挂了电话，嚼着嘴里的口香糖，翻出前段时间拍的照片。

屏幕中，黑夜淡远，绚烂银河落入皑皑雪山，像是瀑布倒悬，可惜没拍到那两头狼。

当时情况那么危险，没拍到也很正常。

她这种危险的爱好，确实不适合再同谁发展亲密关系了，前段时间还为此和男友分了手。

管她这次回去见到的是周倬还是秦倬呢，反正她早就不在乎了。

003

　　"啪嗒"一声，口香糖泡泡破裂，手机弹出早间新闻，播报着三日后将迎来一场英仙座流星雨。

　　这次流星雨的观测条件属于十年难得，她早早就准备好设备带回家，势必要捕捉到它，还可以为天文研究提供相关数据。

　　她吐掉口香糖，捧着手机斟酌着打下几行字，私聊了 Lucas。

　　大意是问对方有没有拍摄计划，准备带哪个镜头。

　　毕竟他确实是真大神，当初她进入这个行业时，一直是看着他的干货帖学习的，他的回答具备很大的参考意义。

　　而且比起其他那些鼻孔朝天的大神而言，Lucas 为人相当亲和，除了回消息慢得像留言板以及从不谈论私人生活，其他没毛病。

　　不过，她曾在研究学习大神的获奖图片时，通过星座位置判断出大神应该生活在北美。

　　隔着十几个小时的时差，回消息慢好像也很正常。

　　……嗯，学习研究别人的获奖作品也是件非常重要的事情，绝对不是她窥探欲太重！

　　Lucas 没有立刻回复，秦七襄收起手机准备下车，车窗外青山远去，日头渐斜。

　　踩着橘色的夕阳，她终于拖着行李箱到家。

　　楼下几人在闲聊，地上积了一洼水，像是刚经历了一场洪涝。

　　她轻巧地拖着箱子绕开人，从侧门溜进去。

　　不想同人多话，免得见面被问那些老生常谈的问题，再夸夸她教师工作稳定，足够体面。但她反而觉得自己像是被这稳定生活困住的鸟，想逃却又不敢逃。

　　出了电梯，家门虚掩，她腹诽着自己回家，老妈都不来接。

　　她在高铁上不过是随口胡扯，惹得老妈暴怒，徐女士也就是老妈，可真是记仇。

　　秦七襄愤愤地用力推开门，大叫一声："本大王回来啦，还不……"话音突然被齿尖咬断。

　　她看见屋里站着一道颀长的背影。

　　不算瘦削，手臂肌肉充血，挂着晶莹的汗滴，身上套着一件相当青春的篮球服。

　　背影往后，窗外挂着西斜的落日，恰好构成了一幅风景油画。

　　画外流下淡金色的油彩，混着点朱红泼满地，搅和成一团混乱繁杂的心情。

　　背影转身，面对她，露出熟悉又陌生的脸。

　　周倬……

　　她难得地沉默在原地。

　　徐女士从小房间里出来："哟，秦大王回来啦！想吃啥？我跟你蔡阿姨去超市一趟。"

　　秦七襄还没应声，徐女士就推着邻居蔡阿姨向外走去："收拾下你房间，想吃什么都发消息跟我讲。"说完，带上门离开，屋里只剩两道呼吸声。

她听见自己沙哑的嗓音:"好久不见,周倬哥。"
周倬:"最近楼里管道改建,我家水管爆了。我刚打完球回来,来借水洗个澡。"
秦七襄:"噢,卫生间在里面,热水向右拧。"
"我知道,"他笑了下,"我又不是第一次来。你回来,要不要一起吃顿饭?"
她看着对方掩在无框眼镜后清澈的眉眼,忽然想起那年暑假,自己是怎么被他这双灿若星辰的眼眸撞乱了心跳的。
才有了后续那场暗恋多年的独角戏。
她暗恋周倬五年,曾莽撞地向他表白过,他都知道。
她也知道,他一直对她无意。
后来她放下了那抹少女心事,开始一场属于自己的新恋情。即使这段新恋情已于四个月前结束了。
但至少,她现在应该能够说上一句,她不在乎他的。
可是,她和周倬已有四年未见,忽然重逢,为什么她还是会觉得胸口像是堵了稻草般,呼吸干涩?
大约是因为她当年借酒表白,扑进他怀里时,他推开她,说自己只是将她当妹妹……
兄妹?她不甘心,她只是出于不甘心。
他是她少女时期的一个梦,现在她想得到他,再抛弃他。

落日滚圆,屋里静悄悄的,橘红色的暮光似水流淌。
走到浴室的玻璃门前,她听见里面传来"哗啦"水声。
她仿佛看见蒸腾的水汽中,令她心动多年的脸庞滴着水,清澈的双眸被水汽浸湿,润成了荡漾波光的湖泊。
周倬在洗澡,她站在门外,老妈还未回来,家里只他们两人。
落日的余温烘得她一下脑热,她想知道,里面那人是不是无论何时都是那个样子,清淡疏离、索然无味?他真的没有人的欲求吗?
她不信,就偏想勾他来试一试。反正她不在乎爱情,也不需要长久的爱。
一晌贪欢罢了,就像三日后的流星雨一样,追星的同伴注定只能相伴一时。
接着,一切都会如流星四散。
人生在世,最好是享受当下。
说干就干,她听得水声停止,刚要抬头敲门,就听见一阵金属解锁声,门开了。

2
浴室内水汽蒸腾,周倬透过白雾看见玻璃门外摇曳着模糊的窈窕黑影。
黑影在反复徘徊,似乎有什么急事。
关水,他裹上浴巾开门,看见秦七襄斜倚在门外。
他摘了眼镜,双眸好似盛满碎星,从发梢滴落的水滴流过下颌,砸落在地。被

热水浸过的皮肤微粉，肌肉线条干净。

看起来对方有在认真锻炼保养，应该体力不错，秦七襄暗自品评了一番，倚着门框望进他的眼里。

据说对视超过十五秒就会产生一种类似于喜欢的情绪。

她调整了下姿势，腰肢扭成夸张的状态，让自己显得更令人心动。

动作越拧巴，在人眼中越美。这是以前舞蹈老师的经典名言。

三秒之后，周倬开口："生理期？"

什么鬼？她低头一看，她的手搭在腰腹上，从某种视角而言像是肚子疼。

周倬："你先用。"

她还未来得及反应，他已跨步出门，远去的背影正在擦着发梢的水，给她让出了卫生间。

秦七襄握拳对着她的背影虚空砸了几拳，倚着门板叹息。

浴室里残留的热气蒸得脸颊微红，她甩了甩头。

看看这人，还是这副从小到大都淡到毫无情趣的模样，她不甘心个鬼！

就没听说过他对哪个异性有点不一样，别是真一心扑在科研上！

无趣！寡淡！但身材真好……算了，这次先放过他，机会总是有的。

至于得手之后，善于游走花丛的秦大王是不会尴尬的，可他就不好说了。

抬头，发现周倬的衣服还整齐地叠在摆放区，像一个个豆腐块，她免不了一阵暗笑。

她脱了衣服洗澡，让他裹着浴巾在外面慢慢等吧，就当小惩大诫，谁让他这么不通情理，还说她是生理期。

洗完澡，吹完头发，秦七襄踏着闲适的步子出来，准备欣赏一下他的窘态。

谁知周倬已穿戴齐整，坐在沙发上安静地玩着手机。

哪儿来的衣服？秦七襄又恍然大悟，他住对门，应该是回自己家拿的。

所以巷陌传说中的周倬竟然裹着浴巾，穿越楼道回家换衣服吗？要是能把这场景给邻里街坊看一看，那必然吵翻天。

但是，究竟为什么他回家换了衣服，还会返回，出现在自己家的沙发上？

难道有什么重要的事情要做？

她挠破脑袋也想不通，刚坐下，准备处理教师工作上的事，面前就递来了一杯水。

她喝了一口，是热的，混着枸杞、桂圆、红枣、生姜和红糖的气味扑面而来。

这么热的天，再加上领导又在抽风，让她立刻想办法把陈年黑白老照片修成彩色高清照，贴到校史文化长廊里……

她倒还真能勉强做到，但这领导整天挑刺，她干了就是白打工，她怀疑自己将这杯红糖水喝完，能直接气到喷鼻血。

本着不把工作情绪带到生活里的原则，秦七襄勉强提起一点温和语调，对周倬说："谢谢，但我不是生理期。"

周倬抬头，有一瞬间的愣神："那你……"

他又立刻恢复了平静，"嗯"了一声，给她剥了个火龙果。

秦七襄一边乖乖低头回复领导"收到"，一边对着周倬磨牙，你完蛋了。

直到坐在桌前，看着堪比满汉全席的丰盛大餐，她才知道为什么周倬还在她家。

这是一场接风洗尘宴，主角不是她。

是周倬。

他在国外待了五年，刚刚结业回国，徐女士比他母亲蔡阿姨还上心，跑前跑后给他做大餐，接风洗尘。

可怜的秦大王只能在一旁蹭上一桌。越想越伤心，这饭她不吃了。

她刚拍下筷子，周倬便举起果汁拉着她站起，她茫然地站在灯光下，听着身旁清越好听的声音说道："谢谢伯母为了我和襄襄这么辛劳，出门在外我们两人也常记挂你们，今日同归，以水代酒，聊表心意。"

这话让她顺心，徐女士也顺心，桌上的人都顺心。

囫囵跟着他敬了杯果汁，秦七襄又觉得本次的"满汉全席"也算是为她和他同设的，并非只为他一人。

她这才满意地拾起筷子继续吃。

席间，父母闲聊，她同面前的鸡腿斗争，戳了半天，才夹起来，碗里忽然搁了几只剥好的虾。

她对着周倬点头，听见老妈又提到他的名字。还未对上他的星眸，他就转过头，给她留了一道英挺的侧颜。

——"最近在洽谈合作，准备之后去南方那座城市发展。"

——"嗯，襄襄也在那边工作，我们刚好有个照应。"

——"最近在联系找房。"

听着周倬和老妈的对话，她才大约弄懂周倬拉了一个四人小团队创业，恰好也在她工作的城市，主要做大数据下的气象智慧算法。

踩着如今人工智能的风口，通过一些模糊数学，解决长期困扰学界的预报难题。

幸好，她从小住在某方向上军用气象单位的家属楼，又经常接触天象摄影，需要参考研究此类数据。

虽然比不得桌上其他的专业人士，但她也能听懂一些。

天气系统是一种混沌系统，很有名的蝴蝶效应理论，就是大气物理学家爱德华·洛伦兹为解释大气模型中的混沌现象提出的。

随着近年来大气物理模型越来越复杂化，传统数值预报的精度提升缓慢，这几年有些学者提出可以借着人工智能技术另辟蹊径。

周倬现在做的便是这样的尝试，根据历年气象大数据让AI（人工智能）学习天气系统演变特征，将全球大气环境嵌入计算机神经网络，通过传统方法与人工智能的结合，得到更快更精准的结果。

秦七襄一边听着他们在桌上谈这些专业话题，一边无聊地吃着虾。

太专业了，又总涉及相关部门、人力关系之类的事，远没有她去拍摄天象风光来得有意思。

能听懂也不想听，她头疼得很。

唯一与自己有关的就是老妈嘱托她接下来别只顾着自己玩，假期结束后要带着周倬熟悉那座城市。

家属楼的住户都在此住了十几年，老妈的要求实在稀松平常。就是席间再少些公事就好了，她想放下筷子开溜，碗里的虾肉却越来越多。

她暗暗伸筷，挡住了周倬投喂的动作，瞪了他一眼。他一脸淡然地收回筷子，将晶莹的虾肉放进嘴里，给她加了杯果汁。

吃不完就不下桌，是她家的基本餐桌礼仪。

周倬这浑蛋，害她连餐桌都溜不下去。

她只能继续听老妈说个不停，意思大概是周倬可以加入气象的研究部门，最近上级单位正好有类似的想法，开了几个项目。

周倬笑着说，在内在外都是一样做贡献，最近新出的那台超级计算机他很感兴趣，正在申请项目使用。

秦七襄敏锐地捕捉到了自己比较熟悉的一个词，问："哪台超算？我们学校那台吗？"

前段时间，她的母校刚公布了一台超算研制成功，用了新的模式，将运算速度提高了不少。

周倬点头。她不免提起自己有个学长好友在那个项目组当助手，当时开完发布会之后，那人跟着组里全国巡讲，到她工作的城市还请她吃了顿饭，说不定能帮周倬哥联系一下。

周倬斯文地剥完虾，摘下一次性手套："不用了，手续快走完了。"说完，他将虾肉蘸了满满的辣椒酱，塞进她碗里。

老妈笑她整天只记得吃。

秦七襄瞪着碗里红通通的辣酱，在餐桌下暗暗抬腿，踢了周倬一脚。

老妈没发现桌下的风起云涌，笑眯眯地问她那学长外貌周不周正。

她含糊应着还可以，心中默想就是身高不太行。

腿却被人弹了一下，她飞速扭头看向身侧的周倬，他已收回手，交叠搭在餐桌上，端起杯，云淡风轻地喝了口果汁。

几年不见，他还学会还手了。

秦七襄果断伸手掐了一下周倬的大腿，余光偷瞄他。见周倬面不改色，她逐渐加大了手上的力度。

她咬着下唇掩住偷笑，对老妈说的话只胡乱应着。

手背忽然被柔软的温暖覆上，她僵了一瞬，手指被捏紧，再不能拧他。

只感觉整条手臂都麻了，过电似的，身子软了一半，不敢多动一分，怕泄露了心跳。

她暗暗用力向外抽手，对方的手指却趁机挤了进来，握紧她的手，按在椅边。

温度顺着皮肤爬上脸，耳根不争气地烧起来。她埋头装作无事发生，连踩他一脚的想法都散了干净。

只听得耳畔老妈在叫："秦七襄，我说话你听见了吗？"

"啊？"她浑身一震，迅猛抬头。

老妈："鬼头鬼脑的，你在想什么呢？"

周倬已放开了她的手，轻声说了一句："徐姨让你下次不要自己独自出去玩。"

她收回了手，手上整片骨头都是酥的，那温度还有些残留，她似乎仍被他紧捏着。

她下意识地点了点头，忽然反应过来，老妈这是又开始训她独自去旅行的事。按流程，马上就要倒豆子似的揭她短了，桌上这么多人，她也要面子。

她脸一红，连忙开口："我毕业都两年了，又报了团，根本算不上独自外出。"

老妈："你当我没去过那边？我当年爬雪山搞测量，那雪大得跟碗似的，直往脸上糊，根本看不清山道。

"你叶姨一脚踏空，摔下去撞上了树，切除了半个胰脏，你心里有没有点数啊？

"旅游团送到地方就让你下车自己爬，顶着高反，你一个人遇到紧急情况怎么办？"

秦七襄："景区服务早都正规化了，您别杞人忧天。"

眼看老妈要发火，她连忙准备滚下桌，走前顺口说："我都去过一趟啦，下次不会去啦。我过两天和朋友约了露营，提前说一声，拜！"

"不是，你约的哪个朋友啊？男的女的你就往外跑啊？"老妈的话飘散在耳边，她已经躲回了房间。

摸着肚皮躺在床上，手机"嘀嘟嘀嘟"地响起，她津津有味地看起了这些群聊消息。

无非在说三日后的英仙座流星雨，一个个已经摩拳擦掌，准备充足……

这是一个小众App（软件），主要分享各种星空摄影和观星参数。

Lucas是管理员之一，他在平台里拉起大型社交群，天南地北的"追星族"都爱在这里分享心得体会。

这些"追星族"追的"明星"各有不同，不是深空天体就是系内行星。

秦七襄点开Lucas的头像，对方还未回复。

倒是旧日死党宋崇朝给她发来了夺命微信语音轰炸：

"你小子回家不跟哥我报备一下，是吧？"

"来喝酒不？哥请客！"

"赶快来啊！我拼了老命溜出来的。"

"秦七襄你出个声，别躲在屋里不出门，我知道你在家。"

…………

宋崇朝这家伙，自小学起就和秦七襄拳脚相见，每次被她撂倒就挂着鼻涕找徐

女士告状。

为此两人缠斗十几年,大有不死不休的架势,直到他半年前和女朋友分手,是架也不打了,嘴也不还了,和他说上两句就传来一阵哭号,如刀片过耳。

别看他现在这满屏嚣张的样,一旦见了面,不出两秒,他就会抱着头讲述那段凄凄惨惨的爱情故事。

白裙天使美少女坠落人间,大发善心地看上他,经过一段短暂而只令他刻骨铭心的爱情故事后,那姑娘就仿若一场梦境般飘远了。

他那段故事,她都能倒背如流了。她掏了掏耳朵,有人请客,还能顺带看他笑话,不去才是冤大头。

秦七襄换上超闪的热辣蹦迪套装,戴上黄色金属耳环,快速上了全妆。

门外仍吵吵嚷嚷,她低头溜过,却撞上了周倬漆黑的眼眸。

3

秦七襄刚走出房门,只见周倬在和老妈争夺碗筷收拾权。

她盘算了一下现在厨房至少要挤进去三个人,自己就不凑热闹了。

秦七襄正蹑手蹑脚地想要溜出门,却被老妈唤住:"等会儿,你大晚上往哪儿去?"

她立马搬出宋崇朝这个救星,说两人多年不见约了轧马路。

老妈狐疑地看着她:"你俩半夜轧马路,你还特意化了妆?"

秦七襄用力地点头,撞见周倬的目光,眼镜片上的反光闪动,掩住了她最喜欢的眸中星辰。

她扯了扯短裙下摆,想着今天下午针对周倬的行动失败,是不是因为她忘了好好收拾一番?

但难道她会做这种"取悦"他人的事吗?

怎么可能!其实这些年来,她已经很久没有收拾过自己了。

主要是懒得搞,毕竟野外拍摄要的不是自己美美美,而是抗寒、保暖和实用!

周倬居然还在意这些外表,实在是肤浅!

她愤愤地瞪了一眼周倬,看见他微微侧头,向她走来。

他藏在镜片后的眼神她看不懂,只觉相当复杂。

老妈趁机夺过了周倬手中的碗筷,往厨房走的时候,送了她一句:"带上垃圾,早点回来。"

"哦!"秦七襄高声回应,走到垃圾桶旁,看着自己刚贴上的精致美甲,犯了难。

周倬走过身边,带起一阵暖风,熏得人醉。他弯腰拎起垃圾袋,目光落在她身上:"走吧,我送你。"

她望着他的眼睛,忽然想起那十五秒对视效应,手指微动,差点想摘下他的眼镜,再试一次。

算了,肤浅就肤浅吧……谁让她现在对他有点兴趣呢。

"看什么呢？"周倬停在门口，一直在等她。

这一声问话唤醒了她的神思，她摇了摇头，直说没事。

她还是没敢在家长都在的情况下，干出惊天动地的大事，便稀里糊涂地跟着周倬出了门。

直到她坐进他的车里，才意识到自己这是去酒吧，带着个开车的人过去当司机吗？

秦七襄垂头开始解安全带，精致的长美甲限制了动作的发挥，卡扣按不进去，周倬的手按在了她手上。

手指修长，骨节分明。

吃饭时那种让人骨头发软的温度再次袭来，她像是被烫了，迅猛抽回手。

他手指顺势向上，调整了下她的安全带："哪儿不舒服？"

秦七襄："你不用送，我自己去。"

周倬："你们约在哪儿？"

她随意报了个地点，随后听见车门"咔嗒"一声，落了锁。

周倬挂挡，白皙的手背上浮起青筋，汽车平稳启动。

车窗玻璃上光影流动，她倚着柔软的座椅："你又不喝酒，专门来当司机吗？"

周倬："可以。"

听见回答，她惊讶地"嗯？"了一声。

此时汽车停下，在等红灯。周倬转头和她对视，面露笑容："我也很久没见崇朝了。"

红灯数字在他的眼镜上跳动，亮晶晶的，给他覆上了一层模糊光影。

秦七襄盯着周倬看，感觉这几年他的骨相变得更好了。

周倬微笑道："上次见他，还是四年前，你带他和我一起吃饭。"

秦七襄瞳孔放大，终于想起了四年前那件每每想起都令人尴尬无比的事。

当年她为了掩盖表白被拒的尴尬，对他说——周倬哥，给你介绍一下，崇朝现在是我男友。

她还未来得及打开回忆的门，周倬伸出右手放在她头顶，轻轻揉了揉。

秦七襄的目光追着向上，只觉痒痒的，热度还未传来，他已迫使她转头面向红绿灯。

周倬继续道："怕你俩续起旧情，醉得找不着回家的路，我送你们。"他的手放回方向盘上，脚踩油门，汽车飞射出去。

她摔进座椅里，愤愤地说："那你在停车场坐着等吗？"

周倬："你想得美。"

秦七襄："那你还想上桌看着大家喝酒，你喝水啊？"

周倬："给我叫杯牛奶，账记在崇朝头上。"

秦七襄："可以啊。哈哈，全场崇朝买单，周大司机。"笑声未停，额角被他抽空弹了一下，她捂着痛处瞪他。

周倬面不改色地开车:"你去哪儿露营?"

"不告诉你。"她调整车载空调的风力,对着他猛吹。

秦七襄想着,本大王揍遍家属院无敌手,你个浑蛋,开车不能动你,还真以为我治不了你了?

周倬:"你约了哪个朋友?崇朝吗?徐姨让我问一下。"

秦七襄:"不是,就那么一二三四五个你们不认识的人吧。"

周倬:"去做什么?"

秦七襄:"你查户口啊?"

"你的户口我不需要查吧。"周倬投了个眼神过来,"你在这里还有我们不认识的朋友?"

小看她?秦七襄愤愤地叫起来:"周倬!当然有好多好多……"

话没说完,她的脸颊突然被他捏住,再不能发声。灼热的温度沿着脸蔓延,她连呼吸都放轻了。

周倬迫使她抬起头,向他那侧靠近了两分,接着他垂下头来。

秦七襄看着周倬清俊的脸在眼前放大,眼里只剩他掩在光影下的眼睛,呼吸声清晰地落进她耳朵里。

她的体温渐渐上升,狭窄的车厢似乎被隔成了另一个世界。

周倬轻启薄唇:"徐姨担心你单独外出会遇到危险,虽然说是朋友,但也不知是不是知根知底。露营烤个肉、喝个酒,你那点酒量,万一夜里醉倒在外面,别吓着别人。"

她开口,脸还被紧捏着,声线破碎得只剩"啊呜啊呜"的声音,但能听出来在骂人,还挺凶!

周倬笑了一下,又捏了捏,才放开了她:"不是一定要处处管着你,毕竟你早已成年了,但家里人会担心,讲清楚比较好。"

她揉了揉脸:"没有别人,我准备去拍英仙座流星雨。"

周倬:"一个人?"

秦七襄:"对,我很有露营经验的,拍过很多次星空了,这次准备去水库,那边光污染小。"

周倬:"你一个人不行。"

秦七襄:"我怎么不行?我都试过好几次了,经验丰富。"

他看了她一眼,面容有点冷:"我是说不可以,徐姨不会同意。"

秦七襄:"不告诉她,说我有朋友陪着就好。哥,你这次就帮我哄一哄我妈呗。"

汽车驶入停车场,自动泊车。周倬沉默了一瞬,她拉着他的手臂轻摇。

周倬开口,声线有些轻,含着笑意:"你也就求我的时候才会讨饶。"

秦七襄:"哥,你帮帮我,好不好?"

他点了点头:"确实可以。"

她还未来得及得意,周倬的话音继续:"带我一起。"

车已停稳，他开门下车。她还处在凌乱中，对方绕到她这侧，替她打开车门。

周倬伸手，一脸坦然地问她："怎么了？还要我恭请女王下车？"

她搭上他的手，踏出车门："你有露营的装备吗？想蹭我的？我只有单人睡袋，没你的份，略略略。"

周倬："真要准备的话，三天也够了吧。"

秦七襄："我可不帮你准备，不过……"她转念一想，届时她要带的东西不少，有个壮劳力替她提装备似乎也不错。

而且两人单独相处的话，岂不是更有机会把他搞到手了！

她瞬间眼眸晶亮，亮得一看就没憋什么好事，笑嘻嘻地道："哥你主动报销的话，我也可以帮你东拼西凑一下的。"

话音刚落，她的脑袋就被周倬敲了一下。

周倬笑说："不用。你准备带什么镜头？"

她大概报了一下计划，周倬却同她聊起了配置，从镜头聊到赤道仪。

她忽然意识到什么，问他："你平时也追星吗？"

周倬："嗯，之前在那边加了个业余圈子，有时候会和他们一起去。"

"果然，还是没变啊……"秦七襄话出口的刹那，突然刹住。

她偷偷看了一眼，恰好对上他隐在镜片后的眼睛，她又立刻偏开头，去看远处闪烁的霓虹灯。

还好，他没接上刚才那句话，空气中一点灼热的尴尬也就被晚风逐渐吹散了。

她还记得十几年前的时候，城市的高楼还没这么多，可以看见满天繁星。

那时，冬霜渐落，家长们都已熟睡。她拉着周倬裹进同一条厚绒毯，缠着他讲故事给自己听。

他拒绝无果，便引导着她辨认天上的星座。

呼啸的寒风吹痛了她的脸，她将头埋进他的胸膛取暖，听着他讲猎户座的传说。

冬季南方天空中最好认的自然是猎户座那排成直线的三颗亮星。它们既构成了西方星象学中猎户座的腰带，又是中国古代著名的参宿。

秦七襄在步入酒吧的那一刻想起，在更早以前，她追星的兴趣其实是周倬带起来的。

酒吧里迷离的灯光晃得人灵魂迷醉，她隔了老远就看见宋崇朝顶着一张娃娃脸，摇着骰盅，笑得肆意。

坐进卡座，宋崇朝给秦七襄递来了一小管果酒，抬头看见周倬，晃了晃头让自己清醒点，发现那人还在。

他立刻激动地打了一声招呼："周哥！你啥时候回来的？"

"今天。"周倬看着宋崇朝，灯光在镜面上流转，神色难辨。

见这场景，秦七襄感叹，周倬到底是备受各年龄段喜爱的人，连宋崇朝这种反骨仔，也从小到大只对周倬一个人狗腿得要死。

搞不懂他们之间的友谊，秦七襄低头看了眼宋崇朝递给自己的这一小管酒，量

都不够一口抿的。

她直接打开了宋崇朝的手:"就这么点,看不起谁呢?"

宋崇朝的胳膊撑在她的肩上,斜站着,拨了两下她的刘海:"哪有,这酒超级无敌好喝才专门给你留的,你看你这小人样,哪能害你吗?"

她举起杯,抬头和宋崇朝对视:"好喝?"

"不喝?拿来吧你。"宋崇朝直接从她手中夺走那管酒,仰头一饮而尽,"你想喝什么自己点吧,自己点的自己买单。"

秦七襄抬腿就是一脚:"刚刚谁说的请客?我还以为你之前情伤……"

宋崇朝捂上了她的嘴:"什么伤?你受伤了?"

秦七襄瞪着眼正要咬他,就见他肩头搭上了一只骨节分明的手。

她嘴上一松,那手握着宋崇朝的小臂将人推进对面的沙发里,拿起面前的酒单。

周倬站在宋崇朝身边询问:"崇朝,你推荐几杯这里的酒?度数低一些的。"

宋崇朝指着酒单上的几种酒,用他那三寸不烂之舌开启了激情推荐。

周倬点头,将酒单递给秦七襄:"他推荐这几杯,你看要选哪个?"

秦七襄垂头挑了一杯,周倬点头,伸手把酒单递给宋崇朝:"襄襄要那杯,给我加杯牛奶就好。"

说完,他顺势坐进她身边的座位里,带来一阵温热的熏风,令她的心跟着悸动一瞬。

宋崇朝愣愣地说:"周哥,你不喝酒吗?"

带周倬来酒吧,却只是让他坐在这里干看着别人喝酒,秦七襄也觉得好像不太好。她拉了拉周倬,替他考虑:"也可以叫代驾。"

周倬轻笑着回她:"我清醒点好,等着听你酒后胡言乱语呢,挺有意思的。"

她眨了眨眼,想不通他们多年没见,他凭什么说自己会酒后胡言乱语,她又没在他面前喝过酒。

不对!她想起来了!

她第一次喝酒是在他面前,是她十八岁生日向他表白那天……

都是多少年前的事了,她自己都忘了!怎么他还记得?

她愤愤地踩了周倬一脚,顺势去拿桌上的骰盅和宋崇朝玩,不想再理他。

4

音乐的鼓点砸着人的鼓膜,摇动的艳丽光影在曼妙的身姿上流转,秦七襄几杯酒下肚,不自觉地跟着节奏律动。

伴着急促的脆响声,她将骰盅摇成一朵花,"啪"的一声,将其拍在桌前,同宋崇朝赌酒。

打开,又输,她抢过一杯橘色的酒,酒液在透明的杯中摇动,气泡"咕咕",像是傍晚的云。

她仰头欲饮,后颈传来柔软温凉的触感,有人捏上来。她转头去看,橘色云雾中人影模糊,她推开阻碍,叫道:"干什么呀?"

周倬:"襄襄,你喝太多了。"

秦七襄:"宋小狗!你心尖怎么这么小!"

她的两颊忽然被掐住,有拇指按在唇瓣上,让她开不了口,耳边落下周倬危险的声音:"别乱说话。"

这一下,她直接就冒了火,又听见身旁笑声不断,她眯眼去看,宋崇朝面目狰狞,几乎要扑上来咬她。

好你个宋小狗,说你一句还敢生气。

她立刻起身,跌跌撞撞要扑过去动手,誓要让宋崇朝知晓究竟谁才是真大王。

有人笑得弯腰直拍宋崇朝,见秦七襄扑过来,那人立马推开宋崇朝起身避开,贱兮兮地叫了一声:"原来你是小狗,哦——"

宋崇朝被这一推一扑撞得眼冒金星,推开秦七襄后,站起身叫道:"哥是北方草原上的一匹狼,你才是小狗,只会发疯的二哈。"

宋崇朝话音未落,手臂被秦七襄扯住。

她张口就咬了上来,疼得宋崇朝龇牙咧嘴直跺脚,连酒也醒了几分,想要揍她一顿,从魔爪中逃离。

她却被人大力拉起,宋崇朝瞬间恢复了自由。

秦七襄努力睁开眼去看是谁在欺负自己,视线却一片模糊,只觉得自己跌进了一个温暖的怀抱。

清淡的香气浮动在鼻间,她蹭了蹭对方,直叫:"好香!宋小狗偷藏了什么好东西?"

对方的脊背突然绷直,力道紧得让她发疼,似乎是有人想同她比拼抱摔。

抱摔?她从小没输过!

秦七襄对着眼前的下巴张口就咬,结结实实咬了一大口,听见一声闷哼,声音好听得令她的心都发软。

对方趁机扶上她的后脑勺,她的脸撞进一片温热的胸膛。原本清淡的香气铺天盖地压下来,像是纯净的山泉水,流进她记忆深处。

这是……好熟悉、好讨厌的味道。

宋崇朝指着秦七襄叫:"周哥,你看看她,她咬我,她又欺负我。"

周倬没出声,只扶着秦七襄坐回卡座,端起面前的牛奶喂了她几口,免得她明天酒醒叫胃疼。

她并不肯乖乖配合,双手乱挥着叫:"啊!有毒,宋小狗你总想谋害朕。"

这一声听得周倬的脸更冷了几分,抓住她胡乱挥舞的双手,按紧在沙发上,低声哄着她把牛奶喝下去。

那声音缠绵缱绻,秦七襄只觉好像有人在唤她,却听不清在说什么。

她歪着头使劲眨眼看,雾气般的虚影重叠成璀璨的星辰。

是她最喜欢的星辰啊。

　　她伸头欲亲，唇最终从那"星辰"的耳畔轻轻擦过，周倬偏头躲开了，只给她留下一点柔软清凉。

　　她舔了舔唇，感觉手被人捏得隐隐作痛，她试图挣扎抽出。

　　这般胡乱折腾，她的手在周倬的掌心留下一阵痒意。

　　他难以忍耐地开口，嗓音微哑："襄襄，五年了，你的酒品还是这么差。"

　　秦七襄顿时卸了力，头搭上他的肩，安静下来。又是这样一句，五年前她也曾借着酒劲，咬过他一口。

　　唇畔再次递来一杯牛奶，她扭开了头，埋进缝隙，发出极轻极轻的一声："你真讨厌。"

　　周倬握着杯子的手颤了一下："嗯，先把牛奶喝了。"

　　那边宋崇朝又灌了几杯下肚，开始抱着头哼歌。周倬放下喝完的牛奶杯，才听清宋崇朝在唱什么。

　　"湘湘，湘湘，'我的爱如潮水，爱如潮水将我向你推……'

　　"湘湘，'是我，不能言说的伤，想遗忘，又忍不住回想……'

　　"湘湘，你知道吗？'我爱你，是多么清楚多么坚固的信仰，我爱你……'"

　　他唱着唱着，眼泪掉下来抱头痛哭，嘴里不断喊着"湘湘"两个字，吸引了周围一圈人的目光。

　　宋崇朝身旁的好友使劲捶着他："小狗，别哭了，你们都分手多久了，你开情歌演唱会啊？"

　　襄襄？他还念着旧情呢？周倬舔了舔后槽牙，缓缓开口问另外几个同伴："他喝醉了吗？"

　　同伴："好像醉得不轻。"

　　周倬："回去吧，我送你们。"

　　几个人七手八脚地把宋崇朝扔进车里，周倬扶着秦七襄坐进副驾驶座，替她系上安全带。

　　听着她沉静的呼吸声，微醺的热气扑在颈间，他也跟着醉。

　　安全带的插销太滑，他按了半天。系好安全带，退出时，却见她睁着眼，一眨不眨地在看自己。

　　他不由自主地微抬手指，想要轻轻碰一下她的眼睛，却从她的鼻尖旁滑过，将触未触，轻得像烟。

　　是她扭开了头，闭上眼不再看他。

　　他的手僵在原地，视线瞥了眼宋崇朝，对方还在哭号。

　　他不知怎么，冷笑了一下，转而探手去揉她的头，接着挂挡，启动。

　　车里回荡着宋崇朝的哭号声，周倬抬眼，后视镜里的宋崇朝倒在后排乱滚，嘴里还亨声唤着"襄襄"。

　　周倬一脚油门踩下，车厢一晃，宋崇朝磕上车门，"呜呜"哀号。

　　身旁的好友忙扶着宋崇朝说："周哥慢点，他酒喝多了，别吐你车里。"

016

周倬眼神凉凉地飘过去,"嗯"了一声,有些心烦。

到站,停车,他同几人一起将宋崇朝扶下车。

接着周倬独自立在灯火阑珊中,目送几人离去。直到那些人的身影都消失了,他仍在晚风中静静站立,手指轻轻敲着车门。

晚风渐寒,旁边的楼栋都熄了灯,无边黑暗里,周倬回到车上,缓缓驶入楼下停车场。

他低头解开身旁人的安全带,秦七襄细细的呼吸声直直落进他耳朵里,像蚕蛹钻进鼓膜,要在大脑里长出一只蝶。

蝶翅破茧,刺痛。

露天停车场未装路灯,只剩满天星辉盈满天窗。

星光流动在身旁姑娘的脸上,她闭着眼,睫毛轻颤,睡得香甜。

周倬收回开车门的手,调整车载空调的出风口,气流吹上前挡玻璃又折返,从脸颊边经过时,沾染了玻璃外的热,没那么凉。

他从后排拿了一件外套披在秦七襄身上。

车里也熄了灯,周围再无一点人造光源,他感觉自己像是蛰伏在旷野里。

耳畔听得她轻吟了一声。

秦七襄翻向车门那侧,外套向下滑,露出纤细的吊带和分明的锁骨。

周倬掖住外套两边,重新替她盖好,掩住了裸露在外的大片细腻皮肤。

她去酒吧前特意换了衣服,低胸露背吊带加短裙,分外大胆。

为了见宋崇朝吗?像徐姨说的那样特意化了个妆?

周倬凝视着落在她脸上的寥落光影。

光点沾上她湿润的嘴唇,唇瓣微微张开,发出细微的"呼呼"声,像只酣睡的小猫。

她还是从前的模样,一样会为了喜欢的人特意打扮,却又有许多不同。

心忽然跳得飞快,周倬伸手轻轻拭去了她唇上沾的酒液。

指腹传来的弹润触感让他心悸,拇指偷偷地抚了一下她的嘴角,湿润热气扑上指尖。

周倬似乎被灼了一下,迅速收回手,转开头,呼吸错乱。

视线盯着手指,指尖来回揉搓,揉开黏腻湿意。

他喉结滚动,只敢直视前方黑暗。手指搭上方向盘,轻轻敲击,声似马蹄,阵阵催得人心烦意乱,同四年前那夜一样。

当时,他开着车独行在回家的高速上,满天星光落满车窗,他心情糟乱,只得临时停进服务区,坐在车里,一夜到天明。

那要追溯到他在国外读书的第一年,许多事情忙忙乱乱折腾了他一年,从生活到学业全部要一个人搞定。

他刚出国的时候,秦七襄还会给他发些消息,隔着时差,他们同时在线的时间只有早上那两个小时。

  他总在赶去学校的路上才能同她说上两句，但街边往往会经过一些混着难闻叶子味的流浪汉。

  他就得收起手机，快步离开这些危险的疯子。

  这样的联系断断续续维持了几个月，忽然断在某天清晨他一句清清淡淡的问候上。

  再发消息过去，对面也没回音。这大概就是秦七襄成年后的礼貌离开了。

  他知道，十三个小时的时差意味着，他所有的活动时间里她都在深夜中熟睡，而当他忙碌了一天倒床就睡时，她开始醒来。

  他们之间的消息，往往时隔十个小时才有后文，加上时常网络不好，大多数时候，两人都只能自说自话。

  她会疲倦和离开，完全是他预料之内的事。

  没人比周倬更懂这个妹妹。她是静不下心的人，等待于她来说是难言的痛苦，无趣于她是最大的原罪。

  她爱自由，爱变动，爱极限，爱一切危险不可测的事物。

  又怎么可能会真的同他来一场漫长的异国恋？

  只是，他明明都知道，却还是想问一个结局。

  于是，他终于完成年底的考核，趁着圣诞假坐上回国的班机。

  他想去见她，至少给自己一个答案。

  那时，秦七襄还在读大学，他落地不曾回家，寻了个回母校的理由，请她吃饭。

  刚下完雪，包厢的落地窗外一片洁白，阳光洒下，雪地上闪耀着碎星般的光。

  无瑕雪地被两串黑色脚印破坏，脚印延伸，像是冬日的捕鸟器旁洒下的谷物，于终点处捕获了两个结伴而行的人影。

  捕获的人影似有所感，从雪色旷野中抬起头，露出他遥想多日的那张脸。

  目光相接时，周倬突然明悟，原来自己才是被捕获的那只鸟。

  很快，包厢门被推开，秦七襄姗姗来迟，身旁还带了一个人——宋崇朝。

  虽然他本想要个两人空间，但毕竟三人都是一同长大，他身为兄长，多加一个也无妨。

  有些话，可以结束后再问，反正他还有时间。

  宋崇朝初见周倬时，非常热情，娃娃脸笑成了一朵花，直拉着他"叭叭"个不停。

  周倬用余光看向秦七襄，她安静地饮着果汁，目光飘向窗外，枯枝在寒风中摇动，有飞鸟掠过天际。

  直到宋崇朝坐回她身旁，她望着他开口：" 周倬哥，给你介绍一下，崇朝现在是我男友。"

  他僵在那里，定定地看着她，半晌后才扯出一个微笑："那恭喜你们。"他不由自主地捏紧口袋里的礼物盒，方盒的尖角硌得他手指生疼。

  有些问题已无须再问出口，难怪两人会断了联系，原来她有了新恋情。

  这样或许也好，不必吃异国的苦，至少身边有人陪伴，情感有了着落。

她正是年轻充满活力的时候,每日玩乐正嗨,才不负青春好时光。

饭后,他送他们一同返回,他走在宋崇朝身旁,眼角余光再不敢往她身上落。

当作哥哥也好,他可以收住心,再退回那个位置,一直在那个位置。

送过石桥,他看着桥下的清澈水流,停下脚步,将为她准备的对戒送出,却改口,变了本意:"送你们的祝福礼。崇朝、襄襄,我们这么多年的感情不易,要互相多体谅一些,珍惜善待,天天开心。"

宋崇朝迅速立正担保,在这世上只有秦七襄欺负他,没有他反过来欺负她的时候。

这话逗得她直笑,周倬望着她肩头在不停耸动,转开脸,面向桥下流水。

落日坠入西山,江面拖曳着金光,像是一片烈焰灼热。他听见自己的沙哑嗓音:"我就不送你们了,今晚我要开车回家。"

他目送两人的背影消失,开车,驶上回家的高速。

漫长的高速公路直延伸到天际,天边落日收尽余晖,繁星爬上苍穹。

他心烦意乱,车速时快时慢,最终停进了服务区,坐在车里发呆,手指轻敲方向盘,"嗒嗒"声催动着他的心跳。他睁着眼,看繁星逐渐坠落,旭日东升。

后来,他返回国外,再不敢打扰她,只通过和家人的通话,侧面了解她的故事。

他知道,以他的野心和执念,多接近她一分都会让三人的平衡彻底失控。

从自己几乎视为弟弟的人手里抢人吗?

他并不在意崇朝的看法、别人的看法,只不过他一向很能忍耐。

就像旷野中蛰伏的野兽,这些年来,他耐心地等着她的恋情分分合合,终于等来了她分手空窗期的消息。

他抛下一切赶回国。结果,再一次见面,她身边围着的还是宋崇朝。

一个两个喝醉了酒,嘴里都只有对方。

周倬想起在酒吧里,那个一遍遍叫着"襄襄"、哭哭啼啼唱着情歌的男人,闭眼哂笑一声:"你就喜欢这样的?"

秦七襄还在身旁熟睡,呼吸声飘散在空气里,他望向她恬静的脸:"换一个。"

5

"咚咚咚——"房门被砸出巨响。

秦七襄猛地睁开眼,头痛。门外是老妈叫她起床的怒吼声。

她应了一声:"马上!"揉着宿醉的头,拉开窗帘。

窗外灼眼的阳光刺激得瞳孔收缩,她往床里一摔,不想动弹。

大脑像生锈的齿轮,一顿一顿地转动,她逐渐想起昨晚的事来。

自己似乎在周倬的车上睡了一会儿,他和自己说了什么来着?

记忆里只剩下一点光影,其他都忘了,她好像答应了他什么事。

门外老妈的吼声又响起,她浑身一震,立马溜去洗漱。

直到她神清气爽地走出卫生间,老妈正在餐桌旁等她,目光仿佛能杀人。

大热天的，东北方向某省又遭遇一场强台风，老爹被紧急调去技术支援，下周才能回家。

家里就她和老妈两人，她免不了要遭老妈的毒手。

老妈不爱做饭，这两日天热，她攒了一肚子火，吃完饭把碗一撂，就让秦七襄去刷碗。

老爹不在家，脏活累活大王还得分担。

大王分外悲伤地立刻下单了一台洗碗机，从此告别洗碗家务活。

折腾到下午，手机消息提示音响起，她迅速划开屏幕。

还以为是 Lucas 回了她消息，结果两人的聊天界面一晚上安静得很，倒是周倬叫她出门一起去挑露营装备。

她终于想起昨晚答应了他什么：带他一起去看后天的英仙座流星雨。

行吧，带上一个壮劳力去提装备，说不定还能擦出一些……她想要的东西。

午后阳光肆意，无孔不入。

她打着遮阳伞跟着周倬走在街边，头顶盖着一片阴影，阳光却被地面反射，热烘烘的，像是要撕下她一层皮。

两人躲进一家商场，冷气扑面，她呛出了两个喷嚏。

周倬指了指一旁的甜品店，询问要不要来两支甜筒。

秦七襄："不要，要冰沙。"

甜品店里播放着强台风的受灾新闻，他们排队等了些时间。

前面的情侣讨论着暴雨倒灌进地铁，损失严重，想要去募捐箱捐款。

秦七襄看着屏幕里洪流倒灌的画面，不禁担心起在前线支援的老爹，低头发了条消息问候。

老爹立马拍了段视频发来。

视频里，气象局被洪水淹了，老爹蹲在铁皮柜子上，却笑嘻嘻地同她说："这种场面，小问题啦。闺女知道担心我哦，好感动。"

她忽然间笑也不是，气也不是，皱眉仔细盯着黄色的水扑打着铁皮柜，对老爹发出夺命连环拷问。

周倬捧着青绿色的冰沙递给她，两人手指微微一碰就分开。

她只觉他指尖浸了水珠，冰得彻骨，抬眸瞧了他一眼，没吭声。

周倬："怎么了，魂不守舍？"

她抿了抿唇，把手机静音，再给他看老爹那段视频。

周倬的脸色也严肃起来："那边情况这么严重？秦叔那边有人去救援吗？我联系一下我朋友。"

秦七襄摇摇头："他说马上就有人来了，救援人员怎么也不会把气象局给忘了的。我就是担心……这次不知道要有多少伤亡。"

那对情侣接了她的话："听说有人在河谷露营，帐篷都被洪水冲跑了呢，人差点就没了。怎么总有人喜欢往野外跑，命都不要，真是有病呢。"

秦七襄下意识地想要点头,但不清楚对方聊的是哪条新闻,又觉得哪里不对劲。

她眨了眨眼,突然意识到,不对啊,自己不也喜欢往野外跑吗?

放在别人眼里,也觉得自己有病?

她还没组织好语言,周倬已经开口:"那个人是外业测量队的,是差点牺牲在一线,不是添乱。"

秦七襄这才知道是哪条新闻,那对情侣说的那个人,是忙着为这次灾情的地理数据做量测校准,奔波在最危险的地方。

只是现在的网络信息太碎片化,传播着就变了味。

她垂下眸,捧着冰沙离开了甜品店。

秦七襄跟着周倬上楼,心情有些焦躁,不免吐槽他走了半天,也不知来买什么。

周倬看了眼扶梯,商场天顶的大玻璃折射着炫目的阳光,像是圣光倾泻而下,耳边回荡着悠扬的钢琴声。

周倬:"楼上有一家旅行用品店,去挑个帐篷。"

秦七襄随着他的目光看去,阳光将他笼罩,刻画出明亮的骨相,她一时语塞,嘴唇发干,舔了舔。

冰凉水珠从指尖落下,砸上她的脚背。

她被冻得哆嗦一下,胡言乱语道:"你也想被骂有病?"

周倬被这一句逗笑了,半天没停下来,揉了揉她的头:"你这脑袋怎么长的,这么有趣?"

头发被揉得微微蓬乱,柔软又温暖的掌心下,她焦躁的情绪被安抚下来。

反正老爹那边肯定没什么事,管别人怎么想怎么看呢,又影响不了她的生活。

她唯一要关心的就是好好生活,后天去拍流星雨!

周倬说的那家店名映入眼帘,她眼中陡然泛起亮光。

是一家知名的品牌店铺,她看上他们家的新款很久了,奈何囊中羞涩,只得哄着自己说一个人用不上太大的帐篷。

当他挑完一堆配置,顺便给她也升级了一些装备后,她感受到了一种财大气粗的美感。

只是,她拉住他付款的手,将他拖到一边:"哥,咱们要带的东西太多了,你知道我的望远镜、三脚架、赤道仪、电源……会占多少空间吗?你那个帐篷,一室一厅的,光塞进后备厢,就不剩什么空间了,换个小点的呢?"

周倬:"我知道,换辆大点的车就好。"

秦七襄:"那也放不下啊!"

周倬:"你不是去拍流星雨吗?带那么多东西干什么?"

秦七襄:"我也有帐篷、椅子、充气床啊。"

周倬看了眼挑好的装备,仰头示意了一下,她还未领会他的意思。

他轻笑:"那不是吗?"

她这才瞬间反应过来,这是不分你我,都用他的新装备是吧。

经历了 0.01 秒的挣扎后，她点了头："有点道理。"

周倬："是很有道理，傻不傻。"

秦七襄立刻将冻得手指发寒的冰沙拍进他的掌心："你拿着。"

她指尖清凉的水珠流进他的掌心，冰凉沁骨，他下意识地捏了下，碗身凹了进去，留下一道指印。

虽然光滑，却和皮肤不同，也比不上牵手时的触感。

他掏出一张纸巾替她擦干手上的水，拉着她回去付款。

他们拖着一堆装备往车库走，又碰见那对小情侣。小情侣远远地指着他们，在交头接耳。

她干脆眼不见为净，自顾自地往前走，却听见那个男生的话："肯定是想凑流星雨热闹的人啦，后天就是高峰期了，现在才来买装备，唉，肯定看不到啦。"

她闻言觉得有些不对劲，回头瞪了一眼。

那男生还在自顾自地说着，有些来劲的意思："你看都提了摄影装备就知道肯定是想拍流星雨啦，但他们到底懂不懂啊，新手都犯这种错。其实这几天晚上都有流星雨，没必要挤高峰期啦。"

秦七襄：……我？新手？

她一捋袖子，想去还嘴，迈了两步，又考虑到对方没指名道姓，开始纠结自己这样闹会不会显得太小气。

周倬拍了拍她，她冷着一张脸回头，瞪了他一眼。

他笑了下，指着一旁的花店，买了一大束鲜花塞她怀里。

芳香扑鼻，争妍斗艳。她双手搂着花，都觉得有些环抱不住。

视线再往小情侣那里一瞥，对方已经把脸拉得老长，女方掐着男方，快步溜走了。

她忍不住大笑起来，边笑边指着周倬道："笑死我了，你这人真的挑事的一把好手。"

周倬将她掉落的发丝顺到耳后，相当平静无辜地反问："你说我挑了什么事？"

那可多了去了，还兵不血刃，心眼真黑。

她搂了搂花，想将其塞进周倬怀里，又看见他拖的一堆装备，遂又作罢。

秦七襄笑道："装？还装！没想到你是这样的人！心眼坏得很！"

说完，她彻底放松下来，把花塞进后排，伸了伸懒腰，手搭上车门："你这几天没事干？"

周倬将东西放进车里，直起身，轻巧地合上后备厢："还好，在等审批。晚上想吃什么？"

洗碗机还没到，她不想回家刷碗，又一次经历了 0.01 秒的挣扎，决定去吃馋了很久的那家店。

秦七襄坐在干净整洁的店铺里，等着老板娘上菜，撑着头无聊地发出些不明意义的音符。

周倬仔细听才听出她在哼歌。歌声轻得像清晨的林雾，缥缥缈缈，似有若无。

他慢慢捕捉，终于听清一句："We're swimming in the frozen sky.（我们在冰冷的天空中遨游。）"

他想起，这是那部经典卡通动画《雪人》的主题曲 Walking in the Air（《漫步云端》）。

在他们还是两个小不点的时候，大人们在客厅里聊天，两人就缩在房间的床上，她靠着他的肩，一起看这部动画片。

光盘在老式的 DVD 播放机里转圈，电视机嗡鸣着发烫，雪人画面在不断循环。

轻灵如冰雪一般的歌声飘进耳朵，房间的温度随之降低，似乎也飘起雪来。

雪意在大脑中刻下了无法磨灭的记忆。

只待成年后的不经意间，再次从唇边飘出，将人拖回似乎飘着雪的午后。

老板娘这时端上了两碗面，热气腾腾的，水煮蛋切开两半在面汤中沉浮。

秦七襄用勺子将黄白相间的水煮蛋压进汤里，浓醇的汤汁浸泡汤勺，她先尝了一口汤。

鲜香的味道在口中萦绕，舌尖被烫得发麻，她不由得吐了吐舌头，吹了吹，眼角腾起泪花。

周倬握拳掩笑，被她一瞪，立马收敛了笑意："刚上的，放一放再吃。"

她边用手给嘴巴扇着风，边转头环视店内装修。

时隔多年，店面扩大了许多，但熟悉的味道没变，还是和记忆中的一样美味。

人们常说记忆会将事物美化，念念不忘的人间至味也可能只是一碗普通的菠菜豆腐汤。

"我这人口味淡，在我看来，人间至味确实是菠菜豆腐汤。"周倬理所当然地接上她的感慨，将她乱飞的神思拉回。

她才想起，周倬从小性子就比较寡淡，从未对某样事物展现巨大的兴趣，平日里看书一坐就是一天。

过去，她总在滚了一身泥被母亲拎着耳朵从楼下经过时，抬头撞上周倬恰好坐在阳台的藤椅上看书。

无论是阳光明媚，还是阴云密布，他总是清淡地坐在那里，翻阅着雪白的书页。

他与她这种口味喜好一时一变，随时说走就走的人完全不同。

她不免问道："周倬哥，这些年你都没有遇到过一个令你心动的女生吗？"

周倬看着她的眼睛："有。"

秦七襄："那你一定没谈过恋爱，暗恋无果。"

他眼中闪烁着细碎的星光，露出一种颇感兴趣的表情，一抹笑轻飘飘地从嘴角掠过，像是一颗转瞬即逝的流星。

周倬："你怎么知道？"

秦七襄："因为恋爱过的人不是你这样的，我们眼中的万物都很新鲜有趣，不会觉得清淡。"

话音落下，周倬眼里细碎的星光被镜片遮住，神色晦暗不明。

她心头一跳。

良久，周倬才扯了抹冷淡的笑："你眼中，是什么样的？"

见他笑了，秦七襄心头掠过的一丝怪异就如春日落下的细雪般，转瞬消融。

她淡淡开口，似乎陷入了某种回忆："周倬哥，我曾无数次走过这条街，那时候天边的云，在我眼中是那样平常。

"可有一天，我转过街角，看见一抹淡粉色的纤云，我忽然想将它拍下来，分享给一个人。

"那一瞬间的分享欲，和分享后收到对方发来的世界另一处的彩云，让我同时拥有了两朵漂亮的云。

"一旦有过一段亲密的恋爱关系，人就无法再回到清淡和乏味中。所以你没有恋爱过，这太明显了。"

周倬忽然低头，长叹了口气。他语气轻飘飘的，似乎要飞到云上去："襄襄，你长大了。"

她敲了敲桌，被气笑："周倬，你别拿出你那副家长做派，多大人了，我是不是还要给你加加油，让你也快点长大啊？"

周倬瞬间回过神，盯着她的眼睛："抱歉，但我没恋爱过，确实需要学习成长。"

秦七襄："哈？不是，哥，你以为感情是数学题吗？怎么像小孩似的？"

周倬："感情不是数学题，但也需要认真学习。"

她不置可否地点了点头，日头渐落，面已经凉了，她低头吹了吹，吸溜几下吃光，连汤也喝了个干净。

离开前，老板娘说他们很久没来了，感觉有五六年没再见过。

周倬笑道："您还能记得我呀。"

老板娘送了两瓶饮料："那是，我这店里来来往往的都是学生，总往这儿跑的，我都能记得。"

提着饮料回家的路上，秦七襄才慢慢想起她第一次走进这家店，是跟着周倬来的。

后来上了高中，她总拉着闺蜜来吃，时间久了，对这家店的印象就只剩下和闺蜜坐在一起，笑啊闹啊，其他的场景像日出后的晨雾，轻飘飘地消散了。

原来，在覆叠的记忆之下，他给她留下的影响是深远而无形的。晨雾看似消散了，却早已渗入泥土。

可恶，竟然还说她长大了，长大了也没能摆脱这份影响。

真是讨厌死了。

第二章 环状星云

⋅⋅ 尘封往事揭开 ⋅⋅

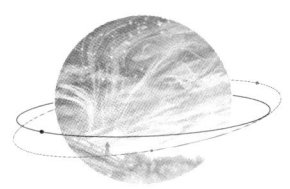

1

天朗气清,雨水还未至。

秦七襄在将各类设备装车之前就连着看了几天的天气预报。

那对情侣说的天气情况也没错,今天是英仙座流星雨的高峰期,前半夜晴朗少云,后半夜会转为多云。

英仙座流星雨持续时间很长,基本上从 7 月底开始就不断有流星经过。峰值大约在明日清晨六点,每小时能达到 110 颗,整个期间内越接近峰值,流星越多。

夜间十一点左右英仙座会从地平线升起,持续到凌晨一点左右,几乎都是拍摄的窗口期,也就是最适合拍摄的时段。

直到凌晨一点之后,开始起风。东南风会逐渐将高空的厚实云层吹来,慢慢遮蔽天空。

明天是个阴天。

秦七襄躺在副驾驶座上,脸上盖了一张纸巾遮阳,眼皮上仍跳动着红光。周倬开车行驶在去水库的路上。

盘山路弯弯曲曲,偶见 120 度的回头弯,峭壁横生,遮挡视线。幸亏他的车技还算好,在这种路上也能平稳地让她安睡过去。

再醒来,她拿下遮脸的纸巾,阳光通透,周围青山绿水环绕,他们已到达目的地。

下车,安营扎寨。

水库很大,波光粼粼的,水风吹来,燥热散去。远处有零星的帐篷或天幕搭起,几个中年男人坐在折叠椅上,鱼竿一甩,惬意地享受阳光,等待着鱼儿"愿者上钩"。

秦七襄和周倬一起将帐篷拖出,展开,支起,折腾半天才把帐篷搭好。

还没过下午四点,天空烈阳仍高挂。

　　她躲在帐篷里喝着冰镇饮料，便携风扇吹出的风拂面，她顺手丢了个青提入口。
　　周倬在帐篷外搭着烧烤架，进来见她斜靠在充气沙发上，一副山大王等吃等喝的模样。
　　他笑得无奈："你也干点活吧。"
　　秦七襄："哥，你说干啥，我保准干得利落。"
　　见他的眼神落在她手中的饮料上，她立刻会意，从保温箱里拿了一瓶冰镇饮料递给他。
　　周倬摇头："你会调冷泡果茶吗？"
　　"不会！"她回得理直气壮。
　　"很简单的，我教你。"周倬一眼就看穿了她想偷懒的本质。
　　结果，她往沙发里一倒，扭成一条虫："不会，不会，学不会！"
　　人被他强行拉起来坐好，手里还被塞了一个玻璃杯。
　　接着，周倬将秦七襄身旁的青提、柠檬丢进壶里，压出汁水，再放入冰块，挤一点青柠汁。
　　他拿出早上做好的冷萃茶，倒了八分满，再将她刚刚递来的果汁倒入壶里，最后加点糖浆。
　　周倬稍微搅拌一下果茶，示意她端起玻璃杯，给她倒了半杯茶后，他问："学会了？"
　　"没有！"见他还要开口，她忙捂上耳朵，"听不见，听不见。"
　　"学不会的话也没关系。"他微微笑了笑，见秦七襄放松警惕，抬眼看他。
　　他伸手撩开门帘，腕表在阳光下反射耀眼的光，随着动作闪烁："你可以做点苦力。"
　　她顺势往沙发里一瘫，装死。
　　"听话，一会儿给你烤肉吃。"见她不动，他温声报着菜名，"鸡腿？牛肋条？和牛？秋刀鱼？"
　　原本她还不愿动弹，一听秋刀鱼顿时来了兴致，直接弹起："哥！鱼！牛！"
　　在这种环境里，他什么都准备好了不说，连鱼都能搞来一条，这是真牛！
　　周倬得了夸奖，浅浅笑了下，走到帐篷外。阳光热烈，他弯腰拾起一篮水果。
　　秦七襄跟在身后，嘴里仍在念着："哥，鱼！你竟然还带了鱼！"
　　他将一篮水果塞进她怀里："旁边有条小溪，你把这篮水果放进去，用冷水泡一泡，会清凉一些。"
　　秦七襄："浮瓜沉李，我懂。哥，鱼！好吃！你方便处理吗？"
　　周倬："我已经处理好啦，你回来就能吃。你要钓鱼吗？我有带工具。"
　　她惊异道："啊？你这一趟，到底准备了多少东西？"
　　周倬："入夜还早，我怕你待久了无聊。"
　　秦七襄："辛苦哥啦！我去干活。"
　　她洗完水果回来，烤肉的香味浮动在空气中。

秦七襄一路狂奔，乖巧地坐好。周倬夹起一片生菜，将烤肉刷上酱，包好递给她。

她满满咬了一口，汁液溅出，咸香流淌在舌尖，美味到她眯上眼睛，舔唇。

风卷残云，秦七襄吃得有些撑，看着桌上切好的黄澄澄的菠萝，只能干瞪眼。

夕阳西斜，热气渐消，红艳艳的余晖洒满前方的草地。

周倬见秦七襄捧着肚子浸没在余晖里，料她是吃多了，便收拾工具，催她起身去四处转转，消消食。

她甩着手臂，来回走动，挑了个无遮挡的观测位置，开始架拍摄仪器。

流星雨中的流星可能出现在天空的任何位置。冠名英仙座，只是因为所有流星的轨迹延长成线，会以英仙座为辐射点。

故而最合适的观赏方法其实是在四野无遮挡的地上铺一张防潮垫，无须望远镜，裸眼躺着看。

但对于拍摄者而言，一台相机不能覆盖整个天空，需要多台相机。再配上超广角大光圈镜头，面向不同方位进行连拍或者延时摄影，捕捉转瞬即逝的流星。

秦七襄预算有限，只准备了两台相机，一台装上赤道仪追踪英仙座，一台安排好漂亮的前景构图固定机位拍摄。

流星雨会持续一整夜，在这段时间里，英仙座将围着北天极，于午夜之前从地平线东北方升起，一直升到天空 50 度左右的位置。

这意味着辐射点很快会从固定好的相机视野中离开。

这时，赤道仪的用处便体现出来，它能自动调节相机角度，一直跟踪英仙座的运动轨迹。

因此画面中星空的位置会保持不变，方便后期叠图。

当她安置好所有仪器后，掏出手机，寻了个好看的角度认真地给仪器拍了几张照。

追星 App 群里一阵喧嚣，前几晚已拍摄了早期流星雨的人在不断分享图片。

前夜，那个管理员 Lucas，终于回了她消息，距离她上次发消息过去了三十个小时。

对方和往常一样冷淡，给她指点了一些技巧，又表示他最近比较忙，流星雨会去看，但不会拍。

鉴于他人在国外，考虑到时差，她在夜间收到的回复，应当是他在早晨发出的。

那其实三十个小时也还好，毕竟本来就要剔除十三个小时的时差，那也不算是故意冷落她。

她修完仪器照片准备发送给 Lucas 时，手指却停在勾选图片的界面，反复斟酌构图。

她抬头，暮色四合，远处黛紫色的山峦虚化成雾。水库无灯，她看不清四周的景色，眼中所见全是昏黄底片上的剪影。

周倬在帐篷前挂上露营灯，其他装备已被他收拾完毕，温暖的灯光铺上他的肩

线,勾勒出一道光边。

他正抱着薄毯向她这边走来。

她低头,放弃发送,还是觉得构图不够好看,远没有大自然用自己的神之手绘出的造景美丽,而这里最美的场景其实是入画的周倬。

她总不能拍周倬给别人看。

何况她的设备虽然不差,但在大神眼里可能不太够看。

她转而在同 Lucas 的聊天框里输入了一段问候,说自己这边太阳刚落山,天气很好,在等流星划过天空。

知晓对方那边现在正值清晨五六点钟,未必会回。不过等到午夜时分,英仙座升起,流星量会大起来,那时对方那边几乎处于正午,差不多应该会有回应。

总会有的吧,群里闹腾得像过年,大概能把大神吸引出来冒个泡。

周倬放好凳子,坐在她身旁,拿了罐驱蚊的青草膏给她。

她收回手机,倚着靠背,慢慢地将膏体涂在裸露的皮肤上,肤感清清凉凉的。她嗅到青草的香气,冲他笑了一下。

夕阳收尽余晖,星星尚且稀疏,无灯无月的水库边,她其实不太能看清周倬的脸,估计他也看不清她的笑。

"调试好了吗?"周倬温声问她。

她应声,准备先试拍几段,再开延时摄影。

话还没说完,天空居然划过一道流星。

绿色的,速度极快,非常短暂,几乎像是幻影。

她弹起身子,拉住周倬的手臂,叫了一声:"哥,流星!你看见了没?"

"好可惜啊!我没看见。"他望着她模糊不清的脸,能感受到她自内而外地兴奋。

其实没看见也不算可惜,因为他刚刚在目不转睛地看着她,听她说话。

他很久很久,都没有这么看过她了。

她比流星珍贵。

那颗流星划过后,秦七襄等了许久也没见到下一颗。

天完全黑下来,繁星闪烁着,银河璀璨。

她根据试拍效果,调整完镜头后,就坐在一旁慢慢等待。

仙后座刚刚升起,英仙座还未冒头,北极星明亮,上方天龙座横跨天际。

等待的时间漫长,她枕臂躺下,欣赏绚烂的银河。

银河之上,天龙座以东,有一颗明亮显眼、忽闪忽闪像是在温柔呼吸的星星,是著名的织女星,别名七襄。

她不免叹道:"织女星好亮啊!"

秦七襄一向坚定地相信父母为她取名,取的是织女星的别名。但是父亲打死不认,坚持说取自"终日冥搜谩七襄",意为反复推敲才能成诗,希望她做事做人踏实肯干，反复推敲。

信了他的鬼，起名的时候他怎么知道自己生了个喜怒无常、偏爱撒野的女儿，居然想用这个名字来教育她。

所以"七襄"一词，一定是解释为织女星，她不接受反驳。

毕竟织女星是全天最亮的恒星之一。

在北半球的夏季，晴朗的夜晚，即使身处城市，抬头也能看见三颗明亮的、构成一个大三角形的星星，这便是著名的夏季大三角：织女星、天津四、牛郎星。

三颗星星之中最明亮夺目的就是织女星，在万年以前，织女星才是北极星，为远古的人指引方位。

因为它太过显眼，总被寄托上人们的无限遐想。

这样一想，周倬躺在草地上，转头看秦七襄，细长的草叶从脸侧划过，微微痒痛，他回了句："七夕快到了呢。"

算了算，下周就是七夕节，街上估计会遍布牵手散步的情侣和卖花的人。

又有流星划过天际，从织女星的下方掠过。绿色的尾迹很长，差不多横贯了半个苍穹，在视野里呈现出天顶的弧状曲度。

他的话便被她一声惊呼打断："哥，火流星！你看见了吗？"

周倬："看见了，尘埃碎片很大，划过大气的焰火很美。"

秦七襄再度叫了一声："还有一颗！"

又有一颗白焰流星紧接着划过，比烟花绽放的瞬间还要短暂。

秦七襄："哥，流星的光有绿、红、白、黄等多种颜色，你知道英仙座流星雨大多是什么颜色吗？"

虽然这个问题问得有些傻，但他还是捧了场："我刚刚看到的绿色比较多。"

秦七襄："对，英仙座的流星大多是绿色的。流星颜色与金属元素含量有关，主要成分是镁，则会发出蓝绿色的光。"

周倬微笑着补充道："以及，英仙座流星雨的特点是流速快，同大气摩擦产生的高温足以让氧气电离，产生绿色的尾迹。"

她侧过头，隔着尖尖的草叶同他对视，天色如墨。

黑暗之中，他的模样同远山重叠，唯有眼眸亮晶晶的，似乎天上的星辰都坠落在他眼里。

秦七襄："哥，你还记得我们小时候见过的那颗野流星吗？"

"记得。"周倬侧过身，似有流星从他眼中划过。

那是个盛夏的夜晚，西太平洋刚生成了一个热带风暴，风眼尚不清晰，同时其北部已有一股超强台风正在西进，即将登陆。

第二天，热带风暴连跳三级，开出了清晰的台风眼，迅速增强为强台风。

两股台风互相影响，即将登陆的台风路径变得扑朔迷离，他们的父母都在紧急加班分析其复杂系统。

父母不在，秦七襄一个人在家里待着无聊，勇敢地溜出门，在一个废旧公园里，

拿着竹竿捉蝉。

她跑累了，就在高高的假山上，背着手巡视领土，扮演整个山头的王。

夜色已深，公园里熄了灯，银河挂在头顶。她扶着假山石，挥袖高歌，感觉整个宇宙都被她收入袖中。

山下走来一人，漆黑的影子渐渐靠近。这时她才突然感到害怕，闭了嘴，缩进假山洞里，双手合十祈祷：我是大王，我不怕，没有鬼，没有鬼。

眼前浮现周倬熟悉的脸，他眉头微皱，有些冷肃："秦七襄，你在干什么？"

令人心安的声音落入耳中，即使含着薄怒冷意，也让她心头一松，"哇呜"一声扑进他怀里："哥，吓死我了，吓死我了。"

她鼻涕眼泪一起涌出，反把周倬吓了一跳。他拉开她，上上下下地仔细检查，怒气消散，也放软了声线，哄着她别哭，反复询问有没有遇到危险。

见她没事，他才捏着她的后颈教训了一通，将她带下来。

今晚，周倬接到父母的电话，说是有紧急任务，暂不回家，嘱咐他早点休息。

他意识到秦叔和徐姨应该和父母一起加班，秦七襄不可能早睡，必然会在家里闹腾到半夜，但隔壁的灯一直熄着，一点动静都没有。

于是他不放心地敲了半天门，果然没人。

她太皮了，一时半会儿安静不下来，不在家闹腾，就应该是溜去外面闹腾。大晚上的一个小女孩在外乱跑，怎么想都让他惊出一身冷汗，立马出门去找人。

知晓两人父母都肩负着重大任务，他怕影响到他们，并未报告，先自行寻了几个可能的地点。

果然让他在公园的假山上看到那个小小的影子，挥舞着手，也不知在干些什么。

总之，人没事就好。不过，这坏习惯得改，需要教训一番。

但他用湿巾替她擦干净眼泪鼻涕，再想开口训人，气势已经弱了。

她抱着他的腰，不断撒娇祈求："哥，你不要告诉我妈好不好？我会被揍的，哥，求求你，我被揍了好可怜的，我下次不会单独溜出去了。"

他绷着脸扭开头："知道害怕你还敢一个人溜出去。"

她装作在假山上撞了腿，蹲下身子抱腿假哭，演技一般，倒真哭得他心慌。

他只能扶起她哄着："我不告诉徐姨，但你以后不能这样。夜里看不清路，不说遇上坏人，万一摔坑里、掉湖里怎么办？路人都看不见你，谁还能去救你？"

她连连点头应是，乌黑水润的杏眼眨啊眨，乖巧得像她是无辜者，他才是恶人。

秦七襄："哥，我下次再也不会自己偷跑出去玩了。"

见他脸色仍发寒，对她的保证持怀疑态度，她立刻竖起手发誓："以后我想出去玩，一定先找哥哥，事事报备，绝不落单。"

他吸了口气，算是默许，将此事当成两个人的秘密，带她回家。

她却本着演戏要演全套的原则，仍旧抱着腿喊疼，不肯走动。

不得已，他蹲下身子，她兴奋地往他背上一跳，温热的皮肤相贴，他扶稳她的双腿，背着她往回走。

这时，她又恢复了山大王的嚣张本性，又唱又笑，笑声像阳台上的那串风铃，在微风中清脆作响。

她大约意识到不能太过得意，将头埋进他颈间，压抑着笑意，肩头一颤一颤的，憋笑声从他耳畔溢出，温热的呼吸含着水汽扑上后颈。

周倬："襄襄，别笑了，很痒。"

他双臂颠了一下，将她抬高，周倬沉着气一步一步向前走，星辉洒满回家的路。

秦七襄："哥，流星！"

他抬头去看，头顶撞上她的下巴，微痛。

一颗亮绿色的流星划过天际，尾焰发红，转瞬即逝。

这是一颗野流星。

一粒在宇宙间迷路的尘埃，偶然被蓝色星球的引力捕获，划过大气，燃烧出最绚烂的色彩。

晚风越过旷野，草浪起伏，硬硬的草尖来回从脸边擦过。野外寂静，五感被放大，脸上被似有若无地刺挠着，让秦七襄总想去抓痒。

抓不着，挠不开，连心口也发躁。

2

夜间温度逐渐降低，午夜之后，草叶被露水打湿，周倬给秦七襄披上防潮的薄毯。

英仙座已经升起，白茫茫的银河流过天顶。

时有流星划过，拖曳的尾迹多是亮绿色，眨眼间就消失不见。

秦七襄看多了流星已经失去了初见时的兴奋，虽有相机在身旁持续曝光，但还是忍不住用手机调整模式，即拍即出图。

两人躺得太久，聊天都聊得累了，嗓子有些干，秦七襄喝了杯下午的冷泡茶，润了润喉。

相机已换了两个备用电池，她对目视流星失去了兴趣，掏出 20×80 双筒望远镜开始巡天。

80 毫米物镜，增加光线进入镜头的量，适用于夜间观星。但用作巡天，20 倍率有些大了。

周倬见秦七襄举着又长又大的望远镜，胳膊支在膝盖上，来回巡视，不免问她："你带口径这么大的双筒，拿得动吗？"

望远镜口径越大越重，80 毫米相当于一台小型天文望远镜，净重 2.5 千克，当然拿不动，没举两分钟手腕就会酸痛。

况且倍率会随着口径一同增大，高倍望远镜免不了一个老问题——抖。

视野里的星星都晃成了虚影，她不得不减轻呼吸，将手肘支在膝盖上以作支撑，减轻抖动。

效果不佳，她不免叹了口气："我只有这一个双筒，当年不懂，想着口径越大夜视效果越好，观星越清晰，不听老人劝，头铁买了它。一开始的时候还很满意，后来升级了装备，它就只能吃灰。现在拿出来，发现是真难用啊！"

周倬提出建议："加个三脚架呢？"

她转向相机的方向："三脚架都在那儿呢，我一共就两个。"

周倬："我带了，去给你拿。"他起身，身影渐渐没入夜色。

远处的帐篷上挂着孤独的露营灯，仿佛黑暗海底的一点萤光。

朦胧的繁星背景上，一颗火流星划过，落入低层大气，忽然爆开，绿光瞬闪，映亮了半边天空。

黑漆漆的树林显露出清晰的影子，只是瞬间，眼睛尚未来得及告诉嘴巴要惊呼，光芒已消失不见，只留下了一道纤长的尾迹，由绿转白，久久未散。

这颗火流星的爆闪大概是它生命的最后绝唱，意味着在那一刻，大气将它完全磨损成一缕青烟。

能见到这样的场景，实在是幸运难言。

等周倬带着三脚架回来，秦七襄不停地向他描述刚才那一幕有多壮观。

很可惜，他又未能看见，只感觉眼前忽然爆闪了一下，等他抬头，只剩下一点流星的白色尾迹。

追流星总会这样，纯凭运气，有可能在一个点位蹲守一夜，什么也没等到，刚一转身放弃，忽然那里却又流星如雨。

装上三脚架的双筒望远镜稳定多了，固定好角度后，秦七襄贴着目镜细看视野里的明星。

在这处小小视野里，明亮的各色星星密集得数不清，像在深色的天幕上缀满了碎钻。

视野中的星星比原先多上数倍，亮度也增强许多，有些暗星璀璨得同那些夺目明星一样。

这使得肉眼无法清楚分辨亮度，难以找到常用于定位的那些明星。

还好，织女星特征明显。天顶西北，最明亮的那颗蓝白色亮星，就是织女星。

顺着织女星往上，有四颗星星刚好组成一个平行四边形，它们同织女星一起构成了天琴座。在正对织女星的那条斜边上，存在一个著名的行星状星云——M57，环状星云。

即使是观测条件最好时，M57 的视星等也只有 8，裸眼完全不可见，但她带的 80 毫米望远镜刚刚好。

但凡换成 70 毫米，都看不清它。

她将镜头对准 M57，睁大眼一眨不眨，尽力让光子多透过望远镜进入瞳孔，这样眼中所见的星星就会越来越清晰明亮。

M57 渐渐从一个暗淡小点变得清晰，眼睛酸涩，夜风吹来，她忍不住眨了下眼，视野中的星团又变得暗淡，挂在那里，光线若有似无的，让人怀疑这是不是某种幻视。

她再次撑着眼皮，来回尝试多次，终于勉强看见了一点云雾般的光环。

但色彩远没有它本该呈现出的那般鲜艳，只模糊地透出一点淡红，离深空摄影时能够拍出的绚烂色彩还差得远。

她掏出手机对准目镜，想要将它拍下来。但手持不稳，导致镜头对着这种大口径的望远镜时，总将星星晃成一条条星线。

周倬见她来回拍摄删除，动作中还透着微微烦躁，不免问她："想拍什么？"

秦七襄回道："戒指星云。"

M57 因在夜空中呈现出美丽绚烂的环状，像是一枚钻戒点缀苍穹，所以又被天文爱好者称为"戒指星云"。

周倬："手持不稳？"

秦七襄："太抖了，我拍不清楚。"

周倬："加个手机夹呢？我有。"

手机夹是一种可以将手机固定在望远镜上的小配件，手机摄像头对准目镜调焦，相当于手机连接望远镜拍摄。

她一时顿住，惊异地上下打量他。

周倬坐在草地上，单手搭着屈起的膝盖，十分休闲，四周是盛放的车轴草和紫色的野蔷薇。

他正仰头看她。

她弯下腰，笑得灿烂："哥，你真是个百宝箱。"

周倬："哆啦A梦吧。"

秦七襄："那你有异次元口袋吗？让我看看。"

夜风送来四野的清淡香气，他拉开外套的口袋给她看："你找找看。"

她蹲在他身前，倾身过去，手放进他口袋里，指尖触及一点微凉，再探下去，一个硬挺的尖角微微扎人。

她稍微摸索了一番，确认是方块状物体，捏起来像是零食包装。

"巧克力？"她从他口袋里将东西掏出，果然，是一大块黑巧克力。可可脂含量百分之九十，她最喜欢的口味。

周倬能感受到她攥着巧克力的手握成拳，隔着薄软的布料从他腰间擦过，在外套口袋的开口处卡了一下，重新伸进去，松开手，指尖逆着肌肉的纹理快速划过，两指捏着巧克力，从口袋里离开。

她的体温清晰可辨，似是一团冷焰火轻轻地从腰间滚了一圈，不灼人又像灼人，留他在这段空荡荡的时间里思考究竟有没有被灼伤。

没有灼伤，反而心头滚烫，大脑瞬间炸开纯白的烟花，他情不自禁地握上她撑在地上的手腕。

她感受到手腕被他微凉的手指握紧，像是缠上了医用橡胶管，静脉血堆积，想动却动不了。

抬头对上他的眼睛，里面氤氲着朦胧的光与雾，像是漆黑天幕炸开了雷鸣，她的心突兀乱跳，下意识地撤回身子，巧克力被无意识地藏在身后。

他笑:"就一块了,不给我留?"

她轻扭手腕想要抬手,他才触电般松开。堆积的静脉血涌入指尖,泛起酥麻,被握过的手腕处逐渐发热。

她心如擂鼓,掩着混乱情绪,垂眸准备掰开巧克力,头顶被他手掌覆盖,听见他开口:"逗你的,我还有很多。"

秦七襄:"我没找到呀。"

周倬:"在车上。一会儿要起风了。"

她撕开包装,咬了一块,入口微苦涩,味道醇厚得不像话。

吃完,她又拿起手机镜头对准目镜,夹好,反复调整角度,设置 30 秒曝光时长,等待拍摄完成。

出图,她仔细看了下,照片放大后的噪点很多,M57 像是飘在夜幕上的一枚肥皂泡,内环的蓝绿色被一圈淡红色的光环包围,色彩绚烂。

她兴奋地将照片捧给他看:"哥,你看好漂亮的戒指星云。"

周倬:"好看,像是静置在宇宙间的一枚天神指环。"

秦七襄:"啊——好想观测爱因斯坦环啊!"

当遥远星体的光线通过大质量天体时,因时空被引力弯曲,光线也将随之弯曲。角度合适时,弯曲的星光会构成一个光环。

那是最绚烂神秘的宇宙之戒——爱因斯坦环。

周倬敲了敲她的头:"要有梦想。"

"哈?"她忍不住笑起来,那种宇宙之戒不是普通望远镜能看到的,想得再多也只能是白日梦。

凌晨一点左右,英仙座升高至北极星东侧,微微仰头就能看见,流星盛大如雨。

轻柔的微风从东南方吹来,像猫咪打盹时的呼吸,穿过丛丛草浪,来到他们面前。

风的爪子勾起她的长发,缠闹着从她脸边飞过。

她将轻扬的发丝顺到耳后,起身遥望星空,东南方有一缕缕暗云漫步而来。

星光勾出流云的淡淡白边,云底泛着灰白。

起风了。云浪翻涌着流过,群星消隐,四野黑漆漆的,像没入深海。

浩荡的东南季风携着水汽奔袭,天气转阴,气温转凉,流星再看不见,他们收拾器具返回帐篷。

秦七襄借露营灯的暖光,数了数今晚的成果,约有两千多张,只待明天导入程序,挑选完毕后,就可以开始后期工作。

她有些困倦,略微洗漱了一下,躺上了充气床。

熄灯,她解开内衣的束缚,叠进枕头下方。黑暗的帐篷里能听见隔壁轻微的呼吸声,纤细得像是蜡烛燃烧的一缕青烟,摇曳着上升。

她凝望着黑暗的帐篷顶,浮现出周倬今晚握她手腕时的眼神,漆黑得仿佛将所有星光吞噬,害她心口乱撞至今。

心不安宁,人便辗转难眠。

她摇了摇头,没道理啊,他不会喜欢她,这是她很早就知道的事。
是晚风温柔、体温灼热,她一时昏头产生了错觉吗?
难道她这单独相处的计划真有奇效?
她试探着问:"哥,你睡了吗?"
"嗯?"周倬绵长轻柔的气声传来,又哑又低,应该是刚落入浅眠又被她唤醒。他的声音顿了一下,空气里有窸窸窣窣的摩擦声,大约是翻了个身。
周倬再开口时,声音已经清朗许多:"怎么了?"
秦七襄:"我睡不着。"话音落下,帐篷里陷入长久的沉默。
她起身披上外衣,拉开隔断的拉链,听见周倬喑哑短促的一声:"等一下!"
隔断帘半落,露出昏黄的微光,帘后影影绰绰,她停顿了一会儿,跨过隔断。
周倬衣襟半敞,正在扣衬衫纽扣,夜灯的一点光洒在他的锁骨上,留下一段幽邃暗影。
她视线往下,只见对方肌肤流光。
衣襟忽地拢起,周倬抬头,目若寒星,冰冷的目光冻得她立马转头,非礼勿视。
但是,看起来很不错哎,如果再早一步出来,是不是能看见腹肌?
她反思,自己刚才的目光过于炙热,直直地往下钻,任谁都知道她那一瞬间在想什么。
难怪周倬会生气。所以,她今晚的那些心跳一定是错觉。
真到了暧昧火星燃起的时候,周倬一向恨不得在额头贴上"男女授受不亲"几个字,打断她那些不合时宜的遐思,让她意识到青梅竹马不见得会举案齐眉,大多是兄妹情深。
但,谁管那些?她又不在意。
周倬起身给她倒了杯水:"想说什么?"
秦七襄:"可以给我讲故事吗?"
周倬:"哄你睡觉?"
见她点头卖乖,他不免轻笑:"秦七襄,你多大了?"
她掰着指头数:"我今年七岁。"
周倬:"三岁!"
秦七襄:"讲一个嘛,就一个。我吃了巧克力,提神醒脑,失眠了。"
周倬深邃的目光落在她脸上,似乎看穿了她真实的想法。
他嘴角勾起:"行啊。"
她笑眼弯弯,目的达成,钻进他的睡袋里,在身侧拍了拍,示意他一起躺下:"我要听甜美可爱一点的小故事。"
面上一派纯洁,内里却泛着坏水。
他修长的身影不动,沉默着。
秦七襄:"哥?你不过来吗?"

3

夜色寂静，帐篷里细微的呼吸声被放大。

秦七襄半撑着手臂，歪在充气床上，直勾勾地盯着面前沉默的周倬。

他身后挂了一盏如豆夜灯，周倬转身，熄了灯。

她听见黑暗中传来周倬幽邃的声音："你说什么？再说一遍。"

秦七襄："我说，你不……"

黑暗里，周倬的身影已来到她身前，手搭上睡袋一角。

她闭上嘴，身上有些潮热，摸向他的脸。

天旋地转，她被塞进睡袋里，拉链也被拉到底。

周倬声线清凌凌地说道："闭眼。"

"哥，你干什么？"她从睡袋里露了一双眼睛出来，目光炯炯地盯着面前的人。

眼睛被他的手掌覆上，她的视野里只剩一片漆黑。

周倬开口，气声从胸腔中滚出："你不是要听故事？"

她拉下覆盖双眼的手，登时被气笑："什么时候了，谁要听啊？"

周倬："凌晨两点，只讲一个，你快睡。"

秦七襄："谁问你时间了？"

"怎么，你不是这个意思？"他噙着笑反问。

……这种时候，他还真就装傻，把她塞进睡袋里裹好，自己倒端正地坐在一旁。

周倬："你闭上眼，好好休息，想听什么？"

秦七襄："你编一个长一点的童话故事吧。"

周倬拿出手机搜索童话故事，刚一开口："从前，有三个强盗……"

秦七襄："不行，我要听你自己编的。"

周倬："睡了。"

秦七襄："你真是这世上最小气、最冷漠、最恶劣的人，食言而肥，卑鄙卑鄙。"

周倬似乎生气了，他起身拿上薄毯，向帐篷另一边走去，任她在身后叫唤也不理。

拉上隔断，他面对充气床上另一个睡袋，抱臂看了一会儿，才钻了进去，一阵熟悉的清淡香气扑面而来。

他反复翻身，掀开睡袋却又停顿在半空，在睡袋下摸索硌着头的东西。

手指触到带着弹性的布料，奇怪地捏了两下，手忽然一停，他倏忽翻起身，把东西掏了出来。

目光凝滞，挂在手指上的轻薄内衣轻晃，周倬深深地喘了两声，又绷着脸把东西塞了回去。

他踢开睡袋，抱着薄毯向外走去，准备去车里将就一夜。

走出帐篷的隔断时，他压着一身火气，却见罪魁祸首正躺着敲手机，"噼里啪啦"的，像是在和谁聊天，唇畔挂着笑。

那苹果肌都快和流星肩并肩了。这笑容，是个明眼人都知道，恋爱进行时。

他吐了一口压在胸腔里的浊气,她仿佛没听见他深沉的呼吸,仍在笑眯眯地敲手机屏幕。双手点得飞快,能看见动态的虚影。

黑暗中,周倬突兀地落下低沉一声:"秦七襄。"

"啊?"她茫然地抬头,对上他漆黑的双眼,"你不是睡了吗?"

他两步上前,尝试拉她:"回你睡袋去。"

她重重拍了两下他的手臂,肌肉紧实,撞得手疼:"不是,你干吗呀?"

指腹滑过她手臂,触感细腻,他瞬间如触电般松开她,双手抬起,以示自己无邪念。

秦七襄坐起身,还穿着吊带裹在他的睡袋里。

周倬眼前莫名浮现出刚才的内衣肩带,晃得他眼晕,不能再往下想。

别开眼不看她,他想开口又不知从哪儿说起。

"你真是……"周倬措辞了半天,才闭眼开口,"欠教训。"

她一脸莫名:"周倬,又装家长?"

周倬:"编个故事。"

秦七襄:"什么故事?最烦你这种家长做派了。"

他的眼睫颤了一下,舔了下唇:"给你编一个故事,我明天还要开车。"

秦七襄恍然想起,今晚让他给自己编一个长童话故事,哄自己睡觉来着。

可是,谁要听故事啊,她是想睡觉呀。

懒得理他,她躺回去,闭上眼:"那你讲吧。"

他想了想,开口:"从前有个爱美丽王国的公主……"声线舒缓,"沙沙"的,像微风拂过青草地,她很快就坠入了梦乡。

梦里有星夜,有流星,有温柔的故事。

星夜下,年幼的她窝在周倬的大衣里,仰头问:"周倬哥,今晚也可以讲故事吗?"

少年周倬点头:"行啊,我看看讲到哪里了。嗯,温格尔的《三个强盗》的故事。从前,有三个强盗……"

那是十二年前,秦七襄读初一。干燥寒冷的十二月,母亲承接了一项重点任务,需要出差去往西部某省核验历年数据。父亲外派出国,还未至归期。

最不巧的是,冬季老人易磕碰,住在隔壁市的奶奶骑车摔断了腿,还在医院休养,都是姑姑在照料。

母亲细算着,这一出差,无人可以照顾她,不免犯起了难。

周倬父母与秦七襄父母是老友又是邻居,考虑到这次任务关系到秦七襄的母亲第二年职位晋升,便主动请缨照顾秦七襄,让她母亲安心出差。

于是,她就在周倬家寄住了一个月。

其实也就是换个地方吃饭睡觉而已,她那种大大咧咧的性子,这点变化对她生活的影响,还不如宋崇朝抢了她在花园里新抓的蛐蛐来得大。

放学后,她总踩着夕阳的光走进周倬家。

桌上摆着香喷喷的饭菜，周叔、蔡姨平时也忙，回来看她乖乖吃了饭，他们就又急匆匆赶回单位。

蔡阿姨："襄襄，我先走了，有什么事打电话啊！哥哥八点放学。"

周倬读高一，放学要晚一些。

每当秦七襄做完作业，乐呵呵地打开电视看动漫的时候，他才踩着电视里小白熊的笑声回到家。

叔叔、阿姨还没下班，锅里没有热饭，但他在学校吃过了。

她总会扭头去看他，英俊的少年站在玄关处，脱下冬日厚实的大衣，抖落一衣寒气，将衣服挂好。

他进家门后，总要抖一抖脱下的外套，这是他的一个隐秘习惯。

然后，才向她走来。

他按部就班地问了些在校情况，督促着她快点洗漱，准备休息，和家长一个样。

明明只大她两岁，他却把自己当成了长辈。但她可不怕他。

她从小摸鱼打鸟、上树爬墙，什么大风大浪没见过？区区一个周倬，好对付得很。

晚上在他面前蹦跳着，就是不肯睡觉，他完全拿她没办法。

最粗暴的做法也就是将她塞进被子里卷好，捂着她的眼，强行给她上教育课来催眠。

但大多数时候他也只是咬着牙叫她："秦七襄！"

"哎，哥！我在呢！略略略！"

一来二去，两人达成了一个共识，让她乖乖睡觉可以，得讲两个睡前故事。

但她再能折腾，当叔叔、阿姨在家时，她还是会装成一副乖巧可人的样子，抱着娃娃甜甜地和他们说话。

留周倬坐在一旁，眼里带笑，静静地看她表演。

叔叔、阿姨在家，他自然不会管她在做什么，但她养成了要听他讲睡前故事的习惯，想再改就很难，每晚躺在床上总觉得缺了什么。

她辗转翻身时，才想起没有"沙沙"的风中青草声伴她入眠，耳朵痒痒的，挠来挠去，像被猫抓了似的，会失眠。

周倬的房间在她隔壁，叔叔、阿姨的主卧倒是离得远一些。她悄悄起身，偷开一条门缝。

客厅漆黑，她抱着小兔子玩偶贴着墙壁，钻进隔壁房间。

窗外星光洒落，地面仿佛结了一层冰。

细碎的开门声传来，他揉眼坐起，她已踮脚走到他床边。

周倬浑身一震，迷蒙的睡意被彻底驱散。

她听见他那如海底气泡般的低沉气声，又轻又急："你来这里干什么？"

虽然有些凶，但她又不怕他生气，只扯着兔子玩偶的耳朵说："哥，我睡不着。"

"你睡不着，闭上眼睛就好啊。"他顿了一下，又轻声问，"要不，我给你倒一杯牛奶？"

秦七襄："不要。"

周倬："我听说苹果香可以助眠，我给你拿一个苹果，你放在床头别吃。"

秦七襄："想吃……可是，哥，你还没给我讲故事。"

他瞪了她半天，又在她晶莹双眼的注视中败下阵来："讲一个，睡觉！"

秦七襄："好冷，哥，分我一点被子呗。"

周倬："不行。"

还未待她伸手开抢，他已经翻身下床，找了一条厚绒毯将她包起来，塞进被子里，自己则坐在床脚发呆。

她歪头看他，感觉这人莫名其妙。

没过一会儿，他又起身站在她身旁，咬牙："回你房间去。"

她钻进被窝里打滚："不要，不要，周倬是个大骗子啊！"

他急得捂上她的嘴，力道有些重，声音和呼吸都被压住吞回。她憋得难受，不得不张口咬上他的手掌。

他疼得皱眉，松开她，低声祈求："小点声，求你了，你回去我给你讲一个长一点的故事好不好？"

她这才满意，囫囵翻身而起，将被子掀上他头顶，扑倒，笑得开心："好哦！你快讲。"

他忍无可忍地将她掀开："你先答应我，以后别钻我房间。"

秦七襄："那你以后天天都要给我讲故事。"

周倬："不行。"

秦七襄："我也不行。略略略。"

猎户座高挂窗外，天色已晚。

他不想继续和她胡闹下去，于是选了个折中处理办法，拉着她坐在窗前，给她裹紧绒毯，轻声继续之前没讲完的故事。

星座渐升，她拉开绒毯："哥，你不冷吗？"没给他思考的时间，她扯着绒毯张臂抱住他，"哇，你身上好冰啊！"

他一身睡衣，虽然有空调取暖，但还是略显单薄，听她说话，他才发现自己手脚已冰凉。

是有点冷，他想。看着她的眼睛，他反搂住她，一起裹紧绒毯。

她扭头看窗外的明亮星座："哥，那三颗是什么星星？怎么连成一条线呀？我看电视里说七星连珠就可以穿越时空哎，我们是不是要穿越了？"

周倬："不是，那是猎户座的腰带。"

秦七襄："猎户座是什么？"

周倬："这要从一个很久远的故事讲起，在遥远的古希腊，海神波塞冬的小儿子俄里翁同月神相恋……"

秦七襄："所以最后，俄里翁死了吗？"

周倬:"是的,月神因为他的死异常悲痛,将他升入天空,成为天上的猎户座。"

秦七襄:"那两颗亮晶晶的星星,也是俄里翁吗?"

周倬顺着她指的方向,向猎户座的东边看过去,两颗异常明亮的星星紧挨着闪烁。

他笑了笑:"那是北河二和北河三,代表着双子座两兄弟的头部。"

秦七襄:"双子座?就是十二星座中的双子座吗?他们有什么故事吗?"

周倬:"有的呀,传说他们是宙斯的两个孪生子……"

秦七襄:"啊!所以他们也一起去世了吗?"

周倬:"是的,他们死去后化作了天上的星座,永远在一起。"

秦七襄:"为什么希腊神话故事里的人,总要死去呀?真不喜欢。"

周倬:"下周会有双子座流星雨,你想看吗?"

秦七襄:"想!"

周倬:"那就乖乖回房间睡觉。"

她噘着嘴巴,抱着小兔子玩偶向自己房间溜去。

周倬正准备反锁上房间的门,她又推开,从门后露了半张脸出来:"哥哥,说好了哦,下周要一起看流星雨。"

他握紧门把手,嘴角弯起:"嗯,我不会食言,你快睡吧。"

4

那一年,他们没有看成双子座流星雨。

因为寒潮来临,厚密雪云覆压在城市之上,碗大飞雪漫天遍地,见不到半点夜空。

秦七襄哭闹了很久,但双子座流星雨最大的特点就是峰值之后流量骤降。一旦错过,就要再等一年。

期待落空让她难过不已,周倬的父母知道后轮着哄她。可天气的事要看老天的脸,哪里轮得上人类来指挥。

这次寒潮影响很大,北方的强冷空气南下,天气预报一天一个变化。

周倬盯着天气预报从一周前的多云一路降到零下雨雪,再转中雪、大雪,直到前一晚暴雪预警出现。

寒潮势如破竹,又得北冰洋冷涡补充,迅速突破南岭武夷山屏障,连两广都开始降雪。

暴雪压塌了电力设施,路面冻结列车停运,许多人滞留南方,在寒冷的夜里瑟瑟发抖。

这次雪灾造成了巨额的经济损失,而在遥远的海面又形成了一个风暴,很快会加强为台风西进登陆。

冬季台风往往会助力冷空气南下,低温天气还要再持续一周。

至少这周内,他们见不到晴朗的夜空,更别说流星。

他最后哄她,都是天气坏不听话,他会好好教训风云,让它们变得听话。

秦七襄:"对,天气坏,袭击了那么多人,压塌了那么多房子,以后要教训它们。"

终于将她哄睡,父母才开始教训他:就算是个孩子也不能哄骗。

这两年东太平洋海水温度持续走低,沃克环流加强,使得秋冬季高纬环流异常,遇暖湿空气北上,东部地区多雨雪天气是板上钉钉的事。

这是双重拉尼娜现象带来的结果,他平日听父母讨论,就已知今年冬季会是个严寒冷冬,本可预计到近期天气恶劣,但答应她的时候,却只想哄她去睡觉,未真的把这件事放在心上。

他不认真,但她会当真。

就像他说要教训天气,人类如何能掌控天气系统,哄孩子的话没人较真,但她在长大前都会当真。

无论对象是孩子还是家国,责任与保障都应做到位。十年前水灾,父母签下生死状的时候,不会借口天灾无情,人力难平。

办法总比困难多,越有危难越要上。

一诺千金,若失效,不该只将责任归结为不可抗力。

他垂头反思想了个解决方法,除了12月中旬的双子座流星雨,1月初还有个象限仪座,同为北半球三大流星雨之一,ZHR(天顶每时出现率)估计值与双子座相同,只是相对不那么稳定,峰值持续时间极短。

今年的峰值时间在前半夜,星座尚未高升加之月相不好,观测条件其实一般。

母亲:"天气呢?"

周倬:"三十日天气预报不准确,只有参考意义,显示为阴。"

母亲笑了笑:"还有半个多月的时间,你再想想。"

暴雪过后,星空浮现,秦七襄再次溜进周倬的房间:"哥哥,找流星吗?"

他无法拒绝,牵起她的手爬上天台,将她拢进外套里。

冬季银河暗淡,明亮的银心难见,只有许多闪闪发光的星团,围绕着猎户座散布。

他同她讲起了那些星团背后的故事,猎户座腰带左下,闪烁不熄、能与明月争辉的就是天狼星。

周倬:"青云衣兮白霓裳,举长矢兮射天狼。"

秦七襄听不懂那些,只顾着问:"哥哥,你看到流星了吗?"

炫目星光仿佛在这一刻炸开,原来她还是忘不了那场期待中的流星雨。

他抿唇望着流转月华,长绸般笼着沉睡的城市,脚下灯火明亮似繁星。

寒气浮动,这场寒潮才只是个开始。

今年的双重拉尼娜现象,将会在接下来的冬季蓄力,之后还会有几波低温袭来。

他垂头同她解释何谓天气系统,她听得迷茫,远不如神话故事来得记忆深刻,却捕获到一点,还有半个月能见到下一场流星雨。

秦七襄:"哥哥,那个时候我能看见流星吗?"

他同她说明，流星雨的观看效果要考虑月相、峰值、流量、天气和光污染。

流星不会真的成雨落下，只是在一段时间内会有很多流星间隔着划过天空，而他们能够看见的流星闪光大约持续短暂的一两秒。

秦七襄："哥哥，所以我再也看不见流星了吗？"

他沉思了一会儿，明白了母亲说的"你再想想"是什么含义。

周倬笑了笑："如果到时候天气好，我们去郊区的话，你背向月光，往北方天空看，乖乖等上一整晚，应该能看见几颗。"

秦七襄："那我会很乖很乖地坐在那里，等它出现。"

还好，那年象限仪座流星雨的峰值时间正值元旦假期，他要做的就是说服父母挑选一个天气条件不错的地点，带他们去游玩。

最终他们一家同出差回来的徐姨带着秦七襄前往城市郊区的山脚度假，高山遮蔽了月光，北方天空如墨，星光明亮，深夜里偶有流星闪过天际。

第二天，汽车在原野上飞驰，阳光照得车里暖洋洋的，秦七襄像捧着个宝贝似的捧着自己的小相机。

飞鸟在车道旁啄食，又一蹦一跳地隐入田间，流星太过短暂，相机只捕获了一些虚影，记忆全留在了脑海中。

她举着相机，扬起笑脸，对身旁的周倬说："哥，你看，这颗流星好美！"

周倬轻打方向盘，转过一个山弯，余光看了眼相机里捕捉到火流星的瞬间。

屏幕里，绿色光芒爆开，映亮半边夜空，是他昨夜错过的那瞬夺目闪光。

周倬："嗯，漂亮得像场梦，你很幸运。"

秦七襄："我这次拍到了很多精彩的图，回去好好修一修，发出来一定很绝。"

周倬："你打算什么时候回南方？"

秦七襄："再待一周吧，要回去准备下学期的教学任务了。"

周倬："工作辛苦吗？"

秦七襄："正常做教案还好，就是总让我们做试卷，和孩子们一起受折磨。不过小孩正是皮的时候，你讲题时，他们睁着大眼睛看着你发呆，一下课就开始拆教室，头疼，但也很可爱。"

周倬："你方便帮我找房子吗？那边科技公司多，等审批结束，我准备过去。"

"行啊。"她将相机收起，打了个哈欠，大概问了下他的需求，便拿出手机，看自己先前加的房产中介有没有放出一些相关信息。

她翻着翻着，无聊到打开其他平台，刷着观星群里的消息，有老熟人问她有没有好看的图出来。

她大概讲了一下昨晚那个超亮火流星，就和他们打趣起来，笑容绽放在嘴角。

笑意盈盈，和昨晚一样，一看就知道有人在逗她开心。

周倬淡淡道："前方有个回头弯。"

秦七襄没听见，注意力还集中在手机屏幕里的玩笑上。

042

周倬咬牙:"襄襄。"

熟悉的名字落进耳里,她下意识地应声,随口问:"嗯?"

周倬:"坐稳。"

秦七襄:"很稳啊——"说话间,她的肩膀撞上车窗,手机滑落车座底下。

待绕过弯,车子回正时,她才心有余悸地回望刚刚那个狭窄陡峭的弯道:"啊,好危险!"

周倬:"毕竟是盘山公路,你有拍到刚刚的地图吗?"

"没。"她弯腰捡起手机,群聊还在刷屏。

周倬:"那真可惜,不过前面还有一个回头弯,你一会儿帮我拍一张。"

秦七襄:"拍这个干什么?"

"炫耀。"他嘴角带笑,余光从她脸上掠过。

多大人了,还要拍照炫耀车技。她暗暗腹诽,倒是退出聊天界面,准备拍下一段惊险弯道。

他直视前方山路,边匀速行驶,边询问她:"刚刚在……"和谁聊天?

话没说出口,他又闭上了嘴,意识到自己想问的有些多。她已不是小孩子了,不喜欢他过问。

"什么?"她好奇他没说完的那句话。

周倬改口:"你来之前和崇朝说了吗?"

秦七襄:"我和他说干吗?除了飙车,他对别的事情都不感兴趣。"

周倬:"嗯。你一会儿给他看弯道,他可能会很羡慕。"

"好主意!哈哈哈!"她笑颜如花,甚至比刚刚埋头聊天时,还要灿烂。

逗宋崇朝就这么开心?他舔了舔唇,有些心烦。

前方回头弯再现,她立刻举起手机,拍了段视频。

画面从周倬扶在方向盘上的修长双手开始,镜头上移露出英挺的侧脸,干净透明的无框眼镜反射着两侧翠绿的山林,显出一种斯文简约的气质。

镜头继续前移,挡风玻璃前方露出纤长尖锐的山体。

车身下坡,他将方向盘打到底,车辆惯性让她斜倚在窗框上。

她双手持稳手机,尽力持稳镜头。终于转过弯道,镜头顺势回拉,弯道路段与下行路段几乎在同一个方向上。

从视频里来看,那道山弯不像120度,甚至像180度。山崖陡峭细长,路宽只够一辆车子通过。

路边未设防护栏,她几乎怀疑自己又回到了上周自驾路过的国道危险无人区。

她心有余悸地拍了拍胸口,将刚才拍的视频点了发送,等着宋崇朝看见后的一连串惊呼。

秦七襄掩笑点开追星App,群聊还在,群友发送的一张张流星图片美得惊人。

群里手快的人甚至都修完图了,慢的像她这般还坐在回家的车上,连图都没初筛完。

Lucas的头像依旧是冷冰冰的灰色，昨夜他未曾回复一句。

还以为自己卡着他那边的正午时间，可以收获几句交流，最后只剩她那段孤零零的发言，就像是挂在虚拟留言板上。

想要分享火流星的满腔喜悦荡然无存，真是令人不快。

就像当年周倬去了国外读书一样，谁会喜欢天天和一个留言板沟通，所以她后来干脆赌气不理他了。

不理就不理，但他怎么连哄哄她都不肯！

她脸上的笑意消散，合上手机，瞪了眼身旁的周倬。

看见他，又变成一件惹她心烦的事。

周倬："瞪我？"

秦七襄："视频给崇朝发过去了，他一会儿要是发疯，你看着办。"

周倬："嗯？"

秦七襄："责任在你。"

周倬："哦，你就这么怕他发疯？"

过了一会儿，他低声戏谑一句："胆小鬼！"

5

汽车驶出盘山公路，城市建筑在远方露出模糊的影子。

周倬冷淡的目光落在那些深入云霄的建筑上，连齿间都泛着酸。

半晌无话，秦七襄不曾回应。

他不由得捏紧方向盘，气息在胸膛里滚了滚，再次从紧咬的酸涩齿间溢出："秦七襄，你这个胆小鬼！"

"哈？"她刚陷入浅眠，被这一声砸醒，晕头转向地看着他。

他一脸平静，静静地看着前方在开车，平静得好像什么也没说，她几乎要以为自己幻听了。

秦七襄："不是，你突然叫什么？"

周倬："我累了，你来开。"

她扭头闭眼，身子沉进座椅里："说啥？我没听见。"

周倬："渴了。"

她又起身拧开瓶盖，见水递过去。他垂头贴近，微微张口。

她不得不把水递到他嘴边，抬起瓶身，喂了他两口，才算结束。

拧上瓶盖，她随口道："你真是娇气死了。"

他无奈地叹气："襄襄，我开了四个小时的盘山公路，你能不能心疼我一点？而且，是谁昨晚连觉都不让我睡？"

红晕浮上脸颊，连她也会在心中生出一点点愧意，又给他喂了几口水，看着他睫毛垂落的阴影，周倬的嘴角些许上翘，好像心情不错。

她居然觉得这画面有些乖巧。

她昨晚磨着他编故事,他居然真就纯情地坐在床旁编了段很长的故事,把她哄得入了睡。

待她夜里翻身起夜,才发现他倚在床脚睡着了。

她拍了拍他的脸:"哥,怎么不去床上睡啊?"

他迷迷糊糊地睁眼,抱住她的腰,带倒在床。

她闭眼,还以为他终于开窍了,搂住他的脖子。

结果他拉了一条薄毯盖上来,又睡了。

她推了半天才把他推开,坐在一旁瞪着他的睡脸。气得她拧了两下他露在薄毯外的胳膊,他像是沉进深海似的,一动不动。

她深呼吸,压下满腹火气,出门,走进一旁搭好的简易卫生间。

再回来时,周倬已不见了身影。

帐篷外的汽车亮着一点光,又很快熄灭。他去车里睡了。

她不懂他,但大为震撼。

随着汽车驶入城区,两人在路上讨论了一下去哪儿吃饭。

秦七襄原本想说各找各妈,又想到徐女士不爱做饭,肯定让她自己解决,火速给了他请自己吃一顿的机会。

酒足饭饱后,两人才迎着晚霞回到家。

途经家属院的篮球场,宋崇朝正抱着篮球在练投篮,空旷的球场上传来篮球砸地的声音。

眼见两人路过,宋崇朝丢下篮球,冲他们招了招手:"今晚还喝酒吗?"

秦七襄脑中摇动着酒吧的彩色光影,隐约想起宋崇朝那晚的丢脸事迹:"哇!宋小狗,你读研不埋头科研,放个假,整天就想着玩。"

宋崇朝:"喂!你懂个锤子!"

一看对方暴跳如雷的模样,她立马钻到周倬身后:"哥,你看他,我教育他,他还顶嘴!"

周倬低头看着从自己身后探出的脑袋。

柔软的黑发散落在肩上,她杏仁般的双眼眨巴着向自己告状,瞳仁里流转着清透的浅琥珀色。

他嘴角弯起,又压着上扬的弧度,真就只听她的话,目光落向宋崇朝,打断对方的冲锋,问道:"崇朝,你最近在做什么?"

"周哥,你每次都护着她。"宋崇朝举着拳头抱怨,见秦七襄探头,又想伸手。

最终宋崇朝在半空划拉了两下手,仰头轻哼:"看在周哥的面子上,我不跟你一般见识。"又接着说,"周哥,今晚要不要去喝酒啊?有一家新开的酒吧,隔壁的台球馆不错,咱们打完球还可以去尝尝鲜。"

周倬垂头看了眼秦七襄,宋崇朝见此不由得歪头叹气:"不是吧,好吧好吧,捣蛋鬼去不去?"

她两指弯曲,似要抠下宋崇朝的眼珠,冲他皱了下鼻子:"换个词,叫我'狂风大王'!"

两个男人都陷入了沉默。

先是宋崇朝发出一阵惊天动地的爆笑:"我叫你'小旋风'得了,拜托了姐,去吧去吧。你看周哥这一副你不去,他不动的样子,我很难办哎。"

"有吗?"周倬微笑着望向他。

宋崇朝感觉颈后掠过一丝寒气,心里嘀嘀咕咕着这一天天,忽热忽冷的怎么回事?

秦七襄闻言疑惑地抬眼看了下周倬的脸色,他正坦然地微笑着看向宋崇朝,心头也掠过一阵"有吗"的疑惑,下意识松开他,在一旁站好:"我今晚有事,你们去玩呗。"

随着她松手,周倬侧头看向她的脸,眼睫垂下,腰间尚有温度残留,似乎她的手从未离去。他有些依依不舍。

秦七襄没注意这些隐秘的小心思,只想着手上还有图片没修,要从两千多张图里筛选出有流星的那些,再导入程序里。

之后利用控制点对准星点,一张张把流星抠出来叠图。

这是标准的流星雨图片制作方法,难点在于随着时间变化,星座的位置会有变化,她需要严格按照星点对位,将抠出的流星正确还原至星空上。

之后还要调色匀色,处理完流星亮度才能出图。

她这次数据量不小,至少要修两个晚上。

赶在流星雨期间出图最要紧,什么吃喝玩乐都要放一边去。

看她拒绝了,周倬心上掠过一阵舒缓,也笑着拒绝了宋崇朝的盛情邀请。

周倬手头的事情确实繁忙,过几日还得外出一趟,要不是遇上关于她的特殊情况,他今天不会出来。

宋崇朝无奈地告别了两人,回到场边休息喝了口水,才看见秦七襄发给自己的视频,附带着她惯常的挑衅语句。

宋崇朝头顶冒出蓬勃的火气,立马输入了十几条消息和她对呛。

走进楼道时,秦七襄的手机"叮咚"响个不停,打开,原来是宋小狗在暴跳如雷。

想着对方攒满怒气却无处发泄的模样,她笑弯了腰,直捂着肚子,点开语音输入嘲讽他:"宋小狗。"

一时激动脚上踏空,她的身子向一旁歪去,又稳稳地被周倬接住。

"看路。"他简洁地说了两个字,扶着她腰的手捏成拳,往怀里紧了紧。

"抱歉,抱歉。"她还是压不住强烈的笑意,扶着他的肩站稳,踏着轻快的脚步向前走。

电梯"叮咚"开门,她注意力都在手机上,嘲笑宋崇朝的话正绕在舌尖,眼前突然出现了一只德牧的脸,不由得吓了一跳,轻声叫出来。周倬急忙护着她向后退,狗的主人连声道歉,牵着狗贴着墙向外走。

狗很乖,连个眼神都没给她,全程安静地向前走。

她皱眉看向手机屏幕,刚刚事发突然,她吓得手一抖,那声惊呼被发了出去。少不了要受宋小狗一阵嘲笑,能被他记很久。

她想一想就觉得懊悔,合上手机,对着周倬抱怨:"我刚刚那声惊呼被宋小狗听见了,岂不是很丢人?"

"他应该担心你。"周倬下颌绷紧,目光紧紧黏着电梯数字的变化。

他说的是心中的实话,若宋崇朝喜欢她,遇事先担心她是最基本的要求。

秦七襄不知周倬在想什么,急急强调:"我居然被一只狗吓到了!"

周倬:"事发突然,很正常。"

秦七襄:"你好冷漠!"

周倬:"我说的是实话,确实吓人。"

算了,她不爱和蠢蛋计较,在感情领域上,他也实在算是迟钝得可以。

昨晚明明都该水到渠成了,结果他居然完全没有那种想法,独自去车上睡了。

她又不是不懂,他装睡不解释,就是不感兴趣呗。她斜眼瞧了他一下,冷哼,那她也没必要吊死在这棵树上。

真是蠢,曾经有过一次,她还没吸取教训,居然想再试一次。

幸好还没说开,不至于让自己颜面无存。

她立刻决定换一个目标。

要不是修图,和宋小狗去酒吧也不错,可以物色一下新目标。

思及此,她掏出手机又发了条语音:"宋小狗,你等我修完图,后天再去喝酒。"

周倬凝在电梯数字上的目光冷冷落下,看她发完消息又收回手机,他感觉脑袋腾起缺氧般眩晕,磨着后槽牙,想开口说别去,又暗自吞下。

这话他没资格说,也不合适说。

他无权限制她的自由,但影响一下她的选择好像也不算过分。

他轻咳,清了清嗓子:"后天你能和我去找房子吗?"

"不能。"她毫不犹豫地拒绝了,暂时不想看见他。

他被噎了一下,又想开口,电梯门打开。她踏入楼道,向左转,认证指纹。

他只能和她说最后一句话:"襄襄,修好的图能发给我一份吗?"

"不行。我是正经摄影师,拍的图都要收版权费的!拜!"道了别,她"唰"地关上了门。空气卷着旋儿呛了周倬一鼻子。

他走进家中,人倚在厚重的门上,父母不在,只有落日的余晖落进房间。

四周昏暗不明,他没开灯,走进屋内,倒在床上。

眼镜被扔在一旁,他看着夕阳沉落,浓重的云层呈现暗蓝的色彩,直铺向天边。落日从云层里透出金红的光,将附近的云霞染得艳红,云层中心金光四射。

虽阴无雨,只是很薄的一层蔽光性高积云,正波动着向瓦片状发展,会逐渐排列整齐,最终呈条块状,透出背景天空的光。

云层稳定,变化不大,接下来几日还会是晴朗天气。

霞光渐渐消散,室内暗沉得看不清陈设,他仿佛又回到大洋彼岸,得知她和宋崇朝在一起的那两年昏暗时光。

冬季漫长,他埋头研究气象监测数据的时候,还感受不到强烈的失落。

而当大雪封路,他蛰困家中,看着浓重的云层飘落着片片雪花。室内昏暗不清,室外安静如死,他才恍然惊觉,他已没资格再和她分享生活。

不只是需要避嫌,更是怕自己会抑制不住地发疯。

他从打回家的越洋电话中,旁敲侧击地了解一些秦七襄的近况。

最近她在做些什么,和宋崇朝在一起是否开心,有没有遇上什么喜欢的东西。

他同她除了节假日短短的几句问候,再无其他。

他不知他们是何时分的手,只知在三年前,她又一次恋爱。

她新的对象他不认识,他在逐渐远离她的生活。

连她是什么时候喜欢上星空摄影的,他也不知。

唯一知晓的是,她几个月前又一次分手,正处在空窗期,他想把握住这一个机会。

为了这次机会,他已经等了很多年了。

他捡起一旁的眼镜搁进眼镜盒,掏出手机给宋崇朝打了个电话。

第三章 天涯咫尺

··过期重新开始。··

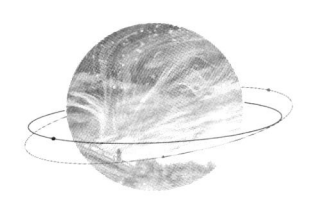

1

电话接起,周倬问对面:"喂,崇朝,还在打球吗?打完去喝酒。"

电话那头传来宋崇朝兴奋的欢呼,邀请他速速来球场支援。

他返回主界面,看见观星群聊里堆满了消息,估计都在插科打诨,毕竟昨夜的观测条件是几年难遇的好。

他心烦意乱,懒得点开那些消息,换了身衣服去球场找宋崇朝。

球场点了夜灯,通透明亮。晚间归来的人开始了一天的娱乐活动,篮球落地声不绝,一群人在抢球。

宋崇朝冲周倬远远挥手,将球扔给他,把他拉进了一个野队。

也不完全算野队,场上至少有一半人他尚算认得。

宋崇朝:"哥,他们那队少人,麻烦顶个球员。"

"正好。"周倬声线清淡,脸色看不出喜怒。宋崇朝喜滋滋地招呼人继续。

他是真的觉得正好。夺球,过人,起身,投篮,肌肉撞击。

当他又投进一个三分球时,看见宋崇朝在不远处拍手叫好,忽然觉得失了趣味。

很快,球队散了,各回各家。当初他们这群一起打球的年轻人都已长大,有了家业要顾,不能再久留。留存着青春记忆的老旧球场终究换成了新人的天下。

宋崇朝带着一身汗,跑过来搭上周倬的肩:"周哥,走,喝酒去,咱俩不醉不归。"

周倬:"好啊!先回去冲个澡。"

宋崇朝:"小七真不出来?"

周倬:"她要修图。"

宋崇朝:"啊,女孩子就是喜欢修图,不都一个样嘛,怎么还耽误喝酒呢?"

周倬停下脚步,认真地看着他:"是修流星雨的图片,有爱好很好,做开心的事最重要。"

宋崇朝："是是是，喝酒没有修图开心。"

周倬："你不知道吗？她平时喜欢追星。"

宋崇朝："啊？没看出来她喜欢哪个明星啊，你告诉我，下次我好嘲笑她一下。"

周倬的目光定格在宋崇朝的脸上，令宋崇朝不禁摸了摸脸，怕是脸上有灰。

但是天色已晚，阴云密布，互相之间都应该看不清脸色。

宋崇朝莫名地用肩膀撞了一下周倬："周哥，你看啥呢？我又变帅了？"

"不是。"周倬脸上浮出淡淡的笑意，"你不了解她。"

宋崇朝："啊？我了解小七干吗呀？被她折磨得还不够吗？"

"你们当初……"周倬顿了一下，见宋崇朝甩着手臂，步履轻快地走在身边，他的心情也略微平静，敢于去揭开记忆的尘封一角。

周倬摊开了，问出多年来心底最隐晦的问题："崇朝，为什么分开？"

宋崇朝一脸惊讶地看着他："周哥，你也知道我分手了？"

周倬声音沉冷："很奇怪？"

宋崇朝垂下头，吸了吸鼻子，似乎想起了分外伤心的事："别提了，哥。大好的天气，讲点开心的事。"

周倬不好再追问，便转头谈些其他事，看着宋崇朝情绪不高的模样，心中涌起一种淡淡的愧疚，随后滋生出微微扭曲的敌意。

他闭眼吸气，试图将这股敌意压下去，却又在心底蔓延开，梗得他呼吸困难。

周倬还记得，宋崇朝和秦七襄一般大，自小到大的时光里，他们一同上下学，形影不离。

有天傍晚，他放学回家，见花坛里的花草在摇动，走近一瞧，从花坛里钻出了秦七襄那沾满黑泥的脸。

她"吓吓"了两声，看见面前的周倬，又绽开灿烂的笑脸，伸手扯着身旁宋崇朝的领子，将他也从花坛里拉起来，两人齐齐喊他："哥！"

周倬抿着唇，无奈地问："你们在做什么？"

一个叫着"挖土"，一个喊着"养虫"。

什么虫要挖土养啊？把花坛糟蹋成这样。

秦七襄立马爬出花坛，用沾着泥的小手去拉周倬的袖子，在他的校服上留下一串黑指印。

他从书包里掏出纸巾给两人一人擦了一遍，那两人站在一起笑得像风中的野草，沾了泥更像。

她领着周倬去看她同宋崇朝的秘密基地，两人在墙角放了个大方盒，在养蚂蚁。

后来那群蚂蚁全死了，因为宋崇朝边吃糖边趴在盒上看，糖块掉落，污染了土壤。

一开始蚂蚁还去搬运糖粒，慢慢糖块融化，将搬运的工蚁粘住，工蚁的大量死亡很快为这座蚂蚁城市带来了灭顶之灾。

为此，秦七襄和宋崇朝打了一架，两个人都灰头土脸的，站在门外挨训。

他再次放学回家的时候,就看见两个人拉着脸站在墙角,手上还在互掐。

他将两人领回家,喂了零食,又一人送了一辆玩具车,才平息了这场争斗。

没过两天,就看见他们在院里搭了个简易赛车道,一群半大的小孩围在那里比拼玩具车。

两人勾肩搭背,恢复了往日小伙伴的深情厚谊。

一见周倬放学归来,一群小孩子围上来,"周哥、周哥"地叫,想要知道他送那两人的玩具车究竟是从哪里找到的。

这个年纪的小孩什么都不懂,生命中最重要的是自己的玩具车要跑第一。

在秦七襄的生命中,那些排山倒海般欢快的童年回忆,大约都来自宋崇朝,而不是他。

有时候,他也不明白,自己怎么偏要回头去和宋崇朝争。

仔细想来,确实也没趣味。理智告诉他这很愚蠢,心头却又忍不住期盼着宋崇朝能告诉他答案。

他故作矜持地走在宋崇朝身旁,用一副兄长的口气询问他们当初的感情,打着关爱弟弟的旗号,掩盖着心底那一点点阴暗的窥探欲。

这种连指尖都透着酥麻敌对气息的感觉,大概名为嫉妒。

若他们仍互相在意,复合可能并不难。

他不能默默在一旁看着,只能设法掐断他们这点火苗,比如带秦七襄离开。

周倬回家,迅速冲去打球流的汗,清爽地走出浴室。他清了清嗓子,用清澈的嗓音和秦七襄发了条语音消息:"我后天要去一趟南方,麻烦你陪我去看看房子。我有一套新设备还未拆封,作为答谢。"

说完,他给她拍了张新设备的图。

新得很,前几天听她说喜欢拍星空,他就给她下单了最新款的设备作为礼物。今天才到,她肯定会喜欢。

作为交换,他要将她哄走,以免她在家里待久了,真的同宋崇朝旧情复燃。

青梅竹马的感情最难撇得一干二净了。

秦七襄很快回了消息:行!但我提前回去,伙食费你负责。

他笑着回复:还有交通费、景点费、加班费,我都报销。

77:哥!你好帅![比心.jpg]

他看着满屏飞的爱心,嘴角溢出笑,揉了揉鼻子,试图缓解一下激动的情绪。

之后驱车和宋崇朝来到新开的酒馆,这家没有缭乱的光影,只有一个驻唱在前方弹着吉他,悠扬地唱着民谣情歌。

酒水在杯中摇晃,宋崇朝一边喝酒一边和周倬侃天侃地。两人在桌上下着飞行棋,没过一会儿,宋崇朝输了几轮,喝了几杯,就开始口无遮拦起来。

周倬浅抿了一口酒:"崇朝,驻唱现在唱的这首是什么歌?"

"我不知道啊,我去问问。"宋崇朝跌跌撞撞就要站起,又被他拦下。

"不用问了，留点悬念挺好的，我喜欢里面的歌词。"接着，周倬淡淡地引入话题，从情歌歌词引到感情上来。

头脑发晕的宋崇朝跟不上思路，只被周倬带着跑，又喝了一杯酒下肚，基本上成了知无不言的样子。

周倬在宋崇朝趴在座位上掉眼泪的时候，心头掠过一点不忍和自责，又垂眸抚着腕表，嗤笑一声。

他都这么干了，现在何必做出假慈悲的模样。

他的手搭在宋崇朝身后的皮质靠背上，手指轻轻敲击，缓声开口："崇朝，你还喜欢襄襄吗？"

他脸上带笑，笑意却不达眼底，眸中有暗流涌动。

宋崇朝晃了晃头，脸上一片红晕，手搭上他的肩，眼神迷茫着："哥，我最喜欢湘湘了，她就像个天使。"

周倬脸上笑容凝滞，脸色渐渐冷下来："是吗？"

宋崇朝扒着他，说道："我第一次见湘湘的时候，她穿着小白裙站在人群里，会发光！

"后来，我悄悄地靠过去，看见她在弹琴，那声音仿佛天籁。

"后来下了雨，我从屋檐下走过去，那雨水像挂了一串水晶珠帘似的，嘿嘿嘿，和小时候我妈用的门帘一样好看。"

"然后呢？"周倬手指摩挲着皮革的纹理，沉静地往下问，"她会弹琴？"

宋崇朝："会啊，她弹得可好了，每个周六下午都会去琴房弹琴。阳光落在地上，空气里飞舞着尘埃，她像是天使。"

周倬："下了雨，你靠过去之后，送她回家的路上和她表白了吗？"

周倬盘算着难道是秦七襄什么时候学了琴自己不知道吗？

宋崇朝："没，我哪有那么轻浮，我们才认识一天。我没伞，蹭了她的伞回宿舍。她身上有淡淡的香气，像是雨后的青草花香，雨水从伞边洒在我脸上，那一刻我就知道，我的天命到了。"

"什么？"周倬被他颠三倒四的话弄晕了，"你和襄襄认识多久？"

宋崇朝理所当然地道："两年啊，我回去之后找了好多人打听，才知道她是隔壁文学院的师姐，很快要毕业了。我追了她一年，呜呜呜，她好不容易才答应我，后来她嫌我年纪小，居然不要我了。哥！湘湘不要我了，我哪里幼稚啊？呜呜呜……"

周倬被他的号哭惹得不禁揉了揉眉心："所以她叫什么名字？"

宋崇朝："涂湘。"

2

周倬又捏了捏微痛的眉心："崇朝，我是问你之前为什么和秦七襄分手？"

宋崇朝："什么分手啊？我心里永远只有湘湘一个，西湖的水，我的泪……"

周倬将他扶正,给他灌了几口水,让他安静下来。
见宋崇朝不再抱头哭着唱歌,而是安静地坐在那里,一副愁苦不堪的模样,周倬眼睫轻颤,试探着问他:"你现在对秦七襄没有更多的想法了是吧?"
"嗯——"宋崇朝拖长了尾音,周倬的心跟着尾音揪紧。
半晌,宋崇朝才缓慢地反应过来他在说谁:"小七啊?"
周倬不禁攥着他的胳膊,有些用力。
宋崇朝无力地推开他的手:"我对小七能有什么想法,她!"
宋崇朝挥着食指点了半天,才找到形容词:"疯子!对,小七就是个狗不理的疯子!"
他挥开手,瘫倒在座椅里:"天知道,谁会喜欢她?得天天挨揍,太可怕了。"
周倬低斥:"别乱说,她很乖的。"
宋崇朝:"啊?光想一想就打战,她居然真的会恋爱,太可怕了。"
周倬:"你当初对她没用心,是吗?"
宋崇朝虽然喝醉了,但也能感受到周倬语气中含着的冰封冷意,感觉要是下一句回答让他不满意,那装满冰块的酒杯就会砸在自己头顶。
宋崇朝紧闭眼睛,想了半天,昏昏沉沉的头脑压得脖子撑不住,头歪向一边睡着了。
周倬拎着宋崇朝的领子晃了晃,半天没动静才作罢。
他揉了揉手腕,心情比来之前更糟糕。
如果说他们可能复合的火苗让他的心酸涩肿痛,那宋崇朝对秦七襄那游戏般的态度,更让他火冒三丈。
叫了代驾将宋崇朝丢回家,扶宋崇朝上楼的时候,周倬轻启薄唇缓缓对他吐了一句:"明天继续。"
送完宋崇朝,他缓步走回家,恰好遇上秦七襄下楼丢垃圾。
她一身吊带睡衣,裹着长外套,趿拉着拖鞋往外走。
楼下夜色昏沉,只有一盏路灯笼着方寸之间。
秦七襄丢完垃圾拍拍手,回头却见楼道灯下,站着一个颀长身影,那身影浸没在光里,不知面对着她站了多久。
她心脏如过电般瞬间跳起,他在等她。
有什么事、什么理由,让他停下脚步,转身等着这般随意含糊的她,一起回家。
这认知让她思绪凌乱,怎么也绕不出周倬的逻辑。
她缓步走到他身边,扯出轻快笑意:"哥,怎么才回来?"
嗅到了他身上微微的酒气,还未发酵,被他周身清淡的气息掩着,为他添了些氤氲在夏夜骤雨前夕的性感。
她问:"你喝酒了?"
他开口,被酒液浸过的嗓音有些哑:"崇朝,他对你怎么样?"
这句话如平地惊雷,炸了她个措手不及,她扯着脸上快挂不住的笑:"怎么突然提起这个？"

"看他上次受情伤买醉，所以问问。"

电梯门打开，秦七襄倚进电梯深处，镜面映出周倬饮酒后含着水汽的眼，眼里装了一个小小的影子。

她无法再看他，转开眼："周倬，都过去了，不是吗？"

随着电梯加速上升，连空气都沉落在轿厢底，周倬有些喘气困难，很难再继续开口问上一句，可是在他之前，你先是喜欢我的。

电梯门打开，光洒满楼梯间，她埋头向前走去。

身后落了一句轻浅的声音，带着微颤："襄襄。"

她无奈地回头："哥，你喝多了。感情的事，就那样呗，有什么好不好。"

周倬还想开口，她已经挥了挥手，关上了门。

他只能将到了嘴边的话咽下去，转身步入房间。

秦七襄回家第一件事就是掏出手机，给宋崇朝打了个电话，对方忙线中。

估计宋崇朝和周倬一起喝醉了，也不知道和他说了些什么，有没有说漏嘴当年的事。

毕竟她当年同周倬表白失败后，为了挽回面子，找宋崇朝替自己在他面前演了一场戏。

只是宋崇朝一直不知道内情，还以为是替她推掉父母催的相亲。

她倚进粉色的电竞椅里，无意识地踢腿，椅身旋转。

要是露馅了，让周倬知道真相，多丢人啊！没脸见人啦！

面前的电脑屏幕上，程序正在转圈分析星图的控制点，显示预计时长二十分钟。

原本两千多张图经过筛选后，还剩下五百多张，电脑运算完这些需要不短的时间。

她趁这点空闲，思考今晚的事。

先别管什么真相了，她都搞不懂周倬到底在想什么，简直是莫名其妙！

她仰头靠着头枕，天花板上的雪白灯光落进眼里。

"啊——"她叫出声，使劲晃了晃头，"他有病吧！"

她实在想不通周倬的思维逻辑。

若是喜欢她，他当年对她直白展示出的感情颇为理智冷淡，后来去了国外又断了联系，这刚一回国，才相处三天，就能喜欢上？

怎么可能？他对感情可是抽离得很，十年如一日地爱喝他喜欢的菠菜豆腐汤，清淡得堪称一句清汤寡水。

就算他真疯了，对她忽然上头，怎么解释他一个血气方刚的成年人，在昨晚那种充斥着荷尔蒙的环境下，还能不动如山？

他们贴得那样近，呼吸交织，她仰头闭上了眼，他却连吻她都没想过，只会装睡。

若是不喜欢，她真不明白刚刚他说那些话的目的是什么。

提一些令人不快的陈年往事,倘若是旁人,她大概要以为是想要提醒她曾喜欢过他,证明自身恶俗的魅力。

但这些年来,她没发现他还有这种揭人短的习惯,明明都是退让守礼的。

就算是他又把自己当家长,想满足家长式的责任感,也不该这么直白来问她的感情史,太不像他的作风了。

他真就喝醉了?进退失据?她想不通。

算了,要是她真能理解他的逻辑,现在就不会坐在这里看着电脑,早就把他搞到手三次了!

她拿起手机,翻着追星 App,看有没有哪位大神出一些新的流星雨修图攻略,她可以多参考一下,提升修图水平。

收藏了几篇干货帖,她点开 Lucas 的聊天框,他没回消息。

算了算,从昨晚到现在,二十四小时过去了,他不会还是间隔三十个小时冒个泡吧。

虽然没回,她倒也没有过多在意,在聊天框里输入:我遇到了一个奇怪的人,实在想不通。大神你说,一个男生在什么情况下,会询问女生好几年前的感情经历呀?

大神高冷一些很正常,聊天时总和人计较着你少一句、我多一句的,很累人。

她是想说就说、想拉黑就拉黑那类人,从不内耗。

她输入完,心里还有些愤愤不平,又添了一句:是那种,他以前知道你恋爱时不予置评,过了很多年,都没人记得了,他又回来问两人感情好不好。这不是很奇怪吗?

没有回答,她也没指望会有回答,这个点,Lucas 那边应当是清晨,他或许刚起床,或许还在休息。

总之,他对她而言更像是树洞,反正互相也不认识。

微信弹出消息,她点开。周倬发来了一句话,让她记得明天收拾一下行李,不要有遗漏,他准备后天上午开车前往南方。

她一想到周倬就烦,但看着聊天框上半部分显示的新设备图片,舔了舔唇。

虽然现在周倬在她心中是半个神经病,但她完全可以"为五斗米折腰"。

不过是提前几天回去帮他找房子罢了,能倒赚一台不错的新设备,她肯定是百分之百愿意干的。

电脑端显示的控制点平差已完成,她开始了星空摄影中最枯燥的一步,程序性抠图。

流星划过天空,留存时间不到四秒,但她每抠出一颗流星就要花上四分钟,这实在是一笔倒赔的买卖。

当然有人可能比她赔得更多。

时间回拨,满室明亮,周倬接了一个电话,最近在推进的农业项目有些问题,对方对他们的数据来源产生了一些疑问，可能会影响到接下来的合作。

前期他们已投入不少，工序正在按步展开，对他们这种处于起步期的团队来说，一旦受到影响，倒赔进去的可不止时间和金钱，还有刚开拓的市场。

尤其是数据来源的问题，对他们影响最大。因为人工智能拟合程度的好坏很大部分取决于数据群的质量。

他们团队从欧洲某天气预报机构获取了历史气象数据，但历史数据有很大一部分要通过人工核算获取。

模型预测的精准程度十分依赖于这些人工核算的精度，所以项目负责人想要同他们聊一聊这方面的问题。

负责数据这部分的合伙人暂未归国，周倬同负责人聊了将近三个小时，才约好周五同他面谈。

这样一来，他后天就必须赶去南方城市，许多原定的计划要稍微延后。

结束通话后，他开始思考究竟是自己先行前往，还是仍旧拉着秦七襄一起回去。

带上她的话，时间太赶，有十小时的车程，坐久了她会疲惫；他先行回去的话，等她独自飞回去，又怕夜长梦多，又实在不舍。

他拉开窗，户外新鲜的空气涌入胸膛，酒气散了几分，垂眸划动着手机，陷入挣扎，不知该怎么和她说。

系统提示栏突然弹出两条消息，一个陌生网友问他为什么男生会询问女生多年前的感情经历，真是太奇怪了。

他抿唇，觉得有些无聊。

他怎么会知道陷入感情问题里的人怎么想，他自己都是一团糟。刚才在电梯里，秦七襄明显不想和他多提，反感他介入自己的感情。

为什么他当时要问呢？宽泛点说是因为关心，他担心她曾受过委屈；狭隘点说是因为在意，他想知晓对方对自己的态度究竟到了哪一层。

试探的结果告诉他，比较糟糕。

他捏紧手机，忽然想通了，既然糟糕，就需要尽快解决。趁着现在他还有借口，尚能装傻凑在她身边，再拖下去，万一她的空窗期过去，以后连见面的借口都找不到，自己真就机会渺茫了。

嫉妒这只野兽会时而涌现，吞没他的理智，若再有变化，光是想一想，窒息感就如海啸般袭来。

他没有理会网友那些关于感情的闲聊，直接点开秦七襄的头像，认真措辞邀请她后天和自己一同离开。

秒针"嘀嗒嘀嗒"，在虫声叽叽的夜里，一点点敲打在心上。

3

周倬等待着秦七襄的回音，就像是等待着一场法庭的宣判，庭间无人说话，他连原告的身影都未曾见到，竟真感觉度秒如年。

心里七上八下地担心她会拒绝，连空气里也浮现出一股焦煳味。

他不堪忍受沉默，在屏幕上敲出第二句话：如果你需要休息几日的话，我先过去，届时去接你。

还好，她没给他退步的机会，在他还在斟酌用词时，就给了回复。

十分活泼的表情包，一只手举红包的大笑熊猫，配文"收到"。

她又附加一句：好呀，准备出发！

他松了口气，删掉打了一半的话，看着那熊猫憨态可掬的表情，垂眸点开红包界面，顶额发了一个。

熊猫都有红包，总不能让她空手喊"收到"吧。但微信这个红包限额也太少了。

再发一个，毕竟两条消息呢，一条一个，不能让她陪自己白跑。

但两个顶额红包凑出的数字不太吉利，后天开车上路，需要凑个顺眼的数，他再发一个。

他垂眸看着手机屏幕，数字吉利点了，但还差点意思。

周倬还欲再发，对面已连着甩了几个叹号过来，问他抽什么风，是不是酒喝多了开始撒钱。

秦七襄正在电脑前抠图，手机连响三声，还以为是什么大事，点开一看，三个红包排排坐。

虽然有些莫名其妙，但她接收得毫不犹豫。

他想解释两句，字还没打出来，却一拍脑袋，轻声笑了出来，可能真的是如她所言，酒喝多了。

他再怎么解释，也逃不开这其实是他情绪的一时失控。

但如今他还不能去捅那层窗户纸，万一她没这方面的意愿，拒绝了他，后天不愿和他一起走该怎么办？

时机不对，他望向窗外迷离的灯火，还得再等一等，他需要耐心。

他一向有耐心。

夏夜的风抚平了他混乱的情绪，他低头简洁地回复她一个理由：回去的路上要开很久，怕你无聊，买点零食吧，不够和我说。

秦七襄点着鼠标，耳边响起手机消息提示音，低头看了一眼，随意回复道：天气太热了，我才不出门，你自己买。

她今晚修图还要不少时间，明天只想好好休息。抬头看回屏幕时，她发现刚才的操作被她手滑取消了，内容没保存。

不过还好，一次抠图操作也只是四分钟的事，重新开始就行，但心里仍然腾起淡淡的烦躁。

大概做这种枯燥工作的时候，谁的情绪都不会太好。

而周倬的消息又来了：想吃什么？我明天送你去，不晒。

她也不知道为什么，虽然心烦却没有将手机静音，仍忍不住垂头看看，看完了又不满意，胡乱打一句：四川的兔子广东的鸡，东北的烧肉浙江的鱼。

周倬：那明天我请你吃饭？隔壁新开了一家墨西哥餐厅，评分不错。报完八大菜系，吃点外国菜怎么样？

她听见手机提示音再度响起，心里念叨着：不回了不回了，却在第二声出现时，又一次拿起手机。

这次是邀约。她心头掠过一点怪异，随后又想，周倬这个人不能用寻常逻辑来思考，他的脑回路和别人不一样。

请她吃饭大概是感谢她抽出假期陪他折腾吧？这么一想，她好亏哦，必须得吃回来！嗯，还得睡回来！

周倬等了一会儿，对面的回复才姗姗来迟：行啊，我妈明天又可以不做饭了，她得多兴奋。

见秦七襄同意了，周倬心中欢喜，带着点雀跃，再给她发消息想聊一聊明天的安排，对方回了两句就说要抠图，明天再说。

这次，她正式将手机静音，开了勿扰模式。不能再这样走神下去，不然图是真的修不完了。她终于可以全心全意投入修图大业了。

周倬见秦七襄确实不回了，才关上窗，拿起睡衣去洗漱。

今晚偶遇的结果有些不尽如人意，如果身上没有酒气，带点淡淡的清爽香味，或许会更好一些。

冲干净头上的白色泡沫，他洗完走出淋浴间时，顿了一下，拿起浴室镜前的身体乳。

明天还要去接她吃饭，不知道她平时更喜欢什么气味。

躺上床时，他还在思考明天究竟穿哪件衣服，用哪款香水比较好，灭了灯，辗转半天，睁眼难眠。

周倬想起今晚那个网友的问题，对方既然向他提问，他是不是也可以求教回去？

他点开手机，郑重地回复：我也不太清楚，大概是出于朦胧的好感和关切吧。

他又问：请问一下，女生大概率会喜欢什么样的香味？

对方没回，他打开各类搜索栏开始研究。

夜空汇聚的云气慢慢散开，透着一点光边。

夜色已深，他闭眼告诉自己，该睡了，否则明早起床会气色不好，才依依不舍地放下手机。屏幕上还显示着大量文字，用黑体强调了一个标题：男性信息素会提升女性黄体化激素的分泌频率与心情。

他拍了拍脸，熄灭手机睡觉，室内暗下来。

秦七襄打开房间的灯，擦着湿润的发尾，坐在床上。她已处理完图片后期，刚洗过澡，身上还带着沐浴露清爽的柑橘薄荷香，她打了个哈欠，点开手机。

凌晨三点，右上角有消息提醒，Lucas居然回她了。

秉持着好奇，她点开消息，追星App那巨大的银河开屏在手机上停留了足足五秒，入目是雪花般的消息，基本都是昨夜流星雨的图片分享。

她退出繁杂的消息通知，划开Lucas的头像。

他的回复没带来什么有用的信息,只说他也不了解感情,却又问她女生大概率会喜欢什么气味。

他最近要约会?她撇了撇嘴,大神连信息交换都不愿对等,还想从她这儿获取有效信息,过分了吧?

手机屏幕的光闪烁,秦七襄腹诽着打了几行字,发给Lucas。

——香气是非常私人的东西,每个人的喜好都不同,也不太愿意和他人分享。

——我见过非常喜欢水生花调的女生,也见过一闻见水生花调就会眩晕呕吐的女生,基本不存在一个大众都爱的味道,除非是青柠薄荷。

此刻,在她对门的一间房里,灰色床单上的手机屏幕闪了两下,枕边的人已陷入清明的梦中。

她发完这些,打了个哈欠,点开微信看周倬后来又给她发了什么消息,也就是一些菜色选择和劝她早些睡觉的话,只是这些分享里为什么还夹了两张香评截图?

他是想买香水送给谁吗?

她呼吸有些发紧,捂住胸口,微微皱眉,些微烦躁地划进朋友圈,屏幕里各色图片叠罗汉似的摞成高楼。

秦七襄不断下划页面,浏览那些图片来缓解胸口不适感,自嘲地冷哼一声:自己是像周倬一样有病吗?居然在介意。

屏幕里,大片火烧云撞入眼帘,天空被染成粉紫色,流云勾着橘色的边在天际飘荡。好美的一张照片,她下意识地点了赞,之后才注意到浮在图片上方的文字:晓看天色暮看云,后会可知处。

这谁啊?酸倒牙。她挂着笑意,定睛一瞧,所有的冷哼、自嘲、紧张、烦躁的情绪都消散得无影无踪,笑意再无法维持,眼眶浮起热意。

世界一片虚无,她似沉落深海。

想再取消赞已无意义,她麻木地扔掉手机,缩进被窝。

头埋进枕头里,感觉有水汽浸在脸上,肩头颤抖着,她才找回失落的情绪。

发图的人,怎么会是他啊?

那个该死的、可恶的、讨厌的,又让她有一些怀念与感伤的前男友——孙汉邈。

窗外,风逐渐吹散层云,云浪起伏着向西涌去。东方露出了一丝曙光,树梢的飞鸟醒来,开始一日歌唱。

很快,天光大亮,闹钟的铃声吵散了酣睡的空气,秦七襄从被窝里伸出一只手,在枕旁来回摸索了一下,划屏,一室安静。

强光在玻璃上跳跃,周倬推开窗,深吸了一口气,一团团白云飘浮在碧空中,今天应该是个好天气。

浴室里传来吹风机的轰鸣,他洗漱完吹干头发,边吃早餐边划开手机,回复合伙人的消息。

那家伙后天才能落地,他要去接机。

喝完最后一口牛奶,他拉下系统通知栏,准备浏览今晨的新闻,眉梢微挑,看见了昨晚那名网友给他的回复。

对方推荐的大众偏好居然是青柠薄荷？

虽然说不出是哪里奇怪，但结合昨晚搜索栏显示的女性偏好，好像也合理。

他不由得打字询问，还有没有什么其他的注意事项。

然后将碗筷叠置，放进洗碗池里冲洗干净，再打开消毒柜烘干杀菌。

收拾完毕后，他捡出自己零星的几瓶香水，对着它们陷入沉默。

青柠薄荷是哪种？

他研究了一会儿，才意识到对方说的是女香，他没有这种类型的香水。

男香多辛辣凛冽，不太符合女性喜好。他收起那些香水，想到了母亲常用的身体乳。

他立刻转进浴室，对着镜前的那罐身体乳研究了半天：苦橙、鼠尾草、白茶、琥珀……

不是青柠薄荷啊。

他抓了抓头发，有些烦躁地离开，感觉浴室的门正咧着大嘴对他发出了一阵嘲笑。

算了，先不考虑这些，他从衣柜里挑出几套衣服，轮着试了一遍，扣上领口又解开，感觉一般。

时间流逝，周倬伸臂从头脱下上衣，前额碎发凌乱，柔软地半遮住眼睛，他对着镜子拨了两下，还是感觉哪儿都不对劲。

突然就失去了出门的勇气，躺倒在床上。

他望着窗外的白云发呆。太阳渐渐高升，落了缕金灿灿的光在胸口上，烫得心脏狂跳，仿佛有事情亟待解决。

他伸手去够丢在一旁的手机，点开，显示已是上午十点多。发给秦七襄的消息还未收到回复，他斟酌着，鼓起勇气给她打去了电话。

4

秦七襄的彩铃是立秋的节气歌，看着屏幕里的红枫动画，周倬不免腹诽了一句：立秋哪儿来的红枫，运营商连节气都搞不清楚。

那童声唱了许久，久到他以为对方还在熟睡，不会接起时，电话通了。

带着鼻音的轻软腔调流进耳里，听起来正睡得迷糊，在问他是谁。

他胸口起伏了一下，似有锦瑟弦音在心海里来回震荡。他张口，一时发不出声音，干涩地吞咽了一下，才说出完整的话来："你还在睡吗？"

他听见自己的声音也软成了一潭水，暗暗自责，怎么能发出这种像是嗓子里钻了羽毛似的声音。

对面顿了一下，语气带着疑惑："哥？"

他嗓子里太痒，连呼吸也跟着颤。

他下意识地攥紧床单，坐直身子，调整了一下呼吸，开口："嗯，是我。我们约好今天出门吃饭，你别忘了。"

"哦——啊!"秦七襄原本还处在半梦半醒中,被这一句话给惊醒,囫囵坐起,揉着眼,眼皮肿痛,"现在几点了?"

周倬:"十点,不着急,我订好了位,你可以再睡一会儿,但建议起床吃点早餐。"

"你订了几点?"她叹了口气,掀开被子下床,有一瞬间其实挺想和他说,算了,今天不去了吧。

但窗外鸟鸣声阵阵催得她心头跳动,听筒里传来的声音低低的,带着点揶揄:"十二点到两点,时间有些晚,我知道你起不来。"

她嘟囔了一句:"我也没那么赖床吧。"说着,她赌气般穿上家居鞋,舒展手臂,拉开窗帘,明亮强烈的光线直射入室内,刺激得她眯眼,眼皮肿痛到龇牙咧嘴,翻出了冰袋扔进冰箱先冻上。

然后她抓着蓬乱的头发,趿拉着拖鞋走向卫生间:"我昨晚睡得太晚了而已。"

听筒里传出一阵轻笑:"秦七襄女士,我有必要提醒你一下,我和你从未在中午一点前出过门。"

她被噎得一阵沉默,他们几年不见,一起出门的次数屈指可数。

但他说的不是现在,是更早之前,在她暗恋他的那段过去,他出国前的那半个学期,他们经常一起外出。

谁知道他提及过往是有心还是无意,空惹得她愤愤地说:"知道啦!中午十二点前我必出门。"

周倬:"徐姨给你留早餐了吗?"

"大概吧……"老妈不爱做饭,她不是特别确定。

周倬:"我刚炖了点汤,你要来喝吗?"

"唔……"她端起牙杯接水,流水的声音构成了背景音,漱完口,含糊着回了一句,"好啊。"

周倬:"一会儿见。"他挂了电话,直接翻起身,跑到厨房炖汤、煮羹、蒸包子、烤面包,又切了一块黄油开始煎鸡蛋、煎肉片、煎吐司。

切完水果,摆好盘之后,他嗅了嗅衣袖,感觉身上沾了油烟味,又去重新冲了澡,换上一套新衣服。

再看一眼手机,将近十一点了,周倬还没收到秦七襄的消息,倒是那位网友来了回复:比起对方喜欢什么,更重要的是对方讨厌什么。柑橘调是大概率不会被讨厌的味道,除非你放车里。

他反省了一下自己车里有没有放哪款香氛,还好暂时没有,接着好奇地问她:为什么不能放车里?

秦七襄对着镜子瞅了瞅自己的脸,不仅发黄,连黑眼圈都几乎掉到腮边,加上昨晚哭过后的红肿双眼,简直像被女鬼附体了。

她现在这副尊容,全部要怪那个浑蛋前男友。不知道他在朋友圈乱发什么文案,惹她心乱。

晓看天色暮看云，行也思君，坐也思君。

他在思谁？是新恋情吗？后会可知处，知哪里？又欲和谁再次相会？

她冷笑一声，想起当年分手时，前男友给自己写的小作文结尾：数声风笛离亭晚，君向潇湘我向秦。

毕业之后，她与他一南一北，相距千里，原本只有假期才能相见。不过她有自己的爱好，一到假期就要外出摄影，但对方不喜欢。

两人实际见面机会少得可怜，却没人愿意妥协结束异地，所以最后那人才说：君向潇湘我向秦。

现在他却想变卦了吗？明明是"君向潇湘我向秦，后会知何处"，偏偏被他改为"后会可知处"。

是想同她说后会可期吗？

没有这样的道理。她对着手机屏幕里孙汉邈那个再熟悉不过的头像，连着"呸"了好几声，呸完还不满意，要大叫一声"本大王从不吃回头草！滚吧"才平心静气地躺在床上敷起了面膜。

退出微信，发现 Lucas 刚刚居然回复了她，如此效率真是百年难遇。

点开一瞧，对方居然在问什么柑橘调的问题，秦七襄被他愚蠢的问题逗乐，输入：因为柑橘调容易变质啊。天热时气味闷在车里，顶级赛车手上车都得吐。

Lucas：所以有味道就有可能被讨厌，没味道就不容易被讨厌吗？

秦七襄：回答正确！不过北美那边的习惯我就不清楚了，听说是偏好浓香，事前助兴。

良久，面膜开始发干，绷在脸上，她依依不舍地从手机游戏中退出。

护肤完毕，她再瞅一眼消息，聊天界面一片沉默，Lucas 不说话了。

她歪着头想自己说错什么了吗？

秦七襄仔细看了眼自己的发言，不是吧，这才到哪儿，不过提了一句事前助兴，不会有人这么纯情吧？

周倬收到"事前助兴"的消息时，一时无言。

他不是没听过这种话，过去求学时身边有些人开起玩笑比这要大胆得多，但他一直不喜欢被这样打趣。

真是口无遮拦，太冒犯了！

他和秦七襄之间远没到这个程度，自己对她的那点隐晦心意，在他过往的认知中几乎算得上是一种罪过。

她太像自己亲手养大的妹妹了，平时他连胡思乱想都不敢深入。

不想再同对面说话了。

他重新梳了头，做完定型，视线从几瓶香水上掠过，放弃。

那就保持清淡点吧，只留一点身体乳的味道。

他垂头看向手机，仍旧没有收到秦七襄的消息。

周倬抿唇盯着她的微信头像，心想，你最好赶快和我说你准备好了，或者下一秒响起门铃声。

又过了几秒,世界安静得只剩蝉鸣,他拨出了电话。

秦七襄正坐在梳妆镜前,用冰袋冷敷着肿胀的双眼,铃声响起,一看时间,心想这离十二点还有四十分钟,周倬急什么?

接起电话,她随口说:"嗯哪嗯哪,我快出门啦。"

周倬:"你吃过早餐了吗?"

她有些心虚道:"一会儿都到午饭时间了。"

周倬:"你不是说来喝汤的吗?"

她恍然想起刷牙的时候随口答应了他。

老妈确实没给她留早餐,但她也真的不爱吃,没太把他的话放心上,原来他不是在敷衍客套吗?

她脸上堆起笑,语气带着讨饶:"哥,我还没收拾好呢。你看都要到午餐时间了,我一会儿收拾好直接出门,就不过去了。"

周倬:"开门。"

"嗯?你在门外吗?等一下啊。"她用力揉了揉眼睛,确保看不出眼皮的红肿,才小跑着去开门。

门外,周倬端着一碗汤,冷脸站着。

她眨眨眼,立马接过:"我……你这……"一时舌头打结说不出话来,连忙放他进屋,她叹了口气,"哥,我的妆化了一半呢,吃完都花了。"

他挑起眼帘看过来,目光如电,让她不禁瑟缩了下脖子,居然为自己刚刚扯的谎心虚起来,毕竟她只是在拖延,根本没化妆。

于是,她乖乖地低头喝了一口汤。

还挺鲜。她又尝了几口,笑眯眯地舔舔唇:"好好喝!哥,要不,咱们就在家吃吧?"

周倬双手交叠撑着下巴,饶有兴味道:"很好喝吗?"

"超级好喝!"她又喝了两口,连碗底的菜也吃干净了,"我都不用出门吃饭了。"

他抬表看了眼时间:"现在是中午十一点半,你才起床。一桌早餐已经冷掉,午餐订的位很快开场。你说,该怎么办?"

"我……"她只想问现在装晕还来得及吗?

看着她变幻莫测最终涨红了的脸,周倬掩唇忍笑:"快去收拾吧,我等你。"

像是获得了赦免令,她连忙推开碗,溜进卧室,坐在化妆镜前梳头。

虽然隔了一堵墙,穿过房门只能看见光洁的地板,她却仍觉得周倬的目光如芒在背,在催促着她加快速度。

她用力地梳头,薅断了十几根卷曲的长发,扎起高马尾,换上短裙,踩着系带凉鞋在镜前转了个圈,鞋上缀着的水钻熠熠闪光。

尚算满意,她愉快地提上包,跳到他面前笑:"哥,出发!"

却见周倬不动,只盯着她的脸。

被他注视的位置慢慢变得滚烫,她摸了摸发烫的地方,正欲发问。

周倬声音落下,泛着冷气:"眼睛怎么肿了?昨晚哭了?"

她抬眼觑他,周倬表情冷肃,和平日温和随意的模样不同,有种淡淡的威压,专注地凝视着她等待她的回答。

这个问题又将她带回昨晚那种不愉快的情境中,情绪瞬间低落下来,不想和他解释她同前男友过往那些纠葛情史。

她只摸了摸鼻子:"你什么眼神?我的眼影画得有那么糟糕吗?"

周倬被噎了一下,两步走到她面前,咫尺之遥,投落的阴影将她笼罩,手指抬起她的头,她不得不对上他的眼。

英俊的脸放大到占据了她的全部视野,男性的体温隔着空气渡了过来,侵略进她所在空间的方方面面。

她瞬间心虚到不敢再看,视线转开瞥向投落在地砖上的颀长人影。

脸还被他控制在指间。

5

周倬的声音不疾不徐,几乎像是贴在她耳边说的,烘得她耳朵热热的:"我眼神确实不好,别动,我看一下。"

她大脑中瞬间炸开嗡鸣,目光随着他的话乖乖转回去,同他对视。

十五秒对视效应,这次是她先败下阵来,在他凝视的目光下无处躲闪,慌张地侧过头,她嗅到了一点清淡香气。

像是风中的白茶。

周倬:"这是眼影?"

秦七襄:"你换香水了?"

两个人的话音同时响起,她又下意识和他对视了一眼,看见他星眸流转,她直接"噔噔"后退了两步。

周倬的目光中带着审视,令她在一瞬间生出的无数理由都无法再说出口,感受到一种来自灵魂深处的兄长的威压。

虽然绝大多数时候他都在温和无奈地包容她,但真正遇见事情的时候,他没那么容易放过她。

她生活在这样的威压下多年,还是会在面对残局的时候惯性地向他投诚。

"哥,我不想说。"她扯不出理由,也不想背叛本心。

周倬抿唇,知晓眼前这个陪着自己多年的妹妹已不再是一个孩子,她有自己的世界和秘密了。

他抬手,顿了一下,本向着她眼睛伸去的手挪到了她的头上,揉了揉:"那你今天还想出门?"

她看起来不太开心,他不想强迫她。

她眉头微皱,似是不能理解他为什么会有这种疑问,有些气性上浮,像只刺豚:"我化了全妆哎!不出门我亏死啦!我疯啦?"

周倬:"痛不痛?"

秦七襄愣了一下,摇头表示不疼,说实话,眼皮红肿时要上眼妆,是有一点点疼的,但完全在忍受范围内,她又不是很娇气。

"那你等我一下。"周倬刷开自家的门,没多久就拿了一片冰敷眼罩和一杯冷泡茶出来。

周倬:"茶水可以消肿,你在车上冷敷一段时间眼睛,到了我叫你。"

秦七襄:"眼罩冰凉,水珠会凝结在脸上,我的眼妆会花了。"

周倬:"你的眼妆都遮不住红肿,还不如花了呢。"

秦七襄:"……周倬!你好过分!"

周倬:"你也就只敢说我了,欺软怕硬。"

见她脸色沉下来,他拧开茶杯盖将茶递给她:"喝口水,眼罩不是很冰,不会把妆弄花的,不放心你再带点补妆工具,好不好?"

她喝了口茶,入口清爽、回甘:"嗯,那我垫着纸巾吧。"

她躺在副驾驶座上,舒舒服服地敷着眼睛,腰枕软硬正好,还是她喜欢的粉色狐狸形象,不知他什么时候加的,十分可爱,让她倒头就睡着。

车辆平稳地行驶在街道上,她睡得安稳,到了地方,周倬才唤醒她。

秦七襄抬手去摘眼罩,指尖滑过一片温凉,嗅到一股清淡的香,风中白茶。

手指攥紧,她握住了他修长的手指,眼罩被周倬摘下。

她看见两人手指交缠,传来脂玉般的温凉,刚好舒缓夏季的燥热。

她很快松了手。

秦七襄:"哥,是白茶味的身体乳吗?"

他眼睫轻颤,压制住微跳的心头,轻笑着问:"你怎么知道?"

秦七襄:"很明显啊,这怎么会闻不出来?你不喜欢冷水了吗?"

他心里惊异于她居然知道自己惯用的是哪款香水,面上却不动声色,强行压住上翘的嘴角,若无其事地问:"那你喜欢哪种味道?"

秦七襄:"我不晕香也不挑剔,所以我都喜欢,越特别的越喜欢。"

周倬:"你遇过的最特别的是哪种?"

秦七襄:"鸡屎味。"

周倬:"嗯?"

秦七襄:"绝版了,也是你常用的那个牌子,他们家还有石楠味的,但我觉得鸡屎味更有趣,还有一家有一款汗臭脚丫味,我没见过,绝版得太早,拍卖炒到了天价。"

"你怎么知道我常用的是什么?"周倬不免好奇。

秦七襄:"薄荷味很重啊。常见的香水都很容易分辨的,这街上的人,十个有八个我能闻出来用的是什么,大部分是街香,小部分是以为是小众香的街香,总之,

065

很好认。"

秦七襄："你不喜欢薄荷？"

"无感。"她侧头看他在盯着自己，又收了话头，"这些比较常见，我喜欢特别的。"

周倬："哦，鸡屎味。"

她被逗笑，眉眼弯弯："喂，你这么小气的吗？"

"我也无感。"周倬打开车门，长腿一跨，下车。留她在副驾驶座上干瞪眼，看着他抄手绕到副驾驶座，轻巧一按，车门打开。

他伸出手，皮肤白皙，挑眉："怎么，又要我恭请爱特别小姐下车？"

秦七襄搭上他伸来的手，轻轻一拉，踏出车厢。

他顺势倾向她，抬起左臂堪堪从她身边擦过，像是要环抱住她，令她僵了一瞬。

结果，周倬的左手按在车门上，"咔嗒"一声，关紧。

她刚要松口气，周倬却没收手，反而抚上了她的脸。

轻浅的呼吸声入耳，她感受到自己的胸腔在鼓动，下意识地闭上眼，头被他微微抬起。

秦七襄等了良久，意料之内的吻未曾落下，眼尾似乎有温柔的触感，能感受到那里的皮肤被轻按了下。她听见周倬温和的声音："好多了，不怎么红了。"

她瞬间睁开眼，撞进了他认真纯然的眼眸中，很近，能看见琥珀色的流光。

周倬瞳孔骤缩，抚在她眼尾处的手指颤了一下。

他迅速收回手，退到原有的距离处，若无其事道："眼妆没花。"

她调整着微乱的呼吸，心头奇异的感觉越发强烈，偷看了周倬一眼，仍旧是不咸不淡的样子。

他怎么好像是个傲娇的性子……

刚才那样暧昧的气氛下，周倬那僵硬后退的反应，她不信他对她没有好感。

就算之前没有，现在也该有了。

她跳着追上他的脚步，走进商场，冷气从四面八方涌来，刺激得鼻腔黏膜有些痛。

她皱了皱鼻子，笑眯眯地逗他："哥，爱特别小姐喜欢特别的。"

"我知道。"他顿了一下，转头看向身旁那些彩妆店面，"这里有你喜欢的特别款吗？"

秦七襄："不是哦，是冷水这两年停产重制，只有巴黎总店才有货，就比较特别。"

周倬："那他们家的吊钟系列几乎只有巴黎总店有货，也都很特别？"他转回头定定地看向她的脸，语气认真到有些危险，表情却是带着揶揄浅笑的。

啊，陷阱题。秦七襄："不，只有冷水特别。"

周倬："为什么？"

秦七襄："因为我还没得到它。"

周倬呼吸一滞，她几乎是在隐喻。

当年,他出国前夕,十八岁的她曾借着酒劲说过喜欢他。

他不愿耽误她的青春,也不愿趁她酒劲不清醒,就随意开始。

这种事要足够认真、足够庄重才最好,他要的长长久久,少一分一秒都不行,怎么能随随便便地开始。

而且一开始就要面临着漫长无涯的异国恋。

所以,让她酒醒了想清楚再说。

可是后来,却没有后来,他们相隔着十三小时的时差,渐渐就失了音信。

再见面,她带着宋崇朝。之后,还有别人。

他扯了扯唇,想说你没得到的有很多。

她却没让他出声,接着说:"结果,它出国换了身皮,价格翻了三倍,加价不加量。"

周倬:"什么意思?"

她挑眉:"待价而沽。"说是香水,却总是意有所指。

他的目光从她脸上划过,带着点危险的意味,利落如刀片:"襄襄,三倍罢了。"

那种在危险边缘试探的感觉令她脊椎腾起战栗,激起了骨子里不安分的血液。

她一向沉迷于极限运动,带着跃跃欲试的兴奋,意味深长地看着他:"怎么办,哥,我不喜欢当冤种被割韭菜?"

他驻足,手撑在一个玻璃柜台前:"我送你,要试香吗?"

导购从一旁走来:"先生、小姐,请问需要什么帮助?"

未等秦七襄开口,周倬转身微笑着说:"试香,有推荐吗?"

导购依惯例询问是谁使用,有什么偏好。

秦七襄垂眼看了一圈,想说她现在对街香基本不感兴趣,如果瓶身精美倒另当别论。

但这家的香水从来都是统一的经典包装,价格贵又难闻,是她很不喜欢的品牌。

他还会报复了是吧,不问她的意见,就让她对上热情的导购。

不过说实话,这家也正是因为这一点,明明是商业香的路子,却很少能在街上遇见。从某种意义上来说,也可以算是特别。

反正不是她花钱,她要真想报复回去,不知到底谁肉疼。

她笑眯眯地让导购将今年限定款取出来,粉色瓶身里液体微晃。她摇了摇手,表示不用试香,直接打包就好,对方给她塞了些小样。

手指敲在玻璃柜台上,秦七襄等待着导购包装,转头对周倬说:"挑香水多没意思,去楼上试试他们家的衣服怎么样?"

"不吃饭了?"见她目不转睛地看着自己,周倬无奈道,"吃完再去。"

结局是她吃饱喝足,挑了几件衣服,一条经典格纹短裙、两件风衣加一件格纹针织衫。

下楼的时候,路过一家店,柜台上摆着的粉瓶香水让她停下了脚步,她转头看了他一眼。

他手里还提着购物袋,只微微倾身问她:"喜欢那个吗?"

她向后倚去，肩膀恰好靠在他胸口上，低声说："我十八岁生日那天，收到了人生的第一瓶香水，在那之前，我一直非常厌恶香水的味道，晕一切香调。"

周倬："是哪瓶？"

秦七襄："那瓶，橘粉色，东方花香调，虽然说前调是柑橘、佛手柑、葡萄柚，但我一直觉得按下喷头，扑面而来的是甜豆沙，每次都让我心情很好。但香水开封后有保质期。"

周倬："过期了的话，那就重新开始。"

她挑起眼帘，含着笑意看他。

他垂眸，目光相接，似乎想透过瞳孔，望进她眼底，直达内心深处，触及灵魂。

那目光太过炙热，她无法忽视，突然在这一瞬间明悟，他好像真的喜欢自己。

可是，她移开眼，想着自己还没做好准备。

不想负责，不想要一段长期的、绑定的、需要她让渡权益的恋情，只想聚散如风，转瞬即逝。

秦七襄："哥，香水这种东西，我用两次就腻了，如果是大容量的，放到过期都用不了几次，我更喜欢小样，随用随换，即使单价更高。"

周倬："没关系，可以再买，万一进了吊钟系列，方瓶冷水都变珍贵绝版了。"

她笑了一下，不知道他有没有理解自己的意思，但以他的聪慧，应当是听明白了。

那这回答是什么意思，是财大气粗，还是他有一腔真心可以任她挥霍？

她还欲开口，周倬已然步至柜台前，请人将那瓶她十八岁时最爱的香水仔细包好，就如同在尝试着包好她十八岁那年的心意。

她拿出手机，站在一旁随意刷帖，想着有些事像香水，变质了就是变质了，新包的那瓶不会是原来那瓶，何必要自欺欺人。

谁又能分清她喜欢的究竟是那种街上随处可闻的香气，还是人生第一次收到香水的欣喜。

微信有未读消息提醒，她点开。

孙汉邈：[图片]

孙汉邈：放暑假了吗？

她呼吸一滞，不可置信地点开那张图片，然后放大。

黄昏，流云，高塔，车水马龙的街道。街边一个路标，显示的地点是她工作的地方。

周倬提着包好的香水走到秦七襄身旁，却见她盯着手机屏幕，一派孤寂。

他仔细看了一眼，是一张放大的街景图。

他双眼微眯，耳边似有警铃响起。他将香水郑重地放进她手中，语气平淡冷静："怎么了？"

她颤了一下，像是刚回过神，抬头。

他看见她眼眶红了。

第四章 风暴过境

✦✦ 追风还需自保。✦✦

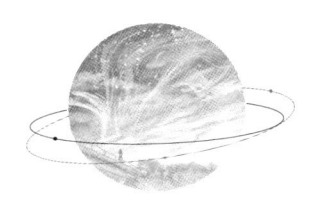

1

星光流转,周倬躺在床上翻身,闭上眼,脑海里浮现着秦七襄那双通红的眼,挥之不去,难以入眠。

今天下午,他将那瓶香水放进她手里时,一直埋头看手机的她恍然抬头,眼眶发红,像是一只在雨里淋了很久的猫。

她明明是一副受了委屈快要哭出来的样子,却在同他对视的一瞬间,合上手机,冲他笑了笑。

那瞬间,他心脏腾起刺痛的感觉。

从她早上红肿的眼皮到下午发红的眼眶,他知道她有些不开心,可她居然在他面前掩饰着自己的不开心。

他坐起身,端起床头的水喝了口,冷水灌入肺腑,人清明了几分,望向窗外高挂的织女星。

织女星在他床头投落蓝白的冷光,像是夜空被烫穿了的洞。

他不抽烟,只会借着星光排遣苦闷的情绪,这些情绪却大都来自秦七襄。

拿起床头的手机,凌晨两点。他斟酌了很久,有些问题不知道该问谁,只能打开观星App,去问那位陌生网友——"如果暗自喜欢的人,她心里有另一个人,该怎么办"。

他盯着输入框里的这行字,删掉,重新输入"如果你想追求一个人,她还在意着前任,该怎么走进她心里"。

他的目光凝在输入框中,似乎要把手机烫出一个洞,还是删掉重输:如果你喜欢的人因为前任的出现伤心,有没有能让她忘记烦恼的方法?

他盯了半天,反复检查措辞,心一横发了出去。

这是他第一次向外寻求感情上的帮助。下午那件事对他而言,是最难解的题。

他起身，站到窗边吹一吹夏夜的风，织女星亮得惊人，目光全被它攫取，无法移开。

正如下午他的目光全被秦七襄攫取，无法移开。

在她红着眼抬头冲他笑的那一瞬，他尊重她的隐私，没有多问她的情况。他很清楚，问了也不会有回音。

他只提着大大小小的购物袋，问她："要不要再逛逛？可能会有更喜欢的特别款。"

她摇摇头："我们先回去吧。"

她心神不宁地跟着他穿过商场的走道，他走走停停地等她，她只低头拿着手机翻看，完全未注意周边的路。

直到他停在电梯旁，她撞上他的胸膛，才抬头对他说了一声"抱歉"。

周倬："襄襄，你什么时候学会跟我说抱歉了？"

她愣了一瞬，两人距离很近，显得他的目光格外深邃复杂。

"叮咚"——电梯门打开，他撑着电梯门，让她先进。

她默默站到角落，只有两个人的电梯被她站出了空旷的氛围。

除了电梯下行的声音，两人一路无话，他不喜这种陌路人的站位，安静地走到她身旁站定，余光看见了她的手机屏幕。

聊天界面，空白头像，备注：孙汉邈。

对方是她前男友。

他曾在和家里的越洋电话中听过这个人的名字，那时他沉默着不再出声，电话那头的母亲连问了两声，以为是线路故障，挂了电话。

电梯停稳，他再次撑着电梯门。过了两秒，她才垂头看着手机往外走，从他身旁经过，走了两步又停下，茫然地回头看他，似在问他往哪儿去。

她人在这里，魂却在手机的另一边。他咬牙，下颌绷紧，冷脸一路往前走。

她大约感受到他的不愉快与气愤，收起手机，亦步亦趋地跟在他身后，目光却飘散，他的背影虚化成了一片云烟景象。

脚下一个趔趄，她差点被地上黄色的U型杆绊倒，购物袋撞上她的手，微痛，他抬臂护住了她，将她拢进怀里，她才免于摔倒。

周倬："走路不看路吗？"

秦七襄："哥，我……"

他拢着她往前，带动她迟缓的脚步。

秦七襄向周倬身侧靠近了一点，试图在炎热夏日汲取暖意。

汽车响起开锁的声音，他拉开后座车门，将购物袋一一摆好。她只站在一旁看，一动不动。

他关上门起身，皱眉深吸了一口气，拉开副驾驶座的车门，目光落在秦七襄身上："不上车吗？"

她才如梦初醒，快步坐上副驾驶座，系上安全带。

他的手臂撑在副驾驶座的车门上，倾身看着她心不在焉的动作，问她："襄襄，天黑还早，出去转转？"

他的话将她抽离的神思拉回，她转头看他："哥，还要去哪儿？"

周倬："这个点，年轻人最爱玩的剧本杀正是人多的时候，随时开本；电影院也是黄金时间，排片众多；游乐园游客正乏，排队时间较短；还有鬼屋惊魂，可以释放压力，你选一个。"

秦七襄："我……我们明天一定要回南方吗？"

周倬："怎么了？"

秦七襄："我有一点不太……想出门。"

周倬："你在车上休息就好。"

秦七襄："可是，我……"

周倬："襄襄，不可以，一诺千金。"

她挪开眼睛，垂头看了眼手机屏幕，说了一声"好吧"。

他没有给她放空的机会，继续说："现在你选一个去处。"

秦七襄："我有点累，想回家休息。"

周倬："我看你心情不好，最好是和我一起去转移压力，别闷着。"

她扯出一抹笑，对他说："哥，我哪有心情不好，我就是……"

周倬："秦七襄，你今年几岁？"

秦七襄："嗯？我……"

周倬："二十六岁。这二十六年来，你在我面前，想哭就哭，想笑就笑，第一次生理期的卫生用品是我买的，床单、裤子是我洗的，我什么时候需要你掩饰情绪？我还不至于看不出。"

她闭上了嘴，眼眶热热的。

他却没给她消化情绪的时间，继续开口："剧本杀、电影院、游乐园、鬼屋选一个，或者你自己提。"

秦七襄："鬼屋。"

周倬："可以。网上有一家很火的鬼屋，驱车十八公里，市内高速二十分钟，去这家？"

秦七襄："好。"

他坐上驾驶座，系上安全带，见她仍在低头看手机，手指反复输入又删除。他伸出手："手机给我。"

她颤了一下，合上手机："我没事，走吧。"

周倬："手机给我。"

她犹豫着，听他深吸了一口气，说道："我不说第三遍。"

她才将手机搁在面前那只手上，他握住手机，轻巧地一收，展臂将它扔向后座，锁门，启动车子。

周倬："襄襄，释放压力，就先远离压力源。"

车辆缓慢启动,她静静地从车窗望向天边流云,逐渐加速,车在街道上飞驰,又快又稳,过弯变道也不曾刹车,流畅地滑入新车道。

窗外的景色成了虚影,她心跳得很快,像是坐上了过山车。

秦七襄:"哥开慢点,我有点害怕。"

周倬:"我的时速只有六十。"

他一脚油门开上了市内高速,道旁树流逝如风。她紧靠着椅背,抓紧扶手箱,心被吊起,像是从过山车的最高点下落。

紧张的感觉让她无从去想手机上的消息,只叫着:"哥,别加速,太快了!"

周倬:"这是高速,我时速一百二,你让我减速,想追尾吗?"

她不再出声,心跳得飞起,鼓动着血脉,让她头皮发紧。

秦七襄转头看向身旁的人,面容沉冷,侧脸的骨线利落好看,像是一柄开了刃的剑。

从刚才到现在,不容置疑的表情与语气,一点也看不出他其实是个非常温柔的人。

只有她知道,他私下里的真实样貌,也正如只有他知道,她每一刻的真实心情。

秦七襄初一寄住周倬家的那个月,生理期第一次造访。

叔叔、阿姨不在家,她坐在床上发现身上流出鲜红的血,浸透了裤子,染脏了床单。

那一刻她手足无措,学校里学的生理健康知识都被抛诸脑后,唯一的想法是她在别人家闯了祸。

当周倬放学归来,站在门口将大衣挂上衣架时,她并着腿,摇摇摆摆地从房间走出来,想要说话,又不知该怎么表达。

他听见动静,回头看她。

她难得乖巧地站在一旁,只是小脸都皱成了一团,一看就知道她现在害怕极了。

他逐渐走近,温声问她:"怎么了?"

她闻声,撇嘴哭了出来,连声叫着"哥哥",却说不清发生了什么,拉着他朝房间走。

他被这哭声吓了一跳,一路跟着她轻哄,直到看见床单上的血迹,才知道发生了什么。他扶住她的肩膀,坚定地温声说:"襄襄,没关系,哥哥在这里,这不是大问题。"

见她连连摇着头,"呜呜"地掉眼泪,他揉了揉她的头:"老师教过我们,遇到问题要解决问题,对不对?哭是不能解决问题的,现在告诉哥哥,你遇到了什么问题?"

她指着床单,哭着一遍遍地说自己弄脏了。

周倬:"噢,弄脏了呀,没关系呀,洗干净就好了。我们把它放进水里,用肥皂搓一搓,血迹就都洗掉了呀。然后放进洗衣机,洗干净晾干,它就又是干净的了。襄襄会洗衣服的对吧？洗床单也一样的呀。"

秦七襄："可是，洗完就没有床单了，呜呜呜，蔡姨还不知道，我不是故意的。"

周倬："我们洗完衣服会穿新衣服对不对？那洗完床单也可以换新床单呀，妈妈不会生气的。我们为了卫生每个月都要换一次床单，很简单的，襄襄都会和妈妈一起换床单，对吧？"

她的情绪稍微平静下来，他擦干净她的眼泪，说道："你看，问题都很好解决的，不用害怕。襄襄告诉哥哥，现在你还有什么问题吗？我们一起解决它。"

她揉了揉肚子，垂头，脚尖相对："哥哥，我流了好多血。"

周倬："肚子痛吗？"

她点头又摇头，攥着衣角不出声。

他蹲下身子，从下往上看着她的眼睛："这是生理期，是女生身上的正常现象，没什么关系的呀。老师上课教过的，女孩子到了十几岁的时候，会有生理期。襄襄现在快十三岁了，对吧？"

她点点头。他继续说："那老师教我们，生理期的时候我们要做什么？"

秦七襄："要用……那个东西，我垫了纸的。"

他眨了眨眼，明白了她的意思："可是老师说要用卫生巾对不对？因为生理期的时候，女孩子很脆弱，需要注意卫生。"

秦七襄："可是……我没有卫生巾。"

周倬："哥哥去买就好了呀，襄襄在家等一会儿，哥哥很快回来。"

她拉着他的袖子问："哥哥什么时候回来？"

他将她安置好，确保不会着凉，冲她温柔地笑了笑："襄襄不怕，数到300，哥哥就会回来。"

她坐在房间里安静地数数，267，268……门打开了，他拎着塑料袋，披着一身寒气走进家门。

这次他没有在门口停留去抖一抖他的大衣，而是径直走向她，将一包蓝色包装的卫生巾拿给她看。

周倬："襄襄，会用这个吗？"

她摇摇头，充满依赖地看着他。

周倬顿了顿，微笑着指向包装背面的使用说明图解："襄襄能看懂的对吧？这就像泡面包装的说明书一样，襄襄会泡面的，泡面很简单。襄襄最勇敢，可以自己学会换卫生巾。"

她点点头，眼角还挂着泪花，笑得一脸灿烂："哥哥，我很勇敢，我可以自己换。"

当她洗漱完，清爽地从浴室出来，发现新的床单已经铺好，桌上放着煮好的姜茶。他将她安顿上床，垂头认真地隔着衣服，给她贴了一个暖宝宝。

他又理了理她的头发，说了一声"晚安"。

秦七襄："哥哥，可以给我讲一个晚安故事吗？"

他停下出门的脚步，回头看着她期待的眼神，点头说了一声"可以"。

那是他第一次给她讲睡前故事，从此养成了她睡前要听故事的坏习惯。

到第二天睡醒，洗好的床单在阳台随风飘荡，她的裤子全部晾在一旁。

直到今天，她才知道，原来那晚他给她讲完故事，在她睡着之后，默默替她洗干净了床单和裤子。

她看着他开车时冷然的侧脸，心情复杂不明。

2

二十分钟的车程，很快就到了鬼屋。

秦七襄下车的时候，试图去拿自己被周倬扔在后座的手机，手臂被他扯住。

周倬："你跟我一起，我带手机就行。"

秦七襄："可是……"

周倬："没有可是，远离让你不开心的事和不开心的人。"

秦七襄："那你让我不开心呢？"

周倬嘴角勾起，将她拉到面前："那我倒要听听，我是怎么让你不开心的。"

她怒目回视："你管这个管那个！哪儿都让我不开心！"

"哦。"他将她拢进怀里，带着她快步向鬼屋走去。

秦七襄不断回头，却挣不开，听见耳畔落下他的声音："那你忍着。"

她倏忽扭头，瞪着他："周倬，你说什么？"

他垂头，目光相接："你忍一下，鬼屋很吓人。"

秦七襄："谁会害怕啊？"

"我会，我会。"他随口应着，在门口检完票，将她推了进去。

黑暗的环境中，感官被放大，沿着暗红的通道前进，冷风"呼呼"地吹进来，像是台风过境。

突然灯光熄灭，黑暗无边，周倬下意识地收紧手臂，将秦七襄护好。

幽绿的光一闪而过，在那瞬间，似乎有道鬼影飘过。又一瞬，蓝光如闪电，披着白布的鬼影陡然出现在他们眼前。

秦七襄被吓了一跳，攥拳就捶上白布道具，白布荡起。

身后响起尖锐的叫声，披头散发的白裙"女鬼"手持电击棒追来，她拔腿就跑，像一颗子弹般射出。

周倬被秦七襄的反应惊到，连忙追了上去，将她推进安全的房间。"女鬼"追至身后，电击棒触及他的小腿，酥麻刺痛，他迅疾地关上了门。

回头见秦七襄笑嘻嘻地看着自己，周倬一时无奈："你跑得太快了，毫无情义。"

"哦……哥，那你忍着。"她转身继续大大咧咧地往前走，连过了几关，光影和音效恐怖回荡，时不时窜出的鬼影，会吓她一跳。

又转进一个房间，乌漆墨黑，突然一道红光闪现，照亮面前"鲜血淋漓"的桌案，她眯了眯眼，身后的人跟上。

她往后靠去,颇为满意地评价一句:"哥,这搞得还挺逼真。"

又一道红光闪过,耳边炸响鬼哭,掉下了一个道具,在桌案上骨碌碌地来回滚着。

她浑身一震,抓住他的手臂,轻呼一声:"呀,差点吓死我!"

入手温热,堆积布料在掌心摩擦出粗糙的质感,她转头:"哥,你这衣服?"

满室电光闪过,眼前出现一张惨白的脸。秦七襄尖叫着后退,幽蓝电光闪烁,鬼脸头一歪,手臂一顿一顿地张开,房间里回荡着"咯吱咯吱"的声音。

她踩着脚,慌忙掉头就跑,尖叫声凄厉,直到撞上一个温热结实的胸膛。

她挥舞着双手乱抓,被牢牢地搂紧,耳畔落下周倬的温柔声音:"是我,襄襄,不怕,没事。"

他轻轻拍着她的后背,房间里"轰"一声忽然炸响,红光爆闪而过。

他看见她身后那个张牙舞爪的鬼影站定,下一秒,又向他们冲来。

他拉着她向前冲刺而出,直到躲进下一个房间,将鬼影拦在门外,才惊魂甫定地拍着胸口。

她叉腰大口呼吸,踢了周倬一脚:"你是故意的!"

他笑着揉上她的头:"哪有,我看你和NPC(非玩家角色)聊得挺开心,你让我忍着,我哪敢打扰你。"

秦七襄:"周倬,你这个浑蛋,垃圾,可恶!"

"……好,我坏,我浑蛋。"他拉着她向前走,路过各类惊恐地带,爬过狭窄通道,才从最后一个鬼影手中逃脱。

出了鬼屋,天色已暗,她的心脏还在狂跳,沉浸在恐怖的世界中,完全忘了下午那些混乱的心事。

她长舒了口气,揉开眼角被吓出的泪花,然后笑了起来。

她笑得眉眼弯弯,笑到后来弯腰捧着肚子,指着身旁的周倬,开口断断续续的都是笑声,说不出完整的话。

秦七襄笑了半天才平息,下意识拉住周倬的手臂,将刚才没说完的话重新整理成句:"刚刚真的好丢人啊!哈哈哈哈!"

她又笑起来:"吓得我上去就给了一拳,不会把道具打坏吧?"

周倬:"不会,如果坏了的话,咱们快逃,他们店里的'鬼'追不上我们。"

秦七襄:"哈哈哈哈,周倬你变坏了,你想带我逃。"

周倬:"嗯,我坏,我想带你走。"

她心旌一荡,挑眉:"走啊,往哪儿去?"

周倬:"那要看吃什么。你想吃什么?"

秦七襄:"烧烤!炸鸡!花甲!三文鱼!"

周倬:"你吃得了那么多?"

她用力点头。于是他带着她吃遍美食街之后,两人才扶着墙走出,互相对视,又是一阵笑声。

返回车库,秦七襄才慢悠悠地从后座拿起手机,屏幕上显示着两个未接来电,她突然觉得什么都放下了。

周倬站在她身旁，看着屏幕光影映上她的脸，未接来电显示为孙汉邈。

她合上手机，抬头看他："怎么不开车，在看什么？"

周倬："看你。"

她呼吸一滞，周倬轻笑了下，接着说："看你在做什么。"

秦七襄："我没做什么啊，在看要不要回电话。"

周倬："所以，今天是谁惹得我们女王不开心？"

秦七襄："是你啊，你这个浑球让我一个人直面'恶鬼'！"

周倬："好好，都是我浑球，我知错了，女王已经骂了一下午啦，可以饶过我了吗？"

秦七襄："看你表现。"

周倬："真不回电话？"

"嗯？"她疑惑地看向他。

周倬望向星空，织女星明亮："趁着夜色好，让你回个电话讲清楚，我等你说完再走。"

秦七襄："我没什么好讲的。"

周倬："那就，拉黑，回家。"

她垂眸："也没法拉黑。"

周倬："为什么？"

秦七襄："哥，他来找我了。"

他的目光暗沉下来："谁？"

秦七襄："就是……我前男友，他来南方找我了。"

周倬："来就来了，反正你们都分手了。"

她"嗯"了一声，周倬追问道："你还在意？"

她抬头撞进周倬幽深晦暗的眼睛，听见他轻声说："那也没用。"

他想，还在意又怎样，他们已经分开了，被撇下过一次的人，凭什么和他争。

"什么意思？"她莫名地问他。

他轻笑："一个分手的理由，会成为你们次次分手的理由，破镜无法重圆。"

秦七襄："可是，我们是因为异地分手。最开始的时候，还不觉得有什么，后来……我们吵了一架，他连夜坐车来找我。

"那时候，我想如果他愿意一直陪在我身边，我就退一步，永远和他在一起。

"那天晚上，他说再等等，结果第二天清晨醒来，我看着他同领导打了个电话，说了两个小时。

"之后，他带着我去了很多地方，晚上坐车回去，没告诉我让我等他回来。

"我们互相冷静了一周，我同他说了分手。"

"襄襄……"周倬不愿再听，拉开车门，将她送进副驾驶座，"可以等待，但没必要吵架。"

秦七襄："什么意思？"

周倬："他不够包容。"

即使过了几个月，他回头来找她又怎么样，就算他们曾爱到轰轰烈烈又怎么样，问题的本质不在异地，而是包容。

他对她说了一声"回家"，关上车门，再次启动汽车。

在车辆驶出停车场，星光落满车厢的那一刻，他很想说，这二十六年来，我习惯性地给你收拾残局，何曾和你吵过一次架，又何曾对你食言过一次。

回到家中，周倬辗转难眠，彻底意识到，比起宋崇朝，更麻烦的是另一个人，因为秦七襄还在意。

即使分开四个月，她对那个人仍残留着旧情。

而他明天将带她返回南方，那个人在那里等她，等她重归于好。

做梦，他轻嘲，难道他还会再一次亲手将她送到别人身边吗？

星光流转，朝阳升起。

金灿灿的朝霞映满天际，周倬开车带秦七襄驶向南下的高速。

车里放着她喜欢的音乐，轻松明快，她靠着车窗，抱着零食，边吃边看窗外的彩霞。

昨晚她始终没有给孙汉邈回电，似乎这样一切都还在原来的轨道上，但她知晓，当她落地时，会有什么变得不一样了。

因为孙汉邈辞去了北方的工作，一个人提着行李箱南下，为了回应旧日的山盟海誓，为了寻她。

从她家到南方，十个小时的车程，她和周倬只是中午短暂地停在一座服务站休息。

她看着周倬开到后半程，有些疲惫的模样，想同他换一换，又被拒绝。

她帮他开了罐能量饮料，他凑近喝了一大口，睫毛很长，柔顺地垂下，像蝴蝶扑闪的翅膀。

碧蓝的天空成了他的背景。

傍晚时分，他们终于看见了城市的影子，收费站闪烁着灯光，站牌后方是满天云霞。

云霞堆积在一起，向上延伸出圆润磅礴的体势，夕阳将蘑菇云彩的西侧铺上梦幻的玫瑰粉，像是动漫电影里的一座座浮空之城。

秦七襄垂头，从包里拿出相机，架稳，记录下这一刻的灿烂云霞。

随着汽车驶入城市，遥远地平线上的云霞被高楼遮住下端，弧顶勃发成朵朵盛开的花，边缘云气缠卷勾连着，铺满天空，如同一片片随风扬动的雪白经幡。

经幡之上，雪色的云霞花瓣叠压掩映，云之穹顶还在向上翻卷着，迅速抽枝发芽，向四方舒展而去。

她遥望着云霞，喃喃发声："哥，好大的积雨云，雷暴将至。"

低空的浓积云发展旺盛，顶部受强稳定层阻抑，逐渐水平展开成云砧，快速向鬃积雨云发展。

强对流天气将至巅峰，四小时内降水，狂风骤雨。

周倬："嗯，不止，夏季低纬度地区对流层顶很高，积雨云冲这么高，下方会出现灾害性天气，今晚你乖乖在家，不要出门。"

秦七襄："哥，我们不是约了中介，今晚先看两套房子吗？"

周倬："你累不累？"

她摇摇头，表示自己都没开车，疲惫与她无关，更担心他会不会太累。

他笑了笑："那就先去看两套吧，然后送你回家。"

秦七襄："对了，你今晚住哪儿？"

周倬："我准备在你家附近订个酒店，明天上午还可以去看看房子，下午有朋友从欧洲回来，我要去接机。"

手机在口袋里振动，她垂头看了眼。

孙汉邈：有时间的话，我们见一面吧。

3
见到中介后，秦七襄心不在焉地陪周倬看了两套房。

房间逼仄，装修一般，周倬打开鞋柜，看见里面躺着两只蟑螂的尸体，脸色有些难看。

匆忙找房的结果大都如此，中介能筛出的只有这种不易出租的空置房。

价格高、装修差、位置烂，还欠了一屁股的麻烦事，但好处是可以迅速入住。

秦七襄皱着眉说，这也太过分了，虽然这个城市潮乎乎的，蟑螂、老鼠不算奇怪生物，但这种价位的房子，哪有大刺刺地把这些东西露在外面的。

中介连忙道歉，推说这是意外，他们请人打扫得很干净，只是时间久了，才会有蟑螂。

周倬倒是没说太多，只同中介详谈自己的需求，却在中介推托他们要求高时，指着蟑螂说："那也不能这样吧。"

中介被噎了一下，周倬又站在中介的立场说了些话，把中介手中的房源情况和权限摸了个清楚，至于自己的真实情况却一直模棱两可。

这一谈就是两个小时，秦七襄起了困意，去车里睡了一觉。迷迷瞪瞪睡醒，她透过车窗，看见漫天的弧状云携着强风滚滚而来。

真是壮观，她匆匆下车，架了仪器记录下这风暴的前奏。

风吹得她长发飞扬，裙摆在身后疯狂舞动，架稳三脚架，明显感到风速倍增，沙尘随风而起，她遮着眼，调整曝光，连连按下快门。

周倬站在大风中同中介聊天，真是离谱。

腹诽着他的话竟如此多，秦七襄在雨水到来前收回装备，钻进车里。

她掏出手机，看了一眼孙汉邈的消息。

往上，是孙汉邈说自己辞职来这里的某公司任职，同她分享了几处标志性建筑的图片，问她如果有空的话能不能见面一起吃顿饭。

她一直不知该怎么回复，索性将其扔在一边，又发现 Lucas 问了她一个奇怪的问题：怎么让喜欢的人开心？

她被逗笑，觉得对面一定是一个只有十八岁、正是为爱苦恼的单纯少年，几乎能想到他抓着自己头发满面愁苦的模样。

她笑着回复：上次约会不顺利？

他们有时差，Lucas 自然不会立刻回复，她实在无聊，索性将今天拍摄的照片都导出，开始处理。

"滴答"——雨点砸上车窗玻璃。

很快，淅淅沥沥落下了雨，她看向车外，视野被雨帘遮蔽，只有身穿黑衣的模糊影子向她这边小跑而来。

驾驶座的车门打开，混着水汽的空气卷入，周倬钻进车内，下颌处滴落的雨水砸上他黑色的衬衫，洇开了一朵湿花。

她抽了几张纸巾，替他擦干脸上的水。

纸巾擦掉水汽，他眼睫颤动着，还有些潮湿，眼眸也染了水光，像只被雨淋湿的小狗。

她忽然想亲一亲。

秦七襄舔唇，抛开这种奇异的暧昧情绪，转了个话题："哥，你们聊什么这么久？"

周倬接过纸巾："抱歉，让你久等了。我和他聊了一些需求和附近的房源情况，他明天会带我们去看一套我比较看好的房子。"

他身上的水汽濡湿了她的手指，她随意地擦干手指，雨水在玻璃上冲刷成白雾。

窗外黑云压城，疾风骤雨。

她将湿润的纸巾团成团扔进储物盒："这么大雨，还能回去吗？"

周倬："骤雨不终朝，稍微等一下，风速很大，风暴会很快衰亡离开。"

车载音乐被调大，雨打玻璃的声音伴随着舒缓的钢琴曲，她安静地为修图工作收尾。

在这种气氛下，不说话也会觉得舒服。

一点细微的响声传来，周倬拧开一瓶矿泉水递给秦七襄："渴了吧？"

她"咕嘟"饮了两口，音乐声步入高潮，雨滴"噼啪"砸在玻璃上。

周倬看着她电脑里修完的风暴云，随口问道："什么时候开始的风光摄影？"

秦七襄："大学吧。那个时候比较自由，上下课走在学校里的时候，就喜欢到处拍照。后来买了我的第一台二手相机，就追着拍鸟、拍花、拍云。大一那年我跟着天文社追流星雨，看他们在后山架仪器拍照，慢慢就感兴趣了。"

周倬："你的摄影技术很好。"

秦七襄："那是，我以前可是追风少年呢。"

周倬："追风少年？"

秦七襄："对啊，追着风的踪迹、流云、晚霞、天空，还有风暴，云是风的车辙，风是云的奔马。"

周倬："风暴？那太危险了。"

她合上电脑，扭头看他："危险而美丽，我最喜欢这样的东西。

"有次追单体风暴，遇上中气旋，冰雹'噼里啪啦'地砸在车窗上。昏暗的云体就像浮在天空中的高山，环绕的云墙像是立在天空中的漏斗，大地上草叶漫卷、扬尘满天，我紧急抓拍末日般的瞬间，一棵悬铃木折断，砸在我身旁。"

她看见他脸色更为难看，知道他要教训自己，忙合掌歪头，同他说："我们追风也是会保护好自己的，不会胡来，哥你别担心。"

周倬："不会胡来，你去找中气旋？"

中气旋是强对流天气下，积雨云中的巨大气旋，常常会带来危险的雷暴与猛烈的龙卷风。

它是龙卷风的母体。

秦七襄："那是意外，没有生成龙卷风，我拍完就跑了。"

怕他不依不饶，她立刻转移话题："哥，暑假这个时间段，正是学生毕业和企业人员跳槽的租房黄金期，房子基本秒出，我看你挑的房子都不小，要求太高的话，不太容易找到合适的房源。"

周倬："嗯，我有自己的需求。"

秦七襄："那要是明天还是这样的呢？"

周倬："那我不如住酒店。"

一道闪电照亮他的面容，她下意识地扭头望向天空，随口回了一句："财大气粗。"

周倬："我哪有……"

"轰隆——"头顶雷声炸响，车里的音乐同频进入激扬的鼓点。

她回头问："你说什么？"

音乐鼓噪着，震动他的心跳。周倬笑了笑："没什么，感觉住你附近也可以。"

秦七襄："哎？那方便吗？"

周倬："嗯，怎么都方便。"

骤雨来势汹汹，去势迅捷，很快雨点渐小。车灯照亮前方黑夜，他驶向回她家的路。

秦七襄到家打开灯，捡起地上的几团废纸，给垃圾桶套上垃圾袋，将纸团扔了进去。

身上沾了微雨，她将行李箱随意扔在墙角，脱了衣服去洗澡。

洗完澡出来一身清爽，她打开手机看周倬有没有报平安。

他发了一张雨夜风景图，城市灯火迷蒙在风雨中，露出沙发一角，修长分明的左手搭在靠背上，金属表盘反射着室内昏黄温暖的光。

她下意识"啧"了一声，这人连住个酒店都要挑套房，又极其讲究仪式感，一向挑剔到不像话。

中介居然找那样的房子，把他当冤大头宰。

虽然他没吐槽，但她能感受到他身上那种隐隐的不爽。

不过，他顶着不爽也能和人聊上两个多小时，实在是牛，她自问完全不具备这样的能力，只怕当场就要摆脸色走人了。

中介的这种操作并不是一天两天的事，她第一年来这个城市租房时也踩过这种坑。

最开始同中介提需求，他们不太清楚她的情况，会拿出手中性价比相当低的差房源给她看。

如果她着急又不挑，完全一副人傻钱多的样子，那就愉快地成交。

如果她是那种非常挑剔麻烦的顾客，中介就会在之后的看房过程中，逐渐提高给她的房源档次，先抑后扬。

有了之前的垃圾房打底，她的预期被降低，在看到还算说得过去的房子时，会惊艳到立刻定下来。

后来，在她和老同事的交流中，刷到中介 App 上的那些新房源，她才意识到自己那年被坑得有多惨。

市场价全包五千元的房子，按六千元租给她，物业费还要另付，房东更是个优越感十足的麻烦人。

自我感觉过分良好、按远高于市场价出租房子的房东，多半都不会是个好相处的人。

她忍不住同周倬发泄了半天去年被中介坑了的愤怒，他情绪十分稳定，好脾气地哄着她。

一直哄到她犯困沉入梦乡，他在那之前同她强调，明早要来接她去看房。

第二天，宿雨渐干，天光大亮。

门铃响了几声，秦七襄仍未醒。周倬在楼栋下提着早茶，无奈地掏出手机准备打电话。

一位大爷提着菜篓，踩着拖鞋从他身旁经过，见他提的东西不少，指了指旁边的侧门："门锁坏了，你从那儿上。"

他回头，见大爷头戴着兜帽，一边抬手指着不远处的连廊，一边连连点头，嘴里念着难懂的方言。

虽然难懂，但大概也明白楼栋东侧有开放入口，周倬冲他点头谢过，绕到米色楼栋的侧后方，看见了一扇虚掩着的厚重铁门。

推开，就是楼梯间。他边走向一侧的电梯间，边拨出了电话。响了几声，秦七襄才接起，带着惺忪睡意的嗓音传来，他眼睫垂下，掩住某些晦暗的情绪，步入电梯。

周倬："襄襄，你起了吗？我快到你家门口了。"

秦七襄："噢，还没，你按楼下的门铃，我给你开单元锁。"

周倬："不用，我已经进来了，一会儿敲门。"

秦七襄："……啊！我还没洗漱，你等我一下。"

周倬："不急，我给你带了早茶。"

秦七襄秒挂了电话，连感谢的话都没来得及说出口，就直接鲤鱼打挺，冲向了卫生间。

水流"哗啦啦"地冲进洗手池，她直接往脸上泼水，火急火燎地洗漱。

敲门声响起，她吐掉漱口水，对镜龇了龇牙，抹干脸上的水，奔出卫生间。抓起玄关柜上的气垫梳，她用力地梳了两下，开门。

周倬一身深蓝色的飘带衬衫，阳光从楼道窗户直射而入，打在他脸上，明亮非常，以高耸的鼻梁为分界线，另一半浸没在阴影里。

她突然想到一句诗：阴阳割昏晓。

周倬："方便进去吗？"

4

秦七襄展臂拉开门，室内陈设映入周倬眼帘，尘埃在光下浮动。

秦七襄："难道我说不方便，你就不进来了吗？"

周倬笑了一下："那你可以现在换鞋和我出门。"

秦七襄："你约了几点？"气垫梳一下一下梳理着发尾，她将地上堆放的鞋子往鞋柜下踢了踢。

周倬依旧站在门口："需要换鞋吗？"

秦七襄："不用，又没鞋给你换，进来就是了。"

她昨晚心情复杂，睡觉也不安宁，翻身多了，长发缠成结，梳了一把头发下来，发根扯着头皮发痛，结还没梳通。

他步入房间，嗅到淡淡的甜腻香气，像是话梅糖混着咖啡。

沙发上堆着她昨天穿的衣服，周倬转开眼，将袋子放上饭桌，洗完手出来，见她没吃饭，安静地坐在桌边梳头。

周倬接过她的气垫梳，拢起她散落在身后的长发。他指尖微凉，从她颈间掠过。

秦七襄只觉战栗涌上头皮，也沿着脊椎下游，像汪洋涨潮，从肩头漫过胸前。

她弯了弯脚趾，头向后仰，长发倾泻如瀑。

他正低头帮她梳理发尾，她这一动作将他的手都淹没在长发之下，明明那么轻，却将他的呼吸压垮。

"痛吗？"他轻声问。

她被夏日烘得发热的耳朵烧起来，这个问句令人不禁联想到别样的意味，她仰头搭在椅背上，看着他的眼，心中默数：15、14、13……

他的手抚上她的脸，先是指尖若即若离地触碰，像清风拂过脸颊，又倏忽飘远。接着他的拇指抚摸她的耳郭，发痒发躁，像是微雨时分，出门脸上落了几滴雨点，雨点汇聚，向下流去，力道逐渐加重，直到他按住她下颌时，她已无法忽视，无处可退。

他的手指按紧，抬起她的脸，那力道未及肌底，只带来细微的似痒若疼，像是智齿发炎，越用力按压出疼痛，越能感觉到愉悦，心里叫嚣着想要他再用力些。

因为他的动作，她的嘴唇无法合拢，微微张开。看着他眼中翻滚的晦暗墨色，她抬手搂上他的脖颈。

"叮咚叮咚——"手机铃声响起，周倬全身震动，好似从梦中惊醒。

他立刻松开她转身，接起电话，长舒了口气。

秦七襄愤愤地坐直身子，看过去，见他脚步不停，几乎像是在逃亡。

她闭上眼，咬牙：周倬，你死定了！

过了半晌，周倬打完电话走过来，原先暧昧的氛围已经完全消散，秦七襄正埋头吃着虾饺。

他摸了摸鼻子，缓解心头的尴尬，坐在她身边："刚刚我和中介约了九点到。"

她怀着满腹怨气，只鼻子出气应了一声，继续吃。

周倬不太知晓对方究竟为什么生气，或许是气愤于他刚刚的唐突，又或是气愤于他刚刚的胆怯，也有可能是气愤于他不曾解释清楚。

无法解释，他还不确定对方的心意，也很难去解释在铃声响起时，他忽然醒转又如蒙大赦。

但脖颈泛着灼热，刚刚被她搂上时的感觉仍有残留，即使他现在喝着冷水，也挥不去那股燥热。

随后席卷而来的是巨大的自责，空蒙蒙的，像踩着云雾，人不断下坠，心脏脱离了身体的支撑，呈现自由落体。

他不敢在未确定关系时，对她有超出界限的行动，却会在这样一个温热暧昧的空间里，一时意乱。

多年来，道德与情感的背离不断撕裂着他的精神，他如溺水的人，再次挣扎着下沉。

那是他一直以来当作妹妹的人，又是他一直以来默默暗恋的人，这本不可共存的感情，在他心底最阴暗的角落生长着，纠缠如麻。

等到他发现时，总剜不干净，又悄然蔓延。

他向她看去，她仍平静冷漠地喝着清粥，表面上像是什么都未曾发生。

但她生气了，他很清楚。

他用手机遮掩着自己的复杂情绪，点开观星 App 里那个陌生网友 Weather 的聊天框。

上次他问对方，怎么才能让喜欢的人忘记前任带来的烦恼，对方居然反问他是不是上次约会不顺利。

这么明显吗？被猜到他选香水是为了约会。

约会顺利吗？他舔了舔后槽牙，那是相当不顺利，那天从早上见到她开始，她就魂不守舍地在为那个讨厌的男的不开心。

他轻轻地冷哼了一声，认真敲下：确实有一点不顺利，今天还因为唐突惹对方生气了。我感觉你好像很了解这方面的情况，请问我该怎么做才能弥补？

反复确认了措辞，他才按下了发送键。

"嗡"——桌面一阵震动，他下意识抬头看去，见秦七襄搁在桌上的手机屏幕亮起，弹出一个白色的提示栏。

手机尚未解锁，提示栏浮在花里胡哨的屏保背景上，他只能模糊看见是一条新消息提醒，心瞬间一跳，感觉背后有冷风吹过。

秦七襄懒怠地抬了下眼皮，按灭了屏幕，继续喝粥。

他搁下手机，抿了口茶，心头的不适感渐渐退却，齿间却仍泛着酸。

每当秦七襄看手机时，他总觉得对面会是宋崇朝或者孙汉邈之类的人，给他带来一阵酸涩不安。

当她掐灭屏幕时，他心中又会钻出一点难言的欣喜庆幸，她不曾同那些人多谈，那就意味着他们不重要。

心思在情绪两端摇摆，消耗着他大量的力气，他拿起筷子，夹了一只虾饺入口。

秦七襄顿了一下，放下碗，奇异地望着他，擦了擦嘴："你没吃早饭？"

"没有。"周倬被这问题噎了一下，放下筷子，思考自己没吃早饭有什么问题吗？他看了眼最后一只虾饺，难道是因为他抢了她爱吃的东西？

"你一直在玩手机，我还以为你吃过了。"她语调里带着点阴阳怪气。

她实在是看不透面前这个人究竟在想什么。

有时候，她觉得周倬应当是喜欢她的；有时候她又觉得没有这回事，他只是出于家长式的习惯。

刚刚那样戛然而止的暧昧，将她吊得不上不下，心里刺挠着像被猫抓了似的，他倒是一副没事人的样子，饭也不吃，还有闲心玩手机。

她下意识地瞪了他一眼，他放下喝茶的杯子，垂眸去看手机。

估计是被她的阴阳怪气噎住了，他不好意思继续吃饭。

只是，侧边窗户透亮，给他的嘴唇点上润泽的水光，像是饱满的蜜桃，她的怒气也因此消散。

她舔了舔唇，扔下碗筷起身："你继续，我去换衣服。"

真是的，她好久没接吻了啊，面前还摆着一个看得见、吃不着的，好想咬一口啊。

她拿起小风扇，吹了吹燥热的脸颊，等吹干身上涌起的汗湿，才从衣柜里挑了一套短袖短裤换上。

走出房间，见他已将桌子收拾干净，系好的打包盒里还装着虾饺，倒像是这顿早餐他最后没怎么动。

"又不饿了？"她哼笑一声，觉得这人要亲不亲、要吃不吃的，真是复杂。

"你准备好了吗？要出门了。"他没理会她的阴阳怪气，只提起收好的桌面垃圾，准备外出。

"我好了。"说着，秦七襄走到垃圾桶旁，准备将垃圾袋带下楼，嗅到空气中有种淡淡的腥气，就像是刚从湖里钓上来的鱼留下的气味。

他弯腰接过垃圾袋顺手系紧，见她在一旁发呆："怎么了？"

她吸了吸鼻子："你嗅到什么奇怪的味道了吗？"她一直坐在客厅没有发现，从房间里出来时，才隐约嗅到一点。

周悼也跟着转向各方闻了闻："很香，我刚进门就闻见了。"

秦七襄："你觉得很香？"

周悼："像是甜腻的花香，还有点咖啡和话梅糖的味道。"

秦七襄："那是我昨晚用的香水，放假时房间一直锁着窗，一回家觉得屋子里闷闷的，就喷了点。"

周悼："那可能是被香味遮住了，我没闻见。"

她又转头四处嗅了嗅，那味道又淡得消失了："可能是南方湿气重，屋子潮闷的水腥味。"

周悼看着白墙顶上泛着的阴沉，问道："回南天的时候，墙壁会发霉吗？"

秦七襄："该死的，每次我刚下火车，就感觉空气里能拧出水，所有的墙面摸起来都滑腻腻、湿漉漉的。"

周悼："考不考虑换个地方住？"比如我那里？但他没说出后半句。

秦七襄："暂时不用，违约金很贵，也很难再找到这么便宜的单室套。我不喜欢房子里有外人，不打算合租。再说，这栋楼层还行，再低一些，我怕是要长湿疹。"

周悼的语气些微低落："不喜欢有室友啊？"他提着垃圾袋走出门，回头看了眼，麦黄的阳光洒落，留下窗棂的影子。

一室一厅一卫，开放式厨房同客厅连接，干净但微乱。

不喜欢有室友是个大问题，他这样想着。

到了和中介约定的地点，秦七襄进入第一间房的时候就被眼前的陈设惊得睁大了眼。

中介居然跳过那些惯用的温水煮青蛙的看房模式，几乎直接将最好的房源拿出来。

这些可都是中介需要控在手中稳住后续顾客的砝码啊，她投了个眼神给周悼，问他怎么做到的。

他轻轻一笑，拉着她去浴室转了转，一套房子的好坏，最重要的是看浴室与厨房。

这是首次出租的新房，连房东都未曾入住过，装修简洁明亮，没有南方的潮湿阴沉，铺了清透的白砖，显得非常干爽。

她偷偷和他咬耳朵："你肯定加了不少价。"

"没有啊。"他无辜地回望，"我还讲价了呢。"

"真的？"她有些狐疑地看着他。

"当然，他之前说有些有钱的老板，不管东西多少钱，一定要讲点价才满意，我这是学他们。"

秦七襄笑起来："噗——真的假的？有钱人也看价格？"

5

最后，周倬定下一套离秦七襄现在住的地方不远的房子，先交付定金，等待房东旅游归来就签订合同。

那房子环境不错，大横厅，大卧室，从卧室的窗口往下看去，入目是一片生态公园，湖泊在阳光下泛着波光。

远处是一片连绵起伏的青山，有轻轨架设在青山上，洁白的动车时而穿山过水，在窗玻璃上留下现代化的影子。

只是，秦七襄不知周倬为什么要挑这么大的横厅设计。

"因为需要一个办公区域，但我喜欢公私分离，所以不能架设在卧室。"周倬回答。

秦七襄："那放书房或客卧不行吗？"

周倬："不行，空间不够，你不知道我有多少设备，我家又不会有客人来。"

秦七襄："哦，不欢迎我。"

周倬："随时欢迎，你来不需要留在客厅。"

"为什么？"她好奇地问他。

周倬顿了一下，转开脸，望向都市高楼，玻璃幕墙反射着强烈的太阳光线，晃得他眼晕脸红。

"你怎么不说话？"秦七襄停下脚步，歪着头追问，感觉他这反应很莫名。

周倬低声开口："你不算客人。"他的眼神却依旧追着玻璃幕墙上的太阳影子跑，不敢看她。

秦七襄："什么？"

"给你留了餐厅吃饭啦。"周倬转回头，推着她向前走。

秦七襄："哎？为什么只有餐厅？"

周倬："还有书房和游戏室，你对客厅没兴趣，所以帮你改造其他房间。"

秦七襄："什么帮我啦，是你自己想玩吧？我可是要看电视的。"

"室内挂个投影仪怎么样？"他拉开车门。

秦七襄："挂哪儿？你卧室？"

周倬感觉耳根热起来，拉车门的手一抖，被反弹的门闩卡了一下，红了。

他忙将她推进车里："客卧……放上沙发，再加个避光帘……"

他突然闭嘴，又不说话了。

这场景，有沙发，有避光帘，他越想思绪越往不对劲的方向跑。

秦七襄好奇地伸出头，等着周倬继续说，车门忽然在眼前关闭，隔绝窗外光线，只从副驾驶座的防晒玻璃中看见他晦暗的眼神。

他转头躲开了她的视线，回到驾驶座："中午吃什么？"

秦七襄："随便啦，我都行。"

周倬："那回家吃？这边口味太淡了，我有点想吃家乡菜，你呢？"

秦七襄："都说随意啦。"

周倬点点头，开车去超市买了些菜和零食："我下午要去接人，后天有公事要谈，这几天你乖一些。"

"喂，别像哄小孩一样和我说话！"她环抱手臂，嗔道。

周倬："好。"

之后几日，秦七襄闷在屋子里打游戏，周倬确实同他说的一样，忙得很，没空来找她。

她倒是乐得清闲，将相机搬上天台，尝试拍城市星空。顺带剪了一些以往的天象视频，发到网上，做起了风光摄影类博主。

她的镜头好看，很快就收获了不少点赞和互动。评论里有个小可爱，怯生生地问她，这些视频是在哪里拍的，自己也想去拍。

秦七襄简单答疑之后，便想起自己初入行时，也是这样怯生生地去请教大神的。

对了，Lucas自从上次问了她唐突了暗恋对象该怎么弥补之后，好像就没了消息。

不过他们本就隔着长时差，他几天不回复都是正常情况，但怎么会有人请教问题也是一副爱搭不理的样子？国外的少年都这么拽的吗？

她默默吐槽半天，看着对话框还停留在她调笑着反问对方：怎么唐突的？不说清楚故事，让人很难分析呀。

对方就此沉默两天。

她好像知道对方为什么不回复了，不会是这个小孩又害羞了吧？

Lucas现在在她心中完全是一个动不动就脸红捂脸遁逃的弟弟，时不时还嘴硬装出大人般的高冷。

如果追问他的情史吃瓜，估计也蛮有意思的。下次继续，不能放过他。

观星群里一群人喊着下周有超级蓝月，拉帮结伙地要去江浙地区拍"海上生明月"。

她随意在群里报了一声到，准备下周开学前再外出一趟，正好可以同网友见面。接着优哉游哉地下楼去找点小吃，吸溜着肠粉直叹美味，只是不如周倬的厨艺好。

他现在的厨艺简直炉火纯青，像是在外读书那几年，不断精进，科研不知做得怎么样，厨艺反正登峰造极。

她正默默腹诽着，就收到了周倬的消息，问她有没有好好吃饭。

她当即拍了张肠粉的图片给他，特意调了色，看起来分外美味。

他的回复倒是淡淡的：还可以，但不够营养。

秦七襄：哈？我觉得你应该收回这句话。

周倬：我给你寄了些水果，现在在楼下的快递站。

秦七襄：哇，感谢！寄了什么？

周倬：有三箱吧，这边的水果很便宜，买得有点多，晚上我去帮你抬。

她笑眯眯地结了账，不打算等周倬过来，准备自己先行将水果搬上去。

到了驿站，戴着口罩的工作人员给她指了指一旁的三个大箱子，她才蒙在原地。

箱子里都是榴梿类的重型水果，要么一箱箱搬，要么上楼把她的露营车推下来。

笑话，她上了楼怎么可能还会下来，快递站的人也不同意她只取一件的请求。

工作人员摇着头："不行啊，快递我们要一起出库，没有一次出一半的道理。"

她叉着腰想道，不然就先回去，最近流感高发，她没戴口罩，驿站里人员混杂，别东西没拿到还染了病。

正准备空手上楼回家时，她听见了一道既熟悉又有点陌生的声音："襄襄？"

其实远算不上陌生，只是她不愿承认熟悉，那声音一出现，她就认出了来人是谁，是让她前段时间一直心神不宁的罪魁祸首——孙汉邈。

她僵硬地转身看去，英俊的青年背着光站立，霞光映满他身后的天空。

果然是他，还未待她有所反应，孙汉邈已走到她面前："我以为你还在外度假，结果回来也不回我消息。"

秦七襄冷冷地问："你怎么在这里？"

孙汉邈低头看向她身旁的水果箱，问："你的？"

见她点头，他将它们堆叠搬起："我跳槽到这边，搬过来住了。"

她颤了一下："搬到了哪儿？"

孙汉邈一仰头："隔壁小区。你发什么呆？"

秦七襄茫然地跟着他向外走去，听他闲聊些日常，直到步入电梯，她才恍惚回过神。

"孙汉邈，谁让你搬过来的？"

他将水果放稳在地，抬头看她，手搭上她身旁的栏杆，笑着反问："我搬家都不行吗？"

她向另一侧挪了两步："你不是在北边工作得很好，都升产品经理了，准备在大厂待一辈子吗？"

孙汉邈："如今经济形势不好，我发现还是不能把生命都困在一个地方呢。"

秦七襄："哦，你要环球旅行，坐上热气球从平流层出发，去和太阳肩并肩。"

孙汉邈："别闹，我觉得南方发展得也挺好，还是这边机会多。"

秦七襄："你吃不了海鲜，机会给你，你也不中用啊。"

孙汉邈："那你帮我备上过敏药，哪天我误食了，给我叫急救车。"

秦七襄："哈？怎么我是小爱同学吗？"

孙汉邈："哈哈哈，你好啊，襄襄同学，今晚要不要一起吃顿饭？"

秦七襄："你这刚见面就做好准备了？匪徒踩点来的吗？我看招惹到我，你是生死难料。"

"襄襄，你真有趣。"孙汉邈直接大笑起来。

"叮咚——"电梯门打开，楼道里走过一个戴着帽子的大爷，低着头快步路过他们，大概被孙汉邈的笑声吸引，来回看了一眼，又不好意思进电梯，低头走向楼梯间。

秦七襄抱臂看孙汉邈："啧，看见没？大爷都被你的笑声吓跑了，笑什么笑。"

孙汉邈扶腰忍住笑意，搬起水果走出电梯："喂，是你逗我笑的好不好。你买的什么啊，怎么这么重？"

秦七襄："海鲜水产，全是带壳的，你吃了就晕的那种。"

孙汉邈："瞎说，这箱子又没潮，哪有海腥味。"

秦七襄："包得严实，专为治你。"

孙汉邈："那不行，你放冰箱，明晚再吃。"

秦七襄："明天就死了，死了会生细菌，吃不了。"

孙汉邈："那我赔你一顿，你随便点餐。"

秦七襄："我要吃海南的椰子、河北的饼、山东的大葱、新疆的鸡，全部要当地现做的，你现在搭乘你的热气球去给我找。"

孙汉邈："好啊，你假期还没结束，不如一起去啊。"

"没空。"她打开门，指挥着他把东西放进去。

客厅里又被风吹落了几个纸团，她顺手捡起扔进了垃圾桶。

孙汉邈大有纠缠不放的气势，主动从桌上寻了把剪刀开始帮忙拆箱。

"哎，别动。"秦七襄刚上手拦，对方已一剪刀下去，划开了塑封条。

孙汉邈转头看她："不能拆吗？要真是海鲜，我就舍命陪君子。"

秦七襄："不是……算了，你拆吧，就拆一箱。"

孙汉邈点点头，剪刀划到底，露出了箱子里的榴梿，挑眉看她："不是海鲜啊，你今晚想吃什么？总不至于吃榴梿度日吧。"

秦七襄："我不给你个请我吃饭的机会，你就不会放过我了是吧？"

孙汉邈站起身，一步步走到她身旁，有浓重的阴影压下。

她不由得后退两步，小腿撞上了身后的沙发，手向后撑了一下，才避免跌落进去。

孙汉邈倾身而下，俊脸在她面前迅速放大，到三拳距离处，停下。

她咽了下口水。

第五章 知慕少艾

•• 春风捉摸不定。••

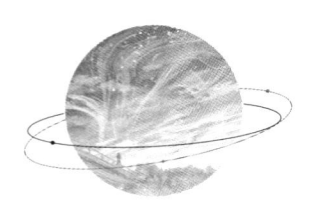

1

孙汉邈见秦七襄这个反应,侧头一笑,拉起她的手臂往外走:"没办法,我等这个机会很久了。"

秦七襄推他:"等会儿,我要申请禁止令,你不许出现在我百米之内。"

孙汉邈:"晚了,明天才能启动。"

秦七襄:"真的?"

孙汉邈:"我拒绝执行。"

他拉着她一路斗嘴,直到走进一家店将她按在座椅上。

见秦七襄要起身,孙汉邈竖起食指:"嘘,这家评分很高,很难等位的。"

见她抓起抽纸盒,孙汉邈连忙拱手告饶:"错了错了错了,权当我给你赔礼道歉了。"

秦七襄:"你不在北边待着,干吗非要过来?"

"不爱吃饼。"见她好奇,孙汉邈抿了口水,故作高深道,"我发现领导画的饼是一口也吃不到,还是你画的香一点儿。"

秦七襄:"喂?你要不要脸啊?"

孙汉邈:"都没有怎么要呀?"

服务员端着托盘上了碗拌粉,他接过,拿起一双筷子,低头将酱料搅匀。

秦七襄双手交叠撑着下巴,冲他问了句:"孙汉邈,你认真的?"

"庙里求神的都没我认真。"孙汉邈将拌好的粉推到她面前。

她掌心合拢,连连祷告:"那我要申请紧急避险。"

他笑个不停:"不至于吧?相逢机会难得,你可要珍惜。"

手机铃声响起,秦七襄看了眼来电名——周倬。她对着面前的人"嘘"了一声,指了指手机,然后接起。

周倬问她在哪里。

秦七襄眨眼看着面前的人，一时不想说得太具体，只囫囵地说在和朋友吃饭。

周倬沉默了一瞬，缓慢开口确认："那你今晚在外面吃是吧？"

秦七襄："对，有什么事吗？"

周倬："你在哪儿吃？我去接你。"

秦七襄："不用了，吃完我自己回去。"

"我今晚正好有空，把地址发给我。"说完，周倬就挂了电话，容不得她提出抗议。

她收回手机，嘴里还碎碎念着这人管东管西，抬头对上面前孙汉邈微笑的脸，又觉得头痛。

孙汉邈给她碗里添了点菜，问道："谁呀？不会是我不在，你另有所爱了吧？"

秦七襄："轮得着你管吗？"

孙汉邈："襄襄，你说分手，我还没同意呢。"

她被气笑："晃晃你脑子里的水，分手只要我单方面提出就成立了，你懂吗？"

孙汉邈："那法院判决也有个缓刑呢，你也没给我申诉的机会啊。"

秦七襄："你要怎么申诉？我也没看你当庭提出异议啊。"

他低头喝了口水，沉默在蔓延，过了一会儿，才低声叹道："这不是来'最高人民法院'上诉了吗？"

秦七襄："嗯？你再说一遍？"

孙汉邈："虽然路途稍微难走一些，但还没过追诉有效期吧？"

秦七襄："晚了，孙汉邈，早就过去了。"

"可是我还没过去，"他又轻笑了一下，"那就不算。"

她埋头吃饭，懒得同他多说。越吃越心烦，她点开手机，发现自己没回周倬的消息。

周倬先是发了简洁的两个字：地址。

见她半天不回，他又发了个"？"。

秦七襄想了想，觉得还是让周倬来救自己比较好，立即发了定位过去。

孙汉邈打开一瓶汽水，细密气泡冒出，吸管随着气泡在瓶中沉浮，瓶身凝了水珠，像是这座城市四月份的墙面。

她顺着瓶身往上看，孙汉邈撑着头："襄襄，我可以插队吗？"

她没碰那瓶汽水，瓶身下积了一摊水迹："什么队？"

他坐正身子，目光认真："再追你一次。"

她心头顿时颤了一下，皱了眉："你最近也得流感了吗？"

"什么？"孙汉邈面露疑惑。

秦七襄："把我当急支糖浆追。'药到病时方恨无'了是吧？"

他握拳掩笑："襄襄，你别扯，我是认真的。"

秦七襄："我也是认真的，饭也吃了，心也谈了，旧也叙了，胡话就别说了，我要走了。"

孙汉邈："襄襄，我送你。"

秦七襄："不用，我有人接。"

孙汉邈："你不是刚跟对方说吃完自己回去？"

她难得被噎住，恨不得咬掉自己的舌头。

不想再同孙汉邈掰扯，秦七襄自顾自地起身，推开玻璃门，地面的暑热蒸腾着扑面而来。

天地如蒸笼，汗很快沁出额头。

周倬还未到，孙汉邈跟在身边，秦七襄一时半会儿难以脱身。

她只得踮脚踩着路缘石，微展双臂保持平衡，漫无目的地走，孙汉邈在一旁伸手虚虚地护着她。

路边霓虹灯染上华彩，有店面在石板人行道上投影着淡蓝色的圆环。

秦七襄歪头倒着读圆环投影里的字，是某家小酒馆将店名和标志投落在地，万花筒似的随着店里的音乐节奏变换着形状。

她伸脚踩了踩圆环中心，投影的光落在她小腿上。

孙汉邈也同她一起踩了踩蓝色光圈，见她追着和自己抢光圈中心，孙汉邈脸上浮出一点温柔笑意。

孙汉邈："襄襄，其实旧还没叙完。"

她追逐光影的脚停了下来，抬头，声线冷淡："你说。"

"原本他们说我这种情况，想要复合应该徐徐图之，只是……"孙汉邈轻笑了一下，有些自嘲的意味，"我试了，但做不到。"

秦七襄："嗯？试哪儿了？"

孙汉邈："我在朋友圈发的那张照片，仅你可见。"

秦七襄："什么意思？你还想两头占，怕被别人发现？"

孙汉邈刚酝酿好的情绪瞬间消散，被逗得转头笑了会儿，才继续："是因为如果你看见了，我就能发现。"

秦七襄："朋友圈还有雷达功能？定点扫描啊你？"

孙汉邈："襄襄……别闹，我承认我过去做错了，但我觉得我们之间也存在一些误会。"

秦七襄："你知错反省，很值得我为你鼓掌啊。加油哦！下一次遇上别人可不能犯错了。"

孙汉邈："不会了，我现在来找你了。"

秦七襄："哦。"

孙汉邈："你就这反应？"

秦七襄："哦。"

他无奈地叉腰倾向她。气息逼近，她寒毛瞬间立了起来，连连后退了两步："你干吗？"

孙汉邈："当初你和我冷战，我犯犟不同你说话是我的错。但我想要申明一点。"

"是你和我冷战！"秦七襄迅速打断，强调了一句。

孙汉邈："襄襄，我才没冷战。我还记得，那天晚上我答应了你要来南方找你，之后就一直记在心上，在为此努力，所以会让你等一等我。"

秦七襄："嗯？编故事大赛？你继续编。"

孙汉邈停顿了一下，有些茫然地看着她，目光干净纯粹得像是迷路的孩子。

秦七襄冷笑一声，往后一跳，跳离了地上的光圈，也远离了他气息的环绕。

秦七襄："过去重要吗？啊？孙汉邈，总之，你后来失联了不是吗？"

孙汉邈张了张嘴，最终叹了口气："我第二天接了很紧急的电话，赶回去工作，连轴转了一周，终于缓了口气，就看见你莫名其妙要和我分手。"

她冷然看着他，并不作声。

他也不需要她出声，向前走了一步："我当初和你说，我有急事，停假被召回赶工，那一周，你一个字都没跟我说过。

"秦七襄，论心狠也没你这样的，一点儿都不心疼的吗？问都不问一声我辛不辛苦、累不累，一声不吭就说要分手。"

孙汉邈想一想，反而觉得委屈，眼眶浮起一点红痕，又扭开头，使劲眨了眨眼："我知道没立刻找你弥补是我的错，但我当时看见你要分手之后，被你气昏头了。

"我本来以为等你消气了，我们能静下心谈一谈。结果，你给我来真的啊？你也没有问过我的意见啊。"

秦七襄："……那你一直也没出声解释过啊，直到现在才出现，搞什么深情。"

孙汉邈："你是什么人，我不知道？我不真到你面前，你能饶过我？"

秦七襄："所以你索性就不解释了是吧？"

孙汉邈："我以为你都知道啊，你不是答应过我吗？只是嫌我还没有践诺，才要同我分手。时间一长，我也没机会再解释了，就想着不如先迁过来再同你谈。"

秦七襄："就像现在这样？"

孙汉邈："对，就像现在这样。"

秦七襄："……你很无聊。"

孙汉邈："但我说过的我都做到了不是吗？你也应了我的。"

秦七襄："我到底答应过你什么啊？不对，是你该死地同我说了什么啊？"

孙汉邈顿了一下，笑说："也没有什么，说好的你要嫁给我。"

2

秦七襄浑身发寒："哈？我不知道，没这回事，别来找我！"

孙汉邈："襄襄，虽然我现在才来到你面前，但我想要说，这几乎是我最快的速度了。"

"啊？你又要说什么啊？"秦七襄垂头看了眼手机，从来没有这么焦急地盼望周倬到来过，心中默念：哥，救命，救我脱离苦海，我快疯了。

孙汉邈不晓得秦七襄心中所想，又向前走了一步，目光落在她脸上："我有竞业协议。"

她垂头焦急地盯着手机时间，随意应了一声。

忽然意识到什么，她猛地抬头，正好对上孙汉邈清透的眼睛。

两人离得很近，她能听见对方胸膛滚出的微微气音，随着心跳扑向她，令她心头跟着狂跳。

她试探性地问出声："竞业协议？那你离职才几个月就能在这边任职了？"

孙汉邈："嗯，我转行了。"

秦七襄："你疯啦？"

孙汉邈："可能吧，我怕再拖下去，你真就把我忘光了。"

她推开孙汉邈伸过来的手："记不得，真记不得，我们好聚好散不行吗？"

孙汉邈："那再给我一次追你的机会？"

秦七襄："你做什么春秋大梦。"

孙汉邈："襄襄，我看见你的天象视频恢复更新了，热度很高，你还说要去江浙追拍超级蓝月。你需要一个拎包客吗？"

秦七襄："嗯？你不是对这些不感兴趣吗？"

孙汉邈："你感兴趣就够了，我可以开车、提重物、架仪器，能够充分履行好一个拎包客的使命，只需要你给我这个机会。"

在这一瞬间，她脑海里居然闪过周倬的影子，忙摇了摇头，说："不用了，有人会陪我去。"

孙汉邈的笑容凝固在嘴角，眼里腾起水汽："襄襄，你是不是真的……另有所爱了？"

"我……是又怎么样？"她仰起头反问。

孙汉邈弯了眉眼："骗子，你又哄我。"

她哼了一声，绕过他。

孙汉邈跟在她身后："襄襄，你说的究竟是真话还是假话，我至少是能看出来的。"

手机铃声终于响起，她如蒙大赦般接起。

周倬的清淡声线从手机里传来："襄襄，你在哪儿？我到定位的地点了，你不在。"

"……啊！"她这才意识到自己餐后漫步走得太远，难怪等了半天他都没到。

秦七襄连忙描述了周围的特征，怕周倬初来乍到搞不清楚，说要挂了电话，重新给他发定位。

周倬却说不用，让她稍等两分钟，很快就到。

她回头看了眼身后的孙汉邈，心脏收紧，额头沁出薄汗，竟产生了一种私会的心虚感。

她迅速挂了电话，对孙汉邈说："我马上就走了，有什么下次再说吧。"

孙汉邈："谁来接你？"

看对方一副她不说清楚誓不罢休的样子，秦七襄舔了舔唇，说："我哥。"

孙汉邈笑起来，有些冷冽的意味："秦七襄，我可没听说过你还有个哥哥。你除了一个堂姐，哪里还有手足兄弟？"

秦七襄："……就是我哥！"

"哦。"他眯了眯眼，"那让我见见这个未来的大舅子。"

"你有病吧？"她急叫道。

"你这么着急做什么？"孙汉邈也感受到一种强烈的不安，她的反应太急切了，似乎真的怕他们遇上。

孙汉邈将秦七襄拉到面前，紧盯着她脸上的表情："襄襄，你是我带过来的，我有义务把你送回去，没必要让别人来接。"

不远的马路边，红灯转绿，一辆黑色轿车左转，驶向他们。

她感觉心快从嗓子眼里跳出，猛推了他几下，眼角都在发麻，气喘得乱七八糟。

孙汉邈将秦七襄拉紧，几乎在耳边问她："那辆？"

短短两个字似乎在她脑海里炸响了一场雷暴，轰鸣雷声携着冰雹乱砸，让她急切地想要逃离。

她用力踢了一脚面前的人，叫道："孙汉邈，别太过分了！我还没认你，少来我家人面前刷存在感。"

"真是家人？"孙汉邈手上的力道略有松动。

黑色轿车驶过，她遥遥盯着车牌，松了口气，还好不是周倬的。

孙汉邈试探着问："我能不能替你做拎包客？"

秦七襄："下次再说，我烦着呢，松手。"

孙汉邈默默松了手，弯腰靠近，迫使她面对着自己："给我一个明天请你吃饭的机会？"

她眼中冒火，怒瞪回去："你就这样求人办事？"

孙汉邈："你急着走，可我有些事还没讲完，要么……"

他顿了一下，捏了捏她的脸，目光晦涩复杂："我还是见见大舅子吧，同他聊聊我的一腔热血真心，你是怎么糟蹋的。"

秦七襄："够了，去去去，你快走吧。"

她偏头隐约看见空旷的左转车道上，远远驶来一辆黑色轿车，速度很快，像是顶着限速在开。

心仿佛再一次被细线悬起，抽紧到令人无法呼吸。

孙汉邈转回秦七襄的脸，令她的余光再不能瞥向那辆黑车，只能看着自己。

他神情模糊不明，声线却清澈，像汩汩的清泉，含着某种孩童般的纯粹："我们去哪儿？"

秦七襄扭开头，随便敷衍了句："明天见，楼下接我。"

孙汉邈眯了眯眼，没再多说，真的放开她，后退了三步。

他看见一辆黑车正停在左转待行道等红灯，她的视线胶着在车上。

他扯了扯嘴角："明天见。"

绿灯亮起，秦七襄转头奔向路口，黑车缓缓转向，停下。

孙汉邈看着秦七襄拉开车门，闪电般钻了进去。

他不由得闭眼，深吸了一口气，冷嘲一句："这不是也可以不用别人替你开车门吗？"

秦七襄一上车，周倬莫名地看了一眼，收回搭在开门键上的手，问她："今天怎么学会自己上车了？"

秦七襄："什么意思啊？"

周倬："女王不是都要别人开门，恭请上车的吗？"

秦七襄："我有那么娇气？"

他笑了下，招手示意她靠近。

秦七襄好奇地靠过去，周倬倾向她，两个人的呼吸声在车厢里放大，她心脏还在狂跳，随着他靠近，不停抽紧。

她下意识地后撤一些，想转头瞥向窗外。

有温凉的手指抚上她的额角，她停下了动作，一眨不眨地看着面前的人。

周倬擦干了她额头上细密的汗珠，忽然开口："有点香，我第一次闻。"

秦七襄干干地咽了下口水，她是沾了孙汉邈身上的香水味吗？

她连忙解释："今年限定，我刚拆的，春日绿意。"

周倬笑了下："还是之前的话梅味甜一些。"

顺手将她被风吹乱的头发理到耳后，他透过映满霓虹灯的车窗，看见停在街边的一辆蓝车启动，京牌。

周倬的心头抽跳了一下，这里难见这么远的外地车牌，这辆车一路开过来，至少要二十四个小时吧。

秦七襄坐正身子，感觉被周倬轻触过的皮肤像是滚了一团烈火。

她掩着嘴，视线飘向车窗外，看着孙汉邈的蓝车彻底驶离视野，心才慢慢放平。这时她才后知后觉浮起无力感，腿脚都软了，低头攥了攥手心，满是汗。

她调整心跳，又莫名笑了下，自己怎么会有这种强烈的反应，就像是……

就像是悬在高空走吊索，就像是差一点被捉奸。

汽车缓缓启动，秦七襄打开天窗让风吹进来，驱散胸口压抑的浊气。她向后倚去，发现有个密实舒适的物体承托住了她疲惫的颈椎。

新加的头枕吗？她试图扭头去看，那头枕始终在视野之外。

于是，她左右调整了下姿势，彻底陷入一整套舒适的软垫中，不由得打了个哈欠，懒怠地询问："哥，你怎么今天来接我？"

他面向前方，持稳方向盘："帮你去搬水果。"

她瞬间揪紧手心："不用了，我都搬上去了。"

"你自己搬的？"周倬语气平静，她却能听出几分复杂。

她因此沉默了一会儿,才轻声回答:"嗯,请人帮忙了。"
周倬:"你晚上吃的什么?"
秦七襄:"随便吃了点。哎呀,你怎么问题这么多?"
他应了一声,没再说话,车厢里只萦绕着音乐。
她心中烦得很,想不透自己刚刚究竟有什么好心虚的,周倬又不是自己的谁,连接吻都不愿意的家伙,她干吗要害怕被对方发现自己私联前男友啊?
况且这是巧合,难道能怪她吗?还不是怪周倬自己这几天太忙,见不到人影。
不对啊……她敛眉更觉心烦,自己居然真的在埋怨他不出现吗?可为什么会觉得他该来见自己啊?
他的房子都已经定好了,之后要做什么、忙什么,又关她什么事?
她侧头望了眼周倬,那双星眸掩在无框眼镜下。
街景在他的镜片上流淌,高耸的鼻梁像山体,截断了镜片上朦胧的美。
沿着鼻梁的流畅线条向下,润泽的唇像是静置山下的湖面。
再往下,喉结处有一颗淡色小痣。
路灯的光透过天窗,细细碎碎地洒落在这片近乎虚幻的空间。
就在周倬的脸被点亮的瞬间,她看见他喉结滚动,小痣深映在她眼里。
她涌起了某种冲动,想要咬上一口。

3
秦七襄拿起周倬带给她的奶茶,慢慢吮吸,压抑着心底的冲动。
弹润珍珠入口,越嚼越糯,越嚼越解压,有点像在接吻时咬住的唇瓣。
用力吸了口奶茶,她反而更渴了。
原本周倬不出现,她还乐得清闲,现在往回看,这种清闲简直像在避免内心的焦躁。
她舔了舔唇,转移内心的话题:"哥,这奶茶好甜。"
周倬:"喜欢吗?"
秦七襄:"很喜欢哦,奶香醇厚。"
周倬:"明天你有安排吗?"
这个问题将她刚提起的情绪打回原形,整个人瘫进座椅里:"我明天约了人。"
周倬的语气难辨:"嗯,又约了人?"
"我刚回来,总要见些熟人。"她潜意识想将这事轻轻揭过,转头看见车窗外有人往花店里搬进一桶又一桶的玫瑰。
周倬面沉如水,没出声。
过了一会儿,他才像是酝酿完情绪开口:"约了明天几点?我送你去。"
她的大腿抖了一下,几乎要弹起:"你又不认识,干吗要多跑一趟?"
周倬:"我恰好有空,顺便兜兜风熟悉下环境。"
秦七襄:"你最近不是很忙吗?"
"刚结束,之前对方对我们的数据有些疑问,这几天都在解决这件事。"

"什么疑问？"她又收了话头，这种专业问题，她问了也不太明白。

周倬倒有耐心，同她解释了一路，比喻得十分生动形象，令她这种门外汉也听得颇有趣味。

总结就是用于模型学习的初始数据的精度令对方起疑，因此对模型的预测结果产生了不信任。

这种模型即使理论再完美，没有实践的支持，在采用时总要持保留意见。

最终说服对方的是，今年五月份的超强台风贝尔恰逢厄尔尼诺现象发展，路径极其扑朔迷离。

在各家给出的预测均不相同的情况下，他们所给出的一条诡异但稳定的预测路径，最终由贝尔在五天后亲自证实其正确性。

首战告捷，验证了模型的可信性。

"所以，这件事基本成了？"秦七襄歪着头问周倬。

周倬点头："差不多。今晚我本来想请你吃顿庆功宴，结果明天也被预订了，襄襄，现在你的档期排到第几天了？"

她捏了捏眉心，提到这事就心烦："哪有什么档期，我明天很快结束，你不用送我。"

周倬："你们去哪儿？"

"还没定好呢。"她眨眨眼，想到依周倬的习惯，这么问是在分析她方不方便，他会自作主张。

她立刻坐起："哥，真不用送，有人来接。"

周倬顿了下，目光晦暗得令她发毛，声音却清淡："嗯，我知道了。"

他的视线掠过她侧脸，车窗外街道彩灯闪烁。

花店里，老板正踮着脚往玻璃门上挂"七夕活动"的字样。

明天是七夕节，她这是特意约了别人？回头找她的前男友？

汽车停进车库，秦七襄解开安全带，去拉车门。

拉了拉，车门不动，她重新试了一次，车门还是不动。

她无奈地扭头问："哥？锁门干什么？"

"女王需要自己开门吗？"周倬转头，侧看成峰的高耸鼻梁慢慢露出全貌。

镜片遮住了他晦涩不明的目光，秦七襄盯着他的唇，缓缓咽了下口水。

视野里，周倬骨节分明的手抬起，青色的经络绷紧。

她下意识向后退了半分，视线凝在伸向自己的那只手上，几乎要停止呼吸。

结果，修长的手指顺势搭上镜架，她眼里只剩镜面的反光。

眼镜被摘下，周倬柔软的刘海颤动，落下两缕在他额前。

她提起的气息随着他手指下落缓缓长舒，倏忽停滞。

她看见了记忆中的那条银河，忘了呼吸。

她升高一那年暑假，周倬刚保送著名大学。刺激得她老妈把她塞进补习班，逼她追上他的脚步，绝对不能输给他。

害她背着如山高的书包,在掀翻碧空的蝉鸣声中,一脸怨气地推开房门,撞入了一双清隽淡漠的眼眸。

那天周倬摘下了平日戴的细边眼镜,眸中含着璀璨银河,怀抱篮球,阳光满面。

她推开家门的瞬间,天地间似有星辰轻响,拨动了她的心弦。

他不知她满心的怨念,反而笑着替她想办法解决补习问题。那一刻,她突然下定决心要考入他的母校。

然而有些努力总会无疾而终,就像她的暗恋也结束得无声无息。

轻微的金属撞击声响起,周倬解开安全带,向后倚去。

她耳边似乎又一次响起夏夜星辰的轻响,如风过草原。

周倬:"陪我待一会儿。"

她全听不见,脑海里只剩他那双灿若星辰的眼睛。

音乐声渐起,车灯自动熄灭,周身都沉进黑暗,只剩那双眼,里面有万千星海随着音乐涌动。

车厢内的时空在这一刻抽象成星体引力的涟漪,将她卷入九年前那个盛夏。

烈日几乎将地球融化,她打开末日之门,一头撞进了他的眼里,撞入了一个新世界。

他看着她凝滞的目光,抬手轻轻抚过她的眼尾:"在想什么?"

她没有躲避,反而侧头,轻轻蹭了蹭他的掌心。

轻得像一片羽毛,像一只优雅矫捷的猫,踮着脚,赏脸走到你面前,垂头拱了拱你的掌心,留下五年来第一次主动亲近的气息。

现在,你的手掌是它的所有物了。

周倬情难自禁地弯了弯手指,手指没入她的长发中。

脑后的长发被撩起,酥酥麻麻的,一直抚到颈部,她眯了眯眼,几乎喟叹出声。

她想得到他,从遥远的夏日午后开始,一直都想要得到他。

她舌尖抵住上颚,将涌出的呼吸声重新吞下,仰躺在座椅上,看着天窗外的车库灯光迷离涣散,像是叠起的海浪向她扑来。

她叹了一声"哥",尾音上扬发颤,让人心头发紧。

感受到周倬的手随着尾音收紧,反复摩挲捏着她后颈的软肉,她抬臂攥紧他的手腕,扯下。

凭什么每次都是这样,撩拨着她,他却在一旁看着,然后收回手,转身离开。

即使如今她的身体背叛了意识,沉沦在他掌下,她也不会再被引诱着跨过阻隔,让他有机会在开始前问一句:这是我要求的吗?

将她的自尊打碎一地。

不需要他收回手,她可以帮他收。

她甩开他的手腕,开口:"够了吗?放我回去。"声线冷淡,含着不悦。

她听见身边一阵杂乱的细响,"嘭"的一声雨刷器打开,车窗上摆动着黑色的影子,一笔一笔干刷着玻璃,留下刺耳的声音。

"咔嗒"——是车门解锁的声音。

秦七襄拉开车门下车，听见一道关门的闷响，微乱的脚步声追到身后。

她驻足，转身，有些烦躁地看着周倬，看见他身后车灯一闪一闪的，也看见他脸上一闪而过的慌乱。

她想张口骂上两句，又觉得没有意思。

如果是别人，她会用最恶毒的想法去揣测他。她可以大声问一句，你是不是也这样诱骗过那些涉世未深的羞怯姑娘，挑拨完她们的心弦之后，避而不见，让她们误以为是自己的错。

就像之前的次次试探中，试图诱使她主动俯身，扑进他的怀抱一样，让他可以在这虚无缥缈的环境中，不主动、不拒绝、不承诺地端坐高位，垂眼看着她献上最珍视的东西。

有情的献上爱意，无情的献上血肉。

但是，秦大王纵横江湖二十余年，唯一没学会的就是低头。

她不可能成为一只供人消遣寂寞的宠物，招一招手、挠一挠头，就乖乖趴下，期待对方洒下一点怜惜。

可是，对面是周倬。

二十多年的相处，她无法相信他会抱着这样的想法对自己。

看着他手忙脚乱到连开个车门都能开成雨刷器和双闪的样子，那些阴阳怪气与指责嘲弄就都没了声息。

虽然他在这段拉扯中，连主动都不敢，一次次撩拨，又一次次在悬索绷断的边缘选择逃跑，但她还是想再给他一次机会。

她冷静地开口："下车做什么？"

周倬似是松了口气，向前走了两步："抱歉，我刚才……"

她挥了挥手，示意他不必再说下去："我还有时间，你可以上楼喝杯水，慢慢同我说。"

他顿在原地，过了一会儿才艰难地开口："这，不太合适。"

秦七襄："你准备搬水果送上门的时候，怎么不觉得不太合适？"

周倬："这不一样。"

秦七襄："哪里不一样？"

他定定地望着她，面前的窈窕身影同记忆里那个小小身影重合。

仿佛是在他饱受那些痛苦煎熬时，她又一次在深夜里伏在他床头问："哥哥，可以给我讲个故事吗？"

他当初无法同她解释什么是男女有别，这与讲解生理期知识不同，而是有关于自己的，更隐晦、更难以启齿的、天然不受控制的反应。

这种羞耻感，他无法同任何一个人言说，是连父母也不曾触及的敏感地带。

也更就无法以兄长的身份告诉她，你最好能够同我分席而坐。

就像现在也无法告诉她，自己此时情动，连她靠近时的呼吸声对他来说，都是一种难以忍耐的痛楚。

现在上楼，他知道意味着什么……

但开始的时间不对，顺序不对，他怕结局也就会因此成了一场缥缈的幻梦。再睁眼，只留下飓风过境后的满地狼藉。

何况，他不知道自己会失控成什么样子，大概率会真的成为一场飓风，伤害到她。

然而，她还在怒视着他，仿佛一点就着的炮仗。

他不打算现在就仓促开始，要珍重，而不是我死后哪怕洪水滔天……

他沉缓着艰难开口，声音都哑了："我明天，来接你。"

她咬牙道："周倬，我在问你话。"

周倬："天色不早了，等明天日光晴朗一些，你再邀请我上去喝茶。"

秦七襄："我用不着你，我有手有脚，我也可以自己开车去。"

两相对峙下，车库里，一道明亮车灯刺破黑暗，照亮他浓墨般的目光，有车开了进来。

她转身，留下一句话："如果你不能说清楚，就别来见我。"

我是二十六岁的成年人，不是你十六岁的妹妹，过马路还要牵着手。

她走后，他坐在车里，指尖残留着她发根的香气，玫瑰、豆蔻、青草和一点点苦艾。

4

周倬回到车上，扶正副驾驶座新放的头枕，粉色狐狸的绒毛穿过五指，柔软、微痒，像是穿过她的头发，抚向她脑后。

手指下移，贴上真皮座椅，细腻光滑，微微起伏，五指用力按下，留下凹陷的阴影，回弹。

微微的痛感袭来，他闷哼出声，看着坐垫凹痕，目光幽深复杂。

他仰头，脑海中满是白雾蒸腾，湿气从内氤氲，手臂搭上双眼，他喃喃出声："周倬，你真的完蛋了。"

南方的夏夜，潮湿、黏腻，洗了澡出来，浴室白雾蒸腾，浴巾擦拭的不知是淋浴的水还是冒出的汗。

没有一处是干爽的，从颈后向下淌着水，秦七襄擦了下头发，拧开护发精油的瓶盖。

浴室的水汽沾上冰凉的瓷砖，立马化成豆大的水珠向下流。她挂好干发帽，搓热掌心的精油，往发尾抹去，转身去找气垫梳。

她抬头，却看见铺满水汽的镜面上有一个清晰的五指印。

秦七襄吓得惊叫一声，后退了两步，手臂撞上湿冷的瓷砖，一阵战栗，人也冷静下来。

她抚着胸口平复乱跳的心脏，走上前去，比对了一下大小。

手印比她的要大上一些，她惊惶地望向门外，裹紧浴巾，向卧室躲去。

小跑进客厅，榴梿的气味袭来，刺激得鼻腔有点痛，她盯着那箱榴梿才想起，之前周倬来送早餐时，去洗过手。

随后放下心来，又腾起怒火，该死的家伙，吓死她了。

她愤恨地拿起手机想臭骂周倬一通，却看见孙汉邈发来的消息，又陷入沉默。

他让她挑选明天见面的地点。

其实她不是很想再见他，如果今晚周倬能把她哄得开心，也不是不可以鸽了明天的约。

但现在，看着孙汉邈发来的令人眼花缭乱的推荐店面时，她有些赌气似的不想开口鸽掉这场约会。

自己去哪里、和谁去，究竟关周倬什么事，需要一直为他提心吊胆。

太过分了。她侧躺上床，随意选了一家店。柔软的枕头包裹着脸颊，她将头埋得更深，寻了个舒适角度，光滑的冰丝像是一只温凉的大手，轻抚过她的脸。

脸慢慢烧起来，腿夹紧了被子，她闭眼，轻叹出声。

凉爽的被套像云雾一样松软地将她牢牢包裹住，脸向下蹭去，另半边脸被被子覆盖，忽然感觉像是掉入谁的怀抱。

可是，他都不会抱一抱她的，只会虚虚地轻抚过去，手握成拳搭在她肩头，比春风还捉摸不定。

浑身僵直，她有些烦躁地出声："秦七襄，你在想谁啊？该死！"这也不是春天啊，都怪今天选的春日限定的那款香水。

她盯着手机，孙汉邈的头像还在闪烁，却没点开。终于跳出了一条"抱歉"，头像是另一个人。

她无意识地勾起嘴角笑了一下，点开语音通话。

雪夜般空灵的歌声唱响在耳畔，她颤了一下，立刻去点挂断。

来不及了，语音已被接通。她听见微风掠过草地的"沙沙"声："襄襄？我……"

她咬着唇："明天晚上来接我，地址一会儿给你发过去。"

"好。"周倬轻声说道。

随后无话，听筒里寂静得像落入真空，她几乎怀疑是信号断了，试探性地问了一声，对方才有回应："我在。"

她压着拱起的苹果肌，头半埋进被子里翻身，头发乱糟糟地粘在脸上。

下半身还没跟着转过来，她就急着开口："那你怎么不说话？"

她感觉自己像是某种扭曲的节肢动物，小心翼翼地翻动双腿，调整出相对舒适的侧躺姿势。

调整完，她才感到懊恼。

传过去的只有窸窸窣窣的声音，像是她拿着羽毛蹭着话筒在做ASMR（自发性知觉经络反应）。

她听见手机里轻微的呼吸声，几乎是伏在她颈窝里和她说话："你要睡了吗？"

秦七襄蜷起身子，浮在云朵里的心掉下去，捏着手机，机身微微发热，还汗涔涔的，有点滑。

她顿了一下，调整完情绪才说："嗯，要睡了。"

心里已准备好下一句，等周倬说完那些睡前流程，就用一句冷漠的"挂了吧"来结尾。

显得自己不那么积极，让他知道他对于自己来说，其实可有可无。

"睡吧。"周倬停了一下，才轻声问，"今晚还听睡前故事吗？"

"要听。"她立刻接上，头埋进被子里，抱紧双腿，心潮荡漾，咬唇压抑地笑。

被子里闷热得不透气，身上粘了层汗意，她才爬出被窝，长舒一口热气："要你自己编的。"

周倬："编故事很难的。"

秦七襄："那我不管，别人都听过的故事我不听。"

周倬："我没给别人讲过故事。"

火焰烧上脸，她急急地辩解："谁说你给别人讲故事了，你爱给谁讲嘛……我……"她声音小下去，"我是说别人都讲过的，大众的故事我不听。"

周倬："那不一样。"

秦七襄："嗯？"

周倬："只有你的，这些年，我只给你讲过。"

她掀起被子将自己埋葬，又伸手在被子外面摸索着手机，拖进来，尾音都颤起来："你还讲不讲了嘛……我要听你编的……"

周倬轻笑起来："从前有只小狐狸，她叫襄襄……"

5

风声"沙沙"，晨光熹微，秦七襄翻了个身，被一块冰凉的东西砸醒。

她眯着眼，拿下脸上的东西，是未熄屏的手机，还和周倬连着语音。

秦七襄瞬间清醒，坐起身，揉着被砸红的额角，试探着出声询问："哥？"

对面无声无息。

她小心地将手机紧贴耳朵，仔细聆听，却除了细微的电流声，听不见任何声音。

她只觉莫名，还以为是软件卡了，正欲挂断时，听见落雨的"滴答"声音，雨声渐起，轻扬的歌声出现，电话对面的闹铃响了。

她屏住呼吸，听见手机里传来一声低沉的轻哼，随后是窸窸窣窣的布料摩擦声，摩擦声骤停。

周倬略带沙哑地问了一声："襄襄？"那声音轻飘飘的，像云雾，像雨打青草。

她一时不敢出声，屏息装睡，只作梦呓。对面轻笑一声，起身，挂断了电话。

她看着结束通话的标志，一时懊恼，还不如刚刚回应一声呢。

秦七襄又挠了挠头发，气鼓鼓地退出界面，想着秦七襄你在遗憾些什么呀？

手机响动，收到 Lucas 的消息。

她看了一眼，顿时把那些懊恼的情绪赶出脑海，来了兴趣。

Lucas：我发现，只要我靠近对方，就有些情难自禁。

103

Weather：哦哟？细讲情难自禁。

Lucas：你不要想歪，我只是有点情绪失控，底线我还是有的。

Weather：都到底线了？你这看起来可不像个好人啊。

Lucas：……我发现你很喜欢乱开玩笑。

Weather：抱歉，哈哈哈，你不细讲，我怎么帮你解决问题啊？

Lucas：其实，我有一个喜欢了很多年的女孩，她刚结束一段恋情，我有点想追求她，但考虑到我们多年的感情，担心给她带去困扰。

Weather：哦，害怕朋友变恋人失败，连朋友都没得做吧？

Lucas：不是，是更复杂一些的关系，对她来说，我更像是家人，是哥哥。我担心她不喜欢我，却因为心软，被迫进入一段不愉快的恋情。

Weather：那你让她开心不就好了？

Lucas：你能理解师生恋吗？

Weather：这是职业道德的问题，恋爱关系不平等就无从谈恋爱，这种感情说到底是压迫与被压迫的关系。

Lucas：我自小就是她的引导者，如果对象是我的话，对她不公平。

Lucas：即使我不愿意，也仍被动地利用天然优势，去对她实现情感与思想的灌输，这很没品。

Weather：你这人挺有意思的。真的，看你的反应，你确认你喜欢她？掌控欲产生的误会吧？

Lucas：我有欲望。

Weather：嗯？我还以为你很纯情！你怎么这么直接！

Weather：算了，食色性也，能理解……

Lucas：不是，我只对她有……

Weather：所以你唐突了对方？

Lucas：我很苦恼，这个话题有些不太合适。

Weather：真的，你换个人去谈场正常的恋爱吧。

Lucas：没有必要，也不感兴趣。

Weather：所以你的生命中，从未有过其他让你产生爱慕的姑娘？

Lucas：她是特别的，一直以来，我不会对别人动心。

Weather：那你想干吗？让你追求她，你又畏首畏尾；让你放弃，你又死活不同意。

Lucas：这些都不重要，我唯一的问题其实是我该怎么让她开心，而不是总惹她生气。

Weather：你这问题问得很像没谈过恋爱的笨蛋，你要这么想，我真解决不了。

Lucas：抱歉。那请问我的问题关键在哪里？

Weather：你先说说，你之前干了什么，让你觉得唐突对方，又惹对方生气了。

Lucas：我差点吻了她，在没有确认关系的时候。

Weather：你强吻吗？

Lucas：不算强吻吧？确实没有询问过她的意见，但我遏制住了吻她的欲望。

Weather：你？

Lucas：我在开始之前，就停止了这份荒唐。

Weather：还觉得很骄傲？

Lucas：并不，我确实有越界的行为，我为自己的言行感到羞愧。

Weather：难怪你会说人家生气了，你都干了什么啊？

Weather：你根本意识不到你的错误不是你差点吻了她，而是你没吻她吗？我的天啊！怎么会有你这种人？

Lucas：什么意思？

Weather：当时气氛应该挺好吧，两个人超过社交距离了吧，她没躲开你吧？

Lucas：没有……

Weather：那就是默许的信号，你懂吗？不是，你一个男生，为什么不能强势一点？如果对方明确拒绝了，你再停下啊。

Lucas：这是可以默许的吗？如果她本身不愿意，但迫于我带来的压力，无法拒绝。这和师生恋又有什么区别？

Weather：那你认为什么情况下可以接吻？要女方主动提吗？

Lucas：至少要确定恋爱关系吧？不明不白的，很不尊重人。

秦七襄看着对面这句话，直接被逗笑了，很想吐槽一句"只要对方没明确拒绝，这种接触都可以算作默许"，突然又意识到，对面的话好像是对的。

在某种条件下，女性很难提出具体的拒绝。

拒绝在很多人的世界里，是一件困难又勇敢的事。

她忽视了那些被掩盖在习惯之下的不平等，尤其是面对有特殊亲密关系的人，拒绝更无从开口。权力下的不平等带来的是两性关系的剥削。

即使弱势的那方表现出平等的样子，顺从着、默许着往下进行，那也是被裹挟的违心。

是虚假的同意，是伪造的爱情，是无可奈何咽下的血泪，是委曲求全吞入的霸凌。

她垂眸敲下几句话。

Weather：你的话，好像也有几分道理。

Weather：但这样也容易让对方误会你不喜欢她。

Weather：实在进退两难的话，不如去向她表白吧。

窗外，红霞满天，秦七襄原本还想再睡个回笼觉，但吃了这个大瓜之后，也没了睡意，整个人精力旺盛，反而架起相机去拍摄日出好风景。

晨风拂面，云霞红胜火。

待她终于拍完延时摄影，处理完图片，发上网之后，太阳已爬上高空。

这次涌进来许多新的评论，大家叽叽喳喳地讨论久居城市，居然忽视了这么多美好的风景，还有感谢她带自己回到童年的。

一些人翻看秦七襄账号之前发布的科普内容，整个评论区突然变得专业起来，开始讨论风云与灾害问题。

她似乎在这一瞬间，找到了一种自我的意义。

即使随着热度的爆棚，评论中也夹杂了一些质疑，质疑她为什么要往危险的环境中跑，是不是给公共资源带来不必要的浪费。她也能压下自己爆炸的脾气，耐心地解释追拍风云的必要性。

孙汉邀打来一个电话，和秦七襄约了见面时间，她才恍然想起还有这么回事。

手机里跳出周倬发的一张图，早餐铺前车如流水，灯牌高挂，楼里顾客起起落落，桌上摆着精致早点，一壶热茶斟入碗中，在空中留下褐色的茶水轨迹。

最靠近镜头的是一盘牛仔骨，淋满了酱汁，她咽了下口水，摸上肚子感觉饿了。

她看着图片上方显示着的通话时长，7小时13分钟，一时脸热，早上他初醒时的声音还在耳畔，仿佛他们真的同床共枕了一夜。

深思不过三秒，秦七襄立刻给周倬发了条消息：我饿了，想吃牛仔骨。[馋.jpg]

周倬很快回复：好，你在家吗？

秦七襄：刚睡醒，你什么时候起的？

周倬：六点多，有些事要处理，牛仔骨我一会儿给你送过去。今天你几点出门？

和周倬闲聊了一会儿，她才步入卫生间。

昨天镜子上的手印已消失，她洗漱完，用湿纸巾擦掉镜子上的污渍，才向他吐槽：哥，你洗手还要在镜子上按个手印，知不知道昨晚吓死我了？

周倬：什么手印？

她顺手将昨晚拍的图发给他：这个咯。手上有油渍时，水汽就会自动显示出一个掌印，大晚上的很吓人好吧。

对面输入又删除，隔了几秒：你家还有别人进来过吗？

秦七襄：没有啊，别想甩锅给别人。

周倬：那不是我的，我只进过厨房。你现在出门，去楼下咖啡店坐一会儿，我马上到。

秦七襄：……我天，你别吓我。

她撑着洗手台，几乎站立不稳。

昨晚惊恐的情绪重现，甚至更强烈，胃里翻滚出欲呕的痛楚。

手机铃声响起，秦七襄心脏一抽，"咚"——手机摔进洗手池，沾满了水珠。

她手忙脚乱地捡起手机，点开接听键，嘴唇颤抖着。

还未出声，已听见周倬的温声安抚："襄襄，不怕，先下楼报警，等我到了再回来核查财物损失。"

"哥——"她声线颤抖着，隐隐透出哭腔。

周倬："没关系，现在青天白日，不会有问题。你直接下楼，别换衣服，电话别挂，也别接听，下楼的时候集中注意力，多观察。我一会儿就到，有事大喊，我能听见。"

"好，那你快点。"她捂住眼，用力搓了搓滚烫的皮肤。

周倬："襄襄，害怕的话，数到300，哥哥就会回来。"

她扶着墙，一路小跑着下楼。坐进咖啡店，她浑身仍在发抖，喝了几口热咖啡才舒缓下来。

同周倬确认过安全后，她挂了电话，报警。

等待的时间让她焦虑不已，无意识地开始喃喃数数：1，2，3……

数着数着，温热的泪水盈满眼眶，她吸了吸鼻子，将泪水憋进去，捧着咖啡，张望着窗外的车来车往。

行人总是匆匆，戴着口罩的都市丽人进门买了一杯冰美式，又立刻转身离开，仿佛行走在自我的世界里，与这座城市从无交集。

时有踩着人字拖的大爷，背着鱼竿，提着钓篓，从落地窗前走过，姿态松弛，像是从土地里野蛮生长出来，带着原始自然的气息，生命同城市的每一块地砖相连。

数到250的时候，望眼欲穿也未见到想见之人的影子，她不由得放慢节奏，怀疑自己数得太快，需要重新计数。

288——289……

秦七襄垂下头，握紧咖啡杯，委屈的情绪浮起又沉没，她笑了一下。

真是的，又不是小孩子了，还会把安抚的话当真。

"当"——玻璃店门被推开，门上风铃发出清脆声响，她立刻抬头。

门外阳光在视网膜上留下强烈光影，她用力眨了一下眼睛，眯着眼，看清强光中有一道小跑而来的熟悉身影。

她猛地起身扑过去，膝盖撞上了桌腿，登时疼得飙出了泪花。弯腰撑着桌面的她，落进了宽阔温暖的怀抱。

周倬："抱歉，我路上太急，没买到牛仔骨。"

眼泪"唰"地流下，秦七襄埋进他胸膛里，声音抽噎着："哥，好痛——"

再说不出完整的话，她细声哭起来。

周倬扶着秦七襄坐下，将她的腿缓缓抬起，搭在他腿上。接着他双手交叠，手掌内侧用力按揉她的伤处，带来温热痛感，舒缓着膝盖的刺痛。

她靠在他肩上，看见他胸前的金属纽扣闪烁着一点光芒，随着他的动作，光芒来回摇动。

秦七襄吸着气："哥，我是不是打扰你工作了？"

他蹭了蹭她的额头，青色的发尾扎人，有点痒痛。

周倬："事有缓急，这很重要，不能算打扰。"

秦七襄："嗯——哥，对不起，我昨天对你太凶了。"

他轻笑一声，尾音有些飘："你什么时候学会给我道歉了？"

第六章 不可言说

✧ 酸橘要分三瓣 ✧

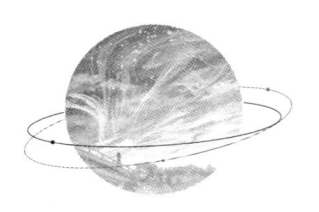

1

"可是……"秦七襄吸了吸鼻子,沙哑的声线拖长,不知该怎么说下去。

周倬拿出湿纸巾,替她拭去哭花的泪痕:"昨晚本就是我的问题而不是你的,你没错。襄襄,如果以后有任何人那样,你要更凶一点,直接动手,不留情面。"

秦七襄:"那不一样。"

周倬:"哪儿不一样?"

秦七襄:"你不一样。"

"没有什么不一样。"他目光深邃,似隐藏着浩瀚星海,两道不同频的呼吸分出先后次序,她呼出,他吸入。

他们两人像是在这片狭小空间里,暗自交换着口中的空气。

她不由得紧盯着他红润的唇,唇峰的弧度恰好,微微开合,温和平淡的声音从中流出。

"正因为是我,下手才更要狠一些。"他的声音像春风,拂进她耳朵里,又偷偷溜走。

她只会无意识地跟着问:"为什么?"

他转开脸,视线飘向门外,阳光点缀上唇。

秦七襄抬手想要触摸,周倬却又垂头观察着她膝盖处的青肿,绷直手臂,再次用力揉搓。

他下手太重,疼得她一个激灵,手指最终搭上他的肩。

她好像听见了很轻微的声音:"因为信任难得,不容被辜负。"

她轻叫了一声,不知是膝盖太痛,还是他的话有余震。

咖啡店门口来了一辆警车,三位警察下车,她的手机铃声随之响起。

秦七襄接起电话,果然是警方回电,他们说人已到楼下,要向她了解更具体的情况。

她简述自己的位置后，挂了电话。周倬扶她起身去同警察会面。

一路上，她都在同警察仔细地解释自己假期外出了将近一个月，家里一直无人，却莫名出现了掌印。

她打开昨晚拍摄的照片给警察看，表示自己怀疑有外人擅入房间，但还没来得及清点是否有财物损失。

在警察的陪同下，她打开门，他们先去卫生间采样。做完信息录入后，三位警察开始在房间里检查是否有异常。

秦七襄开始清点财物。几人共同寻找了一圈，发现放置钱财之类贵重物品的地方并未被动过，看起来家里确实除了多了一个掌印，并没有其他异样。

客厅清点完，她一个人走进卧室。周倬同三位警察检查其他家具，经过垃圾桶的时候，他低头看见了里面的纸团。

他上次倒垃圾的时候，就看见了不少纸团。

虽然近来是流感高发期，但她又没染病，为什么总是扔纸团？

于是他蹲下身子，戴上一次性手套，将纸团捡出来。

纸巾粘在一起皱巴巴的，像是擤了鼻涕。

他皱眉打开，一种奇异的难闻气味侵入鼻腔，腥膻、咸涩。他初闻这种气味时，心蓦地一沉，看清里面那些干涸的痕迹，闭眼吐了口气。

是有人自渎之后留下的白色浊迹。

周倬声线发寒："警官先生，麻烦您看一下这些。我怀疑对方的目的不在钱财，而在于我妹妹是独居女性。"

正在检查门窗的警察闻言走过来，将纸团装入证物袋，屋内突然传来一声尖叫。

秦七襄原本怀疑自己神经过敏，正要放弃离开时，打开柜门，却被眼前的东西吓得惊叫出声。

几人立刻冲进房间，只见柜门内侧贴着一张很小的两寸照片，画面内容是她的内衣。

周倬立刻走上前去，摘了手套，扶住她的肩头。

她转身钻进他怀中："哥，是变态吧。"

周倬："襄襄，你看下除了贵重财物，其他不太起眼的东西少没少？对方可能是冲着你来的，不敢闹出太大的动静，只是满足变态的窥伺欲。"

她点点头，去翻了下自己的内衣区。他避开视线，有风吹入房间，他走向大敞着的窗户。

"你平时出门不关窗吗？"周倬的眉头逐渐皱起。

秦七襄："不喜欢关，留着透气。"

一位警察走上来，周倬给他让开路，对方仔细检查了一番。

秦七襄住在十六层，防盗窗是内开的，变态不太容易从窗户翻进来。警察对着窗外拍了两张照，发现侧方墙体上有裸露的管道。人有可能是翻窗进入的。

周倬又仔细检查了一遍全屋,找到一张贴在饭桌下方墙面上的贴纸,上面歪歪扭扭地写着"美女你好"四个字。

太嚣张了。对方将这些恶心的东西光明正大地藏在各个角落,享受着被她看见、却又不会被她注意的变态怪癖。

清点完成,秦七襄重重地叹了口气,确认自己丢了两件内衣。

随后她又拉开木质柜门,柜子里摆满两层的香水映入眼帘。她歪头看了一眼,看不出什么情况,翻了翻之前随手拍的照片。

恰好先前搬家收拾完的时候,她给这些宝贝瓶子拍过照。

于是对着照片核对完毕,她抬头有些伤心地望向周倬:"哥,少了一瓶,是宋小狗从皇后街给我带回来的那瓶。"

周倬:"我补给你,还有别的吗?"

秦七襄:"没有了。"

警察记录下基本情况后,和她确认了一遍:"所以现在预估的经济损失大约在一万元?"

秦七襄:"是的,我这儿有购买凭证。"

送走警察,她才脱力地坐进沙发里不出声。周倬扶住她肩膀,坐在她身侧,拍了拍:"襄襄,你暂时先搬去我那边住吧?"

"哥,你说他是从哪儿进来的?爬窗吗?还能带走一瓶香水?"说着,她又浑身颤抖起来,"他会不会在我晚上睡觉的时候爬进来过?"

周倬:"不会的,他肯定没那个胆子,你别胡思乱想。我们先把门窗锁紧,离开这里,等警方消息。"

她攥紧他的领口,急切地叫着:"我现在就要搬。"

周倬:"好,你先收拾一下,我叫人来换个锁芯。"

秦七襄:"不行,房东不让换锁芯。"

周倬:"为什么?"

秦七襄:"不知道,他说这是他的房子,门锁很贵,换了的话,我要赔违约金。"

周倬:"襄襄,你现在丢的东西都是违约金的两倍了,不换锁万一再有东西丢失呢?他不允许换锁芯本就不合规,咱们退房时再换回来就好。"

她点点头,去墙角拖那个放了几天的 32 寸行李箱,刚一打开,又被吓了一跳。她咬牙切齿地叫道:"哥!我的衣服!"

周倬皱眉,只见一件蓝色短袖上衣团成团,沾了白色痕迹,他不免低声咒骂了一句,拉着她后退:"不知道他还藏了些什么,这些都不要了吧。"

秦七襄:"嗯。这件事你别和我爸妈说。"

他转头看向她,见她神色认真,下意识地点了点头:"为什么?"

秦七襄:"他们年前催我赶快看房,要给我买一套定居。但我一直在忙,拖着没空看,再让他们知道发生了这事,一定会念死我的。啊,好烦啊!"

周倬:"那你最近有空的话,可以去看看房。"

秦七襄:"很烦,先前上学的时候他们给我在学校附近买了一套,现在又要卖掉,在这里换一套,来回手续都让我去跑,我根本不想跑那么远去摇号,还要和售楼处小哥喝茶聊天……"

见周倬目光清冷地盯着自己,她不由得抓了抓头发:"好吧好吧,我有空会去看看的。"

"你有什么要求吗?"周倬问道。

秦七襄:"干净、安全,能住就行,安全!"

周倬:"我和你一起看。"

她点头,去房间里大概收拾了下必备生活用品,连屋里的水都不敢喝,只怕那个变态曾对着她的杯子做过些什么。

手机接连振动了几下,看见孙汉邈问了她一连串的消息,她才想起来和他有约的事。

她连忙推说家里有事,今天不出门了。孙汉邈却说他现在人已至楼下了。

她看着正倚着玄关柜接电话的周倬,忙哄孙汉邈说自己现在不在家,让他回去,下次再见。

孙汉邈:你的车还在车库,你是没睡醒吧?平时你就不爱早起爱鸽人,今天又想鸽我?

秦七襄:不是,我真的有很烦的事。

孙汉邈:那正好,有什么麻烦事告诉我,我现在上楼了。

她低咒一声,还不待她反应,敲门声便已响起。

周倬正倚着玄关柜接电话,顺手开门,身后传来秦七襄有些急切的声音:"哥,别开。"

已经晚了,门应声打开,她皱着脸往后躲,周倬侧头看了她一眼,转向门外。

门外站着一个眼睛很大的男生,双眼皮褶皱深陷,弯出好看的弧度。

见男生打量着他,周倬冷眼回视,问了一声:"你找谁?"

男生弯起唇,笑意不达眼底,仰头点了点:"我找她。襄襄,你刚刚不是说你不在家吗?"

秦七襄正猫着身子往角落躲,闻言回身瞪了他一眼:"都让你别来了,烦不烦。"

周倬不置可否,侧身让开,边接电话商讨工作,边向里走去。

路过秦七襄时,周倬的手掌搭上她的肩头,回头示意门外的人进来。

孙汉邈懒散地斜倚着门框,见周倬的手掌搭上去,微微挑眉。

他的目光随着周倬的手掌移动,滑过她颈侧,看着周倬在她另一侧肩头停留了一瞬,落下去,提起她掉至臂弯的外套。

亲密,默契,示威……

孙汉邈眼神沉下来,凝在秦七襄脸上,耸了耸肩:"不邀请我进去吗?"

秦七襄:"你进来呗。没东西招待你,都说了我今天有事,你又来添乱。"

孙汉邈大步走了进来,颇有一种回到自家地盘的意味,直接往她脖子上挂了个奶白色的托特包。

接着拉她坐进沙发，孙汉邈舒展四肢，点了下她的鼻子："你这包一直放在我那儿，给你带来了。"

说话间，他的眼神似有若无地飘向周倬。

周倬靠在角落接电话，眼神也飘过来，同他冷冷对视。

2

秦七襄有些心烦地将包扯下，对孙汉邈道："我今天要搬家。"

孙汉邈："哦，我刚搬过来你就要搬走？"

秦七襄："又不是我让你搬过来的，我去整理东西了。"

孙汉邈拉住她："等会儿，我帮你吧。"说着眉眼弯弯，将她拉近一些，"你能搞清楚？平时连你的袜子都是我叠的。"

她挥拳揍他："你在说什么屁话？"

孙汉邈握紧她挥来的拳往身后拉："事实也不让说。你要搬去哪儿？"

"干吗告诉你？你要跟着我再搬一次？"她向后抽手，却被他抓紧，只能倾身保持着一种虚空环抱他的姿势。

孙汉邈："有什么不能？说不定我愿意。"

面前递来两杯水，周倬站在一旁居高临下地看着两人。

孙汉邈松开手，接过水杯。

秦七襄趁机甩了甩被拉扯得泛红的手腕，捧着水杯挪到一边。

周倬微微弓身，友好地伸手，目光漆黑冰冷，声线淡无情绪："你好，周倬。"

孙汉邈倚着沙发，抬手搭上周倬的掌心，握紧："她男友，孙汉邈。"

孙汉邈高扬着头，视线从上往下看，态度算不上礼貌。

周倬紧捏了下他的手，捏得他手骨发痛。孙汉邈勾起嘴角，想着这人劲不小，气挺大，也顺势回敬。

秦七襄踹了一脚孙汉邈的小腿，斥道："什么态度？"

他才握着周倬的手慢慢站起，姿态仍旧高，挺直脊背："不好意思，我年纪轻，很多事不懂，不要介意。"

周倬："没关系，经验的吸收总是有快有慢，不必自惭形秽。"

孙汉邈用力攥了下，青筋浮起，直到指尖泛红，才松手撤下，微笑道："这成语用法不合适吧。襄襄，你不进行教师的职业性纠正吗？"

秦七襄倾身拿起茶几上的团扇，飞过去一记眼刀："没兴趣，你不好好说话搞什么？"

孙汉邈夺过她手里的团扇，给她扇了两下："平时只针对我纠正成语，有点过分了。"

她劈手抢过他手中的团扇，扇面拍上他的脸，骂了两句。

比起疼，脸上的拍打更像挠痒，孙汉邈弹了下她的额角："你看你，闹了一头的汗。"

"那就别靠太近。"周倬冷冷的腔调落下。

看见面沉似水的周倬,孙汉邈不免笑了下,屈臂搭着沙发靠背,故意伏在秦七襄身旁:"怎么突然要搬家?"

她倚进沙发,视线下意识飘向行李箱,触及横躺着的箱身时,浑身打了个哆嗦。

腰部似乎硌上了什么,她正欲低头间,那东西展开,温度透过衣服弹性的布料传来,是周倬的手掌。

她动作一僵,视线飘往周倬的脸,对方面色平静地看着她。

太平静了,像是静夜里无风的深海,直盯得她心里发毛。

腰后的手掌前移,布料随着动作堆积,她心口跳得飞快,视线黏在周倬的眼睛里,不敢擅动半分,也听不清孙汉邈在耳边说的话。

孙汉邈语气飘忽,带着隐晦的酸:"看什么呢,不至于躲我躲到要搬家吧?"

她视线转回,孙汉邈乌黑滚圆的眼睛在眼前放大。

感受到周倬放在她腰侧的五指收紧,她按住周倬的手,对孙汉邈说:"不是,我家里进贼了,先搬走一段时间。"

孙汉邈急叫道:"进贼了?人没事吧?"

周倬反手挤进她手指间,十指相扣成拳。

"丢了两件衣服和香水之类的,不是特别贵重。"她试图抽出手,却又被攥紧。

周倬将她往自己身边压了压。

"只丢了衣服?对方不求钱财的吗?"孙汉邈奇怪地问。

她的掌心被周倬蹭得很痒,只能微笑望着孙汉邈,绷直脖颈,故作平静,心绪却在乱卷,暗自掐了掐周倬的手背。

孙汉邈更为奇怪:"怎么了?被吓到了吗?"

说话间,孙汉邈视线随之向下,她立刻靠紧沙发,掩住腰侧的手。

周倬的手被挤入柔软的沙发,布料的粗糙颗粒硌上皮肤,随着她的呼吸起伏,来回摩擦得有些灼痛。

掌心也烫,她的短款上衣上滑,露出腰部一点细腻皮肤,令他掌心完全贴紧了她的曲线,翻滚着肌肤相贴的触感。

从未这么直接接触过,他僵硬地收紧手。

她趁机抽出了手:"是变态,真恶心,他在我家自渎。"

"报警了吗?"孙汉邈有些着急,视线也转回到她脸上。

"嗯,警察已经来过了,她暂时会先搬去我那儿住。"周倬端起茶几上的水杯,抿了一口,好整以暇地看着满脸担忧的孙汉邈。

孙汉邈脸色瞬间冷了下来,茶几上只有两杯水,周倬喝的那杯是秦七襄的。

孙汉邈语气冷涩:"对了,我还不知道你和襄襄是什么关系。"

目光不可及处,有人掌心向上抚,激起她一阵战栗。

周倬温凉如玉的手指按上她的腰阳关,她绷直的身体一松,被疲倦堵塞的经脉通畅起来。

周倬见她软着腰向后仰，表情舒适享受，不免轻笑："难说，但比前男友一类的要重要得多。"

孙汉邈眼中冒火，压下心中不满，冷笑着："前男友确实算不上什么，还是男友比较重要，只有一个。"

她不由得打了个喷嚏，推开孙汉邈："整天胡言乱语，这是我哥！"

"哦，哥哥？"他顺势拉她起身，"来，收拾搬家。"

说完，他又回头看向周倬："哥？我住隔壁小区，搬去我家的话更省事些，你觉得呢？"

却看见周倬的手还陷在她原先坐的位置里，孙汉邈目光瞬间淬满冰碴，捏紧了拳。

周倬已拢上秦七襄的肩膀，将她推进卧室："先去收拾必用品。"

孙汉邈倚着厨房门框，挑眉问他："你是哪儿来的哥哥？我之前可不认识你。"

周倬："到该认识亲朋好友的时候，自然会认识，不认识就是不合适。"

孙汉邈："你看多巧，这不就认识了吗？"

周倬："但我知道你，前男友。"

"不算，情侣拌嘴罢了。"说完，孙汉邈转头高呼，"襄襄，随便收点化妆品，衣服鞋袜不用带，我那儿都有。"

她在卧室里怒吼："孙汉邈，你要死啊？"

孙汉邈："你的东西我都从京城带过来了，一样不少。"

说完，他对着周倬摊手："你看，还是住我那儿比较习惯方便，对吧？大舅子。"

看着周倬下颌绷紧，额头青筋逐渐浮现，孙汉邈心头浮起冷嘲，还以为这人多八风不动呢，结果还不是一点就着。

孙汉邈转身大步走向秦七襄的卧室，却突然被人推撞上墙，肩膀磕在坚硬的墙体上，发出沉闷的撞击声，将在卧室里整理衣服的秦七襄吓了一跳。

她大声问道："怎么了？"

周倬低声警告孙汉邈："离她远点。"

"你以什么身份？"孙汉邈不怒反笑，攥着周倬的领口推开他。

秦七襄已走到卧室门口，两人倏忽分开，各自整理了一下皱褶的衣服。

孙汉邈对她笑道："没事，被垃圾绊了一脚。"

她狐疑地上下看了一眼，点点头："噢，小心点。"

孙汉邈立刻跟上她的脚步，垂着眼："襄襄，我撞了墙，很痛啊，受伤了。"

秦七襄："那你去医院看看。"

孙汉邈跟着她走进卧室："要不你先帮我看看？"

秦七襄："……你又搞什么花样？"

孙汉邈："我不管，我在你这儿受伤，你就需要承担照顾我的责任。"

秦七襄："我警告你啊，别发神经。"

孙汉邈："他是你亲哥吗？流言如虎，你搬过去不太合适。"

"要你管啊。"她下意识又踹了孙汉邈一脚。

孙汉邈顺势拉着她跌坐上床，她一个踉跄，摔进他怀中，被立刻搂紧。

他捏了捏她的脸："你不想我吗？"

"想你个鬼。"她抬肘对着他的肚子来了一下。

疼得孙汉邈弯腰抱着肚子笑："襄襄，你谋害我。"

她懒得同他掰扯，拉开衣柜收拾衣服。

孙汉邈双臂向后撑着床，看她动作，仰头说了一声："那条不行，我三月份买的，扔掉换一件。"

一件白T恤飞来砸在他脸上，遮了他的眼，他只得躺倒："我在认真地给你建议。"

她倚着衣柜，看向躺在床上的孙汉邈，叹气："好聚好散不行吗？"

"不行。"孙汉邈笑得肆意，"秦七襄，你仿佛忘了之前我们说好的，你要嫁给我。"

秦七襄打了个冷战，无语道："傻子才会把恋爱时的山盟海誓当真。"

孙汉邈："我是傻子。"

敲门声急促，周倬在门外："襄襄，你出来看一下。"

随着周倬的话音落下，秦七襄轻颤了一下，扔下手上的衣服，急急应声往外走去。

孙汉邈瞥向门外，那里有一片衣角微动，他飞速拉住她手臂从背后拥上，封堵住她外出的步伐。

他垂头伏进秦七襄的颈窝里，轻声说："很多事情，我也是第一次经历，你得对我负责。"

她转头看见孙汉邈深邃漆黑的目光，呼吸的热气交织，旧日的情绪又混乱着滚上心头，原本想说的话都被咽了下去。

他似乎又回到了最初向她表白的那副学生模样，认真又炙热地拉着她的手，即使狂风骤雨，也不会放手。

她垂下眸，无法再看他的眼睛。孙汉邈轻轻摸了摸她的脸颊，视线凝在她唇上，抬头贴近。

房门再次被敲响，她恍然间转头，余光掠过门框，闪过一截白皙手腕与一点黑色皮鞋的鞋尖。

"咚咚咚——"骨节分明漂亮的指节屈起，叩击在门板上。

周倬正侧身站在门外，她能隐隐看见一片模糊的衣角。

她颤了一下迅速偏头，孙汉邈的唇从她耳畔滑过，轻轻吻了吻她耳垂："再给我一次机会，别去他那儿。"

她迅速推开他："我们不是那种关系。"

"好，继续保持。"孙汉邈才放手。

115

"神经。"她轻斥了一句,刚走出卧室,就被周倬抵进另一扇门。

3

秦七襄被周倬抵着,踮脚向后,抵上厨房的磨砂玻璃门,再退无可退,只能扭开头:"哥,怎么了?"

嘴里忽然被塞入一瓣凉滑,咬开,酸甜的汁液迸溅,她愣了一下,是橘子。随即她皱眉道:"哥,这个季节的橘子好酸。"

周倬用拇指抚净她唇瓣残留的汁液,温热黏腻。

视线凝在她水润开合的唇瓣上,被他抚过的地方开始殷红发热,再次摩挲过去,她的唇瓣被弹压,露出一点贝齿,像是红梅枝头的一点春雪。

手臂抵上房门,门框随着他的动作晃动轻响,他气息深重滚烫,目光晦暗不堪,轻声应下:"嗯,很酸。"

"丁零丁零——"手机铃声响起,开锁师傅到了。

秦七襄攥紧周倬的衣襟,轻轻推了一下,房门再度被撞击轻响,震得她脑袋都发蒙。

这声音再加上门上的影子……

她扭开头:"你……别让人误会……"

"怕什么?"周倬瞥了眼磨砂玻璃门外,有人影徘徊,才放开她。

他当着孙汉邈的面,扯平胸前的褶皱,去给开锁师傅开门。

孙汉邈叠好衣服,看着他们从厨房出来,眯了眯眼。

趁周倬开门的工夫,孙汉邈走到秦七襄身旁,幽幽地说:"偷吃不带我?我可会砸门的。"

"你每天都在想什么啊?"秦七襄没好气地说了他一通,两人就搬去哪儿又掰扯了半天。

孙汉邈旨在他和周倬两人谁也别想近水楼台,轮不上自己就哄她单独住。

她沉默着思考自己真搬过去是不是不太合适。

开锁师傅正"叮当"拧着螺丝,周倬站在他旁边,视线飘向两个还在拉扯的人,目光黯然,拿出手机发了条消息。

短裙口袋里手机的震动感袭上大腿,她掏出一看,望向门外的周倬,对方正挑眉示意她过去。

她冲他笑了一下,脚步轻快地走向他。

"我就在你面前,有什么事不能直接说?"说着,她摇了摇手机,微信界面是一只吃柠檬的熊猫表情。

周倬目光飘向她身后的孙汉邈,对方脸色乌青。

周倬不由得舔开牙齿的酸涩,笑道:"我看你在他面前聊得挺好,怕打扰你。"

秦七襄:"你叫我过来干吗?"

"我可没叫。"见她拧眉,周倬握拳掩唇咳了下,"看到一个好玩的分享给你而已。"

秦七襄："噢，那我回去了？"

她作势欲走，孙汉邈已搭上她的肩，幽幽开口："什么好玩的？也分享给我看一下。"

周倬："有趣的事要分享给感兴趣的人，你不感兴趣。"

孙汉邈："不给我看一眼，怎么知道我不感兴趣？"

周倬："我们在讨论她搬去我那儿后，挑哪个牌子的投影仪，你感兴趣吗？"

秦七襄挠了挠头，打了个哈哈："有吗？"

周倬："你忘了？上次说好的在客卧里给你装投影仪和遮光帘。"

孙汉邈："我觉得她单独住你那儿不太合适。"

周倬："没有关系，姨父姨母会觉得很合适。"

孙汉邈皱眉："什么姨父姨母？"

她已经冲过去，扯着周倬的手臂："哥，你不是说不告诉我爸妈的吗？"

周倬看她抓着自己手臂，反手抓紧她的手，嘴角微勾："我没告诉呢，但你要不长记性乱跑的话，我可瞒不住。"

她用力扯得他倾身而下，怒目而视："周倬，你浑蛋。"

"这是你求情的态度吗？"他笑着揉上她的脑袋，"襄襄，你能屈能伸，语气好一点。"

她咬牙切齿地拉着他手臂，掐着嗓子软声求他："哥——你别同我妈说。"

孙汉邈在一旁牙磨得咯咯响，周倬仰头冲他意味不明地说："遇到这种事，最近你就不要再一个人出入。"

她愣了一下，周倬眼神已经落下："明白吗？"

她点点头，最怕的是她搬走之后，那个入室的变态还有尾随的习惯。

周倬："除了之前说过的投影仪，你还有什么需求吗？"

她点着下巴，认真地盘点起来。

孙汉邈看着他们互动和周倬时不时飘来的嘲讽眼神，攥紧了拳，几乎想现在就把那张讨厌的脸揍歪。

师傅很快换掉锁芯，将钥匙交给他们。周倬特意检查完所有的窗户，将门落了锁，带她离开。

下了车库，孙汉邈一路无话，默认这个结果，不再念着让秦七襄别去。

停在不远处的黑车闪动解锁，周倬问秦七襄："你的车在哪边？现在有心情开车吗，还是先坐我的车，之后我再过来一趟？"

孙汉邈指着角落里一辆粉色的越野车嗤笑："你们是真不熟啊？"

那车即使停在角落，也在各色车辆中显眼到让人无法忽视。

大型的越野车身加干净的珊瑚粉，惹眼到发光。

车库顶灯打下，车身上的蓝绿色镭射膜变换着幻彩，从旁经过的人多少都会回头看两眼。

周倬敛眉,招摇的车容易被人记住,若那变态有尾随的心思,到车库看一眼就能轻易知晓她是否在家。

秦七襄懒得多想,解锁拍了拍车身:"哥,你看漂亮吧?"

周倬点了点头:"是挺好看的……"确实挺符合她的审美,危险又美丽,硬核又粉嫩。

周倬将她的行李装上车,她钻进车里,摇下车窗,对孙汉邈一挥手:"孙猪,我走了哦。"说完,她踩下油门跑了。

孙汉邈一愣神,咬着牙追上去:"喂!你给我回来!"

周倬也掩笑上车启动,留孙汉邈独自在后面干瞪眼。

秦七襄的手机"叮咚叮咚"响,都是孙汉邈发来的一串语音,她乐得点开最后一条。

只听见对方噙着冷笑:"我看你能逃哪儿去,要上天了?"

后视镜里一辆蓝车紧追不放,她趁着等红灯的当口回他:"干吗这么大火气?消消火。"还顺手发了个臭鸡蛋的表情给他。

孙汉邈:"正好,让我看看你搬哪儿去了。等你晚上饿哭的时候,我举着烤肉坐你门口。"

秦七襄:"哈?物业很严的,你送外卖只能进隔壁厕所狂吃。"

孙汉邈:"请你带一丝犹豫回我,让我知道你不是早已想好,要在没夜宵吃的时候钻进厕所。"

绿灯亮起,她一路飙进周倬家车库。

孙汉邈还在问:"怎么不说话了?被我英勇无畏、大义凛然的发言震慑住了吗?快从厕所出来吧,哥带你吃遍美食。"

她下车回复:"犹豫一下,等你梦醒时分,让你幡然醒悟,明白你我终究是不可能的!"

孙汉邈:"我看到你了。"

她扭头看去,孙汉邈倚着蓝车,远远地冲她打了个招呼,随后将手机抵近嘴边,发了条语音过来。

"你一到半夜就要爬起来找吃的,冷的不吃、甜的不吃、干的不吃、硬的不吃,打扰到大舅子就不好了,我是替你考虑。"

周倬也到了,刚走至秦七襄身边,让她打开后备厢取打包袋,就听见她对着手机说:"谢谢啊,以后有我的一份美食,就必有你的一个空碗,你可以用来喝洗洁精。"

周倬:"你在说什么呢?洗洁精也能喝?"

她立马收回手机:"没什么。哥你家有什么吃的吗?我一会儿去买一些吧。"

周倬拉紧她的手:"好啊,我陪你去,你可以慢慢挑——洗洁精。"

最后三个字,周倬似笑非笑一字一顿地说道。

说得她脸一红,低下头去。恰好后备厢一开,挡住了两人相携站立的身影。

收完东西，他们等电梯的时候，她回头冲孙汉邈挥了挥手。

孙汉邈倚着车门，发来一句语音："去吧去吧，没心肝的，也不记得是谁每次半夜起来给你煮吃的。"

孙汉邈看着秦七襄上楼，垂头无聊地翻看了一会儿手机，见她不回，抄进兜里，转身离去。

生命何其漫长，她本质是个没良心的家伙，以往在一起时，他被使唤惯了，早把她养出一身的娇气毛病。

他不打算计较一时得失，距离会模糊矛盾，真相处起来，没人能做到他这样，既是司机又是门童，既要拎包又要掌勺，衣食住行连换季前的每件衣服、每套被褥都会备好换新，日常琐事连内衣鞋袜、经期用品都帮她挑选囤货。

他清楚地知道她平日懒散又嚣张，任性又娇气，那些隐秘的、奇特的、或麻烦或细碎的癖好习惯难以改变，而她永远不会去调整自己适应旁人。

还好，他早已被训化得很好，适应了她，优势在他。什么哥哥？孙汉邈冷笑，不信有人能做到自己这样。

电梯数字一路上升，直到十九楼。

周倬刷开家门，从鞋柜里拿了双粉色兔子拖鞋给秦七襄。

"哎，哥，你家里怎么还养着女款拖鞋呀？"

她踩进柔软的拖鞋里，在他客厅里四处跑跑看看，直接抱上角落里的折反射式天文望远镜，兴奋地问："哥！我可以用这个吗？"

周倬点头："你喜欢的，都可以拿。"

她早上被吓坏的心情已平复下来，还算不错，踢了踢脚上的兔子拖鞋："我住哪边呀？"

他打开两个卧室的门："你选吧。"

这套房子有两个朝南的大卧室和一个朝北的小书房。

西边那间卧室，入眼是一面淡蓝色的墙，像是步入热带的海岛。转角飘窗的设计使得明亮的光线可以从两个方向洒入，却不直晒房间，在房间足够亮堂的条件下，夏季也不至于像个温室般闷热。

有风吹入，白色纱帘随风而动，窗外蓝天白云，视野全无遮挡。平日里可以放上毛绒坐垫，舒适地躺在上面，看着脚下绿毯般的生态公园与远方青山，当作度假好去处。

也可以搭上一架望远镜，观测南与西两个方向的星空。

东边那间卧室，有一整扇巨大的落地窗，窗下是公园与湖泊，粼粼的湖水映在窗中，远山青翠，蓝天高远，像是挂满一面墙的风景油画。

春夏秋冬，应有不同好风景。

床头那面墙中间涂成绿色，两侧挂了几盆垂叶小绿植，桌上有几株粉色郁金香插在透明花瓶中，颇有生活自然气息。

秦七襄对这两个房间都非常喜欢,但落地窗有个不可忽视的问题:夏天日晒面积太大,使得室内升温很快却无法对流,极其闷热。到了冬天,又因为玻璃隔热效果不如墙体,使得室内比其他房间更湿冷。

夏热冬寒,这几乎没有特别好的解决办法,而她又极其怕热,所以最终选择了西边的房间。

她选完后,正准备收拾一番,周倬已拿出新床品替她铺了上去。

她抱臂在一旁看他动作,发现这套床品粉粉嫩嫩的,像是海边大片的粉紫色晚霞,还画了星月图形。

他家中放置了如此多的女士用品,从拖鞋、被褥到卫生间的牙杯,沙发上还摆了半人高的粉色狐狸玩偶,就像是一直在等待女主人回家。

真是太奇怪了。

周倬收拾好后,她往松软温暖的床铺上一躺,看着在一旁整理房间的人,侧头问出了她的疑问:"你家还会有女生来吗?"

4

周倬听了秦七襄的问题,手上整理东西的动作不停,理所当然地回答:"之前不是已经说好了吗?"

说好什么了?她一脸莫名,完全没有印象。

周倬转头,笑着提醒她:"帮你改造出书房和游戏室呀,不过现在变成卧室了。"

她才回忆起当初定下这套房时,周倬确实说过她来就不算是客人,他会留下合适的房间给她玩。

她立刻翻滚着埋进松软的被褥间,掩住脸上飞霞,露出乌黑的双眼,眼珠偷偷跟着他的动作滴溜溜地转,嗅得床品的清甜香气,像是饱满多汁的蜜桃。

她咬着唇偷偷地笑,这样好像是粉色狐狸在等的女主人呀。

那女主人饿了,饲养狐狸的人不应该去替她觅食吗?

她又在床上翻转了一下,像童年时期一样,伸脚试图踢周倬,脚尖虚虚地点上他的大腿。

他的动作卡顿一下,肌肉开始充血,僵着身子转向她,站得笔直。

她却无意识地端正坐好,露出乖巧的笑容:"我要吃葡萄!"

他盯着床上摇头晃脑的人,忽然倾下身,撑在她身侧。

俊脸放大到令她失了语,她呆呆地咽了下口水,眼睛四处乱瞟,四周都被他的气息占据,只能盯着周倬喉结上的那颗小痣。

淡色的小痣微微滚动,她视线随之往上,看见周倬噙着笑意开口:"怎么,我是一直被你使唤的吗?"

热气侵袭,对方清越的话音太近了,近得像是含着她的耳垂发出的,把她的耳垂烧得滚烫。

她张口,舔了舔唇,胡乱掰扯道:"狐狸都要吃葡萄,酸……"

大脑卡顿时，人就会胡言乱语。

周倬轻轻笑了下，点了下她冒汗的鼻尖："你在说什么呢？谁是狐狸？"

随着他的靠近，她的视线紧紧盯着他的指尖，直到近到鼻尖处，视线失焦，她也失了力，仰倒在床，明显看见周倬的星瞳颤抖了一下。

她趁机拉住周倬还未收回的手，扯到唇边，掌心馥郁浓烈的薄荷气息扑面，她的呼吸也变得浓烈起伏。

盯着他颤动的星瞳，她带着轻快笑意，轻轻在他掌心印下一吻，呼吸扫过他掌心，他已然跌在她身上。

周倬浑身肌肉充血，这一撞让她有些痛，却也切实地感觉到某种满足。

她侧头试图看他，嘴里叫出一声春水融化般的"哥"。

她的唇忽然被他的掌心捂紧，再不能出声。他俯身在她上方，盯着她的眼睛，呼吸急促。

发不出声，她只能哼哼，明显感受到随着尾音拉长，他浑身的肌肉越发绷紧，压得她发疼。她舌尖抵开唇瓣，舔了下他掌心。

蜻蜓点水般，留下一点湿漉漉的触感。

他触电般收回手，她得意地笑起来，眼睛都弯成了月牙，刚开口："哥，原来你也……"

周倬的额头已抵上她的额头，声线低哑晦涩："想清楚了吗？你想要什么？"

这一句却将她拉回久远疼痛的回忆里，浑身发寒。

她记得，在她多年前表白失败的那一刻，他也问过一样的问题。

他记性那么好，这句话绝对不会是空穴来风。

他是故意的，故意提起往事，想要提醒她些什么。

敞开的心灵柔软易伤，酸胀的疼痛随着血液流向四肢百骸，她忽然褪了所有热情，扭开了头。

憋着温热的眼眶，她踹开他，淡淡地说了句："要吃葡萄。"

他似乎也随着这句僵下来，扳回她的脸，盯着她的眼睛，一字一句地确认道："葡萄？"

看着她水光晃动的眼睛，见她点头确认，周倬起身，声线冷淡，带着隐隐火气："想吃自己洗。"

身上的灼热与压力消失，她抱起双膝坐起，也不想再回话。

手却忽然被周倬拉起，虎口传来一阵刺痛，他居然咬了她一口。

还未待她砸上一拳，周倬用唇轻轻碰了碰那处咬痕，眼中带着委屈："你……欺负人。"

说完，周倬摇摇头，收了情绪，去往厨房，留她一人在屋里。

她盯着虎口处那一圈淡淡的咬痕，气也不是，笑也不是。

这种时候，凭什么他还委屈上了？

不想理他，她愤愤地从包里翻出了自己最珍爱的宝贝相机，安装在飘窗旁。

121

夏末秋初，尚有余暑，蓝色天幕之下，洁白的高铁穿行青山之间。

秦七襄看着窗外的明丽色彩，卡住时机，按下快门，获得了一张甚为满意的列车风景照。

她心情顿时大好，连刚才的插曲都抛之脑后。

收好相机，她踩着兔子拖鞋来到水声潺潺的厨房，倚着厨房门，看周倬洗葡萄。

厨房的水池里，清澈水流漫过一粒粒青碧如玉的葡萄，周倬挽起衣袖，莹白修长的手指浸在水中，光影折熠。

大约是听见了秦七襄的脚步声，周倬回头，脸还板着，一副不顺心的模样，却捏着一粒饱满圆润的葡萄洗净擦干，塞进她嘴里。

这个季节的葡萄，入口甘甜多汁，冷而不寒。秦七襄嚼着葡萄，口齿不清地说他还是乖一点好。她边说还边举起手往他眼前凑。

虎口处的咬痕已消失，她依旧不依不饶地指着那里说他浑球。

周倬轻轻推了下她的额头，轻笑一声，让她去餐厅坐好。接着将葡萄全部捞出，沥干水，转身走出厨房，便见她已坐在桌前跷着脚等吃。

递了一篮葡萄给她，他打开橱柜，拿了些零食、果汁出来，随口说道："我今晚会尽量早点回来。橱柜里有吃的，你自己拿，不够的话，等我回来再一起去采购。"

秦七襄："挺多了，都是我爱吃的。我们今天晚上吃什么呀？"

周倬："你想出门吗？愿意出门的话，我们今晚可以去吃茶冰厅，看新上映的电影；不愿意出门的话，那我回来做点你想吃的菜。"

她摇摇头，几欲伏上桌面："今天有点累，我一会儿要同房东联系退租的事，然后就只想好好休息。"

周倬："那今晚在家吃烧烤？我带点果酒回来。对了，你丢的香水是哪瓶？"

秦七襄："有价无市啊，我是用作收藏。你不会真想送我一瓶吧？不用了，还好他没拣最贵的偷，我那几瓶典藏款还在，不然真是亏大了。"

他垂眸，长而弯的睫毛在脸上投下一线阴影，拍了拍她的肩，嘱咐她在家不要给别人开门，不要随意出门，又拿了几张投影仪的照片给她挑选，都确定完毕之后，他顺手将一串小零食挂在她的脖子上。

她从那串零食中，扯了一小袋下来撕开，是炸过的脆花生，人还带着气，鼓着腮帮子，咬起来"咯吱咯吱"的，像只仓鼠。

"干吗都喜欢往我脖子上挂东西？"

她说完，周倬掐了掐她的脸："挎包和零食能一样吗？我这是给小懒猫戴的零食花环。你听过小懒猫的故事吗？"

她哼了一声，回答："没听过。"

当然不会没听过，她还记得很小的时候，周倬见她总是懒散到饭来张口的模样，认真地坐在桌前给她讲这个故事。

他严肃板正地看着她，告诉她从前有一只懒猫，她妈妈出远门时，在她脖子上挂了一圈饼，说等她吃完了饼，妈妈就会回来。结果因为她太懒，只吃面前的饼，不愿意翻身,等妈妈归来的时候,她已经被饿死了。

这坏心眼的家伙,当初讲完还恐吓她不可以只坐等吃饭,要勤快一些,把她吓得趴在桌上"嗷嗷"直哭。

结果是他被家长责备了一通,她从趴着的胳膊底下,露出一只眼,看着他难看的脸色,不断偷笑。

偷笑归偷笑,这个故事确实给童年的她留下了深重阴影,当然大概率也给他留下了阴影,以至于后来他总是顺着她饭来张口的习惯,有好吃的都会先主动喂给她。

"你快走吧!"她说着摘下那串零食,扔了一包给他。

包装在空中划出抛物线的轨迹,稳稳落进他手中,她笑说:"你才是偷吃的小懒猫。"

他逗她:"哦……那今晚我给你讲小懒猫的故事?"

她起身一路推他出门:"你还走不走啦?"

大门落锁,分外无情。他站在门外失笑,捏了捏手中的零食包装,装进兜里。

她走回桌前,捏了两粒葡萄入嘴,指尖残留着葡萄表面那股玫瑰般的香气,拍了拍热气腾腾的脸,感觉屋顶似乎架上了碧绿的葡萄藤,能听见风吹过叶隙时的喃喃私语。

八月,夏末秋初,终于在名为玫瑰香的葡萄中有了实感。

5

周倬晚上回家时,带了今天选好的投影仪,迅速地在书房里安装完毕,才敲开秦七襄卧室的门。

她揉了揉惺忪的睡眼,打着哈欠开门:"哥,你回来得好早。"说着,倚上门框,又想点头打盹,鼻子却嗅得一股香气,睁眼看去。

一捧包好的洁白茉莉,花瓣上沾着些许露水,湿润芬芳。

他先开了口:"还很困吗?要不要先喝点水?"

玻璃水壶里的茶水正在沸腾,红色的茶汤里茶叶翻飞,像是桃花纷纷。

橘瓣、雪梨、西柚等果肉沉在壶底,随着"咕嘟"气泡旋转,他递来了一杯温热的果茶。

清甜,香醇。

秦七襄想着,其实自己一向不爱喝茶,那些沾点苦与涩的味道对她的舌尖而言,是某种酷刑,但周倬煮的果茶不一样,不知是用什么方式过滤了茶叶的苦涩,使得口感温和却不失鲜爽。

对她那些连她自己都记不清的无数细小莫名的挑剔恶习,他总能妥帖入微,就像是他远比她更了解她自己。

周倬:"今天你和房东聊得怎么样?"

秦七襄:"还行吧,房东挺好说话的,我把报案记录给他看了,他答应我退押金。"

周倬："那他人还可以，你们约了什么时候结算？"

秦七襄："下周二，给我两天搬家的时间。哥，我的东西比较多，可能要麻烦你。"

周倬："行啊，到那天我去帮你搬。"

秦七襄："不是啦，我约好搬家公司了，你忙自己的事就好，只是我的东西搬过来会占用你这边很大的收纳空间。"

周倬："那你还不如直接说，请我帮你整理收拾。"

秦七襄："那倒也不用……"

周倬挑眉："你重新说。"

她捧着半杯茶，有些莫名："说什么？"

周倬："说，请我帮你整理。"

"怎么，你想请我顺带帮你整理？那是异想天开！"她笑得眉眼弯弯，让她千依百顺也是异想天开，她只会顺杆往上爬。

"行。"他将她扯出门，一路往书房拉去。

她抱着他的手臂试图后退，连声叫着："哎呀，哥，你干吗呀？干吗啦？"

周倬直接扶上秦七襄的腰，将人往前推去，她立马开始求饶："哥！哥！我错了，错了，真错了。"

见他不为所动，她干脆往地上一蹲。他拖着她，像拖着大冰壶似的往前走了两步，简直是两个小学生在结了冰的走廊里，玩拖着对方滑行的游戏。

他回头看她，被气笑了："秦七襄你又还童到七岁了？"

她抬手，双手一起抓住他的右手摇啊摇："哥，我错了。"

周倬居高临下地看着秦七襄撒娇，平静的语调中带着一点点揶揄的意味："我还没干什么呢，最近你怎么讨饶得这么快？"

他眉眼弯起，难得露出颇感兴趣的漂亮弧度，桃花眼亮晶晶的，如闪烁星辰。他倾身而下，嘴角微微上扬："你还是我认识的襄襄吗？女王陛下从不认错，你是什么时候学会的认错？"

她用力一扯，将他拽下："给你面子你还喘……"

他被拽得一个踉跄，往地上跌去，左手下意识撑住，手肘被撞得青肿，才免于重现今早扑倒在她大腿上的尴尬。

秦七襄话还没说完，就被周倬撞地的那声巨响吓了一跳，忙扑上去扶他起身，查看他手肘的伤处，焦急地问道："痛不痛？有药箱吗？哥，我不是故意的。"

她身上的香气侵入他鼻腔，莹白圆润的肩头在眼前颤动，他头晕得厉害，人向后仰，拉远一些同她之间的距离。

周倬不敢乱看，只盯着手肘上的伤处，手指碰了碰，"嘶"了一声，口有些干："没事，磕了一下而已，不算很痛。"

见她着急到额头浮起细汗，要起身去找喷剂的模样，周倬拉住她手臂，笑着说："襄襄，你好像很害怕我。"

她担忧的情绪被这没头没脑的一句话打断，眨了眨眼，反问他："我怕你做什么？"

"怕我——会生气。"

秦七襄心头一跳，沉默了。

她的后背似乎有火烧上来，从尾椎骨熊熊向上，烧焦了脖颈，连心脏一起吞没火海。她脚趾难耐地弯起，如同被扎了千万根针想要逃离，五指无意识地掐紧他，在他手臂上留下一串牙印。

周倬吃痛不已，攥紧她的手，皱眉问："你掐我做什么？"

她猛地推开他，逃进房间。"轰——"一声，房门关上，她倚着门板深深喘息，心跳得发狂，像是为躲避坠落虚无深渊的命运，心脏必须要从嗓子里蹦出来才得安宁。

她侧垂着头，眼眶莫名浮了一圈温热，想着自己这次真完蛋了。

她好像又回到了当初，再一次步入歧途，受他所惑。

心动了，所以害怕了。

秦七襄转身，头抵着门，蹲下身子，抱紧双腿，似乎这样才能把所有的悸动、紧张与迷惘都藏进缝隙中，她可以牢牢地看紧它们，又不会让任何人知晓。

因为害怕了，所以她才会下意识地向他讨饶，希望能得他几分温柔。

担忧他远离的情绪藏也藏不住，每次都认错卖乖得那么快，即使捂上嘴不说，情绪也会从指缝里漏出来。

原来她求饶着说了那么多，潜台词只有唯一一句：哥，我错了，你别和我离心。

周倬敲门，沉声问："襄襄，开门，我说错什么了你跟我说，我向你道歉。"

她很想说滚蛋，又咬着唇，闭上眼："哥，给我一点安静的时间可以吗？我有点烦。"

他沉默了一会儿，才说了一声："好，我去做饭，有事叫我。"

她疲惫地躺上床，用手臂遮住眼，想责怪他又一次引诱自己动心，又无法责怪，明明是自己忘了初心，居然心动。

他似乎同过去并无变化，都是一样的温柔，往往会给她一种他也喜欢她的错觉。

错觉始终是错觉，他的温柔是她蚀骨的瘾，一旦沾上就会瞬间沦陷。

这些年来，现实向她重复证明着这一点，她却总是不长记性地为那点错觉靠近。

可她一旦靠近，他就会立刻抽离而去，留她一人无法适应、不知所措。

她躺在床上，白炽灯晃眼，想起了从前。

那时，她开门撞入了他摘下眼镜后如银河般璀璨的双眼，心突兀地狂跳起来。她忽然意识到，对门那个一直照顾她的哥哥，其实是个非常英俊的少年。

之后，她总躲在暗处偷偷观察他，每一天都在计算着他的行动路线。她那般懒散的性子，竟也能将他的日常习惯熟记到分与秒。

每到早上 7 点 08 分时，他都会从楼道走出，去往后山的公园晨跑。这时，她只要站在阳台背书，就可以看着他的身影从楼下跑过，身影出现到消失的时间有足

125

足三分钟。

但阴天时，他不会晨跑，而是坐在阳台的藤椅上看书，这是她最喜欢的天气。

两家阳台相隔着一台空调外机，会遮住她一半的视线，基本只能看见他胸口以上的部位。他看书时，黑色的头发柔顺，安静地垂落遮住他一半眉眼。

她会捧着书冲他招手，多半他会抬头回应，有时会起身走近护栏，双臂交叠搭在横栏上，微微倾向她，听她背诵课本。

她心情雀跃，却又强迫自己掩饰情绪，踮着脚想向他靠得再近一些，但她看着他的脸往往会结巴，便转头望向低垂的阴沉云层。

但她总想在他眼中更好一些，于是攥着护栏，暗暗忍下心中那些细腻的痒，仰着头背诵："蜀道之难，难于上青天。"

如果她背得好，他会从口袋里掏出两颗糖抛给她："襄襄，接着。"

那道抛物线就这么抛过了她一整个青春。

直到她被新认识的朋友拖着去看高年级的帅哥学霸。

那天场面混乱，她连那位帅哥的脸都没看清，原因很简单，对方没周倬帅。

但凡那人真有一张惊为天人的脸，即使只从路人的眼角余光里划过，都足以让人惊艳到想要回头再看一眼。

周倬便是如此。

所以她扭过头去，对着明亮的路灯，骄傲地说："一般般啦，还没有我哥长得帅。"

"你哥是谁啊？我们又没见过。"

她喜滋滋地报了周倬的名号，两人的反应比刚刚更为激动，一路拦着她连环追问，她偏不吐露，尾巴简直要翘到天上。

那时的周倬已经保送名校，正读大一。

他只成了学校里的一段传说，她们其实都没能亲眼见过他。

但正因为他成了传说，没有不对他抱有强烈滤镜的人。

这种美好滤镜她当然不舍得打破，去告诉别人，周倬其实不是什么金光灿灿的高岭之花，本人亲和温暾得很，拥有一手好厨艺，有时候也会冒出恶劣的坏水，跟她赌气讲恐怖故事。

不过，她如今才是所有学生中对他滤镜最强的那个，连幼时半夜溜进他房间，被他裹着被子丢出门这种事，想起来都要笑个不停。

但很多事，自己躲起来偷乐就行了，她才不会告诉别人。

每当同学们讨论起风云人物时，往往都会提及周倬，那时她就会扬着头，得意地说："这是我哥哥。"

听久了，总有人会学秦七襄说话："知道了，知道了，他是你哥，天天都说累不累啊？"

她一拳飞出，学拳击手擦了下鼻子，昂着头："你这是嫉妒。"

再后来，他们闲聊八卦时，若秦七襄在场，总会点一下周倬的名字，叫她"周倬妹妹",学她的语气叽叽咕咕半天。

她皱着眉,气冲冲地将那些阴阳怪气都堵了回去,之后也不再同人多提。

自此,他的名字无法再叫出口,那些种种也就成为一种不可言说的心事。

吐不出来的东西,只能咽进肚子里,消化成血肉,凝成心脏上的结石,不碰就会一直硌着心口,碰了还会抽着疼。

每当在人群之中,听见与周倬名字相像的读音,她的心就会顿时提起来,她怕别人问她,又怕无人问她。

她怕他们问得太多,她要拧着心间的不可言说去认真作答,很多话含在齿间,她还得重新咽下。

她也怕他们无须问她,语气自带几分熟稔,让她又一次意识到她和周倬之间那八百公里的距离是如此遥不可及。

她只有靠同他人对比,才能感受到她对于他是不同的,她要在别人眼中与他亲近无间,才能让自己相信他们不曾分别。

自周倬去了外地读书,他认识了谁,身边有谁,日常做些什么,她再也无从知晓,那份烂熟于心的日程表,费尽心机的偶遇,她也用不上了。

升高二的某个夏天前夕,她正吸着脆脆冰和同学讨论椭圆方程,一个高大的男生进门跳起,扔了团废纸砸进她脚边的垃圾桶,兴冲冲地过来对她说:"倬妹,你知道你哥在和对面楼的人打球不?"

她心口一颤,周倬什么时候回来,回来会做什么,她一向不清楚。

有的时候,她觉得他们很熟,有的时候,又清晰地认识到他们其实不熟,只是她单方面在他面前无所遁形。

周倬是邻家哥哥,是从小照顾她的人,所以他能以兄长的身份过问她每一种或喜或悲的情绪,但她无法过问他的生活,也无权提出信息交换去真正地了解他。

他们从来都是不对等的。

她的心情被那个讨厌的男生推入谷底,再懒得去搭理。

对方却不依不饶地和她讲述细节,说周倬大神回母校做一场动员报告,和他的好兄弟约了在球场打球,问她为什么不去围观,应该给她哥送瓶水。

那语气阴阳怪气的,吵得她心烦,其他朋友却围上来,真真假假地拉着她求证。男生目露怀疑地看着她,说你不会对你哥的情况一点不知吧?不如带我们去看看咯。

有两三个人闻声答应,催着秦七襄点头,她推托不得,只能答应。

那男生跟在秦七襄身后去球场,抱着手臂对身边的人说:"我早就打听过了,大神家世清白,没有兄弟姐妹,哪来的妹妹,硬蹭罢了。"

球场之中,呼声震天,一群人在挥洒汗水,她见到了半年未见的周倬。

几个朋友将秦七襄挤上篮球网,伸长了脖子问她哪个是周倬。

第七章 循此苦旅

·•·我们终达繁星。·•·

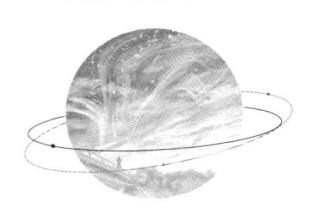

1

还没等秦七襄回答,四周就发出一阵惊呼:"啊!周倬是最帅的那个吧?襄襄,你哥真的比你夸的还要帅!"

周倬骨相优越,身高腿长的他在一群被学业压垮的高中生中确实异常突出。

在人群面前,她的自尊心开始作祟,眼神直往别人身上飘,根本不敢多看周倬一眼。

那讨厌的男生又嘻瑟地跟过来,阴阳怪气地催她趁着中场休息,去关心一下哥哥送瓶水,又指着场上的宋崇朝不怀好意地问她,你认识那个人吗?

此时,球场上,周倬夺球过人刚好跃起投进一球,身边一片惊呼。那男生的话音一落,周围的人也一起催着她去看一看,给他们制造近距离接触大神的机会。

秦七襄从来都不是逆来顺受的人,也不愿意真的去向谁低头,从小到大,论送水也得是周倬喂到她嘴边,在她看来,羞涩送水这种事简直是对她的某种侮辱。

如果她真这么干,一定会被他问怎么这么反常,在一旁和周倬打球的宋崇朝更是能嘲笑她一整年。

中场休息时,秦七襄身边那群人的激动情绪达到了顶峰,硬是把水塞进她手里,推着她往前。

她在这样的强迫下,反抗情绪爆表,直接推开讨厌的男生,转头就走。

那男生跟在秦七襄身后,阴阳怪气地说,假的就是假的,一到真人面前就得露馅,她根本分不清谁是大神。

她驻足,深吸了几口气,那男生还在喋喋不休。

"嘭——"矿泉水瓶骤然摔裂在那男生脚边,溅起的水在他的夏季蓝白校服上留下一串水迹。那男生愣了一下,就听见她一阵怒骂。

场外的动静引来了另一边的注意,周倬忽然看见面前的宋崇朝拔腿就跑,莫名其妙地转头，远远看到一个熟悉的身影在同一个高壮男生吵架，脸憋得通红，一副被气坏了的模样。

宋崇朝跑得太快，矿泉水瓶摔裂的那一瞬间，他回头就看见秦家那个讨厌鬼叉着腰骂人的模样，活像是来讨债的厉鬼，下意识飞奔而来。

虽然他和秦七襄互呛多年，在校园里见面也故作不识，各自都想把对方的头拧下来当球踢。

但他知道，这种时候自己要是真敢装聋作哑，至少接下来三个月他都睡不了一场好觉。

但宋崇朝一过来，秦七襄脸色更差，严重怀疑对方是来拉偏架的。

果不其然，宋崇朝第一反应就是拉着她往后退到安全距离，让她别再骂了，先平心静气地讲一讲发生了什么。

她火气正足，上去一个右勾拳直捣他腹部，宋崇朝捂着肚子直吸气："你神经病啊，发什么疯？"

"烦死了！你是什么好东西吗？"一个个都在阴阳怪气早就让她心情烦躁，尤其是这件烦心事同宋崇朝本身也脱不开关系。

他组织了一场球赛，害她被人嘲讽，她越想越委屈，眼眶浮起热意，冲他挥了挥拳，让他赶快滚蛋。

宋崇朝这时才意识到事情不对劲，捂着肚子，声线放平："谁敢欺负你啊？"

周倬见宋崇朝上去就被揍了一拳，也加快脚步跑到这边问情况。

秦七襄不想见周倬，跺着脚不知往哪儿躲，直接转身跑了。周倬在身后连唤她两声，她也不曾回头。

周倬只能无奈地先扶着宋崇朝问他的伤情。

宋崇朝扶着他肩膀，龇牙咧嘴："周哥，我没事，你先看看讨厌鬼干吗去了，平时她也没这么暴躁啊。"

周倬见他确实无事，又往秦七襄跑走的方向追去。

球场上的其他人才赶到，扶着宋崇朝问："周哥这是去哪儿？"

宋崇朝揉着肚子，脸色难看："追他那心肝宝贝、掌上明珠去了。"随后转向站在一旁脸色红白相间的男生，"你跟我妹吵什么？"

那男生初听宋崇朝的质问，面上讪讪的，只推说是一点小误会。

宋崇朝咧嘴笑出一种得意的表情，表示非常欣赏他的勇气，搂上他的脖子称兄道弟起来，说自己这个妹妹从小到大没受过委屈，能把她惹毛实在是一种本事。

那男生拿不准他的心思，只吐槽自己不过是想劝她去给周神送瓶水，居然被骂了。

宋崇朝顿了一下，惊异地上下打量他。看得他内心发毛，宋崇朝才别有深意地大笑："你怎么敢使唤她的啊？再过上八百辈子，周哥也不舍得让她干活啊！她送的水有谁敢喝？送我们上断头台吗？"

男生好奇地问道："我听说周神没兄弟姐妹啊，真是他妹妹？"

强对流

　　宋崇朝才懒得回答这种问题，少管别人家事是王道，只讳莫如深地说一切都不重要，他至今未见到在周倬眼里有比秦七襄更重要的人。
　　虽然他和秦七襄都是一样从小追在周倬身后跑，但周倬从未一碗水端平过，偏心都要偏到马里亚纳海沟去了。
　　过去宋崇朝还不服气，后来也就习惯了，甚至怀疑是周倬手足缘单薄，隐藏的妹控属性全部投射在秦七襄身上。
　　那人听完，改了口径，借机攀扯他和秦七襄简直是死党，刚刚只是一时拌嘴罢了，要同宋崇朝他们这群子弟一起玩球。
　　宋崇朝没太把这种事放心上，以为刚刚的矛盾不过是因为秦七襄一直以来被惯坏了，和身边这人有点言语不合就要参毛，起了冲突。
　　他乐得看秦七襄吃瘪，甚至想在一旁拍手叫好，杀杀她的威风，但吃瘪是一回事，真受气又是另一回事。
　　不过，这一通看下来她也没哪儿受气，倒是惹她的人被甩了一身水，那他就更不会插手，甚至想让这人再去惹一惹火，气得她跳脚才有趣。
　　她怎么可能会委屈自己到需要别人替她出头？
　　宋崇朝面上不显，甚至还接受对方的交友请求，却默默在心里为对方祈祷。
　　他知道，万一对方真把秦七襄惹急了，她可是自小练过的，揍起人来不会含糊。
　　另一边，周倬终于追到了坐在角落里的秦七襄，拧了一瓶水递给她，温声问她发生了什么事。
　　她心情不好，也不愿回答，有气只想找个人发出来，这时甚至顾不上什么美好形象，总之，都怪他回来也不同自己说一声，到处玩都不带她，害她被人嘲笑。
　　秦七襄越想越觉得此乃世间真理，看着周倬的脸想要怒骂一通，又在他的视线下熄了火，气鼓鼓地转头背对他而坐。
　　周倬没宋崇朝那么粗神经，或许是出于她在他面前多少会收敛一些暴躁本性，他一向认为襄襄是个很讲道理和宽容的女孩子，这样受了气绝对不是简单的同学拌嘴。
　　他几乎是瞬间就意识到了对方在欺负她，他对于欺负妹妹的定义很低，但凡是惹了她不开心的都能算作欺负。
　　在他眼中，她的心思从来都不会藏着掖着，开心不开心都是一眼即明。
　　少女的心情像是天上的云，洁净轻盈，高空对流风一吹就聚成一团，随时也能被吹落成雨，但雨过天晴，从不会留下阴翳痕迹。
　　这点不开心哄起来很容易，他甚至比她自己更知道她喜欢什么，没必要把坏心情浪费在不值得的路人甲身上，不必记仇，他要带她去寻找更值得让她留下记忆的东西。
　　他拉着她爬上学校的天文台，翻过围栏，趁着无人巡查，在观星楼里找到了搁在角落里的单筒望远镜。
　　两个人的脚步声在空旷的展览室内回荡，她心脏"扑通扑通"直跳，仿佛自己被他带进了爱丽丝的仙境。

爬上天台,橘色晚霞覆满了天空,看着他在一旁安置设备,她拉着他的袖子问,如果被发现,他们是不是要挨上一顿处分?

他哄她放心,责任都在自己身上。她拍了拍胸脯,又笑原来他这样的好学生也会胡作非为。

晚风送爽,霞光渐暗,她透过望远镜看见了月亮上的环形坑。

他从某个角落里掏出了包装齐整的口琴,在月色下吹出动人的曲调,仿佛置身孤独的环形坑中,她是一名流浪的吟月诗人。

一曲完毕,在她追问下才知晓,他过去在学校读书时,最喜欢一个人偷偷爬上这里,躺着放松。

那把口琴是他藏在这里的一个秘密,毕业后却忘了带走,时隔一年竟还能翻出。

她同他一起躺在天台上,看着月亮渐渐升上高空,悠远的口琴声像穿越时空而来。

弦月当照,白日里的烦恼被晚风吹走。

月光仍如当年,照在相同的人身上。

秦七襄倚着墙,抱腿坐在飘窗上,看着弦月发呆。脚下是阑珊夜景,看不真切。

忽然,一簇烟花在脚下炸开,碎光如星。

不知是谁这么胆大包天,顶着禁燃烟花的规定非要在夜空中炸出火树银花。

今天是什么日子吗?

她掏出手机一看,原来是七夕节,不免笑楼下的人不去江洲点仙女棒过节,来这种地方放烟花,要不了多久就会被抓。

手机振动,孙汉邈打了语音通话过来祝她节日快乐,叫她一起出门。

她对着月光,打了个哈欠,感觉浑身疲惫,不愿意出门。

孙汉邈轻笑起来:"我就知道,来窗边。"

"你又想干什么?"

"秦七襄小姐,本人郑重邀请你前往窗边,等待一年一度的魔法大会开场。"

"我在窗边呢,你能变什么魔术?"

"好,三——二——一,Whiz——bang!"窗外"咻"的一声,炸开了火树银花。

火光映亮了她的脸,明明灭灭,一朵朵绚烂烟花接连不断地炸开,像是星海崩塌,四散开来。

笑意浮上脸,烦恼也顺势被风卷走,她遥望天边明月,在情人相会的佳节,她忽然想透彻了。

"孙汉邈,我有喜欢的人了。"

2

电话那头的轻笑停了下来,孙汉邈语气微冷:"襄襄,开心的时候,别说这种话。"

秦七襄："你快回去吧。市内禁燃，别被抓了。"

孙汉邈："你喜欢吗？"

她无法回答，他也并未等待她的回答："总归是我愿意，管那么多做什么？你喜欢你的，我喜欢我的，互不影响。"

秦七襄："我没法回应你。"

孙汉邈："喜欢你，让你开心就是给我的回应了，有谁规定一定要有结果吗？最后谁赢还不一定呢。"

秦七襄："我看见了，烟花很漂亮，你快回去吧。"

孙汉邈："走之前我得问一下，错失了今天的约，我能否得到一些补偿呢？"

秦七襄："……这不合适吧？我不知道今天是七夕，不然不会答应你。"

孙汉邈："只要愿意，什么时候不能是七夕？襄襄，去追一次蓝月吧，我替你拎包，万一这是最后一次拎包的机会了呢。"

她没有立刻给出答案，对方也摆出了不同意就不离开的架势，两相拉扯之下，沉默在蔓延。

最后还是秦七襄先败下阵来，轻声说了句"好"。

喜欢这种事，本就是自我无法掌控的东西。

孙汉邈是这样，她也是。

如今不过是再步一次暗恋后尘，算不上什么新闻，也不必为此自责。

她无法选择会对谁动心，否则周倬不会出现在她的选项里，造成如今这种进退两难的状况。

但她可以选择要怎么做，抽离或是留下，选择权在她自己手中。

她突然想起不知在哪里看到的话：都不重要，以自己开心为主。

人生何必多纠结啊，得意之时须尽欢。

秦七襄打开卧室的门，周倬正系着围裙在餐厅摆盘，抬头见她出门，肉眼可见的局促："我刚做好饭准备叫你。"

局促？她斜倚着门框，悠然自得地问："哥，你也会有害怕我生气的时候吗？"

刚刚让她阵脚大乱的问题又被她抛了回来。

害怕者处于弱势地位，心理上总要更在意对方。

她害怕他生气吗？他又害怕她生气吗？

他抬头，十分坦然地对上她的目光："对，我怕自己会惹你生气。"

秦七襄："那我生气了。"

他目光依旧坦然，摘下手套，一步步向她走近："那你可以告诉我为什么生气吗？"

语句是询问的，但语气不是。

她不曾退后，反而露出笑意："我这个人，心情不好就要抓一个人撒气。"

这种行为就像她当初被讨厌的男生气走了一样，怪天怪地，反正不会内耗到去怪自己。

宋崇朝在面前就是他的错，周倬站在面前错就在周倬。

他早就该习惯的。他点点头："哦，那确实是我的责任，没照顾好你。"

秦七襄："对，是你的问题。"

周倬："那我该怎么办呢？"

"这你自己想。"她直接戴了一次性手套，拿起桌上的一份烤肉。咸鲜美味，入口即化。

她舔了舔唇，说自己饿了，让他快点吃饭。

周倬："你先吃，我炸了一些鸡块，一会儿要看电影吗？"

秦七襄："现在出门吗？有点晚吧。"

周倬："在家里看，我装好了投影仪。"

秦七襄："你效率这么高？"

周倬忽然笑道："再慢一些，你怕是要更生气了。"

秦七襄："我可没说，你净往脸上贴金。"

嘴里突然被塞进一块炸鸡，再不能出声，惊得她瞪眼去瞧。

周倬微笑："少生些气，对身体不好。"

她本该有的叽叽喳喳的怒斥都被这口鸡块送进腹中。

酒足饭饱，秦七襄跟着周倬走进书房。

落地窗外是一片人间灯火，缥缈地浮动在脚下，窗边几株绿植在风中摇曳。

窗子左边是一整面墙的书柜，整齐码放着各类书籍，书柜下堆放着两个纸箱，装着还未整理的书。

书柜旁是百合花形状的落地灯，花蕊一点黄，温暖的灯光盈满室内。灯下放置着松软的双人沙发，躺上去整个人都深陷其中，估计很快就会昏昏欲睡。

她撑着窗前的安全栏，头伸出窗外，长发在夜空中飞舞，仿佛下一刻就要随风而去："哥，我后悔了，我也想要落地窗。"

周倬："那你要换房间吗？"

她停顿了一下："可我很贪心，飘窗我也要。"

他打开投影仪，蓝色的光照在她身上，整个人像是潜入深海中。

投影灯的光刺激得她紧闭双眼，手遮在眼前，问他这是干什么。

他拉着她向沙发走去，她只能伸出手摸索着，亦步亦趋地贴紧他的手臂，将信任都交付于他，任他带路。

周倬小心翼翼地牵着她的手，看着投影的蓝光在她脸上跳跃，看着她将全部的信任都交托在自己掌心。

他捏了捏她的手，很想说上一句，信任是世间最珍贵的羁绊，我会永远珍视。

直到秦七襄被安排坐进沙发里，她才缓缓睁眼，听见周倬的声音："看电影呀，你选片子。"

周倬丢给她一台Pad（平板电脑），上面布满各类影片。

他拉上遮光帘，再遥控着投影幕布下落，那束蓝光终于有了去处，清清楚楚地映在幕布上。

室内刹那间静谧得似乎全世界只剩他们两人。

秦七襄挑了半天也没什么想法，直到他端进来一盘自己做的小零食，她直接抓了一把爆米花，再把Pad丢给他："我没有特别想看的，你选吧。"

爆米花入口，奶香奶香的，她躺倒在沙发上，已经有了困意。

他挑了几种类型片，从轻松喜剧到烧脑悬疑都有，再次递给她选。有时候不把选项摆出来，她就不爱动弹。

可她这种人，总不会按照他精心给的选项走。

在选项出现的那一刻，她才知道自己想选什么，这两年刚出的一部传记电影：《热气球飞行家》。

她之前就有点兴趣，但一直没看，反正总要打发时间，不如就它了。

周倬坐在她身旁，手指在屏幕上滑动："现在应该已经上线了，我找一下。"

很快，室内光影跳动，周倬外出又进门，幕布上电影刚好开始。

他递来两瓶果酒，顺势坐进沙发，带来一阵温热气流。秦七襄只觉左手臂都热了起来，心情在远离和靠近之间徘徊，身体一动不动。

鼻尖萦绕着侵略性的薄荷香气无处不向她彰显着他的存在。

为摆脱煎熬，她盘腿托腮前倾而坐，从被他气息包围的环境中逃脱出来。

影片中，女主角跳下马车，躺在路边被云层迷了眼。这一瞬间，秦七襄忽然从中得到某种共鸣。

大概每个人年少都曾有过躺着看天、看云、看星星的时候，被自然的风景迷了眼，再醒来时，一天倏然过去。

在这一刻，她的心思都投入影片中，紧张烦躁的情绪放松，身体又躺了下去。

就将影片当作云层，她抽出成年的一小段时光，抛给安静的风景。

唇边贴近了一颗金色的圆球，她恍惚着从影片中抽离，抬眸看了一眼周倬。他的眼神落在幕布上，似乎投喂的动作只是最自然的行为。

她心中有惊马奔腾，嘴唇启开一线小口，口中的呼吸滚烫，她都怕把他的指尖融化。

只咬开圆球一个小角，酥脆温热，有熔岩般的爆浆缓缓流入口中，微微烫舌，她又吸了一口，嘴里吸满爆浆，甜蜜的味道萦绕在舌尖。

是炸紫薯球，外壳裹了一层面包糠，炸完就是金黄酥脆的口感，十分好吃。

在这种略显亲密的行动里，对方没吭声，她便当作寻常，有投喂就咬上两口，没有就安静地看着剧情，室内只有电影里的对话声。

她看电影时，不喜欢走神，若非身旁人的气息侵略性太强，她必然是全神贯注的。

还好，周倬不是絮絮叨叨的人，不会在影片中间评论两句剧情。

她历来最怕在影院遇到那种旁若无人、出声讨论的人，简直是把安静的放映厅

134

当成游客中心。

剧情推进得很快,当两个主角搭乘热气球升入高空时,真正的冒险也随之开始。

影片画面中从上俯拍的视角以及女主角拉着绳索探出身子的动作不免令人神情紧张。

当女主角爬上冰冻的热气球,几乎悬在裸露的天空中时,她脚下只有洁白的云海,随时会从万米高空摔成一摊泥。

这画面攥紧了秦七襄的呼吸,她不由得抓紧身旁人的手臂,连他递来的零食也忘了要吃。

影片故事发生在1862年的伦敦,为了探寻天气的秘密,在雷暴与寒冷中,两位主角飞上一万两千米的高空。

她想看这部影片很久了,早就听说是根据真实故事改编的电影,影片主角的原型是世界上第一对逐风人。

他们宣告着人类第一次进入平流层,同时获取了第一手气象资料,证实了地球大气是分层的,开创了利用数据研究气象的道路,给人类实现天气预报带去了可能。

现今世界仍有许多逐风人,他们给人类战胜自然灾害带去可能。

这条路上总是充斥着各类危险,可只有深入风暴中心,在最危险的环境中才能获得准确的数据。

这些数据资料正如主角台词中说的那样——"能够拯救成千上万的人。"

时至今日,洪涝、干旱、风暴、饥荒……还在世界某个角落肆虐着,气象预报仍是全球性的难题,更精准的预报往往能够拯救更多人的生命。

从影片所在的1862年至今,人类的气象探测手段不断更新升级:地面雷达、探空气球、NOAA卫星、风云系列、云海系列……不断提升的精度,不断细化的分类,在人类拯救生命、改善生活的实践中起到了不可磨灭的作用,它们是人类了解头顶天空与脚下大地的眼睛。

虽如此,但影片开头说的"人类最无法控制的就是天气"放至今天,仍在耳边回响。

人们在了解大自然的真实模样,却仍没有足够了解。

究竟到什么时候,我们才能步入卡尔达肖夫一级文明的大门,真正全面地控制地球上的天气、土地和各类自然现象,了解地上地下的结构,让粮食丰产,喂饱每一个饥饿的孩子?

"以现在的科技发展速度来推测,大概在两百年后到来。"周倬倚在沙发里,平静地回答。

"不能再快一些吗?"她转头看向这个在进行气象模型开发研究的哥哥。

周倬:"这是我们所有人共同努力的目标。"

楼下一阵警笛鸣响,她心头一跳:"哥,七夕节会不会抓偷放烟花的人?"

她的手机"叮咚"响起。

3

听到手机响动,秦七襄下意识地垂头看了眼,是孙汉邈向她吐槽幸好自己溜得快。

她回复:下次别再这样,违规不说,也污染环境。

秦七襄发完消息就熄了屏,继续看影片里的主角和风云搏斗。

周倬面无表情地看着她垂头同别人聊天,眯了眯眼,将怀里的零食抱走,发出一阵零食包装的"刺啦"声响。

她下意识地循声望去,嘴里又被塞了个滚烫的紫薯球,一时间吐不出来又咽不下去,说不出话,只听得耳边淡淡的一声:"你在同谁聊天?"

舌尖被流出的紫薯熔岩包裹,她回答的话音都噎成了哼唧声,只能挥着手试图揍他,依旧是当初那个脾气特犟的小女孩。

周倬看着秦七襄,忽然想起十年前的那个夜里,自己为了安抚因错过流星雨而哭泣的她时,说过一句话:"我会让风云变得听话。"

或许当年他只把这句话当成了哄孩子的技巧,但在后来的时光中,他逐渐对此难题生出了执念,成为他的理想。

新的模型,新的方法,精准的数据,让人们远离灾害的侵袭,让农业生产结出更多的硕果,让风扬起秕谷,让世界在我们掌心旋转。

影片结束,月已上中天,影片中的主人公在生死险境中幸运地存活了下来。秦七襄也伸了伸懒腰,窝在沙发上,对周倬说:"真好啊,他们之间无关爱情,是心照不宣的理解与支持。"

他看着她的脸不说话,心里盘算着这句话背后是否有深意,推测着对她而言,感情里更重要的究竟是哪一部分。

影片进入字幕尾声,黑色幕布上流转着白色小字,室内昏暗不清。

他饮下一口果酒,看着明灭光影在她身上流转,沉浸于这片刻安宁。

果味清甜醺然,掩盖住薄荷清冽的冷调,熏得她也有些微醉。接过他手中那瓶酒饮了两口,她倒在他肩上问:"哥,你追过风吗?"

周倬:"什么意思?"

她垂头翻出手机,拉过他的手臂:"就像影片中的主角那样,追着风云变幻,记录下各种天象,能够与流云、星辰、风与天空相伴,感受震撼的美丽,深入危险的腹地。"

说着,她找出自己过去拍摄的一些图片给他看。

他的目光触及她掌心的手机屏幕,只见黑夜繁星之中,绚烂银河垂落入雪山坳口,像是从天而降的瀑布。

周倬:"这是你拍的?"

秦七襄:"对啊,我上个月拍摄的南迦巴瓦峰上的'银河落九天',你看这幅。"

她往后划拉,图片上是晓星点点,群山燃金。

"哥,这是日出时分拍的日照金山,阳光点燃山顶,金光倾泻而下,还有这幅。"

她又划开一幅，曲折流水倒映繁星，水天难分。

"这是若尔盖的黄河九曲第一湾，河水如缎，星河在水，是不是很棒？"

从摄影构图和技巧而言，挑不出什么毛病，她能将这些美丽的事物呈现在镜头里是一件值得赞美的事。

但周倬沉着脸，指着曲折星河："你不是跟团去的吗？"

"嗯？"她拖长了尾音，看向他。

黑暗中，看不清周倬的神色，他的声音更显清晰："七月银河垂落只在午夜时分，哪个旅行团会让你在雪山上逗留？第一湾对面的连绵高山上，只有一座寺庙，草地中零星几户人家。你告诉我，你夜里住在哪里？"

她难以作答，只说这次比较特别，她有安全的地方住。

周倬继续问："姑且当你有一个安全的落脚点，拍摄时，你人在户外。当地的牦牛散养在山上，牦牛性烈，你的拍摄位置在山野上，哪个旅行团敢放你靠近？

"那里早晚温差极大，山上六月飞雪，七月夜间低温也有零下，你午夜在无人的野外，不怕吗？"

"这是若尔盖，有狼群迁徙觅食，随时可能来到你身边，你最好给我一个清晰的解释。"

秦七襄："哥，你好了解啊，好像也去过似的。"

周倬："我在严肃地同你说话。"

秦七襄："我还能给什么解释啊？我确实是自驾独行，租借了当地的越野车，但我有足够的安全意识，应对危机的经验丰富，我这不完好地站在你面前吗？"

周倬："谁给你这么大的胆子？"

秦七襄："这还需要别人给吗？我想做什么事，当然都能够自己去做。就像影片里的主角那样，他们在危险中追逐责任，凡是美好的事物，总有些危险。你要是想告诉我爸妈你就去吧，反正他们早晚都得知道。"

见她自暴自弃的样子，他收敛了火气，沉声问她："襄襄，为什么？"

秦七襄："因为我喜欢摘星星，我只是出于喜欢。

"周倬，比之很多女孩子我已经算是幸运的，我的父母未曾对我有过什么样的限制，告诉我女生应该是什么样，孩子应该是什么样。

"我可以在床上摆满粉色的玩偶，也可以在山上爬树摸鸟；我可以拉着宋崇朝扮家家酒，也可以为饲养蚂蚁盖一栋高楼；我可以在房间里跳舞，也可以在院子里揍那些讨厌的小孩。

"我从小到大拥有过很多东西，但即使如此，父母之爱仍会在我耳边劝我做出他们喜欢的选择。

"所以我读了师范，所以我成为他们眼中工作稳定的老师，不求富贵只求顺遂，等待着有一天我结婚生子，达成人生的终极成就。

"可人生的成就凭什么要被定格在那狭窄的方寸之间？

"天地那么广大，你见过冰岛上空的夜光云吗？你见过撒哈拉的黄道光吗？你见过爱奥尼亚海的日落吗？你见过格陵兰岛的暴雪吗？

"你看见过龙卷风吹倒房屋吗？你看见过喷发的火山染红整片天空吗？你看见过被洪水淹没的千顷城市吗？

"我见过。正因为我见过，我才想要走得更远，躺在青草上，躺在雪域高原，等日落时分超级单体的外流风将我的灵魂吹到星月之上，或许也能带回一些灿烂的星辰。

"我宁愿有一天我亡于无人的荒岛，尸体被狼群分食，也不愿在百年之后，我的墓碑上只刻着谁的妻子或是谁的母亲。

"我离家上千公里，躲的不过是这些。

"我不可能成为谁的妻子或者谁的母亲，我要在有限的时间里去摘取我的星星。

"哥，'Per aspera ad astra'，循此苦旅，以达繁星。"

随着她话音落下，室内空气沉沉，幽暗寂静。

秦七襄说完只觉痛快，可能是黑暗的环境更容易令人放松紧绷的神经，想说什么都能一吐为快。

她看着周倬的脸，屏幕闪烁的暗淡光影令她看不清他的表情，只能看见一双星辰般的眼睛。

她笑了笑，想着有些事，总要说出来才好。

虽然有点喜欢他，但也不可能为他停留，她浪迹天涯的想法总要在最开始就清楚地告知，截断这段感情，给自己一股抽离的动力。

他揉了揉她的头："所以你独行去摘星星，是喜欢独行，还是喜欢摘星星？"

秦七襄："那样危险的环境，很难会有人陪伴。每个假期到来时，我总不能为别人耽搁我的脚步。

"但我并非偏爱独行，我在全国各地都有一些朋友，交往清淡如水，时间合得上就可以一起出发，合不上就只有我一人，只是人生不如意十有八九，仅此而已。

"其实我同孙汉邈分手也是因为这个，并非不能接受异地，而是我承担不起他为我抛弃自己的生活来陪我做那些他不那么感兴趣的事。

"他若真的做到如此，向我求婚几乎板上钉钉，可我根本不打算步入婚姻。

"我是个安定不下来的人，无法给他那样的承诺。异地的争吵只是一根导火索罢了。我当初向他提出的是，他是否可以一直陪我上路。

"我原希望他的答案能给我一点为他退让的理由，但他最终没有理解我的想法与顾虑，所以我选择独行。"

周倬："只是这样？"

秦七襄："只是这样。"

"那就好。"周倬笑起来，"我还以为你是享受天地间剩你一人的感觉，只是想摘星星的话，又没什么问题。"

秦七襄："你不打算教训我一番吗？就像那天吃饭时我妈那样。"

周倬："我为什么要教训你？如果连我也不支持你的话，那你岂不是太辛苦了。"

秦七襄："可是，你就没有什么想问的吗？"

周倬："襄襄，我是哥哥，你在我这里永远都不会是谁的妻子、谁的女儿，你想做什么尽管去做。愿意的话，带我一起；不愿意的话，我追着你。

"你忘了吗？在那天的野流星下，你答应过我，无论去哪里都先找哥哥，事事报备，绝不落单。"

秦七襄："那你就没有忙碌不能陪我的时候吗？我依然是要出发的，童言无忌，现在我可以收回小时候的话吗？"

周倬："一诺千金！不结婚就不结婚吧，没关系，让我看看你千辛万苦拍到的那些星辰。"

她兴奋地挪到他身旁，将过去那些作品调出来。

从冰岛的夜光云到内蒙的中气旋，她都想展示给他，但手机存储量不够，她又拉着他去房间里打开电脑，趴在床上一张张照片、一段段视频给他展示，边展示边配上解说。

"这张拍摄的时候，零下十度，寒气往骨缝里钻，三脚架的金属杆比冻土还冷，几乎把手指的皮肤粘下一块来，终于拍完的时候，我回头发现一群狼在我身后，最后它们叼走了我扔在地上的手套。

"这张拍完的时候，我准备收工离开，没多久火山爆发，喷发地离我落脚的小镇只有五百多米。我逃离的时候拍下了正在修筑防护墙的工人们转移设备的视频。"

…………

她滔滔不绝讲了两个多小时，不知不觉就过了午夜，听她嗓音开始变哑，人歪靠在他肩上，他摸了摸她的头，让她先休息。

她拉了拉他，他不由得问了一句："今晚你也想听故事？"

她摇摇头："明天还要搬家呢，晚安。"

"晚安。"他笑了下，起身离开，走到门口时，又忽然想起什么，回头看她，"之后的超级蓝月，你应该也会去拍摄吧？"

秦七襄："对，趁着假期的最后一周，再去追逐新天象。"

周倬："好，那再带我一起？"

周倬的一句问话，将她本就被酒气醺醉的头脑再度点醒。

她想起今晚答应了孙汉邀要一起去拍超级蓝月就觉得头疼，跟周倬如实说的话，担心他会以为自己要同对方旧情复燃，便打了个哈欠："到时候再说吧。"

4

秦七襄半夜醒转，嗓子烧灼起来，胃里也像燃起了火焰，烧得心肝疼，仿佛整个人都被丢进火里。

她揉了揉眼睛，伸手摸索一下手机，凌晨两点半，今晚睡前太困倦，忘了找些夜宵，到了这个点却又被饿醒。

她平日里拍星空，过的都是昼夜颠倒的生活，做惯了夜猫子，连吃饭也是倒过来要在半夜吃些夜宵才舒服。

扶着床头起身,头昏昏沉沉,她坐着缓了一会儿才好。一看手机,孙汉邈回去后给她发了个近乎嘲讽的笑脸,说她如今半夜饿了可没人给她找吃的,但没有关系,他的大门随时为她敞开。

她嗤笑一声,回他:难为你半夜上工还要费心,谁会连吃的都找不到?

退出聊天界面,发现手机还有个未读消息提示,Lucas 发了条消息来问她去表白的话应该准备些什么。

她咧嘴被这人逗笑,想着这事细讲起来比较费神,她揉了揉肚子,下床去餐厅找点吃的,打算等吃东西的时候再同他说。

周倬在餐厅的橱柜里放了不少零食,填饱肚子还是没什么问题的。

但嗓子火烧火燎的,干得她连口水都几乎不分泌,吞咽起来更是困难,大概是晚上酒喝多了,刺激到了嗓子。

落地后双腿发软,她扶着墙走,感觉墙面冰凉,搞得她一阵瑟缩,寒毛都竖了起来。

她揉了揉头,摸不出来温度,视野还是混沌的,想着自己别是发烧了,怎么哪儿都不舒服。

推开门,借着房间里流泻出的灯光,她扶着墙面向黑暗走去,路过的墙底亮起温暖的淡白色感应灯,铺出一条光路。

她撑着走到餐桌旁,几乎脱了力,已能确定自己不是酒醉,是真的发烧了。

她费力地打开柜门,抱了些面包、饼干就往回走。路过餐桌时,她虚软的脚步一崴,撞上了椅子。椅背"咚"一声撞上桌边,突兀的声响在客厅回荡,她的心猛地一跳。

还是早上撞到咖啡店桌子的那个膝盖位置,疼得她轻叫了一声。

嗓子是哑的,她那声音更像是金属划过黑板,分贝低得可怜,音调却高得刺耳。

她抱着腿,将吃的都丢在了桌上,咬牙把眼角的泪花都憋下去,又扶着桌子钻进厨房找热水准备吃药。

倒满了一杯滚烫热水,才意识到这不是她家,她不知道药品都放在哪里。这个点再去把周倬叫醒也不合适,她的双臂撑在岛台上,盯着水杯眨眼。

算了,喝完热水明天再说吧。

"仓鼠都是夜里进食吗?"一道声音打破了寂静的夜。

她抬头看去,周倬一身柔软的家居服,正倚着门框笑她。

门后倾泻而下的光为他勾勒出模糊的轮廓,她费力地张口说话:"我有点饿。"声音嘶哑粗粝,像是石子在嗓子里摩擦,她想为自己撞上桌椅的动静打扰他休息说一声"抱歉",也再说不出口。

嗓子太痛了,说完那四个字就像冒了烟。

闻言,周倬收敛了笑意,一脸严肃地走到她身边:"嗓子怎么了?"

这时,他才在昏暗中看清她异常红润的脸颊和水汪汪的双眼,下意识地探上她额头，灼烫的温度烧得他心头抽跳。他扶住她的肩拢到怀里，又探了探她的颈侧，还是一样滚烫灼人。

他的手温凉，在浑身发热时给她送来一点舒爽，她几乎要喟叹出声，攀在他怀里，失了力气。

他将她打横抱起，她埋在他怀里，轻声说："哥，我饿了。"

声线粗哑得只能听见两个字，他大步向卧室迈去，下巴搁在她头顶蹭了蹭："好，一会儿我给你做些吃的。"

秦七襄安静地躺在床上，眼皮开始打架。周倬将被角掖紧，拿出先前放的体温计来看，已将近 38℃。

冲了一杯退烧药，替她用湿毛巾擦了擦额头和颈侧，水汽蒸发带走热量，她被烧得发晕的脑袋也舒爽了一些。

病得难受，她无意识喃喃地念着什么，他凑近了细听，才听清是一声声"哥哥"，心仿佛被柔软的东西包裹收紧，流过细碎的疼。他的拇指蹭了蹭她滚烫的脸颊，垂头在她眉心印下轻吻。

她想伸出手去搂住他脖颈，但身上的被子太沉重，双手无力伸出，只能眨着眼看他。

他用指腹蹭干她眼角的生理性泪花，温声说："一会儿面就好了。"

锅里"咕嘟嘟"地冒出白色的水蒸气，细长柔韧的面条在雪白的浮沫中翻滚。他撇去浮沫，用筷子搅开细面，又加入一些蔬菜，静煮两分钟断生。

考虑到她病了胃口不好，只能煮一碗清淡的阳春面。

接着，他在碗里倒入生抽、白糖、猪油、虾皮……加入开水将调料融化，搅拌开后，倒入面汤冲出阳春面的汤料，将面条捞进去，顺势打了个荷包蛋。

因她喜欢吃溏心蛋，他特意关了火，倒入几滴白醋，将无菌鸡蛋打进去焖到定型后，开火只煮几分钟就捞出。碗里蛋白皎洁若云，熔岩般的蛋黄被包裹其中，只待有人用筷子戳开一个小口，就会像阳光般从云朵中流出。

她卧室里悄无声息，他端着碗走进时，唤了两声她的名字，无人应答。等他走到她身旁，才看见被窝里只露出一双乌黑的眼睛，滴溜溜地看着他。

他将她扶起，调整了靠枕的角度，又摸了摸她的额头，退烧药尚不能立竿见影，温度还是灼人的。

先不急着吃东西，他撕开甲流试剂给她测了一下。等待试剂结果的时候，他一口口喂她吃饭。

她咬断细面，入口清淡开胃，面汤滑过灼痛的喉咙，将被火烧得发痛的胃抚平。她感觉稍微有了些力气，默默同他讲太晚了打扰他，有些过意不去。

他抚顺她蓬乱的额发，笑了下："我早习惯了。"

要说什么呢？照顾她是理所当然，是他心甘情愿，是刻入骨髓的习惯。

病中实在没啥胃口，她吃了半碗给胃里铺了层暖意就觉得饱了。周倬收了碗，再看甲流试纸，阳了。

她擦干净嘴角，声音如破口风箱，无奈地说："明天还要搬家。"

"是今天。你先休息吧，有空我去。"他找出特效药喂她吃下。

她昏沉地睡了很久却无法熟睡，似乎能听得见窗外鸟叫与虫鸣，连隔壁的抽水声都在震动着神经。

迷迷糊糊想要睁眼，却又因眼皮太重难以睁开，四肢都像灌了铅，灵魂似乎已飘浮出体外，轻飘飘的一阵风就能把它吹散。

额头贴上一块清凉湿润的布料，一点点拭去了那些沉重的负担，将她身上的火焰熄灭。有水流覆上紧绷干燥的嘴唇，唇上撕裂的疼痛缓解了许多，她轻轻地哼了一声。

她感到正在擦拭手心的毛巾停留在原地，湿气凝成水珠从掌心流下，滑过掌侧，在燥热的皮肤上留下一点凉爽痒意，想伸手去挠，动了动手指却又抬不起来。

屈起的手指被人小心地掰开，湿润的毛巾因停留太久已经泛着温热，从手指关节处摩擦过后，表面蒸发出潮湿水汽，水汽带走热量，连从指尖流过的血液也显得轻松不已。

秦七襄听见细细的水声，很微弱，像是冬季日出时房顶融化的冰凌，又像是极圈厚重冰层下的泠泠流水，声音被细密的冰雪吸收掩盖，在旷野中更显静谧。

流水声消失，清凉的湿布又擦拭着她的手腕和手臂，然后到小腿、大腿……热气似乎将湿布蒸得滚烫后都从身体里离开了。

她发出几句呓语，终于有力气翻身彻底睡着了。

再睡醒时，已是午间，秦七襄侧头看去，桌子上整齐地摆着药品和水壶，底下压着一张字条。

起身，感觉四肢关节已不再是融化般疼痛，大概退了烧，她打开字条，上面写着周倬的叮嘱。

早餐在锅里温着，让她睡醒先喝一杯热水再去吃饭。记得要量体温，如果又烧起来的话给他打电话，需要去医院挂水。药在桌上放着，十二点左右可以吃一次，记得饭后半小时再吃。特效药吃两粒，润喉止咳的糖浆要喝一量杯，消炎药不需要吃，甲流是病毒性感染，广谱抗生素无用。如果还是不舒服，确认有合并炎症的时候再吃。

秦七襄量了下体温，果然已经退烧了。她喝了一杯热水，准备去厨房看看有什么吃的，刚走进厨房就听见门锁被打开的声音。

她回头一看，周倬提着一袋东西，正垂头在换鞋，看见她便抬腕看了眼时间，问了句："你什么时候醒的？吃了吗？还烧吗？"

这一串句句把她逗笑了，简单回答后，看见周倬将袋子放上桌，走进洗手间。

她从锅里捞了根玉米出来啃。

周倬洗完手消完毒，才过来探了探她额头。微微湿凉袭上，她的眼珠跟着他的手向上转动，人一动不动像是僵住了。

他不免笑了一下:"你被烧傻了吗?"

她摇头:"你昨晚几点睡的?"

他将她转过身,一路推着上了床:"差不多和你一起。你先躺一会儿,我去煮饭,想吃什么?我今晚去帮你搬家。"

她表示随便,就顺势钻进了被窝。

厨房里有窸窸窣窣的动静传来,似乎生命也被这些声响拉着落地,人间烟火有了实感,她窝在被子里,刷着 App 里其他人分享的图片。

上周拍摄的流星雨照片她已经给天文摄影的比赛投了稿,现在还未出结果,倒是之前拍的"银河落九天"的照片被天文杂志社收了稿,刚刚打了一笔稿费入账。

数了数账户余额,她心底浮起一层强烈的满足感。

这同工资不同,是完全属于她自己的东西,是一种对于自我的承认。

简单地在网上发表了感受后,顺便转发了官方账号发布的超级蓝月的新闻,同时表示自己届时会直播江水大潮涌起时的海上生明月。

立刻来了几位粉丝评论自己超级期待。

秦七襄当然不想辜负这些期待,又翻出近期别人的获奖作品开始分析记录,折腾了一会儿,脖颈都酸了,顺势点开同 Lucas 的聊天框。

她又一次被这家伙询问的表白注意事项给逗笑,原先还把他看作大神,连说话都带着些小心谨慎,现在每次看他单纯的苦恼,总能把她逗得乐不可支。

他说自己奔三了?这更像是个二十岁少年的呓语呢。

被青春的烦恼包裹着,连一点点唐突都能让他懊恼反思好几日。

像极了她班级里那些蠢蠢欲动的萌芽,一个个红着脸连被老师叫到名字都要埋头钻进课桌的少年人,却还以为自己那些隐藏着的春草萌动般的心思一直隐而不发无人知晓。

但在老师的眼中,却是遥看草色已青青。

她笑眯眯地敲打键盘,回复。

5

电磁波穿过厚重墙体,将秦七襄的消息传送到某个在厨房里忙碌的人的手机上。

Weather:表白的方法要看对方更喜欢什么吧?说不定社恐人士不喜欢被当众表白呢。

Weather:倒也不必将希望寄托于那些梦幻场景,指望一切都能尽善尽美,只要想做,就该像少年人那样去往她面前。

Weather:凡事要先勇敢地去做。

对方没有回应,她退出了聊天框,开始看小说。这种时候,只看些简单的甜文也能让她扭得满床打滚,忽然就觉得窗外吹的不是南风是东风。

东风吹开万里繁花,勾连着她的心跳。

放下手机冷静一会儿,她才意识到,不是窗外,而是心头的花开了。

143

同Lucas讲得那样有理有据，那轮到自己，也该去践行些什么吧？
比如真的勇敢去表白吗？
她从被窝里钻出，眨了眨眼，冷意袭上肩头。
不要。
她可能会对周倬做任何事，也能接受自己再一次喜欢上他，但不能容忍自己再去向他表白。
万一他后退了呢？毕竟她曾被他拒绝过一次，之后他逃往北美，几乎同她断了联系。而在那之前，他待她也是很好的。
她不愿再想下去，反正暂时这样也挺好，但难说最后究竟是自己先走还是他先走。
她到底不再是那个莽撞的十八岁女生，以为只要喜欢就可以让全世界给自己让路。
房门被敲响，周倬喊秦七襄出去吃饭，桌上摆的都是她喜欢的菜，话梅排骨酸甜可口，很是开胃。
她坐下拿起筷子，说："哥，你这炒菜速度还挺快，感觉比我爸都快多了。"
周倬："还可以吧。之前留学的时候吃不惯，总要每天自己做饭吃。不过秦叔叔的手艺很好，我要多学习一些。"
秦七襄："你最近还忙吗？昨晚被我折腾得估计都没怎么休息，要不一会儿休息下吧？"
周倬："不用，我吃完饭就要走了，最近在做区域灾害短临预警。"
秦七襄："是最近要出什么事吗？"
周倬："也没有，就是昨晚西太平洋出现了一个台风胚胎，并且等本轮融资结束了，我们计划发几颗高空间分辨率的商业卫星。现在国内好用的商业卫星只有两家，会是一片蓝海，但技术上确实有一些困难。"
秦七襄："今年的台风还不算多呢，但引发的灾害都挺严重的，形成的大多是超强台风。"
周倬："嗯，今年六月厄尔尼诺开始发展，导致形成的台风整体偏南，数量虽然不多，但有足够的发育空间，寿命长，强度都比较高。"
秦七襄："应该不会影响到我们吧？毕竟有岛和海峡挡着，这里是台风禁区。"
"不好说，超强台风的走位很刁钻。"说着，他忽然顿了一下，仔细地看她，"你是想去追风？"
她愣了一下，没想到他会把昨晚自己的话记在心上，而后眉眼弯弯："是希望它北上，我下周要去拍蓝月亮呢。"
他点点头："那就好，台风万一登陆还是比较危险的。"
秦七襄："我确实有点想跟拍风眼啦，只是中小型的一登陆就差不多塌了，超强台风那个云墙谁过得去？追风也要爱惜生命、注重安全的，哪有机会。"
手机振动，他低头看了一眼："……风眼开了。"
秦七襄："这么巧？"

周倬:"也很快。"

秦七襄:"命名了吗?"

周倬:"雨燕。"

吃完饭,周倬叮嘱秦七襄回房间多休息,傍晚的时候再吃一次药,接着收拾完碗筷就走了。

在家里躺着无聊,也没人找她闲话,秦七襄打了把游戏,又把学生交上来的周作业批改一番,很快天就变得昏黄。

中间孙汉邈给她打过电话,但她的嗓子还是嘶哑的,接了也发不出声,对方有些着急地想来探病,被她拒绝了。

八月底、九月初正是台风活跃季,前些日子刚有台风从东北擦过,就是让老爹被困气象局的那个,最终造成了涉及数万人的财产损失。

对于周倬这种做防灾减灾方向定制化服务的初创团队,关于这种大型天气系统的每一次预报都是影响口碑的极为重要的部分。

他们的模型是否好卖则影响着本轮融资。

手机收到周倬的几条消息,两幅卫星云图,绘了大气环流。

伴随着一条文字消息:好消息是它将维持在台风级别难以加强,坏消息是藤原效应使得它同高空冷涡互旋了。

秦七襄:哪儿来的南下冷涡?

周倬:前几天从东北擦过的台风带去的暖空气侵入西风槽,包裹出了冷涡,并牵扯着冷涡一路南下。冷涡先是助力"雨燕"发展,之后又与之互旋。

"雨燕"是今年的九号台风,伴随着自北方南下的高空冷涡不断在海面打转,跳出脚步诡异莫测的神秘舞蹈,忽聚忽散不复昨晚瘦弱的模样。

秦七襄:那"雨燕"的路径现在岂不是很难预测?

周倬:嗯,现在各家模型都不能统一,路径差距甚远。

秦七襄:它总不能辗转腾挪突然拐个直角弯闪到我们这边吧。

周倬:根据我们的模型预测,大概率不会,现在尚无模型预测它会在南方登陆,应该依旧向东北行进。

秦七襄:你们的预测结果是什么?

周倬:先向北行进,近海处转向东北远离我国影响区域,至岛国以东转向横穿登陆。

秦七襄:那就好,对我国影响应该不大。

周倬:横穿登陆后再向南,于南洋面打转,之后向西,再逆时针绕圈,随后转向西南,可能会登陆江浙一带。

秦七襄:哈?台风两次登陆?你们这路径也太诡异了。

周倬:再等两天,进入台风二十四小时预警期就比较明确了。今晚你想吃什么?

秦七襄:什么菜都能点?

周倬:嗯,你点就行。我在开会,下午有复烧吗?我尽量早些回去。

她简单地报了平安，让他安心工作。

接着看见手机的追风群里有些人正呼朋引伴准备带着仪器去追内蒙的高原风暴，她突然想问难道没人想过要等"雨燕"登陆吗？

估计现在情况尚不明朗，大家都在旁观。

但说实话，如果"雨燕"的路径真的同周倬他们预测的一样诡异，那就很值得去追拍了，同时采集的地面相关数据会对气象应用提供不少帮助。

华灯初上，天还未全黑，楼下湖泊映着夕阳，波光粼粼的。

周倬推开门回到家。

秦七襄白天玩了一天实在无聊，这个点又睡了过去，嗓子始终未好，呼吸间像玻璃碴在里面来回拉锯出血痕，连鼻孔也在冒着燃烧般的烟。

他一回来就先依惯例去洗手消毒，房间里没有秦七襄的动静，一切都静悄悄的。他敲了敲她卧室的门，唤了两声她的名字。

她睡得很熟，没有回音。

想到秦七襄大概还在休息，周倬在门口犹豫是否要进去，又不忍打扰她，才轻轻推开门。

见她熟睡着，他探了探她额头的温度，有一点发热。

他垂眸，眼下投下一道阴影，弯下身子，轻轻把她推醒："襄襄，先量个体温。"

她迷迷糊糊地伸出手："我没事……"嗓音沙哑得只剩粗嘎气音，后半句完全发不出声。

他流露出心疼的神色，抚了抚她的脸颊，扶她坐起，喂了杯温水，又递来一支体温计。

她浑身关节骨缝像是被扯断漏风，又软又痛，手臂无力，只能将体温计随意塞入腋下。

他担忧地低声问："夹好了吗？"

她鼻音哼哼表示已经弄好，他定睛看着她被烧出红晕的脸，叹了口气："退烧药的持续药效差不多十二个小时，应该是晚上又复烧了。"

说着，他将被子掀开一点，拉起她的手臂。他微凉的手指轻蹭过她滚烫的皮肤，送去一阵降温的舒爽，他抓住体温计细长的玻璃管，调整了一下。

他的体温更低一些，热量的对流交换带走了灼烤着她身体的热气，给皮肤留下一阵战栗，她张开口急促地呼吸。

指尖感受到她心脏在迅猛跳动，"突突"的，像一柄小锤击打着他的神经，细腻的皮肤若即若离。

秦七襄侧头，迷蒙的眼睛一眨不眨地盯着周倬看。他弯起手指迅速抽离，抿着唇，涨红了脸，脚步凌乱地背过身向外走去，视线却时不时往她身上飘："你先测一会儿，我去煮饭。"说着，大腿磕上了桌角。

"丁零哐啷"一阵响，桌上洒了一摊温水，他小心地瞥向她，她已缩进被窝里，闭了眼。

他长舒了口气,擦干桌面,轻手轻脚地带上卧室门。

很快就做好了一顿晚餐。

厨房里那些细碎的动静并没有吵到秦七襄,摆完盘发现她还没有起身的意向,他再次敲了敲她的卧室门,等了一会儿才说:"襄襄,我进来了。"

她此时已完全烧了起来,感觉脑袋都融化成一团糨糊,掏出体温计,眯眼看了半天也是重影模糊的。

周倬一进来,她就努力伸手递给他看。这次复烧竟比之前的温度还高了。

他眉心微拧:"这么下去不行,我送你去医院。"

她摇摇头,只能指着嗓子,用口型表示自己吃点药就好,别耽误搬家。

他拒绝了她的提议,拿出早年恐吓她吃饭的方式,用甲流可能带来的危害来吓唬她。

看她泪眼汪汪咬着唇的样子,他一时又有点心疼,刚露出安抚的笑容要同她说早点去医院就不会有事,居然被她捶了下手臂,瞬间愣在当场。

第八章 夏夜无尽

◆◆一场缥缈梦境。◆◆

1

秦七襄趁周倬愣神之际，又挥手捶了一下，虽然没什么力气，但从她那盈满水汽的可怜眼睛里能看见几分恼意。

若不是她现在生着病，怕是会爬起来追着他揍一顿。

她真的已不再是过去那个被他吓唬一下就会伏桌大哭的姑娘了。

这样的她更加鲜活，连藏在眼角眉梢的那点凶横也让他的心"突突"直跳，眉眼鼻嘴无一处不可爱，他突然很想低头吻她。

不带情欲的、单纯表达爱意的亲吻。

周倬垂下眸，长长的眼睫掩盖住亲近的渴望，伸出手臂给她揍，直到她解气再无力抬手时，他才收回手。

看她气鼓鼓地偏开头，他不免被逗笑，弯着眼拨开她额前蓬乱的刘海，用湿毛巾替她擦了擦脸。

她很想问他为什么笑得这么开心，到底有什么好笑的？难道看她病成这样是一件很有趣的事情吗？

但嗓子肿痛，她连基本表达都难以发声，只能喝些稀粥，拍着肚子望向他，表示已吃饱，要回房间休息。

结果他将她打横抱起说："我带你去挂水。"

知道她想要拒绝，他立马接上："不然家里人会觉得是我没照顾好你。"

她哑着嗓子阴阳怪气："奔三的人了还怕父母。"

他掂了一下，将她抱稳，走进电梯："是怕徐姨和秦叔。去按下电梯。"

秦七襄抬手按了负二层，电梯一路向下。

之前的话音被周倬打断，她也没了吐槽的心思，只说："医院人杂，传染性很强的。"

周倬:"那你可得快点好,我还等着我病倒了后,你轮班照顾我呢。你嗓子不舒服就先别说话了。"

胸口又被她捶了一拳,他笑说:"这还有力气打人呢,看来我不用担心了。"

直到被送进副驾驶座坐稳的时候,她才发现安全带下方安了一个侧边小头枕,依旧是粉色狐狸。

她指着这个狐狸,抬眼望向他用眼神询问。

周倬锁上车门,掩下嘴角邀功般的笑意说:"有人平时喜欢靠着车门睡,垫在那里就不会撞到头了。怎么样,喜欢吗?"

见她用力地点头,他才完全露出满意的表情:"那就好,坐稳。"

急诊室里挤满了发热的病人。

抽完血出了结果后,周倬就带着秦七襄去走正常的开药挂水环节。

她依旧困倦,在输液室里靠在他肩上浅眠,他顺手打开膝盖上的笔记本电脑办公。

秦七襄囫囵一觉睡醒,已是第三瓶吊水。

冰冷的液体从针管流进血管,输液的那只手冰凉发紫。

周倬的左手搭在她的手指上,温热的掌心小心地避开针头,包裹住她的手给她取暖。

她醒转后抬头,使得他肩上一轻,周倬下意识捏了捏她的手,又探了下她额头的温度,体温已经降下来了。

秦七襄看着他面前电脑屏幕上跳动着的数据,张了张口,尝试发声询问:"业务很忙吗?"

最开始的时候,发出了些奇怪的嘶鸣,她清了下嗓子,才能成功出声,他轻笑她一句:"小鸭子。"

他笑完又拧开枇杷露倒了一量杯喂她喝下,替她擦拭嘴角残余的药膏时,才回答:"还好,都可以线上办公,你不用担心,少说话。"

她的眼神飘到门口,向他示意自己的病情不算大事,何况医院这种地方还容易交叉感染,他应该早点回去别耽误工作。

他能领会到她的担心,摸了摸她的头安抚她,又提起她病愈后要不要同他朋友一起吃顿饭,之前欠的庆功宴他们还一直未能实现。

她说不出话又不方便比画,只能拿出手机敲消息发给他。这时她才看见屏幕上的提醒,有孙汉邈的四个未接电话。

她先发消息给周倬:你朋友我都不认识,不方便打扰。

她再回孙汉邈:有什么急事吗?

周倬看到消息时,莞尔一笑,正要回答。

她手机一阵"丁零丁零"的来电铃声炸响在喧闹的输液室里,打断了周倬的话。

周倬盯着手机屏幕上的"孙汉邈"三个字,面色沉冷,攥了攥拳。下一秒,他又突然摆出笑脸，连嘴角的弧度都压不下来。

因为她将电话挂了。

周倬掩唇，拇指压下高高翘起的嘴角，说："没有打扰，以后总是要认识的。"

秦七襄埋头敲着手机，先回复孙汉邈：说不了话，有事直说。

孙汉邈的回复速度惊人：吃药了吗？甲流引起的发热只有配合特效药才能退下去，没有的话我给你送过去，或者让你那便宜哥去买，不过大多数药店可能已经售空了。

秦七襄：吃了，他家里早就备好了。

她发送完毕，才意识到周倬刚刚在同她说话，闻言抬头望向他。

她没听清周倬的话，心里"咕嘟嘟"冒着心虚的泡泡，担心自己再让他重复一遍是不是不太好。

周倬一见秦七襄那疑问又故作镇定的眼神，就知道她刚才根本没在听。

他原来以为她在敲字回复自己呢，结果她都发完消息了，自己的手机也未收到半点回应。

周倬不满地磨着牙，想着刚才她在和谁聊天呢？孙汉邈吧？

一想到她挂了电话后，却又回复对方，周倬就像啃了一口柠檬似的，齿间酸涩不已。

他简直想直接抢走她的手机，让她只能专心陪着自己。

可一想到她现在说不了话，还要用手机和自己沟通，周倬又只能放弃。

他闷闷地转过头去一声不吭。见他脸色不快，秦七襄也自知理亏，忙连连点头应是。

总之，无论周倬说什么，她先应承就是了，左右他是周倬，又不会让她吃亏。

手机忽然"嗡嗡"作响，孙汉邈又发来一条消息：晚饭吃的什么？

周倬瞥了一眼，见她刚要低头查看，他立刻开口，夺回她的注意力，声音有些急："我刚才说的什么？"

她又看向他，"嘿嘿"一笑，摇了摇头。

"太过分了，你又不听我说话，是在叫他来我家喝洗洁精，还是晚上要和小狗喝酒又被别的狗吓得摔跤？"周倬板着脸，语气不善。

这前言不搭后语的，秦七襄想不明白，只挠了挠头，怀疑周倬是不是中了邪。

他闭紧嘴，唇绷成一条直线。

周围嘈杂不已，她被他盯得心里发毛，垂头抠了抠衣角，又掏出手机准备回复。

他眯着眼看她动作，见她打开聊天框，才不得不开口打断："作为补偿，你得陪我去庆功宴。"

如果她现在能开口说话，一定有很多槽要吐，但她发不出声音，只是被他一本正经的模样逗得发笑，双肩抖了一会儿，才笑眼弯弯地点头。

洗洁精？小狗摔跤？她好像听懂了，他这是在吃醋？

也亏得他连这些细枝末节的小事都记得。

随后她回了条消息给孙汉邈，才不会一五一十回答孙汉邈的问题，她又不是被刑讯逼供的犯人，只说：我哥下厨做的菜，很好吃。

　　发完，她把手机屏幕亮给周倬看，让他看看自己是怎么夸他的。

　　孙汉邈的聊天框上方显示内容输入又消失，消失又输入，过了一会儿才回：他还挺面面俱到的。

　　周倬瞥了眼屏幕，抿着唇压住笑意，无意识地继续敲键盘。

　　"噼里啪啦"一通乱响，他忽然撇开脸，不让秦七襄看见自己的满脸笑意，稍微压了压飘忽的语气道："这傻子管得真多，轮不到他来问。"

　　她也笑起来，一看孙汉邈继续问她情况如何，她真就把周倬的话翻译了一下，发了过去：你管得真多，轮不到你来问。

　　回完之后，她便将孙汉邈弃置一旁，专心刷起了追星群聊。

　　Lucas还未回复，消息停留在她劝他不用多考虑直接冲去表白上，于是她又戳了戳问他：表白战况如何？

　　对方仍未回复，她也随即退出窗口，看见群里正在呼朋引伴地要组团去江浙追拍超级蓝月。

　　她跟着扣了"1"，和居住在附近的好友联络沟通下周同行拍摄的事项。

　　讨论到天气时，她下意识侧头问周倬，却发声失败，只得拿出手机敲字：你们预测"雨燕"什么时候登陆来着？

　　发送完，她用手指戳了戳周倬的胳膊。他从电脑屏幕前抬起头，她冲他挥了下手机。

　　盯着周倬掏出手机，又看见他有一条五分钟前的未读消息提醒，前置图标她很熟悉，是追星群聊的App。

　　哎？他也玩这个吗？这个App用户虽然活跃，但很小众，不做天文摄影的人很少用它。

　　不过，上次去拍流星雨时，他好像提过自己以前也会拍摄星空。

　　那他会使用这个App也很正常，她还不知道他的用户名叫什么呢。

　　刚想开口去问，她却只能发出嘶哑的气音。

　　问题尚未成功问出，周倬已点开她的消息，笑了一声："少说话，别着急，有什么事打字沟通。'雨燕'已经开始移动了，速度很快，七十二小时内会抵近岛国，路径预测暂未统一。"

　　她垂头敲着文字：那下周应该不会影响到江浙地区吧？

　　电脑屏幕上跳出一串串复杂数据，周倬边看边开口："不好说，万一它真杀一个回马枪呢。"

　　秦七襄：你对你们的模型不够有信心呀。

　　周倬："谨慎一些，我们最新的预测路径有一点变更，大概率会在六日后登陆沪上，外围雨带将扫过江浙。"

　　秦七襄：……那我真不知道是应该祈祷你们的模型准确还是坏掉了。

他扭头看过来:"那你先为我祈祷好不好?"

她轻笑着敲下问句:想我替你祈祷什么?

周倬也随之莞尔,颇为闲适道:"祈祷今晚'雨燕'会受到微扰,或许一次蝴蝶翅膀的扇动,也能使我们最终更新出一条新路径,既准确又不影响民生,还你一个拍'海上生明月'的机会。"

秦七襄:先生大义。

他掩唇笑了一会儿:"不急,再等两天看结果,还有问题吗?"

她摇头,周倬摸了摸她的头让她多休息。他随手退出聊天界面,熄了手机。

在那之前她看见自己的头像挂在他手机的屏幕顶部,周围一圈深色痕迹。

她的微信被他置顶。

2

回去之后,秦七襄断断续续烧了三天,嗓子还是干哑痛,但关节已经不再酸痛难耐了。这三天她除了挂水、吃饭,基本没下过床,搬家之行也只能推到明日——房东的最后期限。

她家中的东西很多,担心周倬分不清要打包整理哪些,便又约了家新的搬家公司,价格不菲,据说是打包、搬迁、整理一条龙服务。

秦七襄倒是想亲自上阵,但脑袋混沌不清,实在无法进行整理打包工作,不得不把东西交给外人收拾的不安全感令她整个人相当烦躁。

孙汉邈还说她需要锻炼增强体质,不然不会得个甲流就这么严重,被她嗤之以鼻。

晚上,孙汉邈连打了几个电话让秦七襄下楼拿礼物,神秘兮兮的,不肯说自己带了什么,一副她不出现他就要在楼下过夜的架势。

她只能打发正在煮饭的周倬有空下楼去看一下。

周倬脸色冷淡,打开水龙头,柱状水流直冲进水池里,溅起水珠如玉,声响震天。

他未看她一眼,语调尤为冷淡:"不去。"

她被噎了一下,也知道这样被使唤确实非常让人不爽,于是换上衣服准备自己下楼。

周倬停手回头,眉头蹙起:"你非要去?"

秦七襄:"对啊,我不去他就不走,好像要送什么东西过来,我去接一下。"

周倬:"然后再和他去吃顿饭是吧?"

秦七襄:"那倒也没有,你不是快煮好饭了嘛。"

周倬:"病没好就别往外跑,你回来。"

她两步走到他面前,抬头眨着水润双眼,扯着沙哑的嗓子说:"我很快就回来,不吹风,没事的。"

见劝不住,他不堪被她凝视,偏过头,扶了下眼镜:"你不用去了,我去,让他等我一会儿。"

她咬唇直笑,这招居然真的有奇效,一沾上孙汉邈的事,他立马变得比谁都听话,连哄都不用哄。

她这一笑,被周倬瞪着,掐了脸:"笑什么笑,这么开心?"

秦七襄摇摇头,看着周倬回厨房继续处理甜点。

他搅了搅壶里的小吊梨汤,用勺子压了压梨瓣,见果肉已软烂,往汤里加了些冰糖,再定时烧几分钟。

她扒在厨房门框边,努力娇滴滴地唤他:"哥,快点!"

声音是哑的,不如梨汤般甜软,反倒像是干瘪的苦瓜瓤在磨损漏气。

银勺压碎雪色的梨肉,周倬冰冷的眼神扫过她的脸,冷笑一声:"怎么,就连几分钟都不舍得他等?"

秦七襄:"不是……"

周倬:"那让他等着。"

不再逗他,她揉了揉肚子,哄他说是自己饿了,想快点和他一起吃饭。

周倬闻言,放下勺子,直接步履带风地往电梯间走去。

路过她身边时,凌厉的眼神落下,一副要干仗的架势,他却还能语气冰冷地说上一句:"自己去把梨汤盛出来喝。"

"你别……"她想了想又收了话音。

本想让周倬别冲动和对方闹起来,又觉得这样说完两人才容易闹起来吧。毕竟周倬一向情绪克制,她反而在杞人忧天。

懒得操心,她乐呵呵地送他出门,不由得摇了摇头。这家伙,从小到大唯一不变的还是爱操心。

过去她在周倬面前咳嗽一声,都会被问有没有偷吃冰激凌,然后他会连着盯梢几日,煮小吊梨汤逼她喝下去。她逃不掉,只能远离超市。

虽然她是很爱偷吃冰激凌,但她的体质一直不错,活力四射,很少生病。

相较而言宋崇朝才是那个一年四季都要病上几天的家伙。

不过,周倬操心起他们时一视同仁,从来没有偏袒过谁。

当宋崇朝挂着鼻涕、举着木棍追在她身后的时候,周倬总会过问,让他扔下木棍,去擦鼻涕。

那时候宋崇朝还老念周哥偏心,不让他追着揍她,明明周倬是在关心他那虚弱不堪的身体。

手机提示音响起,打断了秦七襄回忆的思绪。

她低头一看,是同事在问她网上那个天象摄影的博主是不是她。

她本不想承认,却发现自己的评论区居然沦陷了。

最近受台风影响,一群关注灾情的人涌进来把她骂成了筛子。责怪她在台风天还造势要去危险地带拍月亮,哗众取宠,毫无常识。

秦七襄只觉莫名其妙,她只是有这个计划,这件事还没能成行呢!

她连忙解释了一下,结果评论势头反扑得更严重了。

153

他们翻出她之前的视频，责怪她总在灾害时期，闯入危险极限地带，造成了公共资源的极大浪费。

　　评论区直接刷起了"找死，是有原因的"。

　　她被气得胸痛，想了半天也不知道自己哪里做错了，解释的声音都淹没在评论里。

　　同事接着让她别藏了，只说自己是提醒她一下，下半年要考核评奖，别让领导看见这些乌烟瘴气的东西。

　　毕竟领导不喜欢他们抛头露面，这种消息传到领导耳里，只会觉得她不务正业，总在浪费资源精力。

　　她无奈地回了句：我没有浪费公共资源，也没有浪费工作资源……我只是在业余的时间做自己想做的事啊！

　　同事：我知道，但你和他们能解释通吗？真实的喜好要藏好，无论过去是什么样，现在已经不一样了。我只是提醒一下你，赶快注销账号，别管了。

　　她抿唇，压下烦躁的情绪，感谢了同事的好意。

　　点开乌烟瘴气的评论区，她解释自己进入那些危险区域做好了保障，并且携带了记录仪器，没有胡来。

　　但无人关心，大多数人只沉醉于有个情绪发泄的靶子。

　　孙汉邈恰在这时，给秦七襄发了一条很欢快的消息，让她看到礼物时告诉自己喜不喜欢。

　　喜不喜欢还重要吗？这个世界本就现实，不讲究那些喜好……

　　她没力气去多想孙汉邈的事，叹了口气，突然听见门锁开启的动静。

　　秦七襄抬头看去，周倬面色铁青，怀抱一捧鲜花踏进家门。

　　他怀中那捧鲜花生机勃勃，盛开的白粉玫瑰像皑皑的雪，间错点缀在蓝紫色的无尽夏中，如夏季内湖海子边的座座雪山。

　　即使很美，她也无力欣赏，不想让周倬担心，只提了提情绪，勉强露出笑脸。

　　大脑难以转动，她无意识地随便夸了一句："好美啊！是直接摆起来，还是拆了插入花瓶呀？"

　　"是，太美了，你可舍不得拆，得原模原样供起来，供个一两年都不能凋。"周倬咬着牙说。

　　不明白触动了他哪根神经，但刚刚那句话已耗掉了她全部力气，没力气再哄他，她一声不吭地接过花，就往卧室里走去。

　　周倬抱紧花，挣扎了两下才松手，哑声问她："你喜欢无尽夏？不是茉莉吗？"

　　她回头，脸庞深深地埋进粉嫩的鲜花里，微微吸气："重要吗？人们喜欢的东西总会变的。"

　　他像是忽然卸了力气，静静地坐在桌边："知道了。"

　　刚才他一出电梯就见孙汉邈那个讨厌的家伙倚着墙怀抱鲜花，不知在向谁耍帅。

　　一见是周倬，孙汉邈挑眉放肆地打量着他，不咸不淡地打了个招呼，末尾还着重强调了一声"大舅子",阴阳怪气。

周倬懒得同对方计较,冷哼一声,调整状态,问孙汉邈:"不上去喝杯水?"

没待回答,周倬又弯起嘴角,带着嘲弄:"还是算了,进来要消毒,很麻烦。"

孙汉邈:"她搬去第二天就能病倒,确实要好好消毒。我就不上去了,她担心传染给我,襄襄总是很关心我的。"

说完,他将怀中的鲜花交给周倬:"那就麻烦大舅子帮我完好地送给襄襄了,我之前给她拍了几张照片欣赏,她可是非常期待的。"

这话什么意思,怀疑他会对这捧花做些什么,所以威胁吗?

一捧花罢了,又不是她喜欢的品种,想靠这个收买人心,他还看不上呢。

周倬嘲讽道:"她收过的花多不胜数,这种不是她喜欢的款,你别费心了。"

孙汉邈表情怪异地看了他一眼,带着讥讽道:"大舅子,我们恋爱三年,你当然不如我了解她的喜好,襄襄最喜欢无尽夏,别太杞人忧天。"

对方走近时,周倬还闻见了他身上的香水味,还真是来孔雀开屏的。

周倬深吸了一口气,强迫自己语调平静地说:"哦,那你可能不知道她以前种花养花,都是我松土浇水。"

电梯门打开,周倬冲孙汉邈点头示意:"我先上去了,有机会再聊。"

谁知孙汉邈拿出手机,带着某种残酷笑意叫住他:"大舅子,你不想知道她的树洞账号是哪个吗?"

周倬心一跳,面上依旧不显,他知道孙汉邈的心思不善,还不至于真的着了对方的道,却又压不住内心的焦虑。

孙汉邈只是脚步悠闲地走过来,拿着手机在周倬面前晃晃:"你看,她一开始就是想逗你玩玩,得到你,再抛弃你。"

3

周倬转头,手机屏幕上的光影晃得他眼睛疼,他猛地攥起孙汉邈的衣襟,用力一推,推得对方撞上了墙。

眼角"突突"跳动,他冷冷地睨了眼对方:"挑拨离间。"

孙汉邈冷笑着擦了下嘴角:"你不信?"

"没品的东西。"周倬直接转身上楼,不再同他废话。

秦七襄对之前楼下的腥风血雨毫不知情,她随手放下花,从花里掉出一个小信封。

打开,里面躺着一张漂亮的明信片和一张健身卡。

孙汉邈在明信片上写了些嘱咐,末尾又建议她每周去两趟健身房。

她无奈地回复孙汉邈:别折腾了,卡你留着自己用吧。

孙汉邈:我给自己也办了一张,你放心,不想见到我的话,我避开你的时间,错峰出行。对了,七夕礼物你拆了吗?

秦七襄:哈?

孙汉邈：嗯？在我给你的那个包里啊，你都不知道打开看一眼的吗？

她更加烦躁，语气也不客气起来：你烦不烦啊！什么事都不问我意见，我不想要，不想要！我的想法是什么很不值钱的东西吗？

网友这样，领导也这样，所有人都这样。

她像是被困在荆棘中的飞鸟，所有人都觉得她该知足，她该努力歌唱。

可是飞鸟要飞翔，而不是歌唱。

门外传来周倬唤她吃饭的声音，她深呼吸将委屈的情绪甩掉，向外走去。

孙汉邈：七夕乞巧，就当是"七襄节"……左右是我愿意，你不必有压力。

她压着怒火，冷冷地敲击键盘：在我那个包里？

孙汉邈：对！

秦七襄没再回复，径直去往客厅，从橱柜上将白色的托特包取下，准备找出什么七夕礼物，立刻给孙汉邈退回去。

周倬见她出了卧室不来吃饭，反倒在找孙汉邈的东西，不由得倚进座椅里，盯着她："你在找什么？"

"不知道。"她边翻着包，边向餐桌走来。

从包里掏出一个夏日限定的粉色狐狸钥匙串，狐狸下方是一个长方形的红丝绒盒子。她将包随手放上椅子，站在桌边，打开了方盒。

盒子里的黑皮软垫上赫然躺着一条璀璨夺目的铂金钻石项链。

她难掩烦躁地取出项链，钻石上闪动的火彩灼痛了周倬的眼。

他盯着那项链，平静开口："那傻子送的？"平静得如同暴风雨前的宁静。

"哥……"她抬眸，求助般地望向他，似乎期待着得到什么，"他……算了。"

算了，有什么好讲的，不过是一些烦心的小事，只是小事聚集，让她今晚有些疲倦罢了。

她没了下文，周倬也没出声。

他仔细盯着自己这个妹妹，无论今晚孙汉邈的出发点是什么，话始终是出自她的口。

真是好能耐啊！耍他玩？他以前怎么没发现她有这种胆量，有这种心思。

他气得头痛，却又死死忍着不能发作出来。

孙汉邈图的不就是他们撕破脸皮，撕破那点残存的、无人敢捅破的窗户纸吗？

他还不至于让那种傻子称心如意。

听着秦七襄在一旁唉声叹气，周倬深吸一口气，勉强提起点微笑："襄襄，我来猜一猜。"

秦七襄抽了下鼻子："猜什么？"

周倬："你一向喜欢所有亮晶晶的东西，但看你的表情又不满意，所以是对人不满意？"

"我真的好烦！"她放下筷子，托着腮发愁。

周倬："看出来了，但有些人永远不合适。"

"我知道……唉，算了，不想再提。"她收起惆怅的表情，埋头吃饭。

吃不下去，她的眼眶开始发热。

周倬淡淡地问："你有他的账户吗？"

她茫然地从碗中抬起头点了点："有的。"

周倬："发给我。"

"你要这个干吗？"说着，她打开孙汉邈的线上账号递给周倬。

"没什么，还人情。"他记下账号，快速在屏幕上敲击，向孙汉邈转了一笔钱。

"我查过这款项链的价格了，给他多付了一部分，自此你们就结清了，你不用再担忧。"周倬处理完，收回手机，盯着她说。

秦七襄一时没反应过来，呆愣在原地。

"现在你可以安心吃饭了吧？"周倬给她碗里夹了些菜，出声唤回她的神思。

她猛然惊醒，烦躁地叫道："那不就成欠你的人情了？我还没说话呢？你为什么不问我的意见啊？你们为什么都不问我的意见啊？"

发完火，她的眼泪差点不争气地滚出眼眶，又捂脸藏了起来。

被她这一通抢白，周倬也急了："这算什么人情？喜欢就留下，我给他备注留言了，他之后不会再来。"

她紧紧抿着脸，几乎咬碎了牙道："你闭嘴吧！我跟你又不一样！你淡漠理智爱无能可以说不就是一条项链吗？我情感正常，我做不到。"

周倬急了："我爱无能？你要我玩又——"

他的话音截断在她越渐加重的咳嗽声中，急切地站起身，替她拍着后背。

她捧着胸口重咳不止，整个胸膛都在震颤，气息沉不下去也上不来，堵在胸口处，窒息感倒逼气血涌上脸。

周倬看着秦七襄的脸涨成朱红色，泪水随着咳嗽声不受控制地溅出，沾湿了睫毛。

他没法再继续争执，只能心疼地搂她入怀，借力支撑着她的身体，拍着她后背顺气。

替她顺了一会儿气，他心头的气散了。

忽然觉得她今晚情绪波动很不对劲，明明一向脾气都是来得快、去得急，从来没闹成过这样子。

秦七襄重重咳着，攥紧周倬的衬衫，垂顺的布料被攥出杂乱褶痕。

她还想开口斥责，连咳了两声，忽然就听见了周倬道歉的声音："我错了。"

她想说的话卡断在声声咳嗽中，从他怀中抬起头，惊讶地看着他。

稍微缓了口气，她不知该说些什么，像是重拳捶进了棉花里。

他抚干她眼角咳出的泪花："你不喜欢又不想见面的话，我帮你退还给他，你挑一套更喜欢的好吗？"

他还能说什么呢，只能怪自己面对她时总这么心软。

她摇摇头，声线沙哑难听："我没必要躲在你身后吧。"说着，她推开他，喝了口梨汤舒缓喉咙。

他转移话题道:"襄襄,你那边的东西还没搬,这两天你发烧不方便去收拾,钥匙给我,明天我去搬吧?"

她从口袋里掏出钥匙递给周倬:"我约好了一条龙服务的搬家公司,你在一旁看着就行。还有一把钥匙藏在对门的消防柜里,你帮我一起带回来吧。"

他浑身僵硬冰冷,音调不禁提高:"你一直把钥匙藏在屋外?"

秦七襄:"……我有时候会忘带钥匙,藏在那里没人注意。"

周倬:"窗户内开难入室,难怪警方说人是从大门进的。"

她被噎住,转头望向卧室:"我先回去休息了。"

秦七襄了解周倬的脾气,这种事他不会轻易饶过她,只是有时候受现实条件约束,她也没有办法。

当她站起身时,周倬果然抓住了她的手腕。

她想挣脱,周倬已先一步站起,封住了她的路。

他垂着眼眸,语气也变得柔和几分:"法庭宣判结果还有个判决书呢,襄襄,我们能不能开诚布公?安全无小事。"

她挣脱不得,整个人都急了:"哥,求你给我点自己的空间好不好?你管得太多,我要喘不上气了。"

周倬不可思议道:"你觉得是我管太多?"

窗外,不知映着哪家的电视画面,恰是晚间新闻时间,正在预报着台风路径,蓝白光影交错闪动。

画面外,孩子的哭闹、夫妻的争吵、父母的指责、邻里的骂战……

千门万户的嘈杂声淹没了画面中广袤的蓝色星球。

一场纷争结束,世上从无赢家。

周倬拉着秦七襄的手,轻轻蹭了蹭自己的脸,似长叹似无奈。

秦七襄感觉下一秒就要哭出声,猛地推开他,钻进房间,锁上了门。

她可以发火,可以争吵,但她不能哭。都多大人了,怎么还能因为委屈而哭出声。

周倬静静地站在门前,她有着许多秘密,从很久之前起,哥哥就无法走进她心底。

也没法想象她现在究竟在想些什么。

她真的只是一时无聊才想耍他玩?想要得到,再将他抛弃?

怎么可能呢……可是,那屏幕画面挥之不去,确实是她说的话。

孙汉邈吗?就因为这人的再次出现,他所有的进度好像都变得毫无意义,从一开始就没有离开过起点。

什么粉色的玫瑰,又是什么项链,他看不出这有什么好。

耍人玩?再抛弃掉?

他站在孙汉邈送的那束花前,肆意又认真地掐花枝,直到指尖触及蓝紫色的无尽夏时,忽然如灼烧一般。

忽然,一滴泪珠滚落在无尽夏上,晶莹剔透,打湿了花瓣。

她真的喜欢无尽夏？

他抿唇盯了半天的无尽夏，手指擦了擦眼角，满手的玫瑰香。

香气熏得他头晕，他用手背揉开滚烫的眼眶，想不通这些东西哪里比他们曾一起亲手种过的茉莉好。

明明是她自己说的，最喜欢哥哥种的茉莉了……

骗子！满口谎话的骗子！会逼他心疼、挑他刺的骗子！

捏了捏无尽夏的湿润花瓣，他愤愤地收回手。

他再也不想理她了！

直到孙汉邈暴躁的好友申请加过来，他低头看了一眼，冷漠拒绝。

晚上转账的时候，他专门备注噎了对方一句，就知道孙汉邈这种毛头小子会气不过，来找他算账。

冷漠拒绝，再气孙汉邈一下，周倬才顺了心气，回去休息。

屋内再无动静，万家灯火熄灭，秦七襄抱着双膝，坐在飘窗上，呆呆地望着长天放空，将所有的心事隔绝在外。

苍蓝的天空上，雪白的云气旋涡漫卷，如一只千里奔袭的独眼撞上了一座绿色的岛。

互联网的旋涡也是这样，一只独眼千里奔袭，撞上她这座孤独的绿岛。

那么突然，又不容半分解释，要将整个世界都扯碎掀翻。

孤岛阴翳的云层遮蔽了天空，暴雨无孔不入淹没城市。

她所有匆促的解释与准备，抵不过无孔不入的恶意，越解释错越多。

狂风呼啸着拔起树木，棕灰的树干被拦腰折断。

垂死倒塌的巨树砸扁树下的白色卡车，惊天的暴响却被风雨嘈杂掩盖，只剩一地残乱枝叶。

她那些合理的解释也如此苍白无力，淹没在嘈杂喧嚣中，被指鹿为马式的反驳拆解得满地凌乱。

强风不止，卷起断裂的枝叶漫天飞舞，沾着水的叶片撞上金属广告牌，紧紧粘在几个红字上晃动。

狂风暴雨倾倒在金属广告牌上，冲刷成浓重白雾，轰然一声巨响，巨大的广告牌倒塌，砸上风雨中颤抖的电线，炸出一串电火花。

在网友举报的火花中，她想要发言却发现账号已被封禁，申诉无门。伴随着满天飞的台风新闻照片，挨骂的不止她一人。

纤弱的几根黑色电线支撑着广告牌，如这末日中的世界，摇摇欲坠。

秦七襄退出网络，世界清静。

她低着头为茉莉换水，清澈的冷水流进玻璃花瓶，卷出层层气泡。

"叮咚"一声，手机响起，她瞳孔紧缩，惊慌地看向屏幕，差点眼泪又掉出来。

屏幕上只是跳跃着孙汉邈的头像图标，她咬唇纠结着点开，看见对方分享的视频：《台风"雨燕"登陆岛国》。

屏幕里，摇摇欲坠的广告牌架在火花闪烁的电线上。

4

手机屏幕里，一片狂风暴雨，电线终被扯断，广告牌砸出地面裂纹，掉落的碎片又"乒零乓啷"冲向天空，连环撞上房屋外墙。

屋顶的瓦片被风卷上天空，又向镜头冲来，镜头剧烈摇晃，拍摄者忙于逃命，画面晃成虚影，只听见里面的尖叫声。

画面到此为止，孙汉邈的消息静静躺在视频下方：这台风也太可怕了，简直要把岛给掀翻。

秦七襄敲击屏幕，删了改，改了删，想说什么却说不出来。

她该是怨恨这些的，一切的痛苦皆源于此，只要看一眼就会让她惊梦连连。

却最终还是回复了一句：今年台风活动强烈，过几天是天文大潮，还是希望灾难到此结束。

痛苦是痛苦，天灾是天灾，她能分得清。

孙汉邈：幸好他们挡了一下，不然台风撞上天文大潮……不敢想象。

秦七襄不再回复，实际上也有些担心最后的路径真的会是周倬他们的模型所预测的那样。

现在南方还是晴朗天气，再往北，有些城市正处在"雨燕"外围的螺旋雨带中，一川风雨。

风雨却非暴雨，而是温和地落地，成全一圈水循环。

话说来虽然残忍，但确实由于岛国山脉阻隔，"雨燕"扫过来的风雨威胁减弱，甚至缓解了东部沿海地区连日来的高温酷暑。

如果照这个形势发展下去的话，"雨燕"能够消散在岛国，应当是没什么恶劣影响。

但它如果像周倬团队的模型预测那样，横渡岛面入海，重新登陆我国的话，撞上天文大潮，结果就很难说。

秦七襄顺手将视频转发给周倬，点开他头像想问些什么，又皱眉熄了屏，将手机丢到一边。

昨晚她还是同周倬闹了个不欢而散。

一个上午都没理他，他早晨仍如常来敲门唤她吃饭。

她扯了扯头发，站在门口，两人互相瞪了半天。她没吭声，不是不想说话，而是嗓子肿痛加剧不能开口，扭头就进了房间。

过了一会儿，她才再次偷偷打开一条门缝去瞅。早餐搁在桌上，屋里已经没了人声，静悄悄得像是天地初辟一样死寂，周倬不知去了哪里，没同她说。

怎么可以这么没礼貌！

她愤愤地跺脚，转头发现昨晚那束花中的白粉玫瑰花冠都掉了，倒是无尽夏还开得漂亮。

只能丢掉断了头的玫瑰，将无尽夏扔进装满水的小鱼缸。

无尽夏泡进水里会开得久一些。

真是奇怪，虽然暑气蒸腾，但摆了几天的茉莉长势还行，无尽夏也开得不错，就是这玫瑰不知为什么才一天就被摧残成这样。

不免担心是不是天热使得花瓶中滋生大量细菌，她便替茉莉换了水，当作对周倬的一点示好。

手机铃声又突兀炸响在寂静的房间里，她的心猛地一跳，硬是任它响到铃声即将结束才接起。

她看了眼，是陌生的号码，接通，脸色慢慢变得凝重，是警察抓住了入室贼。

想给周倬发个消息，却又觉得没必要，毕竟两人刚吵完架，她不想总这么示弱。

转发给他一段台风视频已经当作一种求和，再多她就觉得矫情。

去个警局而已，她还需要谁陪同吗？

他出门都没和自己讲一声，谁知道他现在又在做什么。

正在给她搬家的周倬莫名打了个喷嚏，他低头看了眼手机，发现秦七襄给他发了台风视频。

除了视频，她什么话也没说。

他看完视频，细想了一会儿，问她：有话要说？

隔了半天，她才回复：你现在还认为"雨燕"会转向登陆？

周倬：模型有些微调，大致结果不变。

秦七襄：……你看视频了吗？

周倬：看了，台风来临时站在窗边很危险。

秦七襄："雨燕"再次登陆还会这样吗？过几天是天文大潮哎。

周倬：不会，力有不逮，危害不大。

秦七襄：好吧，降降温也不错，这几天太热了，花都蔫了。

周倬推了下眼镜，眼神飘向那些在屋里忙碌的搬家工人，提醒了几声轻拿轻放香水之后，他才垂眸回复：嗯，他的玫瑰质量不好。

秦七襄被噎了一下，心里犯起嘀咕。

她刚想说无尽夏开得挺好，怎么就我收的花质量不好了，脑海中忽然灵光闪过，问周倬：你怎么知道玫瑰坏了？

周倬收到消息时，耳根瞬间烧了起来。

他想开口说些什么，却变成抬手接过工人的箱子。单手忽然抬起重物，箱子差点摔在地上。

工作人员忙扶住箱子，对他说："谢谢先生，我们是专业团队，全权交给我们就好，这是服务内容。"

他似懂非懂地点点头，走了两步，才回复她：我出门的时候看到了。

接着，他迅速打字：这边快收拾完了，预计两个小时左右回去，厨具之类的我就不收了。你还有什么要求吗？

秦七襄：你去搬家了？

周倬：不然？

秦七襄：……你找他们搬家花了多少钱？我转给你。

周倬：不需要。明天可以约房东来收房了，你能出门吗？

网上的消息让她难受得很，她本想拒绝，但想到是见房东怎么都得自己来，便又同意。

末尾，她还接上一句：多谢，等我好了请你吃饭！

他看见最后一句，不禁露出微笑，回了句：难得你乖。

见她发来两个揍人的表情，周倬掩了轻笑，再看向周边时，眼里也带着笑意。

恰好看见她花瓶里的黄玫瑰已然败落，他刷干净花瓶，交给工作人员打包，顺手给她下单了一束黄玫瑰。

这束玫瑰好好养护，也是可以盛放两周的，不像某人送的，他掐一掐就会坏掉。

对了，黄玫瑰的花语是什么来着？他打开手机搜索框，显示在最上方的便是"为爱道歉"。

他沉思了一下，感觉应该很合适，这是道歉的花，为他昨晚的莽撞道歉。

抱着黄玫瑰，带着搬家的人回去，他才知晓秦七襄自己去了警局。

周倬原本不错的心情又沉了下去。她真是长大了，做什么事都不要哥哥了。

明明说好的，无论去哪里都要给哥哥报备，一遇到事就全部不记得，他愤愤地赶往警局，去找这个小骗子算账。

警局里，秦七襄看着那个瘦黑的嫌疑人，胃里翻滚着浓郁的嫌恶。

她想起来了，这人她见过。

这个变态总出现在不起眼的角落，有时是楼下的居民活动广场，有时是隔壁的公园，或是楼道的电梯前。

见着漂亮的年轻姑娘时，他往往会露齿笑着搭讪，讲些没头没脑的话，一副早就和姑娘熟悉不已的样子。

秦七襄之前也被对方自来熟地问过些关于身高、工作、兴趣一类的个人问题，她都模糊地掠过不曾认真作答。

原来，对方是在借此满足自己阴暗的变态欲望。

据调查，嫌疑人是通过观察秦七襄每日的外卖单来了解她的生活习惯。总趁着她不在家的时间，通过开锁的本事，撬开她家的老旧门锁进入屋内，呼吸着她留在房间里的气息满足内心扭曲的需求。

而现在，这个变态正干瘪局促地坐在警局里，看见她时，反而瑟缩着肩膀，不安地向另一边挪去。

秦七襄走到对方身边，望着他的脸，胃里的恶心不断涌起。

对方冲她紧张地笑了一下，那笑容像是某种扭曲的邪神，她头脑嗡鸣，立刻转开脸。

没法再待下去，她签署完各项单据，就急忙冲出了警局。

警局外路灯依次亮起，她忽然间不知道自己的目的在哪里。

正要回家，又接到了同事的电话。

不能完全算是同事，是她入职时手把手教过自己的师父。

对方语气生硬，告诉她网上的事情闹开来，领导发现了很生气，让她赶快处理好。

"你整得挺好啊，我就说怎么校史长廊那个黑白照片你都能整成彩色的，你还真是专业的啊。"

"你到底怎么想的啊？我们来说说，你这整出一堆事，你让上面怎么看？"

"我知道你认真，但你现在展示出来的就是你很闲，你还有时间这样疯。"

"你不知道年底考核的评价指标很重要吗？你等到学生家长质疑举报你的时候，我想给你优，怎么给？"

"原本开学后的培训想让你去的，现在这样子，你怎么去？"

"培训你不去？你不去你让那个谁去吗？你和他同期竞争，你有没有数啊？"

"他是个什么东西？整天屁事不干，就跟在领导屁股后面混，一到述职一桶桶水往里灌。到时候他调上去，这谁受得了，你受得了吗？"

"他那是耐不住领导喜欢，你是我手把手带出来的，咱们争口气好不好？我知道你难受。"

…………

说到最后，对面也只是留下一句："下周聚餐，你尽量留点好印象吧。"

她蹲在树下，擦了擦眼泪，闷声说自己知道了，一点气都不愿泄给对面听见。

对面沉默了一会儿，叹了口气："加加油啊！这次聚餐大概率不会说你什么，但你还是要顾及一些上面的脸色和颜面的，到时候嘴甜一点，知道吗？"

她连声应完，才挂了电话，蹲在树下发呆。

有路人经过，莫名地看了她两眼，却没人过来多问两声。

世界匆忙，无人会为他人驻足。

她长长地缓了口气，撑着站起身，恰好遇见周倬的车从面前驶过。

黑车转过街角未曾停留，她张了张口，想唤他停下，又毫无气力，只能眼睁睁地看他开走错过。

她低头敲了敲手机，拨了电话过去："哥……你刚刚开过去了。"

周倬沉默一瞬，似乎被逗笑了："好，我停车去找你，你在那儿别动。"

周倬从街角出现的时候，整个人掩在一大束黄玫瑰后。

秦七襄接过那一束金黄璀璨的玫瑰，幽淡的花香扑鼻。

"这是，送谁的？"她从层层叠叠的花瓣中抬头，望向他的眼睛，心尖敏感抽紧。

5

周倬的目光穿过花影落在秦七襄脸上，回答了她的问题："送你的。"

说完，他却又转开眼神，掩住眼里的红热，解释道："他们说黄玫瑰是道歉的花,这几天我不该在你生病的时候和你吵架。"
听他这么说,她也手足无措起来,只深深地抱紧玫瑰,露水湿润了下巴,香气越发浓郁,整个人像是坠入玫瑰海。
"也不算是吵架吧。"她一开口,花朵就来回蹭着脸颊,湿凉得像花园中的晨雾。
周倬:"那就不算,是我私心。"
她慢慢地从花束中抬起头,认真地望进他眼里,心头"突突"地跳。
脚下的地砖仿佛已软化,人轻飘飘地浮起来,她静静地等着他给出近乎宣判的回答。
如果可以,请告诉我,这世上终有一人是会为我驻足的。
我多希望,那个人是你啊。
可是周倬没有那么说,他只是避开她的目光,转口掩饰:"看你屋里的黄玫瑰谢了,给你补上。走吧,回家了。"
原来与表白无关啊,她透过盛开的花朵看着他的背影,心头浮上失落的情绪。
她漫无目地四处张望,责怪这天气潮闷,闷得心头发躁,看见路边玻璃橱窗里反射着一个憔悴的女生的影子。
影子怀里的花朵不再明艳,色彩暗淡。
她同那个失色的影子对视,扯唇苦笑了一下,问影子,你又在期待些什么呢?
影子一路跟着她前行,在每个店铺的边角扭曲成张牙舞爪的形状,身旁的周倬却始终气定神闲。
店铺里雪白的灯光将影子压暗到几不可见,仿佛在这一刻她于城市中蒸发消散。
她转开眼,感觉闷热蒸气从地面向上蒸腾,将她融化成一摊水。
正巧看见街角一家金色灯牌闪烁的甜品店,冰凉甜意流进心间,她扭头对周倬指了指,抬脚向店里走去。
店里的冷气拂面,她趴在玻璃柜台前,看着红色菜单上绘着的那些甜点、冷饮,指尖从那些条目上划过,点了点榛子巧克力冰激凌:"我要这款。"
周倬的清冷声线从她身后落下:"不要这款。"
他的体温沿着冷气的路径将她后背烘热,高扎的马尾粘在颈侧。
她甩开马尾,发尾轻轻扫过他的脖颈,带来一阵幽香:"别听他的,就这款,现在吃。"
周倬对着收银员摇头,手搭上她的肩:"裹裹,你还没好透,下次再吃冰激凌。"
她没理他,继续向收银员强调要现在做。
周倬不由得按紧她的肩,将她转过身,摸了摸她的头:"听话。"
她深吸了口气,肩头下沉:"我想吃。"
他正要开口,她挥开他的手:"别给我讲这些,我不想和你在外面吵。"
这话听得他瞳孔紧缩,手上的力道也轻了,被她顺利挥开。她转头对收银员说:"请快点,听我的。"
他脸色沉冷,站在一旁一言不发,室内的温度跌至冰点。

操作员加速动作，按下冰激凌机的手柄，绵密厚实的雪白奶油打着圈落进碗中。

周倬看着碗身逐渐拱起的冰激凌花，吞下唇齿间的不快说道："这种时候还要赌气吗？"

她烦躁的眼神从他脸上划过，并不回答。

他试着去拉她的手："身体要紧。"

她后退了一步，避开他，眉峰微拧："周倬，你是不是做家长有瘾？"

周倬："我不知道是哪里惹了你，但现在你得听我的。"

秦七襄："凭什么？"

周倬忽然垂下头："不然，今晚没有夜宵吃了。"

这剑拔弩张的气氛总是不好，他尝试着缓和一句，毕竟她每晚都要吃份夜宵，他一直在换着花样做。

"随你。"她转眼掏出手机，胡乱地刷着晚间新闻。

结果手机里的喧闹声更大，她之前的解释都被评论恶意截取反驳，给对方送去了一大波流量。

现在似乎只要骂她侵占公共资源，就可以占据道德高地。

她长吐了一口气，很想把手机砸出去，把一切都砸出去。

周倬推开眼镜，捏紧眉心，舒了口气："襄襄，我在这里就有义务照顾你，你也应当顾惜自己的身体。"

她盯着柜台菜单不曾看他，声线冷淡地问："你是我什么人？"

这话问得他一时无言。

秦七襄依旧继续："周倬，你是我什么人？从小到大就一直这样管着我。"

说完，她抬起了头，盯紧他的眼："你想得清楚吗？你以什么名义、什么身份来过问？

"我离家上千公里就是为了躲大家长的教育，躲到这里凭什么再来一个爹？"

"女士，这边冰激凌好了。"操作员的声音突兀地出现，一碗洒满可可粉的冰激凌放在了柜台上。

她端起冰激凌碗向外走去，周倬紧紧跟上。

周倬："我没有养女儿的癖好，我们相识多年，这点关心难道不该有吗？"

她停下脚步，仰头望着他，眼神腾满怒火："分寸感是什么稀缺资源吗？

"周倬，你能不能搞清楚人和人的界限在哪里？

"五年前是谁说我幼稚没长大？是谁说感情的事不会同小孩子计较？是谁说兄妹的界限不能破？OK，过去了就过去了，咱们谁都别提。

"现在呢？兄妹界限由你定义是吗？你不知道牵手、送花是什么意思吗？你没想过我会误会吗？你那天！你明明……都那样了，为什么又停下来？"

周倬："误会？那天是谁惹我起火，又踹我下去的？"

她用更高的音调砸断他的话语："闭嘴吧你，离我远点，别吊着我！"嗓子撕扯着破音，她挥开他的手，后退两步，"你很享受操纵别人的感觉吗？随便你吧，

165

我今晚不回去了。"说完,她埋头大步向前。

周倬连忙追问:"你去哪儿?"

她捏了捏眉心,不想再同他掰扯下去,快步向街角走去。

走了近百米,眼角余光仍能看见他正远远地跟着她,她深吸了口气,停下,把冰激凌摔进了垃圾箱。

周倬已走近,站定在几步开外,复杂的眼神盯着她的动作。

她抓狂地跺脚叫着:"别跟着我!"

他下颌绷紧,不作回答。她迈步向前,他却仍跟上。

"我说你别跟着我!"她顺手将一瓶水泼向他。

他迅速避开,胸前星星点点溅了些水花,脚下一片深色水迹。"嘭——"空矿泉水瓶砸上他的手臂,瞬间红了一片。

秦七襄咬唇,向他迈了半步,又生生停下,心头掠过一丝难过,捏紧双手,狠下心:"我不想骂人。"说完,转身跑走。

周倬悄无声息地跟在她身后,看着她走进一家酒店,才放下心来。

目送着秦七襄进入电梯间,他安静地仰望楼上那一扇扇漆黑的窗户,不知她入住的是哪一间。

漆黑压抑的楼层上,一扇窗户亮起了昏黄的灯。

很快窗帘拉上,再次陷入一片漆黑,秦七襄倒在床上。

她看着灯光逐渐迷离成眩晕的颜色,随着温热液体从脸颊滑落,灯影变得清晰又很快积聚出新的一团。

泪水濡湿了鬓角,她长呼出一口气,不再落泪,却也没有起身的力气。

拿起手机,她眨眼将泪水挤出,擦干眼角,才看清周倬的头像上那些刺目的红点数字。

她没点进去,直接拉黑删除。

这才觉得舒坦不少,手臂搭上眼睛,她想着明天需要去找新房子,不想再见到周倬,免得心情总随着他起起落落。

说干就干,她直接开始线上看起了房,挑了几个不错的房子,她发现肚子已经"咕噜噜"叫起来。

时间已是深夜,她还没吃饭。

正准备点个外卖,秦七襄划动着屏幕上那些色泽鲜艳的菜品图片,脑海中忽又闯入周倬这两日的警告:"外卖不能常点,会暴露很多个人信息。"

他的话音在脑海中回荡,那些商家的菜品也变得索然无味起来,她失了胃口。

"吃个鬼,吃个屁,不吃了。"她愤愤地把手机摔下,去冲个澡。

楼下漆黑的车里,周倬静静地坐着。

重逢至今,短短不过两周,他小心翼翼地想要修复感情,却发现一切都变得太多。他不知道自己在她心里究竟成了哪种形象……

点开 Weather 的头像想向她求教,发现她前几天还问了自己表白战况如何。

他倒是想准备一场浪漫的表白，但近来襄襄生病，又遇上些焦头烂额的事，他不得不把计划稍微推一推。

推到一个更合适的时间点，能够告诉她自己有多认真，而不是真心被当成一场肆意挥霍的游戏。

正不知该怎么回答 Weather 的追问，忽然有一条消息弹到了最顶上，遮住了她的头像，标题是《本次国际天文摄影大赛的评选结果已经出炉，金奖竟然是他！》。

是他一位老友发来的推送：这姐最近被骂惨了啊。

谁被骂了？他下意识地点进去看了一眼，孤独的雪山藏在峡谷的一线天光中，背景是垂落的星河。

他瞬间愣在原地。这张图他再熟悉不过，只是帖子下方还艾特了一个用户名：Weather。

一看见那个名字，周倬攥紧手机收回，抬头望向窗外，深呼吸了几次，胸腔仍在颤抖，手心已被汗湿。

他抬起左手揉着额角，强迫自己冷静下来，立刻点开 Weather 的头像，向上翻找着过去的聊天记录，额角沁出了汗珠。

是秦七襄吗？是她的概率已然高达九成，但他仍有些不敢相信。

仔细核查聊天记录，他看见之前的一句闲聊：太阳刚落山，现在在等英仙座慢慢升起来。

页面停在那里，他默默记下了消息发送的时间：8月13日18:56。

他闭眼心算了一下，可以确定 Weather 当时所处的经度：东经118度上下。

考虑到消息发送时间比真正日落时间要晚，Weather 的实际地理位置不会同他的估算值差距太远。

原因很简单，东经118度在东部沿海地区。

若往东，则她人在海里或者异国；若往西，则她发送消息的那一刻尚未日落。

很巧，他当时和秦七襄也处在那条经线附近，但一条经线上那么多人呢。

再往下看去，一张单纯的黄昏照片。

昏黄的落日，弥漫的云气，橘光洒满天空。

虽然照片里只有暮色天穹，但这云气辉映……完全可以判断她东侧有山，且只有一座，阻隔了水汽上升，周围是平原。

东部、平原、单独高耸的山体……足够排除很多地点了，真的有那么巧吗？

周倬去群里搜索她的所有发言，一条条看下来，看见了英仙座流星雨那天，她说，遇上了一颗爆闪的绿色火流星，映亮半边天空。

现在，他已完全确定 Weather 就是秦七襄。

这一刻他呼吸都停了，难说是惊吓还是惊喜，天公很爱和人开玩笑。

追着好友问她为什么被骂，他才搞清楚这几天发生了什么。

真是好能耐啊，这么大的事她能一个人憋这么久。

真的是……欠教训。

167

他点开那些网上的争议，鲜红的讨论刺痛了他的眼，忍不住下场和人吵起来，立刻就被乌泱泱的评论淹没。

他感受到了和她同样的痛苦，给她发的消息却始终没有回音。

她大概还在生气，在这种时候和她争执确实是他的错。

他垂眸想通过联系 Weather 的方式联系秦七襄，看见两人的聊天记录时，他迫使大脑冷静下来。

她还不知道 Lucas 就是自己，如果贸然联系，一定会在她现在的情绪上再添一把火。

他舔了舔干涩的唇，仔仔细细研究 Weather 说过的每一个字，尝试着了解她的另一面。

相当陌生的那一面。

她说他时隔多年问她的感情经历很奇怪。

她说没明确拒绝接触就是可以接吻的意思。

她说这种情况是可以表白的。

他攥紧手机熄屏，闭眼深吸一口气，呼吸颤动，所以她之前生气是因为这个？

不是因为他唐突，而是因为……她没法向他开口说想要往下继续？

灰暗的眼睛开始变得明亮，他好像发现了一个秘密。

所以她也喜欢自己的对不对？

孙汉邈说的那些作不得数，即使作数又怎样？

她乐意，他就没办法……

何况，她不是只要自己玩吗，根本轮不上孙汉邈！这说明自己是不一样的！

他最终压了压乱糟糟的情绪，还是决定先不让秦七襄知道自己就是 Lucas，而是从侧面切入，小心地询问她现在面对那些网络喧嚣的情况。

比起他的感情何处安置，更重要的是她现在的心情。

但在发完消息的那一刻，他看见了一辆极其刺眼的蓝车停在酒店门口。

彼时，秦七襄洗完澡后，发现孙汉邈发了一串消息，主要内容是唤她下楼吃夜宵。

见她半天没回，孙汉邈独白了半天，只说自己会一直在楼下等她。

秦七襄想起大四那年冬天，她同孙汉邈吵架，气得躲在宿舍楼上。

而他无声无息地在雪地里站了两个小时也不曾告诉她，只为等她出现的时候能够立刻相见。

后来，她在阳台晾晒衣服，看见了雪地里那道熟悉的身影，肩上铺了一层细雪。

她终究是心软了，问他人在哪里。

很快，一辆蓝色轿车停在酒店楼下，孙汉邈怀捧鲜花，倚着车门。当她走出酒店时，他打开副驾驶座的车门，将花束塞进她怀里："终于能亲手交给你了。"

她笑了笑不多话，蓝色轿车启动，驶向涛声阵阵的海湾。

谁也没有注意，路灯照不到的黑暗角落里，车灯亮起，一辆安静停泊的黑车启动，跟了上来。

第九章 月色如霜

⋆⋆ 星光俱已沉默。⋆⋆

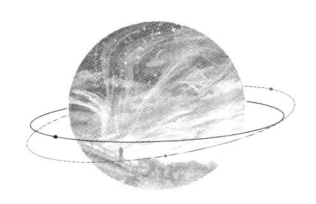

1

夜色昏沉,城市高楼绚烂的灯光在车窗玻璃上流逝。

秦七襄打开车窗,清爽的晚风吹拂着脸庞,不好的情绪也被风吹走,隐隐听见涛声。

霓虹灯被风甩在身后,涛声裹挟着海浪的咸腥扑面而来。

她转头问孙汉邈要去哪儿,他竖起手指神秘地"嘘"了一声,示意她别问,跟着自己就好。

后方车辆的远光灯晃上秦七襄的眼,她眯着眼望向后视镜,强光眩目看不清是什么车。她向后调整了下座椅,打开舒缓的音乐,伴着海风吟唱。

她屈臂枕在音乐里,问他:"不管去哪儿,你还记得我没吃饭吗?"

孙汉邈:"你哥连饭都不让你吃?真不是个东西。"

秦七襄:"……喂!你能不能好好说话!"

孙汉邈:"记得记得,记得你这个点都会饿,急什么?"

汽车驶入匝道,眼前铺满了一片闪闪的金黄灯光,像是群星坠落。

涛声阵阵,她看见远处零星渔火随风飘浮。

转出匝道,视线豁然开朗,狭长的海岸线无边无际,海滩边支着许多白色天幕,挂满了闪烁的星星灯。

袅袅青烟飘向星空,周边有几个孩子围着烤架在拍手,原来是海滩烧烤。

灯带照亮前行的路,他们找了处露天停车场。下车闻见晚风中食物的香气,秦七襄不由得吞了下口水,问孙汉邈:"你不是海鲜过敏吗?"

孙汉邈:"那也可以舍命陪君子。"

秦七襄:"别闹。"

孙汉邈:"没闹,我只是吃不了带壳类的,别的可以,我看着你吃。"

"行吧。"她已是饥肠辘辘，懒得多说。

两人直接循着晚风的香气坐进露营椅，等着老板将烤好的海鲜端上来。

遥远的海浪声扑打在耳边，浪花一层一层卷上海岸又撤回深邃海洋。

酒足饭饱，秦七襄赤脚踏上细软的沙滩，留下一串细小的黑色脚印。坚硬细针硌上脚掌，她俯下身拾起一片闪光的贝壳。

抬头，只见满天星光沉没于海水，上下浮动闪烁。

凉爽潮湿的海风吹乱了她的头发，发丝粘在脸上，她抱紧手臂上下搓了搓，凉风袭进脖颈，肩头搭上一件外套。

她仰头望向身旁的人，孙汉邈弯起眼，双眼皮折拉出好看的弧度，倾下身，对她说："夜里的海边有点冷，你应该带件外套。"

她干脆伸腿随意地坐下，任细沙沾了一身，手臂向后伸展，长发垂落沙滩。

心情居然被风吹得越发轻松。

望着面前放大的俊脸，秦七襄笑着指责他："孙汉邈，你故意不告诉我来海边，就是为了这种时刻吧？"

"被你发现了。"他目光坦然带着笑意，索性躺在她身旁。

孙汉邈挥舞着手臂，在沙滩上留下蝴蝶翅膀般的影子："我是为了展现男友力，总得给自己创造一点机会吧。"

"你哪里是。"她被逗笑，对方伸手将潮湿的细沙抹了她一鼻尖，手臂生生挨了她几巴掌。

清脆的声响消散在空旷的海岸，他却笑得肆意，抓起一捧细沙向她兜头撒去，呛得她连连咳嗽。

秦七襄："孙汉邈，你还是个人吗？"

孙汉邈："喂，礼尚往来好不好。"

见她也抓起细沙要向他撒来，孙汉邈立马翻身逃跑。

两人追逐了一圈，远处驶来一辆黑车，车灯熄灭，藏进了漆黑的环境。

咸湿的海风将她的头发乱卷成结，发丝沾着细沙一片糟乱。

秦七襄弯腰撑着膝盖喘息，在大腿上蹭了一片灰黄的沙土，她瞪着面前笑得开怀的男人。

孙汉邈又向她走近，替她理顺了长发："好啦，总感觉你心情不好，现在怎么样？"

秦七襄："这你也能看出来？"

孙汉邈："我慧眼如炬。"

秦七襄："不要脸。"

"人不要脸，天下无敌！"他拉着她坐下，"今天不开心怎么不和我说？告诉我让我开心开心。"

见她又要砸来一拳，孙汉邈立马握紧她的拳按进沙里："我说真的，你那哥哥什么脾气？见到我的时候凶得嘞，还揍我呢！你看看。"

说着,他就要拉着她看自己后肩处的青肿,那是上次周倬用力推他,撞出的伤痕。

她的手被迫按在他的肩上,将他的白色衬衫抹上一层暗黄色。滚烫的体温导入她掌心,灼得她颤了一下想要收回,又被他按紧在胸膛。

掌心下"扑通扑通"的心跳节奏震动得厉害,她抬眸看他,呼吸沉溺进他深邃的眼神里。

"怎么回事?"她错开眼,问道。

孙汉邈无辜地摇头:"不知道啊,我给你送一束花,他就发脾气了,真的好小气一男的。"

秦七襄垂下头,无法再同孙汉邈那炙热的眼神对视。这情感汹涌的眼神她太熟悉了,每次看见都会让她心惊。

她只苍白地解释道:"他平时脾气很好的……"

孙汉邈叹气:"那可能是我哪里惹他生气了吧。"

她瞥向远处浮沉的渔火,不想再继续这个话题。

见秦七襄这样,孙汉邈自嘲地笑了下,手臂撑向身后:"是啊,脾气很好,我惹他生气,你也和他吵架,还让你饿着肚子。发生了什么?不同我说说吗?毕竟我也被殃及池鱼了。"

秦七襄:"不懂……"

"哦,你不懂啊?"孙汉邈像是听见了什么好笑的事,乐开了怀,躺在沙滩上,不停地颤动发笑。

他笑了半天才缓和了笑意,接着道:"不懂好啊。"

"别打哑谜!"她踢了他一脚,对方趁机用力一拉,将她扯倒在自己怀里。

孙汉邈:"襄襄,哪有哑谜,我看你为了他不开心,所以我很开心。"

她推开他起身,挥出的巴掌又被他拦住。

孙汉邈躺在她身下,目光晶莹地望着她:"你们认识很久了吗?"

她点点头,又躺下,望向遥远星空:"是啊,很久了。"久到她其实不记得他们是什么时候相识的。

从记事开始,周倬就已存在于她的记忆里了,仿佛他注定是她生命中的一部分一般。

她那全家属区响当当的"山大王"名号有一半是周倬惯出来的。

只是当周倬步入高二、高三之后,早出晚归,和她这种初中生已不在一个频道。

那两年他们没什么往来,她几乎快忘了他的模样。只能在学校里听同学交口称誉他的大名,说他跳了一级后,又甩了全校第二多少分,还拿了什么奖。

当时他们之间的联系基本算是内外不通,鱼沉雁杳。

谁知,联系稀少的两年间,周倬已变成了略带陌生的清俊模样,不再是她记忆里对门的邻家哥哥,而是流传在同学间的高年级帅气学神。

所以才会有打开门撞进他眼中的那一瞬间,而那一瞬茁壮成长,成为贯穿她整个少女时代的隐秘心事。

那时，秦七襄总会抽出那些学业上的难题踮起脚去同他联系，这几乎是最正当的和他说话的理由。

她将那些隐晦的心意加密隐藏，通过听筒的电流声送到八百公里之外，送到那人的耳边。

她只是想要追上他的脚步，奋力跳到他身边去。

只可惜，那些酸涩心事他从来都不曾真的明白过。

后来啊，命运总是不尽如人意。没法说是不是高考失利，只能说偏偏差了那么几分运气。

最终，她同父母经过一轮又一轮的选校交涉，最后还是互相妥协，遵从父命选择师范，她可以去往他母校隔壁。

"所以，你一开始就是为他而来？你最好别和我说这种话。"孙汉邈语气不善地说。

晚风拂面，她转过头看着星光下他晶莹的侧脸，笑了笑："你怎么会介意这些呢？"

孙汉邈："也是，怎么开始的从来都不重要，结局在谁手里才重要。你们在那之后在一起过吗？"

"没有，兄妹就是兄妹，在他眼里我没有性别，他不会喜欢上我。"她斩钉截铁地说。

孙汉邈冷笑着，漫不经心地赞同她："是啊，我也觉得，喜欢一个人怎么会是他那样的，应该是我这样的。"

秦七襄好奇道："你什么样？"

孙汉邈："想你。"

她心头一跳，无奈地推开他："正经点。"

孙汉邈："很正经啊，想你，想见你，想陪着你，不顾一切。"

秦七襄被他逗笑了："不顾一切？那你去周围爬一圈。"

他立马翻起身："好啊，来！"

孙汉邈用力地将她拉起，拖着她跑了一圈，又倏忽躺进细沙里。

他仰天笑着："不管怎么样，我都要带你一起。"

她笑得不行，抱着肚子蜷成一团，脸上沾满湿润的细沙，灰头土脸的。

孙汉邈趴在她身旁，拿出湿巾一点点拭去她脸上的细沙，温热的手指按住她的下颌，微微抬起。

她凝视他漆黑的双眼，眼中映着渔火微光，像是浮光跃金的湖面。

夜色如雾，昏暗中，他们看不清对方的脸，眸光却越显透亮，手指抚上她的嘴角，他垂下头来。

温热的呼吸扑上脸，似是一片蒸腾的水汽白雾，战栗酥麻的感觉如海浪般向脸侧涌去，浪潮拍打海岸的声音萦绕在耳畔。

鼻尖相触，带来痒意，他手指一勾一按，迫使她张开口。

手机铃声突兀地响起,她忽然用力推开他翻身而起,来不及看来电显示,直接接起了电话:"喂?"

心跳得快要扑出来。

"襄襄,回家。"熟悉的声音流进耳朵,她心头一颤。

接电话的手心似乎触了电,她半边身子都麻了。

她嗓音微哑干涩,过了半天,才回周倬:"我不回去。"

周倬:"明天要去见房东收房,钥匙都在我这里。"

秦七襄:"你什么意思?"

周倬:"我在岸边,跟我回家。"

她脑中炸开嗡鸣,猛地抬头,不远处一束车灯亮起,照得她脸色苍白。

他看见了……他肯定看见了!

她抬起手臂遮住刺目强光,从模糊光景中,看见黑色车门打开,走下来一道颀长身影。

"啪嗒——"手机里落下关门的声响,周倬的身影靠在车门旁,一字一句:"我再说一次,过来。"

2

夜里的海风带着咸腥湿冷,空旷地席卷着沙滩,直吹得秦七襄浑身发冷。

指缝里的车灯光照得她眼睛滚烫。

她低下头,对电话里的人说,也是对自己说:"我凭什么要听你的?"

周倬的语调冷淡:"秦叔过几天开会要路过这里,见房东的时间最好不要拖。"

秦七襄叫道:"你威胁我?"语毕,听筒里只剩空寂的海风在"呼呼"作响。

风吹得她乱发飘飞遮了眼,远处那道颀长身影已模糊在发丝中,看不清。

不知过了多久,空气开始凝滞。

她终于听见听筒里落下如海风般冷而咸湿的声音:"是,这是威胁。"

无数疯狂的念头闪过,到这一刻她反而平静地想笑。

隔着海风卷起的点点晶莹细沙,她无声无息地同电话对面的人对峙。

月光如空中流霜,风沙吹得她嘴唇干涩。她舔了舔唇,想要挂了电话。

周倬却在此时冷峻地开口:"我给你三十秒,到我这儿来。"

秦七襄垂下头,看着风拂起的细沙荡涤脚面,反问:"如果我不呢?"

周倬:"你可以试试。"

她攥紧手机,死死咬着下唇,自我拉扯了几秒钟。

最终心弦绷断,她起身向那道抬手读秒的黑影走去,孙汉邈迅速拉住她的手腕:"别去。"

她回头,叹了口气:"没事的,我得回家了。"

孙汉邈:"你不跟他走会怎么样?明明你都已经很不开心了,他还要逼你。你平时和我张牙舞爪的那股劲呢?遇到他就变小绵羊,你不觉得很可笑吗?"

她停了一下，笑了笑："我今天还算开心。天色不早了，不回去家里人都会担心，你别想太多。"

孙汉邈："哦，拿这种事来威胁人是吧？你跟我来。"他拉着她，一路气势汹汹地向那道黑影走去。

周倬冷然地站在车旁，凝视着他们交握的手，拉开副驾驶座的车门。

孙汉邈直接开口："这么大人了还要拿家长那套来压人，是不是太掉档次了点？像只阴沟里的臭虫阴魂不散。"

"有用就行。"周倬扯着她手臂，将人塞进副驾驶座。

她的另一只手腕却被孙汉邈拉住，卡在车门外。

周倬看向孙汉邈："松手。"

孙汉邈的手抓得更紧，将秦七襄往身边拉了拉："你知道她不愿意吗？今晚她跟我走，有什么需要交接的你们现在交接清楚。"

周倬："愿不愿意都要听当事人的，襄襄，告诉他你怎么想。"

她这才从两个人的争闹中得到一丝喘息的机会，烦躁地甩开两个人的手，叫道："我是什么战利品吗？吵什么？"

接着，她瞪了眼周倬，直接对着他的腹部就是一脚："你就是有病，神经病。"

周倬捂着疼痛的腹部，拉着她的手，居然笑起来。

孙汉邈觉得周倬大概是疯了，下一秒他的表情也冻僵在脸上。

他听见秦七襄说："我明天还有事，今晚得跟他回去。谢谢你的款待，我就先说声'再见'了。"

"不是，你认真的？刚刚你还骂得那么难听，现在见到人就变软脚虾？"孙汉邈皱眉急道。

她有些迷惑地反问："我什么时候骂人了？"

孙汉邈："那就没有，不知道你怕个什么。"

周倬将秦七襄拉进车里，关上门，对孙汉邈说："现在才到我们。"

孙汉邈望着车窗里的人影，深吸了口气："大舅子，这么棒打鸳鸯不好吧？"

周倬："你知道我不是。"

孙汉邈："什么？"

周倬："你不必挑拨离间。没人比我更了解襄襄，这样只会让我觉得你是黔驴技穷。"

孙汉邈扯唇笑了下，舌尖抵着腮，抵了半天，还是咽不下这口气。

他攥拳砸过来，又被周倬避开抓紧。

周倬回头对秦七襄摇了摇头，示意无事，才转脸对孙汉邈说："别丢人了，我要是你就不会动手。"

孙汉邈："是男人就直接点！"

周倬："可以，顺便直接让她知道，我是个禽兽，对她的心思从来就不单纯。"

"你还真敢说！"孙汉邈咬牙切齿道。

周倬:"我为什么不敢?"
车窗里,秦七襄那双漆黑明亮的眼睛正望着他们。
孙汉邈不得已将火气咽下,冷冷地嘲讽周倬一副长不大的样子,只能借着那点情谊来胁迫人。
周倬点点头:"至少我有,不然你以为能轮得到你吗?"
孙汉邈:"这么多年,狗屁进展都没有,你确实难堪大任。"
周倬:"激将法对你没好处,我本没打算在这种混乱的环境下让她知晓。"
周倬抬起眼,目光深邃幽暗,像是吞噬一切的黑洞,直看得孙汉邈心口狂跳。
黑暗中,周倬忽然又笑起来:"可她喜欢我。刚好,没人比我更珍惜她。"
孙汉邈:"她不会喜欢上任何人,不过是耍你玩。"
周倬点头:"那又如何?"
孙汉邈低骂一声:"神经!疯子!"
周倬没再管他发疯咒骂,坐回驾驶室,对上身旁那双明亮的眼睛,平静地说了一声:"回家。"
他拉起安全带,车内昏暗的灯光照得他手背绷起的青筋显眼,隐隐在颤动。
秦七襄倚向座椅,脸转向窗外不去看他,声音轻缓低沉:"你们说了什么?"
周倬:"没什么,我让他别来骚扰你。"
秦七襄:"不是他。"
周倬:"哦,当局者迷,我说了算。"
秦七襄:"你到底想干什么啊?"
"是你想干什么,妹妹?"他将最后两个字绕在舌尖,语调轻忽缥缈,含着微微苦涩。
"我真的要窒息了。"她捂住口鼻,蜷下身子。
周倬:"那就好好养病。"
车辆驶上回家的路,晚风拂面,万家灯火从车窗掠过,她靠着车门静静发呆。
路边三三两两散落着从沙滩音乐节回来的人,有个穿紫色短裙的姑娘裙摆被晚风扬起,头上的棒球帽飞起,从车窗玻璃前划过,飞向了遥远的星空。
星空下有个穿浅黄衬衫的男生,接住棒球帽递给她。
那是五年前的夜,秦七襄考入京城的大学后,第一次和周倬外出游玩,大概只有她将这称之为约会。
后海的风带着潮气吹拂得人心痒痒的,酒吧街的悠扬音乐在星空下盘旋,她随着旋律哼着歌,将周倬捡回的棒球帽重新戴好。
他拉住她向前迈去的步伐,垂头替她将帽子摆正,帽檐低低地压住眼,她只能看见他滚动的漂亮喉结和白皙下巴上的一点青茬。
她:"哥,这个点还能赶回去吗?"
周倬:"来得及,我先送你回去。"
她:"你呢?"

周倬:"不算远,也不算晚,没事。"

她:"那你明天还要出门吗?"

周倬:"不了,我明天去趟实验室处理数据,怎么了?"

"祝你一切顺利。"她将一点失落掩进祝福里,却不知怎么开口说出想要同他再见的心意。

后海那条街游客络绎不绝,又窄又挤,酒吧迷离的灯光晃得她看不清脚下的路。在往来不断的自行车铃催促下,周倬将她拢进身前,她顺势抱住他的手臂。

九月的京城尚有余暑,他穿着浅黄的短袖衬衫,露了一截精壮手臂。男生的体温要高一些,灼得她心跳加速。

她几乎算是一脚深一脚浅地踩在云端里,顶着心跳与雀跃同他并行走出那条街。叫卖声远远落在身后,灯火阑珊,水风不燥。

秦七襄不知该不该松手,就一直抱着他手臂,跟着他漫无目地往前,希望时间能够停在此刻。

她的手掌沿着他的小臂滑落,小心翼翼的,试图牵上他的手。

她埋着头,心思不定,大半都停留在偷偷感知他皮肤细腻的触感上。

当手指触碰到一块冰凉的金属时,周倬忽然松开她。

他漫不经心地抬起手,看了眼腕表上的时间。

那块冰凉原来是他的金属表带,她悄悄地叹了口气。

周倬看了眼时间,只说了一声"不早了",便在距离她不远不近的位置带着她向停车场走去,再未靠近她。

她咬着下唇有些泄气,不知周倬出于什么原因,才会在她即将牵上他的手时放开。

大概率是他不愿意继续这种不合时宜的亲密。

在人群之中保护她和在道路尽头放开她,都应被解读为一种兄长对妹妹的爱护,没有其他。

她怀揣着一腔孤勇,跨越千里来到他身边,没想到下火车后,听到有关他的第一条消息就是他很快要去留学。

将会留她一人,独自在这个异乡生活。

她想追他,却又实在不知道在只剩下两个月的相处时间里,自己还能怎么做。

直到坐进车里,她才调整好情绪,扯出笑脸,将刚才的插曲当作无事发生。

接着,她弯着眼眸问他:"哥,你在学校有喜欢的女生吗?"

周倬:"没有。"

他冷淡的声调淹没在汽车启动的声音里,但她坐在他身旁,依旧听得清清楚楚,就像这个回答是属于他们两个人的耳语。

"从来没有过吗?"她始终有些不甘心,想要挖掘出他的一点情感信息,借以了解他的喜好。

"嗯,生活很充实,太忙了没心情。你有?"他偏头看过来,镜片上的光辉闪动。

她顿了一下,攥紧手心,却依旧笑意盈盈,点头道:"有啊。"

说完,她目光下意识飘去看他的脸色,又迅速挪开装作若无其事。

他脸色如常,轻打方向盘,汽车拐上一条新路段。

她听见他清淡的一声:"噢。"

过了一会儿,汽车平稳前行,他才慢悠悠地说:"知道了。"

他将她送至宿舍楼下。

她遥望宿舍雪白的灯光,挪不动脚步,靠在车门上,倾着身子问他:"哥,你下次什么时候有空?"

周倬:"要做什么?"

她:"我想……去长城玩。"

周倬:"你以前来旅游的时候不是去过?"

她:"还想再去一次。"

"和你同学、朋友约吧。"他笑了笑,"我最近比较忙一些。"

她咬着下唇,眼眶热了起来:"你是要处理出国留学的事情吗?"

周倬:"嗯,而且你刚到一个新地方,总要去多交些朋友,黏着哥哥像什么话。"

"我知道了。"她低着头,脚尖来回踢着地上的小石子,似乎玩得开心,路面溅起了几朵小小水花。

他的手掌抚上她的脑袋:"快回去吧,对了,我走之后,车就留给你开,反正以后我也用不上了。"

"我不用。"她轻轻吸了吸鼻子,用力眨了眨眼,睫毛还沾着点水珠,扭头望向远处的树影,始终没让他看见自己的脸。

周倬:"开车出行会方便一些,你可以载着你的小伙伴去爬长城。"

她:"那我载着喜欢的人出去玩也可以吗?"

他停了一会儿,喉头好像梗了块什么硬物,腔调平直冷淡:"什么样的人?"

3

晚风吹皱心头的涟漪,送来桂花的香气,一轮明月高照,在地上投下斑驳的影。

秦七襄一时接不上周倬的问题,叹了口气:"不能告诉你。"

当然没法告诉他是谁,她总不能当着他的面说,我喜欢的人就是你吧。

周倬脸色如常,如同例行公事般地询问:"那行,是高中同学?"

她摇了摇头,当然不算。

她和周倬只不过是高中同校。实际上她入学他已离开,两人从未同时在高中教室里落脚。

他敛眉有些严肃:"总不能是大学同学,你们才认识多久?"

她依旧摇了摇头:"不是。"

"网友?"他的脸色更凝重了。

秦七襄:"你别问。"她抬头与他对视,感觉头皮发麻,心口乱跳。

她深深望进他眼里，想探究他究竟是不是在意。

但他脸色冷淡如水，好像有些生气，好像又没有，她看不出来。

虽然很愿意把这归结为他也对她有点好感，却又知晓这世上的三大误会便是：手机振动、有人敲门和他喜欢她。

周倬："性格呢？或者为人处世？总得有个基本信息吧？"

他抄手昂然站立，身姿修长如鹤，像是一个兄长在对妹妹的暧昧对象给予最基本的关心。

秦七襄："反正先不告诉你啦，哥，再晚你就回不去了。"

她扯出笑脸冲他挥挥手，跑向宿舍楼，留他一人在浮动的桂花香气里叹息。

于他而言，早早就收起了对她那些不该有的心思。他即将离开，而她又心有所属，最好的处理方式就是不给自己再留下半分念想。

只是难免会有些担心，不知道那个夺走她芳心的人能不能认真地爱护她。

但她哪能知晓周倬那些含蓄的心思，回到宿舍后，兴奋地在床上翻滚着回忆这次约会。

他带她见过红墙碧瓦，买过网红手串，拍了照，打了卡，也在银杏树下手背相贴，似乎勾一勾就能牵上他的手。

其实只是因为游人如织，他们路上不得不并肩而行，行走之间偶有相触，仅此而已。

但那一刻的心如擂鼓是真的，她不动声色地向他瞥去，他却只留下一道英挺侧颜同她讲述这条老街的故事。

对她而言这是一场极其难忘的约会。

和幼年时期的出游不同，她带着少女的羞涩与迷雾般的昏黄春心，在奇妙的喜悦里和他单独相处了一整天。

但她也知道，这对他而言不能算作约会，约会总要带着些人约黄昏后的期盼与闲愁，要有将破未破的浪漫情思才算是暧昧升温的必然环节。

在她眼中，他没有这些。

她只觉得，对他来说这是邻家妹妹第一次独自来到这座城市落脚，他出于礼节性的照顾带她熟悉这座他已然生活多年的城市，依旧仅此而已。

虽然心中一直明白他们两人之间一直少了一个名为"暧昧"的词汇，但她不管。

秦家的"山大王"怎么会管他对自己究竟是哪种心意呢？

彼时她正金榜题名意气风发，仿佛功名理想尽在脚下，可以随时踏遍长安花。

她怀揣着兴奋、激动与一点迷惘、忧思踏进这座陌生的城市，从不知晓畏惧与失败的滋味。

喜欢什么，她都敢去追求，她从不觉得自己会失败，也从未想过失败。

金銮殿上同唱第，上国繁华照眼新，谁知何处是天涯？

她又怎么会知晓，何谓十年歧路，空负曲江花。

于是她胸怀壮烈的逸兴，誓要把那朵盛放在她少女心事里的高岭之花采摘入手，同舍友探讨了女追男的一些套路。

所有舍友都成为她这段心事的军师。

谁不爱嗑一段青梅竹马、两小无猜又修成正果的故事呢，只是搞出的一连串追夫技巧似乎收效平平。

她虽然活泼但并非话痨，没有持续和人线上聊天的习惯，加之校园生活丰富多彩，周倬平日不爱多话，两个人的线上交流竟是清清淡淡的。

上一次联系还停留在两周前，她同他说，这个好吃，给他发去了一张聚会的图片。

若是按正常暧昧期男女维系关系的方式，他似乎下一句应当是和她分享喜悦或者约她出去。

但他没有，他告诉她哪里有更正宗的店铺，她下次可以和她的小伙伴去吃。

她看着聊天页面上的"小伙伴"三个字，垂头丧气了许久，再问自己的舍友时，两个狗头军师抓耳挠腮，最终得出了一致结论，他可能是爹系男友，这话还有点宠溺。

秦七襄抱头在床上打滚叫道："才没有啊，他不是那种人，这声'小伙伴'是真把我当小屁孩了啊。"

周倬是怎么想的，几个人聚在一起也没得出个正确结论，她却斩钉截铁地说："至少他肯定不会喜欢小屁孩。"

她对他的喜好多少还是掌握一些，虽然看不透他的心思，但他过去在感情上一直是清清淡淡的，对逗乐打趣这种事不感兴趣，也自然不可能会对他眼中的小孩产生什么别样的想法。

他这般挑剔，追求的大概率是势均力敌的爱情。

他们之间从不对等，而她自觉还远远不够标准。至于她那勇敢追夫的计划，更是毫无技巧可言，一路莽莽撞撞，无处实践。

直到她跟着学校天文社的人爬上郊区的天文台，举着她的第一台二手相机拍下了一幅很满意的星空照发给他时，才慢悠悠地获得了他的回应，问她在哪里。

她愉快地同他分享身边的趣事，与星空有关的话题可以和他聊很久，一直到回到宿舍躺上床她还意犹未尽。

于是她很自然地向他提起了最近市里要举办的那场天文展。

当她试探着发出邀约后，紧张得不敢看他的回复，直接将手机扔到一旁，被子蒙上脸装睡。

睡却睡不着，她翻来覆去的动静很大，吵得舍友直皱眉："你干吗呢？"

一见秦七襄通红的脸，舍友将她从被子里挖出来，手指在空中挥舞："哟，你这是有情况？"

闻言，剩下两个人都立刻围上来："什么什么？快说快说。"

她抱着被子扭成麻花，手捂上滚烫的脸，试图给自己降温，支支吾吾着说不出所以然来，她连看对方回应的勇气都没有。

于是她的手机成了争抢对象，她不敢看，但舍友们都期待着要看结果。

最终她夺回了手机，在几人的注目礼中解锁了屏幕。

还好，周倬同意了。

秦七襄乐得直接坐起，额头磕上了床铺的栏杆，肿了一个小包。

人一得意总会有些倒霉事找上门，这样才能促成运气的平衡。

她揉着脑门这么安慰自己，感觉自己都倒霉到撞了头，大概下一秒就可以对他开口表白。

几个舍友托着下巴打量她，都感觉不行。冒冒失失的姑娘冲去表白，她们都担心她最终能搞成耀武扬威般的土匪抢亲。

一个说这次约会要淑女温婉一些，一个说要俏皮活泼一些，各说各有理，争个没完。

"要有变化才能引起他的注意，你懂吗你？"

"太刻意就落了下风，他肯定喜欢襄襄本来的样子。"

那两人抱在一起争闹到最后，宿舍里唯一有丰富恋爱经验的姑娘不堪忍受，一锤定音："都不对，瞎闹。"

三个人端坐在床前，乖乖等待着最强的狗头军师指点迷津。

那姑娘将草稿纸卷成教鞭，敲了敲柜门当黑板，清了清嗓子，开始给她们上恋爱课。

"咳咳，这恋爱、暧昧啊，你们以为持续多久为好？"

听着几人讨论不休，军师憋住笑示意安静："据科学研究表明，一对异性的暧昧期延续时长不超过三个月，在这段时间内，人体分泌的相关激素会促使感情迅速升温，对方会产生强烈的同你恋爱的想法，这也是我们俗称的上头过程。一旦超过三个月，激素恢复正常，情绪冷淡下去，那么你们最终转化成恋人关系的概率就会大大降低。因此追人的窗口期只有三个月，要好好把握啊！"

"那这三个月该怎么办呢？"

"钓鱼。"

剩下三个人把头凑在一起，像是被吊着脖子的小鸡，齐刷刷眨着眼等待狗头军师的下一句。

对方偏要卖个关子，吊到她们开始着急要揍人了，才优哉游哉开口："讲究的就是一个敌进我退，敌驻我扰。"

"快讲具体操作！"秦七襄跳下床，几乎要掐上狗头军师的脖子。

军师缩着脖子躲："你看你，哪有人连维持联系都不去做的。对方现在按兵不动，你就要骚扰他呀！主动出击。"

秦七襄追问："怎么主动？"

军师："你就把他当普通朋友，有什么好玩的、有趣的分享给他就好了呀。今天发的照片不是很好嘛！"

秦七襄垂头看了看手机里乏善可陈的聊天内容，不忍再看下去："我和普通朋友不聊天的。"

军师："那不行，你要学会和他分享，生活里的各种趣事、与他有关的事都可以和他说一说，不需要非常热烈，不需要一直追问，你简单分享后保持联系，适当的地方放一点诱饵鱼钩就好。"

秦七襄："就这样？这还不简单。"

军师："不止这样，你要表现出不是非他不可的样子，但你不能直接说，你要侧面展示你有自己的生活，并且这生活是令他感兴趣的，这创造了他想要了解你的条件。"

秦七襄："然后呢？"

军师："放诱饵，曲曲折折地挑动他的情绪，让他感觉你好像待他不同，却又没有把握，逼他苦恼深思，逼他心猿意马，勾着他主动来找你。"

秦七襄："噢，我来研究一下技巧。"

军师："但是，这些都只是用以维持感情浓度的手段，真正激起感情的角斗场不在线上，而在线下，你们要见面。"

秦七襄一听，乐开了："我们约好周末见！"

"我的傻孩子。"军师捧着秦七襄的脸来回搓，"见面才是真正没有硝烟的战场，直接定生死的！"

秦七襄："这么重要？但我们已经很熟了呀，能怎么定生死？"

军师："所以你最大的劣势就在这里，你们很熟了，你已经不会再带给他惊喜了，你知道在他还没爱上你时，就先对你失去好奇与探索欲是一件多么可怕的事吗？"

秦七襄被她这么一说也意识到了问题的症结所在。

她同周倬这些年来熟悉得像是亲兄妹，已经无法分辨对方的美丑了，他不会把她真正纳入异性的认知范畴中。

她丧了气，往座椅上一瘫，托腮叹气："这可怎么办呀？"

另外两个人拉着她出了一堆馊主意，连飞去整容这种话都说出来了，却始终没找到一个解决问题的好办法。

军师这才轻笑了一下，敲了敲柜门："是啊，太熟悉没新鲜感怎么办呢？创造新鲜感啊！"

4

在宿舍三人的昂首期盼中，约好和周倬一起去看星空展的日子终于到来。

狗头军师义正词严地认为这是一场攻心之战，必须以新鲜感夺得此战的胜利。

能够最快创造新鲜感的改变就是外形上的变化，于是这一周她们给秦七襄安排了一场轰轰烈烈的形象改造。

周末这天，秦七襄起了个大早就被拉在座位上任她们捯饬。

刚上大一的学生化妆品都还不齐全，于是几个人东拼西凑搞出了一整套妆具，对着她涂涂点点。

秦七襄闭着眼，感觉自己像是某种被环视着的宠物，谁都能来摸两下。

十八岁女生的脸正鲜嫩，不用化妆也已经很好，化起妆来，即使手法粗糙，效果也不错。

军师拿着粉扑轻轻地在秦七襄脸上拍打,将粉底全部融进皮肤。拍完后,秦七襄对着镜子左看右看,也看不出自己和原先有什么区别。

"好看吗?有变化吗?新鲜吗?"她放下镜子,拉起军师的手,眨着眼连声问道。

军师:"秦七襄你个蠢蛋,当然有!皮肤细腻有光泽,好看多了!"

秦七襄不由得拍了拍胸脯:"太好了!那下一个步骤是什么?"

军师拿起眼影盘,在几种颜色里挑挑拣拣,刷子沾上浅淡色彩,轻轻地在眼影盘外壳边缘一敲,空气中飞起细粉如烟。

军师端详她的脸,开口:"闭眼。"

秦七襄闭上眼,感受到毛茸茸的刷子从眼皮上扫过,又轻又痒,像是捉摸不定的春风,来来回回将色彩染上眼周。

再睁眼时,眼眶已深邃不少,眼尾微微发粉,嫩得像是滴汁的蜜桃。

经过一阵手忙脚乱的妆造,秦七襄再瞅向镜子时觉得自己哪儿都精致极了。

脸上每一处色彩都分外细腻好看,整体看下来,发现自己从未如此美丽过,但又说不出来哪里有变化。

三个舍友看着她深思,不断指点:"要不要再加几笔?这里颜色重吗?会不会有点像被打了?"

几人讨论了半天,又各自扑上来给秦七襄改妆,试图将所有不满意的地方都改到完美为止。

这是秦七襄第一次化妆,也是几个舍友第一次努力为旁人创造美,她们用生疏的技术尝试着一点一点小心翼翼地涂抹出最满意的杰作。

也正因为技术限制,她们拒绝挑战,眼影要选浅淡的,口红要选裸色的,总之,越日常的妆容越好,不容易出错,她们将此冠名为:素颜妆最适合用来捕获男性猎物。

妆容完成后,秦七襄对镜来回细看,每个毛孔都不放过,在脸上戳戳点点想试一试效果如何,又被手巧的舍友拉过去坐好,替她编发。

三人认真讨论着究竟哪种发型适合秦七襄,她想说要不然简单一些别显得太刻意,又被她们捂上嘴。

"这里没你说话的份,你坐好等着看就行。人生大事怎么能草草了事?"

她被迫闭嘴,只能感受到头发被撩起,女孩们细嫩温热的手指轻轻掠过她后颈。

发尾扬动,头皮发痒,钻心地痒,像是幼时在母亲怀抱里被轻抚哄睡一般。

脑海中忽然有一道声音在对她说:"我们那么努力,今天一定能成功。"

最后一个发卡将发型固定,军师掌住秦七襄的后颈,认真地端详:"还可以,你转过来我看看。"

秦七襄转过身,三个人挤在她面前看:"哇,好漂亮!你今天是公主吗?"

"哇!这是哪家的小仙女呀?"

她们将她夸得脸红心跳,嘴角飞扬,让她再次照镜子时,都觉得镜子周边在冒着美丽的光圈，自己是最靓丽的姑娘。

周倬的车已到了楼下，手机铃声响起，秦七襄飞速下楼，又被舍友拉住："香水！香水！你还没喷！"

她慌慌张张地开始拿香水，舍友抬手将自己最珍视的香水供献出来交给她。这是昨晚几个人经过一番挑选，定下的浅淡淑女的香气。

她却在拿起那瓶香水的一瞬间，鬼使神差地放下，转而去寻自己衣柜里的那瓶。

衣柜里只安安静静地摆着一瓶橘粉色的香水，是东方花香调，这是堂姐送她的十八岁成人礼物。

今天第一次使用它，她想用来作为打开新世界成人大门的仪式祭礼。

郑重地按下喷头，她在漫天飘飞的液滴中旋转，光线从窗户落进室内，照耀得她身边的液滴熠熠闪光。

香气铺满全身，她飞一般窜下楼。

又停在楼下的落地玻璃前，提起裙摆踮脚转身，她对镜抿了抿唇，挑起额前的刘海摆了两下，才压住蹦跳的脚步，尝试着端庄地走到周倬面前。

周倬拉开车门，顺势将她送进副驾驶座。她抬头仔细地盯着他瞧，希望能引起他注意，给她一些评价。

但对方似乎没看出来她有什么变化，只是顺势合上车门，回到主驾的位置上。

她几乎要急切地开口问一句"你看我今天好看吗？"，又咬着下唇咽下了这句不矜持的话。

先前军师授课时已经仔细地和她确定好本次约会的剧本，首要一点就是她不能再同往常一样待他没轻没重，她要和过去处处不同才能引起他的注意。

她以往面对他时，总是口无遮拦，想说什么就大大咧咧一口气全吐出来，所以才会在他心里像个小孩。

军师特意强调，三个月的上头时间实际上她只需要经历三场令人难忘的约会就足以成功。

第一场需要让他对她产生好感，大概就是让他觉得和她相处起来是有意思的，只要达成这个目标就可以算作成功。

她问军师："周倬哥一向待我很好，这不算第一阶段的目标已经达成吗？"

军师摇头，意味深长地对她说："你了解他吗？他有什么爱好、朋友、习惯？这些他会与你分享吗？这些你们一起经历过吗？"

秦七襄摇头，军师又说："那你们离第一阶段的目标还远着呢。你们得先成为可以一起玩的朋友后再想其他，所以他感兴趣的星空是个好东西，你要好好准备，让他感受到你在他感兴趣的领域也是有趣的，你们才能约着玩到一起。"

秦七襄："那第二阶段是什么？"

军师："让他意识到你的异性魅力阶段，你要让他脸红心跳，让他将你摆到正确的位置上。

"所以你要不经意地撩动他的心扉，发丝、香气、锁骨、腿与手……在一些暖昧上头的环境中，让他心跳加速、呼吸发紧。

"但你千万不要冒进，真让对方占了便宜，而是要让他抓心挠肝，求而不得。这个时候，你再一推一拉，忽缓忽进，他就会在独处的时间里想到你，想要亲近你。到这一步，你们之前的困境就算是打破了。"

秦七襄："天啊！那第三阶段是什么？"

军师："第三阶段是共鸣也就是价值。决定他是否要同你在一起的因素不只是在于你是一个能和他玩到一起去的异性，能让他产生生理冲动的对象，这只能突破他的感性，还有理性阻碍在面前。

"有些人的理性好破，第三阶段稍微勾一勾就能达成目的；有些人的理性难破，现实因素是他们的重要考量对象。"

秦七襄："理性？难道人不该喜欢就在一起吗？这种畏首畏尾的恋爱，不谈也罢。"

军师："我感觉高学历的人别的不好说，至少考虑问题会特别现实。"

秦七襄："这算是夸奖还是指责？"

军师："都不算，理性是个中性词，别当成我在夸他们，说难听点是他们比旁人更会算计价值，讲好听点也可以说是他们对自己负责。怎么说呢？他们大概是拿准了有些事胡来不会沾染自身，看重的价值不在此处罢了。"

秦七襄："我哥不是那样的人。"

军师："宝宝，你先把滤镜关了吧。"

秦七襄感觉自己已经关掉了对周倬的滤镜，会用审视的目光去看他。

可第一次春心萌动的少女，在生理激素的催动下，自动为他蒙上的那层滤镜厚得谁也打不破。

秦七襄坐在车里，偷偷看周倬握着方向盘的手，怎么看怎么喜欢，怎么看怎么想要这双手不再握方向盘，应该来抱一抱她。

但她还需要矜持，第一场约会，要让他意识到她可以是他同龄的玩伴，而不是一个需要照顾的妹妹。

汽车停稳，她推开车门，踏出车厢，安静地站在一旁等着周倬走到身边。

根据她往常的习惯，总要等到他来开门伸手，她才会娇气地搭着他的手下车。

然而，今天他似乎没有发现她这一点点改变，自然地走到她身旁不远不近的距离给她指路。

这只是一点小事，他注意不到也正常。她深吸了口气，款步走到他身旁，温声同他寒暄，他倒是对答如流。

她在身旁偷偷看对方的表情，希望能看到一种颇感兴趣的神色，可惜没有，他一路淡然地充当着导游般的角色，同她聊天。

美丽的星空迷惑人心，但她的心思不能完全沉浸其中。走出展馆时，天色昏黄，朱红色的晚霞如敦煌的壁画，她叹息着意识到自己没能让他感觉到有趣。

她尽力表现得端庄淑女，却不曾唤起他半分兴趣。

她尝试着夸赞他，也不能换得他得意的笑容。

周倬始终温和又淡然地看着她，他眼中的情绪未曾掺杂过半分波动，就像是出门遇上了一个好天气，平淡极了。

这时秦七襄才意识到，周倬从未对某位异性表现出特殊的情感，本身就是因为他对这方面的感情太过淡薄。

她不会是那个例外，他是很难追的那种人。

只是，当他驱车送她到校门前，他突然停车转头问她："你今天心情不好吗？"

5

"没有啊，我今天玩得很开心！哥你好厉害，什么都懂！我真的是太崇拜你了！"

秦七襄对着周倬把军师写好的台词背诵了一遍，加上夸张生动的表情，试图证明自己所言均是发自内心。

周倬却轻皱着眉，手掌探上她的额头，又笑说："也没发烧呀，你今天这是怎么了，嘴这么甜？"

他掌心温热，激得她几乎维持不住淑女形象要欢声叫出来，眼瞳定定地翻上去望着他手掌，露了大片的眼白出来。

落在他眼里实在傻得可爱。

周倬的手掌沿着她脸部的骨骼走势，抚上她的颧骨，拇指蹭了蹭颧骨下方的皮肤，温热轻柔，让她呼吸也染了热气。

她听见他问："怎么脏了一块？"

她耳朵瞬间通红，酥麻的感觉窜过头皮，尴尬得脚趾弯曲，那些淑女的伪装全部无法再维持。

她推开他的手，羞愤地叫道："你根本不懂！这是阴影！"

"阴影？"他将她的脸转向一侧，让车内灯光洒满她侧脸。

他垂头靠近，仔细地看了半天："不是光线阴影呀，还能擦下来一些呢？"

她愤愤地转头，对上他的眼，眼眸流光，近在咫尺，甚至能听见他呼吸时胸膛微微起伏的声音。

她不由得咽了下口水，那一声想要怒斥他蠢的话音也随之被咽入腹中。

他们离得太近了，她仿佛抬起头，两人就能鼻尖相接，吻上他的唇。

但她不敢这么干，脸像熟透了的番茄，热血全部涌进脑袋里，昏昏沉沉的不知道自己在干什么，只是迅速地坐直身体，避开他的目光。

她听见他轻咳了一声："没什么事就好。"

秦七襄手指绞着衣角下车，走了两步，才茫然地回头问周倬："哥，就送到这儿吗？你要先回去了？"

校门离宿舍楼还有段距离，周倬无奈地搭着车门："是你下车太匆忙了，唤你停下你都听不见，还没到地方呢。"

"嗷!"她又垂头溜回车内。

周倬坐回驾驶室,调整好安全带,轻笑一声:"躲什么呢?一整天见我都像只受惊的兔子一样。"

秦七襄:"兔子怎么了?"

"胆子小。"他望向她,"我们襄襄不是很勇敢的吗?"

她撇了撇嘴:"你又把我当小孩,我已经成年了,我长大了!"

他用力揉了揉她的头,揉乱了她编好的头发,好笑地回她:"对,襄襄长大了。"

随着汽车驶入校内停车场,他拉开车门,伸手扶她下车:"不急着回去,吹吹晚风吧。"

这次,他送她一路回到宿舍,路边的桂花香气乱卷着扑鼻而来,晚风温柔地替她梳理长发,将出门打理好的公主发型梳成微乱的模样。

似乎所有的剧本都没能按计划进行,但好消息是结局回归正轨。

这短暂的通往宿舍的曲折道路,他们走了很久很久,久到她足以认清路边的每一株桂花树。

嫩黄的点点花朵藏在茂密叶间,她在宿舍楼下的桂花树旁,对周倬说了一声:"哥,这个时节好想喝一碗家乡的桂花酒酿啊。"

周倬:"嗯……明天吧?我给你带一碗。"

秦七襄:"哪里有卖吗?"

周倬:"我宿舍里有养生壶,回去给你煮。"

秦七襄:"听说京城有一种酒酿叫甜胚子,制作材料不同,风味也很不一样。"

他笑眼弯弯:"嗯,我知道有一家很好喝,明天带你去。"

秦七襄:"明天?"

周倬:"你没时间吗?"

秦七襄:"当然有!我随时有空。"

她开心地蹦跳着跑回宿舍楼,又在二楼窗口前,对着站在红枫树下的周倬,用力地挥舞着手臂,心里轻轻地说了一声"明天见"。

他若有所感地抬起头,坠落的红叶从视野里飞过。

当眼前的明艳色彩褪去,他透过小小的窗口望见楼道里如小鸟般蹦跳的身影,转瞬消失在转角处。

那么,明天见。他微笑着解锁汽车,驶向宿舍里的那个养生壶。

秦七襄回到宿舍后,三个姑娘聚在眼前,拉着她手臂忙问她约会情况,要给她分析。

她将白天的事情一股脑说了出来,听得军师直皱眉,戳着她的脑袋叫:"我说要当淑女,不是让你变傻子啊!你们之后没有其他进展了吗?我真是要被你气死啦!"

秦七襄捂上滚烫通红的脸,寻了个位置坐稳,才断断续续地开口:"我们约好明天见哎。"

"真的？太好了！好进展啊！"军师拍着手大笑。

舍友们将秦七襄今晚的散步剧情扒了个彻底，不禁心满意足地坐在床上跷着脚笑："襄襄威武，不辜负我们悉心教导，这一出手比一般人进度还要快！"

"进度很不错吗？"秦七襄探着头，神色认真。

军师："这已经相当不错，他都能主动邀约了！这不比你上次约他被拒绝强？我就知道你能行，一点就通。"

军师忙对秦七襄进行了一阵全方位的夸奖，把她夸得飘飘然，几乎感觉明天见面就能牵手、接吻一条龙。

军师却托着腮："你这进度该怎么说好呢？按原本的计划，你第二次约会应该穿一些有小心机的衣服去展露你的女性特质，可是你们约了去喝甜胚子哎，谁去小吃街穿蹦迪装呀？总觉得格格不入，哪里不对劲。"

秦七襄摇了摇头："那我正常穿一条短裙就好了，没必要那样刻意吧？"

军师："有必要！真的有必要，你也不希望在他眼中一直是个小孩吧？那就要展现一点成熟女性的魅力。听我的，明天穿紧身吊带短裙，加双高跟鞋，走路扭起来！"

秦七襄："我不要！好奇怪的……"

军师："这有什么奇怪的？你就是纯情，太放不开了。"

在来回争执下，秦七襄最终被军师说服了，第二天换装时，真的拿出压箱底的那条黑色紧身吊带裙。

试穿上身走动时，她总下意识捂住胸口，却又被军师强硬地扳下手。

军师义正词严道："既然要穿，你就大大方方地穿，别穿了又害臊，扭扭捏捏，不好看！自信点，这没什么暴露的，只是在正常展示身材罢了。"

军师训练她穿着这身吊带，踩着高跟鞋，在宿舍里来回走动："挺胸！对，收下巴，别挺腹，很好。"

她走了一圈又一圈，直到周倬打来电话，军师才托着下巴点头："就先这样吧，一会儿下楼的时候，别把我今天教你的都忘了，要记得你的使命不是吃喝玩乐，而是要让他对你产生异性的兴趣，吃的喝的就先放一边。"

红枫树下，周倬见到一身黑裙的少女身姿曼妙，一步一步走到他身前。头顶的骄阳滚烫，干燥的空气带走了身上的水汽，他舔了舔唇，给她递去一瓶拧开的水。

她接过饮了一小口，又递还给他："哥，今天我们去哪儿玩？"

周倬："你有想法吗？"

秦七襄："我都行呀，和你一起就很开心。"

周倬："那去游乐园吧，一直逛景点你应该挺无聊的。"

秦七襄："才没有呢，你讲得很有趣，我超感兴趣！"

周倬："真的吗？那你是更想逛景点还是游乐园？"

她眯了眯眼，想起军师说的吃喝玩乐不重要，重要的是和他有一些暧昧的近距离接触。

她咬唇,想了一下说:"看电影可以吗?"

那些言情小说里都会有这样的情节,黑暗的放映厅、紧贴的座位,体温相接,呼吸可闻,低柔的说话声扑进耳朵里,男女主角的感情也因此迅速升温。

昏暗的影院里,他们安静地坐在座位上。

银幕光影闪动,秦七襄嗅到一阵阵浅淡的桂花甜香,太淡了,像是指尖在月夜下捏碎了几粒桂花,香气经过一夜温暖被窝的发酵,变得清淡缥缈,似有若无地撩拨她的心跳。

她的视线偷偷飘向身旁,刚触及对方白皙的下颌,又立刻收回,脸颊涨红,只能紧盯着银幕,目不转睛。

室内空调温度打得低,她裸露在外的大片皮肤泛起了鸡皮疙瘩,双手忍不住悄悄搓着大腿取暖,又怕形象不雅影响他的观影效果。

原本为了能够触发手背相接的暧昧感,特意买的中桶爆米花她也一口没吃,只定定地看着电影画面,在心底"嘶哈",默念着"好冷啊"。

越想越觉得军师的决策失误,衣服没能发挥该有的效用,反而成了累赘,害她连件外套都没有。

电影结束,爆米花几乎没动,她走出影厅时,打了个大大的喷嚏。

身前的周倬停下脚步,眉头微蹙:"怎么感冒了?"

因打喷嚏流出的眼泪积在眼角,她垂头擦了擦才说:"刚刚的空调风有点大。"

周倬:"那你……告诉我呀。"

秦七襄:"没办法嘛,不想扫了兴。夏天吹吹空调也没啥,我出去晒晒太阳就好了。"

周倬:"这家爆米花不好吃吗?"

秦七襄:"没有啊,挺好吃的。"

周倬:"我以为你不爱吃,是被风吹得没胃口?下次再有这种事,你要早点跟我说,没有什么扫不扫兴的,身体重要。"

说着,他揉上她的头:"小时候你也不这样呀,怎么长大了变这么乖了?"

头顶泛起毛茸茸的痒意,她红着脸,直勾勾地望着他:"那你喜欢吗?"

她忍住想要立刻转头钻进洞里的羞赧,眨着眼睛装作单纯无害的模样,把军师提点的勾人要点表达出来。

周倬闻言愣了一下,手掌停在她头顶,眼神飘向地面,又转向影院出口汹涌的人潮。

她看见他敛下眼睫笑了一下:"还是凶点好,不容易受欺负,做什么事都别委屈自己。"

他的手掌从她头顶挪开,拍了拍她的肩,将她向出口推去:"带你去找那家甜胚子奶茶。"

秦七襄:"哎？哥，说好的给我带桂花酒酿呢？"

周倬："有你的，别急。"

那晚，她捧着甜胚子奶茶，和他逛了许多地方，从路边的画摊到3D艺术展，最后停在了他的宿舍楼下。

他倾身后退，笑眯眯地说："你等一下，我很快下来。"

秋风送来淡淡的桂花香。

"好。"她踮着脚在道旁走走停停，时不时遥望灯火通明的窗口，一弯弦月高挂，金灿灿的像是桂花做的。

几片落叶飞舞飘落，她看见明亮的宿舍门前小跑来一道身影，怀里像是捧着什么宝贝。

第十章 晚风疏狂

⋅⋆ 枝影重叠摇曳。⋆⋅

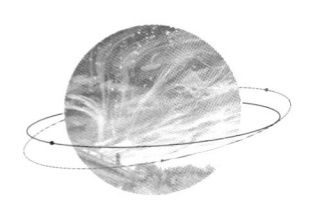

1

距见面时间还有三个小时，秦七襄早早地坐在梳妆镜前，将已练习了无数遍的妆容服帖地重绘上脸。

每一笔用量都要精确到一毫一厘，完成后，她对着镜子里焕然一新的脸，弯起嘴角露出美丽的标准微笑。

随后，她深呼了口气，肩膀松弛下去，又倏忽看见镜子，立刻挺直脊背，舒展着脖子，像是一只优雅引颈的天鹅，对镜观察每一根头发丝。

舍友一遍遍表示她已经很美很美了，秦七襄才放下心，去换上纱织蓬蓬裙，系紧带有鱼骨的皮质束腰。

单脚踩着椅背，用力拉紧束带，接着蹦了两下，将束带抽得更紧，随后深吸一口气，束腰浮现两段肋骨突起，她咬牙又抽出了一长段束带。

呼吸开始发紧，空气未达胸腔便又呼出，直到再无法多拉紧一分，她才仔细地将束带打成漂亮的蝴蝶结，随后用缀满碎钻的胸针固定束带结尾。

束好腰后，秦七襄只能缓步走到穿衣镜前。

镜中少女的纤腰仿佛风一吹就能折断，束腰托起胸口下缘，更衬得那里饱满丰盈，脖颈纤长。

她这才满意地笑了笑，提步出门，步伐拉扯着呼吸，酸痛堆积在腰椎，再无法健步如飞。

艰难地走下楼梯时，她忽然理解了小美人鱼为什么会为了心中的王子，踩着沁血的刀刃在人间舞蹈。

当她摆动着款款纤腰、仰起修长的脖颈走向周倬时，明显看见他愣在原地，眸光复杂深邃，在深深凝视着她。

他脸上没什么表情，眉头极短暂地蹙起又放平，像是想说些什么，最终又放弃组织语言的样子。

直到她微笑着唤了他一声,他才弯起唇,浅淡地说了一声:"生日快乐。今天你是小公主吗?"

她双眸弯如月牙,扬起练习多日的巧笑倩兮打趣道:"是人鱼公主。"

他打开车门,送她进入副驾驶座,面上挂着温煦的笑意:"那公主今天想要去哪里呢?"

她回道:"你不安排好给我惊喜吗?"

她坐进副驾驶座,只觉束腰上硬挺的鱼骨卡进肋骨之间,痛得像是胃底被刀剑贯穿。

呼吸卡在喉咙,又浅又急,她却依旧保持着灿烂笑脸,伸出手:"哥,我的礼物呢?"

周倬:"不急,等你回去再拆开。"

他低头替她调整了下安全带,指尖虚虚掠过束腰时,稍微停顿了一下,伸开手掌,一掌可握,她听见他的呼吸好像停了。

她扬头,依旧是标准的巧笑倩兮,眸中藏着些许得意。

与他深邃幽暗的眼神相接,他眼中润着春水般的波光,藏着极为复杂的情绪。

直觉使她脊背爬起危险的寒战,声音却故作轻快:"那你安排好今天去哪里玩了吗?"

"也是秘密。"他语调不疾不徐的,听不出是什么情绪。

汽车行驶,她的胃被扭曲塞满产生了眩晕作呕的痛楚。周倬见她脸色不算太好,放慢车速,轻声问了一句:"不舒服?"

"没有。"她依旧扬起标准的笑脸对他。

他按下控制键,副驾驶座的座椅逐渐放平,她缓缓躺下,才成功地喘出压在胸口半天的浊气。

最后他将车停在一家玻璃吹制的工作室前,她受束腰所累,难以起身。

还好他依着习惯在车门外伸手,将她像公主一般拉出。

细高跟鞋踩上地面,她只觉自己光脚踩进了荆棘,用鲜血浇灌出一座艳红的玫瑰园。

"你真的没有不舒服吗?"周倬站定在秦七襄身旁,脸上微笑不再,眸子掩在镜片反光里,一片担忧神色。

秦七襄:"没有啦,哥,你今天怎么啦?总是问这个。"

他深吸一口气,摇了摇头,提起笑:"毕竟是你生日,没事就好。那我们去吹玻璃,希望你能玩得开心。"

"好耶!我还没试过呢。"她提着裙摆做出兴奋的神色,款步向工作室走去,又回头问他,"好玩吗?"

她看见周倬跟在她身后,忧伤的目光凝在她纤细摇曳的腰肢上。

很快,她就通过亲身体验获得了答案,只是这答案分外复杂。

强对流

　　她坐在细长的火焰喷枪前，黏稠的玻璃逐渐塑形，鼓胀如一轮烈日。
　　在店员的指导下，秦七襄鼓起腮帮子缓慢向玻璃管里吹气，像是在吹一个透明的肥皂泡。
　　很快，视野内只剩玻璃表面的火焰光影，呈现出梦幻的色彩。
　　"啪！"玻璃泡炸开，漫天的晶莹碎屑，流光溢彩。
　　她眼瞳里装满流光，如果紧缚的束腰不曾通过疼痛提醒她的话，自然是觉得好玩的。
　　可惜，她连内脏都被箍紧移位，唯一支撑她忍耐下去的理由，就是坐在一旁看着她的那张英俊温柔的脸庞。
　　周倬漆黑的双目一瞬不移地凝望着她。
　　当玻璃泡炸开吓得她弹起时，堆积了一天的腰椎酸痛像是电流般窜进骨髓。
　　她似乎听见了身体关节的脆响，痛得轻呼出声，泪腺瞬间积起泪花，鼻头酸涩。
　　他动作迅速，伸手护住了她的腰，手掌触碰到硬挺硌人的鱼骨，又听得她一声细微痛呼。
　　周倬脸上勉强挂了一天的笑意再维持不住，眉头微蹙，手掌立马移位，虚虚地拢住她，不敢再碰。
　　他呼吸深沉，带着冷意："我看你一天都不太对劲，这个束腰是什么意思？都没有我的手掌宽。"
　　"好看呀！哥，不好看吗？"她抬头问他，眼睛像是满桌的玻璃球般纯粹认真。
　　周倬转开眼，拢着她的手攥拳收回，有些僵硬地开口："你已经很好看了，也不必学欧洲的公主。"
　　她只听见了他的夸赞，心情大好，觉得今天的打扮设计真的有效，喜悦地咬着舌尖，将他之后的话都当成赞美。
　　继续忍受束腰带来的窒息感，她强迫自己撑到最后制作出了一朵玻璃玫瑰花。
　　她红着脸将玻璃玫瑰攥紧在手中，暗暗决定在今晚分别时送给他表白。

　　晚餐时，周倬在套间里点起蜡烛。对着摇曳的烛火，她闭上眼许愿：唯愿此后，岁岁常相见。
　　睁眼，望着对面那双光彩朦胧的眼睛，她吹灭蜡烛。黑暗中，那双眼的温暖火光熄灭，腾起满天星辰。
　　肋骨间隐隐传来疼痛，她趁着黑暗揉了揉酸痛的腰背。
　　周倬开灯，室内重归明亮，她迅速收回腰间的手，起身去切蛋糕。
　　被束腰紧缚着难以弯腰，她费力留下的切痕歪歪扭扭。周倬接过她手中的蛋糕刀，温声问她："会影响胃口吧，需要解开吗？"
　　说着，他探上束带的绳结，线头像是一缕清风缠在他手指间。他看见她转头，笑着说："没有关系呀，它就是这样的。"
　　他的手指顿了一下："你认真的？"

"哥？不快点切蛋糕吗？"

周倬无声地望着她，沉默在房间里蔓延，连夏虫也为此沉默。

最终他收回手指，敛下眼眸，切开蛋糕。

她胃口确实一般，只吃了两口蛋糕就再吃不下，碗里堆了许多她爱吃的菜。

不仅是因为束腰裹紧了胃，使她无法下咽，也因为心里一直装着事。

随着时间流逝，她心跳得越发急切，手心冒汗，头脑"嗡嗡"地在叫嚣，逼着她赶快开口，将已在脑海中排练了无数遍的表白场景呈现出来。

可对着面前的人，她张了张口始终无法出声。

她只能顾左右而言他："哥，今晚的天气很好。"

说完，她端起汤，小口抿着，用白瓷碗遮掩僵硬的表情，手指微颤，碗里荡起涟漪，舌尖只沾了点咸甜的味道。

过了一会儿，她勉强深吸了口气调整心情，却听见自己连吸气声都带着微颤。

自知这样下去今晚必将无功而返，她强迫自己放松地开口："哥，我成人了，可以喝点酒吗？"

他静静地看着她，像是生气了："没胃口吃饭，却能喝酒吗？"

秦七襄："嗯……酒水开胃。"

"行啊，寿星最大，你说了算。"他那一声尾音带着上扬的语调，有些隐隐的嘲弄，却不知是在嘲弄谁。

她的心也随之震荡，不由得舔了舔轻颤的下唇，叫了一瓶红酒。

两杯红酒下肚，她撑着疼痛的额角，虽然指尖酥麻，人尚算清明，知道面前的人是谁。

多年来萦绕在她梦境中的那双璀璨星眸就在眼前，掩在流光溢彩的镜片后，呈现出一种梦幻的景象，直催得她想摘了他的眼镜。

她硬撑着起身，扶着桌面向周倬走去，步履摇晃散乱，脸上却挂着笑。

笑意不再是标准的巧笑倩兮，脸颊酡红，染了许多生动的色彩。

他仰头问她是不是醉了。

随着他仰起白皙脖颈，喉结更显分明，突出着向下滚动，男性灼烈的气息喷薄欲出。

她只摇着头笑，视线紧盯着那里，轻轻吞咽了一下，俯身摘下他的眼镜，终于得窥星辰。

手被他按住，她顺势抱紧他的脖子，跌撞进他怀里。

他浑身骤然一紧，虚拢着她，试图将她扶起。

她却垂头与他额头相抵，芳香醺然，笑声吃吃，带着湿润的喘息，调整了下姿势，修长的双腿交叠着牢牢坐上他的大腿。

自此，他周边的每处角落都已沦陷失守。

他听见她在耳边闷哼一声，声音极轻极弱，下意识扶上她盈盈一握的腰身，将她歪斜的坐姿护稳。

紧缚着她的束腰皮质紧致柔软，像是一团火焰在掌心翻滚。

当他的手掌被她束腰的鱼骨硌痛时，耳边陡然听得她一声低呼："疼——"

大腿随之一沉，柔软的身躯将他紧拥，如海浪迭起，一波一波涌过他胸口，她被酒精浸得滚烫的体温隔着布料传来。

四周似有烈焰腾起，氧气被烧尽。

"你裹着这个束腰一天了，很痛吗？"他声音低哑，像是被火烧过，呼吸灼烫。

他手指勾起束带，漆黑细长的绳结缠绕在他修长玉润的指间，越缠越紧，缠成繁复华美的图案。

像是楚国宫廷中的蟠螭纹，色彩对比强烈到惊心动魄。

人说楚王好细腰，便有了嫚嫚一袅楚宫腰，时光跨越几千年，楚腰仍是那段楚腰。

她眨着湿润的眸子，紧紧贴着他的脸，深深望着他琉璃般的眼睛，那里翻滚着绚烂惊人的烈焰。

仿佛回到了今天下午，缀满星辰幻彩的玻璃泡炸开，满世界流光溢彩。

她抚上他的侧脸，鼻尖相蹭，嘴唇被他呼出的火气烫得干燥，不由得伸出舌头舔开。

她呼吸带颤地唤他，声线黏腻如蜜，尾调上扬成细不可见的钩，钩上的饵是她，正随着他眼中的水波荡漾轻颤，试图勾着他咬上来。

感受到他手指清晰地按上纤腰，她心如擂鼓，耳畔轰鸣一声震响，窗外炸开火树银花，映亮她的侧脸。

漫天火星四散，干爽晚风缠绕着闪烁光点，穿过摇摇绿叶，摇散了满窗昏黄光影。

模糊光影之中，黑色人影相叠紧拥。

晚风送来少女的轻吟："哥，我喜欢你。"

随后，紧密相贴的纤柔肢体处拉出了一条模糊细长的影子，落在窗上朦胧成两道淡墨色的虚影，尾端勾连着修长的手指。

2

晚风疏狂，漆黑的高楼孤独地耸立在无人街边，楼下红杉直插云霄，杉顶点燃了一扇昏黄暖窗。

雪白窗帘被卷出窗外，上面映着两道单薄人影，正随着晚风起伏。

窗帘掀起，纤弱人影的腰间坠落了一片布料，裙装登时散开，盛开成一朵透着微光的花。

花中伸出一只青筋绷紧的手臂，手臂向下，捞起裙装。

扬起的窗帘又落下，将两人掩成模糊黑影。

黑影中，有只手勾着一双细高跟鞋，鞋尖微晃，随后坠落。

轰然一声，又一束烟花腾空绽放，火星坠落如雨。

那双手抚上了少女的脸。

修长的手指抚去她脸上的细沙，湿润的沙粒摩擦着指尖，摩挲出泛红的细痕。

194

回忆至此戛然而止，秦七襄被抵在房门上，脊背硌着坚硬的门板，身前是周倬那双炙热滚烫的手。

　　拇指抚过她脸上的细沙，随着她的呼吸微微起伏。

　　她冷声对面前的周倬说："你知道你在做什么吗？"

　　他轻笑了一声："你说呢？"

　　一粒细沙掩在他拇指下，沿着她细嫩皮肤的纹路，滚上她的唇。

　　微微按压，那粒沙被压进柔软的下唇，像是藏在蚌肉中的小沙粒，等待着长成一颗美丽的珍珠。

　　他垂头，两人鼻尖相抵，他真的很想咬一口她的唇。

　　他抬起她的头，见她试图扭头甩开自己，拇指将她的下唇按压得更紧，沙粒深深压进唇瓣中摩擦。

　　令她像是眼睑中含了一粒灰尘，擦不掉，洗不净，难受得直欲发狂。

　　她顺着月光下白皙的手指向上看去，周倬一双漆黑的寒眸盯着她，亮得惊人。

　　那眸光令她竖起一身寒毛，她用力扳着他的手腕，不知他哪来这么大力气，竟纹丝不动。

　　推搡不开，她只能叫骂："你有病吗？拿我爸来威胁我。"

　　他的拇指深深按下，沙粒硌得她下唇疼痛难忍，她试图咬他，又被掐住嘴，沙粒从唇间坠地，她叫了一声疼。

　　看着她唇瓣泛红，双眼满是水光。周倬终是松开了她，后退两步让出身位："一身沙子，先去洗漱吧。"

　　她也来了脾气："你让我去我就去？"

　　"随你。"他抬手梳了下她的发丝，攥了攥手心，将聚成一小团的泥沙摊在她眼前。

　　她推开周倬的手，气势汹汹地走向浴室："不要你管。"

　　"砰"一声，带上了浴室的门。

　　玻璃门中透出朦胧洁白的光，像是一团云雾虚虚地笼罩在天地之间，也掩着苍穹之下的月华，皎洁云层晕开五彩月晕。

　　晚风吹过，枝叶摇出簌簌声响，像是夜空的一声叹息。

　　秦七襄叹着气，湮没在浴室的朦胧白雾中，头顶打出雪白的泡沫，温热水流冲去一身泥沙。

　　她垂头搓着发尾，细沙伴着发丝在掌心翻滚，眼睛被水流打湿，湿成一片模糊光影。

　　秦七襄想到自己今晚被周倬强行唤回，胸中就满是难言的怒气。

　　从海滩归来的路上，两人一路无话，汽车平稳行驶，她疲乏地倚着车门，安静得几乎以为世界都陷入永眠。

　　直到走进家门，周倬滚烫的手突然抓紧她，灼热的体温顷刻间覆上她后背。

　　他拥上来，将她深深抵上门，拇指摩挲着她的脸，眼里翻滚着浓郁的墨色。

195

她望着他的那双眼,深重情思都藏在其中,缠得她几乎窒息。

心尖被攥紧般疼痛,她一时间忽然很想笑。

每次都是,她想向他靠近的时候,他从不流露半分;她一旦想要远离,他又会是这样一副伤痛的样子将她强行留下。

"你知道你在做什么吗?"她撑在洗手台上,对着浴室里的镜子喃喃。

抬头,对上镜中那双闪着晶莹水光的眼睛,那是一双十八岁少女的眼。

镜中少女脸色苍白,眼眶微红着几欲落泪,窗外似乎正在炸开火树银花,年少的周倬虚虚地将她护在怀中,手指按上她的束腰。

恍然又回到五年前的那个夜晚,她始终难以忘怀的那夜。

那夜,他寒潭般的目光落在她脸上,薄唇开合,声线清洌如坚冰,不带感情地问她:"你知道你在做什么吗?"

水花泼上镜面,泼碎了镜中少女苍白的脸。

秦七襄神思回转,低头看着水池喷涌出的水流,掬水泼了一脸,泼去那些细碎疼痛的情绪。

再抬起头,镜中少女的脸庞也在滴落着水,刘海粘在额头,她却扬起嘴角,强迫自己摆出标准化微笑。

唯有眼中还含着悲伤的水光。

随着标准微笑刻画成肌肉记忆,镜中少女一身纱织蓬蓬裙,系紧的束腰风吹即断,让人窒息。

秦七襄再维持不住微笑,手掌抚上镜中少女的微笑脸庞,语调绵长哀伤:"你在笑什么呢?你又在哭什么呢?"

掌心落在镜面上,镜中少女的笑容随之漾开涟漪,变得模糊。

镜面的水流过少女的双眸,如眼中落下的清泪。少女静静地回答:"都结束了,该离开了。"

"结束了吗?"秦七襄低头与镜中少女额头相抵,雪白宽松的睡衣与镜中灰色紧身的蓬蓬裙,色彩对比鲜明。

"是的啊,都结束了,你不再笑了。"镜中少女拢起双手,似乎要捧上秦七襄的脸。

细嫩白皙的手指撞上镜面玻璃,偏偏留下一毫米的距离。

这一毫米,是现实与虚幻,是过去与未来。

秦七襄抬起双手,拢住自己微颤的双肩,脸庞滴落的水砸进水池里,砸出一圈圈涟漪。

直到浴室洁白的水汽散尽,她才抬起头,对着镜中仍在僵硬微笑的少女,拍了拍冰凉湿润的脸。

清澈水流再次泼上脸,洗净脸上的泪痕与铅华,她如刚从母亲腹中诞出的婴孩,光洁全新地转身向外走去。

镜中束腰的微笑少女碎裂,只有那双沾着水光的眼睛目送她离去。

少女:"你知道你在做什么吗?"

"我知道,都结束了。"秦七襄扬头,下一步踏出了浴室的玻璃门。

门外无灯,一片漆黑。

月华藏进层云,只在客厅中勾勒出一道模糊修长的人影。

周倬静谧地倚着墙,微垂着头,不知等了多久。

秦七襄也怠惰极了,不想去开灯。向周倬走了两步,她吸了口气,问他:"你知道你今天晚上打断了什么吗?"

他抬起头,直视着她的眼。

还是那般晶莹剔透,与五年前的那双眼重合。当时她整个眼下都红了,偎在他怀里,颤着身子,抚着他的脸说喜欢他。

周倬皱了皱眉,抿起一点嘴角,却又自动垂落,只得苦笑:"他吻你了吗?"

今晚他坐在车里,涨潮的海面涛声阵阵,咸涩的海风灌了他满嘴。远处的渔火上下翻动,他看着两道交叠的黑色人影。

他看见有人抚上了秦七襄的脸,向她贴近。一道渔火的光辉从她脸旁闪烁而出。

"吻了又怎么样!你在想什么?"秦七襄眸中喷火,"你凭什么?"

"你想破镜重圆?"周倬摘了眼镜,眸中的光彩都熄灭了。

她再看不清记忆中最爱的那川星河。

月晕而风,晚风吹得树梢"沙沙"作响,同五年前的萧瑟秋风一样,吹过她的肩头,有些寒凉。

秦七襄闭眼,两颊颤动:"我永远不明白你在想什么,你在害怕什么?我想留时你让我走,我想走时你要我留。既然你把人像尘土一样掸去,何必管我和谁亲近,这跟你有什么关系?"

周倬:"那就当我卑劣,我看不得那样。"

秦七襄:"你是谁啊?你不过是不习惯或许我身边会有别人。"

"收不起来。"他仰头贴紧了墙面,修长的脖颈拉伸,一点青筋蜿蜒而下。

秦七襄猛地冲上去,攥紧他的领口:"我和你毫无关联,你收得住收不住,都得给我忍住了,离我远点!"

"不行。"他低头,眸中的火焰灼得她心头乱跳。

她看见他自嘲似的笑了下,握紧了她的手:"我会嫉妒。"

"周倬,你疯了?"她耳边似乎炸开雷鸣般的震响,下意识地望向窗外,看是否有五年前的烟花绽放。

没有烟花,云雾如纱,卷层云中的那些小冰晶折射出五彩月晕。夜风卷进窗内,卷上她的心头。

周倬:"是要疯了,卑劣如我,做不到无动于衷。"

秦七襄:"我们算什么?"

"当初的话……"他攥着她手腕的手更紧,迫使她踮脚与他相贴。

良久，他才声线颤抖着问出后半句："你说你喜欢我，还算数吗？"

"轰——"脑海里的烟花炸响，他的眼眸与他五年前的眼眸重合，是同样的哀伤弧度。

秦七襄应激般地挥开他的手，连连向后退了三步："不算！不算！不算！你凭什么笃定我时隔五年还会喜欢你？"

周倬轻颤的声音追在她话音后面："可我……还喜欢啊……"

3

"你说什么？"秦七襄愣在原地，瞬间叫出声来。

周倬似乎有些难堪，后退了半步，后背贴撞上墙。

冰冷的墙体送来刺骨的冷，周倬不由得攥紧双手，咬牙开口："我原本……没打算在这样混乱难堪的时候告诉你的……"

他眨了眨眼，眼神飘向浴室流出的雪白灯光。那光芒映亮了秦七襄的脸，留下一道柔和的轮廓光边。

望进她冷然的双眸里，周倬认真道："既然已经开了口，我就应该说清楚。襄襄，五年了，我一直在等一个机会，一个能够当面同你剖白心意的机会。

"我喜欢你，从过去到现在，一直都是。

"我知道，我什么也没准备，就凭着这空空的一句话，很不郑重。如果你不嫌唐突又或是你尚能接受，我……"

他顿了顿，又惨然一笑："之后我会补一场符合你心意的表白，如果……你不愿意，你可以……忘了我现在说的话。"

她眉峰微蹙："不是，我不是很明白。你别扯太多，我有点乱，你到底想说什么？"

"就是，我喜欢你，很久很久了。"周倬脚步微动，向秦七襄身边靠去。

他目光炙热地凝视着她："可不可以给我一个机会？"

"什么机会？"她似是被逗笑了，头微微歪向一边，有些玩味地问他。

未待周倬回答，她又轻飘飘地继续问："弥补的机会？"

说着，她挑起眉，一字一顿，掷地有声："读档的机会？重启的机会？"

周倬："恋爱的机会。"

在胸膛里来回滚了多日的话终于说出口，他似是松了一口气，手不知该安放在何处，只能抄进兜里。

他的一截手腕露在月光下，正在微微颤抖。

纵使全身在颤，他也努力平静。牙齿磕上舌尖，舌尖抵过牙齿，他强迫着自己冷静地问道："秦七襄，你要不要同我……"

他顿了一下，随后又笑着舒了口气，正视着她的双眼，语调清晰地询问："同我谈恋爱？"

她的笑容冷下来，双手抱在胸前："你记得你当年是怎么回答的吗？"

少女五年前的那句表白仿佛还在晚风中回响，穿过树梢，穿过窗台，穿进空荡的客厅，似乎重新落进两人的耳朵里。

"哥，我喜欢你——"

没待周倬反应过来，秦七襄已冲至他面前，踮脚将他撞上墙面。

她眼下的肌肉跳动着，汩汩热血冲进大脑，冲得脸色赤红。

她冲他叫道："你说你这五年都喜欢我？我看你是脑子坏掉了。"

周倬："我有很多顾虑。"

他被她用力卡住脖子，肩膀砸上墙面，砸得他的肩胛骨作痛，灵魂似乎被撕裂成冰火两个极端。

因呼吸不畅，他连咳了几声。

对方毫无放松的架势，反倒越逼越紧，让他窒息成将要溺亡的人。

而他明明要被扼死在深海里，却双手垂落，扶上了她的腰，然后将她拥紧。

见他涨红了脸不停喘息，她渐渐卸了力，抚上他那映着朦胧月光的唇。

面前周倬的脸庞似乎越发稚嫩，稚嫩成五年前的模样，年少的周倬正透过一双星眸专注地望着她。

她踮起脚，与他鼻尖相贴，试图重蹈五年前的覆辙，续写当年未竟的故事。

秦七襄含着炽热的呼吸，问他："你知道你今晚打断了什么吗？"

他的双手收紧，使她的胸口贴上他温热的胸膛，几乎要将她融入血肉。

周倬偏头，躲开她烫得他心慌的呼吸，看见朦胧月光洒在雪色的地砖上，像是蓄了一汪清泉。

他咬着唇，从心脏里挤压出两个字："接吻。"

"好啊。"她强硬地将他的脸扳正，拇指蹭了蹭他嘴角，灿烂地笑了下，"接吻。"

"什……"他还未说出完整的词汇，就被一片柔软封上了嘴。

她趁他不注意闯进门，湿润地从齿间擦过，勾起他的舌，勾走了他口中所有的空气。

他还未脱离先前的窒息，便又一次被迫沉溺深海。

她缠着他吮吸，拇指抚去他嘴角溢出的一点水渍，感受到他绷紧的肌肉，她轻笑了一下："哥，你不会吗？"

他忽地红了脸，闭眼轻轻地去蹭她，却只会在她唇上毫无章法地碾磨。

"我教你。"给他留了一丝喘气的时间，她再次以吻封缄，他却连呼吸都停了。

"乖，张口呼吸。"她慢慢地将空气渡给他，他压抑的喘息声愈加浓烈，鼻息滚烫。

他居然真的是第一次……

她想过很多种情况，为什么每次都不吻她，为什么每次都戛然而止，为什么每次都肌肉充血却落荒而逃。

秦七襄从来没想过这种最简单的可能，因为他……不会啊。

她坏心陡起，逗着他轻轻咬住他的唇，他竟也乖乖地送给她咬。

她趁机卷回了所有的空气，他明显有些难受，攥紧她的腰，尝试和她争夺战场。到底是聪明人，这么快就能举一反三。

她笑着撤出，拇指从他的嘴角抚上耳垂，轻拢慢捻，夸他："哥，你学得好快。"

周倬眼中炸开灿烂的星光，直接天旋地转，将秦七襄转了个身位，抵上墙。

他垂头蹭着她的鼻尖，灼烫的呼吸翻滚，似乎还想继续，却只是用手指描摹着她的面庞轮廓。

细细地描摹，似乎要刻印在灵魂中。

秦七襄眯着眼，像只小狐狸般，仰头送到周倬面前。她的嘴唇被他吻得殷红，还凝着一点水迹。

他低声喘息着，手指抚上水迹，按压擦拭，弹润的嘴唇被压紧。

周倬失控地再度吻上，却隔着她唇上的手指，轻轻擦过，偏头埋进自己的手臂中。

她不明白他怎么这种时候还要躲避，直接舔了舔他的指腹。

他浑身剧烈颤抖起来，从口中轻溢出一声："别……"

"别做什么？"她抓起他的手，轻轻吻过掌心，"别这样吗？"接着，又轻轻咬上他的虎口，"还是别这样？"

他像是被烫伤了似的，抵着她的力气都没了。

她搂上他的脖子，捏上他颈后的皮肤，迫使他抬起头。

他漂亮的眼睛下方都红透了，水光在他眼中闪闪烁烁，随时能滴落泪珠。

她惊讶于他的反应，捧起他的脸，笑着问："这是怎么了？"

他摇了摇头，手臂撑在她头侧，目光在她红润的唇上流连，嗓音沙哑，甚至带了点哭腔地开口："襄襄，我之前的问题……"

"问题？什么问题？"她逗弄摩挲着他滚烫殷红的耳郭，想不起来他之前有什么问题。

他的耳朵红得更厉害了，眼中含着的那包泪泫然欲泣，他却抿紧唇，一副坚韧不屈的模样，认认真真地开口："你要不要同我谈恋爱？"

她一时无言，还觉得有些荒唐。她肚子里正憋着火气，怎么可能这么容易就让他满足，让他心想事成？

但看着他这样水光迷蒙的模样，她充满了奇异的感受。

她即使在无痕春梦里也想不到，周倬动情的时候竟是这样一副任人搓扁捏圆的模样。

她颤了颤眼睫，浮起一抹微笑，带着冬日结晶的蜂蜜般，甜腻中含着冰凉脆碴的语调，开口："哥，你不会再拒绝我一次——吧？"

他脑袋里炸开了一团白雾，猛然吻上她的唇，反客为主，攻城略地。

秦七襄被周倬失控地撞上墙，脑袋磕上他的手掌，只听得一声闷响。

饶是他用手替她卸了力，撞击的力道也依旧震得她脑袋发晕，张口呼吸，却被他含紧啃噬，完全是报复。

报复她刚才戏耍般的折磨，他卷起她的舌，试图勾缠入自己的领地，然后拆骨入腹。

她的回答,其实没有承诺、没有许诺,可他全然不知,偏偏误以为她答应了他。

他激烈地如旋涡般将她卷入,骤雨狂风,枝叶颤抖。

这是在他心头缠绕了足足八年的情思,他一直是更早爱上的那个。

唇上猛地传来一阵刺痛,痛得周倬瞬间僵了身子,喘息着分离。

几滴血珠从他微肿的下唇冒出,他眼中暗流汹涌,却抿了唇,将血珠吸入口中,弥漫开了一股血气的味道,一点因痛生成的泪滴从眼尾滚落。

在这场争夺主权的角逐中,终是以她恶意咬破他的唇夺得了一场惨胜。

她搂住他的脖子,迫使他垂头,看着他情思无边的双眸中闪出茫然的星辰光彩。

秦七襄歪着头,眼眸弯弯地亲了亲他的嘴角:"哥,你该知道原因的。"

4

周倬拥着秦七襄,手臂紧绷,却未挪步。

她不由得捏了捏他耳朵,笑着问:"怎么了?你不敢呀?"

他不敢再直视她的眼睛,视线飘忽着,盯住挂画上的蝴蝶翅膀。画里的蓝色蝴蝶似乎要飞出纸面。

他的视线凝在蝶翅的线条上,艰涩地开口:"有些顺序是不能打乱的。"

"嗯?什么?"她扳正他的脸,"我发现有些话不同你讲清楚,你就惯会装傻。"

"没有装傻。"他抬手拂开她额前的碎发。

这一动作使得她的盘发忽然松开。梨花木簪坠落,在空寂的客厅里发出了相当清脆的声响。长发垂落,四周满是沐浴后的清香。

她下意识地捞了下木簪,身形晃动。发尾因此荡上他的脖颈,很痒。

她撩起长发拨至一边,伏在他肩上,问:"还需要我说得更直白吗?我想要……"

"我的问题呢?"他急急打断她,耳朵涨得通红,"你需要先告诉我答案。"

秦七襄:"什么答案?"

周倬:"恋爱是有顺序的,我表白很匆忙,再往前推进更仓促,我需要一个明确的答复。"

她有些讶异,随后又弯了眸,笑着点了点他的唇:"你是在说这个呀。"接着,她倚上墙,双腿缠紧他的腰,"那你得把我哄开心了才行。"

"你要什么?"他仰头看她,如仰视神明的雕像,满屋月光是萦绕在殿内的燃香。

神明垂眸,投下怜悯一瞥,倏忽笑了。

月光开始流动,燃香更显氤氲,烟气向上迷蒙了他的眼。

他只听见空灵的一个字:"你。"如梵音晨钟,空谷传响。

他迷失在浩瀚的回音里,再回过神,自己已倒在柔软的床上。

他撑着起身,握紧秦七襄的手,沉声问:"你真的想好了吗?"

"想做什么就去做,不是你教我的吗?"她俯下身亲吻,腰逐渐被他搂紧。

强对流

皎白月轮翻转，拨开隐隐约约的云层，裸露出盈盈光辉。
月光照耀，树影婆娑，重重叠叠的枝影中，天幕如海浪涌起。

浴室里传来清冷水声，秦七襄翻身看了眼手机，有人快把她的社交账号给轰炸到闪退了。

她随意地回了一声平安，对方已拨了电话过来。

手机里"刺啦"一阵电流声，她听见孙汉邈沉哑的声音问她："休息了吗？他没对你做什么吧？"

她的眼神飘向浴室，那里人影微动。

想到其实应该是自己对他做了什么，她就莫名有些想笑，掩着笑意回答："没有啊，我都说了我们关系很好的，他不会真的对我怎么样。"

孙汉邈："那就好，但我觉得你们一起久居还是不太方便，他看起来也不像是很好相处的人。"

秦七襄："你那儿信号不好？哪儿来的电流声？"

"你在和谁说话？"周倬的声音落进耳里。

她恍然一惊，他已躺至她身旁，带来湿凉的水汽，他垂头吻了吻她的鬓角。

她转头回他："没谁。"

"那挂了。"他扳过她强硬地吻上去，卷走了她口中那些空气。

周倬顺势抬手按上挂断键，把孙汉邈的话音掐断，随后将手机扔到一旁。

楼下车库里，孙汉邈摔下手机，愤愤地捶了下方向盘。

一缕清风沿着电梯向上，卷进十九层的室内。

秦七襄躺卧着搂紧身前的人，睁开含着泪光的眼睛，望见一片绚烂星辰，那是闪动在他眼中的光，她又低声唤了一遍他的名字。

话音落下，他笑了起来："是我，看着我，记住我。"

窗外流星刺破层云，她攥紧手，眼泪再次不受控制地滚落。

他俯身亲了亲她额头："别叫我哥，叫我名字。"

"周倬，我好困了，我要睡了。"

看着她布满红晕的脸，他才依依不舍地翻过身，拉起被子替她盖好。

她侧过身，睡眼蒙眬，他贴在她耳畔轻轻吻着。

她像是酣睡在一叶小舟里，星河浮霁，一船清梦。

直到他附在耳边唤醒了她："襄襄，襄襄，说你爱我。"

她轻哼一声，不愿开口。

他深沉地吻着她鬓角的秀发，混着深重的呼吸，一遍遍地诱哄她开口："襄襄，告诉我，你爱我，好不好？"

她困顿地跟着他的话音发出梦呓："我爱你……"

月华撕开层云，积聚成皎皎一弯澄明。

夜空弥漫起一声绵长叹息。

202

周倬躺在床上,张着口喘息,脑海中白雾漫天,转头看着她陷入梦寐的模样,伸手勾了勾她的手指。

他唇畔弯出一抹轻盈的笑。

5
夜色已深,秦七襄睡得正沉。

周倬替她擦洗完毕之后,将她搂入怀中,困意顿消。

他沉下身子,遥望窗外月轮,不免在她耳旁叹道:"我这人口味十年如一日,也从不图一时一瞬。"

浮生若梦,为欢几何?天地逆旅,光阴百代,何贪一晌之欢?

床上的人在遥望月轮,月轮却不曾多看一眼窗后的人,自顾自地驶过天际。

朝阳初升,红霞满天。

当第一缕金灿灿的阳光洒在秦七襄脸上时,她皱了皱眉,只觉自己双腿酸软得像是在海里泡久了。

许是昨晚吹了半夜的海风,才这般乏力,她抬手遮住了眼,又陷入囫囵梦境。

梦境里,她乘着小船在海面上沉沉浮浮。

海雾渐起,恍惚间好像回到了五年前的某个清晨,她在酒店洁白的床单上醒来。

一样的腰酸腿软,不同的是肿痛的外踝处喷涂了清凉药剂。

她翻身,扭转了一下脚踝,可以正常活动。下床,她踮脚拉开酒店的窗帘,天光大亮。

窗外车水马龙,有携手的情侣正笑闹着向远处跑去。

她被强烈的天光刺激得眯起眼,揉了揉宿醉后的额头,房门传来一阵敲门声。

她警惕地询问是谁,听见周倬的声音,她咬紧唇,想起了宿醉前的事,眼眶又涌起潮热,不愿开门。

敲门声再起,并不急促,颇有规律的敲三下停一下,显得分外耐心。

她莫名委屈,却还是一咬牙打开了门。门外的人轩然霞举,同往常一般。

秦七襄略觉尴尬地后退了两步,周倬依旧是一副清淡的样子,似乎完全不记得她昨晚表白的事情,拎着两个包装袋关上门。

她张了张口,声音沙哑,只在喉咙里闷了一圈,化成茶叶般苦涩的滋味。

最终她放弃同他搭话,径直坐回床沿,等着他打破沉寂的氛围。

周倬没开口,而是将包装袋丢上沙发,站在那里拆着什么,从她的角度只能看见他的背影。

他不说话,她也不想说。

放松了严阵以待的气势,她挪至床头,抱膝静静玩着手指。

食指与中指模拟人腿,从右一步步走到左,踢上另一只手时,似乎真的想将站在床畔左侧的那个人踢飞。

随后，周倬转过身问她："去吃早饭吗？"

秦七襄停下手中的动作，抬头望向他，又难以忍受地撇开头，埋进双膝间："我又没有鞋子穿，烦死人了你。"

周倬见她这副样子，不禁哑然失笑，将她拉过来坐好，随即蹲下身，从拆开的包装盒里取出一双运动鞋替她穿上。

原来他刚刚拆的是鞋盒，小腿忽然不受控地抬起，脚尖踢了踢他的腿。

她的脚踝随即被他的手掌握紧："别乱动，脚是什么时候扭伤的？"

秦七襄："不知道什么时候。"

"倒会嘴硬。"他抬起头，看着她的眼，眼眸弯弯地笑了。

手指系紧鞋带，他又将另一个包装袋塞进她怀里："去换衣服，带你去吃好吃的。"

她看了眼被拆散的蓬蓬裙，轻哼了一声，踢蹬着双腿起身，抱着包装袋走进了浴室。

再出来时，她已洗漱过，换了一身休闲宽松的衣裤。

她下意识揉了揉昨天被束腰勒得酸痛的腰，顶着素面朝天的脸，冲周倬说道："走吧，我饿坏啦。"

"你昨晚不还说不饿的吗？一共就吃了两口。"他微微笑着，挑了下眉。

她还以为他真打算当昨晚的事从未有过，没想到他居然能这般轻松提起。

她下意识地皱了眉，冲他叫："你少管！"叫完，她才隐隐有些后悔。

还好，他没有同她纠缠，反而似笑非笑地接着揶揄："哦——脾气不小，不归我管。"

她气鼓鼓地转过身去不再理他，又被他往手里塞了个小方盒包装。

周倬低声哄道："别气了，生日礼物。"

她摩挲着包装，过了一小会儿才说："谢谢。"

周倬轻笑："走啦。"

他抬手想要扶着她的肩，将她拢出门去，却在指尖触及她的那一瞬间，攥紧，回落，插进兜里，若无其事地向外走去。

秦七襄定定地站着不动，侧头抚了下自己的肩头，似乎尚有一点余温。

直到周倬已开门走出房间，她才抬脚跟上。

走出房门，视线变得昏暗，天光俱在身后。

她听见自己低落的声音："哥，那晚算是我被拒绝了吗？"

昏暗中，她眼角温热的泪滴滑落，没入发根。

天光重明，秦七襄睁开迷蒙的眼，从梦境里醒来，似乎身处小船中，上下颠簸。

朦胧光影里，她透过周倬流畅的肩颈，看见海浪起伏，云层卷舒。

仰起头，天光晕成一片白茫茫的水雾，从脑海中沁出。

周倬俯身将她搂紧，掖紧被角，语调还保留着几分沙哑的磁性："再睡会儿吧。"

她翻过身去,背对着他,幽幽地埋怨一声。

他笑了一声,抚摸着她的侧脸,垂头吻上了她的肩头,一路轻啄入发间。

周倬又伸手遮住了她的眼,说了一声:"睡觉。"十指相扣,听着她的呼吸声,周倬很快就昏昏沉沉地进入了梦乡。

在他半梦半醒间,秦七襄问了句:"我家的钥匙在哪里?"

周倬迷迷糊糊地回答:"玄关柜子上。"

她躺了一会儿,睡意全无,想起昨晚他的话,又起身看着他乖巧的睡颜。

秦七襄叹了口气,在他耳边试探着问:"哥,你还记得当年你说的话吗?"

他长吟了一声,如梦呓般:"嗯——说什么?我好爱——你?"

她呼吸一窒,在他耳边呢喃:"你说要最后再教我一件事。"

他摸索着将她扯进怀里,手掌下意识地轻抚她的脸,梦呓轻轻:"乖乖。"

她伏在他胸口躺了一会儿。

回忆起五年前那天,他将她送回宿舍的时候,她失魂落魄地向楼上走去,却又被他唤住。

他单手插兜,立于明艳的红枫树下,淡淡地对她说:"襄襄,这些年我教你自由与勇敢,你都做得很好。在我离开前,我还有最后一件事要教你。"

她双手背在身后,后退了一步,挺直身子面对他,却没有说话。

他目光深沉明亮,透着某种忧伤萧索的意味,身后坠落了几片红叶。

风起,一片红叶打着旋儿从他眼前飘过。

当他面前那抹明艳色彩飘零,她听见那年冬天,他们之间的最后一句话:"自由的女王永远不会低下她的头,你不可以再为任何人妥协。"

她愣在原地,不能理解他这句话的意思。

他转身已踩上满地红叶,"沙沙"的声音在风中回响。

他说:"那就提前说声明年再见。"

"什么意思?"秦七襄感觉有火焰要滚出眼眶,双手紧紧抠着掌心,"你什么时候走?"

周倬:"再有一个多月。"

秦七襄:"那为什么这么早道别?难道我不会去送你一程吗?"

周倬:"你要和新的朋友玩得开心。"

秦七襄:"为什么啊?"

那年的问题最终没有得到回答,他沉默地踩着满地金红的落叶,像秋风般飘走了。

秦七襄伏在周倬的胸口,感觉脸颊有些湿,她抬手摸了摸,一片凉意。

原来当年没能滚出眼眶的灼热泪滴,在时光中轮转五年,从现在的眼眶中自由滚落。

时空在此刻错位，有些人想着开始，有些人却想别离。

秦七襄用手背胡乱擦了擦脸，爬起身。

周倬环抱着她的手臂下意识收拢，挤进她手指间攥紧，他迷迷糊糊地问她："你要去哪儿？"

秦七襄："我去厕所。"

他这才松开她："别光着脚，穿上拖鞋。"

她应了一声，轻手轻脚地起床洗漱，找到那两把要交还房东的钥匙，回头看了眼沉静的卧室。

最后，她打开厚重的防盗门，在心里轻声说了一句："那就先暗自说声以后再见。"

昨晚，我从来没有答应过你什么。

第十一章 蝴蝶迁徙

✦✦ 见面依旧心软。✦✦

1

漫长的街道上车水马龙，秦七襄背着包一步步走远。

恍惚中，她好似又变回了五年前的那位少女，步伐矫健，一身纱织蓬蓬裙一点点松散，束腰坠地，又被红色的高跟鞋踩上，荡起一点浮尘。

高跟鞋被留在原地，蓬蓬裙飘散成片片红叶，她也逐渐长大，穿着宽松休闲的短袖长裤，奔跑起来。

蓝天高远，风起云涌，她沿着街道狂奔，似乎要跑到蓝天的尽头去。

天的尽头是什么？有风吗？有云吗？花朵般的雷暴云俱在脚下，大洋彼岸的蝴蝶顺着气流迁徙，飘到五千米的高空，被风带到天尽头。

谁又能从天空的尽头带回一点星辰碎屑。

秦七襄停在昨晚入住的酒店前台，办理完退房手续后，联系房东收房。

酒店门口停着一辆熟悉的蓝车，车里的人在看她。

她走近敲了敲车窗，车窗降下，露出孙汉邈漂亮的脸。

他的眼睛里横纵着几缕血丝，眼下布着一片青影。

她弯腰透过车窗问他："你怎么会在这里？"

孙汉邈："我看见你出门了，你跑了一路都没看到我在后面。"

秦七襄："你昨晚在哪里？"

孙汉邈："你觉得呢？怕等你那便宜哥哥真把你绑了，你才知道叫天天不应的感觉，准备随时救你啊！"

秦七襄："孙汉邈，别这样。"

他用力撞进座椅靠垫："不哪样啊？你们昨晚，一个伤心、一个发疯，是个正常人都放心不下吧。你回去了也不给我报个平安，你知不知道我电话都打炸了啊？"

你很会啊？"

他突然转过脸，瞪着她："还挂我电话！是玩得太开心了，早就不记得还有个我了吧？"

秦七襄："我给你回了电话，都说了没什么关系。"

孙汉邈露出一抹轻佻自嘲的笑意："回了，然后挂断，是吧？"

说完，他的头向后倚去，闭眼捏了捏眉心："你真以为，我什么都没听见吗？"

秦七襄："那是我的事，你回去休息吧。"

孙汉邈："你接下来去哪儿？"

秦七襄："有些话我已经说过了，咱们好聚好散，还可以做朋友，毕竟算是和平分手。你总这样，我觉得你还是先冷静一下。"

孙汉邈："我已经很冷静了。上车。"

秦七襄："不用。"

孙汉邈："你要是回去找他，休想我送你一程；你要是去别的地方，我怎么都顺路。"

秦七襄："别闹，你看起来状态不太好。"

孙汉邈："不是做朋友吗？车都不能上？"

她无奈地点头，正要拉开副驾驶座的车门，孙汉邈已迈下车，手臂从她身前掠过，提前替她拉开了车门。

秦七襄回头看了一眼。孙汉邈无所谓地耸耸肩："习惯了。"

上车之后，听她报了地址，孙汉邈开车的动作顿住，他闻见了让他心头一沉的气息。

那气息藏在她沐浴后的香气里，隐晦浮动，向他宣示着昨晚究竟发生了什么。

胃里翻滚着恶心，他疯狂地想赶她下车，用力砸向方向盘，一声闷响。

她被这一声吓了一跳，看见他阴沉通红的眼，她直接解开安全带准备离开。

"坐好！"孙汉邈怒道。

叫完，他猛地启动汽车，问她："你确定以后都搬去他那儿住了吗？"

秦七襄："只是收个房，我自己会找住处。"

他调整好情绪："劝你去我那里你不会答应，你不介意的话，我楼下有一家正在出租，很合适。"

秦七襄："我介意。"

孙汉邈："随你。"

她叹了口气，没再接话，心里盘算着要不先换家酒店住得了，谁也别想找到她。

之前耽搁了两年的看房计划也该提上日程了，未必非要去看新楼盘等着摇号，附近的二手房也是不错的选择，她可以尽快搬进去。

这样的话，再过几天，等老爹过来，一旦问起房子的事，她也有得说。

一想到老爹，她就感到头疼。

前几天老爹打电话说要过来看看她，还说要和在教育局工作的老友吃饭，顺便同她领导见个面，了解一下她的工作情况。

秦七襄听到的时候，只觉得窒息，自己又不是小孩子了，到现在还有见家长那一套。

她来这边工作，本就是私自决定的。起初老爹要安排她留在高中母校任教，结果她直接溜了。

老爹因此发了很大的火，花了半年才接受这个现实，又给她安排了新的任务：要求她选好工作地点附近的房子。

选好后，老爹会出首付并承担一半的房贷，剩下一半的贷款走她的公积金和工资，每个月要还的不多，但也绝不算少。

或许在旁人看来是令人艳羡的好事吧，但她更清楚这是老爹的套牢把戏。

防的就是她这十年房贷期间再一次脚底抹油。

所以她一直拖着，含糊着说附近没有合适的房源。

其实是因为她还有一颗自由的心，始终未曾真正接受自己的人生已经定了型，一眼就能看到未来。

她总在梦里期盼着，或许有一天，自己能有机会挣脱现实的枷锁，飞到想要去往的天空之城。

可原来天空之城也是一样危险，会将她架上审判席，任人宰割。

希望老爹不要注意到网上的事情，不然以老爹的脾气，她真的不知道该怎么收场。

这次她大概真的要考虑向现实妥协了。

一个属于自己的小窝、一个更安全的物业管理、一段不必被网络支配的生活，以及一份可以堵上老爹嘴的工作。

这里没有一件是关于她自己的，究竟为什么要为了别人的看法生活？

想一想，她始终有几分不甘心。

孙汉邈将秦七襄送到目的地，陪她一起上楼等待房东过来。

屋里收拾得很干净，家具都安安静静地摆在一边，像是多年来没有人烟的空间，第一次闯入两个陌生人。

但秦七襄不是闯入者，她是这片空间原先的主人，现在随意地坐在沙发上，翻阅着先前签订的租房合同。

孙汉邈没多久就倒上沙发睡着了，像是昨晚彻夜未眠的样子。

房门被敲响，孙汉邈囫囵一下惊醒，秦七襄已经打开了门。

一个国字脸的中年男人走进房门，冲他们颔首示意。

男人的嘴唇很厚，抿成长长的"一"字形，一身灰色的宽松衬衫长裤，不怒自威。

他先是同他们寒暄了几句，随后同秦七襄一起验房。

房子大体没有受到什么损坏，家具也齐全，电器设备均可以正常使用。

只是，墙角有几处因今年回南天返潮泡起的墙皮，不起眼，巴掌大的地方，那人指点着起皮的位置惯性地说了两句。

秦七襄只表示,这里的返潮积水,她年初就已经拍过照同他说过了,是自然老化,责任不在自己。

房东摇摇头:"你毁约提前搬走,我也没说你啥,这墙这样,绝对不行!"

秦七襄:"您看,咱们合同里写了,凡是自然老化的部分,不算在乙方赔偿责任里。"

房东:"我房子这么多年一直没出过这种事,我刚租给你的时候是不是一起检查过?是你住了一年之后才出的问题。"

这时,孙汉邈已走到秦七襄身旁,搭上她的肩试图安抚住她,接过话头同房东掰扯,避免她和对方正面冲突。

这间房最早是孙汉邈陪着秦七襄找的,他对当初的情况很清楚,出租前房东曾重新粉刷过墙漆,粉刷原因多半同返潮有关。

说实话,能因返潮起皮的墙漆质量本就一般,他都担心甲醛超标。

他同房东掰扯了半天,房东依旧拒绝退还押金。

孙汉邈用眼神示意秦七襄去记下水电燃气表,结清用量。

见她从厨房出来,孙汉邈便转口质问房东:"你知道你这样无故扣留押金是违法的吗?我们也不是小孩。合同一式三份,中介那边还有留存,你要是再这样的话,只能法庭上见了。"

房东叉着腰直喘气,叫着要让租房中介过来。

秦七襄觉得头痛,揉了揉额头,叫道:"谁主张谁举证,那你去啊。"

"你这女孩,冲谁叫唤呢?"房东挥舞着食指,指向她斥责。

"你说话放尊重点!别拿手指人!"孙汉邈原本就烦躁,直接抓住房东挥舞的手指。

房东顿时叫唤起来,活像是被掐了嗓子的鸭子。

秦七襄怕他俩真起激烈冲突,忙拉着孙汉邈的手臂扯了扯,示意他冷静一点。

房东气得不行,直要跳起来打电话叫楼下的租房中介。

孙汉邈拍了拍袖子上不存在的灰:"找什么中介呀,直接报警不好吗?让警察叔叔来评评理嘛,私吞押金,够你喝一壶的了,怎么样?"

房东哼了一声,直叫着私人事务不必浪费警力,让中介来当调解人评理,押金倒是一直拖着不肯给。

孙汉邈嘲讽他,中介又不顶用,不如法庭见。

房东没理他,又四处转了转,露出颇为嫌弃的眼神,冲秦七襄伸出手:"行,你们这样肯定是要赔偿的,你先把钥匙给我。"

她捏紧了钥匙,塞进口袋里:"你先把押金退了。"

房东:"我还没说你违约的事。"

秦七襄:"我们之前的聊天记录已经说得很明白了,双方都满意。"

房东:"你把我的房子搞成这样,我哪里满意啊?快把钥匙给我。"

秦七襄："你先退了钱，我再给钥匙。"
房东："是你违约在先，这钱我是不会退的，要用来赔偿我的损失。"
秦七襄："我在家里遇到了变态，你有责任保护我的安全。"
房东："你没看见合同上写的吗？你在房子里发生的任何意外情况都与我无关。"
秦七襄："这条无效，法律只保护合同上的有效内容。"
房东气得拉开门："你们别走，我马上把中介叫上来。"
话音还没落，门口走来了两位警察，一个手里正举着记录仪。
秦七襄往后退了一步，小声问孙汉邈："你刚才报警了？"
孙汉邈："没有啊。"
当两位警察进门，大声询问谁是房东时，从他们身后走出了一道颀长漂亮的身影。
周倬进门，白皙的手扶上门框，手背上蜿蜒的青筋绷得很紧。
他看着贴站在一起的两人，眯了眯眼，目光像一道冰柱落在秦七襄脸上。
她愣了一下，这人早上还在她身旁酣睡，怎么这么快就出现在这里？
什么情况？

2
两个警察进来之后，没多久就将房东带走了解情况。
秦七襄伸头看了半天，实在有些莫名其妙。
见警察要把房东带走，她忙拦住："我们这边正在收房结清，水电燃气他还没和我一起抄表确认呢。"
在警察的目光压力下，秦七襄和房东都乖了很多，不再争执，居然一起去抄表确认。
她后背忽然一阵瑟缩，一道冰寒目光爬上来。
秦七襄顿了下脚步，对上了周倬那双漆黑的眼。
他面无表情地盯着她，见她回头，反而偏开了眼，几步走向厨房。
从她身边经过时，周倬撞得她往一旁踉跄了两步。
她正欲发火间，手却被周倬抓住，十指紧扣。
他声音有些低哑："怎么出门也不叫我？"
秦七襄无法回答，人被周倬拉进了厨房。
周倬将她完全笼罩在自己的阴影里，她暗暗同他较劲，反而将自己的手指弄得发红。
她咬牙跺在周倬脚上，低声说："你先放开。"
他敛下眼睫，手掌贴上她的腰，将她扣紧在身前以作回应。
周倬放在她腰侧的手逐渐收紧，她头皮发麻，只能迅速走向警察。
有警察在身旁，周倬不再贴上来，房东也不吱声了，抄表完成得很迅速。

那两位警察又问她是不是秦七襄,并请她也跟着一并过去一趟。

她莫名询问:"劳烦,我能问一下是什么事情吗?"

秦七襄这才知道,原来是之前的变态被拘留了一夜后,承认自己能够入户并非会撬锁,而是用的钥匙。

房东是钥匙的来源。

早上警察联系不上秦七襄,就找到了她之前填写的其他联系人:周倬。

周倬被警方的电话铃声吵醒后,发现找不到她,打开手机,双眼却又被屏幕上鲜红的感叹号刺痛。

他不停拨打她的电话,一声声忙音将他的心打入谷底,他被全面拉黑了。

玄关柜上的钥匙失去了踪影,他恍惚忆起清晨梦境中她问过钥匙的下落,几乎能确认她会来这里同房东交接。

他正好带上两名警察,和他们一起上楼。

只是,他没想到,再见面时,她会和另一个男人站在一起。

秦七襄攥了攥手心,准备跟着警察离开。

她同孙汉邈说:"我得去警局一趟,没什么事,你快早点回去休息吧。"

孙汉邈挑了下眉:"他跟你去?"

秦七襄回头,周倬正侧身摆弄着桌上的杯具,修长的手指划过杯口,似乎没在听他们说话。

她淡淡地回了句:"不用。"

视线里,周倬的眼睫瞬间颤了一下,唇线抿得很直。

房间里荡出了一声清脆的杯具相碰的声响,周倬屈指收回,瓷白的杯子在桌面转了两圈才停住。

这声脆响打断了房间里所有的话音,她抿唇收住了话头。周倬向她走来。

在这满屋寂静中,只有孙汉邈还抱着臂继续同秦七襄对话:"小问题,反正我来都来了,再跟你走一趟呗,都说过了天涯海角我也送。"

说完,孙汉邈的鼻尖冒出一点细密汗珠,手指却藏在胳膊下微颤。

一股清淡香气侵入了这片空间,是和秦七襄身上相同的沐浴露味道,她听见身后传来周倬的平静语调:"带我。"

不是商量、不是请求,而是一种不容置疑的口气。

她有些烦地捏了捏眉心,现在的情绪糟糕透了,根本没力气同他们扯皮,一个两个最后都跟着她去了警局。

其实也没什么,不过是叫秦七襄来了解情况。

房东同那个入室变态确实认识,但钥匙并非房东主动交与的,而是对方趁着房东不注意的时候偷走的。

变态拿钥匙只是惯性的顺手牵羊,他一直享受那种在别人眼皮底下胡来、对方却丝毫未曾发现的刺激感。

带走钥匙后,变态才觉得烫手,不知该如何处理。

于是，在带着钥匙兜兜转转间，变态来到秦七襄门前，居然成功打开了门。

恰好那天她不在家，变态就走了进来，躺在沙发里呼吸着房间里的空气。

很香甜，他爱上了这股味道，在那里待了一下午才提心吊胆地离开，什么也没动。

她自然也没有发现不对劲。

变态不断回味着那个下午，开始观察秦七襄的生活习惯。人一旦被盯上，在这个社会里将无所遁形。

于是，他摸清了秦七襄的行动轨迹，总趁她不在的时候偷摸着进来，渐渐胆子大了起来。

她听完这些，头痛到无法忍受，只能以手撑着额头，才不至于倒下。

走出警局的时候，秦七襄的心情比昨晚更糟糕，挥手让身后两人都别跟着自己，她需要一个人去散散心。

周倬不放心，见她摇了摇头后退："给我一点私人的时间吧。"

他停下脚步，看向孙汉邈。

孙汉邈依旧环抱手臂，头转向一边："你让她自己待会儿吧，一直都是这样的。"

"一直都这样？"周倬疑惑地皱眉反问。

在他过往的二十多年里，秦七襄从未在他面前这样过，一向是想哭就哭、想笑就笑的，哪里需要总避着他。

周倬不放心秦七襄独自远去，正要迈步追上，却被孙汉邈的一句话给打断。

孙汉邈："我知道你不会信我，随便你吧，追过去惹她生气，我当然乐见其成，只是我不想她真的生气而已，毕竟伤身。"

周倬："你这种人在我这儿没什么信誉，小心思太重了，你们不合适。"

孙汉邈冷笑一声："大舅子，你现在又以什么身份来说这种话，若说不合适，也没人比得过你。"

说着，孙汉邈走到周倬面前，用力拍了拍他的肩："我很清楚，她不喜欢你这种类型的。"

"她以前不这样。"周倬拂开孙汉邈的手，"我没空和你在这里扯，先走了。"

孙汉邈："喂，你也知道是以前了，现在的她你又了解多少？"

他话音刚落，就听见了周倬的嘲讽："我知道你昨晚打了电话。"

这句话落下，孙汉邈直接僵在原地。

"你不是也听见了吗？"周倬说着抚上上唇的伤口，轻轻摩挲了一下，有些痒。

孙汉邈冒起一肚子火气与恶心，猛然间攥拳冲上来，被周倬避开挡住。

周倬的声音发寒："神经！你在警局门口闹事？"

警局门口值班的警察向这边看来。

在警察的目光下，孙汉邈冷静下来，收手理了下衣角，手腕已然一圈青肿。

孙汉邈冷嘲："看来你也不怎么行，她还不是一大早就来找我了？和你玩玩而已，你很得意？"

话音落下，周倬眩晕了一瞬，后退了半步才稳住身形。

孙汉邈继续在周倬的伤口上碾了碾:"襄襄一向性子傲,受不了半分拘束,更受不了太闷的人,你真的很没情趣……"

他话还没说完,周倬已转身不再听,向秦七襄离开的方向追去。

周倬:"这样正好,我唯一要的不过是她能一直这么傲。"

他追得太快,两人后续的话音飘散在风里。

风声刮过耳畔,转过街角,再无秦七襄的身影。

周倬扶着墙面,大口喘息。

昨晚他们明明亲密至极,再睁眼就仿佛一场缥缈的梦境一般,好像什么也不曾发生过。

他望向人来人往的街道,玻璃幕墙反射着阳光晃花了他的眼。

周倬忽然不知该往哪里去。

他不死心地再次拨打秦七襄的电话,依旧只有"嘟嘟嘟"的忙音。

到底为什么呢?

眼前似乎浮现出一道虚无缥缈的人影,正歪着头轻轻地亲了亲他的嘴角。

他想起来了,她昨晚说过的:"哥,你该知道原因的。"

是报复啊。报复她昨晚指责他的那句:享受操纵别人情绪的感觉。

今天的风有些大,吹在身上竟有些深秋的意味,似乎气温一夜间就降了下来。

报复是吗?他拨通了一个不算陌生的号码。

"喂,秦叔叔……"周倬说完,听见手机里传来尚算熟悉的声音。

这声音他过去经常听见,而每当这个声音出现的时候,身边还会跟着一个活蹦乱跳的小女孩。

可惜,现在那个女孩不在身边,他和秦叔之间的对话也少了几分亲近。

这份亲近的纽带却正躺在酒店的床上,疯狂输入验证码,注销社交账户。

"该死的,这些平台注销账号怎么这么难啊!我不想再当什么摄影师了。"

自从秦七襄被那群网友盯上后,一些和她一样喜欢在危险的风暴环境里追拍风云的人也受到了牵连。

就像那个差点牺牲在一线的外业测量队员一样,他们的解释被碎片化的媒体断章取义,成了一群在狂风暴雨中给人们添乱的、不要命的人。

即使近来有一些人士指出,他们的影像数据资料对于气象灾害研究是非常重要的一环,也立刻被大量网友质疑,难道还能替代专业部门吗?

秦七襄的自我调节能力还行,决定关了网络,彻底退出这片嘈杂的世界。

账户注销失败,让她等二十四小时后再度登录,她气得捶了下床,手机对话框里弹出老友的消息。

不想看,不想看,她现在决心当好一只缩头乌龟,缩进现实的壳里,不想再同网上的人有联系。

头埋在被子里翻滚,焦虑了半天,她还是打开了手机。

幸好他们不是为了网上的纷争专门来同她说奇怪的话,而是在一起讨论去追拍超级蓝月的事。

小群里聊得正欢的几位都住在江浙地区，正在担心台风接下来的走向。

秦七襄看了眼最新的台风预报，"雨燕"确实如周倬先前所说，横穿了岛国，正在洋面上打转，可能过两日就要再次登陆。

之后的天气可能会受影响，他们中有人想赌一把大潮涨起、圆月高升的时候，能遇窗口期，不被云层遮挡。

她很理解这种想法，追天象就是这样，一年之中难得赶上好时节，赶上了也未必有合适的天气，常常白跑一趟。

他们问她要不要过来碰碰运气，即使遇不上海上生明月，遇上台风对她来说也是一次不错的机会。

秦七襄心头一跳，一切都因此而起，她现在不愿意碰和风云有关的事。

网友1：真的不来了吗？不来也好，你能好好休息一段时间。

网友2：不用担心啦，网上那些事都是一时的，你就是最近精神太紧张了，去散散心，什么都别想。

…………

他们安慰了秦七襄半天，她还是很疲倦，丧气地说自己要彻底回归生活，再也不会去拍摄了。

网友1：这也可以，好好生活是最重要的。

网友3：但你真的不想再摄影了吗？我打赌，过了这段时间，你又会是活力满满的！

秦七襄：不可能！我赌你绝对输！

网友3：来嘛来嘛，你之前发布过要去的，现在反悔，不就便宜了那群人？就算你真的要退出，不想好好告别过去吗？

她没出声，陷在自我拉扯中，小群里忽然冒出了一个潜水多年的人。

Lucas：超级蓝月吗？那天江浙地区有云，去内陆拍摄比较有希望。

3

因Lucas的突然出现，群聊瞬间冷了。

过了一会儿，网友1才小心翼翼地问：大神也在？

网友2：本尊？

网友3：666。

网友3：群主什么背景，这都认识？

此时，Lucas已来私聊她：你还要去拍超级蓝月吗？

秦七襄摇了摇头，不是很想回他。

她现在没什么力气，而且网上那些脆弱纷争的事情，她也不想同外人解释。

幸好Lucas善解人意地没有追问下去，反而发来了她前段时间的获奖新闻链接，从方方面面夸她很棒。

夸得她乱糟糟的心情转成了一种羞耻的欣喜,她胡乱地扯了下头发,掩住飞起的苹果肌,埋进被子里偷笑。

秦七襄最后没忍住,反问他:所以我也是你说的天才咯?

Lucas:是,我这个人不说假话,你能看出来的,我一向想到什么说什么。

Lucas:你接下来会去江浙吗?

她心情彻底好起来,面对这个问题,她没有再感到痛苦和压力,只是问他:你不是说只有台风,见不到超级蓝月吗?

Lucas:我以为你也会想追台风。

"台风"两个字刺痛了她的眼,她沉默地转移了话题:你不是要去表白,还没结果?

Lucas:⋯⋯好像失败了。你能不能帮帮我?

秦七襄惊讶:你居然也会失败啊,我怎么帮你?你们北美人士的喜好,我也不太懂啊。

Lucas:我不在北美,恰好我也想去江浙追风,一起?见面说。

秦七襄疑惑:你人在哪里?

Lucas:秘密。

秦七襄撇撇嘴,回他一句:故弄玄虚。

她接着又说:我最近不太想出门。

Lucas:网上那些喧嚣我看到了,群体只会干两种事——锦上添花或落井下石。人们不渴求真理,但向往英雄。

她忽然笑了,Lucas 这波是在隐晦骂人,而且骂得好脏!

这些颓丧的日子,她被乌合之众裹挟,难道也要像他们一样失了智商吗?

她不要妥协,她才不妥协,偏要同那些人犟下去,让他们看看,自己说过的事情,自己能不能做到。

这趟江浙之行,她必须去。她不要熄灭在这样可笑的风波中,黯然退场。

可惜,她的所有装备都在周倬那里,她需要回去拿,却又不想再见到他,至少暂时不想。

毕竟她强行把人家推倒之后,又一声不响地跑了,大概是真有点过分。

可是,昨夜明明是两个人的欢愉,难道还要她负责跟进后续吗?

这样一想,她拍了拍手,觉得自己真是个天才,完全消除了心中最后那点不安与歉意。

躺在床上,她思索着怎样才能在不惊动周倬的情况下,把自己的装备搬出来。

手机突然响起,来电提示弹出了让她虎躯一震的备注,是她老爹。

她嘀嘀咕咕着接起了电话,听筒那边传来了让她心凉的话音。

老爹:"我后天就到。"

"爸!你怎么这么急?"秦七襄眉头微皱,感觉一切计划都要不妙,"我要去接你吗?"

还好，老爹没要她来接机，只说自己到28号才有时间来看她。

她算了下时间，想着要不然提前溜去江浙地区算了，别到时候被老爹拦住。

她没提这些小心思，只对老爹说："哦，那你路上小心一些，行李物品别丢了。"

"怎么说话呢？"老爹的声音沉了下来。

秦七襄："我咋了？关心你还不高兴？"

老爹："好好好，我闺女知道疼我，多好啊！可惜，偏偏长了一张嘴，话都不会说，平时也这么跟别人讲话？"

秦七襄："那不是遗传您嘛，天生叛逆不服管教，没救！"说完，她就急切地要挂电话。

老爹话音没停："等会儿，到时候吃饭，你把你周哥叫上。"

她忽然就哑了，也没人告诉过她青梅竹马即使甩了也要一起回家吃饭的啊。

"喂——没听见吗？"老爹出声提醒。

她强行提起情绪，装得若无其事："周哥最近很忙，可能不太方便。"

"我知道，之前我和他聊过了，他那边的项目快结束了，正好有时间。"

"你们什么时候联系的啊？我怎么不知道？"她试探着问。

"你整天不知道在哪儿疯呢，还要事事过问？这两个月我没空管你，房子看得怎么样了？"

"看了几处都还行。哎呀，领导找我了，我还有事，先挂了啊。"她仓促地挂了电话，只怕自己再说两句就露馅。

之后，她托腮思考着，老爹究竟是什么时候和周倬联系上的，他们有没有背着她说些什么。

她和周倬的事，老爹应该什么都不知道吧……

不敢多想，她迅速订了车票。

现在这种情况，如果不开溜，真的带上周倬见老爹，比杀了她还难受。

订完车票后，她约了中介去看房，一直住在酒店也不是事。

这次她一定要选一个带智能门锁的房子，顺带在门口装上一个摄像头。

灼热的柏油马路上，风有些大，道旁枝叶摇摆。穿白衬衫系黑领带的中介接待了秦七襄，带她走了几个小区。

小狗趴在树荫下吐着舌头，一旁的写字楼上，空调温度打得很低，白领们捧着蓝色的文件夹来来往往，电话声不绝于耳。

棕黑色的浓咖啡荡开涟漪，坐在咖啡前的周倬拿起文件。

桌边坐着几个在开会的年轻人。

有个清瘦的青年打了个哈欠，接着开口："倬，甲方那边很满意，准备和咱们达成长期合作，你欠下的庆功宴什么时候补？"

"对啊，你不是说要带个人过来吗？还没见过你身边的人呢。"另一个人附和道。

周倬掩唇咳嗽了几声，手指划过文件，停顿了一下。

他沉默了一会儿，才抬头对周边的人笑了笑："大家最近辛苦了，今天下午放半天假吧,都回去调整一下,过两天我请吃饭。"

闻言,几个人兴奋地将手中的东西扔下,欢呼了几句,便要收拾离开。

清瘦青年拍了拍周倬的肩:"我看你咳了几天了,这段时间都没怎么见你休息,没事吧?"

周倬摇摇头,端起冷掉的咖啡抿了几口:"没事,你也早点回去休息吧。对了,你有熟悉的律师吗?"

清瘦青年:"怎么突然找律师?我听说省里那边是想做民用融合,你这是有私下的消息了?"

周倬:"不是,是一些私人的事,近来网上争端不少。"

清瘦青年:"争端?咱们没有什么负面消息吧?"

"我是说有一些针对民间业余爱好者的内容⋯⋯"他话没说完,又咳嗽起来,咳得眼睫带泪,缓了一会儿才好。

周倬还欲继续说,就被清瘦青年打断:"都咳成这样了,你先操心一下自己吧,铁人也受不了这么拼。"

清瘦青年倒掉他的冷咖啡,皱着眉:"反正放半天假,你也回去调整一下。这几天办公室的灯都没熄过,你赶着见阎王啊?"

周倬摇摇头:"省里最近在开发新模块,对我们的技术有兴趣。最近的会议报告你都看了吗?有大面积民用融合、深度发展的倾向,想先找几家单位做试点,机会没那么好抢,需要再接触一下。"

清瘦青年:"那你就快快休息,后面还有硬仗要打呢,我可是只管技术的。"

"给你懒得。"周倬笑了一下,"民用这块,其实那些业余爱好者也有不少一手资料,我听说他们中的一批人正在拉人做开发,我们也可以挖掘。"

清瘦青年眨了眨眼:"你这么说,我还真认识几个。你想咱们牵头,给他们卖点面子,帮他们发发律师函?"

周倬抿了抿唇:"清道。"

清瘦青年不太理解他的意思。

周倬简单解释道:"联系风波受害人,走司法途径。网络不是法外之地,乌合之众跳得这么欢,赔偿得帮他们都拿到手。"

清瘦青年:"你还真想掺和进这种事啊?"

话没说完,周倬又咳嗽起来,声音回荡在房间里,听得那清瘦青年皱了眉。

"我没什么事。"周倬勉强回道。

清瘦青年摇摇头,让周倬别想别人的事了,早点回去休息。

周倬走出房间时,兜里的手机振动。他仓促地拿出一看,眉眼垂落,有些失望的情绪浮起。

不是秦七襄。

他先前一直联系不上她,寻人调了监控,只看见她最后消失在街角,不知去了哪里。

他只好通过Lucas的账号给她发消息来试探。
用Lucas的身份和她聊完后,她说自己还是决定要去追一次风。
这也很好,自由的女王怎么能因为外界的喧嚣,丢掉自己。
但他也很担心,想要和秦七襄一起去,就当是护航。
这两天他一直期待着她后续的回信,时时拿出手机来看,可惜至今仍无。
所以手机刚一响起提醒,他就立马查看,依旧不是秦七襄,而是宋崇朝。
周倬叹了口气,点开消息。
宋崇朝说自己恰好实习路过本市,顺便约他出去玩。
小宋既然路过,没道理不会约襄襄一趟。
前脚孙汉邈还没走,后脚又来一个宋崇朝。真是好本事!
周倬心头蹿起无名火,可惜发火对象现在对他不闻不问,根本联系不上。
他只得盯着手机,斟酌该怎么从宋崇朝那里探问到细节好做准备。
结果,手掌扶上浅色门框,他又长咳起来。倚着门,他探了下额头的温度,头晕晕的,脚步有些虚浮。
很难说是自己咖啡喝多了,还是真的病了。
结果他试探的消息还没发出去,宋崇朝就主动告知:我知道小七不来,一直很难叫动你,但咱也没必要这么无情吧。
……这话什么意思?
周倬垂眸,所以连宋崇朝都看出来自己对秦七襄的心思了吗?
这家伙难道也是来试探自己的?
斟酌了一会儿,周倬才把消息发出去:我和她一起,她跟你说不去吗?
宋崇朝:她不是要去拍什么台风吗?她刚刚跟我说的,难道是骗我的?
周倬确认了宋崇朝对她的情况也不是很了解,心情复杂。
既不想宋崇朝了解,又希望宋崇朝能做自己搭线的跳板。
在这复杂的情绪中,周倬咳嗽了几声,回道:嗯,她确实是要出去一趟。
宋崇朝:你呢?别忘了兄弟啊。
周倬:我最近不舒服,流感了。
宋崇朝:好吧,哥你照顾好自己啊,我去和同学约了。
周倬简单回复了一下,就收起手机回家休息。
宋崇朝看完他的消息,嘀咕着走进灯火通明的候机室。
落地窗外,云层浓密,天色昏暗不清。
宋崇朝相当无奈地吐槽:"忙,都忙,忙点好啊。"
天很快就黑了下来,漆黑得像是某种巨兽张开巨口,要将世界吞噬。
天上没有一丝星光,风在地面席卷着,似乎马上会落下雨来。
黑暗中,一点灯光突然亮起,秦七襄蹑手蹑脚地走进周倬家的客厅。
屋子里还和她前天离开时没什么两样。
被她拒收的黄色玫瑰孤寂地挺立在玻璃花瓶里,正灼灼盛放,房间里安静得鸦雀无声。

4

周倬家的楼栋建得高,将人间的喧嚣都隔得很远,连夏夜的虫声都显得分外缥缈。

秦七襄叹了口气,回房间打包自己的东西。

她下午跟着中介转了一圈,晚饭后恰好经过这里,抬头望向楼栋上的万家灯火,周倬家一直是黑的。

风卷着她的长发,她抱臂在周倬家楼下来回漫步。

观察了半天,确定他家中的灯始终不曾亮起,她决定趁机将自己的东西打包装走。

她暂时不想同周倬有什么牵扯,最近发生的事情太多,糨糊般将她的大脑粘作一团。

她实在理不清,就想先避着他一会儿。

实在是没法和他解释啊,一时情动的事情能怎么解释。

很快,她整理完毕,拖着箱子准备悄悄离开,又想起她上次给周倬看自己的摄影图片时,把平板落在了他房间。

推开他房间的门,里面黑漆漆的,窗帘拉得很严实,巨大的落地窗竟没能透进一丝光。

"啪嗒"一声,她抬手开灯,雪白的光线瞬间充盈了整个房间,一声微弱的闷哼撞入耳内。

她看见床褥上隆起一座小山丘。

秦七襄下意识后退外逃,手臂撞上了门,痛得她一个趔趄。

她因此冷静下来,后背几乎被冷汗浸湿。按理来说,如果周倬在家,一定会出来看她一眼。那隆起大约是别的什么,她不必吓自己。

思及此,秦七襄试探着去看隆起的被褥,一只精壮白皙的手臂伸出,掀开被褥。

她对上了一双蕴含着温润水光的眼。周倬居然真的在家。

她勉强对他笑了一下,尴尬地用手指了指身后的行李箱:"我来收拾东西。"

周倬只是静静望着她,不曾出声。

她这才注意到他脸上有些不自然的红晕,双眸像是含着一包将欲滴落的泪,是一副相当脆弱的模样。

他总不至于刚哭过吧?秦七襄好奇地探头去看,他哭了?真哭了?

周倬已翻身躺平,抬起小臂遮住眼。

她看不清他眼眸是否哭过,只听见他发出沙哑的呼吸,有种被火燎过的意味。

她舔了舔唇,咽下复杂情绪,故作随意地开口:"那我拿了平板就走啊。"

周倬仍未有回音。

她快步抱起平板就想往外跑,耳边却落下他低哑的轻吟,像是他正沉沦噩梦中。

秦七襄停下脚步,回头看他:"你哪里不舒服吗?"

一声幼猫般的哼吟溢出他唇畔,她心念一动,走到床边探向他额头,滚烫滚烫,烫得她一阵心悸。

她低头推了推他:"哥?你醒醒,你发烧了。"

他说不出话,只是哼哼,虚软的手攥紧她,拉着她凑到自己唇边。

秦七襄这才听出来他不是在哼吟,而是在说话。

那声音沙哑,她唯一听清的只有一声:"别走。"

秦七襄顿了一下,望向周倬的眼。

他水光盈盈的眼睛近在咫尺,真的很像刚哭过。

她抽出手,他的手指在空气中虚抓了一下,才搭回被子上。

"你量过体温了吗?"她不免问道。

周倬不出声,目光失焦般飘向天花板。她又侧头问了一声:"你吃药了吗?"

"为什么……"他声音喃喃,"拉黑我?"

她不知该怎么回答,相对无言了半晌,转身给他倒了一杯热水。

她吹了吹水面热气,又听见周倬似有若无的一声:"可是你什么消息都不回。"

她将水递到他唇边:"你先喝点水,吃饭了吗?"

周倬费力地撑起身子,摇头,接过水杯一点点啜饮起来,却手一软,水洒了他一身。

秦七襄连忙起来帮他擦拭,周倬眼尾低垂地看着她,像只被雨打湿的小狗。

他轻声祈求:"你不走了,好不好?"

这一声让她的心都软了,偏偏没法回答,只避开他的眼神:"那你先吃点退烧药,我去给你找点吃的。"

从厨房里翻出了一些食材,叉腰瞪着这些食材,她犯了愁。

硬要说的话,她其实也是可以开火的,仅限于能煮熟。

让他一个病人等很久只有口热饭吃的话,怎么都有点过分了。

秦七襄只得叹了口气,淘米开始煮白粥。倒也记得发烧的人最好补充些电解质,她往粥里撒了盐,又切了根火腿肠扔进去。

随后她拍了拍手,想着还有没有做起来比较容易的菜。拍黄瓜?还是算了吧。

她擦了擦略显凌乱的厨房,折回房间看他。

周倬正倚在床上,望向漆黑一片的窗帘。

秦七襄在门口清了清嗓子:"我煮了点粥,一会儿就能喝了。你这个情况最好还是去医院看看吧,摸起来挺烫的。怎么突然病了,体温计在哪里?"

"抽屉里。"他声音太哑,让人听了觉得让他出声也是一种虐待。

她拉开紧闭的窗帘,落地窗外缥缈的灯火衬得房间更加寂静。

她拿出体温计,才看清周倬此时的脸。

他正抬手遮挡窗外光线,手指在脸上洒落了暗淡的影子,影子下的双眼眯了眯,目光迷蒙着,看不穿在想些什么。

但他额发细碎垂落,发烧的红晕渗进皮肤里,嘴唇苍白,是她从未见过的脆弱模样。

她递了体温计过去,坐在床前,担忧地问:"你这不会是甲流吧?"

周倬:"嗯。"

她顿了一下,想着难道是自己传染的吗?但也没有过了几天才染上的道理吧。

她无措地望向厨房:"那我去看看粥怎么样了。"

他将头偏向一侧:"你回来收拾东西是要去江浙地区追台风吗?"

秦七襄:"对,我刚决定的,你怎么知道?"

周倬:"那你先去吧,不用管我,免得待久了交叉感染。"

"噢,你先把粥喝了。"她刚起身,手却又被抓住,莫名地回头看他。

周倬依旧偏着脸,唇边溢出短促的呼吸声:"你……能喝吗?"

秦七襄:"喂——你这样说话就不合适了吧?"

他没有回话,只是五指张开,同她十指相扣。

他沙哑地开口:"先等一会儿,就一会儿。"

"你这忽然要走又不让的,什么意思啊?"她又坐回床边,坐在他身边,他身上的温度像是火焰烧上来。

"我也不懂你。"他偏头不停咳着,眼角因咳嗽盈了湿润泪光。

呼吸短促,他扯开胸口的衣服,露出分明的锁骨和紧实的肌肉。

接着他仰起头,让空气顺畅流过呼吸道。漂亮的喉结突起,那颗小痣上下颤动,她想伸手摸一摸。

周倬喉结滚动,缓缓开口:"都病过一次了,你会怕吗?"

"你是不是烧糊涂了?"她话刚说完,就被他探臂拥进了怀里。

他抓着仍相扣的十指,侧头蹭了蹭她的手背。

他的唇贴在她的手背上,水汽微动,一字一句都像是在亲吻:"是糊涂了,那分享病毒也没什么吧,就这一次啊。"

秦七襄:"我体质一直很好,不可能二次感染,你先放开我。"

她抬头撞上了他的下巴,撞得额角生疼,"嘶"了一声,揉着额角。

她瞪向他,却发现他下唇的伤痂因这一撞重新破裂,血珠滚了出来。

周倬抿紧下唇,血腥气在口腔里弥漫开,他抚上她泛红的额角,替她轻揉起来。

他音调依旧沙哑幽咽:"为什么不回我消息?"

她原本想怪他撞痛了自己的小脾气散了干净,心头莫名有点悲伤。

她不再同他嘴硬,温声回答:"抱歉,我那晚心情不好,和你动手,还拉黑了你。"

周倬:"不是这个。"

秦七襄:"那是什么?"

他摇了摇头:"没什么,这里病毒多,你先回去吧。"

秦七襄心里嘀咕着,总觉得哪里古怪,却又说不上来,只起身去看看锅里的粥熬得如何了。

白雾蒸腾了整个厨房,她揭开锅发现水烧干了,米粥浓稠,间或夹杂着几颗火腿肠丁。

她撇嘴,将米粥盛出来,勉强端了进去,感觉这一手粥做得还怪不好意思的。

谁料她进门时,他水光盈盈的眼睛居然亮了起来:"你没走?"

秦七襄耸肩端着碗,屈腿坐在他身前:"你都这样了,我总不能不闻不问吧。虽然煮得不怎么样,你将就一下?毕竟你不挑食,口味清淡。"

周倬道了一声谢,低头尝了一口。

咸咸的米粥刺激着下唇伤口,他难以忍耐地皱了眉,悄悄放下了碗。

秦七襄正用手机回复工作消息,工作群通知过几天有一场聚餐,领导都会参加,需要统计人数。

虽然不愿意参与,但如果真的不去,很难不被主任念叨,她只能咬牙扣了"参加"两个字。

这才看见Lucas给她连发了几条消息,劝她向那些造谣的网友追责。还一步步教她该怎么行动,甚至提供了律师的联系方式。

Lucas的过分关心让她有些奇怪,她只隐而不问,简单地解释着"追责"二字说起来容易,但实操起来会是非常耗费精力的事情。

以她的工作特点,并不适合总是为网上的风暴奔波,领导对她的事已经有些不满了。

所以,她也只能放弃状告造谣的那几人,强迫自己不去看、不去在意,回归平淡生活。

刚发送完解释,她就听见周倬的手机响了一声,还是相当特别的提醒铃声。

5

秦七襄抬眼望去,灯光映在周倬的手机屏幕上,模糊不清的,她奇怪地问他:"怎么是特殊提示音啊?你不看一眼?"

周倬苍白的脸上满是复杂的表情,碗里的粥还是满的,他没吃,在极力忍耐着什么。

秦七襄皱眉:"你这表情,似乎在说很难吃哎。"

"你……"他的嗓子这次是真的发不出声了,声音都卡在喉咙里,像夏日厚实云层中的雷,闷不出来一点声。

秦七襄:"我?"

周倬拿起手机解锁,她侧头想看看那个特殊提示音是谁。

可惜周倬侧身避开她,手速又快,她看不清。

很快,他将手机屏幕竖到她面前,聊天框里躺着四个字:盐放多了。

聊天框里一个个硕大鲜红的感叹号刺痛了她的眼。

那是他先前同她说的话,因她拉黑而发送失败,只安静地躺在他自己的手机里。

内容很长，一条接着一条。
——我有时候不太能表达清楚我的想法，更难以领会你的意思。你无论在想什么都可以告诉我，我们之间可以不存在秘密。如果你不愿意也没关系，我会尽力去理解。
——襄襄，我反思过下午这件事，确实在某些方面我会有超出界限的掌控欲，不该以都是为你好这样冠冕堂皇的话来为自己开脱。我认真地向你道歉，原谅我这一次的冒失可以吗？
她感觉心脏刺痛了一下，望着他的眼："我没看见。"
周倬似乎没明白她在说什么，只眨了眨眼，露出疑问又无辜的表情。
秦七襄笑了一下："你总是道歉得这么快，显得我好像很小气。我那天没看见你的消息，而且……"
她叹了口气："这种事也说不清楚。"
周倬低头重新打字，再次将手机竖到她面前：把我从黑名单里放出来，给我点耐心，我们可以开诚布公，慢慢说。
"我没什么耐心。"她打了个哈欠，想起身离开。
周倬：没关系，我有，等你想说的时候随时都可以，多一些少一些也可以，我都可以。
他急忙拉住她的手，固执地在她面前晃了晃手机屏幕，示意她给自己一个机会。
她低头解开黑名单，递给他看了一眼："好了，我明早的高铁，你照顾好自己，我先走了。"
周倬这才满意一些，点点头，发了一句：一路顺风，玩得开心。
秦七襄忽然就理解了老爹为什么说她不会说话了。送别时，说的不该是晦气的"行李别丢了"，而是"一路顺风，心想事成"。
她因此，歪头看向满满一碗白粥，问他："真的就这么难以下咽？"
他苦着脸点了点头。
她被逗乐了，笑道："我想帮你补充点盐分来着，一会儿给你点个外卖吧。"
"不用，我自己行。"周倬的声音哑得像是被盐齁坏了，听得她一阵心虚。
拖着箱子打开门时，她回头看了眼房间里的灯光。
光线如瀑，浮动在寂寥的空间里，只有桌上孤独挺立的黄玫瑰还散发着点点生机。
但它们越明艳，越显得这处房间空旷寂寥。即使是炎热的初秋夜晚，空气也冰凉如水。
她转身走出房门，将所有的幽寂孤影都关进了身后的房间里。
秦七襄拖着箱子，走过路灯明亮的马路，前方不知怎么回事，堵塞的车流如一尾死亡的长龙，司机们不耐烦地按着喇叭。
暑气难消，人心也浮躁，聒噪的鸣笛声将她的思绪搅成混乱一团。
她拖着长长的影子在人行道前等待红灯，对面水果店门口闪烁着三色灯牌。

身旁的行人戴着口罩,咳嗽声稀碎,像是硬币落地又弹了几下,"噼里啪啦"地滚进了窨井盖里。

秦七襄转头看向行人,有些忧思浮上心头,想说一句:咳成这样可以喝点小吊梨汤。

梨香在记忆里翻滚,舌尖忽然尝到了一点梨汤的鲜甜,她舔了舔牙齿,是某种错觉。

真的有点想喝小吊梨汤了。

童年的夏日,阳光灼眼,树上风铃"叮当"。

绿树浓荫之中,总有那么一碗冰镇的汤饮,替人褪去暑热。

每当她疯了一下午,满头大汗地回到家,周倬总会敲着盛满小吊梨汤的瓷碗,声响"当啷",唤她过来。

她会跳落在种满茉莉花的花坛旁,看着周倬修长的双手端起一碗梨汤,嘱咐她别再乱跑,小心汗干在身上,染上一场热伤风。

那段时光里,老妈常常会让她去敲开对面的门,给周倬家送上一锅绿豆汤。

周倬也会在家门口提着一罐乌黑的酸梅汤等她。

一见她小跑着窜过楼梯,他会将汤盅举得高高的,搁在她头顶,冰得她一阵瑟缩。

马路对面的绿灯亮起,她跟着行人一起穿过斑马线,汽车的鸣笛声停了下来。

她回头看了眼身后那扇漆黑的窗户,继续迈步向前,走进马路对面的那家水果店。

再回到家时,屋里依旧空寂得像是无人区。

她推开周倬的房门,探了探他额头的温度,依旧滚烫。

她担忧地问:"退烧药不起效吗?"

周倬摇了摇头,眼睛盯着她瞧,似乎要将她看出一个洞来,明显是在问她怎么又回来了。

她拧了毛巾搭上他额头:"怎么说我都是传染源,把你一个人扔家里,我还没这么没良心吧。我只是下楼给你买点吃的,毕竟煮的粥你又难以下咽。"

她将打包的晚饭递给他,又伸了下懒腰:"你不要觉得我这是要留下来跑腿哦,虽然我心很软,但我订了明天的车票,我还是要出门的。"

他点点头:"辛苦你了,襄襄。"

"这倒是……"她看着他病中的模样,想损上两句,又说不出来,便叹了口气,去厨房将在水果店里买的柠檬取出来。

洗净切片,将柠檬丢进壶里压出汁水,挤了一点青柠汁,倒入满杯温水与一勺蜂蜜,再加一勺盐和一点果汁。

她搅匀壶里的水,一壶简单的电解质水就制作完成。可以补充高烧之人丢失的水分和电解质,比她往浓稠白粥里倒盐要好得多。

秦七襄倒了一杯尝了一口,这味道居然有些熟悉。

思绪随着温水搅动,她想起了追流星雨的那天,在郊外帐篷里,周倬曾倒了半杯冷泡茶问她:"学会了?"

嗯……她学会了。

折腾了一会儿,她才收拾完毕。天色不早,人也乏了,她直接去隔壁房间睡觉。

屋子里仍保持着她离开那天的样子,连搁在飘窗上的望远镜都还原封不动地遥望着漆黑的天幕。

秦七襄躺上床,被褥里熟悉的蜜桃香气扑鼻而来,前两天在这张床上光影缭乱的场景便开始浮现在脑海中。

床铺很香,是他洗过晒过的味道。白日的阳光钻满了被窝,在夜间留下了一点余温。

日升月落,日轮一路埋在厚密层云里向上攀行,阳光被散射向四面八方,成就浓阴欲雨的天气。

阴沉的白日最适合做梦,周倬飘浮在迷雾般的白日梦里,伸手却什么也抓不住。

无边梦魇将他缠卷碾压,他挣扎着难以逃脱,被扯入痛苦的梦境中不停沉沦。

耳边似乎有一阵铃声响起,将晦暗的梦魇驱散,大脑重归清明,有人拍了拍他的脸将他唤醒。

周倬睁开眼,梦里的脸再度映入眼中,他处于迷梦与清醒的边缘,眼睛都不知道眨一下,只像个蒙昧的少年般定定地望着秦七襄。

是梦吗?梦境与现实经常难以分辨。

其实也好分辨,他一向只能在梦里看见她。

他闭上眼,又往下沉了沉身子,今天有些疲乏,他还想再休息一会儿。

谁料那道幻影竟推了推他的肩:"先量个体温,吃了药再睡。"

他彻底被惊醒了,讶异地发现面前的人不是梦,她甚至还抬手在自己眼前挥了挥:"怎么傻了?"

他下意识地问出口:"你怎么没走?"

秦七襄:"嗯?去哪儿?留你一个病秧子在家,让人听了不好。"

周倬:"你之前不这么想。"

秦七襄:"你怎么千方百计赶我走啊?走就走。"

"我……不是这个意思。"见秦七襄似乎真的要走,周倬忙拉住她,"陪我一会儿。"

秦七襄:"我看你倒是不情愿的意思。"

周倬:"我什么意思,你真不知道?"

他漆黑漂亮的眼睛定定地看着她,因流感泅出的泪光还在眼底波动,显得情思缠绵。

秦七襄卡了一下,想起了他那夜的表白,一时间只能打着哈哈略过去。

他这种人,太较真了,一旦被撩起,大概会很难斩断,总归是处理起来很麻烦的类型。

真答应了他,以后怕是想分手都难。

难道真要日日年年都同他绑定在一起吗？那岂不是连回家走个亲戚都不需要走出家属院？

她也彻彻底底地再没法和家里脱离开。

一个她甚至能数出楼下花坛有多少块砖石的地方，将成为她未来生活的全部行迹吗？

太恐怖了。她的手臂在这瞬间布满鸡皮疙瘩，只能嗓子干干地说："有需要叫我，我先去找点吃的。"

周倬："你还回来吗？"

秦七襄："你要是想饿死，我就不回来打扰你。"

他抿唇笑了一下，光影在脸上跳动，如浩荡江水东流，澎湃成一汪沉璧般的融融春月。他说："等你回家。"

她愉快地挥了挥手出门。

楼下早茶店还冒着热气，香喷喷的，直勾着人肚子里的馋虫。

她提着袋子挑选早点的时候，有清晨外出的白鸽在头顶盘旋两圈，又飞向遥远的云层。

天空低垂的云层翻滚着，像是她藏在心底的某种遗憾。

可生活往往就是这样，不能尽如人意。

她在清早出门时，停下了脚步，做出了选择，那也没什么可后悔的。

即使将会面对一轮更激烈的网友嘲弄，又鸽了好几位朋友，还没能和自己的前半生好好告别，至少现在她松了一口气。

至于周倬的表白，他应该会明白的吧。

有时候她不知该怎么回应，索性就装聋作哑，最好是两人都能把那晚的事忘掉。

像他那般聪明的人，大概很快就会和她达成应有的默契。

就像当年她表白一样，默契地没人会再提起，全当成一场云烟幻梦，这样多好。

第十二章 一叶知秋

✦✦ 偏心燃尽成蝶。✦✦

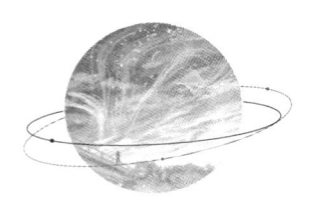

1

时间过得很快，周倬躺在床上浮浮沉沉度过了高烧的第二天，秦七襄坐在一旁在线处理一系列学校的工作。

每次连上网络，她都有些害怕，害怕会有新的熟人来问她的情况，也怕会有陌生人出现在她面前。

胸口不断涌动着拒绝的情绪，她拖延了很久才开始联网工作，却发现那些疯狂的声音消退了许多，不再盯着她了。

虽然仍有难听的声音出现，但比起之前有了好转，甚至还有人来她评论区道歉，希望她别追究自己。

大概是骂了这么久，她都像个缩头乌龟，那些流量失了兴趣，将矛头转向别的倒霉蛋。

照这个形势下去，她很快就能沉寂下来。

心情略微好了一些，人就恢复了动力。她退出社交平台，不再去管那些糟心事，等风暴自行消退，忙着干起手头的工作来。

到了晚间，周倬骨头关节的酸痛已消减，人甚至能站起来去炒菜。

她哪敢真让病人在厨房忙碌，就跟在他身边打着下手。他切了新鲜番茄，顺手蘸了白糖颗粒，喂了她一片。

入口酸酸甜甜的，竟让她找回了几分童年的乐趣。

他擦去她嘴角的番茄汁，低头洗手时，心口跳动不平，想着自己刚才应该吻一下她。

水流忽然涌起蓬勃的水柱，将他的手冲开。

如果刚才他真的试图亲吻，大约会被拒绝，何况他的病也没好，还是算了。

吃饭时，秦七襄聊起了老爹要来的事，说他明天就到，后天要同他们一起吃顿饭。她瞪着周倬，威胁般说道："到时候，你不许乱说话。"

"我能说什么？"他微微笑着。

秦七襄："他肯定要问我房子的事，反正我已经看了几套了，你帮我一起夸我有眼光就好。"

周倬："这样的话，秦叔也会想要再去看一眼把关一下吧。"

秦七襄："这个你不管，先……要不你还是帮我掩护说附近真没有好楼盘，个顶个的像鬼屋。"

"别闹。"他被逗得直摇头，"秦叔不可能不关注这边的楼市的，你看了哪些还是按实际情况说的好。"

秦七襄："啊——完蛋了，我要被骂死了。"

周倬："不会的。"

她眉头紧锁，甚至失去了食欲，托着脑袋静静发呆，大脑飞速运转思考该怎么办。

"别担心了，我还在呢，你看我给你发的链接。"他抬手想捏捏她的脸，她却迅速避开。

她眼中露出某种惊慌无措的神色，只一瞬又消失殆尽，打开手机看他发来的链接。

周倬收回了手，眸中水光闪了闪，颇为复杂地盯着秦七襄。

他发了几套还不错的户型图给她，都是不远的新楼盘，开发商也有保障，拿来应付老爹基本足够了，她淡淡地道了一声谢。

又看见宋崇朝对她丢炸弹表情包，说自己好不容易来一趟，结果大家都忙，忙点好啊，他不过是个可怜的、无人问津的空巢老人罢了。

她看完消息后，弯了弯嘴角，问宋崇朝什么时候有空，自己不去江浙了，有时间好好教训他，让他知晓人间险恶。

宋崇朝：明天和别人有约。

她颇为嫌弃地回复：那你叨叨什么，啰里啰唆。

宋崇朝：你给我等着，明早见，看我不揍死你。对了，把周哥薅上，他是真难约。

她回复：他病了，你别闹他。明天见，请我吃饭。

宋崇朝：你知道你一个工作党对我一个学生说出请客这样的话是多么残忍无情吗？

她的笑意藏不住：哟，那你叫我一声大姐大，我马上请你吃一顿肠粉。

宋崇朝：你真是个恶毒的女人！

两人互损了半天，她才收了手机继续吃饭。

一道视线一直默默地注视着她，她顿感浑身难受，对周倬说道："你别……这么看着我。"

周倬颤了下眼睫，转开了视线，她这才松了口气。

她居然之前都没有发现过，周倬其实很喜欢盯着自己。

大概是心境变了吧。她起身躲进了自己的房间。

虽说同宋崇朝约了早上，但她直到中午才出门。走前偷瞄了眼隔壁房间，周倬正在接打工作电话。

周倬毕竟还在病中，不适合外出吹风，她就没同他讲自己要去赴约的事。

她灌了壶柠檬茶留给周倬，然后出门。

她和宋崇朝在茶冰厅见面，玻璃窗外天色阴沉沉的，雪白的云浪起伏。

云下一片茂密的绿化树，一群半大的孩子在楼下争抢着投篮。

她用刀切开面包，滑腻的黄油落了一半在盘中，送入口，舌尖晕开了一层甜软。

吃下一小口面包，她啜饮无糖咖啡，淡淡的清苦中和了口中发腻的甜。

秦七襄托着腮，听宋崇朝胡吹，从他又得了什么国际竞赛的奖项一路吹到新认识了一位漂亮姑娘。

看见宋崇朝那副一聊起姑娘就眉飞色舞的样子，她笑眯眯地浇下一盆冷水："你不想你的湘湘了？"

宋崇朝被她噎了一下，撇着嘴说："这根本不是一回事。"

他本就一张娃娃脸，这一动作使得脸颊凹陷出两颗梨涡，反而更嫩了。他看起来完全不像是个二十多岁的人，倒像是十八岁的男大学生。

秦七襄撇了撇嘴："宋小狗，你这人真是白月光挂心头，朱砂痣你也要。"

宋崇朝拍着桌子："胡说什么！别遇到两个异性就硬凑，你什么都不懂！"

她耸肩："幼稚！"

宋崇朝："周哥真是把你惯坏了，你这个幼——稚——鬼！"

秦七襄无语："……说我就说我，你提他干什么？"

宋崇朝："周哥的病怎么样了？我要不要去看望他一下？"

她大致回答了一下，就陷入了沉默。

宋崇朝像没事人似的，未曾注意到秦七襄的异常，只伸头看楼下小孩抢篮球。

一个孩子在争抢中摔了一跤，坐地大哭起来，完全是个哭包。

宋崇朝笑出声："小七你看，那小孩逗死了，傻乎乎的，运动能力差到走路平地摔，还偏要和一群人闹着玩。"

秦七襄："你在说你吗？你从小就是这副硬撑的样子。"

宋崇朝回头："你少来啊，也不知道是谁两三岁了都走不稳，好意思？不过周哥平时对我们那么好，我还是想去探病。你呢，周哥最疼你了，现在就是你回报照顾的时候。"

"怎么他就最疼我了？"她咬着吸管，慢悠悠地吸着杯子里的蓝色气泡水。

宋崇朝视线飘向楼下那群小孩。

那个大哭的小孩又站起来，跌跌撞撞地在人群中奔跑，撞上了另一个大块头，差点又摔一跤。

一个蓝衣高个的小孩扶稳了哭包。

宋崇朝难得露出复杂神色："你知道湘湘为什么拒绝我吗？"

"你已经和我说过一万遍了！我听得耳朵都起茧子了。"秦七襄抱怨道。

"我也是最近才想明白的。"宋崇朝抚摸着玻璃窗，"她当初说我幼稚，根本不知道什么是喜欢什么是爱。那个时候我不服气啊，我追到她楼下，一遍遍地用各种方式表白。"

秦七襄："你甚至在她宿舍楼下，用玫瑰搭了颗爱心，引来了一堆人围观。她却连看都不看你一眼，把你那颗心伤成了碎屑。"

宋崇朝："是啊。不幼稚吗？"

秦七襄："幼稚死了！还特别土，是我也受不了。"

宋崇朝："这算什么，我还干过更多的傻事呢。只是后来才明白，我越这样她越觉得幼稚，而爱是克制。"

秦七襄："上升到哲学了啊？"

宋崇朝："你不觉得，有的时候我们很像楼下那群打球的小孩吗？"

听见他的话，秦七襄鼓起腮帮子里的半口面包，直直往楼下望去。

那群小孩吵吵闹闹地奔跑在球场上，篮球落地，溅开了一片橘子汽水般跳动的活力气息。

蓝衣高个小孩把球塞进了哭包怀里。哭包立刻像打了鸡血似的，勇猛地冲撞向大块头，吓得大块头愣在原地。

结果，哭包重重撞上大块头，差点摔倒，球也飞了出去。蓝衣高个小孩撒腿就去追球，还不忘回头给他打气。

秦七襄被这一幕逗笑了，笑到差点噎住。

她用力拍了拍胸口，回宋崇朝："谁像那些冒失鬼啊？往人脸上撞的。"

"你呗。"宋崇朝挑眉。

见秦七襄要动手，他也不怕，反而继续问："你知道什么是拉偏架吗？"

秦七襄揍上去的手就此收住，望着宋崇朝，等待下文。

宋崇朝趴在窗户上，凝望那群小孩："我也是后来才意识到的，人会下意识偏向自己在意的事物。所以打架时，有些人是来拉偏架的。"

秦七襄："你这不是废话？都拉偏架了，怎么会不偏心？"

宋崇朝："偏心也看拉的是谁。比如当年，高一的夏天，你站在球场旁和人吵架的时候，我第一反应是拉着你往后退。"

听他提起这件往事，秦七襄登时笑了。

她的笑容相当不满，反问宋崇朝："怎么，你想说你当时是拉偏架，是偏心我？"

宋崇朝将脸转向她："我现在明白为什么你当时会打我一拳了。"

"嗯？"她表情怪异地看着他。

宋崇朝："很简单，你不会去拉你真正在意的那个人。

"因为你会害怕，你害怕在混乱的环境里碰痛了她，也害怕对面会趁机弄伤了她，更害怕她其实受了什么委屈。

231

"你在意她,所以会无条件相信错不在她,该被拉住的是另一个人。"

她眉头轻皱:"那如果她就是很不讲道理呢,趁你拉开对面的机会,非要暴揍对面。"

宋崇朝:"人心是偏的啊,能让她生气到揍人的事情,如果我知道原委,肯定比她揍得更凶。"

"这世上哪有这么不讲道理的事。"她又被宋崇朝这番话逗笑了。

"有啊,从小我就觉得周哥偏心,又说不上来哪里偏心。可每次我们追着打架的时候,他拉的永远是我。"

她的笑容就此僵在嘴角,良久才回了一句:"你太敏感,我比你小,他总要护着点。"

"真的吗?我以前也是这么安慰自己的,可……"宋崇朝也微微皱起了眉,"当年在球场,我却是下意识拉你的呀。"

"那是因为你缺根筋。"她没好气地回道。

宋崇朝:"拉倒吧。我当时是想把你护在身后,可你不领情。不过我现在想来,应该是你当时觉得委屈吧。"

秦七襄:"你想说什么?"

宋崇朝:"我反思过,如果湘湘和你一样,在球场上被人奚落,我会是什么反应?我想了很久,感觉我肯定会将她护在身后。但我不会无条件拉住对面的人,让她可以多揍几拳解气。"

秦七襄:"噢,你的意思是你其实不是真的喜欢她?"

宋崇朝:"我分不清,大概是突然心动,迷了心窍。"

秦七襄:"那你还挺有自知之明的。"

"你没有?"见她表情困惑,宋崇朝索性摊开手,"想通这些,我突然想知道,你有没有某些时候觉得周哥待你特别不同啊?"

秦七襄:"……没?"

"你确实没自知之明。"宋崇朝挥着手大笑,"说真的,一碗水端不平的时候,满溢的那边永远不知道自己是被爱的,没被偏爱的才能感受到偏心。"

"他总是偏心。"

"你不知道吗?那件事之后,周哥看见那个惹你生气的人跟在我身边玩,他脸色铁青,第一次冲我发火。那时候我们都小,他板着脸发火的样子,吓得我们都不敢吱声。"

秦七襄:"他这几天跟你说什么了?怎么,你是说客?"

2

宋崇朝被秦七襄这一句问得相当茫然。

他眨眼想了一会儿前后逻辑,忽然明悟过来:"我天?不会真的是我想的那样吧?我只是好奇,你们来真的?"

原来宋崇朝只是在发表自己的爱情宣言，根本就不知道他们的事啊……

秦七襄恨不得扇自己一巴掌，恨自己嘴太快，居然提前揭了底牌。

宋崇朝见状，不依不饶起来："不行，你必须给我说说。我们这关系，你俩不能瞒我啊，我多少算个见证人吧！"

她无法避开话题，便托着腮，将她和周倬这些年的事情全部吐露出来。

吐完，她才觉得心头那块沉重的石头轻了许多，终于有人能和自己分担。

宋崇朝听完后，表情相当复杂，竟透露着某种惶恐。

他颤巍巍地试探开口："所以你是说，周哥真的向你表白了？"

她点了点头。

宋崇朝继续问："他承认他一直都喜欢你，结果你就这么把他睡了？"

她再度点头。

宋崇朝几乎难以置信地继续问："而且周哥甚至一直以为我是你前任？"

"我不是都跟你说了吗？你还问什么？"她不耐烦地反问回去。

宋崇朝猛地推开面前的餐盘："你看，我跟你一起跑路行不行？"

秦七襄："哈？"

宋崇朝："我……天！这都什么事啊，我被你坑死了啊！救命，咱俩真一起跑了，他不会以为是私奔吧？"

"那没办法了，我唯一能自证清白的方法就是把你绑起来，送到他面前去请罪。"说着，宋崇朝真的撸起袖子，一副要动手的样子，又被她一个怒瞪压了回去。

秦七襄斥他："你发什么疯，都已经这样了，有什么好怕的啊？你还没山东大葱长得高，别把自己当葱根。"

宋崇朝被她这一斥，气得面红耳赤，站起身就要往外走，又被她叫住："单没买！"

宋崇朝灰溜溜地回头，做出相当霸气的样子，甩手刷卡，接着行云流水地向楼下走去，将秦七襄甩在身后。

等她追上时，他独自在电梯前玩手机，最终被她踢了一脚。

宋崇朝已无心和秦七襄纠缠斗嘴，心不在焉地下了楼。

两人路过球场时，那群孩子的篮球恰好飞到宋崇朝面前，他轻巧地接住，让球在指尖上打转。

宋崇朝冲那群小孩挑眉："你们技术不行，要不要我教你们？"

那群小孩疯狂点头，宋崇朝热血上头，拍着球绕过小孩们，纵身一跃，将球稳稳掷进篮筐，换得小孩们的热烈掌声。

秦七襄站在不远处，抱臂看他打球，接着她露出了几分嗤笑。

宋崇朝正得意间，远远地望向她，等她的夸赞，却只看见了她略带嘲讽的笑声。

他一时心头不服，将球砸到她脚边："你很不服气？"

秦七襄捡起球，淡淡道："来，我跟你打。"

宋崇朝笑起来，不相信她能赢得过自己，随意地嘲笑了她两句。

秦七襄这几日听惯了冷嘲热讽,对宋崇朝那三岁小孩水准般的嘲笑毫不在意。

她拍着球,跑向篮筐,一个假动作骗过宋崇朝,两步一跃就投进了一个漂亮的三分球。

篮球在空中划出优美轨迹,正中篮筐中心。

宋崇朝已在篮筐下接住球,向另一个方向跑去。

秦七襄一直不动,直到宋崇朝即将越过中场线时,她突然启动,留下一道虚影,人已闪至宋崇朝身旁。

抬手一盖,她干脆利落地夺走球,一个转身甩掉宋崇朝,带着球向前两步,又投进一个三分球。

宋崇朝低咒一声:"你只会投三分球了?"

秦七襄挑眉:"哦?"

接着,她再度接过球,站在三分线外:"要不,你看看?"

只见她随意地拍球,抬臂,手腕轻巧一勾,橘红的篮球飞射而去,相当精准地落入篮筐,又是一个三分球。

旁观的几个孩子跳起来尖叫:"哇哦!姐姐好厉害!百发百中!"

宋崇朝不以为然地冷哼一声,拒绝给秦七襄捡球。

孩子们兴奋地摩拳擦掌,想做秦七襄的球童,帮她去捡球。

谁料她投出去的球像是长了眼,从篮筐落地之后,再度弹起,于空中留下圆弧轨迹,随后二次落地弹进了她手里。

无须捡球,球自动回来了。

宋崇朝起初并未在意,结果她再次轻巧地一勾手腕,那球依着先前同样的轨迹,落进篮筐后,又弹回她手里。

见此,宋崇朝停了冷哼,惊讶地看着秦七襄再次勾起手腕,依旧投进一个三分球,篮球落地弹回她手里。她动作不停,手里的球简直像是有了生命。

明明动作那般惬意随性,球却如此精准稳定,看得一旁的几个孩子瞪大了眼,连尖叫声也发不出来,全部蒙了。

见宋崇朝也像那群孩子似的,一副没见过世面的模样,秦七襄相当无所谓地抱球转了个身,将球向身后扔去。

篮球在空中高速旋转,"砰"一声撞上了篮筐。

篮筐上下颤抖,球在筐边快速打转,就像时间被卡在了篮筐上。

秦七襄背对着篮筐站立,面上的表情和宋崇朝一样蒙,甚至比他更破碎几分。

篮球在篮筐边缘飞速旋转了几十圈,终于向筐内滚去,"砰"地落地,砸出了那群孩子震天的欢呼声。

秦七襄对着面前那道颀长的身影,发出了一点干涩的声音:"你怎么出来了?"

篮球滚回了那群孩子手里。

她回过神,立刻瞪向一旁的宋崇朝。

那家伙挥手,笑成了一朵花,乐呵呵地与这位不速之客打招呼:"周哥,好久不见！"

周倬戴着口罩，脸还有些苍白，冲他点点头。

宋崇朝跑到周倬身旁，也不知在叽叽歪歪些什么。

秦七襄有些烦躁地跟上前去，心里恨不得将两人掀飞。

周倬能突然出现在这里，显然是宋崇朝通风报信，只是她想不通宋崇朝为什么要这么做。

当她走到两人身前时，宋崇朝也结束了一串叽里呱啦。

宋崇朝得意扬扬地对秦七襄说："背黑锅这种事，瞒着谁也不能瞒着我周哥嘛。"

"好了，我的事我解释清楚了，现在就剩你们俩的事了。我还约了别的姑娘，就先走了，下次再出来一起喝酒哇。"说完，宋崇朝挥手向秦七襄道别，跑向远处。

秦七襄对上周倬的眼，那双眼睛正隔着布满幻彩的眼镜看着自己，内里情绪疏离而复杂。

她忽觉浑身充满"尴尬"两个字，怒气冲冲地瞪向宋崇朝那个罪魁祸首。宋崇朝却远远地拉下眼皮冲她做出相当欠揍的鬼脸，把她气得够呛。

她深吸了口气，没说话，只想撤退离场。

周倬开了口，声音闷闷的，像是夏日云层中正负电荷碰撞出的旱天雷，不会落雨，只是轰然炸响整片苍穹。

他问她："当初为什么要骗我？"

"我什么时候骗你了？"她皱眉反问。

"你当初说你……"他顿了一下，眉头微微蹙起，似在组织合适的语言，"你和小宋没有恋爱过？"

果然是这件事，她咬牙。

宋崇朝这个混账东西根本靠不住，连压箱底的秘密都能拿来做筹码。

"有或者没有，很重要吗？"她一个反问就把问题打了回去。

她总不至于真在周倬面前败下阵来，告诉他当初自己因为被他拒绝而不服气。这显得她太幼稚，又太在意他，她也要面子的。

八月底的风带着水汽穿过这片球场，不远处孩子们正欢快地拍打篮球。

球场旁，翠绿的树叶像一张张巨掌抓向苍穹，在浩大的阴翳背景下，周倬的身影被压缩成异常寂寥的模样，似乎随风就要折断。

他沉默良久，才问出口："你们当初没在一起，为什么后来你不回我消息了？"

"什么时候？"她轻轻皱眉，"时间线拉得太长，我不明白你指的是什么。"

周倬："我去了北美后，没过几个月你就不怎么理我了。"

他抬抬手，似乎想拉她一下，又因她不耐烦的脸色而停下。

她听完他的话，无语又火大，指责道："大哥，你也不想想你当时是什么状态，跟个留言板似的，等你的回音我都要等成石头了！

"算了，我就是觉得没意思了，没别的原因。"

周倬:"你的消息我都有回,只是因为时差,我看见的时候隔得有点久。"
他垂下眸,眼睫遮住了眼中的情绪,手抄进口袋,掩饰指尖的颤抖。
秦七襄:"我不想和你说这个,都过去了,没什么好争辩的。"
周倬:"你说过的'只要感情够深,距离和时间不会有什么影响'。"
秦七襄:"我们感情很深吗?你说这种话。"
"不深吗?"他平静地反问,有汹涌的暗流潜藏在平静的冰川之下。
她被噎得一时无法回答,嗫嚅道:"你当时又没答应我……"
周倬急走了两步:"我也说过,等你酒醒了再认真地同我说一遍。"
秦七襄:"凭什么要我开口?"
周倬:"我在等你长大,等你能够分清爱与依赖。"
她还想再斥责他还是把自己当小孩,却又觉得刚才这一段对话实在像是在抱怨。
秦七襄闭了嘴,没再解释她当初是因为沟通上的不畅,而同他赌气,其实只是想看他吃醋,让他来哄一哄自己。
周倬试着拉起她的手,却被她挥开。
他其实一直知晓,当初她的热情烧得太旺,一定会被时差冲得一点不剩。
只是得知答案的这一刻,他还是会感觉难过。
可当初她还没长大呢,青春才刚刚开始,明明有着无限的可能,他又怎么舍得将她拉入一场漫长的等待中。
毕竟,思君令人老,归期未有期,轩车来何迟。
周倬看着秦七襄的脸,恍然想起五年前那夜,她酒后上头,很快就晕乎乎地睡了过去。
他却难受到连床都不敢坐上去,靠在床边,对着她沉眠醉梦的侧脸,小声说:"那我等你真正酒醒的时候再同我说一遍,又或是我来也可以。"
想到此,他又对这五年来的耿耿于怀释然了。
他在做出选择的那一刻,就已从人生狭小的孔隙间,窥见了一角既定的未来。
即使不是宋崇朝,也会有孙汉邈。
他无法将秦七襄的未来捆绑在无尽的相思中,就注定要成为她的旁观者。
他其实从未后悔过当年的选择,却也会独自躲在漫漫风雪中黯然神伤。
思念灼烧着他的理智,直到燃成痛苦的劫灰,他却暗自希冀着从灰烬中飞出一只蝶来。
随风万里,寻她去处。
风起云动,阴沉的天慢慢暗了下来,似乎成了阴雨连绵时黄昏的天色,秦七襄几乎看不清周倬的脸。
原本这个时间,她应当在江浙地区等待台风,但她没去。
随着"雨燕"登陆,外围雨带引发的阴雨细细密密地浇透了那片被高温融化的水乡。
几乎是一夜风起,气温便立刻降了下来。

秦七襄将被风吹乱的头发别到脑后,回头仰望着阴沉灰暗的天空,篮球架静立在风云之间。

那群孩子还在努力跳起,试图将球投进篮筐。

冒失的哭包撞上了蓝衣高个小孩,被他扶稳。

篮球在篮筐上滚了两圈,却最终还是从筐外落下,引来一群人的可惜叹声。

蓝衣高个小孩却依旧充满活力,拍了拍冒失哭包的肩头,为他鼓劲。

她眨着眼想,这就是偏心吗?

转回头看向眸光晦暗的周倬,她叹了一声:"哥,感情这种事,我们谈谈?"

他双眸瞬间被点亮,像是绚烂的星云在静静旋转,即使眼下的皮肤还有些苍白,他也显得不再那么脆弱。

微哑的声音从口罩下传来:"好。你要去喝点什么吗?"

秦七襄摇摇头,漫步前往附近的小型生态公园。

风吹云雾,天光慢慢复明,树木重现翠绿的色彩。

两人并肩走在无人的小径上,她抱臂任风吹起长发,以避免两人漫步时手背会偶然相碰,撞出一连串隐晦暧昧的火星。

风吹得秦七襄分外冷静清明,她淡淡地开口:"我心绪有些乱。"

周倬:"慢慢来,不急,是我太突然了。"

她笑了一下:"我还以为你会生气。"

"是有一点。"他停下了脚步,目光严肃地望着她,"不,我是非常生气。"

秦七襄:"哦,那先存个档?"

周倬:"你把我当 AI 了?你没想清楚就来惹我,惹完就跑,哪有你这样的,渣人连骨头都不吐。"

周倬气得眼眶通红,纤长的睫毛轻轻颤抖,忽又闭上眼:"不过,问题在我,我……意志不坚。不过,我最近有在学习练习……"

秦七襄退了半步,立刻打断:"别!和这没关系!你快闭嘴吧!"

她没想到他居然会误会到这方面上,真的不会觉得尴尬吗?

周倬睁开眼,看着她无处安放的手脚,伸手探向她。

他手长腿长,她连退了两步仍没退出他的空间,被拉进他怀里。

熟悉的体温覆上,她尝试着挣扎了两下,只听见他在耳畔轻声哄她:"别动,我抱一会儿。"

她的手臂垂在两侧,不知该怎么继续说下去,自然也不敢回以拥抱。

他侧头蹭了蹭她的头发,问她:"能不能再给我一次机会,别不要我?"

秦七襄叹气:"周倬,不是这个原因,而是我想要一点余地,没想过以后。"

"没想过以后?"他的声音都颤抖了。

3

秦七襄:"嗯……我说过我不想步入一段亲密关系。"

237

周倬一阵眩晕,猛地一口咬下去,深深咬在她颈侧,那里还分布着一点红色吻痕。她的皮肤像是一簇火焰烧了起来,烫得他停下来。

眼泪滚落在她颈侧,他含着灼热的呼吸,带着哭腔:"你真的是在玩我。"

怎么能真的只是想得到他,再抛弃他啊……

孙汉邈!浑蛋!浑蛋!孙汉邈!

周倬感觉自己又发起烧来,脑袋已经成了糨糊,踉跄着脚步猛地推开秦七襄,只想立刻揍死整天挑拨离间的孙汉邈。

她被周倬感染,也难过起来,温声安抚他:"哥,你就当成是我们的一场梦,醒来把它忘记,爱和需求可以分开看待。"

周倬几乎要咬碎了牙:"在你心里,我是这种人吗?秦七襄,你是不是太没责任感了?"

秦七襄:"是啊,你今天才知道吗?我就是这样,想做什么,立刻就会去做,我不在乎会有什么后果,这也是你教的。"

恍惚之中,周倬听见了五年前自己问她的那句:"你——想要什么?"

这句终是跨越了漫长的时间、缠着清风环流回到他的眉间心上。

"那你现在想要我怎么做?"周倬哽咽着问道。

秦七襄抬起头,正视着他的眼睛:"我没有对你的表现不满意,只是不想和你签下枷锁般的盟约。"

周倬:"枷锁是什么意思?盟约又是什么?"

秦七襄抿了抿唇,偏开头:"我不想和你恋爱,但可以……保持现在的关系。"

什么关系?

"我看你是昏头了。"周倬猛地推开她,摇着头后退,"你就这么笃定,我不会走吗?"

秦七襄:"这有什么笃定的?反正恋人总有分手,婚后也有人离婚,没什么必要纠缠。如果你还愿意,我也能接受,直到有一方想要退出为止。"

他忽然感觉她的脸是那么陌生:"我但凡还有点骨气,都不可能接受这种事。"

秦七襄:"我也觉得你大概是不能接受,所以还是把它当成梦忘了吧,就烂进肚子里。"

周倬:"要么是恋人,要么是陌路人,你选。"

"非要这样吗?"她觉得有些疲惫,"这不是我在做选择,而是你。我已经定好了新的住处,有时间会去搬家。下午还有同事聚餐,我先走了。"

他没有说话,只是转身消失在漫长的林荫道中。

望着周倬离去的背影,有落叶坠入掌心,秦七襄叹了口气。

一叶知秋,怎么又是秋天了。

晚间,连绵的阴雨终于降落,淅淅沥沥打落了一地落叶。秦七襄收起伞,走进聚餐的饭店。

这个点，店里已坐了不少人，大厅里人声喧闹。

她跟着指引走过厅后的木质长廊，细雨如珠帘从廊顶坠入湖面。

放眼望去，湖面泛起一片细雨迷蒙的波纹，脚下做旧的木板湿漉漉的，踩上去俱是泡软骨头的潮气。

侍者替秦七襄推开门，一群同事坐在屏风后打牌谈笑着，见秦七襄进来，有个和她同期入职的姑娘冲她招招手，示意她坐过来。

房间内两扇古朴大窗敞开，竹帘高卷，窗下有锦鲤戏水。

一个白净的漂亮姑娘正坐在窗边撒着面包屑喂鱼。

这姑娘有些面生，秦七襄暗自推测是今年新入职的老师，但不知道是哪个组的。

秦七襄顺势坐进空座位里，身旁正在同人谈笑的青年笑她："你来得晚了，一桌人都在等你。"

"天气不好嘛。"她放下包，坐正身子，"这不一局牌还没结束，来早了怕打扰你们的雅兴。"

那人也没再说什么，同她攀扯了两句，又继续和别人闲聊了。

秦七襄颇为无聊地刷着手机，问老爹是不是已经下飞机了。

"哟，你还有心思刷手机呢？"一个她很讨厌的男人走过来打趣道。

她懒得回他，男人却不依不饶："小秦老师近来在网上很火啊！"

这话落下，附近的人都看向秦七襄。

她身旁的女老师开口："宁建，看你最近一直忙着职称的事，现在怎么样了？"

名叫宁建的男人脸色微变，眼睛瞪得有些凶，相当严肃地说："这东西，搞不好就很麻烦！"

秦七襄也笑了："这倒确实，你去领导那桌问问经验。"

宁建："小秦你也是，对工作上点心吧，别忙着搞律师函告那些八竿子打不着的人，把正事都丢了。今年的评选你还参不参加？"

这话听得秦七襄皱眉，她差点以为面前的宁建是哪儿来的领导呢，也不过是和她同期入职的同事，年底将和她一起竞争职称名额。

真有他的，明明是在偷摸打听她的意愿和情况，说话还高高在上的。

还有，他说的律师函又是怎么回事？

她和女老师几句话把宁建挤对走，心下奇怪地连上网络。

在网上那些乌烟瘴气的言论中，秦七襄仔细翻了一下，才看见前几天有人以受害者的名义，向那群网友发了律师函。

接着，许多有声量的权威下台替他们科普，风向也因此反转，矛头转向那些造谣者了。

更有甚者提出要拉着他们一起举办一次展览，让大家能够接触这种小众行业，居然有很多一直沉默的人感兴趣。

难怪这群网友近来消停了许多。

事关于她，她居然完全不知道这件事，好奇地看了看委托方是谁。

有几个熟悉的名字，都是一个圈子里的追风人。

他们这次也卷入了这场纷争，同她一样备受困扰，应该是联合请的律师。

这律师的身份好眼熟啊……咦，这不是Lucas之前介绍给她的那位律师吗？

这就说得通了。

很有可能是Lucas的国内好友卷入了这场风暴，他们几人干脆一起维权了。

所以Lucas会突然来关心她的情况，并且提供了律师的信息给她，其实是希望她也加入这个维权联盟？

结果，她以没有精力为由拒绝追责，Lucas就没再和她细讲之后的维权计划？

有理有据，逻辑顺畅！

发现"真相"后的秦七襄内心涌起了对Lucas的感激，点开他的聊天框说了一声：谢谢。

聊天框里堆积了她发的许多条消息，从她拒绝向网友追责直到她为鸽了他的江浙之行道歉，Lucas都未曾回复，像人间蒸发了似的。

秦七襄叹了口气，觉得应该是Lucas近来忙着状告网友，没时间回她，便也没再放在心上。

精致的菜肴一盘盘端上，身旁的女老师用手臂撞了撞她："别玩了，吃饭了。"

秦七襄迅速收回手机，加入一场闲话讨论中。

虽说是闲话却也没那么闲，左右离不开"工作"两个字。

但若说正式，也算不上正式，都在谈笑着工作中遇到的各种趣事，趁机隐隐约约地试探着接下来的人员安排。

戏谑的笑声与隐秘的心思在这片空间中流动，窗下金红肥硕的锦鲤却全无烦恼，甩着尾追逐水面上那些面包碎屑，似乎这就是它们一生的意义。

有人举起酒杯，起身对着高位上的人，大声念了一句："感谢您这些年的照顾，我来敬您一杯。"

这一声打断了席间的闲话，人群都安静下来。

秦七襄强迫自己露出恰到好处的微笑，看那人躬身向席上的高位者送去酒杯。

清澈的酒液在透明的玻璃杯中荡漾，那人的杯口撞上高位者的杯脚。

酒水荡开，沿着杯身滴落在红色桌面，留下一圈湿痕。

两只同样透明精巧的酒杯，在这相撞之际，忽然有了高低错落，成就了一幅最为经典的酒桌图画。

秦七襄心底的摄影师血脉忽然被唤醒，很想将自己变成一道透明的影子。

这样就能举起相机，留住这幅流传千年仍未改变的图画。

或许这图画会比天上的星辰更加恒久，直到宇宙间一切生命都消亡的那一刻才会风化消散。

无人知晓她的心思，只顾听着那人敬酒的话音。

话音像某种电路开关，开启了一场场混着官腔、此起彼伏的敬酒画面。

人与人之间念着一点恩义，在精致菜肴间奏出白珠落玉盘的诡异音乐。

秦七襄也难逃这种命运,被入职时的师父赵姐拉着起身。

赵姐还特意叮嘱她,喝完一杯要弯腰替对方斟酒,好事成双,敬酒也要双杯。

秦七襄眨了下眼,低声说:"我不会喝酒。"

凭她的酒量,两杯下肚已是勉强。桌上坐着一圈主任到组长,真逐一敬过去,人也晕了。

赵姐比秦七襄早来几年,对于这种场景已然驾轻就熟,安抚她道:"主任人很好的,不会勉强人,你抿两口就行。"

秦七襄:"我酒精过敏。"

赵姐:"这种话术过时了啊。"

"我真的酒精过敏,从来不喝酒的。"秦七襄捋起袖子,就算不过敏也要做出一副过敏的样子。

赵姐笑着说:"你也过敏,她也过敏。"

她用下巴点了点刚才在喂鱼的白净姑娘:"一个桌上只有一个过敏名额啊,你们商量一下谁用呗。"

"赵姐,你别开玩笑。"秦七襄被这一句过敏名额的话逗得不知道怎么回。

秦七襄:"那姑娘我还不认识,叫什么啊?"

赵姐:"也是咱们组的,程焕。"

这下秦七襄知道那姑娘是谁了,今年才入职的语文组新老师,估计工位还会分在她后面。

思及此,她侧头向那姑娘举杯示意,算是打过招呼,然后抿了一口茶水。

"想好没有,你们谁喝?"赵姐继续问道。

秦七襄笑了下:"照顾下新人嘛,她不能喝就别让她喝了,你看我拿水兑点雪碧像不像酒?"

赵姐戳了下她脑门:"你真的是,每次跟你都讲不通。算了,现在年轻人都这样,以后你会懂的,人要会来事。

"小秦啊,我跟你说句掏心窝子的话,平时埋头工作是一回事,领导能不能记得住人是另一回事,能明白吗?

"也没要你去谄媚,但到你该露脸的时候,就大方点。你看宁建,他半桶水都敢上领导桌喝酒,这也是种本事。"

秦七襄:"我懂,我是你手把手带的,我把你当亲姐看,肯定不会辜负你的栽培。要不是我真不能喝……嗝。"

赵姐也没再说她,默认她可以端着杯白开水充酒。

接着,赵姐拉着组员姑娘们来到主任面前,堆起笑脸说了许多漂亮话。

言语间,赵姐连去年开学典礼上,主任发言稿里的句子都背了两句,说自己当初备受启发,去年一直严格遵循主任教导,来要求新人。

现在这些新人个个都进步不小,还是主任有先见之明。

秦七襄默默站在人群后,利用重重人影遮住酒杯,准备趁机混过去。

主任站起身，喝下了她们敬的酒，随后拍了拍赵姐的肩膀，在她耳边说着什么。

动作上虽然避着人，但声音没有避人，反而很大，连站在人群后的秦七襄也能听清。

主任基本都在对赵姐说些工作能力不错、新人交给你我放心之类的话。

内容夹着几句近乎真心的私语，说赵姐这些年来辛苦踏实，自己都看在眼里。

而且去年培训路上，赵姐遇了车祸还在牵挂工作，确实够拼。

但之前评奖评优的时候，上面名额有限，要综合众人的情况考核安排，也是没有办法，总之，下次肯定不会亏待。

秦七襄听着这些场面话实在有些困倦。

其实她自小就在某种层级分明的环境中耳濡目染，面前这些客套话，和她往年在家里偷摸听见的漂亮话比起来，这些实在是太小儿科了。

但也正是因为熟悉到几乎能成为肌肉记忆，她才对这些完全不感兴趣，甚至过分抵触。

那些浮在湖面上的面包碎屑，总有锦鲤在积极追逐，究竟能带来几分饱，却也难说。

人们所追逐的好处也不过如此，她能吃饱就不想多吃，不能吃饱也想去捞捞月亮。

多半是自小在院里被惯坏了，在其他家长给孩子传授社会规矩时，她只会爬到后山的高树上，挥着手说自己是宇宙之王。

至于敬酒，成年人端坐高位，她这样的孩子早就远离餐桌，拉着周倬躲进自己的房间，听电视机里的雪人歌唱。怎么会轮到她来操心？

只是，现在不行了。

身旁的女老师拉着她的手臂示意，她们每个人还要说两句祝酒词，在主任的目光下一杯杯敬过去，谁也别想逃掉。

秦七襄深吸了口气，压下自己烦躁的情绪，准备说两句话混过去。

谁料，不长眼的宁建忽然夺走她的酒杯，抑扬顿挫、阴阳怪气地说了一句："小秦老师，你这看起来不会是水吧？"

4

秦七襄扯唇，冲宁建冷笑了一下："我前两天生病吃了头孢，都交过病历单了，大家都知道。你还真是不关心同事啊，怪无情的。"

这话一出，主任也开口关心了秦七襄几句，让她别喝酒也别吹风。

宁建悻悻地还回了她的杯子。

秦七襄顺势举杯，不卑不亢地同主任说了两句祝词，才算是结束了一场没有硝烟的战斗。

宁建却贼心不死，又在秦七襄仰头饮水时，阴阳怪气地说她不舒服还要硬抗出来聚餐，想必平时对学生也是很负责任，不舍得离开他们去培训。

这是在点她去年培训期间，班上学生把投影仪掰坏的那件事呢。

今年的培训日期又要到了，宁建这是想方设法阻止她参加？

秦七襄立刻意识到，宁建和她同期入职，接下来是三年考评期，但名额有限。因此他们算竞争对手，宁建在努力给她挖坑，她几乎要冲他翻个白眼。

身旁忽然传来诡异的叫声，有几个人蹲在地上，好像在拉扯什么。

这一变故带走了主任的注意力，宁建满是恶意的小报告最终都说给了空气听。

秦七襄路过宁建身边时，小声说了一句："人啊，往往有心栽花花不开，切忌用力过猛。"

说完这句，她便远远飘到了一旁，准备做一个彻底隐身的角色。

秦七襄无聊地翻看手机，看 Lucas 有没有回复。

Lucas 依旧无声无息，她无聊地打开聊天界面，收到一则新的好友申请。

对方留言表示很欣赏她的摄影作品，尤其是获奖作品，想向她寻求授权准备举办一次天文摄影展。

这是对方看出来网上的风波即将过去，想借着余波，掀起一次推广吗？

秦七襄没有立刻给出回复，而是查询起了这方面相关的资料，又顺带问了下 Lucas 的看法。

有同事好奇地凑过来，看她在做什么，她立刻熄灭了屏幕，没让对方发现。

对方只好奇地问："那些图好好看，听说你也能 P 成这样？"

她的事迹估计在同事圈里已经传开了，她只得点点头，没有多说。

此时主任又对着秦七襄招招手。

秦七襄被迫离开这处安静地带，来到主任面前，还顺势拿了杯水，以水代酒，先敬了主任两杯。

她估计着这一通单独谈话，少不了要聊一聊她网上的那些风波。

果然不出她所料，主任这种人圆滑精明，委婉地点她网上的事情有家长不满，在举报她，让她专心做正事。

她连连点头称是，只顾装傻。

结果，主任口风一变，夸她摄影水平不错，平时也可以多学学。

这不对劲啊……她看了眼主任，只见主任细长的眼睛里闪烁着光辉。

主任乐呵呵地开口："我们今年教师节想做个不一样的宣传活动，小秦啊，你在这方面有特长，不如就交给你，怎么样？"

果然是有所图谋，秦七襄不是很想接。

但主任话都脱口了，肯定早就做好了安排，除非她再大病一场，否则推不掉。

她只得询问是什么样的宣传活动。

主任："哦，初步计划是你这边做一个宣传视频，就像电视上那个广告一样。我让宁建给你发几个样式，你有空就先去多拍拍素材，器材室的无人机也能用。这个不难吧？我看你肯定行。"

……做广告？为什么不找广告公司？

主任："他们不懂咱们的校园文化，有咱们把关也不行，往年都是反复改也不满意。你知道的，招标这种事，很麻烦，而且这对你来说也不难嘛。

"咱们经费不够，不要他们的那些模板，也不必搞那么复杂，你做成这样就行。"

秦七襄一看主任的范例，差点两眼一黑，晕过去。

好嘛，这是教师节宣传吗？这是冲着苹果发布会去的吧！

她要真有这本事，至于窝在这里当个老师？

主任还在说："剪剪视频，有什么技术含量？你素材拍好看点，肯定行！给咱们学校也做点贡献哇。"

不是……这主任心底就看不起设计类工作，又在这边提一堆要求，到底是想干什么啊？

想到这里，她拳头都硬了。

一旁的宁建还在望着她。这个世界真跟个围城似的，她不想进来却又逃不掉。宁建却恨恨地想把什么都抢在手里。

她给主任找了半天的不可行理由，主任的语气都差了，隐隐冒火。

再推也推不掉，这是上面的决定……她只能硬着头皮干。

应下这狗屁任务后，她抓着脑袋头痛。

赵姐转了一圈，回到秦七襄身旁，问她今天的菜色怎么样。

如果是问今晚这几出戏有没有趣的话，还是有点好笑的，虽然自己也被卷了进去，成了小丑。

但好笑之余，她还感觉到一种难言的恶心，以至于桌上的山珍海味都显得十分令人反胃。

但她总不能据实说出来，只淡淡地夸了句。

赵姐随即高兴起来，说是要锻炼她的能力，给她安排了几个小活。

先是安排她每周撰写一些演示汇报的内容，再考虑到她擅长摄影，也应该参与进类似秋游活动的设计，最好能让领导惊艳记住她。

同时，由于近年来倡导学生业余生活要足够丰富，学校想在教师节组织一场简单的晚会，需要老师和学生出一些才艺表演的节目。

她一听就知道，肯定是没人接，才找到她。

赵姐还夸得天花乱坠，说是在给她机会，让领导记住她，都是为了她好。

秦七襄试图拉出主任安排的任务，拒绝接手赵姐的安排，但这种事一丢上来，她基本是推不掉的。

初入职场的新人往往就是这样，容易被拿捏，也最易被画饼，总要被丢些烫手山芋，连反驳的机会都不会给你。

她自小在院中见惯人情，很懂这个道理，也明白这背后还藏着很多新人陷阱。

她当场尖锐地问了一句："这提交的报告是按咱们组的名义，还是我个人的名义？"

赵姐顿了下，才开口："这种事做起来是有点烦琐，咱们组都会给你提供素材，你不用担心没经验，不难，我相信你能做好。"

秦七襄："所以这是咱们集体的活，虽说组里总要出个人集中整理，但这第一作者还是得挂组长的名字对吧？"

赵姐仿佛没想到她会这么直接，也无奈地笑了下："毕竟是组长统筹管理，他平时忙。"

秦七襄："这我能理解，没有领导组织筹划，工作没法推进，像汇总调整这种简单性工作，我不会妄想。当然，咱们组长管理能力这么强，又赏罚分明，肯定会把大家的工作都看在眼里、记在心里，主笔的名字自然不会漏掉。"

赵姐："那是，你别担心，你做的事肯定都是值得的，要让大家知道。咱们做出来就要被看到、被记住。"

秦七襄："我就知道赵姐对我好，不会把我忘了。不过我真的没什么才艺，开学的事情又忙，要写汇报，还有视频要做，那个晚会表演的事要不问问别人？"

赵姐："表演也没什么难度的，咱们就是上去唱首歌，你看你和宁建一起怎么样？"

她指向宁建，直听得秦七襄皱了眉。

秦七襄问："唱歌这种事，还是找音乐组比较合适吧，咱们上去凑什么热闹？"

赵姐拉着她凑近，低声说："这是领导的意思，他觉得才艺这个东西就要和本职不一样才算。所以为了丰富性，要我们在晚会上搞一个跨界的效果出来。"

这解读方式，真是角度清奇……

秦七襄腹诽了两句，勉强笑了笑，同赵姐说自己实在五音不全，上去会丢人。两人来回拉扯了半天，她才把赵姐这尊佛送走。

最终，她疲惫地撑着头，一点点饮着杯中的果汁。

最近是水逆吧，倒霉的事情一件接一件，有没有什么转运珠有效啊……

要不然买个 Tiffany 的戒指戴戴？网上说这玩意儿灵……

好主意！她想到就去做，当场下单了一枚戒指，心情才平复下来。

老爹已给她报了平安，还定下了明天中午的见面地点。

秦七襄腹偷偷伸了个懒腰，准备寻个理由离场，在这里是一秒钟也坐不下去了。一个和她同期入职的姑娘却忽然坐到她身旁问，赵姐是不是给她派活了？

她点头承认。那姑娘和她面对面撑着头，颇为疲惫地说："她也给我扔了不少呢，净折磨新人来的。"

秦七襄没应声，同事不见得是朋友，她们不是很熟，很多话她会闭嘴。

那姑娘倒像个直肠子，同她说："现在正满世界抓人唱歌呢。宁建倒是爱展示，他第一个报名了，但领导喜欢看男女搭配啊，组里还没女生愿意上呢。"

秦七襄："我看有很多唱歌好听的老师，赵姐再问问嘛，反正我是五音不全了。"

姑娘："我上次听你备课的时候哼得挺好听啊，不对啊，你是不是会跳舞？我记得看到过你简历上这么写的。"

秦七襄撇开眼，心里想着自己当初填简历的时候，恨不得把所有优点都写上去，现在倒好，正好方便被抓壮丁。

她是自小练过舞蹈，跳得还不错，但她并不想作为一种助兴的表演，站到这么多审视的目光下。

在这种环境里最应该明哲保身、谨小慎微，不做不错、做多错多。

那姑娘的性子是真的直，似乎完全意识不到她们之间的界限在哪里，竟同她推心置腹起来。

姑娘喃喃念着："你不想上吗？这个怕是难，估计赵姐问完一圈还得找你。不过那个新来的老师倒是个不清楚情况的，真不想上的话，你不如去问问她？"

秦七襄闻言，望向安静坐在一旁的白净姑娘，问了一声："程焕？"

身旁姑娘点点头："对啊，她是新来的嘛，估计好哄，说不定很想上但不好意思呢。你不想干总得找到一个接手的，才好交代。"

秦七襄喝了口果汁："她要是不想上呢？"

姑娘："你可以给她讲讲好处嘛，有活动经费拨给她的，而且她刚来就能让领导留下好印象，肯定不是坏事。"

这话说的，不就是让她学赵姐，给新人画饼吗？

人在层级结构中分出上下级，她虽是会被甩锅的新人，但也可以拿着一根鸡毛，去甩给下一个新人。

5

窗外的锦鲤跃出水面，激荡出泠泠水声。

姑娘话音落下，秦七襄忽然觉得餐桌不是餐桌，而是一辆庞然的战车，浩浩荡荡地轧过一切草木生灵，向前行进，永不停息。

现在这辆车正气势汹汹地冲она而来，即将把她碾成齑粉。

无处可逃、无处可躲，唯一能做的是跳上这辆车，替车上的魔鬼驾驶前进，成为爪牙、成为犬马，驾着它轧向下一个倒霉的"秦七襄"。

"你那个报告要是不想写，"身旁姑娘的话音不停，"也可以找程焕分担吧，左右你最后把她的名字挂上去，也算是你们两人合力完成。"

秦七襄沉默片刻，厌倦了这种自古以来的倾轧传统。

她回头对那姑娘说："我这个人吧，不愿坐车，偏爱走路，脾气有些犟，你别介意。"

然后在那姑娘呆滞的目光中起身，告假离席。

秦七襄穿过长廊的时候，雨已经停了，湖里的锦鲤还在无忧无虑地嬉戏，早忘了程焕先前投下的面包碎屑。

锦鲤这种生物，记忆短暂，除了吃又哪能记得住是谁在哪里投下的鱼食。

它们一时间聚在湖东，下一刻也会甩尾游向湖西，也只有人才会将它们在脚下争食当成了不得的欢喜。

"真的是，全是骗鬼的话。"秦七襄走出饭店，长吸了口雨后清新的空气，对着阴翳昏暗的长天叫了一声。

回到酒店，她抱膝蹲在床尾，这一天的社交耗干了她的精力。

她无力说话，白天许多未处理的工作也不想再管，只静静地看着地上的淡淡影子。

窗外有一辆汽车驶过，地上的光开始流动，像是一汪清泉流转上墙，忽又消失不见。

一个人的自我在庞大的社会集体中几乎被消融，她作为一滴水珠，脱离了少女时期轻盈洁净的云层，落地后，再也逃离不了汪洋。

在外，她成为大洋中无数水滴的一员，同其他水滴一样，失去自己的形状，随着浪潮起落。

遇上今晚这场天文大潮，就会身不由己地漫过天地之间，被月球的引力拉拽，又被地球的引力拖曳。

在内，只有在这样的独处时，她抚摸着地砖上清泉般的光影，才能感受到完整的自我，能够独立自由地铺陈在面前。

在不容抗拒的系统结构下，她只能保留指尖的一寸空间，是独属于自己的空间，不容被打扰，不能被打扰，即使是最亲近的人也不该踏足。

指尖的清光似乎成了一双幽绿的狼眼，在雪山凛冽的寒风中同她无声地对峙。

凶猛的狼也会向她低头，那时无论是恐惧还是勇锐，都是完全属于自己的自由的心。

可她一旦回到人类的聚居处，便需要上交自由，换得族群的保护。

她面对狼群的恐惧与勇锐不再是一种必要的心绪，仅是沉淀在人类原始血脉中的记忆。

人类丧失野性，以换取集体的保护。乌合之众却喧嚣着抛弃智力，奔赴野蛮的战场。

这个世界矛盾也疯狂，即将彻底侵蚀掉她。

她无法忍受会有一天，连这汪清光也消融在她指尖。

恋爱，是两个人的交融，要将彼此的灵与肉捏成紧密一团再重新整饬，修整成共生的模样。

当她经历了一天的战车碾压后，回到自己的独立空间，她只希望这里依旧是与尘世完全隔离的僻静之所。而不是将有一个人坐在这里，等待着用他的喜好来干涉她的选择，用他的自我来涂抹她的灵魂。

"我不想登上战车，也不想成为战车倾轧后，人类集体的板结。"

晨光渐渐从指尖流走，东方泛白，秦七襄伸开懒腰，又要迎接下一场无声的战争。

人在白天战斗，在梦里回归自我，这大约便是所谓的庄周化蝶。

手机中的许多消息她都未曾回复，在江浙追台风的老友经历了一天的风雨洗礼，向她吐槽这一路上发生了多少意外，有些人差点连车都翻了。

但他们无疑都充满了兴奋。

谁能想到存活了七天的台风"雨燕"能在登陆某岛国后,还继续在海上打着转,折返大陆。

不过幸好,"雨燕"的风力早已减弱,甫一登陆,它便弱化成了热带气旋。

虽然赶上令人揪心的天文大潮,但终是除了一场盛大的涨潮,没有带来什么其他危害。

这些追风者赌赢了天气,获取了梦寐以求的成果。

周倬当初在医院让秦七襄祈祷的事,也算是达成了一半。

一想到周倬,她的笑容凝固在脸上,点开他的对话框,消息仍停留在上一次他病卧在床上向她求和。

他自昨天离开后再没和她联系过,大概这次是真的生气了。

其实自小到大,她都没见过他生气,也不知晓他真正生气的时候会是什么样子。以至于原本老爹让她中午带着他来赴约,她也不知该如何提起。

退出和周倬的聊天框,她反复刷着手机组织语言。

网上依旧有人在絮叨着她撒了谎,说她答应要去江浙追风,最终却没有下文。

刚平息下去的风波又隐隐有闹腾起来的趋势。

也有大量不明就里的人拥入,询问在这些天的吵闹背景下,他们为什么要去追风。

但这次秦七襄运气很好,居然有几位业内顶尖的大学教授公开替她发声。

教授:因为数据采集的方法有限,类似于台风这类气象灾害,速度快,危害大,路径难以精准预测,一向缺乏一手的内部数据资料。需要亲自携带仪器,进入风眼采集。

网友:可他们都是业余人士,难道能比得过专业机构吗?

教授:一般来说,除了军方备战演习类的特殊需求,大多数情况下不会专门组织这样危险的数据采集活动。

专业人士开口,那些吵吵嚷嚷的网友也变得温和讲理多了,居然转变风向开始对他们充满了兴趣,掀起了一场科普热。

接着官方忽然下场,多省的气象局开始转发这些科普,配上文字:

> 他们是逆行者,他们是追风人。是连接人与自然的斗士。
> 这是一项自 1862 年的伦敦开始,已有近两百年历史的职业。
> ....

有了业内权威的发言,负面舆论逐渐消失,风向转成向他们致敬。

秦七襄抿唇笑了下,她自问自己没那么无私和伟大。

过去仅仅是因为喜欢而去做,现在则是因为她始终无法向现实低头。

那个天文展,她决定参加。

她需要面向观众，告诉大家星空与自然的魔力为什么这么吸引她。

或许有一天，当这个职业彻底进入大众的视野，就不会再有那么多人质疑：为什么要偏向险地去，难道不是在浪费公共资源吗？

也或许有一天，可以再掀起一场范围更广的科普热潮。

最终她收了手机，迈步出门，准备到时同老爹说周倬最近太忙，下次再约。

搪塞老爹这种事她一向熟得很。

只是，当她来到和老爹约好的地方，推开门时，听到了语气清淡的谈话声。

那声音依旧含着几分哑，流感大约还没完全好。

秦七襄无奈地看着坐在屋里的两个人，没想到老爹会越过自己同周倬联系上，还让他出现在这里。

还好，她这一进门，周倬并没有看向她，他面色沉静，在认真地听她老爹说话。

她安静地坐到远离周倬的地方，默默饮茶。

随着她老爹和周倬谈话的深入，两人竟谁也没看秦七襄一眼，她自然是乐得轻松，将自己的存在感降到最低，等着侍者上菜。

她早上想清楚后，就回复了那个天文摄影展的负责人，还提出如果他需求量大的话，她也会考虑额外授权部分未对外放出的图片。

对方喜滋滋地去联系了代理她图片版权的天文杂志社，她顺势了解了一些对方的活动计划。

主要是巡回展览，最近的展出地点就在本市，如果她能抽出时间，届时可以去看看。

当然要去看看，她被工作压得喘不过气，这种能接近梦想一些的事情，为什么不去？

这些可以帮她宣传正名的，可以为很多人带去星象魅力的，甚至能够让常年沉浸现实生活的人仰头看一眼天空的事情，她真的很想去做。

于是她直到走进饭店，坐在桌前，任美味佳肴一盘盘送上来，仍专注地和那个天文展的负责人聊天。

老爹和周倬的谈话声成了背景音，直到老爹把她从另一个世界里叫醒，她才抬起头，对上了周倬漆黑的眼。

第十三章 光影迷离

·◆·谁先缴械投降。·◆·

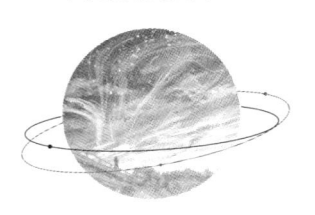

1

"同谁聊得那么入神？进门连句话都不说。"老爹淡淡地问了一句。

周倬也抬头望向秦七襄，眼眸漆黑。

她淡淡地回答："没谁。"

她不想在天文展还没定下来的时候，让老爹知道，免得他来上一桌子的指导，又四处替她找人探问情况。

说着，她举起筷子敲了敲桌面，表示不愿回答，让老爹专注于桌上的美食。

桌上摆着的都是她喜欢的菜，先前同老爹提起的板栗烧鸡正放在她面前，用浓郁的香气勾引着她肚子里的馋虫。

说实话，昨晚那场聚会把她恶心得够呛，几乎没动筷子。早上起床，她又因失眠而实在不想动弹，一口早饭也没吃。

直到现在她才有了一点胃口，肚子"咕咕"叫。但考虑到那两人还没动筷，她只能对面前的菜咽了下口水。

见两个人还没有动筷的意思，秦七襄颇为不耐烦地提醒老爹："别只顾着聊天了，边吃边说嘛。"

周倬已然偏开目光，仿佛同她并不相识，只倾身给老爹加了杯茶，说着老爹先请。

这一动作下来，老爹终于动筷了，秦七襄也顺势拿起筷子准备吃饭，忽又被老爹打断："你进门和你周哥打招呼了吗？"

刚起的胃口就这么被打散，她想笑却没笑出来，心思在胸口转了几圈。

她勉强开口："我们昨天刚见过。"说着，她瞪向周倬，想看看在老爹面前，他准备怎么接她的话。

周倬相当平静地笑了一下："是刚见过，偶遇。"说完，他不再停留在这个话题上，又同老爹聊起先前的专业问题。

250

她被迫在桌上听了一串串专业术语，最终也只是搞懂他们在聊老爹这次出差的原因。

一个传说中的新型作业平台，似乎同周倬他们在做的那个项目有点关系。

这种事与她无关，左右无人管她，她只安静地填饱肚子。

老爹可能是不满意她太像饿鬼投胎，特意敲了敲她，让她别只顾着吃。

正说着话的周倬停了下来，微微眯了眯眼，哄了老爹一句都是自家人，她比较放松。

吃顿饭被这么几次三番打断，她拍下筷子，呛了老爹一句："食不语，寝不言。我吃饭不说话总比聒噪得像只斑鸠好。"

老爹的脸色有点难看，又顾及着周倬还在，没冲她发火。

最后，老爹压了压脾气问她，有没有挑好的房子，等过几天他有空了，一起去转一圈定下来。

她这回直接脾气上头了，犟嘴说自己才没看。

周倬看着渐渐冷下来的气氛，出言打了几句圆场才把两人哄安生。

这顿饭最终吃得不那么愉快，快结束时，周倬说有工作要处理就提前离场了。

经过秦七襄身后时，周倬的脚步明显一顿，对着她老爹道了一声别，转身看了眼是否有东西落下，就径直走出了门。

他一离场，剩下她和老爹两个人的亲子局，她都能想象到接下来会是怎么样剑拔弩张的场景。

她噘着嘴先发制人："爸，您今天吃错药了吧，这么呛我？"

这话直接把老爹堵了回去，气得他嘴唇都抖了几下。

老爹怒道："这天底下还有老的呛小的？"

她迅速打断老爹："我都知道您又要说，今天第一天见面，我给你留点面子不说你，但你要记得你今天这样那样做得很不好。哎呀，我都会背了，每次都是这一套，您累不累啊？您看看您，这一桌菜，您吃了几口？我吃了几口？不找人不痛快您难受。"

见老爹气得眼睫都在抖，她立马挥着手："哎，哎，我不说了，您吃好喝好。"

老爹终是急喘了几口气，缓了过来，真的拿筷子夹了几口菜，又把她爱吃的菜转到她面前。

秦七襄："咱们自家人吃饭，您也要搁这儿讲那破规矩，一天天真是闲的，也不怕把您的宝贝女儿饿死。"

老爹气不过，咬牙咬到脸部肌肉垂落，阴沉地盯着她："我看你是要上天了！一点规矩都没有，网上什么情况你给我说说！"

秦七襄一蒙，原来老爹也知道了那些乱糟糟的事，难怪一进门就给她甩脸子。

她闭上嘴，不想回答。这种事，越亲近的人，越难以启齿。

老爹倒是越说越来劲，细数着她这几年的叛逆事迹，一拍桌子表示要收了她那些乱七八糟的东西，让她歇了心思好好工作。

秦七襄也急了,她可以放弃摄影,回归生活,但绝不能是被迫的。
　　她猛然站起,同老爹顶嘴,两人越吵越上头,老爹口不择言地直接让她赶快嫁人算了。
　　"我?嫁人?"她高声叫出来,叫得破了音。
　　恐惧、痛苦、悲伤……各种复杂的负面情绪交融在一起,眼泪差点就冲出眼眶。
　　耻辱,这真的是耻辱,干不好就回去嫁人吧。这个在人间飘荡了上千年的幽灵,再次寻找到了狩猎目标。
　　老爹反而来了劲,开始畅想起来:"对,嫁人成家了,你就能安稳下来了!对!嫁人!你快把你那男朋友带回来!"
　　她高声叫道:"我不是说过很多遍,我分手了吗?"
　　老爹兴奋极了,开始当起了感情劝解大师:"分了也能复合,两个人也谈了几年了,你别太任性。"
　　秦七襄:"我不要!我不想谈恋爱!更不可能结婚!"
　　老爹:"行,那男的不行是吧?换一个,我听你妈说你有个不错的学长?在你们学校的超算组?"
　　秦七襄初听到学长还有些蒙,忽然想起来,这学长是她上次回家时,随口在饭桌上提起的事。
　　没想到老妈记住了,还和老爹讲了,他们私下里究竟有多急着催婚啊!
　　她几近崩溃道:"我和他不熟啊!我不想恋爱的意思就是,我不会和任何人恋爱,您听懂了吗?"
　　老爹完全没接她的话,只顾着自己的想法,继续兴奋地说:"不感兴趣?不感兴趣也能接触试试!
　　"我还有几个老友,家里也有不错的对象,你可以跟他们见个面,至少算是知己知彼。
　　"还有,你结婚前,咱们先把房子定下来,明天就去看!到时候就当你自己的财产,稳定!"
　　秦七襄整个人都疲倦了,略带祈求道:"爸,我真的不想婚恋,您别给我安排相亲,我是不会去的。"
　　老爹又皱了眉,甚至比刚才还要着急得多,忙劝她别犯傻,人哪有不结婚的。又觉得她被之前的恋爱伤到了,他一边开导她,一边骂着她前任,也骂上了头。
　　她听老爹骂了半天,忍无可忍地把自己的想法都告诉他。
　　她认真地同他解释自己为什么不愿意恋爱,又提起天文展这种事,竟然被老爹吼了一声,让她闭嘴。
　　自她出生至今二十多年,老爹即使有时会说她两句和她对呛,但从来没吼过她。她直接被吼得愣在了原地。
　　老爹这次似乎是真的生气了,完全接受不了自己女儿居然产生了远超他认知的想法。

他压抑着咆哮的冲动:"你不恋爱?你不结婚?你不要孩子?你知道你在说什么吗?自私!"

两人因此"噼里啪啦"地吵了起来,老爹拍着桌子说要教训她,都是自己把她惯坏了才这么任性天真、无情无义,简直违背人伦。

她只是不想拥有一段亲密关系,究竟为什么就要被打上有违人伦的标签?

秦七襄想不通,又被老爹吵得耳膜都痛,顺手拿起杯子往桌子上一拍。

"啪"一声杯子碎了,玻璃碴四散,这巨大的声音真的压住了老爹的吼声,他呆愣地看着自己的女儿不说话了。

碎玻璃划破指腹,"滴滴答答"地流着鲜红的血。

但秦七襄面色赤红,眼角"突突"地跳动,完全没有注意到手指的伤,只悲伤地看着老爹阴沉迷茫的脸,意识到一场疾风骤雨正在酝酿。

空气紧绷成一张透明的膜,随时要破裂,在这极其寂静的一刻,一束光透进来。

房门开了。

周倬去而复返,大厅的光映在他身上,他像是没看见桌上的狼藉,只淡淡地说了句:"我回来取东西。"

老爹抬起眼皮看了他一眼,头偏向周倬原先的位置:"找伞吗?在那里。"

他长腿一迈,路过她身边时,拍了拍她的肩,低声说:"你先出去。"

秦七襄未动弹,只侧头和他对视了一眼。

周倬眼神很快偏开,对着秦叔笑了下,继续同秦七襄说,声音压得很低很软:"乖,没事的,这里交给我。"

说完,他声音提高变得清亮:"秦叔,我发现刚才的问题还有几处。"

秦七襄感觉腰窝处传来一道温暖的力量。

他的手掌轻轻推了一下她,熨开了她微颤弯曲的筋脉,血液开始流转,力量传导至双腿,她这才能提起脚,迈步出门。

2

秦七襄走在街上,漫无目的,风吹得人有些萧瑟。

昨晚没吃下去,午饭也没吃几口,被老爹这么一吼,她眼眶有些红热。

她只咬着唇不让自己情绪流泻出来,安慰着自己这有什么大不了的,她又不在意。

对着老爹摔杯子,并非出自她本心,只是她当时热血上涌,烦躁地想压住对方的嗓门,没想到杯子会碎,也伤了老爹的心。

伤心就伤心,她现在也很伤心。

胃里翻滚绞痛,她四处张望着不知要往哪儿去,一时间陷入了强烈的迷茫中。

人每到不知所措的时候,往往就要给自己找些事情来忙。

好像越繁忙,就越能欺骗自己的心。

秦七襄停下脚步,仰望着翠绿的道旁树,揉了揉疼痛不已的胃,决定去找些吃的填饱肚子。

这是她现在最该做的事。

这样一想，她立刻知道自己该做什么了。

她打开手机，快速地刷着附近的美食店。她点开排名第一的定位，就埋头向它而去。

走了两步，她又觉得这家店看起来熟悉得很，这才想起来自己刚刚就是从那家店出来的。

秦七襄立马刷开其他店铺，却不知道自己想吃什么。屏幕沾了黏糊糊的血痕，她抬手一看。

原来手指被碎玻璃划破了不小的口子，指头鲜血淋漓的，正在隐隐作痛。

她忙翻出纸巾将血擦去，血却越擦越多，没有停止的意思。

纸巾按上伤口，她痛得倒吸了口气，眼眶又热又疼。她不停吸着鼻子，摇头把这股潮湿热气驱赶出去。

擦了擦手机屏幕，她觉得自己这个时候还是去药店比较好，便又开始在地图上寻找起药店来。

秦七襄快到药店时，周倬发来了消息。

周倬：你在哪儿？手受伤了去医院一趟吧，别让碎玻璃残留在伤口里。

这种时候，她其实不太喜欢有人来管她，她完全可以自己调节。

只是，考虑到周倬刚才的救场，太过冷漠也不太好。

她含糊着带了过去，没有同他多说。接着买了双氧水、碘伏和创可贴，她就回了暂住的酒店。

等秦七襄处理完伤口，疼痛到痉挛的胃也痛过去了，她疲惫地躺上床睡起觉来。

直到天色昏暗，华灯初上，她才慢悠悠地醒来。

望着窗外朦胧的灯火，她忽然感觉自己好像一个被世界抛弃的人。

秦七襄垂头看了眼手机，屏幕显示着两人的未接来电，这时才有了一种和世界联系的实感。

拇指轻轻划动，她选择先回拨老妈的电话。

她抱着膝盖，把头埋进双膝间，已然做好会被老妈臭骂一顿的准备。

谁料徐女士这次语气居然温和起来，破天荒地在哄她。

老妈说，老爹有时候脾气是犟了点，听不进人话，这不和她简直就是亲父女嘛。

老妈还说，今天的事已经听周倬解释过一遍了，没提对她的婚恋想法是个什么态度，只让她在外面还是要控制一下脾气，别总生气，对身体不好。

秦七襄吸着鼻子，压住嗓音，让自己显得相当云淡风轻的模样，丝毫不在意地应和着，说自己知道了。

挂电话的时候，老妈问她有没有想吃的，会寄一点过来。

她随意扯了句卤鸡爪，然后挤出笑哄老妈赶快挂了电话。

世界再次陷入沉寂，胸膛里浮起酸涩的味道，她回了周倬的电话。

电话刚接通时,她甚至不知道要说什么,嗓音干涩:"那个,谢谢你。"

"这会儿不叫哥了?"他语气尚算轻松,还带着点轻柔笑意。

"哥……"她还有些不适应,话音在舌根转了几圈才发出来。

秦七襄干巴巴地解释:"我下午睡着了。"

周倬:"嗯,睡了这么久,应该舒服一点了吧。手怎么样了?"

秦七襄:"挺好的,处理过了。"

周倬:"头晕不晕?闷了一下午,透透气吧,出来吃顿饭。"

秦七襄:"那不用了,我不太想动,自己吃一点就行。"

她想到之前和他说的那些混账话,就觉得再见面免不了会尴尬。

"你不问问我在哪里?"他看着电脑上的数据跳动,有律师回执的邮件发来。

办公室外的灯都熄了,楼上只剩他这一处还灯火通明。

周倬倚进椅子,轻声细语地同她说话。

秦七襄:"你在哪里?"

周倬轻笑:"公司,忙到现在就剩我一个了,还没吃饭呢,回家也没力气做,出来一趟吧,就当陪我。"

话都说到这个份上了,她就不好再拒绝,便告诉了他地址。

周倬的车很快就到了楼下,车里没有什么变化,粉色狐狸的靠垫干干净净地躺在副驾驶座里。

座椅上横摆着一束洁白的茉莉,花瓣还滴着清凉的露水,香气清淡缭绕。

怎么又是茉莉?她愣了一下,看向他。

周倬拿起花,送到她面前:"有人看起来委屈得快哭了,需要哄一哄。"

秦七襄嗫嚅道:"我哪有。"

她接过花,倚坐进车里,狐狸靠垫还同过去一样柔软地支撑着腰,她却有一种恍若隔世的感觉。

车门关闭,车内空气变得凝固起来,只有茉莉的清香隐隐浮动。

秦七襄一时不知该说什么,到底是心情不佳,连同人沟通的欲望都没有。

车载空调的冷气往她脸上扑,冷气还裹挟着他身上的薄荷味,直扑得她皮肤腾起鸡皮疙瘩。

她缩了下身子,抱住光洁的大腿,茉莉清凉的露水沾上她裸露的皮肤,向下流去。

周倬伸手调整空调出风口,冷风不再扑过来,她下意识看向那只修长白皙的手指。

迷离的灯火落在他手上,莹润的皮肤似乎在发着微光,然后五指伸展在她面前。

周倬侧头望着她:"手给我看看。"

她攥了下手心,拒绝了他。周倬便倾身过来,拉起了她的手。

这一动作将他领口间的香气翻卷出来,荡出一点难言的意动。

是前几天他们之间情意缭乱时,逐渐融化的气息。

那时,气息萦在空气里,上下浮沉。清冷的薄荷香也会充满进攻的辛辣调,填满了她的五感，至今未能忘掉。

当他的气息再一次出现，秦七襄下意识地往后躲去，却仍未能躲开他的手。

这处逼仄的空间也因此更为燥热，她不知自己为什么突然这般拘谨了。

周倬轻轻按上她拇指的创可贴，问她："痛不痛？伤口深吗？"

秦七襄："没事，我清理过了。"

她抽出手，感觉指尖被一个粗糙的东西划过，顺势摊开他的手掌，看见他手指上也横着一道血痕。

刚结的细长血痂像一根红线缠着他的指节。

她下意识地捏了捏那道伤口，问他："你怎么也被割伤了？"

周倬反手揉了揉她的头："意外，可能是老天看你一个人太可怜，要我陪你。"

秦七襄："我爸他……后来你们说了什么？"

"你真要听？"他笑了下，"这可不是谁都能听的。"

"爱说不说。"她没好气地扭过头，才不会真的被他主导。

周倬："我同他说你是童言无忌，让他别往心里去。"

她僵了一下，有些急了，拧着眉瞪他："你凭什么这么说？我以后都会是这个态度，不可能改变。"

周倬点头："嗯，我知道。"

没待她继续质问，他自顾自地往后说："但是秦叔接受不了的。"

周倬拉起她受伤的手，在她眼前晃了晃。

"你不可能凭借一次这样的沟通就能改变别人的想法。"他弯眸轻笑起来，"你是去沟通的，还是去吵架的？"

秦七襄："那不管怎么样，他总是要接受的。"

周倬："是啊，但这是一条漫长艰难的道路，你真的想好了吗？"

"我怕什么？我从来什么都不怕。"她抱着手臂深深倚进座椅里，将自己保护成最安全的状态。

周倬："我知道你不怕，只是有的时候也要理解一下父辈的想法，就像你也希望他们理解你一样。

"毕竟，时代的发展日新月异，父辈们的生活环境与现在远不相同，其实他们也在追着时代跑，但我们可以体谅一下，他们跑得没那么快，对不对？"

她垂头吸了下鼻子，低低地应了一声。

周倬捧起秦七襄的脸，让她不能再低下头："这是我们每个人都要面对的人生命题，在这个世上没有人能真正完全地理解你。"

他顿了下："我的意思是，你有这样的想法再正常不过。

"随着科技的发展，三代同堂很有可能成为历史。我们不能够改变历史的进程，同样也无法依靠一次沟通，就改变别人几十年来的认知。

"这是一条崎岖的道路，路途会很艰苦，但并非没有希望，爱就是希望。"

周倬看着她的眸光闪动了一下，拍了拍她的脑袋："乖啊，你既然选了一条艰难的路，就要付出耐心去浇灌它，要相信它最终会开出繁盛的花来。

"你啊，沟通的时候脾气急，又不会沉下心。没关系，下次再遇到可以叫上我、交给我。

"如果你想自己来也可以，但你要答应我调整好情绪，不要发火更别摔东西，既伤了他们的心，也伤了自己的心。

"至于沟通的技巧，一开始承认是童言无忌也没什么，先得顺了他的意，才能让早已固化的思想松动，去仔细听一听你在想什么。

"你理解我，我也理解你。

"现在，摆在你面前有上中下三条对策，我们秦大王要选哪一个？"

他说完，笑意柔软，轻轻刮了下她的鼻子。

"我不需要躲在任何人的身后，取法其上，釜底抽薪。"她避开他的接触，只抱臂紧紧倚进座椅里，将自己完全环抱起来。

周倬有一瞬间的愣神，说不上来是开心还是悲伤，只能缓缓吐出一口气，逼着自己仍旧轻松地笑。

他说："你真的可以？那很好啊，之后要听我的。"

秦七襄："我不会听，我一个人可以应付。"

他的笑意僵在嘴角，她到底是长大了，不需要哥哥了啊。

最终同她一样摔进座椅里，他仰头望向天窗外漆黑的天幕，喃喃道："那我就拭目以待。"

3

车内的隔音效果很好，以至于气氛太过清冷，只剩空调冷风的低声嗡鸣。

秦七襄抚过车窗玻璃上的光影流岚，决定打破这份沉寂："我没想到你今天会出声替我解释，我以为你一直接受不了。"

周倬："接受不了是事实，但不妨碍我尝试理解你。"

秦七襄："所以你现在能理解了吗？那我觉得……"

周倬立刻打断她："襄襄，我是个相当传统的人，我需要一遍遍地确认才能安心，我……"话没说完，他喉头忽然颤抖着，几乎要哽咽起来，便又叹息了一声。

今天下午，周倬擦掉了她滴落在玻璃碴上的血，温和地向秦爸爸解释秦七襄的想法。

秦爸爸初听时眉头紧拧，有些不耐烦。

他独自一个人说了很多很多，直到他说出："我知道，您为她做了很多准备，但感情毕竟是水到渠成的事，至于另一半……"

他停下来，眼神飘向白茫茫的墙面，手指偏偏也被玻璃碎片划出了一道血痕，才恍惚着回过神。

接着，他垂头笑了一下，语调飘忽，如一片轻盈洁白的羽毛。

周倬："我希望会是一个很爱她、她也很爱的人，如果很难遇到的话，咱们再等等,总比以后受了气强,从小就没受过气的,不能将就一生。"

一直不出声的秦爸爸这才嘴唇微动,似乎想说话。

周倬先出了声:"她这么好,有几个配得上呀?"说完,他自己也笑起来。

秦爸爸忽然感觉他这话里有些隐晦的意味,仔细打量起他来,试探地问他:"你是怎么想的?跟她一样?"

周倬避开了这个话题,劝秦爸爸多听一听秦七襄的话,就算不能理解,就当作童言无忌,至少好好沟通,每个人都需要被承托一下情绪。

秦爸爸这才被宽慰好,周倬又答应会替他和秦七襄好好谈谈,才拿了伞离开。

当房门关上,他独自一人倚着墙长舒了口气,随后又苦笑起来。

原先宋崇朝和他解释误会的时候,就提过秦七襄好像不太能接受他,因此特意给他提了建议:"周哥,如果你追她,她会跑路的话,可以试试以退为进。小七喜欢有挑战的东西,逆着她,她反而要追上来,踩你两脚解气了。"

那时周倬望着她向自己走来的身影,不由得点了点头,接受了宋崇朝的建议。

可是如果不联系秦七襄,他很担心在这种时候放她一个人,她会很难过。

心思徘徊不定,他还是来找她了。

汽车很快就驶进停车场,秦七襄刚解开安全带准备下车,就听见周倬深重的呼吸中滚出了一句:"我只是不希望你不开心。"

她的手指顿在车门开关上,随后被他拉进怀里。

冷冽的薄荷香铺天盖地地压了下来,他捧起她的脸,视线凝在她水润光泽的唇上,垂头贴近。

鼻尖相撞,周倬明显感觉到她颤抖着在抗拒。

他迅速偏开头,在她额头印下一吻,然后轻声说了句:"我们存异,也能求同。不要怕,哥哥永远站在你这边。"

她这段时间冰冻的心忽然像是被春水融化,变得异常柔软。

很想抬头吻一吻他的唇,用温热柔软的触感熨开她僵冷的身躯,却又不想再撩起他的欲望,令他沉沦。

最终她只是无言,打开车门下车。

他只来得及触及她一点指尖,还未抓紧,她的指尖便从他的指腹上划过,划过那道横亘五指的血痕。

他只能在虚空中回攥,将车内冰凉的冷气攥入手掌,当作牵过了手。

车外飘动着咸香的烟火气,将浮动缥缈的夜风凝成某种具象。

他跟在她身边,走向路边的一个个小吃摊。

这一路,人就像是踩实在土地上,不必再担心自己总是在生活的浪涛里浮浮沉沉。

她已经死去的食欲在这一刻再度腾起。

终于不再有各种烦心事来打断她,她可以彻底把自己当成一只饕餮。

每样美食她都要尝上两口,但绝不吃第三口,因为要留着肚子匀给下一个摊点。

至于吃不完的部分,她就都丢给周倬来解决。

他大概是很久没有放纵过食欲了,只是他真的有食欲这种东西吗?

秦七襄不免回头看了一眼,见周倬来者不拒的模样,真的像是从不挑食。

"看什么?"周倬举着一串糖葫芦,步伐随意地跟在她身后。

秦七襄:"除了菠菜豆腐汤,你还有别的偏爱吗?又或是你尝起来,会觉得都一个样子?"

他没有立刻回答,而是低眸浅笑了一下:"这是秘密。"

秦七襄:"能有什么秘密啊?你不是说要和我之间没有秘密,没有保留吗?"

周倬:"那总归是女朋友的待遇,你想知道?"

闻言她本来活跃的心情又冷却下来:"那……还是算了。"

周倬似乎想到了什么,两步上前,揉了揉她的脑袋。

路灯洒下细长的影子,因这一动作,两人的影子交叠起来,融为一体。

她晃了晃头,试图躲开他的手。

周倬却只倾身盯着她的眼:"你有没有发现另一个秘密?"

秦七襄:"什么?你最好把话说得明确一点,不然我嫌烦就不听了。"

她暗戳戳地威胁,将头扭向另一侧,那里灯火阑珊,有一只黑猫钻进黑暗的草丛。

周倬:"就是啊,你有一些特有的口癖。"

秦七襄:"嗯?口癖吗?我说话会重复什么?"

周倬:"那。"

见她似乎还未反应过来,他弯了眸:"That,那。"

"真的假的?"她也被引起了兴趣,"那你说说看?那就是这样?我的天!好像真的是哎。"

他站起身,抿了抿唇,掩住心底某种隐秘的笑意。

准确地说,这是在留学的那几年,他曾被同学指出的,属于他的口癖。

那段时期,他常使用英文,故而每当他说起母语时,一旦停顿思索,会不自觉地在句子前加上一个简简单单的"那"字来延缓输出。

他也不知这个习惯伴随了自己多久,居然酿出语言的基底,被她吸收了去,形成两人共享的口癖。

现在看来,应该是很久很久。

在这个晚风温婉的夜晚,他望着她因为发现一个自己的隐秘习惯而笑眯眯的脸,便意识到以退为进不是自己的习惯。

他做不来,那就没有必要这么做,还是考虑一下别的方法吧。

比如说,勾引。他刚清了清嗓子试图开口,草丛里传来一阵阵尖细可怜的猫叫。

秦七襄拨开草丛,看见刚刚钻进去的那只黑猫前脚受了伤,正瘸着腿缩在草叶里"喵喵"叫着。

黑猫身旁是布满倒刺的金属栏杆。

他们用外套将黑猫包裹抱出,送到了附近的宠物医院,等到医生替它处理完伤口，天色已经很晚了。

在宠物医院门口，周倬对着寂静无人的街道，拦住了秦七襄："这小家伙今晚不知能不能渡过危险期，你还要回酒店吗？"

她停下脚步，些微纠结地望着他："我这几天酒店钱照付，人却没住几个小时，亏，很亏。"

周倬："没事，算我账上，就当是为了照顾小家伙。"

她歪头笑道："哥，将它带回家真能轮到我照顾？别逗了，我先走了。"

"你是不是定好房子了？反正你总要过来一趟，没必要回酒店了，我又不会……"

他顿了一下，忽然挑眉道："你难道怕我们还会忍不住做些什么吗？"

秦七襄一时无言，很难想象原来他是这么直接的人，总在人来人往的环境里旁若无人地说着这种话，仿佛真的不会害臊似的。

他被她这眼神盯得有些发毛："你别用这种眼神看我，我不觉得正视自己的欲望有什么值得羞报的。"

秦七襄："那你有吗？"

"有啊。"他理直气壮地回答。

又向她走了两步，他认真地盯着她的眼睛："但我更重承诺，在你答应我之前，不用担心我会做些什么。"

秦七襄："我有什么担心的？我又无所谓。"

"那你不敢？"他望向她，颇有些挑衅的意味。

激将法大约是起了效，她"噔噔噔"地跑过来，踢了他两脚。

秦七襄刚想斥责他两句，周倬已低头看着怀中的黑猫说道："小家伙怪可怜的，可我明天还要工作。"

她便闭了嘴，伸出手指小心翼翼地抚着猫咪背上的绒毛。

秦七襄："那这几天我先去照顾它，等我过两天搬家，就把它带走。"

周倬低低地应了一声，说不上来是什么心情，但好事多磨，追求一个人总要费些心力，何况她还是个记仇的主。

她要报复，就任她报复，过去的债如果能还清，或许就能静心开始他们之间的未来。

岁月久长，他本就不贪图一时一晌，只想要此后暮暮朝朝，她会永远开心。

这样的话，很多压力他就得替她挡下，总要尽力开辟一处自由无拘的天地，供她轻松快乐地做任何她想做的事。

所以今天，他也不能在秦叔面前暴露自己的心意，否则叔叔阿姨知晓此事，压力最终还是会落到她身上。

他希望她是用自由意志来选择爱自己，而不是被世俗裹挟着，存在任何一分无可奈何，最终妥协选择只能是他又或是任何人。

这不公平，这也不该是爱所应有的样子。

"我是来托底的,不是来约束的。"

周倬看着那道迈着矫捷轻快步伐的身影,托抱着怀中的黑猫,默默想着。

他不能是她的尘网。

4

两人终是回到了周倬家中,找出柔软的垫子垫在小猫身下。

秦七襄有些不放心地蹲在黑猫身旁,给它备了一碗纯净水。

小猫舔了舔她的指尖,很快就眯上了眼。

她仰头望着身旁的周倬:"哥,它好乖哎。"

周倬点点头,拉她起身去洗漱休息,别一直赖在小猫身旁,避免待久了让猫咪应激。

这一折腾已过了午夜时分,待他从浴室出来的时候,她已然关上了自己房间的门。

他想勾引……却没机会再进行。

周倬在门口站了一会儿,房间里安安静静的。

她应该是睡着了,静谧的呼吸消散在夜色中。

周倬解开领口的两颗纽扣,手指从流畅的锁骨上划过,叹了口气。

算了,下次再说,他要的是真心,最多引诱一下她,再多不行,绝对不行。

这样一想,他便踏着沉静的步子躺上了床。

第二天,晨光清明,周倬早早就出去了,给秦七襄留了些早餐在锅里。

猫咪也摇了摇头醒来,睁着清亮的眸子在秦七襄身边"喵喵"叫着。

它前脚的伤没长好,走路一瘸一拐的,看得人揪心不已。

她只希望它快些好转,好再带它去复查。

秦七襄心疼地揉了揉猫咪的头,检查它的伤口,又打开手机研究该怎么照顾它。

有个叫 Caden 的人来联系秦七襄一同起诉网上的造谣者。

居然不是 Lucas 吗?她奇怪地想着。

不过 Lucas 不出面也合理,他没被卷入这场纷争中,能主动帮忙已经很好了,没道理在她拒绝追责之后,还来跟进后续。

她本想说自己这边精力不足,没办法和他们一起追责。

Caden 却说他们那边已经处理得差不多了,她只需要参与出庭,大概能拿一笔不菲的赔偿金。

赔偿金?他们这么高效?准备庭审了?

她激动坏了,那群到处造谣的渣滓就该让他们肉痛一下!

一定要让他们长个教训!

她满是期待地询问对方,真的都处理得差不多了吗?

Caden 直接给她看了一些相关材料,表示自己办事她放心。

她又不认识这个人,怎么放心呀?别是哪儿来的骗子哦。

秦七襄腹诽了一下，盯着 Caden 的头像，突然想起来，这不是圈内一个很有名的大佬吗？

他之前经常同 Lucas 合作拍摄，自己也像是每天都在外跑摄影的样子，前两年还专门搞过直播教学呢。

她这才松了口，既然也是圈内人士，又是 Lucas 的朋友，应该是可以放心的。

秦七襄便同 Caden 说有机会再同他讨论后续的事宜。

Caden：你方便接电话吗？

秦七襄顿了顿，感觉对方应该是直截了当型的人。

Caden 的电话很快打了过来，居然是本市的号码。

对方一口清澈好听的粤语腔，像是和她年龄相近的年轻人。

Caden："系咁既，我呢边有一个相关既研究项目，但系部分成员遭遇佐咁次既无妄之灾，导致我地既项目推进出佐一啲小问题。"

这意思是说他手头的项目，因为那群造谣者遭遇了无妄之灾，产生了不小的损失是吧？

难怪这么急着维权呢。

她和 Caden 简单沟通完毕后，决定加入这次的维权行动。

出于对 Caden 的感谢，秦七襄愿意无偿提供一些追风时的数据资料，帮助他们推进项目研究。

挂了电话，她本想向谁宣布这个难得的好消息，却发现没法和周倬说。

因为他还不知道网上那些事，她也不想再让他多担心。

最终她将喜悦分享给了大学时的军师舍友。

一直在担心她的军师收到这条好消息，简直比她还开心。

放心之余，她同秦七襄聊起了现状。

军师：所以你和那谁分手之后，又转了一圈回去找你哥了？

秦七襄：……不能这么说。

军师：[问号脸.jpg]

军师：不是？你俩怎么还是没进展啊，我不是说过吗，你哥他超爱的！你都不用问他，稍微推一下，他就投降！

秦七襄：完了……我突然焦虑了。

军师：我真服了你俩……一个铁憨憨、一个榆木脑，怎么能拖这么久！

秦七襄：有没有可能，我现在是单身主义呢？

军师：[惊呆.jpg]

军师：那我先替他默哀三秒。

秦七襄：别闹！

她被军师逗笑了，只能试着把脚边的猫咪抱入怀，逗着猫咪来舒缓自己乱七八糟的心。

猫咪还没取名，秦七襄想着毕竟是两个人一起捡到的它，还是要考虑一下周倬的意见。

她发了条消息,让他有空的时候想想有没有合适的名字。

周倬只说:你定就好,我不会取名,怕是要叫它"爱德华"。

秦七襄:为什么?有什么特殊寓意吗?

周倬:纪念先贤……

秦七襄:神经。

她撇了撇嘴又回他:你真的很神经哎。

门铃响起,她奇怪地从猫眼里看出去,不知这个时候有谁会上门。

是送猫粮、猫砂之类用品的跑腿,不用猜都知道是周倬点的。

她低头签收完,抓了一把猫粮喂给小猫。周倬的回信又至:我又不会把它写进我的论文致谢。

秦七襄:所以你真的很无趣哎!

过了一会儿,他才干巴巴地回了几个字:别这么说。

周倬回完消息,盯着面前的咖啡杯发呆,手指用力敲了一下咖啡杯,声响"叮当"。

他看着杯子里的咖啡荡开层层波纹,有些解气的感觉。

该死的孙汉邈,上次说他太无趣了襄襄不会喜欢,他还没去揍对方一顿呢。

她怎么能和孙汉邈说一样的话!

坐在周倬身旁的清瘦青年因这一动静转过头:"你发什么脾气呢?"

周倬立刻抬头,眨了眨眼:"没、没有啊。"

清瘦青年摇摇头:"行吧,你确定不以公司的名义,而以我个人的名义为那些受害人提供帮助?"

周倬点头:"这种事,还是不要太官方比较好。"

清瘦青年:"也是。今天我联系的那个Weather,她愿意给我提供一些数据,感觉如果以公司名义的话,她会不太配合。"

周倬心头一跳,故作淡定地问:"她还说了什么吗?"

清瘦青年摇头:"没什么了,加个好友算不算?不过我朋友最近在联系她搞天文展,好像有意向拉她长期合作。"

周倬眉峰一挑:"男的女的?"

清瘦青年:"嗯?"

周倬:"……没事了,我随便问问。"

说完,周倬悄悄地发了一条消息给秦七襄:你那个天文展的事情怎么样了?

她收到消息时,正托着腮,蹲在猫猫身旁,看它慢条斯理地吃饭。

天文展的事还没有完全敲定下来,她不喜欢提前宣扬。

估计是她上次和老爹吵架时,周倬听到了一些。

她只简单回了一句"还在筹备中呢",就没有再细说了。

怎么说呢,周倬这个人虽然有些清淡无聊,却是相当靠谱和细心的。

连她吵架时随口提的天文展，他都能记在心上。

如果他能再可爱一些，别那么较真就好了。

手机"叮咚"，又收到周倬嘱咐的消息：你手上有伤，需要等猫猫打完疫苗、做完驱虫之后，才能和它玩，也正好先让它适应环境。

秦七襄无奈，拍了拍手回他，自己又不是小孩，会冒失莽撞，这种事还需要他提醒？

随后她坐到书桌前，打开电脑，开始做宣传广告！就是那个能用来召开苹果发布会的学校宣传广告！

秦七襄咬牙切齿地剪辑着，恨不得把头发全薅下来。

暑假再有两天就结束了，开学第一周，还要给学生们安排一次小测试。

她忙得脑袋都痛，又担心学生们这个假期玩得太疯，把知识点都忘了。

不过想想自己过去上学时，知识点忘到脑后才是正常，能有几个喜欢假期泡图书馆学习的？

啊，周倬是个例外。

在开学之际，秦七襄不仅要剪完广告、写完报告，还要先处理完学生们提交的暑假作业，唤回他们已经飞到九霄云外的心。

而她在线上批改作业的时候，赵姐来催她交材料了。

别的不说，他们派活的时候总是这样。

任务积压在他们手里的时候完全不急，慢慢悠悠地划水，一旦到了生死时刻，又突然想要立刻脱手，刚丢给你就开始火急火燎地催促。

她对着电脑码了一天的字，直到再看到黑色宋体的时候，只觉头晕目眩，恶心不已。

她都不知道自己在写些什么狗屁不通的东西，段落衔接的部分，更是看得人昏昏欲睡。

她读完一遍，就知道自己真把这种东西交上去，少不了要挨一顿训。

写报告哪有那么容易，真按标准格式的套话写，领导就先要摔文件了。

但不按格式写，又显得跳脱，更会使可信度大大下降。

既要沉稳传统又要创新奇巧，中间的度很难把握。

虽然这么说，但她还是想把这篇报告写得尽量好一些，即使是在应付工作，也还有那么几分不服输的心气。

就算最后只获得领导的一句简单评价："这段不错""这个创新点有意思""这里可以保留深挖"……至少能证明自己也没那么咸鱼。

等她再修改完一轮，天已经黑了。

她伸了个懒腰，翻上飘窗呆呆地坐着，看着脚下灯火浮动，忽然又觉得自己挺好笑的。

现代人真是种矛盾的生物，一边喊着躺平不干，一边哼哧哼哧偏要咬牙努力下去，倒把自己吊得不上不下。

小猫在客厅里转了一圈，不知怎么钻进了卧室，一直在她脚边"喵喵"叫着，细软的声音令她想伸手去抱一抱它。

它却颇有灵性，来回贴着她的腿绕圈，偏不让她抱。

猫咪的细软黑毛蹭得她发痒，飘荡的心也因此落下，似乎在浮华的人间有了停留的羁绊。

她一时意动，突然有一种想要爬上天台去看星星的冲动。

这冲动来得异常浩大强势，像如高山般的海浪推着人往前飞，她一秒钟都无法再忍耐。

"雨燕"已然消散，夜空再度晴朗，星星闪烁着亘古不变的光，这时就该乘兴而去。

秦七襄迅速起身，随意套了件衣服，就去取望远镜。

经过客厅的时候，头微微一歪，她的视线凝在角落里那架折反射式望远镜上，便也不顾它的重量，准备搬上天台。

恰好大门开了，周倬进门愣了一下。

秦七襄闻声回头："我想去天台吹吹风。"说完，她隐约觉得哪里不对劲。

但周倬没应声，只迅速地偏开头，扶着玄关柜不知在想什么。

她莫名其妙地起身："怎么了？工作有问题？"

"没……"他的声线忽然又哑又僵，"我去趟卫生间。"

5

说完，周倬几乎算是逃进了卫生间，撑着洗手台大口喘气，兜头浇了一脸的水都压不下那股澎湃难言的火气。

就在他刚进门的一瞬，秦七襄恰好俯下身背对着他。

他瞬间四肢都僵了，耳根的绯红蔓延至脖颈，浇了几遍冷水也褪不去这股艳色。

周倬看着镜中那双迷蒙的眼，自嘲地笑了下，转身冲了个冷水澡。

他的吸引计划还没来得及付诸实践，自己就先缴械投降、宣布投诚，这真是……

难道以后他都要在她面前俯首了吗？绝对不行！这点骨气他还是有的。

只可惜，他冲了半天的冷水，身上蓬勃的火气仍未消下去。

他仰头深吸了口气，冷水从脸上滴落，至少脑袋被冻得清明了几分。

周倬重新戴上眼镜，穿好衣服，打开卫生间的门，手指顿在门把手上。他低头看了眼自己整齐的着装，不该是这样。

扯开富有垂感的绸缎衬衫，他就这么衣衫不整地走出了门。

身后的浴室光照透了衬衫，他散乱的额发滴落水珠，沿着皮肤流向精壮腹肌，洇进了黑暗隐秘的缝隙间。

秦七襄原本坐在沙发上逗弄着脚下的黑猫，听见周倬出来的动静，头也不抬地问他："哥，我想借你的望远镜用一下。"

周倬："你准备去哪里？"

"就是天台啦。"她抬头,呼吸一滞。

周倬正扣着衬衫纽扣,结实窄腰有着完美的流畅线条,她只来得及看一眼,那线条就隐进了雪白的衬衫下。

她不由得咽了下口水,想要伸手摸一摸,她呼吸开始短促起来。

美色当前,明知头上悬着达摩克里斯之剑,人也会迷失其间,不论后事。

这可真的是磨人。

她双腿交叠,手指戳了戳黑猫的脑袋,希望它能应上自己一声。

谁知周倬仰着头,修长的手指翻了两下也未能扣进衬衫上方的纽扣,便倾身在秦七襄面前:"帮我。"

他身上炽烈的薄荷香侵入,她不得不偏开头:"你不扣不就行了?"

周倬捉住她的手,搭上自己的衣领,声音很低很好听:"出门要正式些。"

她真就侧头替他扣上纽扣,指尖从他突起的喉结上划过。那喉结像是一颗漂亮的果子,因她的触碰,向上滚去。

她想要顺势搂上他,他却已站起身,调整了一下领口,笑着说:"走吧。"

秦七襄:"啊?"

她还留在暧昧的气氛中,周倬却牵住她的手,拉她起身:"你不是要去天台观星吹风?"

暧昧是她自己失控,观星倒是真的。

于是,她有些懊恼,指挥着他去搬望远镜。

来到天台,秦七襄看着目镜里的星星像一只只扑闪的眼睛,很多烦心事也就被星光洗净。

一轮皓月正从遥远的海面升起,她向后撑着身子,任晚风梳理长发,很想叹一声"海上生明月"。

他坐在她身旁,随意地问:"今晚夜宵想吃什么?"

秦七襄:"加餐吗?"

周倬:"嗯,你不是每到半夜就会饿?这两天都在吃外卖吧。"

嗯,她写了一天的报告,有些疲惫,需要甜食来提供能量。

闻言,周倬笑意轻轻道:"正好,我口袋里还有块巧克力,你不用等到夜里再吃。"说着,他侧过身子,示意她自己来取。

她试探着将手伸进他的外套口袋,晚风轻柔地从两人的耳边拂过。

巧克力藏得太深,她要倾着身,贴上他胸口,才成功地伸进口袋,一点尖锐包装正扎在她指尖上。

她下意识又往前伸了几分,刚要抓住包装袋,却被忽然闯入口袋的手握紧。

只见周倬笑了一下问:"怎么找个巧克力这么慢?"

他的手却紧紧压住她,害她难以动弹。她便只能被他带领着,向口袋深处摸索。

巧克力的尖锐包装划过指腹,掠过手掌,他握着她的手贴上了一片温热的布料。

随着这番动作，掌心的巧克力翻转掉落，她沿着紧实流畅的腹肌，上下感受。隔着滑软的布料，肌肉群在她掌心微微跳动，灼得她倚进他怀里。

不必周倬再带着她，她自己会向下摸去，清冽的薄荷香又开始在四周浮动。

她的音调已经软成一滩水，轻飘飘地问他："你干什么呀？"

"还没找到吗？"他抓起巧克力塞进她指间，"现在找到了吗？"

她将巧克力一扔，抽出手，划过他颈部皮肤，划过滚动喉结，顿在他衬衫纽扣上，歪着头唤了一声哥。

她含住了一直在眼前滚动的喉结。

她一点一点吻下去，他紧握住她乱摸的手，仰起头，拉伸出漂亮的颈部线条，任她品尝。

被她轻柔湿润地吮吻着，周倬的眼角透出一抹湿红，喉结向上滚去。

她追寻而上，亲了亲他的下巴，继续往上，却被他捧住了脸。

抵着她的额头，周倬呼吸短促："给我一个可以在人前接吻的身份。"

她坐上他的腿，低喘着开口："你现在也可以，没人认识你。"

周倬："不一样，我不想再和秦叔说是偶遇了。"

她解开他领口的扣子，解放他短促的呼吸，一边吻一边问："偶遇不好吗？我很喜欢。"

周倬紧密地贴着她，却不让她满足，诱哄道："襄襄，选我有一个好处，秦叔不会再催你，我们可以定一个协议。"

她摇摇头："无论条件多有利，对我来说都将是不能反悔的协议，我拒绝。"说完，她平静下来，推开他站起身，扫视了他一圈。

她笑眯眯地弯下腰："哥，你想通了可以来找我，最好快点哦，过时不候的。"她手指点了下他额头，然后头也不回地下楼去了。

周倬居然学聪明了，知道在这种时候谈条件。但那也没用，极限施压的乐趣就在于她可以让对方无条件举手缴械。

周倬望着她的背影消失，忽然仰倒在地。

群星眨着绚烂的眼，像是在嘲笑他。

在这一刻，他突然怀疑起自己，明明机会就摆在眼前，他只要低下头就能解脱，能够解脱自己多年空虚寂寥的生命。

为什么他要自我折磨？

今夜、明夜、以后的很多夜晚，都可以收获温暖。

那些遥远的未来真的重要吗？

晚风携着海水的咸腥吹过，他仿佛听见了月升涨潮的浪涛声。

两个人相拥的感觉就像是海浪，迭起着将人淹没，带来无尽的亲密、贴合、连接，不可分割……将人的灵魂冲向最原始失控的深渊。

这种时候，他的理智几乎迷失，不想再管什么以后。

他孤立在晚风中，月色寒冷。

周倬冷冷地笑了一下，觉得自己真是昏了头了。

差点上了她的钩，做了她的鱼。他怎么能忘了她刚才说的话。

不给他许诺是什么意思？就像那天刚从他床上下去，就去找孙汉邈了是吧？

皇帝翻牌子还要隔一天呢！哪有这样的！

只在有需求的时候唤他出现，随时都能踹走他？

她可是真的敢踹，真的会踹！

那天晚上不就是她自己满足了，直接就踹他下床了吗？

这人真的就只顾自己快乐，一点点都不会考虑别人的。

他如果真的信了她的话，那还能有其他筹码剩下吗？

没有。他怎么可能连条件都没谈拢，就急匆匆地向她献身。

但他已经献过身，自己连底牌都保不住，不怪她那般自信他会屈服。

他咬着唇，抬臂遮眼，眼眶又开始不争气起来。

难道她真要逼他步步退让，退到去忍受她和别人携手出入吗？

他攥紧身旁的栏杆，手指发白。他不能再这么毫无章法了，要好好想一想接下来究竟该怎么办。

周倬再回家的时候，秦七襄已经舒舒服服地躺在沙发上，不知在和谁聊天，笑得倒是灿烂。

一见周倬进门，她戏谑了一声，说他这个清心寡欲的小道士回来了，想清楚了吗？

他静静地看着她，有些气恼："你是真的越来越皮了。"

秦七襄冲周倬招招手，示意他过来。他却扭头钻进房间，带上了门。

她抬眸看了眼紧闭的房门，"喊"了一声，垂下手指勾弄着地上的猫咪："这人真是拧巴，你可不能学他。"

猫咪听不懂她的话，只抓挠着地上的纸团。

见有手指一翘一翘地在眼前晃，猫咪伸出舌头舔了舔，抬头冲她"喵呜"了一声，叫得人心都化了。

秦七襄收拾起身，继续回去改她的报告。

晚间被香甜的食物香气唤回沉浸的神思，她倚着房门，看见周倬正端来一碗酒酿，不免勾唇笑了下。

这是又打感情牌来了。

她忽然发觉他的心思其实没那么难猜，就是过于嘴硬了点。

情绪总不爱在脸上流露，做起事来却一点点都没法藏住，言行虽不够坦率，内核倒像是个十八岁的傲娇少年。

她皱眉快速地眨了眨眼，怎么有种奇异的熟悉感？

秦七襄低头看了眼手机，又觉得荒谬。虽然也有许多巧合，但这也太荒谬了。

她摇了摇头，懒得去细究周倬与 Lucas 的关联，直接坐在桌前指挥着他给自己盛饭。

既然要打感情牌,自然是要让他将感动进行到底。

周倬果然无奈地低哼了一声,若不是夜里的客厅太过寂静,她甚至听不见这一点呼吸的变化。

秦七襄那理所应当的目光凝在他脸上,盯着他乖乖地把盛好的酒酿端到她面前。

她掩了点笑意,尝了一口,故作摇头道:"哥,你这可真是不情不愿啊。"

见他漆黑的眼眸盯着自己,她也不怕,仰起头笑得相当嚣张。

他忽然低头咬了上来,舌尖尝到了清甜黏稠的酒酿,便再也分不开。

秦七襄没想到周倬会这么直接,睁大了眼,只看着他紧闭的眼睫还在轻颤。

她在甜腻的酒香中挤出一声低吟。

周倬张开口,深入缠吻,手掌扶上了她的腰,直到吻干最后一点甜意才分开。

他哑着声音说了一声:"利息。"

她抬腿勾了勾他:"难得你想清楚了?"

周倬:"我觉得我可以再勇敢一点。"

她闻言点了点头,相当赞同他的话。

谁料他弯下腰,手指点了点她的唇:"我可以一直等你。"

晚上睡觉时,秦七襄还在床上翻滚,翻了两下却又坐起,气愤地埋怨了一句:"不是,他有病吧!"

隔壁屋里的灯还未熄,周倬倚在床上对着自己的笔记勾画:

1. 好感陪伴(现计划:养猫、养人已完成,下一步计划:上下班接送。)
2. 吸引力(持续推进中,注意点:不能喂饱。)
3. 价值感(……)

很快,欢乐休闲的日子消失无踪,学生们终于迎来了叫苦不迭的开学时光。

家长们欢呼着终于将家里的魔王们送进了校园,老师们也结束了舒服的家里蹲,开始了辛勤工作。

秦七襄这两天通宵写的报告已经提交,赵姐夸她做得不错,果然是天生吃这碗饭的。

秦七襄随意谦虚了两句,赵姐赶忙接上:"第一次就写这么好,谁也比不过你有天分。"

这波表扬让她心中警铃大作,上来就抬这么高,后面的事情肯定不简单。

她下意识看向身旁的工位,那个新来的语文老师安静地坐在书堆后备课。

秦七襄想了想,始终没忍心把这活推到那姑娘身上,只得低头。

赵姐:"以后都交给你负责,我最放心你。"

好嘞,这活终是彻底砸她手里了,她没法再推拒,只能借此要一些待遇保障。赵姐自然也松了口,向她保证。

这活若说多难，其实还好，写材料罢了。虽然痛苦，也不过是咬咬牙忍一忍的事。只是，这世上，饭好吃，话却不能乱说，材料承载着的责任并不小。

压力好大，可又能怎么办，她就是一破打工的。

秦七襄疲惫地在讲台上连着上了三节课，饶是有扩音设备，她也一直在喝水润喉，坐下休息的时候，还是会觉得嗓子干痛。

她坐在工位上，默默地塞了一颗润喉糖，清凉的药味在口腔中弥漫开，真的一句话都不想再说。

身旁又有人让她准备教师节活动的时候上台唱歌，她摇头哑着声音拒绝。

隔壁办公室的人拿着一份简历过来串门，问她不是会跳舞吗，正好出一个歌舞表演组合，她给宁建伴舞就好。

她皱了眉，开什么玩笑！差点恶心得吐出来。

秦七襄连连摆手，示意自己前段时间刚伤了腿，这真是特别不巧。

第十四章 破茧成蝶

✦✦ 星海永恒绚烂。✦✦

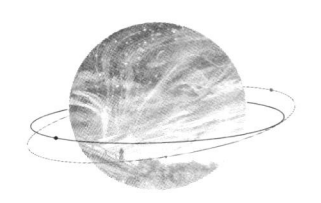

1

组长无奈地转过身，又去吆喝别人出头了，秦七襄才小喘出一口气，开始备课。

到下班的时间，有同事要拉秦七襄一起去吃饭，她远远望见周倬的车停在一旁，立马如脱兔般钻了进去。

连等他开车门的时间都不需要。

秦七襄拍着胸口说："快走吧，我可不想再团建一次了。"

周倬偏头看了眼窗外："不就三个人？"

秦七襄："那也已经很烦了。"

周倬："那今晚我们去吃点不一样的？"

他直接发动车子，心里开始盘算自己如果邀请她参加庆功宴的话，会不会被拒绝。

毕竟这也是一种团建呢。

秦七襄不知道周倬的心思，只好奇地问他："你怎么也喜欢说'那'呀。"

周倬："可能口癖是会传染的。对了，你之前都开着你的粉色越野上班吗？"

秦七襄："怎么可能，我才不想被校领导注意。我们有个同事，买了辆豪车还贴了幻彩牛奶蓝的改色膜，那叫一个引人注目！

"结果，第一天把车开去学校的时候，你猜怎么着？副校长一个五十多岁的老头，搁他车前绕着圈看呢。"

周倬："会有什么影响吗？"

秦七襄："或许有吧？他也可能不在意，谁知道呢？反正在工作之外的事情上让领导记住你，准没好事，指不定哪天就变典型了。"

周倬："那你之前怎么上下班？坐地铁？走路？"

秦七襄："骑电动车咯，所以不能住得太远啊。"

周倬:"那现在没关系了,以后我接送你就好。"

秦七襄:"那可不敢,你是大忙人,万一加班还会耽误我下班。"

她想都没想就拒绝了周倬的提议,让他郁闷了一会儿。

很快,他又认真地说自己肯定不会耽误她。

"真的假的?"她带着狐疑地问。

他终于可以万分骄傲地说:"哥哥什么时候骗过你?"

好像确实没有。

吃完饭之后,秦七襄被邀请周末提前去参观一番天文展的现场布置。

想到这会是个相当有趣的体验,她愉快地答应了。

只是这几天刚开学,新学期新气象,各种任务都砸了下来,她忙得几乎脚不沾地,像个陀螺似的团团转。

秦七襄好不容易喘口气,还没来得及吞下一颗润喉糖,又有同事来问她这几天一直接送她的人是不是她的恋爱对象。

她不置可否,对方就试探着问她:"你要是单身的话,周末去参加学校的单身教师联谊活动吧。"

还没等秦七襄拒绝,对方居然直接替她报了名。

那人的动作之快,刚同她说完,就把名单提交上去了,根本就不是真的在意她是不是需要联谊,而是为了完成统计工作的。

秦七襄被对方气得有些胸痛,却又无法改变。

下班后,她气鼓鼓地坐上周倬的车,一直抱着手臂生闷气。

她嘟囔着:"这群人是有病吧,这么关心别人的私生活?"

一想到自己这个周末本来准备去了解展馆的策划布置,结果却被联谊这种无聊的小事影响,更郁闷了。

周倬忙哄她到时候就说自己不舒服请个假,不去就行了。

虽然是被迫报了名,毕竟活动也不是强制参加的。

秦七襄扭头无奈地解释情况:"报名是为了确认人数来准备东西,我要是不去,他们多备了我的那份,会觉得我特别不合群吧。"

周倬:"你真不想去就别勉强了,过两天他们就忘了。"

他当然不想让秦七襄参加这种活动,也正好趁着这个时机推销自己:"你看你对外可以说你有对象,立马就不会有人再来烦你了。"

她阴阳怪气道:"你好聪明哦。"

周倬:"那是当然。"

秦七襄:"接着他们就会不停打听我的另一半是谁,工作怎么样,准备在哪边定居,什么时候再进一步。"

他被她堵得无话,喃喃念着:"我也没那么不能见人吧?"

"你说什么!"她瞪了周倬一眼。

周倬:"……我什么也没说。"

他们刚才的对话又没有指名道姓是谁，周倬真是见缝就钻，占她便宜！

她气哼哼着，又觉得胸口痛，轻轻地揉了揉，大概是生理期要到了，难怪这几天人会这么烦躁。

"怎么了？"周倬看她在不停地揉胸口，担忧地问道。

秦七襄："没事，就是有个小结节，不通畅的时候会胀痛。"

闻言，周倬更担心了，想要抽空带她去医院看一下。

秦七襄挥了挥手，给他解释了一下什么是乳腺结节，问题不大，基本靠静养。

这种小事最终没给她带去太大的影响，更麻烦的是她接到了老爹的电话。

和老爹吵完架后，她一直没给老爹回电话，原因无他，她也是很要面子的！

从小到大都是他们把东西捧到秦大王面前，大王怎么可能会先低头去找他们。

这么冷战了几天，老爹还是服了软，同她说，不管她怎么想，先不结婚也没关系，能安居下来最重要。

这意思就是她明天下班后，老爹要带她去挑现房。

推辞不掉，她含糊应着，又听老爹说下班要来接她，正好去她家里坐坐。

她直接瞪大了眼，半晌都没接上话。

老爹问了两声，她忙扯借口说自己要联谊。

老爹："哟，你想通了好啊！联谊又不妨碍事，我等你一会儿不就行了？平时你晚上都吃啥？不吃食堂吃外卖吧？正好，明晚我给你露一手。"

她抓着头发，急得直跺脚。

周倬莫名地看过来，用眼神询问发生了什么。

秦七襄捂着听筒，夸张地用口型示意："我爸明晚要来——"

周倬点点头，翻了几家饭店给她看，意思是到时候，让她和老爹一起去吃顿饭。

秦七襄见他没领会自己的意思，连忙摇头，继续示意："他要上楼——"

周倬瞳孔一缩，理了理衣角，思考秦叔上门，自己该准备什么。

秦七襄终于哄着老爹挂了电话，她抓着脑袋，崩溃地叫道："啊啊啊，怎么办啊？"

周倬依旧不太明白，摸了摸她的头，安抚道："没关系，秦叔不会再说你了，我还在呢，你别怕。"

秦七襄甩着头："不是这件事啊，是他要上楼！他要看到我俩住在一起，算个什么事啊！你家里有没有不能见人的啊！都收起来了吧，啊啊啊，他肯定要误会了，会打断我的腿吧！"

周倬："……我，这是我的责任。"

"你少来。"

忽然间，他也觉得头疼，捏着眉心思考秦叔上门该怎么办。

难道他要说：嗨，秦叔你好，虽然前两天我跟襄襄看起来不熟，其实我们俩私下同居了？

……太尴尬了！

周倬和秦七襄面对面焦虑了半天,最后一致决定,回家把所有的男性物品都打包,丢到某家酒店,先放几晚。

两人折腾完已经很晚了,周倬刚想休息,又被秦七襄拦在门前。

秦七襄看着他,快速眨眼,努力装出可爱的样子:"哥,要不,麻烦你这几天都先睡酒店呗?"

他目光一沉,将她拦腰扛起来,整个人都气笑了:"得寸进尺,欠教训。"

她踢着腿,人被他丢上了床。

一陷入柔软的床里,秦七襄立马抱着胸口往后退,四下张望着寻找接下来可能要用的东西。

谁料周倬站在床前,好笑地看着她:"你又找什么呢?"

她咽了下口水,额头被他一推,人彻底躺倒在床。

她盯着天花板,声音软成了一摊水:"其实……你到楼下买,来回不过三分钟。"

周倬站在房门口,笑着点头:"是,我周五回来。"

秦七襄:周五?后天?

她猛地爬起来,只看见周倬逃跑的背影。

秦七襄咬牙切齿道:"周倬!我要杀了你!"

第二天下班,老爹果然如约来接秦七襄,一晚上看了将近十套房,她人都要疯了。

这些房子一套接一套,长得简直都一样,她挑花了眼,干脆赖在地上不走了。

老爹也觉得自己太心急了,就先停一停,说明天再来。

还来?秦七襄感觉自己真的要崩溃了。

唯一的好消息是老爹送她到楼下,太晚了,就没有上楼。

坏消息是,老爹走前还嘀咕了一声:"你一个人住这么大的房子啊?"

她尴尬地点头应着,送走老爹后,彻底瘫在床上。

不行,她不能一直住在这里,必须赶快搬走,否则早晚要露馅!

同居什么的,一旦被老爹发现,家里免不了一番鸡飞狗跳。

如果还是和周倬同居,那就是两家一起鸡飞狗跳!

鸡飞狗跳的结果,怕不是老爹他们立马拍板,让她今年结婚,明年抱俩……到时候奶娃在怀……救大命了啊!

啊啊啊啊,好恐怖啊!

她这一晚上翻来覆去都睡不着,时时刻刻都感觉周围被噩梦笼罩。

第二天她顶着青黑的眼圈去上了班,晚上又被老爹拖着看房,看得她眼花缭乱,干脆就挑了一个满意的,死活不松口。

谁问都是,我就喜欢那套,非它不要!

老爹一看她态度这么坚定,当即拍板:买了!

秦七襄差点又要晕过去,老爹只说晚上看不出采光效果,等周末再来看一遍,采光没什么问题,就直接定下来。

她深吸了一口气，行吧，老爹说了算，她现在只想摆烂。

到了周五下午，老爹忙着工作聚餐，没再管她。周倬早早地就来接她下班。

秦七襄送完最后一个孩子，坐上车，看见周倬穿戴得一丝不苟。

她不禁奇怪地问他这是要干吗，周倬只说要带她去参加一场庆功宴。

秦七襄立马挥起手："不去不去。"

她累了好几天，才不想去硬凑什么团建热闹，也不想再看一场团建笑话了。

好不容易熬到能够休息，她只想回去好好睡觉。

只是，周倬说这是她早就答应过的事，却一直拖到现在都不肯兑现。

开玩笑，她可没有说话算话的习惯，摇着头咬死了不认账。

周倬倾身过来，露出一种祈求的神情："我已经安排好了一个女伴的位置，你不去我很难和他们解释。"

秦七襄："你是说我给你惹麻烦了？"

周倬："你是在帮我缓解尴尬，人美心善。"

秦七襄："我不去你尴尬，我去了就是我尴尬，相较之下，只能麻烦你忍一忍了。毕竟你不会在乎这点面子的，对不对？"

周倬："我们还准备了抽奖，你去了也可以领一张抽奖券。"

他立马将奖品信息报了一遍，这奖品设置得真是财大气粗。

说不动心是假的，但她很有自知之明，她不是什么锦鲤，抽中大奖的概率低得很。

周倬低声笑了下："参加的人不多，每个人都会有，我肯定包你百分之百中奖，不会让你空手回来。"

秦七襄："那我只要一等奖怎么办？你要黑幕我？"

周倬："我给你私加一份，打开就是一等奖。"

秦七襄："你不实诚哦。"

周倬："确实偏心。"

她笑了下，点头答应了他的请求。

见秦七襄答应，周倬心情也飞扬起来，启动汽车，顺便问她："我们是直接过去，还是你需要回去换装？"

她想了想，还是有些懒得动弹，但想到庆功宴也算是某种正式的宴会，又有些纠结。

她侧头问道："什么样的着装要求啊？"

周倬："不是什么正式晚宴，没要求。我觉得你现在这样就很好，当然你想要化妆也可以，看你心情。"

秦七襄："那我不要，我累死了，还以为你是要我去给你挣面子。"

她边说边翻下副驾驶座的化妆镜，对镜左右瞅了瞅。

出门涂的口红早就褪了干净，赶时间随意拍的气垫也已氧化。幸好她喷了定妆，虽然下午出了汗，但底妆还没斑驳。

下巴因熬夜写稿冒出的两个痘还没消退，她按了按红肿的地方，痒痛。

她扬起下巴，冲周倬指了指泛红的痘痘："我要回去洗把脸化个妆。"

"会痛吗？"见她点头，他低头凑近，"我吹吹。"

秦七襄立刻按着周倬的脸推开："少来啊。"

周倬掩唇笑了下，抬手揉了揉她的头："没有什么面子，你不是工具，你能在就足够好。"

2

最终，秦七襄还是决定不回去换装，直接去了庆功宴。

结果，她发现大家其实都和她差不多，大都素面朝天的，着装也并非那种板正精致的设计，十分闲适。

既有穿着牛仔背带裤的姑娘，也有一身Y2K风格、编着数十根麻花辫的姑娘。扑面而来的就是鲜红翠绿的缤纷色彩，鲜艳到她几乎以为是春天到了。

座位上的都是年轻人，一个个神采奕奕。

一个清瘦青年见他们进来，指向空着的位置，唤他们落座。

一口清澈好听的粤语腔？秦七襄顿了顿，意味深长地看了周倬一眼："你……"

"怎么了？"他低头问她。

秦七襄摇摇头："没什么，你们这里的气氛挺有趣的。"

周倬替她拉开座椅，她才施施然入座。

这一动作引起了不少人的注意，毕竟从未见过周倬身边有这么亲近的人。

立马就有人凑到那清瘦青年身边，低声讨论周倬身边的女生是谁。

清瘦青年"嘘"了一声，让他们别打听八卦，这时周倬已经开始说话了。

在场的人都安静下来，带着笑意看去。

周倬讲了两句惯用的开场白后，顿了一下，转而开始感谢同事们的帮助。

这次成功预测"雨燕"路径是一个极好的开端，获得了相关部门的肯定。

近期生成的10号超强台风正在海上酝酿，省局那边已经有意同他们合作，还是要做好相关的准备。

周倬的话不多，说了几句就撤下来，把时间还给桌上的人。

桌上这群人直接就着"雨燕"的话题讨论起来，但不是讨论"雨燕"的各种专业问题，而是八卦！

是的，他们居然在讨论网上追风者的八卦！

"听说他们有人追'雨燕'没做好准备，车都翻了？"

"我天！人还好吧？这能活着吗？"

"活是活着，就是住院了，好可怜的。"

"你别说，这一住院，不就有时间仔细搜集之前那轮网暴的证据了吗？"

"偷偷告诉你们，他们请的律师那边都准备得差不多了，马上就要开庭了。"

"那是好事啊，谁受得了被这么骂啊……"

事件当事人秦七襄坐在座位上，恨不得找个地缝钻进去。

他们说的因追风翻车的人是她好朋友，要去状告造谣者的人是她自己。

毕竟都是台风小圈里的人，有关"雨燕"的八卦传得非常快。

秦七襄摇着面前的红酒，脸上挂着尴尬的笑。

她原先以为在这种聚餐上，能听到的不外乎那些工作人事。

没想到这群人居然是在聊这些！

忽然有人伸长了手去拿酒瓶，对着清瘦青年笑道："廷复！你最近不是也在联系律师吗？发生什么事了？"

随着这一声，秦七襄的目光落在那清瘦青年身上。

周倬给秦七襄剥螃蟹的手一颤，偷偷瞥了她一眼，又给清瘦青年递了个眼神过去。

清瘦青年喝下一口酒，悠悠笑道："私人事情啦。"

私人事情就不方便在饭桌上讲出来，同桌的人也相当善解人意地不再追问。

知足知止，能够克制自己的窥探欲，真是种美好的品质啊。

秦七襄摇了摇头，只想说，如果是在她之前那种团建桌上，多半会有不怀好意的人偏偏要追问下去，追到别人恼了为止。

这就是初创团队吗？几个人凭着良好的信任，决定绑上同一辆战车浩荡前进。

这辆战车也可以不倾轧别人。

周倬低头向秦七襄介绍，那个清瘦的青年叫卢廷复，是他大学同窗。

后来两人去了不同地方读书，在一些巧合下又遇到，立刻一拍即合。

现在两人已经合作很多年了，并且不只有工作上的合作。

卢廷复相当骄傲地表示那是当然，他们不仅是旅拍搭子，还经常一起连麦打游戏，并且强调周倬总输给他。

秦七襄抬眸看了周倬一眼："原来你也会打游戏啊。"

周倬义正词严道："偶尔会玩，是我让他，他输了会闹脾气。"

"真的假的？"她对他的话表示怀疑。

卢廷复摇着食指说："你毋信佢，呢条友就系个'大现充'，上次仲问我一个十年前既网络热词系咩意思。我真系服佐佢，佢屋企真系成年得有2G网？（你别信他，这家伙就是个'大现充'，上次还问我一个十年前的网络热词是什么意思。我真服了他，他家真是整年都只有2G网。）"

他说周倬是2G网的老干部？秦七襄摇头直笑，简直想举双手赞成。

这台拆得周倬的脸明显垮了几分，他瞪了卢廷复一眼："有空再来比一下？"

"吹水，让你三刀你都得输到贴底啦。（吹牛，让你三刀你都得输到贴底吧。）"

说完，他就看见周倬皱了眉，示意他闭嘴。

合作多年，卢廷复立马对现在的情况了然于胸，微微地捂住嘴："输——我开玩笑嘅，佢点可能输？（我开玩笑的，他怎么可能输？）"

秦七襄看着这一幕，没忍住笑出声。她忙压了笑意，对周倬说："你朋友还挺有意思的。"

277

周倬压低声音回她,这些人确实挺有意思的,尤其是卢廷复旁边那个稍微胖一些的男生。

别看对方那么威武雄壮,实际上特别喜欢看韩国偶像剧。而且,他还一到泪点就哭得堪比鬼号,市面上那些最著名的狗血小说,可谓是熟读千遍。

秦七襄努力抿唇,压住自己将要迸发的夸张笑声。

她连连点头:"这样啊,根本看不出他还这么纯情嘛。"

周倬:"不啊……他爱看言情,所以恋爱经验也丰富。"

秦七襄很难想象,一个沉迷狗血言情的人居然是个情场浪子,不免好奇地问他经验有多丰富。

周倬数落着说,对方有两个前女友,而且和现女友在一起两年了。中间根本没有空窗过,太容易对异性动心了,鄙视!

秦七襄顿了一下,打量着周倬:"你管这叫情史丰富?"

她品了品,总觉得有些说不上来的奇怪。品了半天,她突然回过味来,问了周倬一道送命题。

秦七襄:"那你之前也觉得我的情史很丰富?"

周倬皱眉,眼中透出一种疑惑的神色,几乎能看见他头上冒出了一个弯弯的问号:"怎么扯这么远?"

秦七襄:"你之前不是觉得宋小狗是我初恋?孙汉邈是我前任?那你还……"

周倬直接急了,忙打断自证:"没有!明明都不算。"

秦七襄:"可你之前不就是这么认为的?"

周倬撇开脸去,手却偷偷伸到桌底,将她扣紧:"我没那么想过。"

秦七襄:"嗯?那你还怪我拉着宋小狗骗你,让你误会。"

周倬:"不管,反正这不一样!"

她还想开口,周倬却在她掌心蹭了蹭。

周倬低声求她:"别说……我一直觉得初恋是我,就等于从来只有我,反正就是这样。"

秦七襄抽出手:"你这有点离谱了。"

周倬勉强笑了下:"你不一样,就是不一样的。"

……好"双标"啊。秦七襄有些不知所措,她从不知道原来周倬对自己这么"双标"。

她不知该怎么接,干脆转头去听这群年轻人聊天。

有人正聊到自己的宠物,引发了好几个养宠人员的共鸣。

周倬顺带提了下小黑猫的事。

卢廷复立马拉着他大聊养猫生活,恨不得今晚就把家里一大堆的猫咪自嗨玩具和几盆猫草都送给周倬。

卢廷复的热情实在让人招架不住,但秦七襄不想让任何人知道,她和周倬现在恰处于同居状态。

毕竟他们现在的状态，其实有些奇怪。

若说他们是情侣同居，那实在算不上情侣；若说只是合租舍友，她却从未交过公摊费用。

秦七襄咬紧唇，她和周倬间的复杂状态，不能再这么持续下去了。

老爹的压力就在眼前，甚至连房子都给她敲定了。

她需要立刻搬进前两周租下的单室套里，等老爹随时巡视。

而且那里离学校也近，骑个电动车，她不要十分钟就能到。

那就等她去完天文展，回来就可以着手搬家了。

宴席结束，桌上没有劝酒的人，周倬自然滴酒未沾。

潮湿的夜风吹散了宴会的热气，也将秦七襄身上微微苦涩的红酒香气吹散。

一路上，两人走走停停的。

秦七襄只得随便找些话题，夸席间的氛围真的很好，她很喜欢。

这是她第一次感受到原来团建也可以不那么累人，反而能给自己充电。

真羡慕啊……

看着秦七襄这一路不停感慨，周倬猜到她的工作环境是相当压抑的。

善于此道的人，在压抑中也能如鱼得水。可她偏偏从小就没受过约束，所以一定会难受不已。

他很心疼。

周倬："其实很多时候，如果你觉得不舒服了，那一定不是你的错，永远不要将问题归咎于自身。"

秦七襄笑起来："我才没有归咎于自身，只是在感慨年轻真好，可惜……"

晚风吹过树梢，绿叶微动，树上挂着一串串彩灯也跟着摇曳迷离。

地面积水倒映着繁华夜景，她疾跑了两步，蹦进了积水里。

水面荡开一圈圈涟漪，将夜景荡成点点星火般的光。

秦七襄踩着积水转圈，水珠溅上她那双点缀钻石星花的坡跟鞋。

她盯着脚下迷离的水面，过了一会儿，才转头问身后的周倬："哥，你曾后悔过吗？"

周倬原本静静地看她玩水，想问她是不是醉了，又觉得她醉了也不会认，没必要再问。

她不停地踩着积水，又问了一遍。

周倬看着她："没有。"

"怎么你就不会后悔呢？难道因为你从小就是天才？不会犯错？"她眉尾低垂，有些难过。

"不是。"周倬扶住了她的肩，"因为我知道我每次的决定，在当时的条件下，已是我唯一能做出的选择。"

秦七襄："那你现在也不会觉得当初那样对我是错误的吗？你一点都没后悔

过吗?"

周倬:"没有。"

她踢开了脚上的鞋,光洁的脚踩上地面,粗糙的柏油路正蒸腾着白天的热气,烘热脚掌。

她偏开头:"走累了。"

周倬看着她白皙的脚背,脚趾却充血泛红,应是站了一天的缘故。

如今她脱了鞋,压力不再落于脚趾,足弓能够受力,疼痛的情况可以得到缓解。

但地面粗糙,又是另一种折磨。

周倬越过积水走到秦七襄身前,蹲下身子:"我背你。"

她没说话也没动弹,不知在想什么。

他只能再接上一句:"你想听实话吗?"

3
秦七襄踮脚,伏上周倬的后背。

透过夏日轻薄的丝质布料,她感受到了男性灼热的体温。

她幽幽地问:"什么实话?"

周倬托稳她的双腿,背着她起身。

在这一瞬,她感觉他的背脊突然宽阔得如一座海岛,稳稳地在生命浪潮中承托住自己。

她手臂环紧,头埋进他颈窝里,汲取着那点温热。

生命之海的浪潮颠簸不平,人漂泊其中往往会感到困顿。

周倬走之前还记得提起地上的鞋,背着她向上颠了颠,将她承托得更稳。

周倬:"实话就是人的后悔源于选择,然而选择意味着变化的到来,变化才是痛苦的根源。"

秦七襄:"你想说什么?"

周倬:"当面前只有坏与更坏两条路,走上哪条都会很痛苦。所以我不会因为当初的决定后悔,但迄今为止,我都很难过。"

她闻言垂着头,默不作声,呼吸洒满他的肩头,只感觉有些窒息。

他扶稳她的双腿,问她:"为什么出门穿这双鞋?"

秦七襄:"因为我想。"

周倬:"脚不痛吗?"

她轻哼了一声,嘴硬道:"不痛。"

周倬:"你在一柜子的鞋前做比较,选了一双想要的。虽然脚会累,但是你愿意,所以现在你也没有感到后悔。"

"你知道什么?自作聪明!"她扭开头,"你不是天才吗?你告诉我,当初答应我又能坏到哪里去?"

他停顿了一下,遥望着洒满星光的前路。

再开口时，周倬的声音异常沉郁："你——今晚在后悔什么？"

秦七襄："我才没有，我只是问你，别每次都扯我。"

她烦躁地踢了踢脚，又被他向上颠了一下，避免滑落。

他双手托稳她，才继续开口："但我知道。"

"什么？"他的话没头没尾的，她开始疑惑起来。

星光如霜，周倬一步一步踩得坚定异常，脚步声在空旷的夜色下回响。

他微侧着头，只能看见她的小半张侧脸。

周倬淡淡地回答："我一直都知道，你因为什么不快乐。"

秦七襄："你怎么总是不把话说完，真的让人很恼火啊！"

周倬："但我说完，你会更恼火。"

秦七襄："那你就别说，免开金口。"

周倬："不如我先问问你，当初为什么选这个专业？"

她被噎了一下，头再度埋进他颈窝，不出声了。

长睫轻颤着，她想：原来他真的知道啊，自己在为什么烦恼。

为什么当初会选这个专业，她有很多理由：老爹的压力、对周倬的向往、对闲散人生的追求……

如果一定要说，或许可以说是她懈怠了。

她真的被老爹宣传的稳定安逸的未来迷惑了心神，忽然就不想再同老爹斗一斗，想快点走完自己的大学四年，寻找到一个简单甚至收入不高的工作。

最后安心地躺下，等待哥哥来解救。

他总不会抛弃她的。

在那个烂漫天真的十八岁，她真的那样想过：大不了就靠着家里，靠着哥哥，每天吃吃玩玩的生活似乎也不差。

可是她这些美好的幻梦，在大一那年的秋天，在他抛弃自己离开的那一刻，彻底醒了过来。

没有人会一直为她驻足，她要自己独立地走下去，去寻找她的未来。

秦七襄："你凭什么这么……看不起我？"

周倬："我从没有看轻你，你还记得吗？高考前夕，你在电话里和我说考不上想去的学校怎么办？

"最后的时候，我听见你很小声很小声地喃喃，你只是想和我待在一起。"

周倬的肩膀忽然传来刺痛，又被她咬了一口。

他倒吸着气，让她别咬，但她怎么可能听他的话。

他只能叹了口气："那时候，我其实有一点开心。你不知道，我已经喜欢你很久很久了。"

"是吗？"她终于松开了口。

周倬点点头："但也有很多担忧，那时我隐约感觉到你好像对我也有好感，可我知道你一直喜欢强烈的自由与变动，不能忍受久居一处。

"我还记得那年，你那么兴奋地拿着录取通知书告诉我，你会来找我。

"我很担心你会后悔。我想，不能因为我，你放弃继续同秦叔争一争，坚持你的选择。"

秦七襄："你现在说这些有用吗？我如果重返十八岁，第一件事就是跑得远远的，也要离你远远的。"

周倬停下脚步，手臂收紧，却尽力在维持声音的平稳。

周倬："人生很多时候就在于那一句，熬一熬。

"像地底的蝉、茧里的蝶，熬一熬，等它变化，等一个时机的到来。因为它并非死局，只是暂时性的没有出路。

"不要放弃，时机总会到。"

秦七襄："熬不过去呢？你怎么能说得这么轻松？"

他抬起头，望向浩瀚的星海："并不轻松，解脱不是件轻易的事，或许今夜见不到流星了，但明天会有的。"

秦七襄："如果明天下雨呢？"

周倬："后天也会有。悬浮在茫茫宇宙间的地球，每分每秒都会有尘埃擦过大气，只在于你什么时候仰起头。"

她闻言，仰头同他一起望向绚烂的星空。

恰和十五年前他背她回家的那晚一样，银河垂落，星宿摇光。

她喃喃着："Lucas，意为光明之子，用作姓名时承载着光辉照亮的含义。"

周倬僵在原地，冰寒冷意从四肢涌进心脏。

他开口，声音低哑干涩："你……说什么？"

秦七襄："我之前查过，我还在想什么样的人，要取这样一个名字。是你吧，Lucas。"

周倬低低地应了一声，迈步向着停车的位置走去。

她搭在他肩上，声音轻飘飘的："为什么骗我？"

周倬："没有骗你。"

她盯着地上细闪的砂石，声线越来越低："你早就知道了我……你明明前两天才说过，你从来不会骗我。可是，你一直在耍我。"

周倬："这真的是意外，我也是才知道。"

秦七襄："要不是我今天看见 Caden，你是不是永远都不会告诉我？"

周倬仓促地追问："你认识廷复？"

秦七襄："Caden 一直很有名，早期你们两人合作的获奖作品并不少……我没道理答案都贴脸上了，还猜不到。"

周倬："我……当时你把我拉黑了，我没法开口。"

秦七襄眼眶微热，声线颤抖："你让他来找我，来帮我组织什么维权，你做了那么多，你明明什么都知道，却从来都不说！看我傻乎乎地被蒙在鼓里，很好玩吗？"

"对不起。"周倬将秦七襄放在副驾驶座上坐好。

她只倚着门，手撑额头，闭眼沉思。

他还想开口解释一下。

秦七襄却摇着头，捏了捏眉心："我没生气。"

她没有生气，他没有恶意地做了那么多，她怎么能生气。她只是……好难受啊。

他拿不准她说的是真话还是假话，担忧地望着她。

秦七襄勉强提起一点笑意："我真的没生气，只是有些累。哥，其实我该谢谢你。"

周倬担忧的眼神忽然亮了，这一声谢于他而言，算是原谅他的欺瞒，抚平了今夜两人间所有的不愉快。

周倬："你同我道什么谢？我们之间不需要谢谢。"

或许吧，她不想再思索下去，只想好好睡一觉。

回到家，秦七襄看见满屋空旷，他的东西全部被清空到了酒店。

她忽然觉得更难受了，心脏蜷缩着的那种难受。

沉浸在这复杂的情绪里，她脑袋困倦疲乏，却无法入睡。

睡不着，秦七襄就只能翻看和Lucas的聊天记录，一路看下来，她心口更加紧缩与疼痛。

他在欺骗自己，却又在她看不见的地方尽力帮她维权……

可是，她最不愿意、最不希望的就是让他知道自己那样狼狈无能的一面啊。

她在他眼中还能剩下什么啊……为什么她好像每次都只能躲在他的身后啊？

迟来的后悔席卷上来，她不该在那天一时脑热，想着要去耍他玩，想着要得到他再抛弃他。

她这么重的报复心，在他面前被衬托得恶劣又不堪。

没脸再见他了，自己好像总是在给他添麻烦。

他明明才是这处空间的主人，却要清空一切，有家不能回。

仅仅是因为她老爹有可能会上门。

她好累了，只想赶快离开这里，逃得远一些，让自己好好想一想，究竟以后她要做什么才不会后悔。

至少明天就该搬出去吧。

第二天，秦七襄早早就出去赴天文布展的约。

邀请方相当热情地接待了她，给她介绍了一部分布置计划。

秦七襄了解了半天，发现准备这样一个展览远比她想象的要复杂麻烦得多。

快结束的时候，主办方递给她一套VR设备，让她体验太空漫游的感觉。

内部的建模精致非常，她伸出手，试图触摸眼前的星海。

随着眼前的超新星爆发，绝美明亮的光芒照亮了一片黑暗的宇宙。

她看完了一个黑洞完整的形成过程，主办方在建模还原这部分做得相当严谨。

因为光线红移，黑洞吸积盘两侧光线强度实际是不同的。但渲染制作出这种不同,并不容易。

主办方居然连这种小细节也完成得很好。

秦七襄摘下眼镜的时候,看见自己脚踏着大地有一瞬间不适应,脚步一软,差点摔倒。

她回头看向屏幕,明亮的黑洞吸积盘还在宇宙间静静旋转。

似乎她穿越了星海与维度,从二维的世界突然落进三维,孤独地在这处三维空泡里感受到一种想家的情绪。

秦七襄提了口气,压下了心头怅然若失的情绪,笑着夸赞他们还原度很强,这次的展览十分令人期待。

主办方告诉她,这次的 VR 体验,他们会做成一整个房间的实景效果,安排在展厅的入口。给观众呈现出一种强烈的星际穿越的色彩,在现实生活中开辟出一段短暂的梦幻旅程。

这段话恰好贴合了她观景后的感想,她非常赞同这些理念。

这份构想真的打动了她,她告诉他们,后续有什么需要都可以来联系她。

门口正好运来一幅巨大的喷涂星空照,身旁的负责人特意拦了一下秦七襄的脚步,示意她小心。

她却忘记了后退,眼中只剩那幅高逾三米的展板。

这幅图她太眼熟了,是她先前在苏格兰蹲守了一周才获得的极光星云。

时光仿佛跨越了时空的阻隔来到了她面前。

她呼吸都暂停了几秒,几乎想伸手去触碰它。

以往她看别人的展览时,远没有意识到这些美丽的图片摆在面前有多震撼。

当自己的辛勤成果完全占据了视野,可以让自己触碰到的时候,那种震撼突然就有了实感。

这绝不逊色于她第一次使用望远镜、看清月球上的环形坑时的震撼。

眼眶涌上一点热意,她再没心思去纠结昨晚那些关于后悔的想法,而是非常非常想将这种几欲落泪的感受分享给某一个人。

超越心脏承受极限的喜悦,只有分享出去,才能缓和掉它带来的强烈冲击。

4

当秦七襄下意识地打开和周倬的聊天框时,手却顿在手机屏幕上。

一想到周倬就是 Lucas,她忽然就不知该怎么面对他了。

她闭上眼喃喃:"究竟哪个才是你呢?"

最终,她只是去甜品店买了根冰激凌,将这份喜悦通过甜意吃进肚子里。

再准备开始搬家,搬去先前租好的单室套。

周倬今天无事,见她外出赴约,自己在家也待不住,去了惯常去的健身房。

跑步机高速运动,汗水顺着皮肤往下滴,很多堆积的事情也慢慢梳理完毕。

周倬很喜欢在跑步的时候思考。回顾昨晚的事情,他在寻找他和她的问题。

他咬紧牙，肌肉达到了一个临界值。

当他闯过这一段，肌肉重新舒张的时候，他心里那张紧缚的网也断开，呼吸到了自由放松的空气。

他突然明白了，他该向她道歉。

不仅为那些欺瞒与惊吓，也要为他五年前确实在她心底扎下了一根尖刺道歉。

无论当初他出于什么理由、什么目的，毕竟他确实让她伤过心。

周倬冲完澡，换上一身清爽的衣服，问秦七襄今晚什么时候回家。

上次他给家里打电话，听母亲说徐姨卤了襄襄想吃的鸡爪，但没控制好火候，准备重做一份给他们两个人寄来。

他倒是记住了她想吃家里的卤鸡爪。

于是他提前在锅里腌制好，今晚差不多可以出锅。

但郑重道歉这种事，怎么能用食物来打动她？不够郑重！

周倬走在街上，认真思考着自己该准备什么。

视野忽然映入满墙明艳的红，在阳光下异常耀眼。

他顺着这满墙的蔷薇抬起头，只见花园里，有花朵从窗台溢出来，垂在风中轻晃。

一个好美的花园，她那样喜欢自然的人，一定会爱上这家花园。

道歉的话，今晚为她准备这样美丽的花可以吗？

只是，上次送了她一束黄玫瑰，她反而更生气了。

他推开街角鲜花店的门，店主正坐在一旁低头剪着花枝，问他想要什么花。

他看着满屋馨香的花朵，随着店主一剪刀下去，断了根系，只能靠着一点潮湿的水汽苟延残喘着，过不了一周就会枯萎。

最明艳的花朵也会零落成泥，但明年还有花更好，问题在于它们的根在哪里。

他在店主的剪刀下听见了那些花朵的无声尖叫，他最终退出了店门。

鲜切花于秦七襄而言，寓意实在算不上好。

一个昨晚刚问过他后不后悔，人生能不能重来的人，无论身在哪里，他都希望她的根能在土壤里。

土壤里！

对，如果要送她什么的话，他只希望她能扎根在土壤里。

他开着车，向最近的一处花鸟市场疾驰而去。

市场喧闹不停，摊贩将路挤得仅能容下两人并肩而过，他只能就近停车，小跑着穿过市场，奔向一家又一家的花鸟店铺。

手提一笼兔子的女孩被他超过，逗着鸟的大爷被他甩在身后，前方骑着自行车问一盆金鱼怎么卖的男人，拨动的"丁零"车铃声在耳后越飘越远。

周倬冲进了一家摆满盆栽的店中，老板坐在满屋绿色里，摇着蒲扇刷着视频。

他气喘吁吁地问："有盆栽茉莉吗？"

老板抬起圆滚滚的脸，腮肉挤到两边，笑得两眼眯缝："有，在那边。"

老板抬起蒲扇一指，周倬看见架子上摆了一层的茉莉。

雪白的花朵像是一弯弯皎洁的月亮，在绿叶上摇动，粗壮的根系深扎在土里。

周倬看着茉莉笑了起来："还有吗？要多一点。"

老板："无了，就这么多，这里十几盆喔，仲未够？（没了，就这么多，这里十几盆喔，还不够）？"

说完，老板摇了摇蒲扇，可能是觉得他在开玩笑，眼神重新回到手机屏幕上。

周倬摇头："不够，远远不够，老板你们家这些是从哪里进的货？"

老板："到批发市场好远，我地定期都要去攞货。你要几多啊？过两日我去攞货时帮你攞花啊。（到批发市场很远，我们定期都要去拿货。你要多少？过两天我去拿货时帮你拿花。）"

周倬仍旧摇头："很急啊，今晚就要。要很多，越多越好。"

老板挥了挥扇子说这不行，谁家都没那么多存货，现在去拿货已经晚了。

周倬看着那一盆盆茉莉说："行啊，这些先给我带走吧，我都要了。"

"全要？"老板还没见过一次要这么多的人，竟准备把他店里的茉莉都搬空，不免愣了一下，再确认了一遍，才收款。

见周倬买得多，老板特意给他推了小车过来，将一盆盆茉莉装上车。

老板："你方便车翻去么？（你方便开车回去吗？）"

周倬目测了一下，感觉这些差不多刚好装满自己的车，但他还想要更多，不免陷入为难。

老板以为他是没法运送，还好心地同他说，他买得多，如果住得不远自己可以开小货车帮他送回去。

这一句缓解了周倬的为难，他忙说自己准备再去别家收几盆，能不能一起帮个忙。

老板十分好奇他这是要干什么。

周倬只得摸了摸后颈，将这解释为自己准备今晚表白，女方最爱的就是茉莉，但不喜欢鲜切花，他想要为她布置一片茉莉花海。

老板咂巴了下嘴，用力地拍在他肩上："后生仔，有我当年的风范。"

这么一说完，老板自告奋勇地要给他出力，让那些卖盆栽的兄弟都把茉莉找出来给他搬来。

没多久，那一辆小货车上就装满了茉莉，在阳光下反射着皎白的光。花朵形态各异，既有花苞，也有盛放完垂下头的花梗，朵朵都猛烈绽放。

老板拍了拍手，指着这一车茉莉问："够唔够？（够不够？）"

周倬仔细看了一下，这车已经装不下了，就先请老板帮忙把这些运过去。

小货车一路向他家疾驰。

老板开着车说道："你这个后生仔，表白搞到好似求婚甘样。（你这个年轻人，表白搞得好像求婚一样。）"

周倬默默笑了下，抬腕看了眼时间，希望能在秦七襄今晚回家之前把房间布置好。

他的想法很简单,中午经过的那家小花园,虽然被囚在城市的繁忙街道上,却依然能开辟出一处属于自己的寂静之所。
　　就像是沙漠中的一片绿洲,可以为在城市中疲倦不已的旅人送上一捧解渴的清泉。
　　这是秦七襄现在最需要的东西。
　　所以,他也想将阳台打造成那样一片生机勃勃的茉莉花园。
　　当老板和周倬一起将最后一盆茉莉花搬进房间的时候,他擦了擦额角的汗,给老板多转了一些小费。
　　老板挥了挥手没要:"你地后生可以成全一段好姻缘就是我的一桩功德了,我唔可以收。(你们年轻人可以拥有一段好姻缘就是我的一桩功德了,我不可以收。)"
　　周倬忽然想起来国内没有给小费的习惯,硬给了老板还怕会误会他,便从酒柜上拿了瓶酒送给老板,就当是自己结的善缘,希望今晚能成功被接受。
　　老板走前拍了拍他的肩:"后生仔,祝你成功。"
　　周倬走回阳台,开始搬那一盆盆的茉莉,按着高矮大小,间错着将它们挪到合适的位置上,然后站到远处比较构景,再继续调整不合适的地方。
　　窗外阳光消逝,茉莉上流动的色彩转红又转暗,夜色笼罩脚下的世界,窗外灯火浮动,如点点海面渔火。
　　晚风吹来,周倬擦了擦额头的汗,直起腰再次走出阳台,竖起手指,仔仔细细比画每一盆茉莉的位置。
　　阳台被纯白的茉莉淹没,花瓣重叠如瀑,从高台直倾泻到地上,肆意舒展盛放。
　　淡淡的茉莉香浮动在夜色里,周倬观察着这片小小的茉莉花海,仍觉得似乎缺了些什么。
　　琥珀般的月牙高挂琼林,月光如纱,轻笼着纯白花海。
　　周倬忽然顿悟,还差雪白的轻纱将花瓣下露出的那些花盆挡住,形成一片真正会随风扬波的花海。
　　可是天色不早,他担忧她快回家吃饭了,特意打探着问了一声几点到家。
　　答案是还早。
　　见还有些时间,他立马关上阳台的门,连帘子都拉死,以免她提前看见花海。
　　人已然飞速钻进车里,去节日用品店买白纱。
　　他目的明确,动作极快,然而再回到家时,打开门,雪白的灯光流泻满地。
　　客厅的灯已经开了,秦七襄回来了。

5
　　光线从门缝流出的时候,周倬只觉心跳都要停了。
　　他第一眼先看向阳台,帘子依旧没动,遮蔽得死死的。
　　他敲了敲她的房门:"襄襄?你回来了?"
　　秦七襄:"嗷,哥,我收拾一下啊,马上好。"

周倬:"你去阳台了吗?"

听到她否认,周倬才放下心来,绕到阳台的帘子后,蹲下身,开始布置一层又一层朦胧的白纱。

直到他差不多布置完成,客厅传来一声呼唤,让他心脏又撞得"怦怦"响。

秦七襄:"哥?"

周倬立刻应了一声,展臂拉开门帘。

他身后的茉莉花海在月光下缓缓摇曳,对视的两个人同时停止了呼吸。

周倬盯着秦七襄,嗓子干涩到几乎没有声音:"你——要去哪儿?"

秦七襄扶着行李箱,脸上只剩愣怔的表情,一时间忘了回答。

他身后的茉莉仍在微风中起伏着,铺满一地。

她被这清澈纯洁的花海迷了眼,恍恍惚惚地询问:"这是做什么的?"

周倬面色沉冷,一步步走到她面前,握紧她扶着行李箱的手:"你又要走了是吗?"

秦七襄对上周倬的眼,心虚的情绪浮起,舔了舔唇,却实在开不了口,只是点点头。

"为什么?就因为我昨晚说的话你不爱听?"他急切地将她拉近。

秦七襄:"不是啊,我不是说过会搬走吗?我只是提前搬点东西过去。"

"不需要。"他拉她走进那片花海里,行李箱因这强势的动作,轰然倒地。

她还未来得及反应出声,已然被他用力搂进怀里。

晚风吹过,花瓣轻轻蹭着秦七襄的腿,茉莉的清澈香气更浓郁了。

她轻轻拍了拍周倬的肩,示意他冷静。

"不走好不好?"他埋在她颈窝里,用力汲取着她身上的一点温热。

秦七襄:"哥,对不起,我总是拖累你。我们这样住在一起,你太委屈了,我却没法答应你。"

他说不出不答应也没关系,却又不舍得和她分开。

他低着头说:"哪有什么不好,和从前也没什么区别啊,你就只是住我隔壁房间而已。"

窝在沙发上睡觉的黑猫被他们的动静惊醒,踮着脚走近,轻软地"喵呜"了两声。

周倬听见猫叫,立马拉着秦七襄转身去看:"你看它在这里,你不要抛下它。"

她叹了口气:"我想带它一起走。"

周倬:"那我呢?"

秦七襄:"哥,抱歉,我这个人一时上头做的事总会后悔。"

她感受到周倬的肌肉在乱跳,明明微颤着,却将她抱得越来越紧。

周倬:"你把我困在这里,自己倒是想走就走。"

秦七襄:"哥,就一夜的事,你忘了不好吗?"

周倬望着她的双眼,还是同过去一样明亮干净。

正是这双纯净如泸沽湖般的眼睛,每次都会把他骗到晕头转向,从小到大一向如此。

可他还是次次上当。

周倬很想问一问她,究竟对当初的报复要持续多久,要折磨他几次才能消气。

他至少能做好一点心理准备,而不是一直患得患失。

可他喉头颤抖无法问出口,只能低哑地说出一句:"对不起,Lucas 的事我……不该瞒着你,你不生气了好不好?"

看周倬这样一次次退让和低头,她更觉自己不堪,怎么忍心将他拖下泥潭。

他本该在另一个地方,永远明亮闪烁的。

头抵在他胸前,她试图退出他温暖的怀抱:"哥,我是给不出任何承诺的。我早点搬出去,那些本不该有的情愫很快就会消失,你也可以尝试着拥抱其他。"

她看见镜片后的那双眼睛大了,流露出一种不可思议的痛苦神色。

那神色复杂多变,几乎想将她撕碎,她心中警铃大作。

然而危险没有来临,一片寂静无声,空气像是绷紧到极致的琴弦。

过了很久,他只是抓紧她的手,咬牙切齿地问:"你怎么能……你怎么能说这种话?"

她不想再刺激他,音调也放软:"哥,你把我弄痛了。"

他猛地撒手,想去检查她有没有受伤时,她却已经退出了他的控制范围。

他意识到自己居然又被她骗了。

胸口起伏着,实在咽不下这口气,他牢牢盯着她,一字一句:"我不可能再爱上别人。"

她垂眸叹了口气:"你听我说,人在因爱上头的时候,总会这么想,可人心易变,没那么难熬。"

晚风吹过,满地茉莉浮起一室清香。

周倬伸手,她却又退了两步。最终他只能收回手搭上墙,撑着自己。

他开口,带着点晦涩苦笑:"你真的……不明白,我熬了五年了,襄襄。"

她抿紧唇,逼自己狠下心:"这五年,有没有我,你都过得很好不是吗?哥哥,你不需要我。真的,你其实不需要我。"

"骗人!"周倬猛地退了半步。

她的话像柄刀深深扎进来,他胸口痛得难忍。他咬着舌头,十分想骂人,却无法对着她的脸说出半句重话。

终是无法再看她,他闭上眼,深吸了口气:"襄襄,我是为你回来的。"

直到这句话吐出来,他才缓了一口气,一步步向她逼近:"你那样了我,又不对我负责,现在说让我去找别人?你是真的没良心。"

她往后退了两步,小腿抵上茶几,下意识地从桌上捞起一个玻璃瓶,让他别过来。

周倬真的停了下来,只盯着她微颤的手,瓶里的淡蓝色液体震荡着激烈的波纹。

周倬最终摘下眼镜,捏了捏眉心:"你怕我会对你做什么?"

他终是苦笑了一声:"你怎么不看看手上的是什么?"

秦七襄垂眸,看了眼手里的玻璃瓶。

方正的瓶身里,淡蓝色的液体还在激荡,因着她掌心的温度,瓶底的白色雪花在慢慢溶解。

翻卷着的雪花慢慢在眼中放大,唤醒了她埋藏多年的记忆。

五年前,周倬离开那天,秦七襄终于拆开了已搁置了一个多月的、他送的生日礼物。

一个制作精美的玻璃方瓶,盛满淡蓝色的液体,看起来就像是一片湛蓝的天空。

当它接触到冬日寒冷的空气时,瓶里开始慢慢结出雪白的"冰晶",细细碎碎地沉淀下去。

这是他亲手做的一个小天气瓶。

她攥紧瓶身贴上胸口,温度传递,瓶中的"雪花"慢慢溶解。

"襄襄,你不能这么欺负人。"周倬倚着墙,声线颤抖。

他不看她,只偏头望向遥远的月亮。月光静默,将茉莉花海笼上一层薄纱。

秦七襄摔进沙发里默不作声,看见洁白的花朵中,周倬的肩膀轻颤着。他背过身去,躲进了墙后。

她很想去安慰他,却又无法迈向他。

最终,她垂下眸,将手中的天气瓶放回茶几,发出一声细微但清脆的声响。

周倬微微偏头,只看见淡紫色的裙角一闪而过,大门闭合,她拖着行李箱离开了。

黑色小猫踮脚攀上他,舔了舔他膝头颤抖的拳。

一滴温热的泪珠砸上手背,又被小猫舔净。

周倬将它抱起,茉莉花香浮浮沉沉,他仰着头,捂着眼,滚烫的泪滴沁出。

厨房的锅里还在"咕嘟嘟"冒着泡,卤汁几乎干透。

秦七襄拖着行李箱,丢上她的越野车,一路开回新住所。

她情绪不高,只埋着头不停地整理东西。

坐在床边叠衣服的时候,眼前慢慢浮现出周倬孤立在茉莉花海中的萧索身影。

一种巨大的窒息感将她的心脏包裹。

她低头想了半天,突然想问问他,今晚究竟为什么要准备这么多茉莉花。

拿起手机,却不知怎么开口,她乏力地仰倒在床。

他今晚应该死心了吧……

她不会再继续拖累他了。

第二天,秦七襄浑浑噩噩地跟着老爹去看新房子的采光。

光线很好,南北通透,物业负责,安保措施也很完善。

如果能住在这里,应该会很好吧。

老爹相当满意地对她点头:"就这么定了吧?"

"定下来?"她茫然地回过神。

看着老爹在新房里转悠的样子，她忽然想起来自己现在在哪里，在做什么。

老爹瞪了她一眼："怎么今天魂不守舍的？网上的事情不是已经好很多了吗？"

"网上的事？"她抿紧唇，感觉心口莫名地缺失了一部分，大脑几乎宕机。

老爹看着她依旧茫然麻木的眼神，觉得应该是这几天看了太多房，她太疲倦了。他也不再那么生硬地同她说话，拉着她坐下来聊天。

老爹："襄襄，网上闹成那样，我和阿倬找了好多人，才扳回了那么点风向。你这样有什么事都自己憋着，让我们怎么放心呢？

"你爸老了，身体不行了，现在就想着你能安定下来，襄襄啊，就定下来吧。

"老爸也怕啊，怕你走得太远，以后遇到我能力之外的事，你该怎么办。

"这套房很好，你就是暂时不结婚，有个地方安居，不再搞那些危险的事，我才能放心啊。"

"放心吗？"她僵硬地扭过头，看向老爹。

时光仿佛倒转，她又是那个十八岁的女孩，看着家里来来往往的填报志愿的老师，却发不出声音。

老爹笑呵呵地对她说："这个专业好啊，分肯定够，到时候出来安排做个老师，就在我们身边，我就放心了……"

——放心了……

——大不了就靠着家里，靠着哥哥，每天吃吃玩玩的生活似乎也不差……

——我很担心你会后悔。我想，不能因为我，你放弃同秦叔争一争，继续坚持你的选择……

——我如果重返十八岁，第一件事就是跑得远远的……

因为我不喜欢这里啊……

秦七襄忽然站起来，面对老爹，坚定地说着："我拒绝。"

老爹脸色猛然转白，"呼啦"一声站起来。

他大声问出来："你说什么？"

秦七襄："我说，我拒绝。"

老爹指着她，又顾及中介还在，不能当场发作。

他的唇瓣抖了一会儿，才低声问道："你到底想做什么啊？"

6

秦七襄摇摇头，驱散满眼的热意，坚定不移地同老爹说："因为我不会留在这里。

"爸，就像您当初在我学校那里，想办法买了一套房，您以为我会留在那里，可是我没有，它便积了灰。

"那套房子对我们家来说，压力也很大。等到我离开，拖了将近一年，才终于出手。

"现在，您又想在这里给我留套房。我明白您的意思，只是我不会一直留在这里，它以后还是会积灰。"

她不需要谁为她驻足，她要自己独立地走下去，去寻找她的未来。

最终，老爹拗不过她的心意，只能放她独自离开。

她好像终于如周倬所愿，真的赢了一次。

周一清早，秦七襄从恍惚中醒来。

意识慢慢回转，她突然想到一个问题，周倬不在，她要怎么上班？

越野车不适合开进校内，电动车和小黑猫还没有带过来。

她低头看了眼手机，什么消息也没有。

真是的……

原来那些专业人士的发言，不是她运气好啊。

没法想象，周倬和老爹是怎么低头去拉人情的，她似乎总在自私地伤害他们。

秦七襄微微抿唇，心头的失落与愧疚快要将她压垮，她却不能停下来，休整一下。

分开不过两天，她竟有些想他了。

时间"嘀嘀嗒嗒"往前，她没办法再放任情绪流淌，匆忙换好衣服，跑下楼去打车。

早高峰里，到处都是"嘀嘀嘟嘟"的鸣笛声，她时不时掏出手机看时间。

前方汽车启动太慢，半天才能过去一辆，等得她心焦不已。

终于踩着点走进办公室，秦七襄刚坐到工位上，就拿到了学生的周测试卷。

她低头瞅了一眼。

这次试卷上有两道题都是她讲过的内容，她倒想看看能有几个家伙会错，要是真错得离谱，她怕是要气到罚抄写。

还好，她看完一遍，发现大家都掌握得不错。

她舒了口气，安下心来。

可偏偏有个她挺喜欢的好学生也错了，还错了不少简单的题，完全不是他的正常水平。

她不免担心起来，他这个假期是不是玩得太快乐，把所有的知识都忘光了？

但没道理呀，状态不好，难题错了正常，怎么会连基础题都做错呢？

她准备抽个时间和对方沟通一下。

这个时候，有个老师哼着歌走进办公室，还在她身边转了一圈："小秦，明天教师节活动可以放松一下。你们班这次考得不错啊，别只盯着卷子把自己绷得太紧了。"

秦七襄笑了一下，心里在嘀咕自己有表现得那么紧张吗？

而且她绷得太紧完全是因为那个该死的"广告"吧！

为了那玩意儿，她熬了整整一周啊！

这些都只是腹诽，她表面上还是很淡定的，只是单纯好奇地问："最后是谁上台和宁建一起表演呀？不会真的是他一个人独唱吧。"

"当然不会，最后还是程焕应下了。"那老师指了指新来的姑娘，"两个人下班之后还一起练习到很晚呢。"

秦七襄点点头，其实也能猜到，新人很难狠心拒绝这种要求，大概率最后也是她上场。

忙了一天，秦七襄原本想去找那个学生聊聊天，却被一个家长电话给打断了计划。

是班里一个男孩的母亲，开口就是哭诉有个叫张权的学生欺负她儿子杜子涵。

她指责张权骂人不说，还把儿子最喜欢的小卡给撕了。

秦七襄捏了捏眉心，这种事怎么她这边一点消息都没有，让家长一转述，她工作都被动了不少。

那家长和她絮叨了将近半个小时，一定要她好好处理张权。

她只说自己会好好调查这件事，家长听完不肯松口，又缠了她好一会儿，才被安抚好，挂了电话。

秦七襄当即去教室了解情况，先找两个小孩核实。

谁料两人谁也不爱开口，偏偏拉着一张脸，都犟得很，只说：老师这是我们自己的事，要自己解决。

她把两人分开，各自哄了一会儿。

小孩自己倒是情绪挺稳定的，都不像是受了什么伤害。

杜子涵甚至仰着头说："老师，就几张卡我才不会和他计较呢。"

这话把她逗笑了，反过来吓了吓他："不让带卡牌来学校，你不知道吗？"

杜子涵立马强调这不算是卡牌，是他最喜欢的游戏人物周边，他要用这些来给自己提供学习的动力！

这话说得秦七襄要努力憋笑才能绷住脸，隐约感觉具体情况可能和家长说的不太一样。

她又去叫了几个旁观的学生来了解情况。

他们的话就多了，但更云里雾里的，整得她像什么破案的福尔摩斯。

学生里，有说自己上完厕所回来就看见杜子涵叉着腰在推搡张权；也有说自己正埋头学习呢，教室里突然一声吼，张权就暴起把杜子涵的文具盒给摔了；还有说张权在撕扯杜子涵的衣服；也有说张权把自己的校服扔了的。

她整合了一下信息和时间，同他们一个个核对。

很快上课铃响起，数学老师抱着保温杯进来，她也就先放了人，下堂课再继续破案。

一听破案，有个女生立马捋起袖子，自告奋勇地说自己是大侦探，要帮秦老师调查。看着那个女生刻意板起的脸，秦七襄终是没忍住笑了起来："那就请你下节课再把了解到的情况告诉老师了呀，要温柔一些哦，先认真听课吧。"

那女生大幅度地点着头，跑回了教室。

最后折腾了小半天，秦七襄终于解决了这个问题。

原来是杜子涵咳嗽的时候，弄脏了张权的校服，张权生气要和他换校服，让他穿着脏校服回家去洗。

杜子涵不仅拒绝他，还不道歉。

张权越想越生气，把杜子涵最喜欢的卡给撕了。

杜子涵气鼓鼓地说要找人揍他，放学后约到小操场决斗，直到决胜出谁是真男人为止。

秦七襄拎着两人出来教训了一顿。

她抱着手臂问："小操场是你们的秘密基地吗？"

这一通下来，她终于知道，这群学生最喜欢钻小操场搞事。

放学后，她特意去小操场转了一圈，没抓到约架的学生，也没抓到早恋的学生。

倒是有个人抱着膝，独自坐在沙坑旁发呆。

正好是她今天准备去找对方好好聊一聊的学生，金广宇。

她步伐轻盈，靠近了那个学生，黄昏的光洒在身后，秦七襄开口问他怎么在这里。

金广宇颤了一下，抬起头，眼下还挂着泪痕，却揉了揉眼睛只说是自己没考好，坐在这里反思。

这话……果然是好学生才能说出的。

秦七襄拿不准他是否在敷衍自己，但既然学生开口了，她至少要做出信任的模样。她没再往下追问，只是就着这次考试和他聊了起来。

天色慢慢暗了，她意识到对方父母可能会担心孩子，特意询问金广宇家里的联系方式，替他报个平安。

那孩子居然应激了。

他一边说记不得家长的联系方式了，一边说家里没人，不会担心他。

这种状态引起了秦七襄的警觉，看来这孩子的情况和家里人有点关系。

考虑到金广宇的排斥，秦七襄不好再留人，眼看天色不早，让他早点回家吃饭，别在外逗留。

那孩子点着头，就向校外跑去。

秦七襄又转了一圈，没抓到调皮的学生也就作罢，重新打了车回家。

这一天下来，累得她瘫在床上，还要想着下堂公开课应该讲些什么，完全没心思去考虑周倬已经两天没消息了。

而在这繁星高悬的夜晚，周倬扶着额头还在强撑着开会。

会议结束，卢廷复瞪着他吐槽，怎么他又把自己弄病了。

周倬摇摇头，表示这算不上严重，谁还没带病工作过，别担心了。

卢廷复："你这和一般的带病可不一样，不到两个星期连着烧了两次，还是快去医院吧，别烧出心肌炎，又不是没你不行。"

周倬算着接下来的事项还有很多，省局那边还要他们派人入场，陷入了两难。

卢廷复抿了下唇，替他接下了入场协同的任务，推他赶快去医院，还强制他放了两天假。

教师节的活动终于在校长长达一个小时的发言中完美落幕。
　　这两天放学，秦七襄都会下意识去小操场转一圈，没遇到胡闹的学生才放下心。见金广宇的情绪依旧不佳，她特意向他周边的朋友打听了一下。
　　这孩子平日里不爱说话，和他玩得好的同学都不太清楚他的情况。
　　通过对他本人的旁敲侧击，获得的有效信息也不多。
　　自习课上，她坐在讲台前看着台下写试卷的学生时，有个小孩一直不动笔，只摇着自己的水杯看水龙卷玩。
　　秦七襄声音发寒："是谁在不写试卷走神？自己把卷子交上来我看看。"
　　台下的学生全部一动不动。
　　她板起脸，瞪了眼那个走神的学生，又强调了一句主动上台从轻处分。
　　结果金广宇站起身，乖乖地捧着空白试卷交了上来。
　　这自投罗网差点让她憋不住笑场，她又咬了咬腮旁软肉，才把要蹦出的笑意压下，语调终是变得轻松一些。
　　秦七襄："怎么来的是你？"
　　第一排的学生闻言低低地笑起来，她敲了敲讲台："安静，继续做试卷。"
　　接着她把金广宇叫了出去。
　　这一次，她语重心长地同他沟通，尝试着走进他心里。
　　这孩子这学期变化这么大，秦七襄觉得大约是出了什么事，不能太过随意处置。
　　到了放学的时候，她终于把学生的心里话问了出来。
　　原来是他的父母大吵一架，已经分居，准备离婚，剩下他一个小孩独自住在奶奶家，无人问津。
　　金广宇沉沉地问她："老师，你说人生是有选择的吗？"
　　秦七襄："当然有，比如你可以选择好好学习，努力生活，未来总会不一样的。"
　　金广宇："可是，如果有很喜欢的东西，但没办法得到它，该怎么选呢？"
　　秦七襄："那就不要为难自己。"
　　金广宇："怎么做算不为难自己呢？放弃喜欢的，还是拼命去追赶？"
　　秦七襄沉默了。
　　金广宇："老师，我不知道该怎么办，究竟怎么样才会不后悔呀？"
　　秦七襄："抱歉，理想和现实总有鸿沟，老师也不知道。还记得孟子的那篇文章吗？鱼与熊掌不可得兼……或许，以后我会告诉你答案。"
　　收回话头，她发现自己和学生说得太多了。而他的问题，自己也实在无能为力。
　　她只能努力宽慰他，准备下次和他家长好好沟通一次。
　　快要走出校门的时候，秦七襄接到了孙汉邈的电话，他说自己最近发奖金，希望能请她吃顿饭。
　　这些时日，孙汉邈都没出现在自己周围，她差点都要把这人忘了。
　　没应他的话，她自顾自地向校门外走去。
　　电话里却传来一声："你抬头。"

第十五章 狂风怒号

•• 何论是喜是悲。••

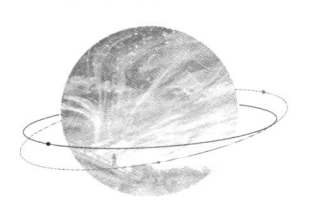

1

秦七襄闻声抬头,看见人流涌动中,孙汉邈身披晚霞,站在不远的树下等她。树梢上有昏鸟归家,翅端掠过细长霞云。

孙汉邈冲她挥了挥手,说了一声:"过来。"

秦七襄慢悠悠地踱步到他面前,想吐槽一句他怎么还是不死心,又过来找自己。

孙汉邈只是递出一杯冰奶茶,贴上她的脸。

冰凉的水滴顺着皮肤往下流,她下意识出拳,捶他小腹。

孙汉邈一阵低笑:"说真的,你要是只想做朋友我也可以,我不逼你了。"

秦七襄:"我不信你。"

孙汉邈没接话,拉着她向自己的车边走去:"毕竟我在这边没什么朋友,就当是老同学发善心?我领了奖金,想请客吃顿饭行不行?"

她不好再拒绝,坐上副驾驶座时,却总觉得有道视线落在自己身上。

秦七襄回头去找,却只看见孙汉邈撑住车门。

他奇怪地问她:"你看什么呢?"

"没什么。"她摇摇头,大约是错觉。

孙汉邈顺势替她关上了车门,驶向一家开在私人园林里的饭店。

隔着绚烂的粉紫色晚霞,黑色车中,一道视线目送他们离开。

流霞消融,校门缓缓闭合,周倬揉了揉酸痛的双眼,推开了家门。

猫咪刚睡醒,绕着他的腿来回蹭着,蹭了一裤子的猫毛。

小猫自从被抱回来后,就很没有安全感,总要腻在人身边才能安稳下来。

他蹲下揉了揉小猫的头:"爱德华,她不要你了,以后你只能跟着我,明白吗?"

小猫轻轻叫着,他盯了小猫一会儿,愤愤地去换了门锁密码。

这是自己照顾长大的小猫，怎么能她说一句带走，他就放手？

她休想再偷偷进来把他的东西带走。

秦七襄吃完饭，刷开自家的密码锁门。

洗漱完，她坐在床头，细细地涂抹身体乳，思考今天下午金广宇的事。

这些青春活力的孩子，就像天上的星星似的，带着不同色彩的光，仓促地从老师身边一闪而过。

她唯一能做的是，把准这几年的船头，将他们送到太阳那里。

可惜，她自己都不知道太阳在哪里。

秦七襄收起身体乳，忽然很想看看那只捡来的黑猫，不知它有没有变得更壮实一些。

她希望他们都能成长得更为坚实。

恰在这时，手机响了，她看了眼来电提示，接起后只听见深沉的呼吸声。

心头微动，她连问了两遍怎么不说话，听筒里传来了一声轻软的猫叫。

这一瞬间，她所有的情绪都变得同猫叫般轻软。

她低声说了句："哥，听得见的话，我想看看……"

她停顿了一下，对面深沉的呼吸也跟着停了下来。

她终是轻笑了一声："猫。"

对面哼出了一口缠绵的气息，带着点沙哑和愤恨的音调，把电话掐了。

这一反应把她逗笑了。

有人自己打电话来又不说话，她开口却又不爱听，来来回回地任性折腾，脾气还不小。

她笑着给周倬发了条消息：你哪天有空，我去接猫咪。

却一整夜都没收到他的回复。

第二天清晨，伴着一阵轻微的腹痛，秦七襄醒了过来。

去卫生间一看，延迟了半周的生理期终是慢悠悠地到了。

她擦洗完后仓促地出门，比平日里晚了几分钟，一路上争分夺秒才没迟到。

周倬的烧终于退了，去接手卢廷复的活，和省局的人一起调研软件的使用情况。

办公室的大屏里，蓝色洋面上风云漫卷，是新形成的十号台风的云图。

几个人驻足看了一会儿，有人随口说了一句："它的移动速度不快，路径预测应该不难。"

周倬点头："确实不难，但也预示着有充足的水汽发展时间，一旦登陆会是超强台风。"

身旁的人拍了拍周倬的肩，将他请进了会议室。

这次的任务是介绍他们的新软件。投影光影跳动，周倬轻点鼠标。

"这次的模式识别利用了大数据算法，可以达成完全智能化的人机交互操作。"

周倬用鼠标勾上两条线，识别软件自动寻路，经过不到一秒钟的运算，自动沿着图像边缘完整地勾画出了一幅图。

周倬轻点了一下后退键,软件勾线的过程便自动停止。

他沉稳地开口:"如果过程中有不满意的地方,可以这样随时停止。"

说完,他上移鼠标,重新选择了一处点位。再次点击启动后,计算机跟随他的更改,进行调整,重新勾画出另一幅完整的图。

整个过程相当人性化,作业的计算机不像是机器,而像是一个智慧生物。

周倬抬起头:"我们这个软件使用时,人工可以随时干预,也可以随时撤出留给机器继续,在任何步骤处停下调整都OK,同时兼具线上多人协同作业的能力。"

他一挥手,就有人将自己的设备连接进平台。

周倬的屏幕上能看见对方的作业状态,从他这端,既可以直接调整对方数据,也可以直接分发数据。

完全做到了联机叠加算力,以协同作业完成一些需要多人参与的大型任务。

大约可以将这种协作模式进行一个奇妙的比喻,可以让成百上千的人在同一张纸上同时进行绘画,最终画出一幅精妙绝伦的《清明上河图》。

没有画卷重叠,没有线条错位,也无须后期重新拼贴,在他们停笔之时,这幅图已然完成。

中场休息时,周倬饮了口水,润开自己沙哑的嗓子,低头看了眼手机。

屏幕里,还停在秦七襄要带走猫的消息上,他咬了咬牙,终是没忍住回了一条:爱德华是我养的,你做梦。

秦七襄回得挺快:那也是我捡的!

周倬:你都没有管过它!

他发完消息就熄了屏,手机塞回口袋。

他磨着后槽牙想,这个坏女人从来不管别人死活,居然还想抢猫,去法院判决都不可能判给她。

直到一天过去,黄昏时分又迎来了一场强降水。

海边的粉紫色晚霞往往代表着天上含有丰富的水汽与低垂的云层,或许接下来会迎来一场雷暴天气。

果然,今天的降水准时到来。

周倬跟着指导作业的秦叔走出大厅,撑起伞。

雨帘"噼里啪啦"打在伞面,震颤出一片迷蒙水花。

这场雨还不小,秦叔停下闲谈的话音,伸手接了点雨水,叹了一声:"也不知道襄襄这孩子,丢三落四的有没有带伞。"

周倬没接话,目光落在溅落石阶的如白珠般的雨点上。

2

秦爸爸继续念叨:"自从前天我们又吵了一架,到现在她都不知道给我打个电话来。"

说完,秦爸爸拨通电话:"喂,襄襄,你出门带伞了吗?"

周倬虽然没出声，但依旧停了脚步，屏息听着下文。

秦爸爸的声音虽不大却沉稳。

伴随着雨水敲击伞面的声响，周倬听见他说："哪个同事送你呀？男的女的？"

秦爸爸："你少给我犟，别淋雨就行，回头记得谢谢人家。"

说完，秦爸爸挂了电话，对周倬笑了一声："你看她，这么大了还犟得很。"

周倬用舌尖抵了抵牙齿，最后口不对心地说了句："还好，其实她一直都挺乖的。"

秦爸爸摇摇头："她从小也就听你的话，被惯坏了，你看她还能对谁低头呢？吵了架都这么一副等人哄的样子，我不打电话，她根本不搭理我。"

周倬缓慢地摩挲着伞柄，冰凉的铁质骨架让他维持着理智。

他云淡风轻地笑着开口："叔，她年纪小，要面子一些，不是不关心您，只是不知道该怎么开口。"

秦爸爸也笑起来："是这样就好了。她心野，哪里记得住要上心。好了，天气不好，你先回去吧。"

周倬将他一路送走后，单手插兜，摩挲着口袋里的手机，终是收了伞，向秦七襄的新住处驶去。

人走了一条消息都不主动发来就算了，还想抢他的猫。

路过秦七襄的学校门口，周倬见一柄柄如蘑菇般的雨伞不断出来，便停在路边等一等，看是否能正巧碰上秦七襄。

瓢泼大雨中，一个黑瘦的小男孩头顶着书包从校门里跑出来。

眼看着他一身校服都湿透了，那男孩蹚过路面的积水继续往前跑。

周倬降下车窗，唤住了那孩子，递了一柄伞给他，那孩子挥挥手不敢接。

他笑了一声："没事，我用不着。"

男孩看了眼周倬的车，车身将雨水都挡在外面，确实像是用不着伞的样子，这才接过他的伞，连连道谢，又问该怎么还给他。

周倬见不给这孩子还伞的机会，他就不肯接伞的模样，双眸弯弯地笑了下："那你就还给初二（5）班的秦七襄老师吧。"

那孩子瞪大了眼，有些喜悦的模样："您是秦老师的……"

这一声问让周倬卡了一下才回："朋友。你认识她？"

那孩子撑起伞，抹了把脸上的水，眯着眼，一脸崇拜地说："秦老师的球打得可是太好了。"

周倬托着腮，颇感兴趣地听那小孩一顿夸，随后指了指外面豆大的雨珠说："一会儿打雷了，快回去吧。"

校门口已没什么人再出来，他又开着车继续向秦七襄家而去。

周倬今天才知道，秦七襄初当班主任时，是打篮球打服的这群调皮学生。

怪有趣的。

雨帘如白雾般遮挡了行车视线，周倬也就没看见他一直在等的人，站在学校旁

299

的超市里等车。

今天的雨下得格外大,秦七襄早上出门急,忘了带伞,下午蹭着同事的伞去了学校门口的超市买了把伞,顺便打车回家。

雨天的车也难打,她等了老半天才有司机接单,路上又堵,堵得司机像是爬到她面前似的。

直到学校里的人都走光了,秦七襄才坐上车。

周倬将车停在秦七襄家附近的露天停车场,看了眼她家的单元楼,才想起自己的伞借给了那个小孩,想要过去还得冒雨淋上一段路。

行吧,又不远,淋上一段路也不算什么大事。

秦七襄既然有同事送,估计早就到家了。

这世上也没有自己来找人,还要对方下楼送把伞的道理。

这样一想,周倬推开车门,淋着雨一路狂奔进了单元楼。

进来后,本着输人不输阵,要为自家猫咪讨说法的气势,周倬在一楼门厅处擦干脸上狼狈的雨水,才提步上楼,正义凛然地敲了敲门。

无人应答,周倬只得拨通秦七襄的电话:"襄襄,你在家吗?"

秦七襄步入电梯,回了句:"我在楼下,什么事?"

电梯门关闭,信号变差,一阵阵电流声中,她听不见对面的声音。

直到电梯门再度打开,秦七襄听着那头带着潮气的呼吸声,重新问了周倬一遍。

"什么事?我刚刚在电梯里。"说完,她转出电梯间,看见了家门口那道颀长的身影。

雨水沿着周倬的黑色外套往下落,湿漉漉的额发半遮着一双清隽眉眼,他在看着她。

她出声:"哥?"

听筒里的声音和面前的人声重叠,发出回音般的共鸣。潮湿的水汽扑上脸,她被搂进了坚实的胸膛。

秦七襄还没反应过来,他已含着水汽同她耳鬓厮磨。

她被吓了一跳,下意识地抱紧他:"发生什么事了吗?"

周倬:"我有点冷。"

闻言,她轻轻拍了拍他的后背安抚。

节奏舒缓规律,抚平他心中的紧张不安,就像是某种珍宝失而复得。

秦七襄轻声哄了句:"雨这么大,也不知道让我送把伞。"

她的体温焐热了雨水流过的冷意,周倬将头紧紧抵着她的肩。

他终是松了口说:"你赢了。"

秦七襄不明白这话的意思,不知道自己是在哪里和他较过劲,能得这样一句褒奖。

只能感受到埋在她颈间的那个人,像是终于卸了所有的力气,在她耳边落下了一句极轻、极低沉的:"我没骨气。"

周倬慢慢松开秦七襄，直视着她的脸："我答应你了，任你处置。"

说着，他轻轻地碰了碰她的脸："只要能待在你身边。"

她怀疑自己幻听了，试探着同他再确认一遍。

见他目光变得越发坚定不移时，一种荒诞的感觉涌上心头。

她感觉周倬疯了，不，他早就疯了，现在更疯了。

太荒谬了，他居然把她当时提出的当了真，还同意了。

秦七襄跺着脚，背过身去，急切地想要脚底抹油，却始终没真迈出逃跑的那一步。

缓了一会儿，她才平复好心情，又转头摆出笑脸："我当时开玩笑的。"

周倬恍惚地晃了一下。

秦七襄这才开始真的焦虑起来，心一横，主动抱住了他，哄着："哥，你别这样，我也会难过。"

腰忽然被他扶紧，她甫一抬头，便被推上了墙。湿润的唇吻上来，含着潮湿汹涌的怨气。

这本该轻柔缱绻的吻，成了一种撕咬式的攻击。

下唇被他咬住研磨，她推不开人，只能"嘶"了一声，叫着"疼"。

唇上的力道更加重，这回她是真皱眉叫痛了。

一声痛呼后，周倬放过了她的唇，抬起她的下巴，指腹蹭开她唇上的一点湿痕。

他气红了眼："你叫什么疼啊？我还没用力呢。"

见秦七襄眨了眨眼，无辜地看着自己，周倬急喘着："你又骗人，你还装！你就是欺负我不舍得。"

按在她唇上的指腹轻颤着，周倬眼中的滚烫泪花终是聚成一滴，眼角滑落一道晶莹。

他低下头，藏起自己不争气的眼睛："襄襄，没你这么玩的。"

秦七襄轻轻扯了扯周倬的衣袖，小声说了句："哥，真的痛，肚子痛。"

周倬偷偷擦了擦眼角，手掌覆上她叫痛的部位揉了揉，忽又五指屈起。

他抬眼同她确认："真的？"

她点点头，自己也揉着小腹去开门，解释自己今天是生理期，顺带指责他一身水汽，弄得自己也潮乎乎的，害自己更痛了。

进门后没再管他，她要去趟卫生间。

周倬依旧保持着自小的习惯，脱下外套后抖去水汽，挂上门口的衣架。

他一边翻卷着衬衫袖口，一边环视四周。

还好，沙发上散乱着衣物，他没看见男士用品。

他长舒了一口气，接着走进厨房，轻车熟路地从冰箱里翻出了姜片和红糖。

当秦七襄洗完澡出来时，只见周倬倚着桌子，身旁放着一杯热姜茶。

她拿起姜茶，问了一句："给我的？"

周倬抢走她手中的杯子："我煮来驱寒的。"

见她无所谓的样子，他又将杯子塞回她手里："给你喝，你别岔开话题。"

301

她饮了口暖和的姜茶，感觉身上的潮湿黏腻都被烘干了。

辛辣的热气熏着她的眼睛，她咬着瓷杯边缘，一点点啜饮着问周倬："你今天是怎么了？"

"你搬走了这么多天，连条消息都没有，唯一一条也只记得你的猫……"周倬低下头，"都不记得我。"

秦七襄噎了一下，正想要哄他一句。

谁料，周倬竟认真地看着她说："我想你了。"

他乖顺地垂下长睫，露出同黑猫被铁丝扎伤时相似的神情，语带委屈地询问："所以我想来问问你，我该怎么办。"

她想了想才开口："我没有在和你较劲……"

话说到一半，她不舍得再往下伤害他，便闭上嘴，想要摸一摸他的脸，却在伸出手指的那一刻，被他后仰避开。

她不免愣了一下，问他："真生气了？"

周倬往后退了半步："不是，我……淋了雨。"

他顿了一下，握住她僵在半空的手，慢慢放松下来："怕你沾了潮气不舒服。"

她有些惊异地睁大了眼，凑到他眼前。

他眼睫轻颤着，似乎不知往哪儿躲避，留下一段晃动的星辰光影。

她"扑哧"一声笑了出来："不是，你怎么真的会信啊？我开玩笑的。"

周倬："襄襄，有时候我……我这个人有些无趣，你说的我都会当真。"

她心头一跳，试探着问他："所以你刚才在外面说的，也是认真的？"

周倬："嗯……我认输了。"

这一句听得她内心分外复杂。

周倬继续说："你能不能认真告诉我，你是怎么想的？"

秦七襄："我没有在针对你，我只是不想和任何人绑定，所以劝你离开，别在我身上浪费时间。"

周倬："这不是浪费时间，陪伴你是最有意义的事。"

她心念微动，心脏变得柔软了许多，于是，捧起他悲伤的脸，盯着他的眼睛，认真地说："趁我现在心情还可以，我满足你一个愿望，不会骗你，但别提太过分的要求。"

3

周倬贴紧秦七襄的手掌蹭了蹭，垂眸思索着究竟该要什么。

可以是一个吻，也可以是一句永不分离的承诺。

最终他长舒了口气，有些无奈："襄襄，我真的有点贪心，不如我先问问你。"

见她点头同意，周倬才开始问她："你会永远单身吗？会喜欢上一个人吗？会需要一个人吗？会不断尝试新的关系吗……"

"等一下！"她开口打断，"你别带我节奏。"

周倬："我那天看到你了，在学校门口，你和他一起离开了。"

她忽然明悟过来："你想找我要一个解释？"

"不是……"他没资格去要什么解释……

周倬顿了一下，有些难堪地继续说："我是想问一问，你不接受我的话，会不会同时想要其他人？"

"……你在想什么啊！"她急得跺了跺脚，"哥，不是，周倬！你听我说，我没有在针对你，你懂吗？任何人在我这里都是——No! 记住了吗？ Impossible! 不可能的！我只是……"

秦七襄挥手划过整片空间，说了半天也说不清楚。她索性心一横，搂住他的脖子，猛地吻了上去。

周倬当场蒙住，小心翼翼地扶上她的腰。

他轻轻舔了一下，发现唇上的触感居然是真实的，才抱着她转过身，深深回吻。

"哗啦——"桌上的瓶瓶罐罐被带倒一片，她被他折腾得喘不上气，只能再用力推开他。

看见周倬眼中又腾起破碎的泪光，秦七襄无奈地扶住他的肩。

她叹道："你真的是……有没有一种可能，我其实有喜欢的人？"

见他的眸光随之暗淡下去，她简直要气笑了，戳了戳他的额角。

她细细地同周倬解释："我和孙汉邈是和平分手，现在只是普通的朋友往来。

"作为他在本地唯一的老熟人，那天仅仅是去吃了一顿庆功宴。毕竟他是因为我过去的无心之言，抛下一切，孤身跑来的，我始终亏欠了他几分。

"哥哥，你是要我铁血无情，和他老死不相往来吗？"

周倬凝望着她的眼睛，试图从中窥明白她这句究竟是设问还是反问。

真是个榆木脑袋。她深呼吸，忽然贴到他面前。

周倬明显颤了一下，又被她贴近耳边。

她温声哄着："别忘了你有一次许愿的机会，你说，我会答应你。"

原来不是设问，也不是反问，是真的疑问，在等他的答案。

周倬深思许久，才叹息般开口："我真的很想说是的，别同他往来了，但还是算了。

"选择朋友是你的权利。

"何况我只有一次机会，为他用掉不值得。我还没想好，可不可以留着这个愿望？"

她被周倬这一本正经的样子逗笑了，点点头："可以。"

周倬："你会食言吗？你食言的次数太多，这次能不能不要骗我？"

秦七襄："不骗你。"

周倬抱紧她，感受到她心脏"扑通"跳动的频率，他才慢慢放下心。

她慢悠悠地嗔怪着："有些人好像始终没搞明白，如果不是因为我喜欢他，我根本不可能容忍他这样亲密的拥抱。"

他的四肢彻底僵直了，过了一会儿，才有不敢置信的语调炸响在她耳畔。

周倬："你说什么？"

她仰起头："我已经回答了你全部的疑问了，还有吗？"

他已然结巴了，沉默半天都没说出一句话，大脑还在晕晕乎乎地打转。

秦七襄只能继续说："喜欢和承诺是两回事，你不能混为一谈。"

说着，她指了指自己的房间："我喜欢你，但我需要那里是我自己的空间。"

说完，她看着周倬变幻莫测的脸色，轻笑了一下："哥，你现在的脸色好像调色盘。"

他闭着眼，埋进她的颈窝，怕自己不争气地掉眼泪。

终于调节好了自己，周倬带着几分沉郁开口："你好像也没注意到，我不会在没得到你的许可时，走进你的房间。"

秦七襄："我说的可不是房间，从那扇防盗门往里，下班之后都得是我的空间。我有的时候就是不想和任何人说话，不需要安慰，所有的生命都不要靠近我。"

周倬："那你还要把爱德华抱走，你把它带走了，能不能顺带也把我留下？"

秦七襄："那不一样，它是只猫。"

周倬："我和它没区别的，我适应能力很强，而且欲求不高，不会干涉你交友，也对你没什么要求。"

秦七襄："我没有时间花费在爱情上，也就是说情侣间为了维持新鲜感会做的事，比如逛街与谈天，我不会做。"

周倬："那种刻意营造的打卡式氛围要来干什么？你想做什么，我都很开心能陪着你。"

秦七襄："我不需要你陪着我，我也不会花时间去等谁。如果我想要去看一场电影，我会提上包自己走进电影院，不会等你到来。"

周倬："我很守时，出门永远比你早几分钟。如果你已经入场，我在门外等两个小时也无所谓，等你出来时，我还会准备好你想喝的奶茶。"

秦七襄："我还不喜欢身边有生命，如果有一天我回到家，一言不发一动不动，我不希望身边有个会呼吸的家伙追着我，试图看看我在想什么。"

周倬："……你这个要求有点难，我不会停止呼吸，但我可以变成哑巴。在你睡醒之前，我不会出声，在你睡醒之后，无论是秦叔还是徐姨的打扰，又或是任何让你恼怒头痛的生活，我都可以破开一处平静的理想乡。"

这一通快问快答下来，她看到周倬因着急而眼下通红。

她没绷住，又笑了起来："你少来，我跟你可没少吵架。"

周倬："我有的时候太患得患失，以后不会了，至少你也喜欢我，往后很多事我可以学。"

秦七襄："我没空教你。"

"不需要，我自学能力很强，还会举一反三，你不必考虑我。"说着，他掏出各种卡片证件，"你不如试试，有钱、有消夜，我还特别会按摩。"

她扯开绑发的皮圈,缠上他的手腕:"按摩?正好,我生理期不方便洗头,原本准备出去洗的,可惜下雨了,你帮我。"
　　话音落下,周倬分外积极地搬了躺椅去浴室。
　　秦七襄舒舒服服地躺好,任清澈的水流打湿长发。
　　他的手指轻轻地打磨绕圈,生怕弄痛她。雪白的泡沫渐起,如白纱般淹没了长发。
　　周倬梳理着她额头上的泡沫,避免流进她眼睛。
　　泡沫从他掌心流过,他忽然觉得自己就像是在为她戴上洁白的头纱,准备手牵手走进一处洁白的教堂。
　　虽然她大概不会愿意踏入那座教堂,那也没关系,他愿意每天都为她服务。
　　清水冲去泡沫,他轻柔地替她擦去耳朵上的水。
　　耳朵有些痒,秦七襄睁开眼,看着他认真的神情。
　　即使从这样的死亡角度,他的脸庞轮廓依然是流畅好看的,顶灯照得他眼睛亮晶晶的,里面装满了她。
　　见她睁眼,对方脑袋微微偏转,望进她的眼里,然后点了下头,浅浅地笑了。
　　这大约就是美色诱人……从小到大她都很容易沉溺在他眼里。
　　像是昏了头似的,她看着他这张脸,就很难说出拒绝的词汇。
　　吹风机嗡鸣,她坐在椅子里啃着青枣,酸甜的汁液在口腔中迸溅,柔顺的长发很快就被吹干。
　　他搓开一层芳香的护发精油,仔细地替她梳理头发。
　　服务到位,她这会儿是真的心情不错,抬手蘸了点辣椒粉就将青枣递到他唇边。
　　周倬低头咬了小小一口,又酸又辣的,呛得他连咳了几声,连泪花都飙出来了。
　　秦七襄吓了一跳,连忙去看,却见他撑着桌子掩唇连咳,还硬撑着说没事,说了两声,连他自己都被逗笑了。
　　"原来你吃不了辣啊。"她塞了一大口青枣,"难怪口味淡得像白开水。"
　　"没有这回事!"周倬喝了一杯水后,坚定地解释着这是因为自己前两天发烧,扁桃体炎症还没好。
　　"那你今晚还回去吗?"她又啃了一个青枣。
　　周倬:"要回。"
　　秦七襄:"啊,我还以为你要服务到底呢。"
　　周倬:"明天可以,今晚爱德华还没喂,你还要什么服务?"
　　青枣终于吃完了,她拍了拍手,向他身边凑了凑,露出笑脸:"讲故事!"
　　周倬擦去她唇边的辣椒粉:"今晚给我打电话。"
　　送周倬出门时,雨还未停,秦七襄拿了把透明的长柄伞给他。
　　"砰"一声,伞面撑开,白雾般的雨帘下,透明的伞后透出一身简洁的黑色西装。
　　这本应有一种清冷疏离的感觉,如果不是伞面上有两只兔耳的话。
　　这两只兔耳立刻就将那些遥远深邃的文艺片重置成了喜剧。
　　那位扮演者却无所谓究竟是哪种结局。

隔着窗外风雨，秦七襄似乎能听见风送来他的声息："襄襄，那些都不重要，你在就行。"

名义也不重要，实用就行。

可是，他似乎是很有仪式感的人呢。

她仰望着阴霾天空，像是看见了一大片茉莉花海。

第二天到学校时，金广宇抱着一柄折叠黑伞，在秦七襄办公室门外徘徊。

她好奇地上前询问，那孩子把伞往她怀里一塞。

金广宇低下通红的脸解释，这是老师朋友的伞，用完了要还给老师，还希望老师帮他跟那个叔叔道声谢谢。

黑伞鼓鼓囊囊的，她摸了摸，似乎里面还有东西。

见她想要打开，金广宇仰着脖子，认真地说，那是一封给叔叔的感谢信！

这话说完，她自然是不好再去动孩子的隐私，只是她不清楚这孩子口中的那个叔叔究竟是谁。

秦七襄："那个叔叔长什么样子呀？"

黑车？黑伞？黑色西装？挺帅气的一个叔叔？戴眼镜，笑起来特好看？

她知道了。

秦七襄顺势问周倬，是不是昨晚借了柄伞给自己的学生？

周倬像是这才想起来这回事似的，还夸她教育得不错，那孩子很有礼貌。

秦七襄："所以你发着烧，淋着雨，是把伞借给了一个素未谋面的孩子？"

周倬没有回答她的问题，只是同她确认下班时间，会把爱德华给她送过来。

她看着目光晶莹的金广宇，心念一动，让周倬答应帮自己一个忙。

这个忙很简单，只要一封手写信就好。

在孩子的成长生涯中，世间万物的一点微小变化，很容易在他们的世界里掀起一场惊涛骇浪。

或许，一个陌生人一次简单的伸手就可以给他带去足够的力量。

况且，那孩子当初的问题，她没法回答，但周倬应该可以。

"那我应该怎么做？"周倬问她。

秦七襄："你给他回一封信吧，或许在他未来的某个人生节点，他会想起曾有一个善良的叔叔愿意借他一柄伞，信任着他。而他便会告诫自己不可辜负这份善意。"

下班之后，秦七襄背上包，挤在熙熙攘攘的人群中，走出校门。

她望向熟悉的角落，却没看到想见到的那辆黑车。

胸口浮起一点莫名的失落，她又摇摇头把这份情绪甩到脑后，去买了一份晚餐。

结果回到家，门口倚着一个颀长的身影，那人手里提着一只猫笼，正低头逗着里面的黑猫。

4

秦七襄故作随意地踱步到周倬面前,问他在这里做什么。

周倬只低头看着猫咪,嘴角翘起,随后又压下笑意,装出一脸平静的模样。

他理所当然地看着她,说了一句:"搬家。"

"谁搬家?"她一脸莫名,又看向猫笼,"哦,对,猫猫是要搬过来。"

"是我要搬家。"周倬倾下身,对她说。

秦七襄愣了一下,她住的单室套只有一间房,他好好的搬家做什么,随后又明白了他的用意。

她冲他说道:"你做梦。"

说完,她转身开门,又在他抬腿的时候,伸手一指,将他叫停:"不许进来!"

他也就真的收回了腿,无奈地在门口看着她笑。

见她把猫笼放下,周倬开口:"它的日用品都在车里,你和我一起去搬一下。"

她点头同意,结果刚一出门,又被他给拉进怀里。

秦七襄不免再次叫停:"昨晚是谁刚说过,没我的许可不会进门,我看你是要食言!"

周倬撑着门框,偏头示意:"我们在外面。"

随后,他又拉着她贴近了几分:"那你告诉我,怎么算许可?比如,我可以亲你吗?"

怎么有人接吻前还要问出来的呀?

秦七襄愣了一下,刚要拒绝,唇上就被偷袭了一下,蜻蜓点水,一触即分。

他说:"回答超时。"

一通晕头转向,她抬膝踢向他腹部,却被卸力抱紧。

周倬低声哄了句:"别动,我抱一会儿。"

她振振有词道:"今晚你是别想。"

他却问:"晚餐买了什么?反正没我做的好吃。今晚想吃什么?换个口味?"

她哼了两声,没回答。

周倬只摘下眼镜,自顾自地说:"可惜我车上有好东西。"

她看着他绚烂的双眸,一种隐晦的感觉开始蔓延。她轻轻咽了下口水。

每当周倬摘下眼镜,总会发生些事情,这种感觉几乎成了一种条件反射。

她一见到他绚烂的双眸,那些暗流又开始涌动,像是猫爪在心口缓慢地挠。

秦七襄攥紧他的领口,眼下皮肤烧了起来,语气却挺凶:"我生理期还没结束!"

他轻笑了一下:"你整天都在想什么?是童话绘本,你昨晚不是要我每晚讲故事?还听不听?"

秦七襄:"不听,童话绘本?你当我是小孩啊。"

周倬:"难道你不是小朋友吗?那也有些大部头,比如《尤利西斯》,你想听?"

"……不想。"她微蹙着眉,"我相信你开口第一句我就已经昏过去了,读诗吧。"

比起简单的绘本与晦涩的大部头,那些温柔的长诗更容易在人将睡未睡之时,将人的灵魂送上一艘漂泊的小舟,随着水流上上下下、起起伏伏。

到了停车场,秦七襄才知道为什么周倬没来接自己。

原来他是真的来搬家了,一堆行李把车塞得满满当当。

但是,他休想闯进她的空间。她按着后备厢,拒绝让他开启。

周倬最后只能轻叹一声:"好吧,不搬过来,我只是今晚给你读诗。"

悠扬的长诗浮动在夜色里,一字一句像是开出了柔软的花。

周倬躺在秦七襄身侧,轻轻按揉她仍有些疼痛的肚子。

她睡着了,轻如一首诗,滚进了他怀里。

可惜,有人明明睡得惬意,清晨醒来却又不认。

他那些搬来的家居用品,终是被迫原模原样地搬了回去。

周倬回到自己空荡荡的家里,抿唇思索着下一步计划。

等待的时间太久,他几乎一秒都不愿意浪费。

不算遥远的湛蓝海面上,海鸟展开双翅在风中滑行。

漫卷的云气中心盛开了巨大的台风眼,向着大陆飞奔而来,蕴含着水汽的风率先抵达。

下班后,秦七襄拂开被风吹乱的头发,坐进了车里。

收到回信的金广宇睁着晶亮的眼,向车边跑来。

靠近时却不上前,他只点着头,飞起红云的脸上笑意灿烂,冲他们挥了挥手告别:"老师,明天见!"

这孩子自从收到周倬的回信后,忽然变得活力四射。

她问他在信里写了什么,周倬只故作高深地点点头:"这是我们之间的秘密。"

行吧,秘密。

车停在路边等待绿灯,她随口对周倬说:"又有同事问我每天接我的人是谁了。"

周倬:"你怎么答的?"

秦七襄:"我说,少管闲事。"

周倬掩唇笑了下:"你真这么回答?"

秦七襄:"温和一点吧,总之,少来打探别人的隐私。"

周倬:"那他们明天可能又要打探一下了。"

他转过头来,漂亮的光景在他眼中流动:"因为我明天要去邻省出差。"

这么突然啊……不过,台风来势汹汹,倒也能理解。

她点点头,想到明天自己要骑车上班,回去需要找头盔。

见她面上没什么波动,甚至开始走神了,周倬有些不满意。

他瞪着她："你怎么都不问问我，什么时候回来？"

秦七襄倏忽一笑："你让我问，我就问？"

"你真的是……那你别问。"他愤愤地转开脸。

余光却看见她正在活动手腕，若不是他在开车，高低又要被踹一脚。

周倬咬了咬牙，安慰着自己：她从小就一身反骨，没骂自己就算是她温柔了。

于是，趁着停车的间隙，他倾身到她面前，拉起她的手，轻轻拍了下自己的脸。

周倬："我后悔了，请你问一问，多关心我几分。"

"行啊。"她借机挠了挠他的下巴，"我问问我要自己上几天班？"

周倬被挠得分外满足，眯着眸子："一周，预计会以超强台风登陆，我们要提前过去提供部分技术支撑。"

一周啊……真的好久，他们好像自相逢起，就没有分开过这么久。

趁着她心神动摇之际，他捉住她的手，将她扯过来在唇上轻轻一啄。

车窗前的红灯恰好闪烁跳动，绿灯亮起，他坐正身子，踩下油门飞驰而去。

留她摔进副驾驶座椅里，继续转了转手腕准备下次再问他算账。

结果，刚关上家门，周倬就从身后覆上，唇齿流连在她耳边，温热的潮气酥酥麻麻地透过皮肤往里钻。

害她揍人的拳头变成酸软的手掌，贴在门上，轻颤着往下落，又被他的手掌压住。

衣领从肩头散开，她软着声叫停。

周倬的掌心覆上，在她耳边叹了口气："不是都结束几天了吗？"

"那也不行，"她转身点了点他，"看我心情。"

滚烫的体温难退，他沉吟了片刻，终是退了两步："我是明白了，你心眼坏着呢，以磋磨我取乐。"

说完，他看了眼卫生间："你先洗还是我先？"

她挥挥手，让他自己去卫生间处理。

倒也不是不想，主要是……她手上还有活没做完。

转头钻进房间，她整理起自己未公开的作品，准备提供给天文展。

周倬洗完澡出来，只见她正聚精会神地对着屏幕堆栈修图。

手掌撑在她的椅背上，他随意地问着她这是要做什么。

她埋首工作的时候不喜欢被打扰，推了推他，让他一边去别影响自己。

他只得耸耸肩，坐到一旁泡了杯茶，从书架上拿了一本英文版的《查拉图斯特拉如是说》，津津有味地翻看起来。

指尖在她画线的部分停留，原文绕在他的舌尖喃喃："……would rather go back to the beast than surpass man?（情愿到倒退为动物而不愿超越人的本身吗？）"

5

湛蓝的海面上，十号台风迅猛发展，即将越过巴士海峡，风呼啸着拍打着雪白的浪涛。

　　新闻不停播报：本次超强台风强度大、范围广，足以在整个华南地区造成一场场城市内涝。

　　学校为了应对此次台风，将校内的树木集体"剃了光头"。

　　接着全市放假，学生们欢呼着又有几日清闲时光。

　　网络上，各路网友哀号着，今年的强台风应接不暇，到底什么时候是个头啊。

　　秦七襄的账号不停有人追问，会不会去追风，能不能带出台风内部的影像……

　　当然会！这几乎是有记载以来，登陆我国的最强台风。

　　和普通台风不同，它将很有可能在登陆时保持台风眼的结构。

　　这是极其罕见的一次机会，秦七襄不能错过。

　　无论是为了自己的梦想，还是那些替她站台的人，她都不能错过。

　　那些追风的朋友也同秦七襄一样激动，纷纷逆行南下，试图进入风眼。

　　但最好的机会，也意味着最强的挑战，这是她追风旅程中最危险的一次。

　　离家之前，秦七襄上楼检查了一遍家里的防护措施。门窗的米字形胶布已贴好，空调外机也被铁链绑紧了。

　　透过窗，她看见楼下街道空无一人，只有水风卷着蛇皮袋在天上飞舞。

　　气象部门全部绷紧了神经，连武警都出动了，随时准备抗洪救灾。

　　老爹被迫滞留省局，想起上次台风把老爹困在气象局的铁皮柜上的事，她就既担忧又好笑，最后还是担忧占了上风。

　　因为昨日海上又有一个台风胚胎正在快速发展，形成了双台风系统，这个超强台风的路径将会更难预测。

　　台风范围虽广，风眼的直径却非常小。在路径莫测的情况下，她未必能够精准找到风眼经过的点位。

　　失败的概率太高了。如果失败，她将滞留在外墙风速最大的地带。

　　她朋友上次翻车住院，就是这个原因。

　　错过风眼，云墙区的狂暴强风掀翻了一辆越野车。

　　唔……她追风经验丰富，已经做好了许多准备，希望老天再赐她几分运气，让她这次能够成功。

　　秦七襄确认完家里的安全，下楼往车里拖了两桶纯净水。

　　周倬这家伙一出差就是一周，她只能一个人去追风。

　　一个人既要开车，又要安顿仪器，还要时刻注意台风的路径情况……

　　在那条随时会翻车的路上，是相当高风险的行为。

　　当然，她追风也惜命，只要能在约定的地点和网友碰头，她身上的担子就会轻很多。

　　所有物资准备充足，她坐进车里时，接到了周倬的电话。

　　不想让他担心，秦七襄隐瞒了自己的追风计划，哄着他，纯净水囤好了，手电筒也充满了电，家里一切都好。

她突然想起周倬家的那片茉莉花海，有些担忧地同他说，要不自己去他家一趟，帮他看看花吧。
　　周倬："没事，我已经把花都搬进屋里了，立地玻璃的滑轨也检查过了，你不用担心，这几天你就先别出门了。"
　　闻言秦七襄才放心下来，随口答应下来，然后，开车出发。
　　周倬那边的情况也基本完好，唯一的问题是台风前不久刚刚转出了一道直角弯，使得被隔断的水汽供应重新接上，内外双眼云墙再次一同加强，其路径也将因此向北调整。
　　秦七襄急急问道："北调了？"
　　周倬："嗯……新的数据一会儿更新，预计的新登陆地跨了半个省，不过你那边的影响会更小一些。"
　　"……好吧。"她原先和网友约定的地点已来不及再去，临时改道，给对方发了微信通知。
　　可能受台风影响，对方没能立刻回复。
　　秦七襄望着车窗外阴沉的天空，担忧起这场暴雨的临近。
　　以太平洋双台风系统的惯常水汽输送模式来看，不仅会登陆华南地区，还会向北输送巨量水汽。
　　或许会带来一场数十年难遇的北方洪涝。
　　若是如此，这场灾难从南到北，损失将不可估计。
　　如果能再提前一些预知就好了。
　　那么即使危险重重，也需要有人进入风眼啊。
　　——他们是逆行者，他们是逐风人……为这一闪即逝的、地球上最震撼的天气系统之一，留下一些绝美而珍贵的资料。
　　船舶都已停在港口，喇叭声声唤人回家，楼下又一次贴满了熟悉的米字形胶带。
　　秦七襄没有逗留，快速向新目的地而去。
　　驱车需三个小时，路上狂风怒号，路边枝叶在风中起舞，她接到了老爹的电话。
　　老爹让她乖乖待在家中不要乱跑，又一遍遍问她该准备的东西有没有备好。还说他回招待所的路上，差点因为道路封锁，又被困住。
　　秦七襄担忧地提醒着老爹注意事项。
　　她那边的呼啸风声与喇叭广播也因此传入了听筒。
　　老爹严词问她："这种时候你还在外面疯？"
　　她念叨着小问题，自己出去买点东西，很快就回家。
　　老爹："放屁！现在哪家不在加固防台抗洪的设施，你去哪儿买东西？不是早就叫你囤货了吗？"
　　她胡诌的回答都被老爹的火眼金睛拆穿，老爹恨不得现在就冲回来，拧上她的耳朵。
　　风中行车危险重重，秦七襄没空理他，直接挂了电话。

快到地点时，风势逐渐减弱，她甚至透过车窗看见了太阳。

由于前不久，台风的眼墙结构加强，核心足够紧致，风雨前夕，她反而遇上了一段相对平静的时期。

停车，秦七襄看了眼电脑上的雷达回波参数，确定自己选的这条路线没问题。

她只需停在目的地，和网友一起等待明天早上台风的登陆。

届时风墙穿过城市，就能记录下神秘的台风眼。

她刚拿下装备，准备入住酒店好好休息一晚，网友回复的消息才姗姗来迟。

网友那边的信息更新慢了一拍，注意到秦七襄给的新登陆地点时，人已经在两百公里开外了。

连夜赶过来，需要三个小时，她抿了抿唇，还来得及。

可惜，因为台风影响，大量的酒店都关了门，停止营业，她找了大半个市才找到一家。

好不容易入住，周倬又打来了电话。

秦七襄提着沉重的装备，刷开电梯，才腾出手去接电话。

电话对面，周倬沉默了一会儿，问她是不是在这个城市。

她相当震惊地反问："你怎么知道？"完蛋了，没瞒住他……

他这么爱操心的人，等她回去肯定会折腾死她的。

正头痛间，听筒里传来他深重的呼吸，他开口："你不是跟我说在家吗？"

她有些自暴自弃道："你要想像我爹一样骂我，现在就挂了吧。"

周倬："你晚上住哪儿？我也在，一会儿到。"

秦七襄没作声。

周倬："别让我一家家酒店查。"

完了完了，这回真的完了，她把头埋进地里装傻还来得及吗？

窗外夜色正浓，阴翳的云层覆盖苍穹。

周倬披着一身水风敲开酒店房间的门。

秦七襄停下手中的活，乖乖地坐在床上，拉着他坐下。

她扬起一张无辜的笑脸，撒娇道："哥，你别生气。"

周倬："我生什么气，连秦叔的电话你都挂，我该感觉良好，还能见你一面。"

这话听完，她居然有些拿不准他到底是在阴阳怪气还是真心实意……

他的想法经常出乎她的意料，却又有某种诡异的自洽，以至于她总是分不清。

没去接这道送命题，她顾左右而言他："嘿，哥，在这儿遇到你，还真巧啊！"

周倬扯开领带："不巧，这里是预计登陆点，我在这里，你很意外？"

领带松开，她乖乖地帮他解开衬衫纽扣，以示安抚。

盯着他纽扣上的银色反光，她讪讪地问他怎么知道自己在这座城市。

老爹顶多知道秦七襄出门，周倬怎么知道得这么详细？

他捉住她的手，顺势欺身而下："你觉得呢，你自己做了什么不知道？"

她摇头，眨眼装成无辜的模样。

周倬："很简单，我太了解你了，这个时候跑出门，不是冲着台风眼是为了什么？你不是答应我不出门吗？"

抬起她的脸，他深深盯着她，盯得她心头发毛，试图撤离。

他拽回她，狠狠咬上她的唇，直到碾得她唇瓣殷红，再不能反抗，才放开她。

周倬："从来不管危险，也不知道跟我说一声，你什么时候才能记住教训？"

她被周倬吻得一阵眩晕，双手抵在他胸前，喘息着让他别再继续。

秦七襄："哥，我需要休息一下，三点就起。"

他撑起身子，居高临下地看着她："休息不了。"

6

秦七襄下意识地捶打着他的手臂："周倬，你疯啦！这种时候……"

"你想什么呢？"他伸臂把人直接拉起，"自己看一眼路径图。"

"什么？"她扑向电脑屏幕，上面的数据狂跳，预测地点再度跳转。

秦七襄："我天！谁家台风过巴士海峡要两天啊？"

周倬："这段时间海水温度很高，它又有充足的水汽发展条件，对流重新加强是板上钉钉的事。"

秦七襄："我知道它会加强，但这强度超过所有平台的预测值了啊！"

周倬："它本来就飘忽难测，平台的预测值只能参考。"

秦七襄："可这登陆路径又北调了，我现在赶过去也要两个多小时！万一路上它又变了呢？而且我朋友她们现在转道，已经来不及了啊！"

周倬："所以说你休息不了，出来追风，你不知道问问我？"

秦七襄："这远超所有平台预测的突然爆发，你知道？"

周倬："三个小时前，我们刚出了新预测值。你还要不要去？"

她"啪"一声，合上装设备的金属箱："你们突破了局地街区尺度的预报难题？好牛！快走！"

半夜十二点，一阵手忙脚乱中，他们重新将设备装车，一路跟随台风的移动方向重新调整目的地。

夜空中云不多，甚至算是晴朗的，星星闪烁着耀眼的光，像是点缀夜幕的一颗颗火钻。

沿海的道路几乎已全部关闭，他们要在所剩无几的高速封闭前，赶到目的地。

然而，确定目的地才是最难的，这次台风的核心紧密，登陆后还会大幅度衰减坍塌。

若最终到达的地点略有偏差，他们都无法成功进入台风眼，只会滞留在云墙区。

今晚台风路径突然跳转，追在秦七襄身后的那几位网友简直叫苦不迭。

还好，这次与她同行的还有周倬，能够分担大量的工作，让她不至于因为独自一人而无法成行。

秦七襄在空旷的高速上快速行驶，周倬紧盯屏幕上跳动的数据进行判断。

她看了眼导航，问他："现在怎么样，继续往北？"

周倬："不，往南，从前面那个匝道下去。"

秦七襄："没道理啊，我有经验，这个位置的台风加强，路径北调，还会再跳一次？"

周倬："信我，下去，去晋江。"

在匝道即将错过之际，她迅速打满方向盘，向右变道，下了高速。

随后驶上一条颠簸的小路，颠得秦七襄差点把晚饭都吐出来。

车机接收到周倬发送来的新目的地，她调整了导航路线。

道路两旁的田野异常宁静，只有星光照耀着这片大地。

最终，距离预计台风登陆时间还剩两个小时，她成功到达了周倬选的空旷目的地，等待台风的下一步行动。

风渐渐吹了起来。

好友们的几辆车最终都被困在云墙外，只能停在避风的建筑旁，开着雨刷器，等待台风过去，记录台风边缘的景象。

秦七襄成了现下唯一的希望。

周倬翻出一块毛毯让她先休息一会儿。

她降下主驾座椅，盖好毛毯，捏了捏眉心。头有些疼，但心情还是激荡的，并无睡意。

她不断向老天许愿着，期待风眼能够坚持到从她所在的地点路过。

这样，她就能记录下这罕见的一次登陆，提供为数不多的风眼中心数据。

秦七襄仰望着窗外的星光，海上的厚密云层千里奔袭，慢慢覆盖住了这片星光闪耀的天空。

周倬坐到她正后方，伸手替她轻轻揉着太阳穴。轻柔的按摩像是一点点细雨，沁润了昏沉的头脑。

这一刻，秦七襄仿佛回到了上个月的雪山，拂面而来的是世间最清明的风，涤尽尘埃，浑身轻盈。

她忽然想起了什么，问周倬："哥，你是不是去过西藏？先前我给你看照片的时候，你怎么那么了解那些地方？让我猜猜，你应该是和 Caden 一起去追过星空？"

得到了肯定的回答，她弯起嘴角微笑，觉得自己也实在算是聪明。

她不禁同他聊起那里的星空、雪山、经幡、转经筒……

秦七襄："哥，你见过天葬吗？天葬师盘腿诵经，吹起人骨制成的号子，然后打开裹尸布，下刀解剖，死者以身饲鹰。"

周倬："怎么想这些？你还有两个小时休息时间，快睡吧。"

秦七襄："睡不着，而且我现在很平稳，我见过五次天葬。

"当完整的一个人被肢解成纯粹的皮与肉，我在想人是什么？生命又是什么？只需要几分钟就会被苍鹰吃得干干净净。

"人生究竟怎么过才算是有意义？"

周倬："我看了你的书，尼采的那本，开篇第一页上的内容你还记得吗？Thou great star.（伟大的天体。）"

"What would be thy happiness if thou hadst not those for whom thou shinest.（如果没有所照耀的人，还有什么幸福。）"

她抬起眼，看着他低垂的脸。

两人不约而同地将这一句缓慢地念了出来，形成了一道悠扬和声。

不，是复调。

虽然他们两人音调不同、顿挫不同，却最终形成一段和谐的音韵。

复调则是，各自独立亦相依相伴。

他俯身，轻轻啄了下她的唇，然后说道："意义。"

说完，周倬顿了下，继续抚摸着秦七襄被啄吻后湿润的唇，他笑了下："在这里。"

伟大的太阳因其照耀世人而有意义，伟大的思想因其被人熟知而有意义，每一个人因其与他人连接而有意义。

秦七襄眨了眨眼，眼中腾起一种晶亮的色彩，难说是一种什么样的心动，像是一阵阵惊雷从温热鲜红的心脏上滚过。

他好像不仅是说人的意义在尼采的那句话里，也是在说他的意义在她身上。

她忽然开始好奇："哥，你是什么时候喜欢上我的？"

秦七襄其实不觉得这种喜欢会有一个具体的时间，大概总是细水长流，不知不觉。

但她的喜欢是有一个具体时间的。

是在那年暑假，她打开门，撞进他眼里的那一刻。是在那个七夕夜里，她向他打开房门，打开自己的世界。

她本没期待着什么答案，可是他告诉她其实也是有一个具体时间的。

不比她早，也不比她晚，恰恰是在她心动的同一年。

那一年校庆，她在台上表演。

台下熙熙攘攘的人群仰头看她，随着音乐节拍鼓掌。

他作为优秀毕业生代表坐在前排，仰望着秦七襄一身白裙，她恰如一只翩然轻盈的蝴蝶般起舞。

"就是那一天吗？"她翻过身，伏在座椅上，等待周倬的回答。

他闭了闭眼："是，但也不是。"

不是在台上，台上的她太耀眼，他仰望时，唯一的想法是希望她能永远如星辰般闪耀下去。

是在台下，当一切繁华喧嚣离去，散场时她从万千人海中向他奔来，扑进他怀里。

"哥，你怎么回来也不告诉我？我好想你。"

他僵在原地，不知该不该抬手回抱住她，终是不敢乱动，被她牵着手拉回了家。

那夜的星空也如今夜一样明亮，一点微风吹着她的裙裾，路灯投下摇曳的影子。

她在他身旁讲着学校里的琐碎故事，他想要揉一揉她的头，夸上一句"你很厉害"，却又收回了探出的手。

彼时她那样干净纯粹，因为把他当哥哥，所以才敢在人海中扑进他怀里，大方地告诉他，她很想他。

但他不是，他在那一瞬间有了不堪的念头。

明明净是些不能示于人前的感受，却又在人前膨胀着、滋长着，开始折磨起他的心。

他在这般不可言明的煎熬中，看着她走到自己身前，笑眯眯地问："我今天跳得好吗？"

他夸她："你做得很棒。"

她却垂下眸："可是你都离得好远，在下面能看清吗？那我再跳一遍，只给哥哥一个人看。"

路灯照透了她的裙裾，她旋转舒展如蝴蝶展翼。衣袖飘摇，脚步飒沓。

在这样纯粹的美中，他却看见了藏在裙裾光影里，那些或柔美或强健的曲线。

在那一刻，他知道自己完蛋了，他居然对如自己妹妹一样的女孩有了非分之想。

他再无法守住所谓"哥哥"的身份，自然地面对她。

可她浑然不知，一舞方毕，便又抱着他的手臂问他是不是很棒。

"你一直都很棒。"他这样说着，却不敢抬手给她一点回应。

从那夜开始，他想触摸却再不能伸手，想开口也再开不了口。

他害怕和她的接触会不断加深着他混沌的渴望，他怕他会忍不住拉住她、留下她……然后告诉她：你是我的。

怎么可以，怎么可能，你不该属于任何人。

他不能因私欲，在少女轻盈如云的心上肆意涂抹自己的色彩，让她的灵魂在生长时被扭曲成自己需要的样子。

周倬闭上眼，抚摸着她的脸问："襄襄，什么是自由？"

秦七襄："无拘无束？"

周倬："所以，即使冠以自由之名的边界也不该存在。"

秦七襄："我不明白。"

周倬："自由没有具象，我不能教授你怎么做才是自由，而是放开手，让你自由。

"留在家里或进入风里，灯下起舞或练习拳击，保持平凡或挑战极限，都是你的自由，重点是你——想要什么。

"自由，是你的意志。"

第十六章 广袤未来

✦✦ 此后暮暮朝朝。✦✦

1

车窗外,起风了。

秦七襄裹着一身毛毯,钻进周倬的怀里。就像童年时期那样,她扯开毛毯,张开手臂抱住他。

秦七襄:"哥,时间宝贵,一起休息。"

两人裹着一张毛毯,听着她伏在胸口安睡的呼吸声,周倬迷迷糊糊地沉落进缥缈的梦中。

风雨飘摇之中,迅猛的雨点敲击着车窗,闹钟震动。他震颤了一下,醒来。

眸中翻滚着浓重的漆黑,他手掌抚过她的脸颊,沉然盯着她,却不曾开口。

夜色漆黑,他清俊的面容隐没在黑暗里,窗外一点光影洒落,映得轮廓分外英挺。

她也抚上他的脸,掌心滑过他凌厉的下颌线。

他闭上眼,眼睫轻颤着,说了一声:"时间到了。"

她掩下心头的复杂感受,起身去看当前台风的数值情况。

掌心残留着他皮肤的温热,她总觉得他在睡醒的瞬间似乎很难过,却不明白究竟是为什么难过。

她也没时间多想,窗外阴风怒号,不远处的路灯在风中摇晃欲倾。

超强台风的外眼墙已然触陆,他们至少在这个时间,处于相对正确的地点。

之所以说是相对正确,是因为还需微调。

这个台风的风眼太过紧小,他们只会从风眼墙边擦过。

需要顶着最猛烈的狂风暴雨,再往里开一些。

外流风把绑紧的树连根拔起,断裂的枝叶漫天飞舞。

虽然危险,但都已经到了这个时候了,若不咬牙冲进去,才是真的功败垂成。

"准备好了吗？"秦七襄坐在驾驶室，看了眼周倬。

周倬打开电脑，利用自己多年的经验，替她分析着数据："走吧，我做向导。"

话音落下，她一脚油门，越野车便弹射出去。

粉色的越野车相当惹眼，摇摇晃晃的路灯将车身照得如同风中起舞的蝴蝶。

风雨大作，似乎要冲垮这个世界。

路面积水被狂风吹成了湍急的河流，车轮碾过，水花溅上车窗，雨刮器甩出了虚影。

窗外一片模糊白雾，是暴雨撞碎的细密珠帘。

雨雾后，一排树木被风吹得弯下腰，身迎接浩大的自然伟力到来。

周倬敲着键盘："太好了，我找到一片空旷高地，发送到你的车机上了。"

台风过境时，空旷高地相对安全，也能避开地形的影响，获取更准确的中心气象数据。

但风眼太小又会迅速塌陷，在它所经过的路径上想找到一处高地，并不容易。

秦七襄点了下屏幕，确认导航，略微调整方向，向着目标而去。

车身在狂风中摇晃疾驰。

周倬皱着眉，算了一下数据："中心风速17级，登陆后约会衰减至14级。"

她专注地开着车，听完这一句说了一声："说实话，我最高遇到过11级阵风，人就快要被吹飞了，这种情况前所未见。"

周倬："你害怕？"

秦七襄："怕什么？我超级兴奋！这可是有史以来登陆华南的最强台风！这种空前的机会，不见得还有下一次！"

话音落下，被风吹垮的苍劲树木连根倒下，她甩尾避开，险险从树旁擦过。

后方一声巨响，溅落的枝干碎叶散落在车尾，又被风雨吹散。

很快，她成功穿越了重重风雨，穿过台风系统中最暴烈的眼墙结构，停在了最终目的地。

天蒙蒙亮，周围一片空旷，秦七襄掉转车头顺着风，让周倬能够举起仪器记录下完整的风雨影像。

随着天空泛白，越发明亮，风雨竟突然间停了下来。

看着不停下降的气压值，他们确认台风已经登陆。

手机里堆满了关心秦七襄情况的好友消息。

运气很好，她不负众望，成功进入了风眼里。

仰望着阴翳云层中隐约透出的太阳轮廓，她几乎有滚落热泪的冲动。

她终于见到了真正的台风眼。

若这是海面上的台风眼，天空中连一丝云都不会有，会是一片晴朗天气。

然而他们在陆地上。

登陆后的台风眼会迅速坍塌，外围的云卷入风眼，覆盖住天空。

只有这种强度的台风，才能在登陆时，保留一点风眼结构，让她能够独得人间的全部幸运，有幸见到它。

秦七襄在风雨止息的这段时间，争分夺秒地架设气象仪器，试图记录下高时间分辨率的精准数据，将作为进一步了解台风的重要气象资料。

仪器架设完毕，她开始选取合适的构图拍摄。

天文展负责人给她带来了一点启发，星空的美丽要通过照片展出让更多的人知晓，那作为人类生存摇篮的地球大气，其美丽也该让更多人知晓。

在这异常宁静的时候，世界似乎失去了所有声息，黄色的积水平静地涨满路边石阶。

她转身，面对积水，拉远手中的镜头。

两人被这漫流的积水压缩成极小的黑点。

浩荡水泽淹没了苍茫大地，奔泻向远方。

水浪之上一艘艘红色的皮筏划向受困的房屋。屋内电火花闪动，一片天花板坠落，砸碎了下方的木椅，蹲在木桌上的女孩爆发出号啕的哭喊。

身穿橘色救生衣的战士涉水而来，抱起女孩，穿过残破重门，坐上皮筏，朝着下一个受困灾民而去。

女孩攥着糖果，缩成一团，回望已毁的旧日家园。已故奶奶留下的玩偶被混浊的污水浸泡，不知被冲向何方。

风雨又至，风眼向内陆深入。

松动的路灯再度开始摇晃，终在漫卷的长风中倒塌。

"轰隆"一声，绑满支架的风速仪倾倒，周倬抬臂撑了上去。

上臂被尖锐的零件划出了多处细密伤口，雨水灌进伤处，冲刷出血红，他咬牙重新支起仪器。

秦七襄正在开箱，闻声奔向他身边，又被他推开。

风雨越发猛烈，需要尽快回收仪器。

直到仪器回收，他们重新躲回车里，等待狂风暴雨的离场。

出行前备的纯净水派上了用场，她拉起他受伤的手臂冲洗一道道细密的伤口，简单包扎起来。

他的上衣被刮破了几道口子，湿透的衣服贴在身上。

秦七襄也没好到哪里去，水顺着长发往下滴着，连鞋子里都兜满了水，两人俱是一身狼狈。

她替他系紧伤口的纱布，他替她擦拭头上的水汽。

还好，她出门准备充分。

也不避着他，她直接脱下湿透的外衣，重新换了一件干爽的，他眼中闪过一件雪白的运动背心。

他的眼睫颤了下，偏开目光，脸却被捧住，听见她说："等一下。"

在这个风雨飘摇、颠簸动荡的末日时分，两个人依偎在一起取暖，接了一个漫长的吻。

没人再去思考承诺,谁知明天又是否还能到来,剩下的只有当下不顾一切想要贴近的心。

2

他们去附近医院处理完伤口后,天色已然不早。

入住酒店后,秦七襄担忧地要周倬脱下上衣给自己检查。

周倬倚在床上,解开了领下的两粒纽扣。动作忽然停顿,他拉起她的手:"你以为事情结束了?"

见她露出略带茫然的表情,他拉着她倾身而下,哼笑了一声:"你勇气可嘉啊,出门不告诉我?"满是秋后算总账的意味。

秦七襄浮上一点心虚的感觉,又意识到此刻不能退让,只有理直气壮才能替她换来一条生路。

她生硬地说:"我急着出门,告诉你也只是通知,没什么用。"

"没用?"他扯着她伏下身子,勾起她尚且潮湿的长发。

他幽幽地问:"没用的话,我怎么还在这里?"

这种姿势让她不太舒服,似乎随时都会失去支撑,落进他怀里任他主导。

她直起腰后退了一步,正欲辩驳,又听得他轻声呼痛。

扯到伤口了?她着急地解开他的上衣检查,在他身上轻抚。

他任她施为,在触及伤口时,轻声吸了口气。

她小心地问了一声:"很痛吗?"

"很痛。"他声音低低的,纤长的睫毛垂落,是少见的示弱模样。

秦七襄不禁抚上他的脸,抚过他漂亮的眼睛,长睫在她指间轻颤着扫出丝丝痒意。

她听见他说:"还好你没事。"

秦七襄咽了下口水:"哥,你不用这么担心我。"

周倬:"你出门至少同我说,我又不会拦着你。"

秦七襄:"我是怕你担心,所以才没说。"

周倬:"得了,你压根没想过。你跟我说一声,我还能帮点忙。无论何时,我都和你站在同一战线。"

"知道了。"她撇开脸,撑着起身,又被他扣住。

他哼笑一声:"之后再跟你算账。"

她戳了戳他的伤口,挑起眼帘:"就这样,还想算账?"

"现在也行。"他一个翻身,天旋地转,已将她压在床上。

眼前光影一闪,秦七襄伸手推着他的胸膛,只听得一声闷哼:"别碰,很痛。"

她双手一软,没舍得再碰他。

在她晃神的刹那,双手便被他抓起,深深按进软垫里。

他俯身看着她,那双漂亮的眼睛里涌动着旋涡般的暗流,如有猛兽即将出笼。

"你的伤……"她转开眼，浑身发软，"等好了再说吧。"

"倒也不需要。"他俯身而下，"襄襄，你配合些，乖乖张嘴。"

风雨交加中，她真的乖乖张开嘴，同他交换着那点稀薄空气。

云幕迭起，雨水"噼啪"敲打着窗。

她被吻得窒息，眼角满是水汽，张口唤着："哥……"话音含糊在嘴里，眼睛却被他的手掌覆上。

周倬深深地望着她，叹了一声："这种时候，别这样叫我。"

他俯身吻住她的耳垂，扑出一片滚烫的水汽，扶起她："我真的会……"

"唔……"她呻吟着、颤抖着，打断了他的话。

还是没法告诉她，哥哥不是东西，对她有那么多非分之想。

那是在他发现自己动心后的第一个暑假，夏日炎炎，虫鸣喧闹。

他坐在阳台随意翻着书，听见一阵异响，抬头只见一身细长吊带的她敲着玻璃窗唤他。

见他抬头，她指了指门外。

自小养成的默契使周倬明白，她这是在唤他出去玩。

他只是走到窗前，看着她跷起腿，笑眯眯地撑着窗台探出身子。

阳光洒满她光洁的肩头，他望向她，从视线到灵魂都已沉没其中，难以逃离。

她叫着要带他去新开的冷饮店吃东西，而他只是撇开眼，从口袋里掏出一颗糖抛进她怀里。

随后他摇摇头，关上窗走进屋里。

到了傍晚时分，周倬依着习惯出门去锻炼。

看见秦七襄托着脸安静地坐在楼道里，噘着嘴望着天边的晚霞。

他停下脚步问她："你在这里做什么？"

她仰头，捧起一杯融化了的冰激凌："我在等你，可是冰激凌都化了，你也不出来。"

他感觉自己的心也像那杯冰激凌一样融化了，想要不管不顾地拥抱她。

可他只是坐下来，低头尝了口融化的糖水，告诉她："对不起，但化了也很好吃。"

秦七襄："哥哥，你在家里做什么呢，是很重要的事吗？"

"是，但也不是。"他压抑着声线的颤抖，不敢再看她一眼。

也至今无法告诉她，在那个理智被煎熬的下午，他不得不倒上一桶冰水，钻入其中。

任水流淹没鼻腔、淹没头发，抱着膝盖瑟瑟发抖，无望地等待清醒的理智回归。

可每当闭上眼，他脑海里浮现的只有她的身影。

冰水也无法熄灭罪业之火，他需要漫长的风雪与等待。

他望着楼道里少女的背影，永远也无法向她解释，处在青春的末尾，他分分秒秒在忍受着怎么样的煎熬。

罪业的火焰不知何时会冲破一点缺口，星星点点，他怕燎原。

不是怕自己的草原烧成灰烬，而是怕蝴蝶的翅膀将一点余烬吹到她那里去。

"襄襄，你不知道我等了你很久很久。"

不是五年，何止五年。

秦七襄在涌动起伏的泉水中，感受到滚烫的雨点落在肩头，一滴一滴汇聚成流。

她不由得抱紧了周倬，问他："哥，你在哭吗？"

周倬："叫我名字。"

狂风撞碎于窗前，她仰起头，看见挺直的巴别塔从漆黑的森林中建起，浑圆的穹顶直插云霄。

高塔催促着想开启天堂的大门，直达上帝面前，聆听神的审判。当云海中的神明终于点头，缟玛瑙的穹顶分开两片桃色晚霞，抵进天堂最纯粹的玻璃海。

神明不允许人类试图挑战自己的行为，降下惩罚。高塔与天堂往来争斗，玻璃般晶莹的海水浇灌塔身，落下天门。

她沿着缟玛瑙的柱身爬上穹顶，随着高塔猛烈地颠簸。

不堪忍受这即将崩塌的感觉，她低泣出声，本能地一声声唤着哥哥，期待他的解救。

穹顶呼啸着撞上神明的王座，有温热的泪滴落在她脖颈上，全身惊颤不已。

他抱住她，声音低哑："别这样，睁开眼，看着我，叫我名字。"

他眼尾泛着淡淡的粉红，映着一双水光盈盈的眼。眼中终于溢出一滴滚圆的泪珠，又落上她锁骨。

被神诅咒的巴别塔终于建成，任何复杂的语言不再是藩篱，任何默会的思想不再远挂苍穹。

塔身深入天门，被云间水汽液珠淹没。

周倬："我不是哥哥，是爱人，多爱我一点。"

天门盛开如一树樱花，他伸手摘取挺立的花枝，天堂的玻璃海从天门倾覆如注，淋湿了塔下森林。

当她离开高塔，回归现实世界，连踢人的力气也没了，颈窝里覆了层潮湿水汽。

她扳过他喘息的脸，拇指蹭下他眼角尚未干透的泪滴："不开心吗？"

他握住她的手，闭眼亲吻她的掌心："不，是太开心了。"说完，抱起她去清理。

水流声渐息，他用雪白的毛巾包住她潮湿的头发擦拭，整个人在他眼中就像裹成一团的小熊。

他捧起她的脸，垂头认真地望着她的眼睛："可不可以换一个称呼？"

秦七襄："要换什么？"

周倬："叫我名字。"

她眨了眨眼，不明白他为什么偏要执着于这件事，刚才反复提及还不够，现在还要强调这点。

周倬低下身子，同她平视："叫我名字，我们是平等的。

"我毫无保留地摊开在你面前,只要你愿意,我会是你的密友,而不是哥哥。"

秦七襄:"就只是为了这个?"

他握住她的手,按在胸口:"还有就是,你知道我在想什么,你叫我哥哥的时候,我情何以堪。"

她没收回手,只是将他的名字绕在舌尖上念出。

随后,她冲他笑了一下,又念了一遍。一遍遍一声声沁入风雨之中。

他盯着她的眼,认真道:"以后可以一直相信我吗?"

见她点头,他又笑了下:"不许骗我。"

3

第二日风雨稍小些,周倬撑着车门,叮嘱秦七襄回去路上小心些,自己过几天就会回家。

她点点头,手一挥,粉色的越野车便飞驰而去。

远远地,他只听见她留下一声:"你回家,我可不期待。"

不期待?他扭开头,气笑了。

秦七襄到家后,被水淹没的街道刚排干积水。

家里还算不错,没有受到什么灾害,新闻里播报着本次台风带来了巨大的经济损失。

猫咪埋完沙,将吃剩的碗用头推到她面前。

她替猫咪换了水、洗了碗,坐下来开始整理自己带回的资料。

计划举办的天文展因台风天往后推延,她忙碌了两天,风雨止息,通知明天开学的消息便到。

同时老爹此次出差的任务已完成,下午离开,她去车站送了他一程。

到家那天,她主动给老爹打了电话,已准备好闭嘴聆听他的教诲,他居然破天荒地没有指责她肆意妄为。

老爹同她东拉西扯了一会儿邻里故事,然后通知她自己何时回家。

挂了电话时,她还有些恍惚,随后便意识到是谁无声地替她摆平了老爹。

想着周倬在对付父母这方面的造诣,实在算是炉火纯青。

如果这么说的话,回头想一想,她好像对他确实有着许多误解。

比如她原以为像他那样的人,大概连学生时代都是最让人省心的那种。现在重新回忆,发现只是自己小时候对他的仰望滤镜,实际上他也不那么遵守纪律。

一个能与校长据理力争开放天文台;带着全班同学举办活动先斩后奏;拉着她翻过警戒线,搬走学校的望远镜的人……

确实不是传统意义上"循规蹈矩"的好学生。

可惜,她上高中时他已经离校,她不知晓他当年究竟是什么样子。

只不过听到些巷陌传闻,她对他一直是雾里看花。

人会爱上自己看不清的人吗?谁知道呢。

当秦七襄将老爹一路送上高铁站时，在干净的站台广场上，老爹抬头望了眼车站顶部那鲜红巨大的站点显示屏。

她走了两步，回头只见老爹一动不动的身影，不知在想什么。

秦七襄问："爸，怎么不走了？"

老爹回："没什么，我上一次来还是十几年前，那时候都是绿皮车，哪有这么快的高铁啊。车站顶上盖着铁板就是搭好的站点了，你就只有这么大点，指着路边的棉花糖不肯走。"

说着，他伸手比画了一下，示意她当年的身高也不过在他大腿边。

秦七襄："我哪有那么矮？你记错了。"

"是吗？时间过得真快啊。"他拍了拍她的肩，"我先走了。"

秦七襄："嗯，那你路上慢点，到家给我打电话，一路顺风。"

老爹深深地看了她一眼："你也是，平时开心点，别老犟起来发脾气。"

她眯眼笑着，点头说："我不发脾气，多做多错，不做不错嘛，安安静静地稳定度日。"

老爹看着她的目光越发深邃起来，带着审视的意味，突然不知为什么低头揉了揉眼。

她看着老爹头上有点灰，想伸手替他拍拍，却只看见他抬手甩了一下，转过身叹气："你啊，唉。"

她才看清他头上那些不是灰尘，而是间错的白发。

一种莫名紧缩的酸涩就攥紧了心脏，她笑了下："我怎么了吗？"

老爹回身仰望着站牌的红色大字，半晌叹了口气："你说你现在不想谈感情，不想安居。年轻人，贪玩，我理解，不再催了。但是……"

老爹低头，拳头紧握："爸爸是想你稳定一些，可以过得顺遂一点。"

"我知道。"她望着老爹微弯的脊梁，情绪也跟着沉郁下来。

老爹："可是啊，襄襄，稳定的日子也不是这样过的啊。

"推脱责任、躲避、装傻……话说得漂亮，做起事来没一个会落到实际，这日子还怎么过啊。

"你读了二十年的书，从小占了多少资源，从顶尖的学府出来，只想浑噩度日，我才是真的失望。"

秦七襄："我没有那样想过，更没那样做过。"

"你是怎么想的自己知道。"老爹抬起手背，揉了下脸，"我先走了，你自己想清楚就行。"

把老爹送走后，秦七襄长舒了口气，没心思落在刚才那些争论上，立马转头奔向了天文展。

明天就要开学，虽然展览时间还长，但她等不及下个休息日再去。

穿过大街小巷，她走进了布置好的展厅。

这个时间段人不多，她步入展厅入口的时候，只有她一个游客。

转过门厅，天光被遮挡，眼前一片昏暗，四壁上的星光在流转，仿佛步入了宇宙星海。

明亮的月球不断远离，越来越小，越来越暗，小成了一粒星尘。

身旁星云绵延着交融，向后飞逝。

她前进的速度越来越快，一粒粒亮星被拉成一缕缕光线，绚烂的光逐渐泛红，是星体发出的光因远离而红移。

光的红线散落各方，然后她停了下来。身旁飘浮的星体迅速老去，一瞬氦闪。

橙黄的新太阳猛然膨胀，又猛然收缩，再猛然成了一颗红矮星。

是时间，时间从她指端飞速流逝，一个黑洞在另一边产生。

新生的黑洞张开巨口，吞噬着宇宙间的一切，随着它的生长膨胀，黑暗的巨口也越来越大。

直到恒星死亡，宇宙枯萎，它再无可吞噬的能量。

于是缓慢地涨落着、蒸发着，成为宇宙间唯一的光源。所有的生命与实体都在此刻消亡，万物结束。

一束强光照了进来，进入展厅的门开了。

秦七襄走进展厅时，回头看了眼静静飘浮在漆黑宇宙中、泛着微弱红光的黑洞。

它在时间的尽头进行最后一场吟唱。

步入展厅，她一步步走过挂满绚烂图片的展墙，仿佛在时间中穿行。

直到巨幅雪山星空的喷绘彩图映入眼帘，仿佛下一秒她就可以走进雪山之中，回到数月前的过去。

时间在此刻扭曲成一场轮回，她莫名想起了一个名为"永恒轮回"的假设。

如果时间是一个圆，人们将一次次重历人生，但过去的每个瞬间都无法改变，生命旅程不会有一分一毫的变化。

你愿意重来这样一场人生吗？

她望着面前的雪山，似乎有寒风吹过脸颊，身后传来一两声狼嚎，转身，却只见来来往往的人潮。

闭馆离场时，秦七襄仰望着暮色四合的深蓝天空，路灯的光飘落掌心，她接到了周倬的电话。

周倬问她："你是送秦叔回去了吗？"

她应了一声，对方又问："你现在在哪儿？"

"出来看展，哥……"她顿了一下，又改了口。

她问："周倬，你说一个人的人生要过成什么样子才愿意踏入一场永恒的轮回？"

在这样寻常的对话中，直接唤他的名字，秦七襄还有些不适应，张口卡了两下才能完整地叫出来。

声音有点干、有点涩，她喊完后，连脚趾都屈起。

她垂下头，看着脚下的影子，感觉头皮酥酥麻麻的，比任何时候都令人心神激荡。

听筒那边低笑了一声，呼吸沿着跨越地球的无线电波，扑进她的耳朵里，她的心似乎被猫咪挠了一下。

她听见他说："无论做什么，别后悔就行。"

秦七襄也忍不住笑起来。

原来这和她上次庆功宴后问的，是同一个问题。

踮着脚，她在路灯下轻盈地转了个圈，又迈步走向回家的路。

她含着笑意同他说："嗯，我不会后悔的。"

回到小区，秦七襄的脚步迟疑了一下。

远远地看见了树下一个尚算熟悉的背影，那个人正仰头望着楼上的窗户。

落叶飘零，他转身看见了她。她顿了顿，叹了口气。

这些年来，孙汉邈总是这样，会默默地等在她楼下，却从来不会和她说一声。

每次遇上时，他已经等了不知多久，也不会告诉她究竟等了多久。

她的步伐停了下来，看着孙汉邈神色轻松地走到她面前。

他说台风那几天联系不上她，有些担心，现在给她带了些家里寄来的特产。

她定定看着他，无奈地吐出一句："你不是说做朋友吗？"

孙汉邈："现在不是吗？给你分享点东西也不行？"

秦七襄："你等了多久？"

"没多久。"他低头看了眼时间，"刚到，正想联系你就恰巧遇上了。"

"你总是这样，想图我心软不会拒绝你吗？我的心不算软，你再这样我们真的别再联系了。"她说完又觉得有点难过。

她太了解面前的人了，他最后只会在楼下同她无声僵持着，僵持到她心软的那一刻。

"你不该这么道德绑架我。"她终是说出了这句，"你本着什么样的心思来的，我会不知道吗？"

孙汉邈："就算我别有心思，对你而言又有什么区别？"

秦七襄："有区别，你的心思注定了付出应有回报，我给不出你要的东西，你没必要对我投资。"

孙汉邈："我不想那些。"

秦七襄："你不想见我吗？你不想我为你留下吗？"

他抿着唇，不说话了。他没法回答，不能承认也不能否认，只能沉默。

秦七襄："孙汉邈，人终有一别，感情这种事也不例外。"

孙汉邈："你是想和别人在一起，所以拒绝我，还是单纯想要拒绝我？"

"这有什么区别吗？"她余光里掠过摇曳的树影，有一道颀长的身影从楼上下来。

那人走至单元楼门口时，脚步停了下来。

孙汉邈拉起秦七襄的手："当然有区别，前者我能竞争，后者你没有拒绝的必要。我们的感情没有破裂过，你可以给我一个追求的机会，就同以前一样，我不信我会输。"

落叶飘摇，从视野里飞过，她对上了远处那双如星辰般的眼眸。

4

秦七襄用力抽回手，隔着晚风，对正在看他们的周倬露出了安抚的笑，并做了个简单的手势。

周倬也笑了下，回以手势，随后退了两步，消失在门厅的梁柱后。

孙汉邈随着秦七襄这一动作回望过去，看见了那道人影，脸色阴沉了几分。

他闭眼说了一声："真是为了他？我们才分手多久啊……"

秦七襄："孙汉邈，我难道就不能为了自己吗？"

"我不明白，我们当初分别的时候明明很好，为什么会这样啊……"孙汉邈的声音有些哽咽。

她退了一步，试图唤醒他的理智，声音冷冷的："可能只是我这个人不适合恋爱，感情与追求相背的时候，我会停留，但我又不那么想停留。"

"你不需要停留，我可以……"他的话还没说完又被她打断。

秦七襄："孙汉邈，你有自己的生活不是吗？我也有我的。我不愿意把我的时间分给任何人。"

"那他呢？你不愿意有我，就能接受他吗？"孙汉邈指着身后的单元楼，"凭什么？他伤害过你，你明明只是想抛弃他……"

秦七襄："你说什么？"

孙汉邈："不是吗？你自己没说过这句吗？"

她瞪大了眼，声音有些颤："你是不是跟他说了？是不是你告诉他的？"

她知道为什么周倬一直那样害怕了。

孙汉邈阴沉沉地看着秦七襄："是又怎么样啊，难道不是你自己……"

她尖叫起来："你怎么敢！你怎么能这么对他说！"

孙汉邈的话音被她打断，接着就被她猛地用力推开。她直接抬膝撞向他的腹部。

孙汉邈痛得抱着肚子，听见她叫着："很多账我是不想跟你算，不是我不知道！太过分了，太过分了，你怎么能这么跟他说？"

秦七襄越过他，跑上楼梯，跑进单元门，跑到门后那个低头踢着脚边石子的人面前。

她微喘着开口唤他："哥……"

紊乱的气息刚出，她又收了声，重新唤他的名字："周倬，我……"

话音未落，他的手掌已抚上她的脸："我知道，不介意。"

秦七襄侧头蹭了蹭周倬的掌心，借着那点温热来驱散自己的冰凉。

她垂眸道："对不起……"

他扶上她的肩，想把人抱进怀里，她却退了半分，摇着头："对不起，对不起，我们回家好不好?"

周倬双手用力,将她紧紧扣进怀里,低声说:"怎么委屈得快哭了,还记得要叫我名字?他和你说什么了?"

她揉了揉眼睛:"你怎么在这里?"

周倬:"我回来找你,看你不在家,陪爱德华待了一会儿。"

秦七襄:"那你下楼是来接我吗?"

他笑了下:"嗯,接你回家。"

秦七襄:"那我们快上楼吧。"

他安抚道:"襄襄,我赶来得太急,家里的茉莉还没浇水,我要先去处理一下,你乖乖上楼,等我回来。"

她摇头,拉着他不肯放手。

周倬无奈,轻轻地亲了亲她额头:"乖乖,我很快回来。"

她这才转进楼道,却又回头看着他。

他安抚地冲她笑了下:"你可以数到三百,我就会回来。"

她点点头,揉了揉酸热的眼睛,去等电梯。

周倬走到孙汉邈面前:"我们谈谈?"

孙汉邈偏开头:"谈什么?听你耀武扬威?呵。"

周倬:"谈谈襄襄吧,关于过去,我们的过去,我希望你以后能别再来缠着她。"

孙汉邈抱起手臂,冷笑着问他:"凭什么?"

周倬:"能给你解答,为什么以及……凭什么。"

孙汉邈终是低头想了一会儿,才挑眉说好。

两人沉默地坐进了一家面馆,周倬伸出手表示这顿他请。

孙汉邈拌开面条,只说没必要,有话先说。

周倬:"襄襄从小我都没让她受过半分委屈。"

孙汉邈:"狗屁,当年是你自己拒绝的,你也能说她不委屈?"

周倬没接他的话,继续往下说:"她小时候吃饭,总要别人喂她。"

孙汉邈拌面的动作停了下来。

周倬笑了下:"你也知道的,一碗面送上来,不替她拌匀了,她是不吃的。

"是我照顾惯了,小的时候给她拌面,拌了这么多年,谈了恋爱也要对方继续给她拌。"

孙汉邈失了胃口,放下筷子:"你想说什么?"

周倬:"除了拌面,她上车得替她开门,下车还要人扶她落地,我每次都来回跑,可不哄着她,她站在车旁连开门都不知道,她没那个习惯。"

孙汉邈低头攥了攥手,没吭声。

周倬继续道:"习惯是养成的,我有幸在自己的前二十年,将她养出了一身的小习惯,她似乎也离不开我。

"吃饭也好,坐车也好,阅读或者思维,从她记事开始,无论是否出自主观的意愿,我始终在影响着她。

"这些习惯她改变不了,只有她未来的另一半去适应她。"

"够了!"孙汉邈忍无可忍地拍桌而起。

周倬只是平静地坐在那里:"防微杜渐啊,后来她全身心地依赖着我,我意识到的时候已经有些晚了。

"她明明很想来南方读喜欢的专业,却又不敢真的同家人据理力争,就总想要来找我追寻答案。

"我给不了她答案,可我不能再这样将她困在我身边。社交的广度决定看见世界的大小,我成了她真正的牢笼。"

孙汉邈终又坐下,呆愣地看着他。

周倬轻笑了一声,有些自嘲的意味。他摆正桌面上的广告牌,慢悠悠地说:"我同你说过,她小时候种花,是我替她松土浇水。若非如此,你真的以为会轮得到你吗?"

孙汉邈蹙眉,这话听着耳熟。

在海滩上,周倬也曾这样说过:若非我们有那样一段情谊,不然你以为轮得到你吗?

孙汉邈只觉有些好笑,原来是这个意思。有人居然会把多年的情谊当作自困的牢笼,只能看着别人捷足先登。

周倬自顾自地往下说:"我爱上了一朵花,所以要送她去往一整片灿烂的春野。"

周倬闭上眼,回忆起那一年春野灿烂,春风吹过十里长街。

他踩着放学后辉煌的黄昏回家,见花坛里有雪白的肩膀耸动,他从那里拎出来一身黑的"泥娃娃"。

"泥娃娃"脸上横着几道泥巴印子,周倬无奈地看着秦七襄,叹气:"你今天又在干什么?"

"挖土啊哥哥,养花。"秦七襄指着身旁的茉莉。

彼时她正借住他家,也不知从哪里搞到一盆茉莉。她自己没比铁铲高到哪儿去,还想着在楼下的花坛铲土养花。

"花不能这么养。"他捧起她的花盆,抓走她的铁铲,"跟我回去。"

秦七襄:"为什么不行啊?"

周倬:"因为花坛的泥土里有蚂蚁,还有杂草的种子,它们会不断夺取茉莉的养分,茉莉就会死去。"

"可是这些花不都长得好好的吗?"她指着花坛里一排紫红色的花,问道。

周倬沉吟:"因为它们在花坛里啊,大片的泥土有足够的养分,可以让它们共同生存。"

他带她回了家,翻出平时养花用的营养土。

移出茉莉，小心翼翼地去掉根系上那些土渣，他又将茉莉埋进了营养土里，浇水湿润土层，最后再将她挖出的那些土埋回花坛。

她歪头看他忙碌："哥哥，为什么还要埋回去啊？"

他的手指沾了些灰土，在她圆润雪白的脸上抹了一把，抹成小猫胡子的模样。

他忍不住笑弯了眼："你整天捣蛋，这样乱挖会破坏花坛里的植物根系，花坛是公共区域，别人还要赏花。"

"所以我又在干坏事？"她捂着嘴偷笑，"我就是要做小坏蛋。"

"这不行。"他板起脸来。

可她从不怕他，冲着他"略略"了半天："反正哥哥会替我埋土。"说着，还拉着他的衣袖晃啊晃，她真的是从小就知道怎么拿捏他。

他扯住她的手，在来回拉扯中，逗着她说："盗亦有道，做坏蛋也要讲基本法。"

回去后，她天天守着花盆等开花。

他还以为她最多撑三天就会失去兴趣，谁知道她撑了一周，差点浇水把花淹死。

他每次看着她晶亮期待的双眸，想说不要这么频繁地浇水，最终却都欲言又止。

她失去兴趣后，就把花盆丢在阳台，连着一周都没再给花浇水。

直到有天他晚自习回家，看见叶子都蔫巴了的茉莉，不免叹了口气。

他便总趁着放学后的晚间，替她养护那盆茉莉，松土浇水，施肥除草……

茉莉越长越壮硕，她父母也回到家，她要回去了。

她回家的那天，笑眯眯地对他说："麻烦哥哥继续替我养一养花。"

他藏了半个月的行动被她发现，他有些恼，却也只能笑。

最后他竟真的天天替她侍弄那盆茉莉，没过几天，她居然又送了几盆来，歪着头冲他笑："这些也麻烦哥哥了！"

周倬："你到底是从哪儿弄来的？"

她挥着手说，就是学校隔壁的奶奶送的，说完一溜烟钻进了房间。

直到夏季到来，天地间绿意森森，那几盆茉莉也开出了雪白的花。

他摸了摸轻软小巧的花瓣，看着她在楼下和宋崇朝打成一团。最后她灰头土脸地跑回家，蹲在阳台画圈圈。

他敲了敲阳台的窗，她一抬头就看见一排盛放的茉莉花，眼睛瞬间亮起来。

她顶着微乱的卷毛，趴在窗台上惊叹："哇，哥哥，好好看！"

说完，她飞奔过来，没待他去开门，她已径直入室，冲到了阳台，扑到他身上。

她指着花连连夸他，说自己最爱哥哥养的茉莉了。

他信了她的话，抱着花盆送到她家阳台，依次摆好，还拉着她讲解养护重点。

她能记得什么，嘴上连连应着，心思却从来没放在过正事上，转头就忘了干净。

也只有他还记得，她说过自己最喜欢哥哥养的茉莉。

她是个爱说谎的骗子。

后来，他隔着阳台，看着那些茉莉慢慢凋零。

过了小半个月，她抱着花盆来找他，眉眼低垂："哥哥，它们都凋谢了，怎么办呀？"

　　他看着垂头的茉莉枝叶，无奈却又不舍得责怪她，反而揉了揉她的头。

　　不是所有人都能像他一样精心养育，她这个年纪养死一两盆花也再正常不过。

　　何况它们还没死，只是不那么有活力。

　　他皱眉想了想，对她说："可能它们不喜欢被困在阳台，接触不到自然的雨露。襄襄，我们把它们种在花坛里吧，等它们再度盛放的时候，大家都能看见。"

　　好花不与殢香人，实在是世间一大恨事。

　　她似懂非懂地点头，自告奋勇地下楼挖起了花坛里的土，小心翼翼地避开其他植物的根系。

　　他将茉莉从盆里取出，移栽至花坛。完成时，两人拍着手，并肩在一起笑。

　　又是一年夏至，花坛里开满了茉莉，他会提一桶小吊梨汤唤她回家。

　　周倬睁开回忆的眼睛，看着孙汉邈说："茉莉最好的结局不是困在花盆里，而是盛放在山野里。

　　"她从小自由无拘，你至今仍不明白，对她而言，结婚是一件多么恐怖的事，你却总想向她求婚。"

　　孙汉邈终于垂下头，颤抖的手握着桌角："我也可以等啊，等到她愿意为止。"

　　周倬："你能等几年？她根本就不愿意结婚，你等再久，最终都会放弃。你们从一开始就没那么合适。

　　"最好笑的是，你原先说我不合适，我居然认真想过。"

　　他看着孙汉邈："其实不合适的一直是你，她心情好的时候不和你计较，心情不好的时候会直接把你赶出门。

　　"所以你分不清，才会只在楼下安静地等她，却不敢真的打扰。

　　"你先前同我说她一直这样，让我别去追她，可是在我的记忆里，她从来不是这样的。

　　"你说是因为人会改变，我差点信了。其实错了，全部错了。

　　"她从一开始就没变过，只是因为我与你不同，无论她心情是好是坏，我从来不会在未得到她允许的时候，走进她的门。

　　"你问我对她了解多少，总也比你多得多。"

　　孙汉邈："你说够了吗？"

　　"还没呢。"周倬冲他挑了下眉。

　　看着孙汉邈面前冷掉的那碗面，周倬分外残忍地说："你当然可以继续追她，我不会拦着你。问题在于你自己受得了吗？

　　"从此之后，你们吃饭的时候，你拿起筷子替她拌面的那一刻，你会想着要和她长长久久，还是活在我的影子下嫉恨难平？

　　"放弃吧，你受不了的。"

孙汉邈的额头终于抵上拳,咬着牙,声线哽咽着问:"凭什么啊?明明我们原来那么好……"

周倬站起身,敲了下桌子:"我说完了,这顿算我的,走了。"

他转身推开门的那刻,清爽的晚风拂面,吹散了店里那窒息的胸闷。

霓虹灯光影变换,有人正倚在墙角等他。

"你怎么没回家?"周倬僵硬地问她。

秦七襄抬起头:"因为我对你的了解,也比你认为的多得多。"

周倬:"……你都听见了?"

5

秦七襄笑着点点头,没再看一眼伏桌的孙汉邈,拉起周倬的手向家里走去。

路灯光影朦胧,他们牵着手在这条不算漫长的路上走。

迎面跑来两个牵手的孩子,他们没头没脑地撞上周倬,又低着头道歉,继续手拉手向远处跑去。

周倬看着孩子们的背影,搂住秦七襄的肩,将她往自己怀里带了带。

她也顺势靠着他,望着天边流动的云气说:"你不是回去处理茉莉吗?"

说完,她又低头笑了下:"我现在想起来了,楼下花坛里的茉莉是你种的。"

"不,是我们一起种的。"他抿了下唇。

在人来人往的夜色中,他很想低头吻一下她,和很多年前她从人海中扑进自己怀里时的心情一样。

终是没有,他拂开晚风中她的长发,问:"你听到了多少?"

"全部,所以我现在也有点生气。"她别开头,"你居然觉得习惯不是爱,我的习惯是你养成的。"

周倬有些尴尬道:"你从前去哪儿都想拉我一起,我是觉得……"

"停——"秦七襄做出暂停的手势,"周倬,你不是我哥哥,别自行代入哥哥的身份。"

周倬:"不管以什么身份,我都很喜欢你,唯一只想要你活得肆意,以你本来的样子活着。"

秦七襄:"我本来的样子?那你呢?属于你自己的那部分呢?"

他摇摇头:"我不重要。我那天看着你那样努力地想讨我欢心,看你穿耳洞、裹脚、束腰……

"数千年来,这些被塑造的审美伴随着疼痛、混着血泪,我实在心疼到不知该怎么办。"

秦七襄:"哪个少女没试过裹上床单,偷穿妈妈的高跟鞋呢?这才是世界本来的样子。"

周倬:"可是襄襄,这样子一点也不值得,你明明当初那么想来南方读喜欢的专业……"

秦七襄："那又怎么样呢？一次的选择失误，一次的经验教训，能有多大影响？你总把我周围的环境清理得太干净，不啻揠苗助长。"

见周倬还想开口，她招了招手："你先看看我是哪个专业的，再想着要不要继续辩下去，我不可能输。"

他忽然笑起来，追上她并肩："行吧，是我输了。不过说到专业，可能也有点关系。"

周倬看秦七襄面露疑惑的表情，刮了下她的鼻子："蝴蝶效应。"

"什么意思？"她找不出前后的逻辑。

周倬眯着眼，望向流云："一只蝴蝶偶尔扇动几下翅膀，就可能会引起一场龙卷风。

"这是大气物理学家爱德华·洛伦兹在计算大气对流模型时发现的，初始数据无论存在多么微小的不同，最终也会被放大成完全不同的天气结果。这类系统不可预测，被称为混沌系统。"

秦七襄歪着头，还是不明白周倬想说什么。

他笑了下："说简单点，蝴蝶效应的本质是混沌系统不稳定，因此不可预测。"

秦七襄："我知道。"

周倬看向她："这类混沌系统，不止存在于空气对流模型，也包括你的少女时期。未成年以及刚成年的时期，自我人格太不稳定了。只有等到你的系统稳定时，我才敢真正介入。"

秦七襄跳起来："你还说你没看轻我！"

她气得扭转他胳膊，令他背过身去，再加几下膝盖袭击。

他笑得不能自已，只能说自己旧伤还没好，被弄痛了。

趁秦七襄愣神之际，他转过身将她抱起，又仰头亲了亲。

周倬仰望着她："大概是我总在计算这类混沌系统，脑袋也跟着混沌了。我也不是一直能掌控全局，原谅我以前也会有思维幼稚、简单二元论的时候，好不好？"

她挑起他的下巴，"啧"了一声："周倬，我没想到你这个人居然道歉道得这么快！"

周倬："坦诚认错有什么不好？"

她捏了捏他的脸："你还是嘴硬一点，我比较习惯。"

周倬："那我会说，混沌系统难以预测，越远越模糊，我患得患失，不敢拿你来赌。"

秦七襄："那确实是你读书读傻了，周倬，我们能多准确地预测未来？"

他沉思了一会儿，放她落地："实话是，不太可能。面对混沌系统，大数据模型甚至更好一些。人类尽其所能，以观天命。"

起风了，簌簌落花如雨。她向着路灯伸出手去，手掌被映得微微泛红。

秦七襄："你说蝴蝶效应，我倒是想到证明混沌不可解的亨利·庞加莱。"

她虚虚地抓了把抓不住的光，笑了下，转身看着周倬。

秦七襄："他提出的庞加莱回归模型如果是真的呢？宇宙处在永恒循环之中。周倬，你愿意重复经历你命运中的过去与未来，即使它永不可更改吗？"

周倬不明白怎么突然跳到这个话题上，却依旧认真乖巧地思考。

过了半响，他点头道："无论轮回多少次，一生会有多少遗憾和痛楚，我始终愿意踏入生命之河，因为这样我就可以再遇见你。"

秦七襄瞪大了眼："你疯啦？"

周倬笑着摇头："即使不能一切都如我所愿，能遇见你就是我的动力使然。"

他有一种隐隐的预感，她似乎又一次站在选择的路口。

他揉了揉她的头："襄襄，你会有这样的问题，大概是有了一些想法？没关系的，你想做什么就去做吧，我一直在，永远为你托底。"

秦七襄："我今天挨骂了，我爸说我整天浑浑噩噩，不知道在做些什么事情。"

他皱着眉，拉起她的手说："跟我来。"

他却又被她扯住。她扬起笑脸，抱紧他说："其实我爸说得挺对的。周倬，我不会再只躲在你身后了，我可以自己去面对。"

她没有再让他拉着自己去找谁，而是她拉着他一路回了家。

推开家门的瞬间，他搂紧她的腰，惦记了一路的吻终于落在她唇上。

"咔嗒"一声，她关上门，捧起他的脸，踮脚回应。

良久之后唇才分开，她看着他漂亮的眼睛，里面映着一双黑润明亮的眼瞳。

这次她没有笑，而是异常认真地同他说："周倬，我是喜欢你的。"

周倬："我知道。"

"所以你不要觉得我会针对你，会想抛弃你。你在我心里，这个位置。"她拉着他的手，贴于心脏的位置，"它在为你跳，跳得很快。"

即使隔着厚实的布料，他也仍能感受到她的心跳，滚烫得快要扑出来吞噬他。

他不敢面对这样直接热烈的表白，手指弯曲着想要避开。

她已然拽着他的领带向下，告诉他："别躲。"

他撑着墙，掌心没再逃离，而是向下去感受心脏跳动时既柔软又坚强的力量。

她抚上他的脸，手指描摹他唇线的形状，继续问他："想试试吗？告诉我你真实的想法，不要逃避，我都会答应你，因为我也喜欢你。"

他蹙眉，有些艰难地开口："想的。"

秦七襄："谁想？"

周倬："我……很想。"

她踮脚又亲了下他的唇，笑着说："乖孩子。"

然后，她扯着他的领带，令他贴近自己："周倬，你自己找准位置，你不是哥哥，你也不想做哥哥，跟我来。"

她将他推坐上床："喜欢什么同我说，我也会满足你。"

一点星光刺破窗扉，照得她皮肤晶莹剔透，她仰着头："我想好了，我会辞职。"

"会去哪儿？"

"去流浪，像尼采那样。"

"我就知道，"他抬手欲抚上她的脸，"有些人始终不可能安土重迁。"

他的手被她打落，她说："别伸手，你不许伸手。"

他不明白，只能收回手，还想要再剖出一颗心给她："没关系，你去哪儿都可以，我会一直托着你。"

"不许！"她贴上他胸膛，"你不许伸手。"

她双眼泛红，晶莹的泪光一点点浮起："你根本不知道，我要忍着不让你伸手来托起我软弱的生命有多辛苦。"

"我自己很棒，我可以独自去很远很远的地方。我之后还可以办一个展，告诉所有人，我们的自然有多么美好。

"但你不许伸手，不许让我失去所有斗志，我还要自己去找我爸，不管他会有什么反应，我都可以靠自己来说服他。"

他想伸手替她擦泪，却又咬牙收回："你也不知道，想要忍住不向你伸出手，对我来说会有多难。"

他拽过床边垂落的领带塞给她，伸出双拳搁在她面前。

周倬："你可以把我绑起来。"

她拉起领带迅速绑了个死结，在天边群星的震颤中，一缕白烟般的叹息直射苍穹。

领带最终松垮褶皱，他深吻着她不肯停下。

她缠抱住他的腰："周倬，你还想要什么吗？"

周倬："你记得你还欠我一个愿望吗？"

秦七襄："你要许愿？"

周倬："是，我现在只有一个愿望，无论你去哪里，都别忘了回家，回到我这里来。"

她点头："当然会，你是我的心锚。"

天外彗星甩动长尾，慢慢掠过天际。

她轻哼着，却又不想只有自己享受宇宙间的生命之歌。

秦七襄："周倬，放开你的心，想怎么样都行。"

"嗯。"他低哼了一声回应。

手伸在他面前，她诱哄着："都可以，我会配合你。"

他俯视着她，想了很久，才说："那我想你可以多爱我一点点。"

她惊异地睁大眼，又抱紧他："你真是……只为你自己好不好？"

手掌遮住了她的眼，在一片漆黑中，感官全部被放大，一点细微的声响都会在脑海中炸开。

他低沉的音调如水，流进深渊："别看我，你会受伤的。"

他抱起她，亲吻着："你不必觉得亏欠我什么，你很好，我也很爱你。"

秦七襄："我也爱你的。"

周倬:"那真好,我们在一起,你会很快乐。"

她低泣出声,看见了星海潮起潮落又崩塌。

秦七襄忽然忆起自己当初怎么忘了,有人之所以十年如一日的不换口味,不是因为清淡无欲,而是因为太重欲,重到不知餍足。

日日年年,暮暮朝朝,也无法满足他。

6

过了几日,造谣事件终于开庭。

等到法庭宣判他们胜诉的结果下来时,秦七襄终于办理完离职手续,拿了一笔赔偿金,准备提行囊好好外出放松一下。

作为唯一成功进入风眼的队伍,她带出的影像资料,是台风过境的第一现场视频,获得了全员的好评。

立刻有团队来联系,询问秦七襄是否愿意为他们新创办的风云类线上杂志长期供稿。

可以啊,她现在有新职业了。

恰逢大地磁暴,她准备去往北欧记录极光。

离别前,周倬拉着她,去往一片神秘的原野。

漫天绿意之中,一个巨大的热气球停泊在那里。

"这是?"秦七襄问。

周倬:"你上次看电影说很羡慕男女主角,我当时就想着一定要带你坐一次热气球。"

气球慢慢升空,脚下的大地越发渺小,她伸手就能触摸到风的形状。

云层从掌心漫过,留下一片湿漉漉的水汽。

周倬从背后抱着她,望向脚下绵延不绝的花海:"花海还是在原野里,才能被称为花海。"

秦七襄:"是啊。"

他拉起她的手:"你猜哆啦A梦的口袋里今天装了什么?"

想起上次他诱哄自己去他口袋里寻宝的往事,她指尖弯了弯,搭上他的腰。

秦七襄:"怎么,在露天旷野里,你还想做什么?"

周倬:"你自己来找一找。"

"巧克力?糖果?"她每问一个,他都摇头。

秦七襄只得自己去他的口袋里翻一翻,却什么也没有。

她笑着嗔他:"你少故弄玄虚了,什么也没有啊。"

周倬:"你再仔细找找。"

她仔细摸了摸,指尖终于摸到一片滑软单薄,像是某种纸张。

秦七襄拿出来一看,是蝴蝶形状的折纸,还绑着一根线。

她看着折纸,奇怪地问:"这是什么意思?"

周倬："在北美,有一种名为帝王蝶的蝴蝶,它们会随着气流迁徙,飘到五千米的高空,翻越落基山脉,去往温暖的墨西哥,这中间至少要历经三代。

"我的意思是纤弱的蝴蝶都可以仗着风势,扶摇直上,去往远方,人怎么会不行。

"或许我们在这抬手就能触摸苍穹的位置,也能遇上它们。"

秦七襄："那你这折纸?"

周倬："如果遇不上也没关系,你知道的,蝴蝶总会聚在一起,衔尾飞舞。"

他放开细绳,折纸蝴蝶随风飞舞,像是一个小小的风筝。

周倬："那我的纸蝴蝶终会引来一群迷离彩蝶。"

她看着纸蝶飞舞,似乎看见了一群真正的彩蝶。

秦七襄仰着头伸手欲触,又听见他相当郑重地说:"襄襄,看着我。"

她回过头,看见漫天云气之上,他站在那里微笑着开口:"我还欠你一场真正的表白。

"我想重新跟你说一次,秦七襄,我很爱你,比你所知的一切都要更爱你,无论以后你到了哪里,我都会永远爱你。最后的最后,回家的时候,你一定要回到我这里来。"

他看见她点了头,明亮的眸子同她幼年时重叠,他想起了他们之间的初见。

那一天,阳光很好。

他跟着母亲下楼,见到了葱翠的绿树下,穿着学步带,被秦叔牵在手里的秦七襄。

那时,她还不记事,连走路都比别人晚一些,说话倒是早,站在秦叔身旁"咿呀咿呀"哼唱着,跌跌撞撞。

母亲同他说:"那是对门家的妹妹,你看她多小多可爱,你以后要把她当自己的妹妹哦。"

他仰起头:"我有妹妹了!"

周倬听见秦叔同母亲说:"襄襄这孩子,运动发育这么慢,也不知道能不能跑起来,要是体弱多病就糟了。我想以后送她去学些拳击、舞蹈什么的,要好好锻炼一下。"

他歪头看着妹妹圆圆的脸蛋,想用手戳一戳。

妹妹皱起脸,冲他"嗷呜"了一声,像只小老虎似的。

他却没被她吓退,还觉得可爱,牵上她的手,扶着她往前走。

妹妹确实运动发育慢了些,小腿很软,走两步就要歪倒,在他怀里打转。

母亲笑着同他说:"阿倬,你要放手。一直牵着她,她怎么能学会走路呢?"

他仰头望向母亲:"要放手吗?可是妹妹会摔跤的。"

母亲:"学走路的时候都会摔跤啊,你小时候也经常摔呢。你不放手,她怎么自己走呀,你还能牵着她一辈子吗?"

他低头看了看两个人紧握的手,抿着唇,终是放了手。

他掏出没舍得吃的糖,在不远处唤她过来。

秦七襄盯着糖,跌跌撞撞地向他跑来,直接摔进他怀里,却抢着糖笑哈哈地叫哥哥。

他手足无措地抱紧她,抬头向母亲求救。

秦叔回眸看了一眼,还笑着说:"这两个孩子真不错!"

母亲也说:"襄襄真聪明啊,这么快就会叫哥哥了。"

周倬又低头看着怀里的妹妹,扶着她站起,站到更远一些的地方,拿着糖晃啊晃:"妹妹,过来。"

秦七襄笑得双眸弯如月牙,依旧跌跌撞撞地向他扑来。他一点点拉远距离,站在不远处等她。

风吹过树梢,一瞬间,人就随之长大。

周倬总在不远处看着秦七襄跌跌撞撞地奔跑,感恩于当初他放手任她向自己跑来,才有如今这活力四射的模样。

秦叔再也不用担忧她可能体弱多病,会受旁人欺负。

她甚至比别的孩子还调皮好动些,刚挨完一顿训斥,就敢拉着他翻墙去往小山坡上爬树。

她站在树梢上,挥着手臂,对树下的他说:"哥哥,我可是宇宙之王!"

他仰望着她:"知道了,很危险,你快下来。"

"我就不!"她不仅不下来,还任性地踩了踩脚下的树枝,把他惊得一身冷汗,张开手臂去接她。

秦七襄看着周倬担忧的模样,"哈哈"大笑,叉着腰说:"哥哥,你看好了吧!"

她在树梢上蹦蹦跳跳,要给他看自己刚学的舞蹈,没动两下,发现施展不开。

她蹲下身,对张着手臂的他说:"哥哥,你接好我哦。"说完,她直接从树上跳下,跳进他怀里。

这一撞,害他摔倒在地,脑袋上磕了个包,他气得两天没再理她。

她哪记得这些,转头就和别的小孩打作一团,过了两天才发现他在生气,又眼巴巴地扑到他面前,扯着他的衣袖道歉,还说要帮他吹吹脑袋上的伤。

大概就是这样,从相识的第一天起,周倬就将母亲的话刻进了血脉。

习惯性地放手任她奔跑,只会在树下接着她说一句"危险"。

以至于后来,他独自在遥远的大洋彼岸,看着暴风雪席卷城市。

漫天飞雪与寒冷中,他倚窗听见母亲打来的越洋电话:"襄襄她男友想过来玩,你徐姨问我要不要给男孩子准备礼物。"

"男友?"他声音又沉又哑,风雪之中,他似乎染了一场风寒,"什么时候的事?"

母亲:"就是这几天吧。"

母亲后面的话他没再听下去,只扶着桌角,低头说:"我想回去一趟。"

两个月后他终于抽空回到家,站在窗前目送秦七襄奔向另一道身影。

独自陷进沙发里,他埋进双手之间,想着:母亲教自己放手,却从来没告诉自己,原来放手了就不会再回来。

还好人生漫长无涯,一点小小的缺口也能透出一线天光。

他终于在她短暂分手中,赶上了这样一个窗口期。

当她从雪山与狼嚎中归来,拖着行李箱"嗒嗒嗒"跑过楼下的茉莉花坛,绕过那些人与积水,推开门,看见了一道熟悉又陌生的颀长身影。

秦七襄想起来了,为什么重逢那天她会心跳加速一时脑热,一定要得到他满足自己的年少旧梦。

因为在门开的那一瞬间,他转身,辉煌的黄昏暮景在他身后流泻,朱红的霞光淹没他的脸。

她看见他的眼眶似乎泛起红晕,有着点点泪光闪烁。

那道目光似乎穿越了无数时间轮回,在深深地望着她。

她心口突兀乱跳,一种难言的晦涩忧伤攥紧了她。

秦七襄又觉得或许是自己晃神,他泛红的眼眶不过是朱红霞光投下的色彩。

她以为,他这样的人,时隔多年怎么可能会难过。

她抱着手臂在浴室门前徘徊,想要问上一句又不知该如何开口,不去问他又实在心神不宁。

秦七襄抬拳想要敲门,终究是他自己打开了门。

他们互相对望,彻底愣了神。

他看着她,有热意浮上眼眶。

而透过那扇玻璃门,一阵风起,她看见他身后草长莺飞,是一片广袤原野。

雪白的茉莉花海在风中起伏,漫天彩蝶随风飞舞。

她却倚着门框,把腰肢扭成夸张的状态。想要勾着他低头咬上一口,然后承认他当年愚蠢傲慢,是被猪油蒙了心才会拒绝她。

他不会承认,只会说:"生理期?"

不是生理期!是有舞蹈老师说过,动作越拧巴,在人的眼中越美。误人子弟!

她垂头笑了下,重新调整站姿,站得挺拔而骄傲,头颅高扬。

她想:我也觉得老师对学生的教育应当负起真正的责任。比起学业,更重要的是三观。

自古以来,穿耳、裹脚、束腰……我们不该再受这样的束缚,我愿脱下一切表象,奔向属于我的原野。

秦七襄越过周倬,走进门里,走向那片广袤的茉莉花海。

如果生命是一场永恒的轮回,那我唯有做出永不后悔的选择才算是对我的生命负责,无论迎接我的结局是什么。

在迈步的那一瞬间,他拉住了她的手臂,再度询问:"你真的想好了吗?尼采的最终结局是死在了疯人院里,或许他也是个傻瓜。"

她认真而沉静:"我想好了。"

每一个不曾起舞的日子,都是对生命的辜负。

如果给我一个再来一次的机会,我还愿意这么活一遍。

"想好了就好,你去吧。"他终是松开了她的手,任她向着无限天地而去。

远风送来清淡的茉莉花香,秦七襄停下脚步,想回头再看周倬一眼,耳边却只听得一声呼唤:"往前走,别回头。"

她停下扭转的头,重新挺起脊梁,迈步向着旷野深处而去。

身后风中飘荡着呼唤:"襄襄,跑起来!"

她加快脚步,奔跑起来,花朵摇曳,奔入那片浩浩荡荡的纯白花海中。

他立在门边,远远地望着她的身影消失,让风送去他的喃喃:"别人最好的结局不是你最好的结局,别人最深的泥泞不是你最深的泥泞。

"既然你从小就在泥浆中打滚、去对抗、去冒险,弄得浑身脏兮兮的,那你现在也不需要像别人那样保持整洁、干净与空无的体面,你可以继续在泥浆中打滚、去对抗、去冒险,去抛弃一切跑向无人理解的环形山。

"然后告诉我:哥哥,我正在月亮上种一盆茉莉。

"不,襄襄,你在种一片漫山遍野的茉莉花海。"

身侧的玻璃门闭合,周倬转过身来。

眼前的大门打开,秦七襄拖着行李箱推门而入,停在门口,对他说:"好久不见,周倬哥。"

两道交错的呼吸声在房间里此起彼伏,他压下眼眶的热意,轻笑了一下:"好久不见,别叫我哥,叫我名字。"

这一次,他终于勇敢地迈步向前,将她拥入怀中:"我真的等了你很久很久。"

当热气球缓慢降落,两人始终没能在云层上见到跨越大洋也要迁徙的蝴蝶。

绿意盎然的原野上,周倬挥舞着手中的折纸蝴蝶,同秦七襄说:"先回去吧,明天再给你送行。"

草地上开满了紫色的野蔷薇,蛱蝶穿花飞舞,被折纸蝴蝶吸引了注意,将它当成真正的蝴蝶,衔尾而来。

很快,一群斑斓的彩蝶追在他们身边,秦七襄想要触摸彩蝶,彩蝶却颤着绚烂的翅膀飞向高空,留下如梦似幻般的光影。

她仰头望着彩蝶转了个圈,愉快地说道:"周倬,我这趟去苏格兰高地,回来会给你带礼物,到时候再告诉你是什么。"

"好。"他伸出手,牵着她离开这片原野,"我们终究遇上了一群彩蝶。"

我们离开此地。

你未来的原野要更广袤无垠。

·+ 番外 蝴蝶效应 +·

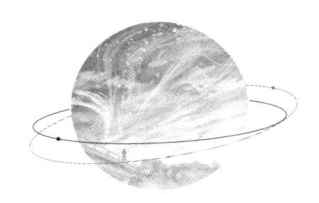

春日熏风吹动樱花。明黄的出租车驶过,停在一株樱花树前。
秦七襄跳下车,举起相机,对准树梢一朵心形的云,按下快门。
一位少年从她身后跑过,脚步没刹住,撞上她,撞得相机晃出虚影。
少年跟跄着道歉,抱紧怀中的报纸,继续往前跑。
他跑过樱花大道、花卉市场、林立高楼……停在从玻璃门里走出的周倬面前。
少年递出报纸,笑道:"哥哥买份报纸吧,是暑期实践活动。"
高楼的大屏上播报着滇城干旱的新闻,干裂的土地如蛛网般纵横。
周倬扫了少年的收款码,翻开报纸。
纸张泛着油墨香,彩色的版面上印着秦七襄。她高举奖杯,笑容灿烂,站在红蓝交融的颁奖舞台上,身后满是仰头的人。
周倬抚过她油墨涂抹的眼睛,将报纸重新折叠,只留她的照片朝外。
清瘦的卢廷复经过周倬身侧:"能用的催雨办法都用尽了,那边把解决旱灾的希望放在咱们身上。"
周倬收起报纸,点头:"走吧,这种时候,我们在那边,他们才能心安。"
他们经过大屏,屏幕里黝黑的农民蹲在土地的裂缝前,眯着眼,茫然地望着枯死的树。
卢廷复笑着摇头:"放点干冰就能降雨,谁听了都不信。这回是真正的首次应用,万一……我们都得蹲被告席。"
周倬:"有海量数据支撑,你要有信心,这个世界即将翻天覆地。"
汽车驶过樱花大道,车内气氛有些压抑紧张。
前排的卢廷复拍拍手:"大家听我说,接下来是场硬仗,咱们要么成功呼风唤雨成了神,要么就准备收拾铺盖去天桥底下睡。现在先休息,养好精神。"
车窗外飘过一朵心形的云,周倬沉默地看着窗外,唇畔忽然露出一点笑意。

多神奇的风云啊，恰好能吹成心的形状。他拍下这朵云，分享给秦七襄。

手机同时振动，下一秒，另一朵心形云刷新在了聊天框里。

那朵云也挂在灼灼的樱花上，周倬抿了抿唇。

周倬：你提前回来了？又不跟我说？

秦七襄：这么巧。

巧得很，分享的还是同一片云呢。

周倬扭头向车后望去，行人来来往往，他没看见她。

她直接打来了电话，轻笑着："好讨厌哦，我本来想给你一个惊喜的。你今晚什么时候下班？"

周倬倚进座椅里，周围几人紧盯着他，目光满是紧张。

周倬低声同秦七襄说："我今天出差。"

接着，他捂上听筒，同周围人解释："是……我女朋友。"

周围几人顿时松了口气。

秦七襄叹道："那就不巧了，完美错过。"

他没出声，沉默地捏着报纸。

安静了一会儿，周倬才对秦七襄说："我在看你的新闻，年度先进青年，刊登上报了。"

她轻轻地笑，问明白周倬这趟是去滇城出差后，才挂了电话。

她原想这趟回来，好好陪他一段时间，但命运总是有点小波折。

飞机落地已是晚间，周倬步出机场，有人来接机。

简单寒暄了一下，一位年轻军官利落地开口："这次干旱的主要成因是上空大气有一条数千公里的巨型高压坝。能用的催雨弹我们都试过了，但连片云影都没有。"

卢廷复立刻在他耳边接了句："他们试验了最新型的催雨弹，效果不好。"

"效果确实有些不尽如人意。"身着迷彩服的俊朗男士向他们伸出手，"你好，郝星辰。"

周倬看了一眼对方的肩章，两杠四星，这么年轻……

他握上郝星辰的手，厚实有力，指节有层老茧。

郝星辰淡淡地笑着："以前的人搭个台子求雨，你们搭个数据召唤风雨……"他微微摇头，没再说下去。

卢廷复挑眉，对方不信任他们。

"不用管，他这种实战派从不信这些玄乎的东西。"年轻军官给周倬几人递来几瓶水。

车子载着他们路过一片火光冲天的山林。

天空被映成血红的颜色，浓烟滚滚而上，虽是春天，但卢廷复也热得擦了擦汗。

是山火，旱灾袭来，河床露出，干燥的山林火点燃起，已经烧了几天几夜。

消防队砍出了一条又一条的防火带，全县救火。

路过一列列上山救火的百姓，车很快驶进重重武装的营区。

指挥大厅里，周倬看着数块屏幕上光影交错，不明白现在的情况。

负责人冲他点头，却什么都不说。那看来还有其他方面的考虑，这不是他该知道的事情。

他唯一要做的就是把自己带过来的模块交付对方，等他们审核完毕后，会传送至超算中心，寻找到大气敏感点。

也就是蝴蝶效应中，那只扇动翅膀就能掀起龙卷风的蝴蝶。

中央大屏闪烁，屏幕里出现一个英气女人的脸，是超算中心的负责人。

女人微笑着对周倬开口："周博士，听说你们的模型之前做过多次试验，也是用我们中心这台超算？"

周倬含笑："是的，运算速度非常快。敏感点瞬息万变，若不是有强大的算力支撑，在我们发现它之前，就会消散。幸好，全世界速度最快的超算愿意为我们敞开。"

郝星辰这时插问了一句："打扰，预计多久可以出结果？"

周倬："大约三天。"

郝星辰："三天？就算是一只蝴蝶，三个小时都不知道飞哪里去了。"

周倬："有些停留时间较久的敏感点，三天左右差不多还能残留一些。"

郝星辰："所以你们的成功率并不高。"

周倬抿了抿唇。

屏幕里的女人开口："三十分钟，我们会开放全部算力，只需要三十分钟。"

郝星辰不再说话了。

审核手续还未完成，周倬他们被送回酒店，等待明天接入中心后，开始运算。

周倬站在酒店窗前，喝了口水。

窗外的天一片暗红，不像是夜间，反而像薄暮，山火还在燃烧。

秦七襄忽然打来电话："救我……"

他急切地询问："你在哪儿？出什么事了？"

秦七襄顿了顿："……我在你楼下，他们把我扣了，非要你出面。"

周倬失笑，快步跑下楼，就见她抱膝坐在沙发里，一脸委屈。

他分开人，把秦七襄拉到身后，表示都是误会。

对方挠挠头，解释现在的情况：没有上面的批准，外人不能和周倬接触。

秦七襄立马瞪大了眼："不行不行，那我不见他了，我直接回家。"

周倬："没事，我来沟通。"

很快，负责人加急走审批，送来了好几张登记表。秦七襄在楼下填好后，才和他上了楼。

一进房间，她就躺上床呼号："好难啊，给你个惊喜怎么这么难啊。"

秦七襄本想今晚突然出现在周倬面前，给他一个惊喜，谁知道变成她的惊吓了。

周倬俯身抱住她："已经很惊喜了。"
她笑眯眯地贴上他的唇，如一阵清风拂过，问他："这个，算是惊喜吗？"
意想不到，当然算。周倬加深了这个吻来回答。
漫长的一吻结束，她问他被管得这么严，是不是因为干旱的事。
周倬笑着告诉她："其实我也有个惊喜给你，不过……你好像猜到了。"
她："嗯？解决旱灾是给我的惊喜？"
周倬："你可以再猜猜。"

天色微明，周倬吻了吻还在睡梦中的秦七襄，留下了几句嘱咐后，就去往指挥大厅。
大屏里的女人暂停了中心其他项目，将算力全部供给他们。
时间一分一秒过去，海洋般的数据在无数模糊的云雾中起伏，终于凝成几行代码。
找到了，有空间坐标，有操作要求。
指挥大厅一声令下，漠河几架直升机飞过农田，在五百米的低空喷洒出一片雪白的雾气。
直升机四周逐渐变冷，空气开始沉降，对流因此产生……
沉降的空气拨动翅翼，点滴风云汇聚成流，翻涌成南方浩荡的云海。
大厅里，郝星辰来回踱步："周博士，你确定三天后就会下雨？"
周倬反复同他确认。
郝星辰擦掉额头的汗："麻烦你，这三天先不要离开营区。"
周倬表示理解，从空气沉降开始，想要在这里积聚成雨，需要三天的时间。
他来前已预计到这种情况，提前和秦七襄说过。
秦七襄睡醒后，望向窗外通红的天空，空气里弥漫着呛人的气息。
她要独自在这里等他三天。
她提着摄像装备出门，守在门口的小战士闻声靠近，安静地跟着她。既是保护，也是看管，但不限制她的自由。
街上许多店门已经关闭，她吸了一鼻子烟气，笑着对小战士说："你今年多大了？"
小战士："十八岁了。"
"好小啊，我要去一个地方，不难为你，但你要躲得远一些。"
小战士急急地表示他必须寸步不离。
秦七襄没再多说，爬上那座火焰冲天的山。
天地如蒸笼，小战士擦着满头的汗劝她离开这么危险的地方。
她在火焰前架设仪器："三天后就会下雨，我要记录下这里的变化。"
小战士揉着被烟熏红的眼："真的会下雨吗？"
"会的，他答应过我的都会做到。"

小战士："我爸妈都死在了洪灾里，我就是想看看，能不能多救些人。"

相机里的火焰吞吐，蚕食着干燥的灌木。浓烟滚滚中，烈火逐渐膨胀。

三天过去了，滴雨未见，火星飞扬到了秦七襄的脚下。小战士拽着她离开："换个地方吧，这里不能再待人了。"

秦七襄摇头："不能走，不然很难对比叠图。"

小战士："雨不会来了。"

滚滚浓烟遮蔽天空，他看不见浓烟之上，阴云在翻滚舒展。

一滴雨落在他脸上，他望向天空，淅淅沥沥的雨落下，砸出一朵湿润的花。

秦七襄扑向相机，安装防雨器，急忙记录下这一刻。

这是数千年前，人类迈出稚嫩的脚步，踏上求雨的祭坛，挥舞狼烟，点燃蒸汽，推动电力……终于捏出的第一朵雨云。

是从出生到落雨都由人类引导着、搀扶着，送来救灾的第一朵人造雨云。

雨云长成，风雨大作，浇灭了地上零星的火点。

秦七襄眼中的世界已被风雨模糊，火焰退去，镜头尚算清晰。

雨水浇透了她，长发垂贴在身，她仰头承接人降的甘霖。

许多人跑出家门，端起盆，张开口，在大雨中欢呼。

周倬坐在石阶上，雨水一滴滴砸湿了石阶下的空地。

身侧的郝星辰接了个电话，告诉他："领导要见你。"

卢廷复看周倬离开，忍不住问郝星辰："这几天究竟为什么管得这么严？"

郝星辰接起屋檐滴落的雨水，笑了下："你们做了件大事还浑然不知。呼风唤雨？那是神话传说才有的力量。"

"用途岂止抗灾救灾，至少驱使风力带来的清洁能源，就能解决现在的能源危机了。"秦七襄对终于返回酒店的周倬说。

周倬点头，替她擦拭潮湿的头发："领导同我交流了许多想法，我可能很久不会回去了。"

这她自然理解，决定明天由周倬送她先行回家后，他们才在风雨中休息。

周倬捧起她的脸，轻轻覆在她唇上，他似春风般覆压吹拂，随后是脸颊、眼睛、额头……春风在她脸上留下了雨水般湿润的痕迹。

"这场雨今夜就结束了吗？"她在夜间风雨渐歇的时候问他。

高压带还未消失，蝴蝶的翅膀只送来了一场降水，很快又会回到晴朗无风的干旱日子。

他亲了亲她的鼻尖，又回到她的唇上，贴着她的唇齿，告诉她："还会有第二个敏感点，我们明天继续计算。"

风雨不会止歇。她在风雨中恍惚明白他说的惊喜究竟是什么。

她想起来了，那是二十年前，雪灾席卷，她因看不成流星雨哭闹的时候，他曾同她说过，他终有一天会让风云变得听话。

他答应过她的都会做到。

第二天，周倬送秦七襄去机场，依依不舍地拉着她的手在脸边轻蹭："抱歉，你回来一趟，我却不能陪你。"

"小事而已，我最近不打算外出了。上次获得年度先进青年后，采访的人太多，正好我可以借这个机会办一次个人展。"

周倬笑："你现在是国际知名摄影师了。"

送秦七襄走进机场，看着她的背影融入人潮，周倬接到了郝星辰的电话，接着向机场内狂奔而去。

他追上她，拉住她："襄襄，他们要见你。"

秦七襄茫然地停下脚步："见我？"

"是的，这一次敏感点落在公海，不方便以我们的名义前往。"郝星辰邀请秦七襄进入保密间。

公海有许多眼睛盯着他们的行动，如果被这些眼睛发现这项技术，会给局势带来不小麻烦。这项技术是绝密的。

郝星辰原想让周倬他们以科考的名义前往，但周倬的公司刚接下投标，很难不被人联想。

秦七襄点头："所以你们觉得我的身份最合适？一个疯子摄影师跑到公海去闯风暴，是非常合理的事情。"

郝星辰垂眸："你也可以拒绝。"

秦七襄："不，我答应你们，要求是我要记录下这段天空的影像。"

海上的风雨说来就来，船还未驶达目的地，颠簸的巨浪已让秦七襄吐了三回。

服下周倬递来的晕船药，她站上甲板，任风雨打湿她的头发。

海上的风暴几乎要撕破天地，与那些登陆后收起爪牙的风暴完全不同，它们拥有着最原始的破坏力。

秦七襄没见过海上的风暴，仓促地抓拍这一场景。船长紧急改道，浪头差点掀翻了船。

她被打湿得狼狈不堪，只觉下一秒就会葬身汪洋，在这一瞬真正感受到害怕，紧紧去攥周倬的手。

直到船驶出风暴区，她的手脱力发白了也不肯松开。

装满液氮的桶被打开，白雾蒙蒙，如神仙在腾云驾雾。

云雾聚成旋涡，携带着丰富的水汽，构成浩大的力量，奔袭千里，撕扯着高压坝。

终于，造成滇城数月干旱的高压坝瓦解，冷热相接，阴阳交融，对流开始产生，春雨浸润土地，旱灾也终于结束。

风云这头野兽，终于收起爪牙，低下温顺的头，成为人类最忠实的伙伴。

宣告着人类历史终于迈入一级宇宙文明，能够自由掌控整个星球的能量。

—全文完—